文春文庫

# 獣たちの庭園

ジェフリー・ディーヴァー
土屋 晃訳



文藝春秋

反ナチス抗争のため、一九四三年に処刑されたハンスとゾフィ・ショルの同胞《きょうだい》、オラニエンブルクの収容所にありながら一九三五年のノーベル平和賞を受賞したジャーナリスト、カール・フォン・オシエツキー、そして〝割れたガラスの夜〟として知られるナチスが扇動した反ユダヤ暴動のさなか、シナゴーグを破壊しようとした群衆を退けたベルリンの警察官ヴィルヘルム・クルーツフェルトの思い出に……四人は悪を目の前にして「否」と言った。

（ベルリンには）囁きがあふれていた。人々は深夜おこなわれた不当逮捕のこと、ＳＡ（突撃隊）の兵舎で拷問された囚人たちのことを語りあった……。無数の口をついて出た反対は、政府の怒声によって掻き消されたのである。

クリストファー・イシャウッド
『ベルリン物語』

獣たちの庭園　目次

# 獣たちの庭園

## 主な登場人物

ポール・シューマン……………ニューヨークの殺し屋。ボクシング・ジムのオーナー
ジェイムズ（ブル）・ゴードン……………アメリカ海軍情報部中佐
アンドルー・エイヴァリー……………アメリカ海軍大尉
ヴィンセント・マニエリ……………同右
サイラス・クレイボーン……………コンチネンタル電話電信会社社主
レジナルド・モーガン……………アメリカ海軍情報部在ドイツ工作員
アドルフ・ヒトラー……………ドイツ総統
ヘルマン・ゲーリング……………ドイツ空軍総司令官
ハインリヒ・ヒムラー……………ドイツ警察長官
ラインハルト・エルンスト……………ドイツ国内安定担当全権委員
ヴィリ・コール……………クリポ（ドイツ刑事警察）警視
コンラート・ヤンセン……………コールの部下
ルートヴィヒ・カイテル……………ヴァルタム軍事大学教授
オットー・ヴェバー……………ベルリンのギャング
ケーテ・リヒター……………ベルリンの下宿屋の女将

# I　下っ端

――一九三六年七月十三日　月曜日

# 1

仄暗いアパートメントに足を踏み入れたとたん、彼は死を覚悟した。

手のひらの汗を拭いながら目をやったその場所は、死体安置所《モルグ》のような静けさで、聞こえるのは遠く深夜のヘルズ・キッチンを通行する車の音と、モンキー・ワード製の扇風機が窓のほうにあおった熱風に、油じみた日除けが小刻みに揺れる音だけだった。

その場全体がおかしかった。

〝尋常じゃない……〟

そこには酒を喰らったあげく、眠りこんでいるはずのマローンの姿がなかった。コーンウィスキーの空き壜はころがっていなかったし、あのチンピラが一本槍で飲むバーボンの匂いさえしなかった。しかも、しばらくはここに近寄っていないという風情なのである。テーブルの上の〈ニューヨーク・サン〉は二日まえの日付だった。その隣りに冷たい灰皿、乾いた牛乳がなかほどに青く輪をつくるグラスが置いてあった。

彼は明かりをつけた。

たしかに、きのう下見をして廊下のほうから確認したとおり、脇の扉はあった。だが釘づけにされている。非常階段に出る窓は？　なんと、路地からは見えなかった金網でしっかりとていねいに封じられていた。ほかの窓は開いていたが、玉石の地面からは四十フィートの高さがある。

逃げ道がない……

だいたいマローンはどこにいる？　とポール・シューマンは思った。

マローンはずらかった、マローンはジャージーでビールを飲んでいる、マローンはレッド・フック桟橋の土台でコンクリート詰めにされた。

どうでもいい。

あの酔いどれの身に何が起きていようと、野郎はしょせん餌でしかなかった。今夜ここにいるという情報はまったくのがせだったのだ。

外の廊下に慌しい足音。金属的なひびき。

〝尋常じゃない……〟

ポールは銃を部屋にあったテーブルに置くと、ハンカチを出して顔をこすった。中西部のすさまじい熱波が、ニューヨークに灼《や》けるような空気を送りこんでいる。だが四五口径のコルト1911を腰のベルトに挿《さ》して携帯するには上着を羽織らないわけにはいかず、ポールは死ぬ思いで背広を着こんでいた。シングルボタン、シングルブレストで灰色の麻の上下だ。白い綿のカラーが付いたシャツはぐっしょり濡れていた。

外の廊下で、また足をひきずる音がした。連中が迫ってくる。人声、金属のふれあう音。

窓の外を調べようかとも思うのだが、まともに顔を撃たれるおそれがあった。通夜では柩《ひつぎ》の蓋を開いたままが望みだが、銃弾や鳥撃ちの散弾でこうむった傷をみごと修復してくれるという葬儀屋を彼は知らない。

誰に狙われているのか。

マローンを片づけろと依頼してきたルチアーノでないことはたしかだった。マイヤー・ランスキーでもない。連中はもちろん危険だが狡猾な蛇じゃない。ポールはこれまでも彼らのために一級の仕事をやってのけ、彼らと殺しを結びつける証拠のひとつも残してこなかった。それに連中が消したいと思えば、面倒な仕掛けを張るまでもない。あっさり消されているだろう。するとと引っかけたのは誰だ？ ウィリアムズバーグのオバニオンかロスティーン、ベイブリッジのヴァレンティなら、そう、あと数分の命だ。

身なり颯爽としたトム・デューイだったら、死にはもうすこし時間がかかる――有罪を宣告され、シンシン刑務所で電気椅子送りになるまで。

廊下の声が大きくなる。さらに金属と金属のぶつかる音。

しかし、とポールは皮肉にも思っていた。考えてみれば、ここまではすべて順調なのだ。まだこうして生きている。

とにかく喉が渇いた。

彼はケルヴィネーターの冷蔵庫をあけた。牛乳が三本——うち二本は腐っている——クラフトのチーズ一箱、サンスウィートのやわらかい桃。ロイヤル・クラウン・コーラが数本。彼は栓抜きを探し出してソフトドリンクの栓を抜いた。

どこからともなくラジオの音が聞こえた。〈ストーミー・ウェザー〉が流れている。

あらためてテーブルに腰を落ち着けると、琺瑯引《ほうろうび》きの欠けた洗面器の上に汚れた鏡が掛かっていて、そこに自分の姿が映っていることに気づいた。薄いブルーの目には、自分で思っていたほどの不安は見えない。でも顔は疲れている。彼は背丈が六フィート超、体重も二百ポンド以上ある大男だった。髪は母系からくる赤みがかったブラウンで、色白のところは父方のドイツの祖先から受け継いだ。その肌を若干損なっているのはあばたのせいではなく、若いころの拳《こぶし》と最近になってはエヴァーラストのグローブのせいである。コンクリートとキャンバスのせいもあった。

ソーダポップを啜《すす》る。コカコーラより辛い。そこが好きだった。

ポールは置かれている状況を検討した。よしんばオバニオンかロスティーンかヴァレンティの差し金だとしても、彼らはマローンのことなど歯牙《しが》にもかけなかった。造船所のイカれたリベット打ちのなれの果て、ろくでもない警官の女房をあくどい方法で殺したチンピラのギャングは、そのうえ厄介な掟を同じように踏みにじろうとした。ブロンクスからジャージーまで、各縄張りのボスたちはこぞって衝撃を受けた。だから、ポールを消したいというボスがいるにせよ、彼がマローンを片づけるのを待ってからでも遅くはないはずだ。

するとデューイということになるのか。

処刑まで監獄に閉じこめられるというのも気が重い話だった。しかし正直なところ、ポールは捕まることに対してさほど悲嘆はしていない。子供のころのように、自分より柄の大きな二、三人に前後の見境なく飛びかかっていき、相手を間違えたと気づくころには時すでに遅く、結局骨を折るはめになるといった感じだろうか。現在の稼業でも、それと同じことが起きると彼は覚悟している。やがてはデューイやオバニオンのような人間に倒されるのだということを。

父が好んで口にした言葉を思いうかべてみる。「最良の日も、最悪の日も、いずれ陽が沈む」肥った男は、そこで色あざやかなサスペンダーを弾いて言い添えるのだ、「元気を出せ。あしたには何もかも新しい競馬がはじまる」

鳴りだした電話にぎょっとした。

ポールはその黒いベークライト樹脂を見つめた。七回め、八回めのベルで、彼は電話に出た。

「もしもし？」

「ポール」歯切れのいい若い声だった。この近辺の不明瞭な発音ではない。

「こっちを知ってるのか」

「こちらは別のアパートメントの玄関にいる。ここに六人。残りの六人は通りに出ている」

十二人？ ポールは妙に穏やかな心持ちだった。またロイヤル・クラウンを啜った。やたら喉が渇くのだ。扇風機は熱気をあちらからこちらに運ぶだけで役に立っていない。彼は訊ねた。

「あんたが働いてるのはブルックリン、それともウェストサイド？ ちょっと興味があってね」

「いいか、ポール。いまからおまえに指示を出す。持ってる銃は二挺だったな？　コルト。それに小型の二二口径。ほかのは自分のアパートメントに置いてきたんだったな？」

ポールは笑った。「そのとおりだ」

「その二挺から弾を抜いたら、コルトは遊底を引いてオープンにしろ。で、密閉していない窓から外に放り投げろ。それから上着を脱いで床に落としたら、ドアを開いて、両手をあげて部屋のまんなかに立て。手はまっすぐ高く伸ばすんだぞ」

「撃つ気か」

「どのみち、おまえはかりそめに生きているだけだからな、ポール。だがこちらの言うとおりにすれば、すこしは長く生きられるかもしれない」

相手は電話を切った。

ポールは受話器を架台に置いた。そのまま動きもせず、数週間まえの心から愉快だった晩を思いだしていた。マリオンとふたりでコニー・アイランドへ行ってミニチュア・ゴルフをやり、ホットドッグとビールで暑気払いをした。大笑いしながら、遊園地の占い師のところに連れていかれた。いんちきジプシーがトランプを見ながら、あれこれものを言った。しかしこの肝心な出来事について、女からはひと言もなかった。運勢が読めるというなら、すこしは話題に出てきそうなものなのに。

マリオン……彼女には日々の方便《たっき》について話したことはなかった。ジムを所有していて、ときに怪しげな過去をもつ人間と商売をするというだけで、それ以上のことは何も言わなかった。

不意に、彼女との未来に胸躍らせていた自分に思いがいたる。ウェストサイドのクラブで客相手の踊り子だった彼女は、昼間はファッション・デザインを勉強していた。いまは働いている時間だ。たいてい午前一時か二時まで。彼女がおれの運命を知ることはあるだろうか。

黒幕がデューイなら、たぶん彼女には連絡がいくはずだ。ウィリアムズバーグの連中だったら、連絡はしない。一切なし。

電話がふたたび鳴りだした。

ポールはそれを無視した。彼は大きい銃から挿弾子《クリップ》を抜いてフレーム内の弾丸を出し、リヴォルヴァーの薬室を空にした。そして窓辺に行くと二挺を同時に放り投げた。金属が地面を打つ音は聞かなかった。

ソーダポップを飲み終えると、上着を脱いで床に落とした。ドアに向かいかけて足を止める。冷蔵庫に戻り、ロイヤル・クラウンをもう一本出して飲み干した。それからまた顔を拭き、ドアを開いてあとずさると両腕を差しあげた。

電話が鳴りやんだ。

「ここは〈ザ・ルーム〉という」プレスがきいた白の制服に身をつつむ白髪頭の男が、小さなカウチに腰をかけて言った。

「きみの来るところじゃない」男は議論の余地なしを意味する陽気な自信をにじませてつけたすと、さらにくわえて、「けっして耳にもはいってこない」

午後十一時。ポールはマローンのねぐらからまっすぐここに連れてこられた。アッパー・イーストサイドにある個人の邸宅だったが、一階にある大半の部屋にはデスク、電話、テレタイプ機が事務所のごとく設《しつら》えてある。ただ応接間にだけは長椅子と肘掛け椅子があった。壁には新旧の海軍艦船の写真が掲げられていた。一隅には地球儀。大理石の炉棚の上から、フランクリン・デラノ・ルーズヴェルトが彼を見おろしている。素敵に寒い部屋だった。その私邸には冷房装置があったのだ。信じられないことに。

ポールは手錠をはめたまま、革の安楽椅子に座らせられた。マローンのアパートメントから彼を連行してきた若い男ふたりはやはり白い制服姿で、彼のかたわらでわずか後ろに腰をおろした。そのひとりが電話をかけてきたアンドルー・エイヴァリーという男で、頬を赤く染め、悠然として鋭い目の持ち主である。まさにボクサーの眼だが、ポールには男が人生で、素手の殴り合いをしたことがないとわかる。もうひとりはヴィンセント・マニエリ、肌が浅黒く、その声を聞くとポールと同じブルックリンで育った男らしい。マニエリもエイヴァリーも、ポールの家の前で草野球をやっているガキどもと変わらない年齢に見えるのだが、驚くなかれ、ふたりは海軍大尉なのだ。ポールがフランスにいたころ、上官の大尉といえば立派な大人だった。

彼らの拳銃はホルスターにおさまっているが、革のフラップはずされ、手はそのそばから離れない。

向かいに座った年上の将校はかなり高位にある――制服に付けられた派手な飾りが二十年まえと同じなら、階級は海軍中佐だ。

ドアがあいて、海軍の白を着た魅力的な女がはいってきた。ブラウスの名札にはルース・ウィレッツとある。女は中佐にファイルを手わたした。「すべてそこにあります」

「ごくろうだった」

女がポールには目もくれずに出ていくと、中佐はファイルを開いて薄い紙片を二枚抜き出し、それを注意深く読んでいった。読み終えたところで顔をあげた。「私はジェイムズ・ゴードン。海軍情報部。ブルと呼ばれている」

「ここはあんたの司令部なのか？」とポールは訊いた。「〈ザ・ルーム〉が？」

中佐はポールを相手にせず、ほかのふたりを見やった。「きみたちは名乗ったか？」

「はい」

「問題はなかったのか？」

「ありません」エイヴァリーがしゃべっていた。

「手錠をはずしてやれ」

エイヴァリーが命令を実行するあいだ、マニエリは立って銃の近くに手を置きながら、ポールの節くれだった拳にとげとげしい視線を注いでいる。マニエリもファイターの拳の持ち主だった。エイヴァリーのほうは、織物商の手のようなピンク色だ。

ふたたびドアが開き、別の男が室内にはいってきた。男は六十代でも、マリオンとポールが何本か映画で観たことのある若手俳優、ジェイムズ・スチュアートを思わせる痩身長軀である。

ポールは眉をひそめた。あの顔は〈タイムズ〉や〈ヘラルド・トリビューン〉の記事で知っていた。「上院議員？」

男が答えたのは、しかしゴードンに対してだった。「賢いという話は聞いていたが。まさか情報通だとは」素性が知れて気に入らないといわんばかりである。上院議員はポールのことを頭のてっぺんから足の先まで眺めると、座って太い葉巻に火をつけた。

間をおかずはいってきた、またも別の男は上院議員と同年輩で、白い麻のスーツを皺だらけにして着ていた。服につつまれた身体は大きくて柔らかい。杖をついていた男はポールに一度流し目をくれると、誰に言葉をかけるでもなく隅に退いた。やはり見憶えのある顔なのだが、こちらは名前が出てこなかった。

「さて」とゴードンがつづけた。「事情を説明しようか、ポール。われわれはきみがルチアーノやランスキーや、そのほか何人かの下で働いていることを知っている。むろんその仕事の内容もだ」

「ほう、で、答えは？」

「おまえは三下だ、ポール」マニエリがそれをたのしみにしていたとでもいうように、明るい声を出した。

ゴードンが言った。「去る三月、ジミー・コグリンの目撃談によると、きみは……」彼は顔をしかめた。「きみの世界ではなんと言うのかね？　〝殺す〟とは言わずに」

ポールは思っていた。仲間うちでは〝ばらす〟と言う連中がいる。彼自身は〝片づける〟を使った。これは戦時中、アルヴィン・ヨーク軍曹が敵兵を殺す意味で使った表現だった。大戦の英雄が好んだ言いまわしを口にすると、ポールとしては多少なりとチンピラから離れた気がするのだ。だがむろんのこと、目下のポール・シューマンがそんな発言をするはずもない。

ゴードンはつづけた。「ジミーは三月十三日、きみがハドソン川沿いの倉庫でアーチ・ディミチを殺した現場を目撃している」

ポールはディミチが現われるまで、そこで四時間も待ち伏せていた。むこうがひとりだと確信があったのだ。ポールが現場にやってきたころ、ジミーはもう木箱の陰で眠りこけていたにちがいない。

「たしかに、ジミーはかならずしも信頼できる目撃者とはいえないらしい。だがわれわれは動かぬ証拠をつかんだ。徴税の連中が密造酒を売ったかどで取り調べた際に、ジミーのほうから密告を持ちかけてきたのだ。どうやら現場で薬莢を拾って、それを念のために取っておいたらしい。指紋は付いていなかった——そこはさすがに、きみも抜かりはなかったわけだ。しかし、フーヴァーの部下たちがきみのコルトの試験をおこなった。抽筒子《エキストラクター》による傷が一致した」

フーヴァー？　ＦＢＩが絡んでいるのか？　それにもう銃を調べたというのか。マローンの部屋の窓から投げ捨てて一時間もたってやしないのに。

ポールは歯嚙みした。自分に腹を立てていた。ディミチの仕事では薬莢探しに三十分をついやしたあげく、床の割れ目からハドソンに落ちたと結論づけたのだった。

「そこでわれわれは調査を進め、きみが今夜、五百ドルの報酬を受けてマローンを……」ゴードンは言いよどんだ。

〝片づける〟

「……排除するという情報をつかんだ」

「いやはや」ポールは笑いながら言った。「ご自分たちでかせねたをまいたのか。こっちはやつを訪ねただけさ。ところで、やつはいまどこに？」

ゴードンはおもむろに言った。「ミスター・マローンは今後、ニューヨーク市の警察隊や市民にとって脅威とはならないだろう」

「誰かがあんたがたに、百ドル紙幣五枚ぶんの借りをつくったわけだ」

ブル・ゴードンは笑わなかった。「きみは面目を失ったんだ、ポール、もはや罰は免れない。というわけで、われわれからの提案がある。むかしのスチュードベイカーの広告にあったように、これは一度限りの提案だ。呑むか呑まないか。ふたつにひとつ」

上院議員がようやく口を開いた。「トム・デューイはきみの身柄を欲しがっているぞ、人間の屑という一覧に載せてね」

その特別検察官は、ニューヨークの組織犯罪を一掃するという神聖な任務を負っていた。最高幹部のラッキー・ルチアーノ、イタリア系の五大ファミリーにマイヤー・ランスキーのユダヤ系組織がその主な標的であった。デューイは根気強く、しかも如才なく立ちまわり、有罪判決をつぎからつぎへと勝ち取っていた。

「だが、まずは私たちがきみを利用することに同意してくれた」

「やめてくれ。おれは囮《おとり》の鳩じゃないんでね」

ゴードンが言った。「そんなことを頼んではない。これはそういう話じゃない」

「じゃあ、おれにどうしろと？」

しばらく間があいた。上院議員がうなずいてみせると、ゴードンは言った。「きみは下っ端だ、ポール。どうかね？　きみに人殺しをやってもらいたいのだが」

## 2

　彼はゴードンの凝視を受けとめてから、壁に掛かる艦船の写真に目を転じた。〈ザ・ルーム〉……軍の匂いがする場所。たとえば将校クラブ。ポールは軍隊生活が好きだった。居心地がよかったし、仲間もいて目的もあった。彼にとってはたのしい時代、素朴な時代――復員してからの人生は複雑になっていった。人生が複雑になると悪いことも起きる。

「それは本気で言ってるのか？」

「ああ、もちろんだ」

　脇のマニエリから、妙な動きはするなという警告の視線を浴びながら、ポールはポケットに手を入れ、チェスターフィールドのパックを出して煙草に火をつけた。「つづけてくれ」

　ゴードンは言った。「きみは九番街に例のジムを持っている。ぱっとしないのか？」と、これはエイヴァリーに向けられた。

「行ったのか？」ポールは訊いた。

エイヴァリーは答えた。「さほど高級では」

マニエリが笑った。「私なら、いかがわしいと言いますが」

指揮官はつづけた。「しかし、この稼業にはいるまえのきみは印刷屋だった。印刷の仕事が好きだったのか、ポール?」

ポールは用心深く答えた。「ああ」

「腕はよかった?」

「ああ、よかった。それがいまの話と何か関係があるのか?」

「自分の過去をすべて消し去るというのはどうだろう。一からやりなおすんだ。印刷屋から。われわれに任せれば、きみが過去に犯してきたことについては不問に付す」

「そのうえで」と上院議員が口を添えた。「なにがしかの金も出そうじゃないか。五千。新しい人生が手にはいるぞ」

五千? ポールは目をしばたたいた。堅気なら稼ぐのに二年はかかる額だ。彼は訊いた。

「どうしたらおれの前科《まえ》を消せるんだ?」

上院議員は笑った。「あの新しいゲームの、モノポリーを知っているかね? やったことは?」

「甥《おい》が持ってる。おれはやってない」

議員はつづけた。「サイコロを振って、たまに刑務所行きになったりすることがある。ところが、あれには〈刑務所から釈放〉というカードがあってね。まあ、その本物を進呈しようということだ。きみはそれだけ知っていればよろしい」

「おれに人殺しをさせようっていうのに？　そいつはおかしいな。デューイが納得するわけがない」

議員は言った。「特別検察官は、私たちがきみを望む理由については知らされていないのだ」

ややあって、ポールは問いを投げた。「誰を？　シーゲルか？」ギャングたちのなかで、いまもっとも危険な存在がバグジー・シーゲルだった。精神を病んでるといってもいい。シーゲルの残虐さが引き起こした血まみれの結末を、ポールは何度も目のあたりにしている。あの男の癇癖は伝説になっていた。

「いいかな、ポール」ゴードンが顔に軽侮の色を見せて言った。「米国市民を殺すことは法で禁じられている。われわれがそんな真似をしてくれとお願いするはずがないだろう」

「なら、こっちはお手上げだな」

議員が言った。「これはより戦時下に近い話でね。きみは以前兵士だった……」と、目で合図されたエイヴァリーが読みあげる。「ＡＥＦ（連合国遠征軍）、第一米国陸軍第一歩兵師団。サン・ミエル、ムーズ＝アルゴンヌ。激戦を経験。戦場での射撃技術により複数の勲章を受ける。白兵戦もか？」

ポールは肩をすくめた。隅に控えていた、皺だらけの白いスーツ姿の肥った男が、杖の金の把手《とって》に両手を打ちあわせた。ポールはそちらに目をやったが、やがて指揮官のほうに向きなおった。「おれが〈刑務所から釈放〉カードを使うまで生きのびる確率は？」

「それなりにある」と指揮官は言った。「高くはないが、それなりに」

ポールの友人にスポーツ・ジャーナリストで作家のデイモン・ラニアンがいる。ふたりはブロードウェイ近くのもぐり酒場で飲んだり、拳闘や野球を観にいくような仲だった。二年まえ、ラニアン原作の映画のニューヨーク封切りを祝うパーティに招待され、ポールはこの『可愛いマーカちゃん』はなかなかの傑作だと思った。シャーリー・テンプルに会えた興奮さめやらぬ上映後のパーティの席で、彼はラニアンにサインをねだった。すると作家はこんな献辞を書いたのだ、〈わが友、ポールへ——忘れるな、とかく人生は六対五で不利なもの〉と。

エイヴァリーが言った。「シンシンへ行くことを思えば、見込みははるかに大きいと言ってもいいな」

すこし遅れてポールは訊ねた。「なぜおれなんだ？　ニューヨークには、その金で喜んで飛びついてくる半端者がいくらでもいるぜ」

「ああ、だがきみは別格だ、ポール。安手のチンピラとはわけがちがう。有能だ。フーヴァーとデューイに言わせると、きみがこれまでに殺した男は十七名にのぼる」

ポールは顔に嘲笑を浮かべた。「また、がせか」

本当の数は十三だった。

「聞けば、きみは仕事のまえになると、すべてにおいて二度、三度と確認をするそうだな。銃の状態に万全を期し、犠牲者を研究しつくし、まえもって場所も下見して、相手の予定をつかんだら、むこうがそれに従うかを確かめて、いつひとりになり、いつ電話をかけ、いつ食事をするかまでつかんでしまう」

上院議員がつけたした。「しかもきみは賢い。さっきから話しているように。今度のことでは頭が必要なんだよ」

「頭が？」

マニエリが言った。「おまえのところに行ってみたぞ、ポール。本があった。山ほど本があるじゃないか。しかも〈ブック・オブ・ザ・マンス・クラブ〉の会員ときてる」

「頭が賢くなるような本じゃない。どれもこれも」

「それでも本にはちがいない」とエイヴァリーが指摘した。「私なら、きみの稼業の人間が本を読まないほうに賭ける」

「あるいは読めないかだ」マニエリがそう言って自分のジョークに笑った。

ポールは皺くちゃの白いスーツの男を振り返った。「あんたは誰だ？」

「気にすることはない――」ゴードンが言いかけた。

「本人に訊いてる」

「いいかね」上院議員が不平がましく言った。「主導権はこちらにあるんだぞ」

だが肥った男がそこで手を振り、ポールに向かって答えたのである。「あの漫画を知っているかね？〈小さな孤児アニー〉、白目だけで瞳がない女の子を？」

「ああ、知ってる」

「ならば、私のことはダディ・ウォーバックスと思ってくれ」

「どういうことなんだ？」

しかし男は一笑すると議員を見た。「売り込みをつづけたまえ。私は彼を気に入った」

柵のように細い政治家がポールに言った。「まず重要なのは、殺す相手が無辜《むこ》の民ではないということだ」

ゴードンが口をはさんだ。「ジミー・コグリンに聞いたが、きみはあるとき、自分が殺すのは殺しをやった人間だけだと言ったそうだな。それはつまり？　ひとえに〝神のあやまちを正す〟ということか？　それこそわれらが必要とすることなんだが」

「神のあやまちね」と議員はくりかえしたが、口もとにたたえた笑みは心からのものではなかった。

「で、相手は？」

ゴードンに見つめられた議員は質問のむきを変えた。「きみの親戚はいまもドイツにいるのかね？」

「近い人間は誰も。家族はずっとむかしにこっちへ来たんでね」

議員は訊ねた。「ナチスについて知っていることは？」

「アドルフ・ヒトラーが国をおさめてる。本気で夢中になってる人間はいないらしい。二年、三年まえの三月に、マディソン・スクウェア・ガーデンで彼に反対する大集会が開かれた。とにかく道がすごいことになってね。ブロンクスでの拳闘を最初の三ラウンド見逃したよ。頭にきた……。そんなとこだな」

「では、ポール」と議員がゆっくりと言った。「ヒトラーが新たに戦争をくわだてていることは知っているかな？」

その言葉に彼は不意をつかれた。

「ヒトラーが三三年に実権を握って以来、関係筋からはドイツの情報が流れてきている。昨年、ベルリンのわが人員がこの文書の草稿を手に入れた。これを書いたのは上層部のベック将軍だ」

指揮官が手わたしてきたのはタイプされた書類だった。ポールは目を通した。この筆者はドイツ軍はゆるやかでも着実な再軍備を進め、ポールが〝生活圏〟と訳したものを保護、拡張していくことを求めていた。国家は数年後の戦争にそなえるべきであると。

ポールは眉根を寄せたまま紙を置いた。「で、連中はこの筋書きで先へ進むのか？」

「昨年」ゴードンは言った。「ヒトラーは徴兵を開始して、以後はその手紙に書かれたレベルを超えた軍隊を築きつつある。そして四カ月まえのことだが、ドイツ軍はラインラント――フランスと国境を接した非武装地帯を占領した」

「それは読んだ」

「彼らはヘルゴラントで潜水艦を建造し、ヴィルヘルム運河の主権を回復して、北海からバルト海へ軍艦を移動させようともくろんでいる。その財政を司る男には新しい肩書きがついた。つまり〝戦争経済〟の親玉だ。それからスペインの内戦は？　どうやらヒトラーは軍隊と武器を送ってフランコを支援する気らしい。現実の戦争を、兵士の訓練の場に利用するわけだ」

「あんたたちはおれに……ヒトラーを殺す鉄砲玉になれっていうのか?」

「それはちがう」と上院議員が言った。「ヒトラーは単なる変人だ。おつむがどうかしている。国の再軍備を求めてはいるが、ではどうしたらいいかとなるとさっぱりでね」

「じゃあ、いま話に出ている男が黒幕なのか?」

「まあ、そういうことだな。男の名はラインハルト・エルンスト。大戦中は大佐だったが、現在は民間人だ。国内安定担当全権委員などという、舌を嚙みそうな肩書きをもっている。が、そんなものは看板にすぎない。その男が再軍備の陰で糸をひく張本人だ。顔も広くてね、たとえば財政ならシャハト、陸軍ならブロムベルク、海軍ならレーダー、空軍ならゲーリング、軍需ならクルップといった具合でつながっている」

「条約はどうなった? ヴェルサイユ条約は? やつらは軍隊を保持できないはずだ」

「大きなものはね。海軍についても同様で……空軍は一切認めない」と上院議員は言った。「ところが現地からの報告によると、ドイツ全土で兵隊と水兵が、カナの婚礼での葡萄酒のごとく湧き出ているというではないか」

「つまり、連合国は連中を止められないのか? 大戦に勝ったのに」

「ヨーロッパでは誰ひとり動かない。フランスはあの寒い三月に、ラインラントでヒトラーを食い止めることができた。だが、それをしなかった。イギリスは? 連中ときたら、絨毯に粗相した犬を叱るので精一杯だ」

ポールはひと呼吸おいて訊いた。「じゃあ連中を止めるのに、おれたちは何をやってきた?」

ゴードンの微妙な目つきには敬意がこもっていた。議員は肩をすぼめた。「アメリカでは、私たちはみな平和を求めている。現下の事態を取り仕切っているのは孤立主義者たちだ。彼らはヨーロッパの政治に巻きこまれることを望んでいない。男たちは職を求め、母親たちは二度とフランドル平原で息子を失いたくないと願っている」

「で、大統領は今度の十一月に再選をめざしているわけだ」ポールはそう言いながら、派手な炉棚の上から覗いているルーズヴェルトの視線を意識した。

沈黙がわだかまった。ゴードンが笑いだした。上院議員は笑わなかった。

ポールは煙草をもみ消した。「オーケイ。わかった。やっと呑みこめてきた。もしおれが捕まっちまったら、連中をあんたたちのほうへ引きもどすものがなくなるわけだ。というか、彼のほうへ」ポールはルーズヴェルトの写真に顎をしゃくった。「それに、おれはただの狂った一介の市民で、ここにいるガキどももみたいな兵隊じゃない」そこでふたりの若年士官を一瞥《いちべつ》する。エイヴァリーは微笑した。マニエリも笑ったが、それはまったく種類のちがう笑みだった。

上院議員が言った。「そのとおりだ、ポール。まさしくそのとおり」

「しかも、おれはドイツ語をしゃべる」

「じつに流暢なものだと聞いているよ」

ポールの祖父は祖国を誇りにしていたし、ポールの父もそれは同じで、子供たちにはドイツ語を習わせ、家のなかでは母国語をしゃべらせた。そういえば両親が喧嘩をして、母がゲール語、父がドイツ語でなじりあうというおかしな場面もあったのだ。またポールはハイスクールの夏休みには祖父の工場で働いて、ドイツ語の組版やゲラ読みも経験している。

「手順はどうなる？　おれはまだイエスとは言ってない。ただ興味は惹かれる。どうなんだ？」

「オリンピック選手団に家族、報道陣をドイツへ運ぶ船がある。出航は明後日。きみはそれに乗ることになる」

「オリンピック選手団？」

「われわれはそれが最善と判断した。街には外国人があふれる。ベルリンは人でごった返すだろう。軍も警察も手いっぱいとなるはずだ」

エイヴァリーが言った。「おまえがオリンピックと公式に関わることはないだろう――大会は八月一日が開幕だ。オリンピック委員会には、おまえが作家であるという認識しかない」

「スポーツ・ジャーナリスト」ゴードンがつけくわえた。「それが表向きの身分だ。しかし基本的にはおとなしく、めだたないように行動する。ほかの連中とオリンピック村にはいり、一日二日したら街に紛れこむ。ホテルはまずい。ナチスが宿泊客全員を監視して、旅券を記録するからだ。われわれの配下が、個人経営の下宿屋に部屋を押さえている」

職人根性とでもいうのか、仕事をめぐる疑問があれこれ頭に浮かんでくる。「本名を使うのか？」

「そう、本人で通してもらう。だが脱出用の旅券は別に用意しておく――写真はきみのものだが別名義で。他国で発行したものを」

上院議員が言った。「きみはロシア人に見える。大柄でがっちりしているからな」彼はうなずいた。「そうだ、〝ロシア出身〟ということにしよう」

「おれはロシア語を話せない」

「むこうにも話せる人間などいやしない。それに旅券はおそらく必要ないだろう。使いみちなど、緊急に国外脱出する場合に限られるわけだからな」

「しかも」ポールはすかさず言い添えた。「おれがしくじったときには、そっちに累《るい》がおよばないようにという計算もあるんだろう？」

逡巡した上院議員が目くばせすると、ゴードンがまったくそのとおりだと答えた。

ポールはつづけた。「おれの勤め先はどこになる？　新聞はどこも特派員をかかえている。おれが記者じゃないってことはすぐにばれるぞ」

「それはこちらも考えた。きみは書いた記事を、帰国してからスポーツ紙に売ろうというフリーランスだ」

「現地にいる、あんたたちの工作員というのは？」

ゴードンが答えた。「まだ名前は言えない」

「名前はどうでもいい。あんたらはそいつを信頼してるのか？　で、その根拠は？」

上院議員が言った。「彼はもう二年も現地に住んで、われわれに良質の情報をとどけてくれている。大戦時には私の部下だった。個人的にも知っている男だ」

「そいつの表の仕事は？」

「実業家、仲介業者といったところか。自営でね」

ゴードンがつづけた。「武器と標的についての情報は、その男が提供することになっている」

「おれは本物の旅券を持ってない。つまり、おれの名義のものは」

「わかってる、ポール。こちらで準備する」

「銃は返してもらえるのか？」

「だめだ」ゴードンはあっさりと却下した。「以上がわれわれの基本計画だよ。それからひとつ言っておくが、もしも貨物列車に飛び乗って、西のほうの貧民窟《フーヴァーヴィル》に潜りこもうなどと考えているなら……」

まさに図星をさされた恰好だった。だがポールは腑に落ちないというふうに首を振った。

「とはいえ、船がハンブルクに入港するまでは、この頑健な若者たちがきみのそばにぴたりとついて離れない。かりに今度はベルリンから脱け出す誘惑に駆られたとしても、われわれの連絡員がきみの一挙一動に目を光らせている。きみの姿が消えたらこちらに連絡がきて、こちらとしては、逃亡したアメリカ人の殺人犯がベルリンに潜伏している旨をナチスに伝えることになるだろう。きみの名前と写真も提供する」ゴードンはポールの目を見据えた。「もしわれわれの追跡能力を買ってくれているならだが、ポール、きみはナチスのことを何もわかっていない。聞くところによれば、彼らは裁判を省くし処刑の令状も出さないそうだ。さて、ここまでは了解してくれたかね？」

「はっきりとね」

「よし」指揮官はエイヴァリーを見た。「では、仕事を終えたあとの話をしてさしあげろ」

大尉は言った。「われわれは飛行機と搭乗員をオランダに待機させている。ベルリン郊外には古い飛行場がある。事がすんだら、そこから空路脱出してもらうことになる」

「空路？」ポールは気を惹かれた。空路というのは魅力だった。九歳のときに腕を骨折したのは――かぞえるのも厭になるうちの最初の経験なのだが――組み立てたグライダーで父の印刷工場の屋根から飛び、階下の汚れた石畳に不時着したからである。

「そうだ、ポール」とゴードン。

エイヴァリーが言う。「飛行機が好きなんだろう？　おまえのアパートメントには航空雑誌が揃っていた。書籍もだ。それに飛行機の写真も。模型もあった。あれは自分でつくるのか？」

ポールは当惑をおぼえた。自分の玩具を見られたと思うと腹が立ってくる。

「きみは飛行士かね？」と上院議員が訊いた。

「飛行機には乗ったことがない」そして彼は頭を振った。「どうかな」この話はそもそもからして狂っていたのだ。沈黙が部屋を満たした。

それを破ったのは皺だらけの白いスーツの男である。「私も大戦中は大佐だった。ラインハルト・エルンストと一緒でね。しかもアルゴンヌの森にいた。きみと一緒だ」

ポールはうなずいた。

「数を知っているかね？」

って。

ポールはアメリカ人、フランス人、ドイツ人の死体の海を思いだしていた。負傷者はある意味もっと凄まじかった。彼らの叫喚、呻吟《しんぎん》、父母を呼ぶあの声は忘れられるものではない。け

「犠牲者の数だよ」

「なんの？」

年輩の男は恭《うやうや》しく言葉にした。「AEFは二万五千を下らない犠牲を出した。負傷者は十万近い。私の指揮下にいた青年たちは半分が死んだ。われわれは敵に対して、ひと月で七マイル進軍した。私は人生において日毎、そんな数字のことを考えている。兵士が半分、七マイルと。そしてムーズ－アルゴンヌは、大戦でもっともめざましい勝利だった……。あんなことは二度と起きてほしくない」

ポールは男をまじまじと見た。「あんたは誰なんだ？」とあらためて訊ねた。

議員が身じろぎしながら切り出そうとすると、男はみずから答えた。「私はサイラス・クレイボーン」

ああ、そうか。なるほど……老人はコンチネンタル電話電信会社の社主で、大恐慌の影に呑まれてなお正真正銘の百万長者だった。

男はつづけた。「さっきも言ったように、ダディ・ウォーバックス。私は銀行家だよ。やはり、こうした計画を実行するときに、公けの金を使うというのはあまりよろしくない。私は祖国のために戦うには年をとりすぎた。しかし、やれることはやる。これで痒いところに手がと

どいたかね？」

「ああ、すっかり」

「よかった」クレイボーンはポールを見つめた。「ならばもうひとつ言っておこう。金の話は聞いているかね？ 額は？」

ポールはうなずいた。

「倍にする」

ポールは肌がぴりぴりと裂けるような気がした。一万ドル？ 想像もつかない。

ゴードンの顔がゆっくりと上院議員のほうを向いた。いまの科白《せりふ》が脚本にないことは、ポールにもわかった。

「現金でもらえるのか？ 小切手じゃなく？」

その言葉に、なぜか上院議員とクレイボーンが大笑いした。「もちろん、好きなように」と実業家は言った。

議員が電話を手もとに引き寄せて受話器を叩いた。「さて、どうするかね？ デューイに電話をするか否か」

沈黙はゴードンがマッチを擦る音でとぎれた。「考えたまえ、ポール。われわれはきみに過去を消すチャンスをあたえようとしている。新規まき直しだぞ。そんな取引きのできる下っ端がどこにいる？」

# II

## 囁きあふれる街

――一九三六年七月二十四日　金曜日

## 3

男はようやく自分の役目を果たすことができた。

朝六時、彼は刺激臭が鼻をつく三等の通路に立った。蒸気船〈マンハッタン〉号がハンブルク港に向け、ニューヨークを出たのは十日まえのことである。

その船はいわば〈ユナイテッド・ステイツ・ライン〉の旗艦で、社が旅客専門に建造した船舶の第一号だった。フットボールのフィールド二面がならぶほどの巨大船だが、今度の航海ではとくに混みあっていた。大西洋横断といえば一隻の船に乗客六百名あまり、乗員五百というのが典型的な例である。ところがこの船には四百名近いオリンピック代表選手、マネジャー、コーチ陣のほかに家族、友人、報道陣、AOC（アメリカ・オリンピック委員会）の役員からなる八百五十名が、一等から三等までの施設にひしめいているのだ。

乗客の数と、選手や記者たちからの度はずれた要求もあって、〈マンハッタン〉の船上では勤勉な乗組員たちもてんてこまいの忙しさだが、なかでも割を食っていたのが肥った禿頭のアルバート・ハインスラーだった。たしかに彼のポーターという仕事は、長く骨の折れる時間を意味する。だが日々困難をきわめるのは、彼がになう真の役割のためであり、そのことはひとりとして知る者がいない。ハインスラーはみずから〝Aマン〟を名乗った。これはナチの諜報機関が、ドイツ内の信頼すべき工作員――アゲンテン――に対して使う呼称である。

実のところ、三十四歳になるこの男やもめは親独協会の一会員にすぎない。親独教会とはヒトラーを支持する雑多な人間の寄り集まりであり、ユダヤ人、共産主義者、黒人に対抗する立場から、クリスチャン戦線とはゆるい同盟関係にあった。ハインスラーはアメリカを憎んではいなかったけれども、十代のころ、大戦中に起きたドイツ系差別運動によって、家族が貧窮にあえいだ惨めな時代を忘れていなかった。自身もひどい虐《いじ》めに遭っている――「ドイツ野郎の大馬鹿野郎」と嘲られ、校庭や路地でかぞえきれないほど殴られた。

いや、彼は自分の国を憎んではいない。ただナチスドイツを心から愛し、救世主アドルフ・ヒトラーに首ったけだった。あの男のためならどんな犠牲も厭わない――監獄行きも、必要なら死も。

ハインスラー本人もにわかに信じがたかった幸運は、ニュージャージーの協会本部に詰める突撃隊の指揮官から、簿記係として定期客船に乗り組んでいた忠実なる同志の職歴が認められ、〈マンハッタン〉の仕事がまわってきたことだった。褐色の制服を着た指揮官とはアトランティック・シティの遊歩道《ボードウォーク》で落ち合い、そこでナチスは世界から集う人々を歓待はするが、一方で競技選手や観客の流入によって起こりうる治安の乱れを懸念していると聞かされた。ハインスラーの任務とは、この船上で内密にナチスの代理を務めることである。しかし帳簿づけをやるのではない。重要なのは疑われずに船内を自由に歩きまわれること、だからポーターなのだ。

こんな胸躍る話があるものか！　彼はすぐにロワー・ブロードウェイの公認会計士からの請け負い仕事を辞めた。それから出航までの数日はすっかりのぼせあがり、徹夜で船の予定表を頭に入れ、ポーター役の練習をし、ドイツ語を復習して、さらには欧州に電報を打ったり欧州圏内でやりとりをする際に使うモールス信号の一種、国際符号の習得に励んだりと、任務に向けての準備をすすめていった。

船が港を出てからは他人と交わらず、ひたすら目を光らせ、耳をそばだてるAマンになりきった。だが海上の〈マンハッタン〉から、ドイツと連絡をとることはできなかった。携帯用無線の電波が弱すぎたのだ。船自体はもちろん、短波や長波もあわせて強力な無線電報システムをそなえていたけれども、ハインスラーがそうした方法でメッセージを送るのは不可能だった。その内容を見聞させないことが肝要な情報送信にあたり、どうしても無線係が介在するからである。

ハインスラーは舷窓から、灰色がつづくドイツの大地を目にした。そうだ、ここまで岸に近づけば送信できるぞ。彼は小さな自室にはいると、寝台の下からアロッキオ・バッキーニ社製の無線電信装置を引き出した。そして最上層のデッキへいたる階段に向かった。微弱な電波を岸にとどかせたい一念からだった。

狭い通路を歩きながら、彼は頭のなかでメッセージを検討しなおした。ひとつ残念なのは、自分の氏名と所属を入れたかったのにそれができないことだった。たとえヒトラーが親独協会の活動ぶりを個人的に評価していても、あまりに激しく——かつ喧《かまびす》しく——反ユダヤを標榜する協会の姿勢に、総統としては拒否の立場をとらざるを得なかった。もしハインスラーがアメリカの団体に言及したら、彼の言葉はないがしろにされてしまうだろう。

この特別なメッセージは無視されてはならないものなのだ。

親衛隊中尉　在ハンブルク：当方、熱烈なる国家社会主義者。偶然耳にした情報によると、ロシアと関連をもつ男が数日内に、ベルリン中枢に打撃をあたえるべく企んでいるとのこと。男の正体いまだ判明せずも、当問題に関しては調査を続行し、追って情報を送る所存なり。

スパーリングをやると彼は生き返った。

こんな気分は味わえない。足をぴったりつつむ革靴で踊るうちに筋肉は温まり、肌は汗で冷えて血で火照り、絶え間ない動きによって体内の発電機がうなりをあげていく。苦痛もある。ポール・シューマンは苦痛から学ぶことが多いと信じていた。つまりはそこに本質がある。

だがスパーリングが好きないちばんの理由は、ボクシングそのものと同じで、勝敗はすべて若干の傷が残る己れの双肩にかかっているからであり、軽やかな足さばきと力強い拳と心によって決まるものだからである。ボクシングで相手に対するのは自分だけ、チームメイトはいない。やられたら、それは相手の力が上ということ。単純明快だ。勝てば手柄は独り占め——縄跳びをやったのも、酒や煙草を断ったのも、相手のガードをくぐり抜けて弱点を狙うにはと考えに考え抜いたのも、すべて自分なのだ。エベッツ・フィールドやヤンキー・スタジアムには運がある。しかしボクシングのリングに運はない。

彼が踊っているリングは、〈マンハッタン〉の主甲板に組まれていた。いまや船全体が洋上に浮かぶ体育館と化している。昨夜、サンドバッグを叩いていると、それを見ていたオリンピック代表選手から、けさ入港まえにスパーリングをやらないかと持ちかけられたのだ。ポールはふたつ返事で引き受けた。

ポールは左ジャブを数発かわすと得意の右を繰り出し、相手を一瞬呆然とさせた。そこでガードされるまえのボディに一撃を見舞った。最初のころは動きも硬かった——しばらくリングに立っていなかったのだ——が、同船していた若く優秀なスポーツ医であり、仲間のジョエル・コスロウをして、ざっと見るかぎり年齢が半分ほどのボクサーにも充分対抗できると言わしめた。「でも二、三ラウンドが限度だね」と医者は笑顔でつけたした。「若い連中は強いよ。強烈な一発を持ってる」

それはそうに決まっている。だがポールは気にしなかった。とにかく運動は激しいほどいい。なぜならこの経験が——船上で毎日こなしていた、シャドウボクシングや縄跳び同様——今後ベルリンで待ちうける事態にそなえた体力づくりにつながるのだから。

ポールはスパーリングを週に二、三回はこなした。四十一歳ながらスパーリング・パートナーとして需要があったのは、彼がボクシング・テクニックの歩く教則本だったからである。場所はどこでも、ブルックリン・ジムにコニー・アイランドの野外リング、より本格的な会場でもやった。デイモン・ラニアンは〈二十世紀スポーティング・クラブ〉を、伝説の興行師マイク・ジェイコブズや数人の新聞記者たちとともに創立しているが、そのラニアンがポールをニューヨークのヒッポドロームに引っぱりだした。実際、一、二度は大物ともグローブを交えている。ウェストサイドの波止場に近い、小さな建物にある自分のジムでもリングに上がった。それはエイヴァリーの言うとおり高級には程遠いとはいえ、みすぼらしく古びた場所は聖域で、ポールとその奥の部屋に住むソーリー・ウィリアムズはいつでもジムを整頓して、氷とタオルとビールは切らしたことがなかった。

相手の青年がフェイントをかけてきたが、ポールはジャブの出所をすぐに予測してブロックすると、胸に鋭いパンチを放った。が、つぎのブロックをしくじり、顎にめりこむ革の感触を味わった。彼は連打がこないうちに相手の間合いから出て、両者はふたたび足を使った。キャンバス上を動きながら、ポールは青年が強くて速いことに気づいたが、相手と距離をおくことができなかった。勝ちたいという欲望に囚われていた。それはもちろん欲も必要だが、もっと大事なのは相手の男の動きをじっくり観察し、男のつぎの行動を読み切る手がかりを得ることにある。偉大なボクサーになるには、そんな超然とした部分が必須だった。

下っ端の男にとっても同じこと。

彼はそれを〝氷をさわる〟と表現した。

何年かまえ、ポールは四十八丁目にあったハンラハンの酒場で、鳩尾《みぞおち》はどうしても打てないくせになぜか顔は狙えるという、ビーヴォ・ウェインにやられて痛々しい目の痣《あざ》を手当てしていた。ポールが安物のビーフステーキを顔に押しあてているとドアが開き、柄のでかい黒人が氷を運んできた。氷の配達というと、普通はトングではさんでブロックを背負うように持ってくる。ところがこの男は両手で抱えてきた。手袋もせずに。ポールは男が止まり木の奥にはいり、氷を桶に入れるまで眺めていた。

「なあ」ポールは男に呼びかけた。「ちょっと削って分けてもらえないか?」

男はポールの目のまわりにできた紫色の痣を見て笑った。男がホルスターに挿していたアイスピックで削ってくれた氷を、ポールはナプキンにつつんで顔にあてた。そして十セントをすべらせると、配達人は「こいつはどうも」と言った。

「ちょっと訊ねるが」ポールは言った。「よくそうやって氷をはこべるな。痛くないのかい?」

「ああ、ほら」男は両手を差しあげた。手のひらに瘢痕組織ができていて、ポールの父が洒落た招待状を印刷するときに使ったパーチメント紙のように滑らかで白くなっている。

黒人は説明した。「氷だって、火みたいにやけどするからね。傷も残るし。氷を長くさわってるうちに何も感じなくなっちまった」

〝氷をさわってるうちに……〟

その言いまわしがポールの頭から離れなくなった。思えば、それこそ仕事をつづける自分の身に起きたことだったのである。誰のなかにも氷があるとポールは信じている。それをつかむつかまないは本人の選ぶことだった。

いま、家から遠く離れたこの奇妙な体育館で、ポールはスパーリングの演出に没頭しながら、同じように感覚を失った自分を意識していた。革と革が、革と肌がぶつかり、夜明けの空気も涼しい洋上で、このふたりの男は激しく汗をかきながら動きまわり、弱さを探し、強さを感じている。打つこともあれば打たないこともある。だが警戒だけは怠りなく。

〝ボクシングのリングに運はない……〟

アルバート・ハインスラーは、〈マンハッタン〉の煙突をかたわらに見る上甲板に腰をおろすと、無線機にバッテリーをつないだ。黒と茶の電鍵を出して装置の上に据えた。イタリア製の送信機を使うことには若干の抵抗があった。ムッソリーニは総統に対して礼を失している、とハインスラーはそう思っていたのだ。だがこれはあくまで個人的な感想にすぎない。アロッキオ・バッキーニが世界一の携帯用無線機であることは承知している。

真空管が温まるまで、ためしに電鍵をトン・ツー、トン・ツーと打ってみた。強迫観念に駆られて何時間もぶっ通しで練習したこともある。出航直前まで、この長さの電文を二分以内で送れるようにと、折りをみて努力をつづけてきた。

近づいてくる岸を見ながら、ハインスラーは深く息を吸った。こうして上甲板にいるのは気分がいい。旅客や一部の乗員のように、船酔いに苦しんで部屋に閉じこもることはなかったが、下層にいると閉所恐怖に襲われた。船上の簿記係というかつての職業はポーターよりも仕事の地位は上で、上甲板にもっと大きめの自室があてがわれていた。でも、それはかまわない――もうひとつの祖国がなにかしら不快を乗り越えようというとき、その手助けができれば光栄なのだ。

無線機の正面にようやく光が輝いた。ハインスラーは二個のダイアルを調節するとベークライトの小さな電鍵に指を置いた。自分でドイツ語に訳した内容を電文にして打っていく。

トン・トン・ツー・トン……トン・トン・ツー……トン・ツー・トン……ツー・ツー・ツー……ツー・トン・トン・トン……トン……トン・ツー・トン……

〈親衛――〉

その先には進めなかった。

背後から襟首をつかまれたハインスラーは喉をつまらせた。引っぱられてバランスをくずし、悲鳴とともにオーク材の甲板に倒れた。

「や、やめろ、怪我するじゃないか！」ハインスラーは立ちあがりかけたが、ボクシングの恰好をした険しい顔の大男が、やたら大きな拳を引きながら首を振った。

「動くな」

ハインスラーは慄《おのの》きながら甲板にまた沈みこんだ。

〝ドイツ野郎の大馬鹿野郎……〟

ボクサーは手を伸ばし、無線機からバッテリーのコードをむしり取った。「下に降りる」と装置を手にして言った。「ほら」男はAマンを力ずくで立たせた。

「狙いはなんだ？」

「知るものか」禿頭の男の声は、吐いた言葉とは裏腹にふるえていた。

ふたりはポールの船室にいる。無線機、バッテリー、それに男のポケットの中身が狭い寝台にぶちまけられていた。ポールは同じ質問を、今度は威嚇をふくんだ声音でくりかえした。

「言ってみろ――」

船室の扉が叩かれた。ポールは前に出ると、拳を固めて扉を開いた。ヴィンス・マニエリがはいってきた。

「あんたの伝言を受け取った。これはいったい――？」マニエリは口を閉じ、拘束された男を見つめた。

ポールは財布をわたした。「アルバート・ハインスラー、親独協会」

「なに……その協会はまずい」

「あれを持ってた」と顎で無線電信機をさす。

「われわれをスパイしていたのか？」

「さあ。だが何かを送信しようとしていた」

「どうやって突きとめた？」

「勘だよ」

マニエリには話していなかったが、ポールはゴードンとその部下たちにある程度の信頼は寄せていたものの、この手のゲームにおける連中の軽率さをいまだ理解していない。連中がいたるところに足跡を残している可能性もあった——船に関する情報しかり、マローンらの排除をめぐる不用意な発言しかり、さらにはポール本人についての言及しかり。彼はナチスから危害がおよぶとは本気で考えていなかったが、船に乗るという情報がブルックリンやジャージーの旧敵に伝わるのを懸念して、備えを講じておくことにしたのである。船が港を出るとすぐ先任航海士に自腹を切って百ドル札をわたし、乗組員のなかに見馴れぬ顔はないか、妙に接触を避けたり変わった質問をする者はいないかを調べさせた。むろん怪しい旅客も対象にはいる。

この百ドルはかなりの探偵仕事をまかなったのだが、航海中は航海士の耳にはいってくるような話は何もなかった——それがけさになり、ポールのオリンピック選手とのスパーリングマッチを中断させるかたちで、ポーターとして働くハインスラーのことが乗組員の一部の間で噂になっていると航海士が告げてきたのである。ハインスラーは普段からこそこそした態度で仲間たちとのつきあいはなく、わけても異様なのが、やたらナチスとヒトラーについて弁をふるうことだという。

不安をおぼえたポールが跡を追ったところ、上甲板で無線機に向かうハインスラーを見つけたのだった。

「何かを送ったのか？」マニエリが訊いた。

「けさは送ってない。おれがあとから階段を昇っていくと、こいつは無線をセットしていた。送れてせいぜい二、三文字ってとこだ。だが、まる一週間送信をつづけてたってことも考えられる」

マニエリは無線機に目をやった。「おそらくそれはあるまい。交信可能な範囲はほんの数マイルだ……こいつは何を知ってる？」

「本人に訊いてくれ」ポールは言った。

「すると相棒、なんのつもりだ？」

禿げた男は沈黙を守った。

ポールは身を乗り出した。「吐け」

ハインスラーは薄気味悪い笑みを浮かべた。彼はマニエリのほうを向いた。「きみらの話を聞いた。何をたくらんでるかも知っている。しかし彼らが阻止することだろう」

「このお膳立てをしたのは誰だ？　協会か？」

ハインスラーは嘲笑した。「誰もお膳立てなどしてない」もはや怯《ひる》むところはなく、一気にまくしたてた。「私は新ドイツに忠誠を誓っている。総統を愛し、彼と党のためならいかなることでもする覚悟だ。だいたいきみらのような――」

「ちょっと待て」とマニエリはつぶやいた。「われわれの話を聞いたとは、どういう意味だ？」

ハインスラーは答えなかった。気取った笑顔で舷窓から外を覗いた。

ポールは言った。「やつが聞いたのは、あんたとエイヴァリーの話か？　何をしゃべってた？」

大尉は床に目を落とした。「さあな。計画について二度ばかり検討した。おしゃべりをしただけだ。はっきりとは憶えてない」

「まさか、部屋の外で？」ポールは鋭く切り返した。「だったら、周囲を確認できる甲板に出るべきだったな」

「他人に聞かれてるなんて思いもしなかった」大尉は言い訳がましく答えた。

〃いたるところに足跡を残して……〃

「こいつをどうする？」

「エイヴァリーと相談する。船に拘禁室がある。何かわかるまで、そこに押しこんでおくことになるだろう」

「それから身柄をハンブルクの領事館に？」

「たぶん。わからない。しかし……」と言いかけて、大尉は顔をしかめた。「なんだ、この匂いは？」

ポールも眉を寄せた。不意に、ほろ苦いような臭気が船室に満ちた。

「おいっ！」

ハインスラーが枕に倒れこみ、白目をむいて口の隅から泡を吹いた。身体が激しく痙攣した。アーモンドの香りだった。

「青酸だ」マニエリがつぶやくと、走り寄った舷窓をあけ放った。

ポールは枕カバーで男の口を慎重に拭い、カプセルを探した。だが見つかったのはガラスの破片が数個だけで、完全に砕かれていた。ポールが流しでグラスに水をくみ、振り返って口から毒を洗い流そうとしたときには、もう男は息絶えていた。

「自殺か」マニエリが興奮した声を洩らし、目を瞠《みは》った。「こんな……ところで。自殺をしたのか」

ポールは憤りを感じた。新たに事実を知るチャンスも失せてしまったのだ。

大尉はふるえながら死体を見つめている。「これはまずい。さあ、どうする……」

「エイヴァリーに伝えろ」

が、マニエリはすくみあがっている。

ポールは大尉の腕をしかとつかんだ。「ヴィンス……エイヴァリーに伝えろ。聞こえてるのか？」

「なんだ？……ああ、そうか。アンディか。伝える。わかった」大尉は船室を出ていった。

ジムから持ち出したダンベル数本を腰に結びつければ、海に沈む重さにはなるだろうが、なにせ舷窓は差し渡し八インチしかない。しかも〈マンハッタン〉の通路は、下船の準備に追われる客で早くも混雑がはじまっている。現時点で死体を船内から出す方法はなかった。待つしかないのだ。ポールは毛布をかけた男の顔を横にして、あたかもハインスラーが眠っているかのように装うと、小さな流しで毒がすっかり落ちるまで両手を洗った。

十分後、ドアにノックがあり、ポールはマニエリを室内に入れた。

「アンディがゴードンに連絡をとってる。ＤＣはいま深夜だが、なんとかつかまるだろう」死体から目を離さずにいた大尉は、やがてポールに訊いた。「荷造りは？　準備はできたのか？」

「あとは着換えれば」ポールは着ていた運動用のシャツとショートパンツに目をやった。

「なら早くしろ。それから上へ行け。まわりに妙な誤解はあたえたくないとアンディは言ってる。おまえが消えたら、この男のほうも、むこうの上司にわからないように消す。三十分後に主甲板の左舷側で落ち合おう」

ハインスラーの死体にいま一度視線を投げると、ポールはスーツケースとひげ剃りの道具一式を手にシャワー室へ向かった。

身体を洗ってひげをあたると、白いシャツにグレイのフランネルのスラックスという出立ちになったが、鍔《つば》の浅い茶色のステットソンはかぶらずにおくことにした。すでに旅に不馴れな船客たちの三、四人が、かんかん帽や中折れ帽を風で飛ばされていたからだ。十分後には早朝の薄い光の下、堅いオークの甲板上を歩いていた。ふと立ちどまって手すりにもたれ、チェスターフィールドを喫《す》った。

彼はみずから命を絶った男のことを考えた。自殺とは、まったく理解のできない行動だった。手がかりは男の目にあったような気がする。あの狂信的な輝きだ。ハインスラーは彼に、最近読んだ何かを思いださせた。そうして頭に浮かんだのがシンクレア・ルイス作『エルマー・ガントリー』のなかで、信仰復興運動の伝道師に騙される人々のことである。

〝総統を愛し、彼と党のためならいかなることでもする覚悟だ……〟

たしかに、自分の命をそんなふうに投げ出すとは狂っている。しかしもっと不気味なのが、ポールがいま眺めている灰色の大地について、男の身の処し方が語りかけてくる現実だった。

同じように死を懸けるほどの情熱を抱く者はどれくらいいるのか。ダッチ・シュルツやシーゲルといった連中は危険だが理解できる。が、目にあの表情を宿した男のわが身を捧げる行為……これはやはり狂っているし、尋常じゃない。ポールにしても、いまだかつて経験したことのないものだった。

そんな物思いを破られて脇を見ると、立派な体格をした若い黒人が歩いてきた。男はオリンピック・チームが着る薄手のブルーのジャケットにショートパンツという姿で、たくましい太腿をあらわにしている。

ふたりはうなずきを交わした。

「失礼」男は柔らかな声で言った。「お元気ですか？」

「ええ」ポールは答えた。「そちらは？」

「朝の空気がうまい。クリーヴランドやニューヨークよりずっときれいです」ふたりは水面に目を転じた。「さっきスパーリングをやってましたね。プロですか？」

「こんな年寄りが？　身体を動かしていただけでね」

「ジェシーです」

「ああ、そうだ、あなたのことは知ってる」ポールは言った。「〝オハイオの弾丸〟だ」ふたりは握手をした。ポールは自分の名前を口にした。船室での出来事でショックはあったものの、それでも自然と頬がゆるんでくる。「去年のビッグ・テン競技会をニュース映画で見ましたよ。アンアーバーの。あなたは三つの世界記録を打ち立てた。あともうひとつがタイ記録？　あのフィルムは十回は見たな。人からその話を聞かされるのはいい加減うんざりだろうが」

「ぜんぜんかまいませんよ」とジェシー・オーエンスは言った。「とにかく、みなさんよくご存じなんでびっくりです。こっちはただ走ったり跳んだりするだけなのに。旅のあいだ、あまり見かけませんでしたね、ポール」

「うろうろはしていたんだが」ポールは言葉を濁した。ハインスラーの身に起きたことを、オーエンスは何か知っているのだろうか。話を立ち聞きされたのか。それとも煙突付近の上甲板で、ポールが男を拉致《らち》したところを見られたか。だがもしそうだとしたら、この陸上選手もさすがに泡を食っているはずだ。思惑は別にあるように思われた。ポールは背後にひろがる甲板に顎を向けた。「こんなにでかいジムにお目にかかるのは初めてだ。感想は?」

「運動ができるのはうれしいけど、トラックは動きませんからね。それに何日かまえに試してみたけど、上下に揺れるなんてことはぜったいないわけだし。土やシンダーが恋しくなりますよ」

ポールは言った。「なるほど。おれはあのボクサーとやったんだ」

「ええ。いい男です。話しましたよ」

「あいつは悪くない」ポールはあまり力をこめずに言った。

「らしいですね」と陸上選手は相づちを打った。アメリカ選手団のなかでボクシングが有力競技でないことは知っているはずなのだが、オーエンスは仲間の選手の批評はしなかった。ポールの聞いた話では、この黒人はとりわけ温厚な人柄で知られ、昨晩船上でおこなわれた人気選手コンテストでもグレン・カニンガムについで二位にはいっていた。

「煙草でも……」

オーエンスは声を出して笑った。「いや、私は」

「煙草の一服もフラスクからのひと口も、勧めようにもお手上げだ。きみたちはとにかく健康の度が過ぎる」

ふたたび笑い声。つづく沈黙のなかで、がっしりした体軀の黒人は海を眺めた。「そうだ、ポール。質問があるんですが。あなたは公務でこっちに？」

「公務？」

「たとえば委員会付きの？　警備とか？」

「おれが？　どうしてそんなことを？」

「あなたにはどことなく、こう、兵士じゃないかと思わせるところがある。それにあの闘いぶり。動きがきっちりと身についている」

「おれは大戦に行ってる。だからそんな印象があるんじゃないかな」

「かもしれないが。それでも二十年もまえのことでしょう。あとは、あなたが話をしていたふたりの仲間のこと。彼らは海軍だ。ふたりが乗組員としゃべってるのを耳にしたんです」

まったく、ここにも足跡か。

「あのふたりかい？　船で行き合っただけさ。こっちはきみたちに便乗させてもらって……スポーツのこと、ボクシングのこと、ベルリンのゲームのことを記事にする。ただの物書きだよ」

「そうですか」オーエンスはゆっくりうなずいた。しばらく考えこんでいる様子だった。「じゃあ、あなたが記者なら、ぼくが訊ねようとしてたことをやはりご存じかもしれない。あのふたりのことを何か聞いてるんじゃないかと思って」オーエンスが顎をしゃくってみせたのは、近くの甲板をならんで疾走してはリレーのバトンを受け渡している男たちだった。電光石火といった速さである。

「彼らは？」ポールは訊ねた。

「サム・ストーラーとマーティ・グリックマン。われわれのなかでも優秀な選手たちです。ところが、そのふたりが走らないんじゃないかという噂を聞きました。それで何かご存じないかと」

「いや、まったく。それは能力的に問題があるということで？　怪我とか？」

「彼らがユダヤ人だからです」

ポールは頭を振った。言われてみれば、ユダヤ人を好まないヒトラーについては議論が湧き起こっていた。抗議の声があがり、オリンピック開催地の変更も話し合われた。一部にはアメリカ選手団のボイコットを求める意見もあった。デイモン・ラニアンも、国が大会参加を決めたことに激怒していたのである。それにしてもアメリカのオリンピック委員会が、ユダヤ人であることを理由に選手を出場させまいとするのはなぜか。「そんなばかな。とても許される話じゃない」

「まったくです。そんなわけで、情報をおもちじゃないかと思って」

「残念ながら、役に立てそうにない」とポールは言った。

そこへもうひとり黒人がやってきた。ラルフ・メトカーフがみずから名乗った。ポールは彼のことも知っていた。三二年のロサンジェルス・オリンピックで複数のメダルを獲得した男である。

オーエンスが上甲板から見おろすヴィンス・マニエリの姿に気づいた。大尉はこくりとうなずき、階段に向かった。

「ほら、あなたのお仲間が来ましたよ。船で行き合っただけの」いわくありげな笑顔を見せたオーエンスは、ポールを完全には信用していなかったのだ。黒人はしだいに近づいてくる大地に視線を据えた。「想像してみてくださいよ。私たちはもうすぐドイツに着く。まさかこんな旅をするなんて思わなかった。人生ってわからないものですね」

「本当に」ポールは同意した。

選手たちはその場を辞して走り去った。

「オーエンスか？」歩いてきたマニエリが、手すりにもたれて訊いた。風に背を向けて煙草を巻いた。

「ああ」ポールはチェスターフィールドをパックから一本抜き、手をかざして火をつけると、マッチを大尉に差し出した。大尉も煙草をつけた。「いい男だ」

少々鋭すぎはするが、とポールは思った。

「速いからな、あの男は。何の話を？」

「ちょっとした世間話だ」そして低声《こごえ》で、「下のわれらが友人の状況は？」

「いまエイヴァリーが処理している」とマニエリは曖昧な言い方をした。「無線室だ。もうすぐ来る」頭上低くを飛行機が単機で飛んだ。ふたりは無言で、しばらくその機影を目で追った。

若者はいまだ自殺騒ぎに動揺しているようだった。だが、それはポールの場合とはちがう。今度の死はポールに対し、これからまみえる相手が一筋縄ではいかないことを教えていた。ところがこの軍人ときたら、死を間近に見たことにうろたえている——それも初めての経験とみてまず間違いない。ポールは同じチンピラでも二種類いることを知っている。でかい声でやたら息巻いたり、腕っ節が強いところはどちらも同じ。ただし片方は拳を見舞うチャンスを狙ってものにする——氷をさわる——けれど、片方はそれをしない。つまりヴィンス・マニエリは後者に属する。たかが近所のいい子にすぎない。〝三下〟だとか〝眠らす〟などという言葉をうれしそうに使ってみせても、マリオンと同じでポールの世界とはかけ離れている。マリオン——悪《ワル》と火遊びする乙女と。

しかしながらギャングのボス、ラッキー・ルチアーノにも言われたように、「火遊びとやるのとはちがう」のだ。

マニエリは死んだ男ハインスラーについて、ポールが意見を言うのを待っている感じがあった。死んで当然だったとか、もともと頭がおかしかったとか。人間というのは、いつでも死人に対するそんな言葉を聞きたがるものだ。自業自得であるとか、当然の報いであるとか、避けられない運命であったとか。だが死にきちんと釣り合いのとれた死などあるはずもなく、下っ端は口を開かなかった。厚い沈黙がふたりの間に充満したころ、アンドルー・エイヴァリーがやってきた。紙挟みと古ぼけた革の書類鞄を手にしている。エイヴァリーは周囲に目を配った。立ち聞きされる心配はない。「椅子を持ってこい」

ポールは木製で重い白のデッキチェアを見つけて、それを水兵たちのもとへ運んだ。なにも片手で持つことはなく、両手を使えばずっと楽だったのだが、苦もなく椅子を抱えあげる姿に目を白黒させるマニエリを見たかったのである。ポールは腰をおろした。

「電報が来た」と大尉はささやくように言った。「中佐はこのハインスラーという男のことはあまり心配していない。アロッキオ・バッキーニの小型無線機は、野外の作業や航空機向けに作られた短距離のものだ。それに、たとえ男が電文を送っていたとしても、ベルリンが注目することはないだろう。連中にとって協会はありがた迷惑の存在でね。しかしゴードンからは、すべてはおまえしだいだと言ってきてる。抜けたければ、それはかまわない」

「でも〈刑務所から釈放〉カードがない」ポールは言った。

「カードはいらない」とエイヴァリー。

「この取引きはどんどん甘くなっていくのか」下っ端はひねた笑い声を出した。

「残るんだな?」

「ああ、残る」下の甲板に顎をしゃくる。「死体はどうなる?」

「全員が下船したのち、ハンブルク領事館付きの海兵隊員が乗りこんで処置する」そこでエイヴァリーは身を乗り出すと声を低めて、「では、ここからがおまえの任務だぞ、ポール。入港してておまえが船を降りたら、私とヴィンスはハインスラーの問題処理にあたる。その後はアムステルダムへ行く。おまえは選手団と行動をともにする。ハンブルクでは簡単な式典があって、それから全員汽車でベルリンに向かうんだ。選手たちは今夜、もうひとつ儀式に臨むことになっているが、おまえは選手村へ直行して姿を消す。明朝、バスに乗ってティーアガルテンへ――ベルリンの中央公園だ」彼はポールに書類鞄をわたした。「これを持っていけ」

「中身は？」

「擬装用の道具だ。報道許可証。紙、鉛筆。大会と街の背景に関する資料。選手村の案内。記事、切り抜き、数字の情報。物書きが持ち歩くようなものだ。いま見る必要はない」

だがポールは鞄をあけ、その内容に注意深く目を通していった。エイヴァリーが請けあったとおり、許可証は本物で、そのほかの品についても疑わしい部分は見つからなかった。

「おまえは人を信じないのか？」とマニエリが訊いた。

この青二才に一発、それも強烈なのをかましてやったら愉快だろうと思いながら、ポールは書類鞄を閉じて顔をあげた。「おれのもう一通の、ロシアの旅券はどうした？」

「われわれの工作員が現地で調達することになっている。欧州の書類偽造を専門にする人間を押さえているんでね。で、あしたは鞄を忘れず持ち歩くように。それがおまえを見分ける目印になる」男は彩色されたベルリン市街図をひろげて道筋をたどった。「ここで降りてこっちへ行く。〈ビーアハウス〉というカフェーをめざすんだ」

エイヴァリーが見ると、ポールは地図をじっと睨みつけていた。「それは持っていってかまわない。記憶する必要はないぞ」

しかしポールは頭を振った。「地図は自分のいた場所やこれから行く場所を他人に教えてしまう。それに道で地図と睨めっこしてると人目を惹くだろう。迷ったら人に訊ねるほうがましなんだ。そうすれば自分が他所者《よそもの》と知れる相手は大勢じゃなく、たったひとりですむ」

エイヴァリーは眉をあげ、マニエリでさえこの点については嘲る余地がなかった。

「カフェーの近くに路地がある。ドレスデン小路だ」

「名前があるのか？」

「ドイツでは路地にも名前がついてる。全部じゃないが。近道でね。その行き着く先は問題じゃない。正午にその路地にはいり、迷ったふりをして立ちどまる。そこへ、われわれの工作員が近寄ってくる。上院議員が話をしていたレジナルド・モーガン、レジーだ」

「人相を言ってくれ」

「背が低い。口ひげ。黒っぽい髪。ドイツ語をしゃべる。むこうから話しかけてくるから、おまえはどこかで訊ねるんだ、『アレクサンダー広場《プラッツ》へ行くには、どの路面電車に乗ればいいですか？』と。するとむこうは『一三八番の電車です』と答えてから、しばらく考えて『いや、二五四番のほうがいい』と言いなおす。それが電車の本当の番号じゃないから、本人とわかるわけだ」

「たのしそうにしてるじゃないか」とマニエリが口をはさむ。

「まるでダシール・ハメットだ。『コンチネンタル・オプ』」

「これはゲームじゃないんだぞ」

そんなことはわかっているし、合言葉がおかしいと思っているわけでもない。だが端からこの筋立てがしっくりこないのだ。理由はわかっている。これが他人任せの計画であるからだ。ポール・シューマンの嫌いなやり方だった。

「わかった。アレクサンダー広場。路面電車は一三八番、二五四番。もしむこうが電車の話をしそこねたら？　本人じゃないのか？」

「その場合のことも決めてある。もしも怪しいと感じたら、とにかく慌てず騒がずだ。笑顔で何気なくその場を離れて、この住所へ向かうんだ」

エイヴァリーが手わたしてきた紙片には、ある通りの名前と番号が記されていた。ポールはそれを記憶すると相手に戻した。そして大尉から受け取った鍵をポケットに入れた。「そこはブランデンブルク門の真南にあたる古い宮殿だ。いずれ新しいアメリカ大使館となる予定だが、五年まえに火事に遭ったせいでいまも修復の最中だ。外交官は移動してきていない。だから仏独英もわざわざ嗅ぎまわっていない。しかし、そこにわれわれも利用する部屋がふたつある。キッチン横の物置には無線機が置いてある。それでアムステルダムのわれわれに連絡をよこせば、われわれのほうでゴードン中佐と話をする。中佐と上院議員とでつぎの方策を決めることになるだろう。だが万事順調なら、モーガンがおまえの世話をする。下宿屋をあてがい、武器を用意し、必要な情報を入手する……おまえが訪ねる相手の情報をな」

〃仲間うちでは片づける……〃

「それから憶えておけ」マニエリがうれしそうに告げた。「もしも明日、おまえがドレスデン小路に現われなかったり、モーガンを出し抜くような真似に出たら、モーガンからこっちに連絡がくる。そしたら警察が容赦なく追っ手をかけることになるぞ」

ポールはそのまま若造にほざかせておくことにした。ハインスラーの自死にマニエリが狼狽したことをほのめかしてもよかったし、多少でも牽制は必要だった。だが現実に、ポールが逃げる可能性は皆無なのだ。ブル・ゴードンは正しかった。いかんせん鉄砲玉には、こんなふうに二度のチャンスはめぐってこないし、大金をその手につかむ機会はない。

男たちは黙りこくった。もはや話すこともなかった。あたりの湿って不快な空気を満たすのが風と波を切る音、それに〈マンハッタン〉の機関がたてるバリトンで、ポールはその混ざった音色にハインスラーの死や待ち受ける困難な任務を忘れ、なぜだか心安らいでいた。軍人たちは下に降りていった。

巨船がハンブルクの港へはいっていくなか、ポールは立ちあがって新しく煙草をつけると、手すりにもたれてラインハルト・エルンスト大佐に思いを凝《こ》らした。ポール・シューマンにしてみれば、この男がヨーロッパの平和や罪なき多くの命に対する潜在的脅威であろうと関係がない。下っ端が殺しを仕掛ける最後の人物になるという、その事実が重要だったのだ。

〈マンハッタン〉が接岸し、選手とその周辺の人々が船を降りて数時間後、ある若い乗組員がドイツの旅券審査を出てハンブルクの街路を歩きだした。

上陸していられる時間は長くない——新米なのでわずか六時間の休暇である——でもアメリカの地を出たことがない本人としては、初めて訪れた外国をなんとしても満喫するつもりでいた。

むさくるしく、頬を赤くした厨房助手は、町にはすばらしい美術館があるものと思いこんでいた。それに立派な教会もあるはずだ。コダックを持参したので、地元の人に建物の前で写真を撮ってもらい、それを父母に見せるつもりでいた（「写真をいいですか《ビッテ・ダス・フォト》？」と練習もしてあった）。ビアホールや居酒屋はもちろん……ほかに異国の港町で気晴らしというと何があるだろうか。

とはいえ土地の文化に接するまえに、彼にはすませておかなければならない用事があった。陸での貴重な時間が、雑用でつぶれてしまうのではと心配していたのだが、なんのことはない。税関を出るとすぐに探していたものは見つかった。

厨房助手は、緑の制服に黒と緑の帽子をかぶった中年男のほうに歩み寄った。そしてドイツ語を試してみた。「すみません《ビッテ》……」

「はい《ヤー》、なんでしょう《マイン・ヘル》？」

助手は顔をしかめながら、訥々《とつとつ》とつづけた。「ビッテ、あなたは警官《ドウー・ビスト・アイン・ポリツィスト》、ええと、それとも兵士《ゾルダート》？」

その巡査は相好をくずすと英語で言った。「はいはい、私は警官ですよ。むかしは兵士でしたが。どうかしましたか？」

厨房助手は通りのほうを顎で示した。「これを拾ったんです」と言って警官に白い封筒を差し出した。「この単語は〝重要〟という意味じゃないんですか？」彼は表書きされた〈ベドイテント〉という文字を指さした。「ちゃんと相手にとどいたのかと思って」

警官はすぐに返事をせずに封書の表を見つめてから、「ええ、ええ。〝重要〟だ」と言った。ほかには〈親衛隊中尉　在ハンブルク〉と書かれている。助手にはなんのことだかわからなかったが、警官は困惑しているようだった。

「どこに落ちていましたか？」と警官は訊いた。

「そこの歩道に」

「よろしい。感謝します」警官は緘された封筒を見つめ、それを裏返した。「これを落とした人のことを見ていますか？」

「いいえ。落ちているのを見つけて、自分もよきサマリア人になろうと思って」

「ああ、なるほど。サマリア人ね」

「じゃあ、私はこれで」とアメリカ人は言った。「さよなら」

「どうも《ダンケ》」警官は上の空で応じた。

気になる観光場所のほうへ戻りながら、若者は封筒に何がはいっていたのかと考えた。それに〈マンハッタン〉で一緒だったポーターのアル・ハインスラーがゆうべ、港に着いたら警官か兵士にわたしてくれと託してきたのはなぜなのだろうか。あの男は誰もが認める変人だったが、自室は整然として塵ひとつなく、服にしてもアイロンの折り目がきちんとついていた。独り言をつぶやいたり、目を潤ませてドイツのことを語ったり。

「で、何がはいってるんだい?」と助手は訊ねてみたのだ。

「乗客のなかに一名、怪しい人物がいる。そのことをドイツ人に知らせるつもりだ。無線で送ろうとしてるんだが、電波がとどかないこともあるからな。これを当局が確実に受け取るようにしたいのだ」

「その乗客って? ああ、待て、わかった——市松模様のスーツを着て、船長のテーブルで酔って正体をなくしたあのデブ野郎かい?」

「いや、別の人間だ」

「船の警備のとこに行けばいいじゃないか」

「これはドイツ側の問題だ」

「へえ。で、自分ではとどけられないのか?」

ハインスラーは気味の悪いやり方でその太い指を組みあわせると、首を振った。「こっちは忙しくなるかもわからない。きみは休暇をとると聞いた。これをドイツ人が受け取るということが、本当に大事なことなのだ」

「そうか、わかったよ」

ハインスラーは静かな声でつけたした。「もうひとつ。これは拾ったと言ったほうがいいだろう。さもないと、署に連れていかれて尋問されるかもしれない。そうなると時間を食う。休暇を使い切ることにもなりかねない」

若い助手はこの悪巧みに不安をおぼえはじめていた。

ハインスラーはそれを察してすばやく口を添えた。「ここに二十ある」

これはこれはと驚きながら、厨房助手はポーターに答えたのだ、「あんたは速達便を出したってことだな」

警官から離れ、あらためて埠頭をめざしながら、青年はふとハインスラーはどうしているだろうと思った。ゆうべから顔を合わせていなかった。が、ポーターへの思いは、彼がすでに発見していた場所へ近づくにつれ消失していった。手始めにドイツ文化を味わうにはもってこいではないかと目星をつけていたのだ。しかし〈ローザのホット・キトゥン・クラブ〉と都合よく英語で綴られた魅惑の店は、埠頭の歓楽街一帯がそうであるように、廃業に追い込まれていた。

こうして助手は、やっぱり教会と美術館てことになりそうだと溜息まじりに思ったのである。

## 4

郊外はシャルロッテンブルクにある自宅の寝室で、彼は窓のすぐ外の酸塊《すぐり》の木から雷鳥が空へ羽ばたく音に目を覚ました。木蓮の香りで覚醒した。

彼を起こした悪名高いベルリンの風は、若い男や薹《とう》の立った妻たちによると、卑俗な欲求をかきたてるアルカリ性の塵をふくんでいるという。

その魔法の風のせいなのか、ある年齢に達した男の性《さが》なのかは知らないが、気づけばラインハルト・エルンストは、ブルネットの髪が魅力的な二十八歳の妻ゲルトルートのことを想っていた。その顔を眺めるつもりで寝返りをうつと、ふたりの寝台には抜け殻のへこみだけが残っている。笑わずにはいられない。昼に十六時間働いて夜はただ疲れ果て、妻はというと変わらず早起きの性質《たち》である。近ごろは寝床でひと言、ふた言を交わすことさえめったになかった。

階下の台所から、動きまわる音が聞こえてくる。時刻は午前七時。ちょうど四時間眠った計算になる。

エルンストは伸びをすると、悪いほうの腕をできるだけ持ちあげ、三角の金属片が埋まる肩のあたりをさすった。そんな感触には馴れているし、どういうわけかこの榴散弾には安寧をおぼえている。過去を信奉するエルンストは、流れていく歳月が象徴するものに心を寄せるのだ。たとえそれが己れの四肢や生命を奪いかねない存在であったとしても。

寝台を降りて寝巻きのシャツを脱いだ。もうフリーダが来ているはずなので、エルンストはベージュの乗馬ズボンをはき、シャツは着ないまま寝室に隣りあった書斎へはいっていった。五十六歳になる大佐は、丸い頭を灰色の短髪が覆っている。口もとには皺がある。小ぶりの鼻はローマ鼻で、中央に寄った双眸とともに獰猛で抜け目ない雰囲気を醸《かも》し出す。そんな造作のせいで、大戦の戦友からは〝カエサル〟の異名をたてまつられた。

夏のあいだは彼と孫のルディで、朝からふたり、メディシンボールや棍棒を使ったり、腕立て伏せをやって走ってと運動に精を出したものである。ただし水曜と金曜は、孫が朝から夏休みの子供学級へ通うので、仕方なくひとり身体を動かすことになった。

エルンストは十五分間の腕立て伏せと膝の屈伸をはじめた。その最中に、「おじいちゃん《オーパ》！」と呼ぶ声を聞いた。

息を乱したまま、エルンストは廊下を覗いた。「おはよう、ルディ」

「ぼくが描いたのを見て」制服を着た七歳が絵を差し出してくる。眼鏡をかけていないエルンストには輪郭がはっきりつかめない。すると少年のほうから言った。「鷲だよ」

「ああ、そうだな。わかるぞ」

「雷が光ってる大雨のなかを飛んでるところ」

「ずいぶん勇敢な鷲を描いたな」

「朝ごはん、食べるんでしょ?」

「ああ、あと十分で下に降りるとおばあちゃんに言っておくれ。きょうは卵を食べたのか?」

少年は答えた。「うん、食べた」

「いいぞ。卵は身体にいい」

「あしたは鷹を描くね」痩せた金髪の少年は階段を駆けおりていった。

エルンストは運動を再開して、この日に処理しなくてはならない問題をあれこれ思案した。体操が終わると冷水を浴び、汗とアルカリ性の塵をこすり落とした。身体を拭いているときに電話が鳴った。彼の両手が止まる。近ごろは、国家社会主義政府のどんな要職にあっても、常識はずれの時間にかかる電話はただならぬ事態を意味する。

「ライニー」とゲルトルートが声をかけてきた。「あなたに電話よ」

彼はシャツを羽織ると、靴下も靴もはかずに階段を降りた。妻から受話器を受け取った。

「はい? こちら、エルンスト」

「大佐」

ヒトラーの秘書官の声だった。「ラウアーさんか。おはよう」

「おはようございます。総統が官邸にて、ただちにお目にかかりたいとのことです。ほかに予定がおありなら、変更いただくようにと申し付かっているのですが」

「すぐに伺うと、ヒトラー首相にお伝えねがえますか。執務室に？」

「そうです」

「ほかに参加されるのは？」

一瞬の躊躇があって彼女は言った。「わたくしからの情報は以上です。ハイル・ヒトラー」

「ハイル・ヒトラー」

エルンストは通話を終えると、受話器を手にしたまま電話に目を凝らした。

「おじいちゃん、靴はいてないよ！」まだ描いた絵を持ち歩いていたルディがそばにやってきた。孫は祖父の素足を見てげらげら笑った。

「わかってるさ、ルディ。着換えをしないと」エルンストはしばらく電話機を見つめていた。

「どうしたの、おじいちゃん？　具合でも悪いの？」

「ちがうよ、ルディ」

「おかあさんが、朝ごはんが冷めるって」

「おまえは卵は残さず食べたのか？」

「食べたよ、おじいちゃん」

「いい子だ。おばあちゃんとおかあさんに、もうちょっとしたら下に降りると言っておくれ。でも、朝ごはんはお先にどうぞと伝えるんだ」

エルンストは二階にあがってひげを剃りながら、妻への欲望も食欲もすっかり失せてしまったことに気づいた。

四十分後、ラインハルト・エルンストは中央ベルリンのヴィルヘルム通り、フォス通りに囲まれた首相官邸の廊下を、建設作業員を避けながら歩いていた。この建物は古く――一部の由緒は十八世紀にまでさかのぼる――ビスマルク以来、ドイツ指導者の本拠であった。ヒトラーはしばしばこの荒れた環境を攻撃対象にあげつらい、新官邸が完成にはまだ遠いこともあって、なにかと古い建物の修復を命じていた。

しかし建築も設計も、目下のエルンストにはなんの感懐もない。彼の頭にはこんな思いが巣食っていた。私のあやまちはどのような結論へといたるのか。誤算とはどれほどのものだったか。

国内安定担当全権委員という重くみすぼらしく濡れそぼち、着るのもはばかられる外套のごとき肩書きをもつ男に対して熱烈な敬礼をよこす衛兵に、エルンストは片腕をあげ、おざなりに〝ハイル・ヒトラー〟を返した。そのまま無表情に、犯した罪への乱れる思いなどおくびにも出さず、彼は廊下を進んだ。

で、その罪とは何か。

総統にすべてを伝えなかったことである。

これはおそらく他国では小さな問題なのだろうが、ここでは死罪にもなりうる。それでも伝えられないことというのは間々あるのだ。かりに事の詳細まで話したら、ヒトラーは枝葉末節に心を奪われ、あげく一言のもとにすべてを葬り去ってしまうだろう。それが私利を求めるのではなく、ただ祖国のためを思ってのことであろうと通用しない。

だが話さなければ……そう、状況ははるかに悪化するともいえる。総統は疑心暗鬼のなかで、情報はなんらかの理由があって差し止められたのだと判断するかもしれない。そうなると党の保安組織から、情報をあげなかった本人とその愛する家族に厳しい詮議の目が向けられる……ときには死の結末が訪れることもある。朝早くから予定外の会議に、有無を言わさず召し出すからは、やはりそういうことだとラインハルト・エルンストは確信した。第三帝国は規律、組織、秩序の権化《ごんげ》である。通常を逸脱することが警戒を呼ぶ原因となる。

そうだ、この三月に初めて考えついたとき、〈ヴァルタム研究〉のことをすこしでもあの男に話しておけばよかったのだ。しかしながら総統もブロムベルク国防相も、エルンスト自身もラインラント奪還に忙殺され、ヴェルサイユ条約で連合軍に盗まれた国土の回復という難題に、研究のことはすっかり脇へ追いやられていた。しかもはっきり言って研究はその大半を、ヒトラーの怒りを買わないまでも疑念をかき立てる理論的作業に土台を置いている。エルンストとしては、とても話を持ち出す気になれなかった。

そしてこれから、この手抜かりの報いをうけることになる。

彼はヒトラーの秘書官に来意を告げ、入室を許可された。

エルンストが大きな控えの間にはいると、そこに総統兼首相、第三帝国大統領にして国防軍最高司令官のアドルフ・ヒトラーがいた。よく思うことがあるのだが、カリスマ性、精力、抜け目なさが権力を構成する最重要の材料とすれば、いま目の前には世界一の権力を握る男がいる。

褐色の制服に光沢を放つ黒い膝丈の長靴という出立ちのヒトラーは、机に乗り出すようにして書類の束をめくっていた。

「総統閣下」エルンストはそう呼びかけると、尊敬をこめた会釈をして静かに踵を鳴らした。これはドイツの降伏、つづく皇帝ヴィルヘルム二世のオランダ亡命により十八年まえに幕をおろした第二帝国時代に戻った形式である。一般市民には〝ハイル・ヒトラー〟もしくは〝勝利万歳〟という党の敬礼が求められているが、政府高官の間ではよほど阿諛《あゆ》追従《ついしょう》に走る輩《やから》でないかぎり、そのやりとりを見かけることはなかった。

「大佐」ヒトラーは垂れさがったまぶたの下から、エルンストに薄い青い瞳を向けてきた——どういうわけか、一度に十ものことを考えているという印象をあたえる目だった。機嫌の良し悪しはまったくつかめない。ヒトラーは目当ての書類を探し出すと、広いながらも装飾は控えめにされた部屋へはいっていった。「ついてきたまえ」エルンストは従った。その落ち着きはらった兵士の顔は、いかなる表情も外には出さなかったけれども、そこに同席する人物を見て大佐の心は沈んだ。

汗かきの巨漢、ヘルマン・ゲーリングが長椅子を軋《きし》ませていた。この丸顔の男はなにかと苦しみを訴える一方で、他人をへつらわせようとする自己演出を欠かさない。部屋じゅうに彼がつけるコロンの匂いが充満していた。航空相はエルンストに向かってうなずき、エルンストも返礼した。

もうひとり、意匠の凝った椅子に座り、女のように脚を組んでコーヒーを啜っていたのが、足の曲がった痩身のヨーゼフ・パウル・ゲッベルス国民啓蒙宣伝相である。エルンストはこの男の力量を疑っていない。ゲッベルスは党がベルリンとプロイセンに地歩を築くにあたって、早くからその中核を担ってきた人物だった。それでもエルンストが嫌悪するのは、ゲッベルスが崇《あが》めるようなまなざしで総統を見つめながら、目についたユダヤ人や社会民主党員《ソチ》にまつわる醜聞をでっちあげたかと思えば、つぎの瞬間にはＵＦＡ《ウーファ》スタジオ所属の有名男優、女優の名前を口にしているといった調子の男だからである。エルンストは啓蒙宣伝相に挨拶して腰をおろすと、巷《ちまた》で最近流行っている冗談を思いだしていた。理想のアーリア人と呼ぶならば、ヒトラーみたいな金髪で、ゲーリングみたいにほっそりと、ゲッベルスみたいに背が高く。

ヒトラーが差し出した書類を、腫れぼったい目をしたゲーリングが読んでうなずくと、意見を述べることもなく贅沢な革製の紙挟みにしまった。総統は座って、みずから熱いココアを注いだ。彼がゲッベルスに向かって眉をあげたのは議論の続きをうながすという意味で、エルンストはそこで〈ヴァルタム研究〉に関する自分の運命がしばらく先送りされることを知った。

「先ほどもお話ししたのですが、総統閣下、オリンピックに訪れる観光客は、その多くが娯楽に興味をもつことでしょう」

「われわれにはカフェーもあれば劇場もある。博物館、公園、映画館もある。彼らはわがバベルスベルク映画を観ることもできるし、グレタ・ガルボやジーン・ハーロウを観ることもできる。それにチャールズ・ロートンもミッキーマウスもだ」ヒトラーのもどかしそうな声音から、彼がゲッベルスのいわんとする娯楽の意味を正しく理解していることがわかった。そこからは合法的な売春について――認可をあたえ、〝管理する娘たち〟を路上に立たせることについて、気の遠くなるほど長くとげとげしい議論がつづいた。ヒトラーは当初、そうした案に反対していたが、この問題に熟慮をかさねてきたゲッベルスが言葉巧みに論をみちびいた。すると総統の態度も軟化して、首都圏全体で女が七千人という条件をもって認められることになった。同様に、同性愛を禁止した刑法一七五条も一時的に緩和されることが決まった。世間ではヒトラー自身の嗜好について、近親相姦から少年趣味、獣姦、糞尿趣味とあれこれ取りざたされている。しかしエルンストは、この男は単に性に興味がないと考えるようになった。彼が唯一求める恋人とはドイツ国民なのである。

「最後に」とゲッベルスが柔らかな調子でつづけた。「公衆への陳列の仕方の問題ですが。私としては女性たちのスカートの丈を、若干短くすることを認めたほうがよいかと考えています」

ドイツ第三帝国の指導者とその幕僚が、ベルリンの女たちは世界の流行にどこまで合わせたものかとセンチメートル単位の議論をするなかで、エルンストの胸は悔恨で疼いている。どうして数カ月まえに、〈ヴァルタム研究〉という名前だけでも口にしておかなかったのか。総統には、そこにさりげなくふれた手紙を書き送ってもよかった。いまやその程度の気配りは常識なのだ。

議論はつづいた。やおら総統が断じた。「スカートの丈は五センチ短くしてもよろしい。それで決まりだ。しかしながら化粧は認めない」

「ごもっとも、総統閣下」

ふと訪れた沈黙をしおに、ヒトラーはたびたびやっていたように部屋の隅に視線を注いだ。そして厳しい目でエルンストを睨んだ。「大佐」

「はい、閣下？」

ヒトラーは立って机のほうに歩いた。一枚の紙を取るとゆっくり戻ってきた。ゲーリングとゲッベルスはエルンストから目を離さなかった。このふたりは総統への影響力があると自負はしているものの、心の底に重用されるのは一時のこと、下手すればすべては幻想ではないかという恐怖をかかえている。エルンストのように繋がれた穴熊さながら、いつ何時この場に引き出されないともかぎらず、そうなったときにはおそらくこの大佐のようには沈着でいられまいとの思いがあった。

総統は口ひげを拭った。「重要な問題である」

「もちろんです、総統閣下。私でお力になれますならばなんなりと」エルンストは男の目を見て淀みなく答えた。

「わが空軍に関することだ」

エルンストは血色のよい頬に作り笑いを浮かべるゲーリングを横目で見た。勇敢なる大戦の撃墜王は（民間人をくりかえし攻撃したことで、フォン・リヒトホーフェン男爵から指弾されたが）、いまや航空相兼ドイツ空軍総司令官――しかも数ある肩書きのなかで、本人も最近気に入っているのが後者の総司令官である。ゲーリングとエルンストがしばしば顔を合わせ、なにかと感情的に対立していたのがドイツ空軍に関する議題であった。

ヒトラーがその書類をエルンストに手わたした。「英語は読めるか?」

「多少は」

「これはチャールズ・リンドバーグ氏本人から直々にとどいた手紙だ」ヒトラーは誇らしげに言った。「氏は賓客としてオリンピックに出席してくださる」

本当か。だとすれば吉報だ。ゲーリングとゲッベルスは笑顔で身を乗り出し、この知らせを歓迎するしるしに卓を叩いた。エルンストが手紙を持つ右手の甲には、肩と同じく榴散弾による傷痕が残っていた。

リンドバーグ……エルンストは男の大西洋横断飛行の物語に熱中したくちだが、彼がより衝撃をうけたのは、飛行家の息子を襲ったおぞましい死の顚末である。エルンストは子供を喪う恐怖を知っている。弾薬庫の爆発事故によるマルクの死はつらいものだったけれども、少なくともエルンストの息子は軍艦の指揮を執っていたわけだし、ルディという子供の顔を見ることもできた。嬰児の命を犯罪者に奪われるとは、どうにもいたたまれない気分にさせられる。

ざっと目を通したなかにも、進歩したドイツの航空事情を見分したいという誠意のこもった文言がならんでいた。

総統が言葉を継いだ。「そこできみに訊ねたいことがあるのだ、大佐。増大するわが空軍の力を世に示すこと、そこに戦略的価値ありとする意見が一部にある。私自身もこの意見に傾きつつある。そこでリンドバーグ氏のためにささやかな航空ショウを開催し、新型単葉機の公開飛行をおこなってはどうか？」

エルンストは、召集の理由が〈ヴァルタム研究〉ではないと知って心底ほっとした。だがその安堵も長くはつづかなかった。諮問《しもん》の内容を……そして口にすべき答えを吟味するうちに、またも不安が頭をもたげてきた。ヒトラーが言及した〝一部〟とは、明らかにヘルマン・ゲーリングのことを指している。

「単葉機ですか……」メッサーシュミット社製のＭｅ－１０９は優れた殺人機械で、時速五百キロ近い飛行速度は世界の単葉式戦闘機のなかでも最速である。が、もっと肝心なのはＭｅ－１０９がすべて金属製であるということなのだ。これは大量生産および保守整備を容易にするという観点から、長年エルンストが主張してきたことだった。第三帝国陸軍の侵攻に先駆けて大規模爆撃をおこなうという彼の計画には、飛行機の数がそれだけ必要になってくる。

エルンストは質問を聞いて瞬時に判断をくだしていたが、あれこれ悩むふうを装って小首をかしげた。「そのお考えはいかがなものでしょうか、総統閣下」

「なぜだ？」ヒトラーの目に炎が燃えた。これは癇癪玉が破裂して、戦史や政治に関するとめどのない独白へと向かいかねない、あまりかんばしくない兆候だった。「われわれはみずからを守ることはできないのか？　連合国から押しつけられた三流の役割を拒絶すると、世界に知らしめることは恥なのか？」

注意しろ、とエルンストは己れを戒めた。腫瘍を切除する外科医のごとく気をつけるのだ。

「私がいま考えるのは、一九一八年の裏切り者たちの条約のことではありません」エルンストはヴェルサイユ条約に対する侮蔑をこめて答えた。「この航空機のことを知らしめるのが得策であるかという点です。航空に親しんでいる者ならば、おそらく組み立てに独自の方式があると見抜くでしょう。機が量産されている可能性にも思いいたるはずです。リンドバーグならすぐにでも気づくでしょう。〈スピリット・オブ・セントルイス〉号をご自身で設計したとのことですから」

予想どおり、ゲーリングがエルンストの視線を避けながら言った。「そろそろ敵に対して、われわれの力を示すべきだろう」

「可能性としては」エルンストはゆっくり口にした。「109の試作機をオリンピックで展示することでしょうか。あれなら量産型より手で組み立てた部分が多いわけですし、武器装備もされていません。しかも搭載エンジンは英国ロールス・ロイス社製です。世界はわれわれの技術的進歩を目にはするものの、かつての敵国のエンジンを使用している事実に警戒を解くでしょう。つまり、われわれの側に攻撃に利用する意図はないと示唆することになるのです」

ヒトラーが言った。「その言い分にも一理あるな、ラインハルト……。わかった、航空ショウは取りやめだ。かわりに試作機を展示する。よし。それで決定だ。ご苦労だった、大佐」

「閣下」エルンストはほっとして席を立った。

扉に近づいたとき、ゲーリングがさあらぬ調子で言った。「そうだ、ラインハルト、思いだした。きみの書類が私の部屋に間違ってとどいていたぞ」

エルンストは振り向くと、男の月のような笑顔を眺めた。しかし戦闘機の問題でエルンストに勝ちを譲ったせいで、その目はたぎっている。復讐をもくろんでいるのだ。ゲーリングは半眼で言った。「たしかあれは……なんといったか？　そうだ。〈ヴァルタム研究〉だ」

なむさん……

ヒトラーはまったく関心を払っていない。ひろげた設計図に見入っている。

「間違って？」とエルンストは訊きなおした。ゲーリングのスパイに盗まれて、というのがこの言葉の真の意味なのだ。「ありがとうございます、大臣」彼は軽く受け流した。「さっそく誰かを取りにやらせます。それでは――」

だが、はぐらかそうにもやはり効果はなかった。ゲーリングがつづけた。「書類が私のところに来たのは幸いだったな。ユダヤ人が書いたものに、きみの名前があるのを人に見られたらなんと思われるか」

ヒトラーが顔をあげた。「なんの話だ？」

いつものように大汗をかいたゲーリングが、顔を拭いて答えた。「エルンスト大佐がおこなわせていた〈ヴァルタム研究〉です」ヒトラーが首を振ると、航空相はなおも言った。「ああ、総統閣下はご存じかと思ってましたが」

「話せ」とヒトラーは要求した。

ゲーリングは言った。「私はなにも関知していません。先ほど申しあげたように――ただ誤ってこちらで受け取ったものが――ユダヤ人の頭の医者が書いた何通もの報告書だったのです。

一通があのオーストリア人のフロイトのもの。ヴァイスという男のもの。あとは憶えていませんが」彼は唇を曲げて言い添えた。「例の心理学者どもです」

ヒトラーの嫌悪する階層《ヒエラルヒー》においては、一がユダヤ人で二が共産主義者、三が知識人である。なかんずく心理学者が軽んぜられていたのは、彼らが人種科学——人種が行動を規定するという、国家社会主義者の思想の礎となっていた信念——を否定していたからだった。

「それは本当か、ラインハルト？」

エルンストは平然として言った。「自分の仕事の一環として、私は侵略や闘争に関する多くの書類に目を通します。問題の文書もそうした関連のものです」

「私はその報告を聞いていない」陰謀の匂いをほんのわずかでも嗅ぎつけてしまう、その特異な才を発揮してヒトラーは切り返してきた。「フォン・ブロムベルク国防相は？　その研究のことを耳にしているのか？」

「いいえ。目下のところ、報告すべき事実はありません。その名が示すとおり、これはヴァルタム軍事大学でおこなわれている研究にすぎません。あくまで情報収集のためです。そこから何かが生じるということはないでしょう」こんな態度に出ることを恥じ入りながらも、大佐は目にゲッベルスのような阿諛を表してつけくわえた。「しかし、閣下がわが祖国のために設けられた栄光の目標達成に向け、より強力で効率的な軍を組織するために、なんらかの方法を示すようなことはあるかもしれません」

エルンストには、このへつらいが奏功したものかどうか判断がつかなかった。ヒトラーは立ちあがって忙しく歩きまわった。そしてオリンピック競技場の精巧な模型を前に、それを凝視する。心臓が口から出そうだった。

総統は振り向いて叫んだ。「建築家に会いたい。至急だ」

「かしこまりました」補佐官が足早に控えの間へと向かった。

まもなく入室してきたのはアルベルト・シュペーアではなく、黒い制服姿のハインリヒ・ヒムラーだった。その華奢な顎、矮軀に黒の丸眼鏡という外見は、男がSS（親衛隊）、ゲシュタポ（秘密国家警察）、その他国内の警察権力の絶対的支配者であることを忘れさせる。

ヒムラーはしゃちこばって堅苦しい敬礼をすると、青灰色の瞳でヒトラーを仰ぎ見た。ヒトラーのほうはごく普通に、肩に手をやる挨拶を返した。

SSの指導者は室内に目を走らせ、携えてきた知らせをその場で公けにしてもかまわないと自身で判断した。

ヒトラーが気がなさそうに、用意したコーヒーとココアのほうに手を振った。ヒムラーは首を振った。総統に対して媚びた表情をしてみせることを除けば、普段から実に抑制の効いた警察長官だったが、きょうはどこかに苛立ちがあるとエルンストは思った。「治安について報告があります。けさ、ハンブルクのSS中尉が、本日の日付で出された一通の手紙を受け取りました。宛名は名前ではなく、中尉の肩書きが書かれていました。それによるとこの数日中に、あるロシア人がベルリン市内で〝損害〟を引き起こすというのです。しかもそれは〝高度の〟ものであると」

「書いたのは誰だ？」

「忠実なる国家社会主義者を名乗っています。ですが実名は記されていません。なにぶん通りで拾得されたものなので。出所について、それ以上のことはわからないのです」男は親を困らせた子供のように、きまり悪そうに真っ白で完璧な歯並びを見せた。眼鏡をはずしてレンズを拭き、元のとおりにかけ直した。「差出人が誰かはともかくとして、その男は引きつづき捜査をおこない、ロシア人の正体が判明したら知らせると書いています。しかしその後の連絡はありません。手紙が拾われたことを考えると、差出人はすでに拘束されたか殺された可能性もあります。新しい情報ははいってこないかもしれません」

ヒトラーが訊ねた。「その言語は？　ドイツ語か？」

「そうです、閣下」

「〝損害〟とは。どんな損害か？」

「わかりません」

「そうか、ボリシェヴィキなら大会を乱しかねないからな」ヒトラーは憤怒の表情を貼りつけていた。

ゲーリングが質《ただ》した。「きみはそれが真実だと思うのか？」

ヒムラーは答えた。「まったくの杞憂《きゆう》かもしれません。ですが現在、何万という数の外国人がハンブルクを通過しています。計画のことを知りながら、関わり合いをもちたくないからと匿名の手紙を書く人間がいても不思議ではないのです。私としては、諸兄に注意を払っていただくという思いがありました。むろん軍の司令官たちや各大臣とも連絡をとるつもりです。すでに保安警察には捜査を命じていますが」

ヒトラーが怒声をむきだしにした。「貴様らのやることをやれ！　すべてをだ！　大会には汚点のひとつも残さない」そして、そう吼《ほ》えたそばから彼の声は穏やかになり、青い瞳は明るく輝いた。前に乗り出してココアを注ぎ足し、受け皿にビスケットを二枚取った。「頼むから、席をはずしてもらおうか。すまないが。建物について、すこし考えたいことがある」と補佐官を戸口に呼び出して、「シュペーアはどうした？」

「まもなく参ります、総統閣下」

男たちは戸口に向かった。エルンストの心臓はいつものゆるやかな鼓動を取りもどした。たったいま起きたような事態は、国家社会主義政府の内部では日常茶飯事だった。災難を招きかねない策略が、パン屑のように掃かれて消えてしまうのである。ゲーリングの狙いでは、たしかに――

「大佐？」ヒトラーの声が呼ばわった。

エルンストはすぐさま足を止めて振り返った。

総統は競技場の模型を眺め、新しく造られた列車の駅を仔細に検討していた。「きみの〈ヴァルタム研究〉に関する報告を用意しろ。詳細なものを。月曜日に受け取るぞ」

「わかりました、総統閣下」

扉のところでゲーリングが手のひらを上に腕を掲げ、エルンストを先に通した。「例の間違ってとどいた書類だが、私のほうでそちらに送るように手配しておくからな、ラインハルト。それと私のオリンピックのパーティに、きみとゲルトルートが参加してくれることを願っている」

「ありがとうございます、大臣。つとめて出席するようにいたします」

金曜日の夜は暖かく霧が出て、刈られた草と掘り返された土、それに甘く新しいペンキの匂いがただよっている。

ポール・シューマンはひとり、ベルリンを西へ三十分ほど行ったオリンピック村をうろついていた。

ハンブルクから複雑な旅程を経たせいで、到着からはさほど時間が過ぎていない。本当に疲れる一日だった。とはいっても異国に——父祖の地に——いるという興奮に衝き動かされてもいた。報道許可証を示し、一棟に五、六十名を収容する建物が百以上もある村内の、アメリカ選手団に割りあてられた宿舎にはいった。スーツケースと鞄を、これから幾晩かすごす予定だった奥の小部屋に置き、いまは汚れひとつない地面を歩いている。選手村見物はたのしかった。ポール・シューマンはもっと荒くれたスポーツの現場に馴れている。たとえば自分のジムは五年もペンキを塗りなおしていなかったし、ソーリー・ウィリアムズがいくらモップをかけたところで、汗と腐った革とビールの匂いは抜けやしない。しかし選手村はその名が示すとおり、まったく独特で風変わりな村だった。白樺の森のなかに設けられた、美しく広大な敷地には背の低い清潔な宿舎棟が点在し、湖があってランニングや散歩のための小道があり、練習用グラウンドや競技場そのものまで造られていた。

アンドルー・エイヴァリーが鞄に入れていた案内書によると、村には税関、店舗、新聞記者室、郵便局、銀行、給油所、スポーツ用品店、土産物店、食料品店に旅行社まであった。

選手たちは現在、歓迎式典に参加している。彼もジェシー・オーエンスやラルフ・メトカーフ、スパーリングをやった若いボクサーから一緒に出ようと誘われたのだが、仕事の現場に来たからには身を低くしていたほうがいい。翌朝のインタビューの準備があるからと丁重に断わりを入れた。夕食は大食堂ですませ――これまで食べたなかでも最高級に属するステーキだった――コーヒーとチェスターフィールドを喫したあとに出かけた村の散策を、そろそろ切り上げようとしているところなのだ。

この国にいる理由が理由だけに、どうにも気がかりなのが各国宿舎に配されたドイツ兵士、いわゆる〝連絡将校〟の存在であった。合衆国の施設に付いていたのは、灰色の制服が見るからに暑苦しい、茶色い髪の強面《こわもて》の若者である。ポールはその男をできるだけ遠ざけた。当地の連絡員レジナルド・モーガンからはあらかじめエイヴァリーのほうに、制服を着た人間には用心するようにと連絡が来ていた。ポールは宿舎へは裏口のみを利用し、衛兵には近くで顔を見られないようにした。

塵の落ちていない舗道をぶらぶら歩いていると、アメリカのトラック競技の選手が、赤ん坊連れの若い女性と一緒にいる姿が目にはいった。選手のなかには妻や親戚などを同行させている者もいたのだ。その光景にポールは、先週〈マンハッタン〉号が港を出る直前に兄と交わした会話を思いだした。

ポールはこの十年ほど、同胞《きょうだい》たちやその家族と距離をおいてきた。自分の人生に染みついた暴力や危険が、彼らの身におよんではいけないと考えたのである。シカゴに暮らす姉とはほとんど行き来がなかったが、ハンクにはときどき会っていた。ハンクはロングアイランドに住み、祖父の跡を継いで印刷工場を経営している。堅気の夫であり父親であるハンクは、弟がごろつきや犯罪者と関わっているという以外、どうやって生計を立てているのかもはっきりとは知らなかった。

ポールは個人的な事情をブル・ゴードンや〈ザ・ルーム〉の連中に話してはいなかったけれども、今度のドイツ行きを決めたのには前科を消して金を稼ぎ、ずっと夢みてきた家族の絆をつくりなおしたいという思いがいちばんにあった。

彼は一杯、二杯とウィスキーを飲《や》ってから、やっとのことで電話を取り、兄の家に連絡を入れた。約十分ほど、どこかぎこちなく熱波のこと、ヤンキースのこと、ハンクのふたりの息子のことを話題にしたあと、覚悟を決めたポールはハンクに対して、〈シューマン印刷〉に共同経営者は要らないかと切り出した。「昔の仲間とはもう縁を切るから」とすかさず請けあったうえに、事業に一万ドルを出すとつけたした。「まっとうな金だ。百パーセント」

「気張ったな」とハンクは言った。ふたりはそんな父親譲りの口癖に大笑いした。

「問題がひとつある」ハンクがあらたまった調子で言い添えた。

ポールはノーの答えを覚悟した。弟の後ろ暗い経歴を思えば当然だ。

だが兄のシューマンはこう言ったのだ。「新しい看板を買わないとな。いまのままだと、〈シューマン兄弟《ブラザーズ》印刷〉って文字ははいり切らない」

氷が溶解して、兄弟はあれこれ計画を語りあった。ポールはハンクの声に感極まっている様子を聞きとってびっくりした。家族をなにより大事にするハンクにはこの十年、家に寄りつかなかったポールの料簡《りようけん》が理解できなかったのである。

長身で美しいマリオンも、そんな人生を気に入ってくれるはずだとポールは考えた。遊びたい盛りで、ただ悪ぶってみたいだけの彼女には、ポールも心得たもので人生の裏面をほんのすこしだけ味わわせてやったりした。デイモン・ラニアンに紹介したし、ジムではビールを壜ごと出し、かつてはオウニー・マッデンが女性たちを英国訛りで魅了し、握りに螺鈿《らでん》細工をほどこした銃を見せびらかしていたヘルズ・キッチンのバーにも連れていった。しかし変節した多くの女学生の例に違わず、マリオンにしても、いざ無法の人生を渡るとなったらいずれ嫌気が差すことはわかりきっている。踊り子稼業の先が見えたら、より安定した生活が欲しくなるだろう。裕福な印刷工の女房なら申し分あるまい。

ハンクは弁護士に相談して、ポールが〝出張〟から戻りしだい共同経営の話を進めると言ってくれた。

宿舎の自室に戻る途中、ポールは半ズボンに褐色のシャツ、黒いネクタイをして軍隊式の帽子をかぶる三人の少年に出くわした。選手団を補佐するそうした若者たちの姿は、すでに何十と見かけている。三人が行進していく旗竿の先にはナチの旗が翻っていた。ポールはその旗をニュース映画や新聞で目にしていたが、いずれもモノクロだった。いまこの黄昏《たそがれ》のなかで、旗をいろどる緋の色は鮮血のように強烈な印象を放っていた。

少年のひとりがポールを見つめてドイツ語で訊いてきた。「選手の方ですか？ 私たちの歓迎式典には参加しないのですか？」

ボーイスカウト相手とはいえ、この場で語学力を披露するのはためらわれ、ポールは英語で答えた。「すまないが、ドイツ語はうまくしゃべれない」

少年はポールに合わせて言葉を変えた。「あなたは選手ですか？」

「いいや、私は記者なんだ」

「イギリス、それともアメリカ？」

「アメリカだ」

「そうか」快活な少年はきつい訛りで言った。「ベルリンへようこそ、お客さん《マイン・ヘル》」

「ありがとう」

ふたりめの少年がポールの視線に気づいて言った。「私たちの党の旗が好きですか？ ええと、印象的、でしょう？」

「ああ、ほんとだ」星条旗のほうがまだ柔らかい。この旗には一撃を喰らったような衝撃があった。

最初の少年が言った。「この、それぞれの部分には、大事な意味があるんです。どんなことだか知っていますか？」

「いや。教えてくれ」ポールは旗を見あげた。

すると説明するのもたのしげに、少年はうわずった声でまくしたてた。「赤は社会主義。白はもちろん、国家主義。それから黒は……鉤十字。逆卍《スワスティカ》って言うんですけど……」少年は眉をあげてポールを見ると、それ以上は口にしなかった。

「ああ」ポールは言った。「つづけて。どんな意味があるんだい？」

少年は仲間たちに目をやり、謎めいた笑顔をポールに向けた。「だって、知ってるはずです」

仲間に向かって、少年はドイツ語で「ぼくが旗を降ろす」と告げると、ポールにはまた笑顔で「知ってるはずです」と言った。残るふたりがどこでも見うけられる腕を張った敬礼をするなか、少年は一心不乱の顔つきで旗を降ろしていった。

ポールが宿舎に歩きだすと、少年たちがいきなり放歌をはじめた。遠ざかる彼の耳にも、その抑揚が熱気に乗って切れぎれにはこばれてくる。「旗を掲げよ、団結せよ。SAは軍靴の音も高らかに……そこをのけ、褐色の軍団が往く、突撃隊が土地をひらく……喇叭《らっぱ》の最後のひと吹きに。我らに戦いの覚悟あり。いずれ路上にヒトラーの旗幟《きし》が満ち、我ら屈従の時を終え……」

ポールが振り返ると、少年たちは恭しくたたんだ旗を手にその場を去っていった。ポールは宿舎の裏口から自室へとはいり、顔を洗って歯を磨くと、服を脱いでベッドで横になった。眠りが訪れるのを待って天井を睨みながら、ハインスラーのことを――けさ、船上で独りよがりに自裁して果てた男のことを考えた。

ラインハルト・エルンストのことも考えた。

やがてまどろみながら、褐色の制服姿の少年のことを思っていた。不可解な笑顔を見ていた。

その声を何度も聞いた。〃知ってるはずです……知ってるはずです……〃

## Ⅲ

# ゲーリングの帽子

――一九三六年七月二十五日　土曜日

5

ベルリンの街路は清潔で、人々は愛想がよく、通りすがりに会釈をされることも多い。古びた書類鞄を手に、ポール・シューマンはティーアガルテンを北へ歩いていた。土曜の昼近くのこと、彼はレジー・モーガンに会いにいくつもりだった。

美しい公園には木々が鬱蒼《うっそう》として、散歩道や湖があり、庭園も造られていた。ニューヨークのセントラルパークでは、自分が都会にいることをつねに意識させられる。どこからでも摩天楼が見えるからである。しかしベルリンは都市の背が低く、高層ビルも稀にしかない。乗っていたバスで、女性が子供に「雲をつかめる」と話しているのを聞いた。黒々とした木立と叢生《そうせい》する緑のなかを歩くうちに、いつしか街にいるという感覚をまったく失っていた。そこはポールに、祖父が健康をそこなうまで毎年、夏になると狩りに連れていってくれたニューヨーク州北の深い森を思いださせた。

全身に不快感がまとわりついている。これは仕事がはじまると昂じるなじみの感覚で、片づける相手の事務所やアパートメントを眺めているとき、背後について彼の仕打ちを探ろうとしてくる。彼はときおり本能に駆られて動きを止め、自分の居場所を確かめるかのように後ろを振り返る。跟《つ》けられてはいない。だが確信はなかった。森はところどころ暗く沈んで、誰かに見られていてもふしぎはないのだ。幾人か、胡散《うさん》臭そうなまなざしを向けてきた男たちは木立や藪に消えていった。たぶん放蕩、浮浪の連中だが、彼はやむなく何度も方向を変えて尾行にそなえた。

水の濁ったシュプレー川を渡り、シュペナー通りに出て公園から離れるように北進するうちに、なぜか家並みの修繕の度合いがてんでばらばらであることに気づいた。立派な屋敷が何軒かつづいたかと思うと、その隣りが荒れ放題の空き家であったりするのだ。前庭に茶色の雑草がはびこる家を過ぎた。かつては豪勢な一軒であったことは間違いない。それがいまや窓も割れ、おそらく若いチンピラのしわざだろうが、黄色のペンキで落書きがされている。財産の競売は土曜日に開かれると表示があった。きっと税金で揉めたのだとポールは思った。家族はどうなったのだろう。どこへ行ったのか。辛い時をすごしているのではないか。暮らし向きが一変して。

〝いずれ陽が沈む……〟

料理店は造作なく見つかった。看板を見ても〈ビーアハウス Bierhaus〉の文字に意識はいかなかった。あくまで〈ビア・ハウス Beer House〉。すでに彼はドイツ語で思考していた。受けた教育と祖父の工場で活字拾いをやった経験から、自動的に翻訳がおこなわれているのだ。

店を見わたすとテラスで昼食をする男女が五、六人、ほとんどが独りの客で食事や新聞に気をとられている。尋常でない部分はどこにも見あたらなかった。

ポールは通りをエイヴァリーに指示されていた路地、ドレスデン小路のほうへ渡った。彼は暗く涼とした峡谷に足を踏み入れた。まもなく正午という時刻である。

やがて足音が聞こえてきた。後方から、茶色の背広にチョッキを着た図体のでかい男が、爪楊枝で歯をせせりながらずんずんやってくる。

「こんにちは」男はドイツ語で明るく言った。茶色い革の書類鞄にちらりと目をくれる。

ポールはうなずいた。男はエイヴァリーが人相を説明したモーガンに似ていたが、ポールの想像よりも肥っている。

「ここは便利な近道でしょ？　よく利用してるんですよ」

「なるほど」ポールは男を一瞥した。「ではちょっとお訊ねするが。アレクサンダー広場《プラッツ》へ行くには、どの路面電車に乗ればいいですか？」

だが男は怪訝な顔をした。「路面電車？　ここから？」

ポールは警戒を募らせた。「ええ。アレクサンダー広場まで」

「わざわざ路面電車に乗るんですか？　地下鉄のほうがずっと早いのに」

そうか、こいつはちがう。ずらかれ。早く。ただし慌てずに歩いて。「ありがとう。参考になりました。どうかよい一日を」

しかしポールの目は何かを語ってしまったらしい。男の手が身体の側面で泳いだ。それはポールのよく知っているしぐさである。そう、拳銃！

コルトなしでここに送り出した連中に腹が立つ。

ポールが拳を固めて前に突っかけると、相手は肥った男にしては驚くほど敏捷に飛び退り、ポールの間合いを出ると馴れた手つきでベルトから黒い銃を抜いた。あとは逃げるしかなかった。ポールは角を曲がり、枝分かれした路地に駆けこんだ。

足が止まるのも早かった。袋小路だった。

背後に片足をひきずる音がして、背中の心臓の高さに、男が握った武器の感触……。

「動くな」男はざらついたドイツ語で言った。「鞄を下に置け」

ポールが書類鞄を砂利の上に落とすと、背中を離れた銃が、今度は帽子の汗よけ革のすぐ下にあてられた。

彼は父親を――神ではなく、十二年まえにこの世を去った実の親を思った。

目を閉じた。

〃いずれ陽が沈む……〃

銃撃は唐突だった。路地の壁に短く反響した銃声は、煉瓦によって抑えられた。

身をすくめていたポールは、銃口が頭蓋にきつく押しつけられるのを感じ、その後に武器が落ちて地面にはねる音を耳にした。すばやくその場を離れてしゃがみ、後ろを振り返ると、自分を殺そうとしていた男が地面にくずれ落ちていった。開いた目には生気がない。銃弾一発が側頭部をとらえたのだ。血が地面と煉瓦塀に飛び散った。

顔をあげると、チャコールグレイのフランネルのスーツに身をつつんだ男が近づいてくる。ポールは直感に従い、死んだ男の手から銃を取りあげた。上部にトグルの付いた自動拳銃で、おそらくルガーだろう。ポールは近づく男の胸に狙いを定めた。その顔は〈ビーアハウス〉で見ている。テラスに座って新聞に没頭している——と思っていた。男も大型のオートマティックらしきものを手にしていたが、標的はポールではなかった。銃口は倒れた男に向けられている。

「動くなよ」とポールはドイツ語で命じた。「銃を捨てろ」

男は銃を手放さなかったが、自分の撃った相手がもはや脅威ではないと知ると武器をポケットに滑りこませた。彼はドレスデン小路に目を走らせた。「シーッ」と口にして耳をすましてから、重々しい歩みでそばまで来た。「シューマンか？」

ポールはそれに答えなかった。撃たれた男の前にひざまずく、見知らぬ他人にルガーを構えたままでいた。「時計だ」そのドイツ語の言葉にはかすかな訛りがあった。

「なんだ？」

「時計だ。いまから時計を出す」男は懐中時計を出して蓋を開くと、倒れた男の口と鼻の先に風防をかざした。ガラスに息がつかないのを確認して時計をしまった。

「あんたがシューマンか？」男は地面に落ちた書類鞄を顎で指してくりかえした。「私はレジー・モーガン」この男もまたエイヴァリーの人相書に合致している。黒髪に口ひげをはやしているが、死んだ男よりもずっと細かった。

ポールは路地を見通した。誰もいない。

死体をはさんでのやりとりも馬鹿げていると思いながら、ポールは訊いた。「アレクサンダー広場へ行くには、どの路面電車に乗ればいいですか？」

モーガンは早口で答えた。「一三八番の電車……いやいや、二五四番のほうがいい」

ポールは死体を見やった。「すると、こいつの正体は？」

「探ってみようか」モーガンは死体と向きあうようにしてそのポケットを漁《あさ》った。

「見張りはこっちでやる」とポールは言った。

「すばらしい」

ポールは距離をおいた。そして振り返り、モーガンのうなじにルガーを押しあてた。

「動くな」

男は身を硬くした。「なんのつもりだ？」

ポールは英語で言った。「旅券を見せろ」

ポールが手に取った冊子は、男がレジナルド・モーガンであると証明していた。ポールは旅券を返しても、銃はおろさなかった。「上院議員の人相を話してみろ。英語で」

「むきになって、引き金を引かないように願いたい」男はニューイングランドの出自を思わせる声で言った。「それで、上院議員か？　議員は六十二歳、白髪頭、鼻はスコッチのおかげで余計に血管がめだつ。痩せっぽちのくせに、ニューヨークにいれば〈デルモニコ〉で、デトロイトでは〈アーニー〉でTボーンステーキをぺろりと平らげる」

「煙草の銘柄は？」

「去年会ったときには喫ってなかった。奥さんの手前もあってね。でも、またはじめると言ってた。むかしはファイアストーンのタイヤを燃やしたみたいな匂いがする、ドミニカの葉巻をふかしていたが。あんたも相当しつこいな。こっちはどこかの老人にまた悪い習慣がはじまったって理由で死にたくない」

ポールは銃をおろした。「すまないな」

モーガンはポールの試問に臆することなく、死体の検分を再開した。「一緒に働くなら、侮辱はしても用心深い人間のほうが、侮辱はしないが注意もしない人間よりましだ。おたがい長生きできる」彼は死んだ男のポケットを探った。「お客さんは？」

ポールはドレスデン小路に目を配った。「いない」

彼はモーガンが男のポケットに何かを発見し、痛恨の表情となるのを見逃していなかった。

モーガンは吐息を洩らした。「そうか。こいつは大変だ」

「何が？」

男は役所のものに見えるカードを掲げた。上部に鷲、その下に円でかこまれた鉤十字の押印がなされていた。頭に〈ＳＡ〉の文字が見える。

「どういうことなんだ？」

「つまりだ、あんたはまる一日も街にいないうちから、突撃隊員殺しに関わっちまったんだ」

## 6

「なんだって？」とポール・シューマンは訊いた。

モーガンは溜息をついた。「突撃隊《シュトゥルムアプタイルング》。または〝褐色のシャツ〟。言ってみれば党の軍隊。ヒトラーの殺し屋だと思ってくれ」彼は頭を振った。「悪いことは重なるもんだ。こいつは制服を着てない。つまり突撃隊のエリート。高官だ」

「そんな男がどうやっておれを見つけた？」

「どうしてだろう、よりによってあんたを。やつは電話ボックスから通行人の様子をうかがっていた」

「気がつかなかった」ポールは張り込みを見落とした自分に腹を立てた。この地ではあらゆることが常軌を逸していて、何を探して何を無視していいのやら見当がつかない。

モーガンがつづけた。「あんたが路地にはいったとたん、やつは追いかけだした。おそらく、あたりで見かけない顔のあんたを不審尋問しようと思い立ったんだ。突撃隊員には縄張りがある。ここがやつの島だったんだろう」モーガンは眉根を寄せた。「それにしても、連中がここまで警戒してるなんて普通じゃない。ＳＡの高官が一般市民のことを嗅ぎまわるというのが解《げ》せない。そんなことは部下にやらせるもんだ。特別な警報でも出たのか」と、彼は死体を横目で見た。「とにかく、こいつは問題だ。仲間が殺されたと知ったら、突撃隊は犯人が見つかるまで捜査をやめない。ああ、捜索はつづく。この街に連中はうじゃうじゃいるからな。それこそゴキブリみたいに」

銃撃による最初の衝撃は消えた。ポールの本能がよみがえってきた。彼は行き止まりからドレスデン小路の本道のほうへ歩いた。人影は見えない。窓は暗い。ドアが開いた家もない。彼はモーガンに向かって指を立ててみせると、路地口に帰って曲がり角から〈ビーアハウス〉の方向をうかがった。どうやら銃声を聞きつけた者はいないようだった。

彼は戻って、どこにも人気はないとモーガンに伝えた。そして言った。「包みだ」

「えっ？」

「薬莢だ。あんたの銃から出た」ふたりは地面を調べ、ポールが黄色の小さな筒を発見した。彼はそれをハンカチでつつんで拾いあげると、モーガンの指紋が付着している場合を考え、よく拭ってから下水溝に落とした。一瞬の間をおいて、水のはねる音が聞こえた。

モーガンはうなずいた。「腕が達者だって話は聞いてるよ」

あんな真鍮のかけらのおかげで、本国では足がついてしまうほどの腕前なのだ。

モーガンは使いこんだポケットナイフを開いた。「男の服からラベルを切り取る。所持品すべてを抜く。それからできるだけ遠くに運ぶ。やつらが発見するまえに」

「その〝やつら〟というのは？」ポールは訊いた。

モーガンの唇から虚《うつ》ろな笑いがこぼれた。「いまのドイツではな、〝やつら〟とは全員さ」

「突撃隊員は刺青《いれずみ》を入れるのか？　あの鉤十字とか？　ＳＡの文字とか？」

「ああ、考えられる」

「探すんだ。腕と胸を」

「で、見つかったら？」モーガンは顔をしかめた。「それをどうする？」

ポールはナイフに顎をしゃくった。

「冗談だろう」

だが、ポールの顔は本気を物語っている。

「そんなことはできない」モーガンがつぶやいた。

「だったらおれがやる。男の身元を消すのが大事なら、それしかないだろう」ポールは丸石の路面にひざまずき、男の上着とシャツを開いた。モーガンが怖気《おぞけ》をふるう気持ちはよくわかるが、殺し屋とてほかの稼業と同じだ。全力をつくすか、そうでなければ商売を変える。だいいち、ちっぽけな刺青ひとつで生死が分かれる状況なのである。

結局、皮をはぐ必要はなかった。男の身体に彫り物はなかった。

不意に大声がした。

ふたりは凍りついた。モーガンが路地を眺めやる。その手がふたたび銃に伸びた。ポールも突撃隊員から奪った武器を握りしめた。

また声があがった。その後は車の音しか聞こえない。と、ポールは不気味な抑揚のサイレンがしだいに大きくなるのに気づいた。

「あんたは行け」モーガンが咄嗟《とっさ》に言った。「こいつは私が始末する」彼はそこで思案すると、「四十五分後に落ち合おう。場所はアレクサンダー広場の北西、ローゼンターラー通り沿いにあるレストラン〈夏の園《ゾマー・ガルテン》〉。ひとり、エルンストの情報をもった工作員がいる。その男も呼んでおく。ビアホールの前の道に戻るんだ。そこからタクシーを拾うといい。路面電車やバスには警察が乗ってることがあるからな。できたらタクシーと歩きだけにする。まっすぐ前を見て、他人と目を合わせないこと」

「〈ゾマー・ガルテン〉か」ポールは復唱して書類鞄を取りあげると、革に付いた埃を払った。突撃隊員の拳銃をそこに差し入れた。「いまからはドイツ人になりきる。疑いを向けられないように」

「それがいい」とモーガンは地元の言葉で言った。「あんたのしゃべりはうまい。こっちの予想以上だ。でもGの発音はもっと柔らかくしろ。そうすればもっとベルリンの人間らしくなる」

三度の叫び声。サイレンもさらに近づいてきた。「そうだ、シューマン――もし私が一時間以内に現われなかったら？　大使館の建物にある無線機のことは、ブル・ゴードンから聞いてるな？」

ポールはうなずいた。

「むこうに連絡して指示を仰ぐんだ」男はぞっとするような声で笑った。「で、私が死んだと伝えてもらおうか。さあ、早く行け。前を向いて知らん顔をしてろ。それから、何があっても走るなよ」

「走るな？　なぜ？」

「この国では、走っただけで追っかけてくる連中がやたらにいるからだ。ほら、急ぐんだ！」

モーガンは仕立て屋のすばやい手際でもって仕事を進めていった。

汚れて傷だらけの黒い車が、路地に近い歩道に寄って停まった。路地口にはシューポ（治安警察）の警官が三名、緑の制服に明るい橙色の襟飾り、緑と黒のシャコー帽という恰好で立っていた。

白まがいの麻の三つ揃いを着て、口ひげをたくわえた中年男が助手席から降りると、かなりの目方を逃れた車が数センチ浮きあがった。男は薄いごま塩の髪を後ろに撫でつけた頭にパナマ帽をのせ、海泡石のパイプから燻《くすぶ》る煙草を落とした。

つかえて咳きこむように回っていたエンジンが止まった。黄色くなったパイプをポケットに入れたヴィリ・コール警視は、乗ってきたその車を腹立ちまぎれに見返した。ＳＳやゲシュタポの捜査陣はメルツェデスやＢＭＷを使っている。ところがクリポ（刑事警察）には、コールのような古参でもアウト・ウニオンの車があてがわれた。しかも四連の環がアウディ、ホルヒ、ヴァンダラー、ＤＫＷ《デーカーヴェー》という四社を表すこの共同企業体の生産で、コールのところに回ってきたのは、なにより質素な二年落ちの車種だった（彼の車はむろんガソリンを燃料に走るのだが、ＤＫＷとは蒸気自動車《ダンプフ・クラフト・ワーゲン》の略なのである）。

コンラート・ヤンセンは警視を志す近ごろの若者らしく、ひげもなく無帽で、運転席から降りると緑色の絹を縫製した両前の上着のボタンを留めた。トランクから書類鞄とライカのはいった箱を取り出した。

コールはポケットを叩いて手帳と証拠用封筒のありかを確かめると、シューポの警官たちのほうへぶらりと歩いていった。

「ハイル・ヒトラー、警視」三人組の年かさの男が親しげに言った。コールは男が誰だかわからないまま、さて面識はあったかと思いをめぐらせた。シューポ――市の巡邏警官は、ときに警視たちの力となることもあるが、厳密にいえばクリポの指揮下にない。そんな彼らと、コールが通常接触することはなかった。

コールは党の敬礼を真似て片腕を挙げた。「死体はどこだ？」

「あちらです」男が言った。「ドレスデン小路に」ほかの警官たちもそれとなく姿勢を正した。彼らは用心しているのだ。シューポの警官たちは交通違反の取り締まり、掏摸《すり》の捕縛、ウンター・デン・リンデンの大通りをヒトラーが通過する場合の交通整理にはその才をいかんなく発揮するのだが、きょう起きたような殺人事件には分別というものが求められる。強盗殺人なら現場の保全をはからなくてはならないが、突撃隊員やＳＳ隊員による殺人となると、できるかぎり迅速に現場を去り、見たものを忘れなくてはならない。

コールは年長の警官に言った。「知ってることを話してくれ」

「わかりました。お役に立てるかどうか。ティーアガルテン警察署に通報があり、ここへ急行したのです。私が先着しました」

「通報者は？」コールは路地に足を踏み入れると後ろを振り返り、残る警官たちを苛立たしそうに手招きした。

「名乗りませんでした。女性です。このあたりで銃声を聞いたそうで」

「通報があった時刻は？」

「おおよそ正午です」

「きみたちが到着したのは？」

「命令とともに出発したのですが」

「で、到着したのは？」コールはくりかえした。

「おそらく十二時二十分。三十分でしょうか」警官は狭い袋小路のほうに手をやった。

丸石の上に仰向けで倒れていたのは、肥りすぎの四十男だった。側頭部の銃創が致命傷となったのは明らかで、おびただしい出血がある。着衣は乱れ、ポケットが裏返しにされていた。

被害者がこの場で殺されたことを、血痕がはっきりと示していた。

警視は若い警官二名に告げた。「目撃者を探してくれないか。とくにこの路地口あたりで。それとこっちの建物を」彼は煉瓦造りの二軒を顎で指した——そのどちらにも窓がないことは気づいていた。「あとはカフェーだ。〈ビーアハウス〉だったな」

「わかりました」ふたりは足早に歩いていった。

「被害者を調べたのか？」

「いいえ」年長の警官はそう答えて、「ただしユダヤ人でないことは確認ずみですが」

「じゃあ、調べたんじゃないか」

「ズボンをあけてみただけで。また締めておきましたから。ご覧のとおり」

包皮を切除した男の死を軽視すると決めた人間は、ときにそうした施術が医学的理由から、それもアーリア人の嬰児に多くおこなわれるということを考慮しなかったのだろうかとコールは思う。

ポケットを探ったが身分証明の類は出てこない。それも一切。面妖だった。

「何も抜いていないのか？　書類は？　私物はないのか？」

「ありません」

警視は荒い息をつきながらしゃがみこみ、死体を検分していくうち、男の両手が柔らかく、胼胝《たこ》ひとつないことに気がついた。彼はなかばひとりごちるように、なかばコンラート・ヤンセンに向けてこう言った。「この手、きれいな爪と髪の毛、肌に残ったタルカム・パウダーからすると労働者じゃない。指にインキが付着しているが、量が多くないのは印刷業ではないということだ。で、そのインキの付き方を見れば手書きで、たぶん帳簿づけか文書を書いたのではないかと思われる。報道関係者なら手に鉛筆の芯が残っていそうだが、それも見つからない」コールにそんな知識があるのは、国家社会主義者が権力を手にして以降、十人を超える新聞記者の死を捜査してきたからである。そのいずれもが未解決の事件でありながら、現在捜査中のものは一件もなかった。「実業家、専門家、役人、公務員……」

「爪の下には何もありません」

コールはうなずき、男の脚を調べた。「大概のところは言ったとおり、頭脳労働者だ。しかし脚はやけに筋肉がついてる。それに、この擦り切れかたのひどい靴はどうだ。ちょっと見ただけで、こっちの足までひりひりしてくる。よく歩くんだろう」警視はうめき声を洩らして立ちあがった。

「早めの昼食をすませて、散策に出たわけですかね」

「ああ、そのようだ。落ちてる楊枝はやつのかもしれない」コールはそれを拾って匂いを嗅いだ。ニンニクだ。つぎに身をかがめて、被害者の口もとに同じ匂いがするのを確かめた。「うむ、正解だな」警視は楊枝を小型の茶封筒に入れて封をした。

若い警官がつづけた。「では、強盗の被害者ですね」

「たしかに、可能性はある」コールは嚙みしめるように言った。「だが、おれはそうは思わない。強盗は相手の所持品をすべて奪うか？　それに、被害者の首や耳には火薬で焼けた痕がない。ということは、銃弾はある程度離れて発射されたことになる。強盗ならもっと近くで、相手と直接向きあっていたはずだ。この被害者は斜め後方から撃たれた」コールはちびた鉛筆の先を舐めると、年季のはいった手帳に自分なりの所見を書きとめた。「そりゃもちろん、相手を待ち伏せして撃って、それから盗みを働く強盗もいる。しかし、それはわれわれがよく知る泥棒とはちがうんじゃないか？」

また死体の傷は加害者がゲシュタポ、ＳＳあるいは突撃隊の人員でないことを示していた。そうした場合では至近距離から頭の正面、または後頭部を撃たれるのが普通だった。

「路地で何をしていたんだろうか？」警部補が、答えは地面にころがっているとばかりに目をやりながら言った。

「その疑問に興味はもてないな、ヤンセン。ここはシュペナー通りとカルヴィン通りを結ぶ、よく知られた近道だ。たとえ被害者に後ろ暗い目的があったにせよ、そいつは本人が歩いた道筋以外の証拠からつかまなきゃならない」コールはもう一度頭部の傷をあらためると、かなりの血が飛び散っていた路地の壁のほうに歩いた。

「ほう」警視が見つけて思わず小躍りしそうになった弾丸は、丸石と煉瓦塀が接するあたりに落ちていた。彼はそれを化粧紙でつつんで取りあげた。表面にかすかなへこみしかない。九ミリ弾であることはすぐにわかった。これはつまり自動拳銃を使用したということで、真鍮の薬莢が排出されたことを意味する。

警視は三人めの警官に告げた。「すまないが、巡査、地面をくまなく調べてくれないか。真鍮の薬莢を探してくれ」

「わかりました」

胴着のポケットから片眼鏡を出し、コールは発射された物体に目を凝らした。「弾丸は非常にいい形をしてる。これなら期待できるぞ。アレックスに戻れば旋条痕からわかってくることもあるだろう。かなりはっきり残ってるからな」

「すると、犯人が所持しているのは新しい銃だ」とヤンセンは言ってから、その意見に修正をくわえた。「あるいは、ほとんど使っていない古い銃か」

「上出来だ、ヤンセン。おれもつぎにその言葉を吐くつもりだった」コールは弾を別の茶封筒に入れ、やはり封をした。手帳になにかを書きつけた。

ヤンセンがまた死体を見まわした。「強盗のしわざではないとしたら、どうして裏返しに？ポケットのことですが」

「いや、おれは強盗を否定したわけじゃない。強盗が基本的な動機であるかは疑わしいと言っただけで……。そうだ。もう一度上着をひろげてみろ」

ヤンセンは服を両側に開いた。

「ほら、糸が」

「どこです？」

「ここだ！」コールは指さした。

「はい」

「ラベルが切り取られてる。着てるもの全部がそうだろう？」

「身元か」若い男はうなずきながら、ズボンとシャツを確かめていった。「犯人は殺した相手の正体を、われわれに悟られたくなかったわけですね」

「靴の商標は？」

ヤンセンは脱がせた靴を調べた。「ありません」

コールはその靴に目をやると、死んだ男の上着にさわった。「この服は……代用生地を使ってる」警視はもうすこしで〝ヒトラー生地〟という、樹木の繊維から作られた模造布の蔑称を口にしそうになった（背広に綻びをつくり、そこが水に濡れて太陽の光があたると、布地は元にもどってしまうという有名な笑い話もあったほどだ）。かねて総統は、外国からの輸入に頼らない国づくりを公言していた。弾性繊維、マーガリン、ガソリン、エンジンオイル、ゴム、布地——こうしたものはすべて、ドイツ国内で産出した代替素材を原料に製造されていた。しかしながら、代用品にまつわる問題というのはいずこも同じで、要は品質が劣ることから、人々はそれらを〝ヒトラーの製品〟と見くだして呼んだのである。だがそんな言葉を公けの場で発するのは賢明ではない。密告されないともかぎらない。

生地についての発見が意味するのは、被害者がおそらくドイツ人であるということだった。現在、ドイツ国内にいる外国人の大半は自国通貨を所持している。すなわち彼らの購買力は相当に強力なのであり、わざわざ好きこのんで安服を買い求めるとは思えなかった。

とはいえ、犯人が被害者の身元を隠蔽しようとする理由は何なのか。代用生地の服を身にまとうというのは、男がさして重要な人物でないことを示唆している。その一方で、国家社会主義党の幹部たちの多くが貧しい給料に甘んじ、それ相応の収入を得ている者でも総統の手前、代替服を着ていたりする事実もコールの頭にはあった。はたして被害者が党または政府内に職を得ていて、それが死の原因につながったということはあるのだろうか。

「面白い」コールはぎくしゃくした動作で立ちあがった。「犯人は街でも人口の多い地区で発砲した。銃声を聞かれる危険も承知のうえで、あえて服のラベルを切り取るような真似までしている。だからなおのこと、この不幸な紳士の正体について興味をそそられるんだ。男の指紋を採ってくれ、ヤンセン。検屍医の仕事を待ってたら、いつになるかわかったもんじゃない」

「はい、警視」若い刑事は書類鞄をあけて道具を出した。彼は作業をはじめた。

コールは足もとの丸石を見据えた。「おれはいままで〝犯人〟と単数扱いで呼んできたがね、ヤンセン、相手は十人ということも考えられる。しかしこの事件の振り付けに関して、地面にはなんの跡も残ってない」より開けた犯罪現場では、悪名高いベルリンの風によって証拠となる砂塵が路面に散り敷かれるのである。しかし、この閉ざされた路地にそうした恩恵はない。

「失礼します……警視」とシューポの警官が声をあげた。「薬莢はどこにも見あたりません。しらみつぶしに探したのですが」

この事実がコールを悩ませた。ヤンセンは上司の表情を見逃さなかった。

「ということは」と警視は説いた。「犯人は被害者の服からラベルを切り取っただけでなく、時間をかけて薬莢を探している」

「つまり、相手は熟練してる」

「いつも言うようにだな、ヤンセン、推理をはたらかせるときには、己れの結論を確実なものとしてはいけない。そうしていると、本能的に頭がほかの可能性を締め出してしまう。たしかに、われらが容疑者は細部にまで実によく気のつく人間かもしれない。犯罪の常習者かもしれないし、そうじゃないかもしれない。鼠か鳥が光る物をくわえていった可能性もあるだろうし、学校の生徒が拾ったまま死体に怯えて逃げていった可能性だってある。それに犯人が貧乏で、真鍮を再利用しようと考えたのかもしれないぞ」

「もちろんです、警視」ヤンセンは、コールの言葉を暗記しているといわんばかりにうなずいた。

組んで仕事をする短い時間のなかで、警視はヤンセンに関してふたつのことを学んだ。ひとつは皮肉が通じないこと、もうひとつは呑み込みがやたらと早いことである。後者の資質は気短かな警視にとって僥倖だった。だが前者については、若者がもっと冗談を口にすればいいと思っている。警察とは厭になるほど諧謔を必要とする商売なのだ。

ヤンセンは指紋の採取をてきぱきと片づけた。

「つぎに被害者の周囲の丸石に粉をかけて、見つかった指紋を写真に撮る。犯人はラベルを切り取るぐらい賢くても、そのとき地面に手をふれないだけの分別まではなかったかもしれない」

死体の周辺に細かい粉をまきだして五分が過ぎたころ、ヤンセンが言った。「いくつか出てきたようです。ほら」

「ああ、いいぞ。記録しろ」

指紋の写真を撮り終えると、若者はあとずさって死体と現場の写真を追加で押さえた。警視は死体のまわりをゆったりした歩調で一周した。胴着の時計隠しからふたたび片眼鏡を取り出し、クリスマスの贈り物にと若いハンナが編んでくれた緑の紐を首に掛けた。そして死体のそばの路面にできた斑点を調べた。「革の断片だろうか」と目を凝らした。「古くて乾いてる。手袋にしては硬い。犯人か被害者の持ち物で、靴かベルトか、古い鞄かスーツケースか」

彼はその断片をつまんで新しい茶封筒に入れ、糊を湿らせて封をした。

「目撃者がいました」とシューポの若い警官が言った。「あまり協力的ではないのですが」

目撃者。すばらしい！　コールは男のあとから路地口までもどった。そこでもうひとりの警官に小突かれていたのが、コールの見たところ四十がらみの男だった。労働者の服装をして、左目はガラスの義眼、右手はだらりと垂れさがったままである。大戦を生きのびた四百万人のひとりだが、その測り知れない体験によって肉体はすっかり変わり果ててしまっている。

シューポの警官が男をコールのほうへ押しやった。

「もういい、巡査」警視は言い放った。「ありがとう」彼は目撃者に向かって訊ねた。「証明書を」

男は身分証を差し出した。コールはそれにさっと目を通した。返すときは何ひとつ頭に残っていなかったが、書類をぞんざいに確認してみせることで、目撃者が嘘のように協力的になったりすることがある。

常にそうとは限らないが。

「お役に立ちたいんですがね。でも、さっきお巡りさんにもお話ししたとおり、実際そんなに見たわけじゃない」男は黙りこんだ。

「なるほど、では、あんたが実際見たことを話してもらおうか」コールの太い手がせっかちに動いた。

「わかりました。私は四八番の地下階段を洗ってたんですよ。あそこに」男は路地から棟続きの集合住宅を指した。「見えるでしょ。歩道より下の階でね。音を聞いてエンジンの逆火だと思った」

コールはうなった。三三年よりこのかた、逆火のことを思いつくのは愚者しかいない。まともな頭なら銃声を思いつくだろう。

「べつに気に留めるでもなく、掃除をつづけたんですよ」男は湿ったシャツとズボンを示し、自分の行動を証明してみせた。「それから十分がたって笛の音が聞こえたんです」

「笛の音？　警笛か？」

「いいや、誰かが吹いた口笛ですよ。それがやけにうるさくて。顔をあげたら、男が路地を出ていくところでね。タクシーを止めるのに口笛を吹いてたってわけで。タクシーは私のいた家のまん前で止まって、その男が運転手に、〈ゾマー・ガルテン〉という料理店までやってくれって話すのを聞いたんですよ」

口笛？　まともじゃないとコールは思った。犬や馬を呼ぶならわかる。だがタクシーをそんなふうに止めるのは、運転手に対して失礼だろう。ドイツではあらゆる職業、商売に等しく敬意が払われるのだ。ということは、容疑者は外国人だろうか。それとも単に礼儀を知らないだけか。彼はそんな見解も手帳に書きこんだ。

「タクシーの番号は？」コールは当然のように訊ねたが、返ってきた答えも予想していたものだった。

「さあ、わかりませんね」

「〈ゾマー・ガルテン〉か」それはごく一般的な名前である。「どこの？」

「たしかローゼンターラー通りと聞いたような」

コールはうなずき、捜査の初動段階でまともな手がかりが得られたことに興奮した。「それで――男の人相は？」

「お話ししたとおり、階段の下にいましたから。車を止めるときの後ろ姿しか見てませんよ。大男で、背丈は二メートル以上あったか。柄は大きいけど肥っていない。でも訛りがあった」

「どんな？　ドイツの地方の？　それとも外国の？」

「どちらかといえば、南から来た連中と似てました。ミュンヘンに兄弟が住んでいるんですが、それとはやっぱりちがう」

「すると国外の人間かね？　いまはオリンピックで外国人の数も多い」

「さあ。私は生まれてからずっとベルリンで。祖国を出たのは一度だけですよ」男は自分の利かない腕に顎をしゃくった。

「男は革の鞄を持っていたか？」

「ええ、たぶん」

コールはヤンセンに、「革の出所がつかめそうだ」と言って向きなおった。「で、顔は見なかった?」

「そう。話したとおりで」

コールは声を低めた。「もしもあんたの名前は聞くつもりがない、これ以上面倒なことにはならないとこっちが請けあったら、もっと男の風体を思いだしてもらえるか?」

「嘘じゃないです、ほんとに顔は見てないんだ」

「年齢は?」

男は首を振った。「私にわかるのは、相手が大男で、明るい色の背広を着てたってことだけで……。何色だったかな。そうだ、頭にゲーリング航空大臣みたいな帽子をかぶってましたよ」

「どんな種類の帽子だ?」

「鍔が狭くて。茶色の」

「ああ、なんとなくわかる」コールは掃除夫の男をしげしげと眺めた。「結構、行ってよろしい」

「ハイル・ヒトラー」男は痛ましいほど熱烈に唱え、力強い敬礼をした。おそらく左手を使わなくてはならない埋め合わせのつもりなのだろう。

警視はおざなりの〝万歳《ハイル》〟をすると、死体のそばにもどった。警官たちは道具をかき集めた。

「急げ。〈ゾマー・ガルテン〉だ」

全員で車へと向かうなか、ヴィリ・コールはうんざりして足もとに目をやった。柔らかさ抜群の羊毛靴下に、高価な革靴を合わせてはいたところで、爪先と土踏まずにくる不快な感触はいかんともしがたい。とくに丸石の場合がひどいのだ。

ふとヤンセンの存在をかたわらに感じて、コールは足をゆるめた。「ゲシュタポです」と若者はささやいた。

驚いたコールが目をあげると、くたびれた茶色の上下に色合いの同じ中折れ帽をかぶったペーター・クラウスが近づいてくる。付き従う二名の部下は、年のころはヤンセンと同じ若者である。

いまはまずい！　まさにこの瞬間、容疑者は自分が発見されたなどとは思いも寄らず、料理店に陣取っているかもしれないのだ。

クラウスはクリポの刑事ふたりのほうに悠々と歩を進めた。ゲッベルス啓蒙宣伝相は常から出版物に利用するため、党専属の写真家を使って模範的アーリア人とその家族を撮らせている。ペーター・クラウスはすぐにもそんな写真の対象に選ばれそうな、細身で長身で金髪の男だった。かつてコールの同僚だったクラウスは、政治犯罪を捜査するクリポ1A部での経験を買われてゲシュタポに引き抜かれた。国家社会主義者たちが権力を握るや、この部は分離され、ゲシュタポとして独立したのである。クラウスはプロイセン系ドイツ人の多くがそうであるように、北欧ゲルマンにスラブの血がはいっているのだが、彼がクリポからプリンツ・アルブレヒト通りの職に移ったのは、スラブの匂いのするピエトルという名前を変えた直後だったという噂が、仲間うちでまことしやかに語られている。

コールはクラウスが丹念な捜査をすると聞いていたが、一緒に組んで仕事をしたことはない。コールは政治犯罪を担当することを頑なに拒んできたし、現在のクリポは政治に関わることを禁じられている。

クラウスが言った。「ヴィリ、元気そうだな」

「ハイル。なぜここに、ペーター?」

ヤンセンが会釈をして、それに応じたゲシュタポの捜査官はコールの問いに答えを返した。

「上司から連絡がはいった」

上司とはハインリヒ・ヒムラー本人だろうか、とコールは考えた。あり得る話だ。ひと月まえ、この親衛隊全国指導者はドイツ国内の全警察をみずからの指揮下に統合し、ゲシュタポ、クリポをふくむ私服部門のジポと、SSの諜報部門であるSD(親衛隊保安諜報部)を創設した。そしてヒムラーは警察長官に任命されたわけだが、コールはその発表があった当時、地上最強の法執行者にしてはずいぶん控えめな肩書きではないかと感じたものだ。

クラウスがつづけた。「総統閣下から、オリンピック期間中には粗相のないようにと指示があったそうだ。われわれは競技場周辺、オリンピック村、それに市街での重大犯罪を担当し、犯罪者をすみやかに逮捕できるよう態勢をととのえている。そんなとき、ティーアガルテンの目と鼻の先に殺人の現場ができた」クラウスはいまいましげに舌打ちした。

〈ゾマー・ガルテン〉へ急行したいコールはあからさまに時計を見た。「すまないが失礼するぞ、ペーター」

しゃがんで死体を間近に眺めながら、ゲシュタポの男は言った。「不幸にして外国の記者が街にあふれ……連中を管理、監督するのは非常に困難だ」

「ああ、ああ、だが――」

「この殺人のことが連中に知れるまえに、事件を解決しなくてはならない」クラウスは立つと、死んだ男をぐるりと円で囲むように歩いた。「被害者は誰なんだ？」

「不明だ。身分証明書がなくなってる。なあ、ペーター、この件にSSやSAが絡んでくることはないのか？」

「それはわかりかねるが」クラウスは怪訝な顔で答えた。「なぜだ？」

「ヤンセンとおれがここに来るまで、警邏の人員がかなり出ていた。何度も証明書を確かめられてね。動きがあるとは聞いてないんだが」

「そんな、たいしたことじゃない」ゲシュタポの捜査官は尊大に手を振った。「些細な治安の問題でね。クリポの心配はご無用だ」

コールはまた懐中時計に目をやった。「じゃあ、こっちは行くぞ、ペーター」

ゲシュタポの捜査官は立ちあがった。「強盗に遭ったのか？」

「ポケットは全部空だ」コールは忍耐強く言った。

クラウスが死体をじっと見据える横で、コールの頭は〈ゾマー・ガルテン〉に座る容疑者のことでいっぱいだった。いまごろシュニッツェルかヴルストをほおばっているだろう。「もどらなくちゃならない」とコールは言った。

「ちょっと待った」クラウスは死体の検分をつづけた。やがて顔をあげずに言った。「殺した犯人が外国人なら筋は通る」

「外国人？　ということは――」ヤンセンが早口に言って、その若々しい顔に驚きの表情を貼りつけた。だがコールは目顔で部下を制した。

「なんだね？」クラウスが質した。

警部補の立ち直りは早かった。「なぜ筋が通るとお考えになるのか、そこのところが気になります」

「人のいない路地、消えた身分証明書、冷酷な銃撃……ある程度この稼業をやってれば、こういった殺人事件で容疑者の当たりはつくものなんだよ、警部補」

「こういった殺人とは？」コールは訊かずにはいられなかった。ベルリンの路地で人が射殺されるというのは、いまどき珍奇な話でもない。

だがクラウスはそれに答えなかった。「まずはジプシーかポーランド人だろう。どう見ても乱暴な連中のしわざだし、罪もないドイツ人を殺す動機には事欠かない。あるいは東からのチェコ人とも考えられるが、ズデーテン地方の人間ではない。やつらは相手を背後から狙うことで知られている」

コールはあやうく、突撃隊と同じかとまぜ返しそうになるのをこらえて、ただこう言った。

「蓋をあけてみれば、犯人はスラブ人だったってこともある」

クラウスはみずからの出自にふれられても、まるで反応を見せなかった。あらためて死体を見ると、「この件は私が捜査を進めるぞ、ヴィリ。地域の工作員《アゲンテン》には部下を接触させる」

コールは言った。「国家社会主義の情報提供者を使うとは頼もしい。できる連中だ。そのうえ人数も実に多い」

「そうだ」

そのとき、ヤンセンがさすがにしびれを切らしたように、時計を見て眉をしかめた。「例の会合にかなり遅れることになりそうですが、警視」

「ああ、そうだったな」路地を歩きはじめたコールだったが、ふと足を止めてクラウスに言った。「ひとつ質問していいか？」

「ああ、ヴィリ」

「ゲーリング航空相はどんな帽子をかぶっているんだ？」

「というと……？」クラウスは顔をしかめた。

「ゲーリングだ。どんな帽子を？」

「さて、見当もつかない」クラウスは一瞬、それがゲシュタポの優秀な捜査官なら熟知していなければならない事柄であるかのように、険しい表情になった。「なぜだ？」

「いや、べつに」

「ハイル・ヒトラー」

「ハイル」

ＤＫＷに急ぎながら、コールは息も絶えだえに言った。「シューポの警官にフィルムをわたして、本部まで運ばせろ。すぐに写真が欲しい」

「わかりました」若者は方向を転じ、警官にフィルムを預けて指示を出すとコールを追った。

コールはシューポのひとりに命令を伝えていた。「検屍の人間が現場に着いたら、こっちが一刻も早く解剖所見を欲しがってると言うんだ。知りたいのは、わが友人が抱えていた可能性がある病気について。なかでも淋病と結核。その症状の度合い。それから胃の内容物。あとは刺青、骨折、手術痕の有無」

「わかりました」

「大至急と念を押すんだぞ」

このごろは検屍医も多忙をきわめ、死体の回収に八時間から十時間、解剖には数日を要するといった始末である。

急ぎ足でＤＫＷをめざす途中、コールは痛みにうめいた。靴のなかで羊毛の靴下がすべるのだ。「〈ゾマー・ガルテン〉まで最寄りの道は？　まあいい、どうにかなるだろう」彼は四辺に目をやった。「あそこだ！」と叫んで新聞の販売所に指を突きつけた。「あそこで新聞を買い集めろ」

「わかりました、でもなぜ？」

ヴィリ・コールは運転席に腰を落とすとイグニションのボタンを押した。息を切らしてはいても、彼の声はまだ焦燥を伝えることはできた。「帽子をかぶったゲーリングの写真が要る。

ほかに理由があるか？」

## 7

ポールは街角で皺の寄った〈ベルリン・ジュルナール〉紙をひろげ、〈ゾマー・ガルテン〉というカフェーの様子をうかがっていた。手袋をはめた手でコーヒーを飲む女たち、ビールをがぶ飲みしては口ひげについた泡をリネンのナプキンで拭う男たち。人々は煙草を喫しながら、午後の太陽を満喫している。

ポール・シューマンは身じろぎひとつせず、ただひたすらに観察していた。

〝尋常じゃない……〟

カリフォルニア・ジョブケースから金属の活字を拾い、単語や文を紡いでいく組版とまったく一緒だ。「pとqには注意しろよ」と父からはしつこく言われた――それはこのふたつが印刷すると文字が入れ代わってしまう、混同しやすい活字だからである。

いま、彼はそんなふうに注意しながら〈ゾマー・ガルテン〉を眺めている。ドレスデン小路では電話ボックスに張り込む突撃隊員の姿を見逃すという、殺し屋としては言い訳の立たないもう同じあやまちはくりかえせない。

やがて差し迫った危険はないと察しをつけたものの、その判断には自信がもてなかった。もしかすると人々に見た以上のことはなく、暑く気だるい土曜の午後に、他人のことなど委細かまわず食事をしたり、自分の用向きに精を出しているだけかもしれない。

だが、もしかすると彼らは胸に一物を抱き、〈マンハッタン〉に乗っていたハインスラーのように、ナチスに対して恐ろしいほどの忠誠を誓っているかもしれないのだ。

〝私は総統を愛し……〟

ポールは新聞をゴミ箱に放ると、通りを渡ってレストランにはいった。

「すまないが」彼は給仕頭に言った。「三人の席を」

「お好きな場所へ」男は性急に答えた。

ポールは奥のほうのテーブルに着いた。さりげなく周囲を見る。誰もこちらを気にしていない。

またはそう見えるだけなのか。

給仕が飛んできた。「ご注文はいかがしましょう?」

「まずはビールをくれ」

「どのビールにしますか?」給仕はポールの聞いたことがない銘柄を挙げていった。

「最初のを。大きいやつで」

給仕は止まり木に向かい、しばらくして背の高いピルスナー・グラスを運んできた。ポールはさっそく喉を潤したが、好きな味ではなかった。甘口で果実の香りがする。彼はグラスを脇へ押しやると、アメリカ製のラベルを見られないようにテーブルの下でチェスターフィールドを一本振り出した。顔をあげると、ちょうどレジナルド・モーガンが何食わぬ顔で入店してくるところだった。ポールの姿を認めて近づいてくると、ドイツ語で言った。「わが友、再会できてよかった」

握手をかわしてから、モーガンはテーブルの向かいに腰をおろした。

彼は湿った顔をハンカチで拭いた。その目に不安の色がある。「際どかった。入れ違いでシユーポが来た」

「見られたのか？」

「たぶん大丈夫だ。路地の反対側から出た」

「ここにいて安全なのか？」ポールはまわりに目を配った。「出ようか？」

「いや。昼のこの時間に、店にはいって何も食べずに出るような真似をすると、かえって怪しまれる。ニューヨークとはちがってね。ベルリンの人間は、食に関してはあわてない。会社は二時間休憩になるから、みんな昼食をしっかり食べる。もちろん、朝食は二度いただく」モーガンは自分の腹を叩いてみせた。「この部署に来て、私が喜んでる理由もわかるだろう」そしてあたりをそれとなく見まわすと、「ほら」と言いながら分厚い本をポールのほうに押し出した。「いいか、忘れずに返したからな」表紙にはドイツ語で『わが闘争《マイン・カンプフ》』と記されていた。ヒトラーが本を書いたのだろうか、とポールは訝《いぶか》った。

「ありがとう。べつに急いではいないんだが」

ポールは煙草を灰皿に押しつけたが、火の消えた吸い殻をポケットにしまった。どこで足がつくとも知れないと思うと、やはり慎重にならざるを得ないのだ。

モーガンが卑猥なジョークを口にするぞとばかりに、笑い顔で膝を乗り出した。「本に百マルクがはさんである。それに、あんたが滞在することになってる下宿屋の住所と。ティーアガルテンの南のリュツォー広場の近くだ。行き方も書いておいた」

「一階にあるのか？」

「部屋か？　さあ。こっちからは訊いてない。逃走経路でも考えてるのか？」

ポールの頭を占めていたのは、扉と窓が封じられたマローンのねぐらのことだった。「まあいい」

「自分の目で確かめるんだな。問題があれば部屋を変えればいい。話のわかりそうな女将だったよ。名前はケーテ・リヒター」

「ナチか？」

モーガンは穏やかに言った。「ここでその言葉を使うな。面倒なことになる。〝ナチ〟はバイエルンの方言で〝うすのろ〟を意味する卑語だ。正しい略称は〝ナツォ〟になるが、その言い方もあまり聞かない。〝国家社会主義者《ナツィオナル・ゾツィアリスト》〟と言え。NSDAP（国家社会主義ドイツ労働者党）のイニシャルを使う連中もいる。あるいは〝党〟と呼んでもいい。敬意をこめてな……。リヒター嬢については、どこに肩入れしてるってこともなさそうだが」モーガンは顎でビールを指すと訊いた。「お気に召さないのか？」

「小便だ」

モーガンは笑った。「そいつは小麦のビールでね。子供の飲み物だ。なんでそいつを注文した？」

「うんざりするほど種類があった。それも聞いたことがないものばかりだ」

「頼みなおしてやろう」

給仕がやってくると、モーガンはこう告げた。「プショールを二杯くれ。それから腸詰めとパンを。キャベツとキュウリのピクルス。あったらバターももらおう」

「かしこまりました」と給仕はポールのグラスを運び去った。

モーガンはつづけた。「本のなかには、あんたの写真を貼ったロシアの旅券と、およそ百ドル相当のルーブルも入れてある。緊急の際にはスイス国境へ向かうこと。ドイツ人はまたひとりロシア人を国外に追い出せると、喜んで通してくれるだろう。連中はルーブルの使用を許可されていないから、没収されることもない。スイスはあんたがボリシェヴィキだろうが気にしないし、金を使うならどうぞと招き入れるはずだ。チューリヒから米国大使館に伝言を送れば、ゴードンがあんたを救い出す手はずになってる。しかし、今後はドレスデン小路の件があっただけに、慎重のうえにも慎重に行動しないとな。街ではやっぱり何かが起きてるんだ。普段よりはるかに多い人員が警邏に出ている。突撃隊はべつに珍しくもない――連中は行進と警邏のほかにやることもないからな――ところが、ＳＳにゲシュタポまで現われた」

「それが……？」

「SSは……テラスにいたふたりを見たか？　黒い制服姿の」

「ああ」

「彼らは本来、ヒトラー警護の目的で選抜された隊員たちだった。それがいまやもう一個の私軍と化している。大半が黒を着ているが、一部灰色の制服もある。ゲシュタポは私服の秘密警察でね。数は少ないが大変危険な存在だ。彼らの担当はほぼ政治犯罪に限られているんだが、現在のドイツではあらゆることが政治犯罪になりうる。歩道に唾を吐けば、それが総統閣下への侮辱とみなされ、モアビト監獄か強制収容所に送られるわけだ」

プショールに料理が運ばれてくると、ポールはまずビールを一気に半分ほど飲んだ。素朴な味わいでこくがある。「ああ、こいつはうまい」

「気に入ったかい？　こっちに来てから、もうアメリカのビールは飲めないと思ったね。ビール造りには年季がいる。大学の学位と変わらない評価をされるんだ。ベルリンは欧州における醸造業の中心地だが、最高のものはバイエルン地方のミュンヘンで造られたやつだ」

ポールは料理を貪り食った。しかし、頭のなかでビールと食事がすべてに優先していたわけではない。「早く動かないと」と彼は低声で言った。殺しの現場付近に長居すれば、それだけ見つかる危険も高まっていくのだ。「情報と武器が必要だ」

モーガンはうなずいた。「そろそろ、こっちの知り合いも現われるはずだ。そいつは……あんたが訪ねる相手の情報をもってる。それと、きょうのうちに質屋へ行く。店主があんたにライフルを用意してるよ」

「ライフル?」ポールは眉をひそめた。

モーガンは困った顔をした。「ライフルは撃てないのか?」

「いや、撃てる。歩兵だったからな。でも、いつもは近づいてやるんだ」

「近づいて? あんたはそのほうが楽なのか?」

「楽とかの問題じゃない。そのほうが効率がいい」

「ま、話を聞いてくれ、ポール、標的に近づいて拳銃で殺るのはかなり難しいが、不可能ってことはないと思う。でも、SSやゲシュタポがあれだけうろついてるとすれば、間違いなく捕まる。そうなったらきっと、長ったらしく不快なかたちで死を迎えることになるぞ。それはともかく、ライフルを勧める理由はほかにもある——相手は公けの場所で葬られなくてはならない」

「なぜだ?」

「上院議員が言うには、ドイツ政府および党に関係する全員が、再軍備にあたってエルンストの果たす重要な役割というものを知っている。そこで誰が後釜におさまるにしろ、エルンストの代わりを務めるには危険がともなうと周知させることが大切だ。エルンストが人目のないところで死んでも、ヒトラーはそれを隠蔽して、死因は事故か病気であると発表するだけだ」

「だったら公衆の面前でやるさ」ポールは言った。「ライフルでね。だが、それには照準器をつけて銃の感触をつかんだら、あつらえ向きの場所を探して事前に下見をして、風の具合、光線、進路と退路を見きわめておく必要がある」

「もちろんだ。あんたは玄人だからな。思いどおりにやればいい」

ポールは食事を終えた。「路地でのことがあったからには、こっちは潜伏すべきだろう。オリンピック村の荷物を拾って、なるたけ早く下宿屋に移りたい。部屋の用意はできてるのか？」

モーガンは問題ないと答えた。

ポールはまたビールを口にしてヒトラーの本を手前に引き寄せ、それを膝の上で繰っていくと、たしかに旅券と金とメモが挟まっていた。彼は下宿屋の情報が記された紙片を抜き取った。本を書類鞄にしまうと、住所と道順を暗記しながらテーブルにこぼれたビールでメモを濡らし、手のなかでそれがパルプの塊となるまで揉んだ。そしてあとで始末するように、煙草の吸い殻と同じポケットに入れた。

モーガンが驚いたという顔をしてみせる。

〝腕が達者だって話は聞いてる〟

ポールは自分の鞄に顎をしゃくってささやいた。「『わが闘争』。ヒトラーの本。いったい何が書いてある？」

「人呼んで、十六万例にのぼる文法の誤りの集大成だそうだ。ヒトラーの哲学というふれこみなんだが、基本的には意味不明の代物だよ。しかし、持っててよかったと思うこともあるぞ」

モーガンは微笑した。「ベルリンは物資の不足する街で、トイレの紙も見つからなかったりするからな」

ひとしきり笑ったあと、ポールは訊いた。「おれたちが会うことになってる男だが……そいつが信頼できるという根拠は？」

「いまのドイツでは信頼なんて珍しいものでね。油断も隙もないご時世だから、たしかに、自分の思いに同調してくれるってだけで他人を信じるのは早計だ。私の工作員の場合は、兄弟が組合のオルグで突撃隊に殺されたせいで、われわれのシンパになった。でも、そのことだけでこっちの命を危険にさらすつもりはない。だから大金を払ってる。ここではこんな言い方をするんだ、〝私はパンをくれた人の歌をうたう〟とね。つまり、マックスはこちらのパンをたらふく食ってる。で、ずいぶんと役に立つ一方で、本人にとっては危ない情報を流してきてるわけで、なんとも微妙な立場にいるわけだ。これこそ信頼の働く絶好の一例でね。飴をやるなり鞭をくれるなりで、私としては両方いっぺんにというのが好みなんだが」

扉が開き、モーガンが相手を認めて目を細める。「ああ、やつだ」と低い声で言った。レストランにはいってきたのは労働者のつなぎ服を着て、小型のリュックサックを肩に掛けた細身の男だった。男は薄暗さに目を馴らそうと瞬きしながら周囲を見まわした。モーガンが手招きしたその男はいかにも神経質そうに、ポールからほかの客へ、給仕たちから洗面所、厨房とつづく廊下の闇へ送った視線をふたたびポールに戻した。

〝いまのドイツでは、やつらとは全員……〟

男は最初、扉に背を向けて座り、それから店内を見わたせる椅子に移った。

「どうも」とモーガンが言った。

「ハイル・ヒトラー」

「ハイル」とポールは答えた。

「ここにいる友人だが、マックスと呼んでほしいそうだ。あんたが会いにきた男と仕事で関わってる。家のほうでね。物を運んだりしてるので、家の人間や庭師のことを知ってるわけだ。ここから西のシャルロッテンブルクという同じ町に住んでる」

マックスは料理とビールを断わって注文したコーヒーに、埃のような滓《かす》が表面に浮いた砂糖を入れ、思い切りかき回した。

「彼のことについてはなんでも知っておきたい」とポールは声をひそめて言った。

「ええ、わかりました」と言ったそばから、男は口を閉じてあたりに視線を走らせる。その薄い髪にべったり振りかけたローションのように、男は猜疑心を厚くまとっていた。ポールとしては危険どころか、もどかしさを覚えるほどだった。やおらマックスはリュックサックをあけ、濃い緑色のフォルダーをポールに差し出した。ポールは椅子に寄ると、誰からも覗かれないようにそのフォルダーを開き、皺のできた六葉ほどの写真を眺めた。そこに写るのはあつらえの背広を着た、すなわち細部にまで強いこだわりをもつ男の姿である。丸い頭に灰色もしくは白の短髪という五十年輩で、鉄縁の眼鏡をかけている。

ポールは訊いた。「これが本人で間違いないのか？　替え玉ってことは？」

「彼は替え玉は使いません」男はふるえる手でコーヒーを口もとに運び、またも店内に目をやった。

ポールは写真を見終えた。あとはマックスに持ち帰って処分してくれと言うつもりだったが、いかにも臆したその様子に、男が狼狽のあまり写真を電車や地下鉄に置き忘れるのではと心配になった。そこでフォルダーをヒトラーの本とならべて鞄に入れ、自分で始末することにした。

「さて」ポールは身を乗り出した。「彼の話を聞かせてくれ。知ってることを全部」

マックスはラインハルト・エルンストに関する知識を伝えた。大佐は退役して数年になるが、いまも軍人としての規律と態度を保ちつづけている。早朝に起床して、週に六日から七日、長い時間を仕事にあてている。訓練は欠かさず、いまも射撃の名手である。小型の自動拳銃を携帯することが多い。ヴィルヘルム通りの官邸にある事務所との往復にはみずから車を駆り、護衛がつくことはめったにない。車の種類は屋根のないメルツェデス。

ポールは男の話に検討をくわえた。「官邸には？　毎日通っているのか？」

「だいたい毎日。たまに造船所に出かけたり、最近だとクルップの工場にも」

「クルップというのは？」

「武器、弾薬を製造する会社を所有する男です」

「官邸で、彼が車を駐める場所はどこだ？」

「知りません。私は行ったことがないので」

「この先数日の立ち回り先は調べられるか？　事務所に出るのはいつになる？」

「探ってみます」と、すこし間をおいて、「これは迷ったんですが……」マックスの声がとぎれた。

「何を？」

「私は彼の私生活についても多少は知ってます。奥さんのこと、義理の娘のこと、孫のこと。彼のそんな面も知りたいですか？　それともやはり知らないほうが？」

〝氷をさわってるうちに……〟

「いや」ポールはつぶやくように言った。「全部話してくれ」

車は〈ゾマー・ガルテン〉をめざし、小さなエンジンに能《あた》うかぎりの速度でローゼンタラー通りを走っていた。

コンラート・ヤンセンが上司に訊ねた。「質問していいですか？」

「なんだ？」

「クラウス捜査官が犯人は外国人ではないかとおっしゃったとき、私たちはそのままの事実を示す証拠を握っていました。話をしなかったのはなぜです？」

「握っていたのは、事実かもしれないことを示す証拠らしきものだ。確かな話じゃない。犯人が訛ってるかもしれないこと、それに口笛でタクシーを呼んだことだけだ」

「わかってます。しかし、その情報はお伝えしておくべきだったのでは？　こちらもゲシュタポの人員を利用できるわけですし」

巨漢のコールは暑さのなかで息遣いも荒く、その発汗たるやおびただしい。彼が夏を好きなのは、家族連れでティーアガルテンやルーナ・パルクに遊んだり、ヴァンゼーとハーフェル川のあたりまでピクニックに出かけたりする季節であるからなのだが、気候に関してはこっそり秋に焦がれている。彼は額を拭くと答えた。「ちがうぞ、ヤンセン、われわれは情報を伝えるべきではないし、ゲシュタポの手を借りるべきでもない。理由はこうだ。第一に、先月の統合以降、ゲシュタポとSSはクリポから独立性をはぎ取ろうとしている。われわれができるだけ現状を維持しようと思えば、独自に動くしかない。第二に、これはずっとずっと重要なことだが、ゲシュタポの〝人員〟は、ほとんど罪もないような人間でもやたら逮捕しようとする。ときにはまるで無実の人間でも、都合がよさそうだというだけで逮捕することがある」

クリポ本部には六百の拘置房が設置されていた。その本来の目的はいずこの警察とも同じで、釈放か起訴かが決められるまで被疑者を勾留することにあった。ところが現在、そこにあふれんばかりに収容されているのは曖昧な政治犯罪に問われた人々で、その監視にあたるのが褐色の制服に白い腕章をした野蛮な若者たち、すなわち突撃隊員なのである。房はいまや、強制収容所やプリンツ・アルブレヒト通りのゲシュタポ本部行きの中継地点にすぎなくなっている。

コールはつづけた。「いいか、ヤンセン、おれたちは警察捜査という洗練された芸術を実践する職人であって、ひとりの犯罪人を追うのに、市民をつぎつぎ鎌でなぎ払っていくサクソン人の農夫とはちがうんだ」

「はい」

「そのことを忘れるな」コールは頭を振った。「ま、倫理が流砂のごとく流れていく世の中で、この仕事を全うするのもひと苦労だが」彼は車を縁石に寄せながら下僚のほうを見た。「ヤンセン、わかってるだろうが、おまえはいまの話でもっておれを逮捕して、一年間オラニエンブルク送りにできる」

「私はなにも言いません、警視」

コールはエンジンを切った。ふたりは車を降りると、〈ゾマー・ガルテン〉に向かって幅のひろい歩道を急いだ。店が近づくと、ヴィリ・コールは名物料理のザウアーブラーテンの匂いを嗅ぎとった。とたんに腹が鳴りだした。

ヤンセンは国家社会主義党の機関紙〈人民の観察者《フェルキッシャー・ベオバハター》〉を手にしていた。その一面に、ベルリンではあまり見かけない洒落た帽子をかぶったゲーリングが、大きく扱われていたのである。その特別な付属品のことを思いながら、コールは横目で下僚を見た。警部補の色白の顔が七月の陽射しに赤く火照っている。このごろの若者は、帽子が意図をもって造られたことを知らないのだろうか。

料理屋が近くなったところで、コールはヤンセンを手で制した。ふたりは街灯の脇にたたずみ、〈ゾマー・ガルテン〉を見つめた。この時刻に食事をする人間はそう多くない。ＳＳの将校二名がちょうど運良く、会計をすませて店を出ようとしていた。というのも理由はヤンセンに説明したように、事件のことをなるべく伏せておきたかったからなのだ。残っている客は、革の半ズボン《レーダーホーゼン》姿の中年男と年金生活者だけだった。

建物内部への視線を阻む厚いカーテンに気づいたコールは、ヤンセンに顎で合図をするとテラスに向かい、食事をするふたりに、茶色の帽子をかぶった大男が店にはいらなかったかと訊ねた。

年金生活者のほうがうなずいた。「大男？　そうだね、刑事さん。はっきりは見てないが、二十分ぐらいまえにはいっていったかな」

「いまもいるかね？」

「出てきてないな、見てないし」

ヤンセンがビーグル犬さながらに鼻をひくつかせた。「警視、オルポに連絡しますか？」

これは制服を着た秩序警察《オルドヌングスポリツァイ》のことで、兵舎に常駐し、その名の示すとおりライフル、機関拳銃、警棒を使って秩序を維持する。しかしコールは彼らが出動したときの騒ぎをあらためて思いうかべた。なにしろ客がいる料理店で、武器を持った容疑者を相手にするのである。

「いや、やめたほうがいいな、ヤンセン。われわれは頭を働かせるんだ。おまえは裏に回って張り込め。誰かが出てきたら、帽子の有無にかまわず押さえろ。いいか――相手は武装してる。めだたないように行け」

「わかりました」

若者は路地で立ちどまり、その意気込みもあらわに角を曲がっていった。

コールはのんびり歩きだすと、張り出された品書きを眺めるふりをして足を止めた。それから不安な気分と、ポケットに連発銃の重みを感じながら近づいた。国家社会主義者が力をもつまで、クリポの刑事は武器を携帯していなかった。だが数年まえにゲーリング内相が全国の警察隊を増員した際、全警官に武器携帯が義務づけられ、しかもその使用を奨励することがあって、コールやクリポの同僚を驚かせたのである。実際に出された通達は、容疑者を撃ち損ねた場合は譴責、のちに無実と判明した人間を撃っても処分はなしというものだった。

ヴィリ・コールは一九一八年からこのかた、一度も銃を撃っていない。が、ドレスデン小路で被害者が頭蓋を砕かれているだけに、いまは銃があってよかったと思うのだ。コールはいちはやく銃がつかめるよう上着をなおすと、深々と息をついた。そして入口を抜けた。

と、恐怖で銅像のように身が竦《すく》んだ。〈ゾマー・ガルテン〉の店内は相当に暗く、コールの目は外光に馴れていた。瞬間的に何も見えなくなってしまったのだ。自分の愚かさに腹が立つ。わかりきっていたことなのに。その場にクリポまる出しの物腰で突っ立てば、武装した容疑者にはまたとない標的である。

彼は奥に進んで扉をしめた。霞がかかった視界のなかで、人が店内を動きまわっている。立っている男たちもいる。誰かが近寄ってきた。

コールは警戒してあとずさった。拳銃を忍ばせていたポケットに手が伸びる。

「お席ですか？　お好きなところへどうぞ」

目をすがめているうちに、だんだんと視力がもどってきた。

「お客さま？」と給仕がくりかえした。

「いや、人を捜してる」

ようやく普通に見えるようになった。

料理店にいた客はわずか十人ほどだった。茶の帽子に、明るい色合いの背広を着た大男はいない。警視は厨房を覗いた。

「お客さま、困ります――」

コールは身分証を給仕に示した。

「わかりました」給仕は怯えた声を出した。

コールはめまいがしそうなほど暑い厨房を抜け、裏の扉を開いた。「ヤンセン？」

「出てきた人間はいません」

警部補が合流して、ふたりは食堂に引き返した。

コールが給仕を手招きした。

「あんたの名前は？」

「ヨハンです」

「ではヨハン、あんたはこの二十分間に、こんな帽子をかぶった男を見ただろうか？」コールがうなずくと、ヤンセンがゲーリングの写真をひろげてみせた。

「ええ、見ましたよ。その男性とお連れさまがたは、ついさっきお帰りになりました。そういえば怪しい感じでした。脇の扉から出ていって」

給仕は空いた卓を指でさした。コールは嫌悪の吐息を洩らした。そこは窓に面した二卓のうちのひとつだった。分厚いカーテンが引かれているが、その端に小さな隙間がある。犯人はテラスの客を調べる刑事たちのことを見ていたにちがいない。

「おい、ヤンセン！」コールと警部補は脇の扉を飛び出て、街じゅうで見かけるような冴えない庭を走った。ベルリンの人間は好んで花や植木を育てているが、土地が高いために、あれば猫の額ほどの場所でも庭を造ろうとする。そこからの出口は一カ所で、ローゼンターラー通りにつづいていた。ふたりは駆け寄って混雑した往来を見わたした。犯人の姿はなかった。

　コールははらわたが煮えくり返る思いでいた。クラウスに邪魔をされなければ、帽子をかぶった大男を捕まえる見込みはずっと大きかったのだ。しかしもっと腹立たしかったのが、テラスで犯したみずからの失態だった。

「あわてたせいで」と彼はヤンセンに低声で言った。「パンの外側が焦げた、でも残った部分はなんとか食えるだろう」彼は踵を返し、ゆったりとした足どりで〈ゾマー・ガルテン〉の正面に向かった。


　ポールとモーガン、それにマックスと呼ばれる痩せて落ち着きのない男が、ローゼンターラー通りを五十フィート行った科《しな》の木の木立に立っている。

　彼らは白の上下を着た男とその部下が、レストランの脇にある庭から通りを眺めると、玄関のほうへ帰っていく様子を見守っていた。

「もう追ってはこられないだろう」とモーガンが言った。「不可能だ」

「やつらは誰かを捜していた」ポールは言った。「おれたちが出た直後に、脇の扉から飛び出してきた。あれは偶然じゃない」

マックスがふるえ声で訊ねた。「あれはゲシュタポでしょうか。それともクリポ？」

「クリポっていうのは？」ポールが訊いた。

「刑事警察。私服の刑事だ」

「つまりは警察か」とポールは言った。疑うべくもなかった。男ふたりが〈ゾマー・ガルテン〉に向かってくるときから気づいていた。道に目を配るため窓側のテーブルを取ったのだが、案の定――パナマ帽を頭にのせた巨漢と青い背広姿の痩せた若者が、テラスの客に質問をはじめた。その後に若者のほうがそこを離れ――おそらく裏口にまわったのだろう――白い上下の刑事はというと、張り出された品書きを延々と見ていた。

ポールはすっと席を立ち、指紋が発見されにくい紙幣だけを置くと、「行くぞ」と声を発したのだった。モーガンと狼狽するマックスを従えて、脇の扉を出ると小庭園の前で待ち、刑事が店内にはいるのを見はからってローゼンターラー通りを歩いた。

「警察」マックスが泣きだしそうな声でつぶやいた。「いやだ……いやだ……」

ここではあまりに多くの人間に追跡され……後を跟《つ》けられ、密告される。

〝彼と党のためならいかなることでもする……〟

ポールはもう一度、通りの〈ゾマー・ガルテン〉の方角に目をもどした。追ってくる者はいない。それでも電流を感じたように、マックスからエルンストの所在に関する情報を聞き出し、早く始末にかからなければという思いを強くした。彼は振り向くと、「知りたいのは……」と言いかけて口をつぐんだ。

マックスが消えていた。

「やつはどこだ？」

モーガンも振り向き、「ちくしょう」と英語で吐き棄てた。

「裏切ったのか？」

「そんなはずはない――裏切りは逮捕も意味する。しかし……」ポールの先を見つめていたモーガンの声がとぎれた。「まずい！」

背後を振り返ったポールは、二ブロック離れた場所にマックスを認めた。マックスは何人かに混じって、おそらくは初めて見る黒い制服の二人組に止められていた。「SSの検問だ」

マックスは視線が定まらない様子で、親衛隊員から質問される順番を待っている。十代の少年のようにやましげな顔をこすった。

ポールはつぶやいた。「心配することはない。証明書はまともだし、エルンストの写真はこっちでもらった。本人が騒がないかぎり大丈夫だ」

落ち着け、とポールは心に念じた。視線をそらすな……。

するとマックスは笑顔を見せ、SS隊員のほうに寄っていった。

「切り抜けそうだな」とモーガンが言った。

いや、ちがう。やつはぶち壊そうとしている。

そのとき、男は逃げだした。

SSの二人組は話していた相手を押しのけ、男を追いかけようとした。「止まれ、止まるんだ！」

「いかん！」モーガンがささやいた。「なぜあんなことを？　なぜ？」

怖くてどうしようもなかったからだ、とポールは思った。

かさばる制服を着たSS隊員たちより細いマックスは、ふたりを引き離しはじめた。逃げ切れるかもしれない。もしかすると――

一発の銃声とともにマックスはコンクリートに突っ伏し、その背に血の花が咲いた。ポールは後ろを見た。三人めのSS隊員が、通りを横断しながら銃を握って発砲したのだ。マックスが縁石に向けて這いだしたところへ、最初の二人組が息を乱しながら追いついた。そのひとりが銃を抜き、哀れな男の頭部を撃つと街灯柱にもたれかかった。

「行こう」ポールは声をひそめて言った。「さあ！」

彼らはふたたびローゼンターラー通りに出て、銃撃の現場から急いで離れようという歩行者に混じって北へ向かった。

「たまらんな」モーガンが口のなかで言った。「手なずけるのにひと月、エルンストの情報をつかむまで支えてやったのに。これからどうする？」

「どうするにしても、すばやく事を運ぶことだ。誰かが嗅ぎつけるかもしれないからな、やつと」――通りの死体を顧みて――「エルンストの関係を」

モーガンは溜息をつくと思いを凝らした。「エルンストに近い人間はほかに知らないし……。

まあ、情報省のなかにひとりいることはいる」

「そんな内部に？」

「国家社会主義者というのは偏執狂だが、そのぶん欠点もある。エゴだよ。連中はやたら工作員を配置してるだけに、誰かに浸透されるなんてことはこれっぽっちも頭にないわけさ。知り合いといっても一介の官吏にすぎないが、何かを探り出してくれるかもしれない」

ふたりは人通りの激しい街角で足を止めた。ポールは言った。「おれはオリンピック村で荷物を取ってから下宿に移ることにする」

「ライフルを受け取る質屋はオラニエンブルガー駅のそばにある。一九二三年十一月広場の、ヒトラーのでかい銅像の下で会おうか。じゃあ四時半に。地図は持ってるか？」

「見つける」

男たちは握手をかわし、不運な男の死体をとりまく野次馬に目をやると二手に分かれた。清潔で整然として、礼儀正しい笑顔の人々がひしめく市街に、またもサイレンの音がひびきわたった――そこは二時間に二件の殺人が起きた現場なのだ。

いや、不運なマックスは裏切っていないとポールは考えた。だがそれとは別に、はるかに厄介なことになりそうな気配があった。二名の刑事もしくはゲシュタポの捜査官は、モーガンまたはポールを、またはふたりを追ってドレスデン小路から〈ゾマー・ガルテン〉まで自力でたどり着き、あわや逮捕というところまで迫ってきたのである。これはこの地の警察活動がニューヨークを凌いでいることの証しだった。やつらは何者なのだ？

「ヨハン」ヴィリ・コールは給仕に訊いた。「茶色の帽子をかぶったこの男、どんなやつだった？」

「明るい灰色の背広を着て、白いシャツに緑のネクタイ、わりと派手な感じでした」

「図体は大きかったのか？」

「ものすごく大きくて。でも肥ってはいなかった。たぶん身体を鍛えてますよ」

「そのほかの特徴は？」

「気がつきませんでした」

「外国人か？」

「どうでしょう。でもドイツ語をすらすらしゃべってました。すこし訛りがあったかな」

「髪の毛の色は？」

「わかりません。どちらかといえば暗めでしょうか」

「年齢は？」

「若くもなく、年でもなく」

コールはふっと息を吐いた。「で、たしか〝お連れさまがた〟と言ったな？」

「ええ。まずその男が来て。つぎにひとり来ました。かなり小柄でね。着ていたのは黒か濃い灰色の背広です。ネクタイのことは憶えてません。それからもうひとり、茶色のつなぎを着た三十代の男。労働者でしょう。そいつがあとから合流しました」

「その大男は革のスーツケースか鞄を持っていたかね？」

「ええ。茶色の」

「仲間たちもドイツ語をしゃべっていたのか？」

「はい」

「彼らの会話を立ち聞きしたか？」

「いいえ、警視」

「じゃあ、男の顔は？　帽子の男だ」とヤンセンが訊いた。

躊躇があって、「顔は見てません。仲間たちのほうも」

「連中の給仕をしたのに、顔を見てないのか？」とコールは質した。

「とくに気にしてなかったので。ご覧のとおり、ここは暗いですし。この商売は……やたら人と顔を合わせるので。なんというか、見てても見ていないというか」

それはコールにも想像がついた。しかし、三年まえにヒトラーが権力の座についてからは、見ざるが国民の悪弊となったのも事実である。人々は目撃してもいない〝罪〟で同胞の市民を告発もすれば、実際目にした犯罪の一部始終が思いだせなくなったりもする。あまり知りすぎるとアレックス――クリポ本部――あるいはプリンツ・アルブレヒト通りのゲシュタポ本部に連れていかれ、名の知れた重罪人の写真をひたすら見せられるはめになるかもしれない。そんな場所へ自分からすすんで出向く者がいるはずはない。きょうの目撃者はあすの抑留者なのだ。

困惑した給仕の視線が床を這う。額に汗が噴き出した。コールは憐れをもよおした。「きっと人相のかわりに気づいたことを教えてくれれば、警察本部までご足労ねがわずともすませられるだろう。なにか役に立つことを思いついてもらえたらな」

男はほっとしたように顔をあげた。

「こちらからも力添えをする」警視は言った。「まずは細かいことからだ。男が飲食したものは？」

「ああ、それなら憶えてます。最初に小麦のビールを注文しました。初めて飲んだみたいです。ひと口啜っただけで、あとはもう手もつけなかったので。でも仲間が頼んだプショールは飲み干しました」

「いいぞ」コールにしても、容疑者にまつわる些細な事実が何を詳《つまび》らかにするか、頭から見当がついていたわけではない。男の出身地か出身国、もうすこし具体的なことがわかればと思った程度である。だが書き留めるべき情報が出てきたので、ヴィリ・コールは使いこんだ手帳に舐めた鉛筆を走らせた。「で、料理のほうは？」

「腸詰めとキャベツの盛り合わせです。パンとマーガリンを添えて。ふたりは同じものを食べました。大男のほうは全部平らげて。腹を空かしてたんでしょう。仲間のほうは半分ほど」

「では三人めの男は？」

「コーヒーだけです」

「その、大男のほうだが、フォークの持ち方は？」

「フォーク？」

「腸詰めを切ってから、フォークを反対の手に持ち換えて食べたのか？　それとも持ち換えずに口にはこんでいたか？」

「さて……どうでしょう。持ち換えてたかもしれませんね。というのは、ビールを飲むときにフォークをいちいち置いていたようなので」

「いいぞ、ヨハン」

「総統閣下に協力できるなら、とにかく光栄です」

「ああ、そうだな」とコールはうんざりしたように言った。

フォークを持ち換える。他国では普通でも、ドイツではタクシーを口笛で停めるのと同じであまり見かけることがない。訛りもふくめて、やはり外国人なのかもしれない。

「煙草は喫ったのか？」

「たしか喫ってましたね」

「パイプ、葉巻、紙巻？」

「紙巻ですね。でも――」

「銘柄がどこなのかは見なかった」

「ええ。見ませんでした」

コールは室内を歩いていき、容疑者が座っていた卓と椅子の周辺を調べた。目につくものはなかった。灰があるのに吸い殻が残っていない灰皿を見て顔を曇らせた。

これも相手の抜け目なさを示す証左なのか。

コールはその場で膝を折ると、マッチを擦って卓の下を照らした。

「おお、見てみろ、ヤンセン！ さっき見つけたのと同じ茶色の革が落ちてる。おれたちが追ってる男に間違いない。しかも埃のなかに鞄を置いたような跡がある」

「中身は何なんでしょうね」とヤンセンが言った。

「それには興味がない」コールはそう言うと、革の断片を拾って封筒に入れた。「いまのところはな。重要なのは鞄そのもの、この男とドレスデン小路を結びつける証拠品だ」

コールは給仕に礼を述べると、ヴィナー・シュニッツェルの皿に羨望のまなざしを向けつつ、ヤンセンを連れて表に出た。

「わが紳士が目撃されていないか、あたりの聞き込みをする。おまえは通りのむこう側をやれ、ヤンセン。おれは花売りにあたってみる」コールは気味の悪い声で笑った。ベルリンの花屋は荒っぽいことで知られている。

ヤンセンがハンカチを出して額を拭いた。弱音を吐きそうな表情である。

「疲れたのか、ヤンセン？」

「いいえ。疲れてなどいません」若者はためらいがちに補足した。「ただときどき、われわれの仕事には希望がないなと思うことがあって。死んだデブのことで、こんなにまでしても」

コールは黄色いパイプを取り出し、銃と同じポケットに入れて火皿が傷ついていないかと矯《た》めつ眇《すが》めつしてから煙草を詰めた。「そうだ、ヤンセン、おまえの言うとおりだ。被害者はデブの中年男だ。しかし、おれたちは腕っこきの刑事じゃないのか？ それに男の事情にも通じている」

「どんなことです？」

「やつが誰かの息子だってことだ」

「それは……あたりまえでしょう」

「それに、たぶん誰かの兄弟だ。誰かの夫か恋人かもしれない。あと、やつが幸運な男なら、息子か娘の父親だな。おれの希望としては、たまにやつのことを思いだしたりする過去の恋人もいてほしい。未来には新たな恋人が待っていたかもしれない。これから子供を三人、四人と世に送り出したかもしれないんだ」コールはマッチを箱に擦りつけると、海泡石の火皿に煙を立たせた。「つまりだ、ヤンセン、こんなふうに事件を覗けば、謎というのはひとりの肥った男の死にとどまらない。われわれが扱う悲劇というのはだ、蜘蛛の巣みたいに数多くの命と数多くの場所をつつみこんで、それが年々ひろがっていくんだよ。悲しいことに……。この仕事がなぜ大事か、わかってもらえるか？」

「はい、警視」

そしてコールも、若者が本当に理解したものと信じた。

「ヤンセン、帽子を買うんだな。だが、さしあたってはおれのほうで譲ってやろう。おまえが通りの日陰のほうをやれ。つまり花売りたちに尋問するってことだ。連中はたぶん、突撃隊の兵舎の外では聞けないような言葉で相手をしてくれるだろうが、少なくとも今夜のおまえは、新鮮なビーツみたいに真っ赤な顔をして女房のとこに帰らずにすむ」

タクシーを拾うのに混雑した広場へ向かいながら、ポールはときどき後ろを振り返った。チェスターフィールドをふかしては街の風景や通行人に目をやり、またどこかに尋常ではない兆候を見つけようとしていた。

## 8

途中で公衆便所に立ち寄り、清潔な個室にはいった。そこで煙草を揉み消し、取ってあった吸い殻、ケーテ・リヒターの下宿の住所が書かれたパルプの塊ともども便器に捨てた。エルンストの写真は細かく引き裂いたうえで、すべてを水に流した。

表の通りにもどると、ポールは寂しく死んだマックスのことは忘れ、目の前の仕事に頭を集中させた。ライフルでは久しく人を殺していない。もとより長銃身の扱いには馴れていた。人は銃をさして〝平等化するもの〟と呼ぶけれども、これは絶対の真実とはいえない。拳銃の重さはおよそ三ポンド、ライフルは十二ポンドかそれ以上もある。武器を完全に静止した状態で保持するには力がいるし、ポールが中隊一の名手であったのも、その頑丈な腕があればこそだった。

だがモーガンにも話したように、誰かを片づけるなら拳銃を使いたいと思っていた。そうしてきわどく、息がとどくほど接近するのがいつものやり方なのだ。相手に声をかけたり、面と向きあうことはなかったし、まして因果をふくめるような真似はしなかった。ただ大男なりに、できうるかぎり静かに相手の背後から近づき、可能なら頭に一発撃ちこんで即死させる。バグジー・シーゲルや最近死んだダッチ・シュルツが好んだ、嬲《なぶ》り殺しにする残虐非道は考えたこともない。ポールが殺し屋としてやるのは怒りや喜び、ぎらぎらした復讐心を満たすこととはまるで関係なく、より大きな悪を消すために悪をおこなうという、ただそれだけのことだった。

しかもポール・シューマンは、この偽善の代償を払うことにこだわっている。殺しとの距離の近さに苦しみ、人の死に苛《さいな》まれて後悔と自責のトンネルにはまった。殺しをやるたび、自分の一部も死んでいった。あるとき、ウェストサイドにあるアイルランド系のみすぼらしいバーで酔いしれたあげく、自分はキリストとは正反対であると悟った。他人が死ぬために自分も死ぬのだと。そんな思いは酒を飲んで忘れてしまいたいと願っても、いつまでもつきまとって離れはしなかった。

とはいえ、ライフルの使用に関してはモーガンの言うとおりなのだ。相棒のデイモン・ラニアンが、男はみずからの意思で一線を越えてこそ勝者になれると言ったことがある。ポールはそんな経験も少なからずしているが、一方で引き時というものも心得ていた。けっして自棄にはならない。形勢不利とみて仕事を延期したことは幾度となくあった。六対五で不利なら許容範囲だろう。が、それより悪い場合は、動かない――

すさまじい音がした。書店の窓が割れて、数ヤード離れた歩道に何かが飛んできた。本箱。それに何冊もの本。ポールが店を覗いてみると、中年の男が血のついた顔を押さえていた。どうやら頬を殴られたらしい。女がその男の腕をつかんで泣いている。見るからに怯えたふたりを囲んで立つのが、明るい茶色の制服を着た大柄の四人である。ポールは四人を褐色のシャツ、つまり突撃隊員と見定めた。ひとりが一冊の本を手にして男に怒鳴った。「こんなものを売るとはけしからん！　法律違反だ。オラニエンブルク行きだぞ」

「それはトーマス・マンだ」男は抗議した。「総統閣下やわが党を悪く言うようなものじゃない。だいたい――」

突撃隊員が開いた本で書店主の顔を張り、嘲るような声音で言う。「それは……」さらに激しい一発が飛ぶ。「トーマス……」つぎの一発で本の背が折れた。「マンか……」

その虐めに腹は立ったが、しょせんポールには関わりのないことだった。いまそんなことを気にしている余裕はない。彼は歩きだした。すると突撃隊員たちがいきなり女の腕を取り、扉から外に突き出したのだ。女はポールとしたたかぶつかって歩道に倒れた。恐怖のせいで、ポールのことは気づいてもいないようだった。両膝から血が流れ、割れた窓ガラスで手のひらが切れている。

突撃隊員の見るからにリーダー格が男を外に引きずりだした。「破壊しろ」という掛け声とともに、仲間たちが売台や棚をひっくり返したり、壁の絵を破ったり、がっちりした椅子を床に叩きつけて壊そうとしはじめた。リーダー格はポールを横目で見ると、書店主の鳩尾に拳で強烈な突きを入れた。書店主はうっと声を洩らし、腹ばいになって嘔吐した。突撃隊員は今度は女のほうに歩み寄ると、髪の毛をひっつかんで顔を殴ろうとした。ポールは本能からその腕を押さえていた。

男は振り向き、その四角張った大きな顔におさまる口から唾を吐くと、ポールの青い目を睨みつけた。「なんだ、貴様は？　おれを誰だと思ってる？　ベルリン城突撃旅団のフーゴ・フェルステッテだ。アレクサンダー！　シュテファン！」

ポールは女をかたわらに動かした。彼女は身をかがめると、口を拭いながら痛みと屈辱の涙をこぼしている書店主を助け起こそうとした。

店内から二名の突撃隊員が現われた。「こいつは誰です？」ひとりが訊ねる。

「証明書を見せろ！　さあ！」フェルステットが叫んだ。

これまでボクシングをやってきたポールだが、路上での殴り合いは避けてきた。ルールが重んじられない場所で腕を競ってはならないと、父からきつく戒められてきたのだ。校庭や路地での喧嘩はご法度だった。「息子よ、わかったのか？」するとポールは律儀に、「わかったよ、父さん、守るよ」と答える。だがときには仕方なく、ジェイク・マクガイアやリトル・ビル・カーターと拳を交えた。どうしてそうなるのかはわからない。ただはっきりしているのは、そのまま立ち去ることができないからだった。

で、たまに——実はたびたびかもしれないのだが——立ち去ることができても、とにかくそうはしたくないと思ってしまう。

ポールは男の値踏みをした。半人前のヴィンセント・マニエリ大尉と似て、若くたくましいが口ほどにもないといった感じだろうか。アメリカ人は爪先に重心を移すと、目にも止まらぬ右ストレートをフェルステットの鳩尾に見舞った。

顎を落とした男は息を喘がせ、まるで心臓を探すように胸を叩きながら後退していく。

「この野郎」仲間のひとりが甲走った声を出して、拳銃に手を伸ばした。ポールは躍りかかるように男の右手をつかんでホルスターの蓋から引きはがすと、顔面に左フックを放った。ボクシングでは鼻への一撃ほど痛みを呼ぶものはなく、軟骨がひしゃげて、褐色の制服を血で染めた男は絶叫をあげてよろめき、背中から壁にぶつかった。

フーゴ・フェルステットは膝をついた恰好で、もはや心臓への興味も失っていた。腹をつかんで苦しげにえずいた。

三人めの突撃隊員が銃をつかもうとした。

ポールはすばやく前に出て拳を固めた。「やめろ」と穏やかに言った。すると隊員は突如通りを駆けだして叫んだ、「掩護を……掩護をたのむ……」

四人めが表に現われた。ポールが近づくと男はわめいた、「殴らないでくれ！」

ポールは隊員に目を据えたままひざまずき、鞄をあけると書類のなかに銃を探った。

視線を落とした隙に、突撃隊員がガラスの破片を拾って投げてきた。ポールがそれを避ける間に男は突っかけてきて、真鍮の環《ブラス・ナックル》をはめた拳でポールの頰を狙った。斜めからこするようなパンチだったが、ポールは虚をつかれて鞄を手放し、書店の脇の雑草が茂る庭に倒れこんだ。そこに飛びかかられて揉みあいになった。相手はとくに力があるわけでもなく、訓練を積んだ闘士ではなかったが、ポールは立つまでに若干手間どった。隙を見せてしまった自分への憤りから、彼はつかんだ男の手首を力まかせにねじった。骨の折れる音がした。

「あうっ」男は息を吐き出して地面にくずおれ、そのまま気を失った。

フェルステットは座りこむようにして、口もとを拭っていた。

ポールは男のベルトから抜いた銃を、近くの平屋の屋根に放りあげると、書店主と女のほうを向いた。「逃げるんだ、早く」

ふたりは言葉もなくポールを見つめている。

「早く！」ポールは低声ながら語気を強めた。

通りに警笛が鳴りわたる。叫び声も聞こえる。

ポールは言った。「逃げろ！」

書店主はもう一度口を拭くと、破壊された自分の店に最後の一瞥をくれた。そして女に肩を抱えられるようにして去っていった。

ローゼンターラー通りを反対の方向に目を転じると、五、六名の突撃隊員たちが走ってくる。

「このユダヤ野郎め」鼻を折られた男がつぶやくように言った。「ああ、いま捕まえてやる」

ポールは鞄を手に、その中身を掻き入れると近傍の路地に向かって走った。振り返れば大男の群れが追いかけてくる。連中はいったいどこから湧いてきたのだ？　路地を抜けた通りは住宅があれば屋台も出て、古びた料理店や安手の店なども軒を連ねていた。彼は足を止め、人で賑わう往来に目をやった。

通りかかった古着を売る屋台で、店主の男が目をそらしているあいだに、男物の棚から深緑色の上着をこっそり抜いた。それを丸めると、別の路地にはいって着換えるつもりで歩きだした。だが、すぐ近くで叫び声がした。「あそこだ！　あいつか？……おい！　止まれ！」

左を見ると、また三人の突撃隊員がこちらを指さしている。事件の噂がひろまっているのだ。ポールが駆けこんだ路地は、最初に通った道よりも長く暗かった。後方でさらに声があがる。そして発砲。頭の付近で銃弾が煉瓦にあたった。後ろを見ると、制服姿の三、四人が新たに追跡の一団にくわわっていた。

〝この国では、走っただけで追っかけてくる連中がやたらにいる……〟

ポールは壁に向けて唾を吐き、必死で肺に空気を採りこもうとした。やがて路地から突き当たったのはもっと混雑する通りだった。彼は思い切り息を吸うと、土曜の買物客であふれる雑踏にまぎれた。左右を眺めやると、大通りから枝分かれする路地が三本、四本とある。

どれにする？

大通りに行き着いた突撃隊員の怒号が聞こえる。悩んでいる暇はない。彼は最寄りの路地を選んだ。

選択は間違っていた。その路地の出口は五、六カ所の扉だけで、しかもすべて施錠されていた。

ポールは袋小路から飛び出そうとして思いとどまった。すでに十名を超える突撃隊員たちがこの路地をめざし、人ごみのなかを歩いている。しかも大半が拳銃を手にしているのだ。そこにはきのう、オリンピック村で旗を降ろしていた少年たちと同じような服装をした若者も混じっていた。

彼は息をととのえながら、煉瓦の壁に背を押しつけた。いい面《つら》の皮だと腹立ちまぎれに思った。

帽子にネクタイに背広の上着を鞄に押しこみ、緑のジャケットに袖を通した。

ポールは鞄を足もとに置いて銃を取り出した。弾が装塡されているのを確認すると、壁に支《か》った上腕に銃をのせ、ゆっくり身を乗り出して先頭に立つ男——フェルステットに狙いをつけた。

むこうとしてはおそらく、銃弾の出所を把握するのは困難であるはずで、ポールは彼らが散りぢりに退避する時間を利用し、屋台のなかを逃げる気でいた。冒険にも等しいが……いずれ連中はこの路地に現われる。ほかに選択肢があるというのか。

どんどん近づいてくる……

〝氷をさわる……〟

男の胸を狙って引き金にすこしずつ力をこめていく。ベルトから肩に向けてはすかいに伸びる革帯の一点、ちょうど心臓を覆った部分に照準が合った。

「やめとけ」耳もとで早口にささやく声がする。

ポールははっとして振り向き、背後から音もなく近づいていた相手に銃を構えた。くたびれた上下をまとった四十男である。身の丈はポールに較べて数インチは低く、腹がベルトからせり出していた。濃い髪の毛に油をつけて後ろに流し、口のまわりにひげが茂みのごとくある。大きめの段ボール箱を手にしていた。

「そいつをどっか別のほうに向けてくれないか」男は拳銃を顎で示しながら穏やかに言った。

アメリカ人は銃を動かそうとはしなかった。「あんたは何者だ？」

「話は後回しってことでね。いまはもっと急ぎの用事があるんじゃないのか」男はポールの脇を抜け、曲がり角から様子をうかがった。「連中は一ダース。あんた、ずいぶんなことをやらかしたんだろう」

「連中を三人殴った」

ドイツ人は驚いたように眉をあげた。「ほお、なら言っとくがね、旦那、もしもあんたがひとりでもふたりでも殺してたら、十分としないうちに何百って数が出てくる。で、あんたを見つけ出すまでに、罪もない連中が十人は殺されるって寸法だ。あんたが逃げるのを手伝ってもいいよ」

ポールはためらった。

「もしあんたが、おれの言うとおりのことをやってなくても、連中はあんたを殺すよ。得意なのは殺しと行進なんてやつらだからさ」

「箱をおろせ」ポールは言葉に従った男の上着を持ちあげ、ベルトのあたりを確かめると、その場で回れと身ぶりで命じた。

「銃は持ってないって」

忍耐強く、同じしぐさをする。

ドイツ人は後ろを向いた。ポールはポケットを叩き、足首をさわった。武器はなかった。

男が口を開いた。「あんたのことを見てたんだ。上着と帽子を取ったのは――これは正解だね。それにあのひどいネクタイ姿は、ノレンドルフ広場の処女みたいにめだってた。それにしても、いずれ検査はされるだろう。服は捨てなきゃだめだ」と鞄に顎をしゃくった。

駆けまわる靴音が近くなった。ポールはあとずさりしながら男の言葉を吟味した。たしかに忠告は筋が通っている。彼は鞄から服を出すとゴミバケツに歩み寄った。

「だめだ」男は言った。「そこはだめ。ベルリンで何かを処分しようと思うなら、生ゴミ用のバケツに捨てちゃいけない。残飯漁りの連中が見つけることがあるからね。ゴミ箱に放るのもまずい。ゲシュタポやＳＤ（親衛隊保安課報部）の工作員が探し出すかもしれない。連中はしょっちゅうゴミ漁りをやってる。安全な場所がひとつあるとすれば下水だ。下水を浚《さら》うやつはいないよ。いまのところはね」

ポールは近くにあった格子に目を落とし、そこに服を無理やり突っ込んだ。

〝アイルランド人の幸運〟を呼ぶネクタイ……

「それと、糞シャツから逃げるあんたに、もうひとつ小道具を貸してやろうか」男は上着のポケットから帽子を何枚か引っぱりだした。なかから明るいキャンバス地のクラッシュ・ハットを選ぶと、それをひろげてポールにわたし、残りをまたポケットにしまった。「かぶってみな」アメリカ人は素直に従った。「あとは拳銃。そいつを始末しないとな。後ろ髪ひかれる気持ちはわかるが、持ってるとろくなことにならない。たかが一挺の銃にこめた弾で、市内にいる突撃隊全員をとめられるわけがないんだから。ちんけなルガーじゃなおさらだね」

イエスかノーか。

男の言うとおりだとふたたび直感が告げた。ポールは膝を折り、同じように拳銃を格子の間に落とした。路面よりずっと下のほうから水しぶきのあがる音がした。

「じゃあ、ついてきな」男は段ボール箱を抱えあげた。ポールが二の足を踏んでいると、男は低声で言った。「はあ、どこまで信用したものかと考えてるんだろ？　おれのことはてんで知らないわけだしな。でも旦那、ここまできたら、信用しないってほうがまずいんじゃないのかい？　最後に決めるのはあんただけどね。時間はまだ十秒ほど余裕がある」と男は笑った。

「どういうわけなのかね？　大事なことを決めるとなると、よけい時間が足りなかったりするもんだよな」彼はある扉に歩み寄り、鍵を使ってそこを開いた。後ろを振り返る。ポールはあとにつづいた。ふたりが貯蔵室にはいると、ドイツ人は閉じた扉に錠をおろした。油でべたついた窓のむこうに、路地にはいりこんでくる突撃隊が見えた。一団はあたりをざっと調べ、そのまま進んでいった。

貯蔵室は箱や木枠、埃をかぶった葡萄酒の壜であふれ返っていた。男は足を止め、箱を顎で指した。「そいつを持っていきなよ。おたがい身の上話の役に立つだろうし。きっと儲けにもなるんじゃないかね」

ポールは男を睨みつけた。「服も銃も、あんたの倉庫に置いとけばよかったじゃないか。わざわざ捨てなくても」

男は下唇を突き出した。「まあね、ただし、ここはおれの倉庫じゃない。さあ、その箱を持った。早く、急がないと」ポールは鞄を重ねて箱を持ちあげた。ふたりは埃っぽい表の部屋に移動した。男は汚れた窓から外を確かめると扉をあけた。

「待った」ポールは言って自分の頬をさわった。ブラス・ナックルでかすられた傷に血がにじんでいる。彼は棚にすべらせた両手で頬を叩いて傷を隠し、上着とズボンにも汚れをなすりつけた。そのほうが血を流すよりも人目を惹かない。

「よし」ドイツ人は扉を大きく開いた。「これであんたは汗水たらした労働者。さしずめおれは親方だな。こっちだよ」と、いきなり向かった先では突撃隊員が三、四名、赤い紐につないだプードルを連れ、街灯柱にもたれた女性に話しかけている。

ポールは躊躇した。

「さあ。足を止めるな」

あと一息で通り過ぎるというとき、ふたりは突撃隊員に呼びとめられた。「そこのおまえら、止まれ。証明書を見せてもらおうか」そこに仲間がくわわり、ポールとドイツ人のほうに寄ってきた。銃を捨ててきたことに憤然としながら、ポールはかたわらに目をやった。路地にいた男は顔をしかめてみせた。「ああ、証明書ですか、はい。実に申しわけないんですがねえ。あたしたちは見てのとおり、きょうは仕事でございまして」と箱に顎をしゃくり、「思いもかけず、急ぎの配達になっちまったんで」

「証明書は携帯が義務づけられているんだぞ」

ポールは言った。「すぐ近くなもんですから」

「われわれは、灰色の上下に茶色の帽子をかぶった大柄の男を捜している。そいつは武器も持ってる。似たような男は見かけなかったか？」

目くばせを交わす。「いや」とポールは答えた。

ふたりめの突撃隊員がドイツ人とポールの身体検査をし、鞄をあけて中身をあらためた。手に取ったのは『わが闘争』だった。ポールの目にも、ロシアの旅券とルーブル紙幣をはさんだ膨らみが見てとれる。

路地にいた男が早口でまくしたてた。「なにもはいってやしませんって。そうそう、身分証明書があることを思いだした。手下が持ってる箱のなかを見てやってくださいよ」

突撃隊員たちは顔を見合わせた。ヒトラーの著書を持っていたほうが、それを手放して鞄を下に置き、ポールが抱えていた箱の蓋を開いた。

「ほうら、おれたちボルドー兄弟って」

突撃隊員が吹き出すと、ドイツ人はさらに言った。「けど、とても納得はしてもらえないでしょうから、こいつを二本、確認のために没収していただこうかと」

赤の葡萄酒が数本抜き出された。突撃隊員たちは行ってよしと手を振った。ポールは鞄を拾いあげ、ふたりは通りを歩きつづけた。

二ブロックをすすんだところで、ドイツ人が道のむこうに顎を向けた。「あそこだ」男が指したのはナチの旗を掲げたナイトクラブといった場所だった。木製の看板に〈アーリア・カフェー〉とある。

「気でも狂ったか？」とポールは訊いた。

「ここまではおれの言ったままだろう、友よ。いいから、はいってくれ。ここがいちばん安全な場所なんだから。糞シャツ連中はお呼びじゃないし、連中の出入りできるようなとこじゃない。あんたがＳＳの将校や党の高級幹部を痛めつけてないかぎり、安全だけど……まさかな？」

ポールは首を振った。苛立ちまじりに男のあとから店にはいると、すぐに男の言わんとしたことがわかった。入場料が〈二十米ドル／四十独マルク〉と看板に記されている。さすがに驚いた。ニューヨークで行ったことがある最高級の場所がデボネア・クラブで、席料は五ドルだった。

現金の手持ちはいくらあるのか。四十マルクといえば、モーガンにわたされた金のほぼ半額である。だが門番はひげ面のドイツ人と顔なじみだった。料金を取らずに黙ってふたりを通した。

カーテンをくぐったところには小さくて暗いバーがあり、骨董品や装飾品、映画ポスターが飾られ、埃の積もった壜がならんでいる。「オットー！」バーテンダーが声をあげて男の手を握った。

オットーは箱を止まり木の上に置くと、ポールにも同じようにしろと身ぶりでうながした。

「配達は一箱だけだと思ってた」

「ここにいる仲間が手伝ってくれたんだが、こっちの箱には十本しかはいってない。だから、しめて七十マルクってことでいいかい？」

「注文したのは一箱。一箱でけっこうさ。一箱ぶんなら払う」

男たちが駆け引きをするあいだ、ポールはバーの奥にあった大型ラジオから流れてくる声に聞き入った。「……現代科学は疾病から肉体を守る無数の方法を発見したわけだが、そうした簡単な健康法を励行しないと大変な病気にかかってしまうことがある。外国からの訪問者を街に迎え、新たな感染の不安というものも出てくるであろうから、公衆衛生の規則というものを心にとめおくことが肝心なのである」

交渉を終えたオットーが、いかにも満足そうにして窓外に目をやった。「連中はまだ外をうろついてる。ビールを飲《や》ろうじゃないか。あんたに一杯おごってもらおう」彼はポールが大きな音量にもかかわらず、バーの誰からも相手にされていないラジオを見つめていることに気づいた。「ほう、われらが宣伝相の低音の魅力にやられたのかい？　朗々としてるだろ？　ところが実物を見ると、これがうらなりでね。おれはヴィルヘルム通り一帯の官庁とつきあいがあるが、連中は陰で〝ミッキーマウス〟と呼んでる。奥へ行こうや。あのしゃべりにはうんざりだ。どこの世帯もラジオを持って、党の幹部の演説を流さなくっちゃいけないし、連中の出番のときには音をでかくしなくちゃいけない。そうしないと法にふれる。だからここでも義務を果たすのにラジオを前面に出してる。本物のクラブは奥の部屋にあるのさ。で、あんたの好みは男か女か？」

「えっ？」

「男と女と、どっちが好みなんだい？」

「おれはべつに――」

「わかってるって。でもな、〝褐色のシャツ〟が追っかけっこに飽きるまで、時間をつぶさなきゃならないんだから教えてくれ。せっかくの振舞い酒を飲りながら、あんたはどれが見たい？　男が男として踊るのと、女として踊るのと、女が女として踊るのと？」

「女だ」

「ああ、おれもだよ。いまのドイツは同性愛はご法度でね。しかし、国家社会主義者たちが右翼の政策を討論するわけでもなく集まるのを見たら、きっとあんたもびっくりすると思うよ。こっちだ」男は青いビロードのカーテンを押した。

二番めの部屋は女をたのしむ男の場所であるらしかった。ふたりはくたびれた籐《とう》の卓についた。黒く塗られたその部屋は提灯に紙テープ、動物の角などで飾られていたが、天井からさがるナチの旗と同じく埃をかぶっていた。

ポールがキャンバス地の帽子を返すと、それはほかの帽子もろとも男のポケットに消えた。

「ありがとう」

オットーはうなずいた。「だって友達だろう？」彼は給仕か女給の姿を探した。

「ちょっと失礼する」ポールは席を立って洗面所に行った。顔の汚れと血を洗い流し、ローションを使って頭を梳《と》かすと、髪がおさまって色も濃くなり、突撃隊が捜索する男とは若干印象も変わった。頬の切り傷はひどくはないが、周囲が痣になっていた。彼は洗面所を出てこっそり舞台裏にまわった。出演者用の楽屋には遠い端で男がひとり、葉巻をくゆらして新聞を読んでいた。ポールがドーランの瓶に指を突っ込もうとまるで意に介さない。ふたたび洗面所にはいったポールは傷の上から化粧品を塗った。化粧の経験は多少なりとある。優秀なボクサーなら、敵に対して傷を隠すことの重要性は知っているものだ。

席にもどると、オットーが女給を手招きしていた。だが、その黒髪の可愛らしい女性は忙しくしていて、オットーはうんざりしたように溜息をつくと、振り向いてポールのことをつくづく眺めた。「つまり、われらが〝文化〟を知らないとなると、あんたははっきり他所者ってことだな。さっきのラジオの話でね。それにドイツ人だったら、糞シャツを敵に回すなんてことはしないしな。でも、あんたの言葉は完璧だ。訛りもほとんどない。フランスでもスラブでもスペインでもないし。いったいどこの血筋だい？」

「助けてくれて感謝はするが、オットー。差し支えがあって口にできないこともある」

「かまわないよ。アメリカ人かイギリス人と察しはついてる。たぶんアメリカ人だな。映画を観て——あんたたちのしゃべり方はわかってる……ああ、あんたはアメリカ人だ。無鉄砲な真似して糞シャツの軍団に追われるなんて、がさつなアメリカ人以外には考えられないね。あんたはインディアンの部族に独力で立ち向かった伝説のカウボーイの国から来たのさ。あの女給、どこへ行きやがった？」彼はひげをさすりながらあたりを見まわした。

「さて、紹介だ。まずはおれが名を名乗ろう。オットー・ヴィルヘルム・フリードリヒ・ゲオルク・ヴェバー。で、あんたは……？　口にはしたくないんだったか」

「そのほうが賢明だ」

ヴェバーはくつくつ笑った。「そう言うあんたが三人を叩きのめして、褐色のシャツと牝犬の群れから、限りない愛情を注がれるようになったたってわけか？」

「牝犬だって？」

「ヒトラー・ユーゲント。突撃隊にまとわりついてる子供たちさ」ヴェバーはポールの赤くなった拳を見つめた。「あんたは拳闘が好きなんだろ、名無しのお兄さん？　運動選手に見えるよ。オリンピックの切符を取ってやろうか。もう一枚残らず売り切れだけど、おれが手に入れてやる。いい席の一日券だぞ」

「いや、けっこうだ」

「じゃあ、オリンピック絡みの宴会にでも連れてってやるかね。マックス・シュメリングが来るかもしれない」

「シュメリングだって？」ポールは眉をあげた。彼はドイツが誇るヘビー級王者を尊敬していたし、ほんのひと月まえにヤンキー・スタジアムのスタンドで、シュメリングとジョー・ルイスの試合を観ていた。シュメリングは十二回に〝褐色の爆撃機〟をノックアウトするという大番狂わせを演じたのである。その晩、ポールは六百八ドルを使った。うち八ドルが入場券の代金で、百ドル紙幣六枚はむなしく賭けに消えたのだった。

ヴェバーはつづけた。「たぶん女房連れで来る。とびきりの美人だ。アニー・オンドラ。知ってのとおり、女優だよ。忘れられない晩になること請け合いだね。かなり高くつくだろうが、おれが手配してやるよ。もちろん夜会服着用だ。なんならそっちも用意できる。少額でね」

「やめておく」

「ほう」ヴェバーは、ポールが生涯のあやまちを犯したとでも言いたげに声を出した。

女給がふたりの席に来て、ポールのそばに立って頰笑んだ。「あたしはリースル。あなたは?」

「ヘルマン」とポールは言った。

「何になさる?」

「ふたりともビール。おれはプショールを」

「ほう」ヴェバーはその選択を嘲るように言った。「おれはベルリンのラガー。下面発酵の。大きいやつ」この男を見る女給の表情は、最近チップをケチられたと言わんばかりによそよそしい。

リースルはひとしきりポールの目を見つめてしなを作り、それから別の卓に歩いていった。

「崇拝者がひとりできたようだな、ヘルマンじゃないお兄さん。可愛いだろ?」

「とてもね」

ヴェバーは目くばせをした。「よければおれが——」

「いい」ポールは言下に断わった。

ヴェバーはいささか面喰らったという顔で、上半身裸の女がぐるぐる旋回する舞台上に目を移した。ゆるんだ円盤のような胸と弛《たる》んだ二の腕がめだつその踊り子は、遠くから眺めるポールの目にも口もとの皺がはっきりとわかる。すさまじい笑顔でもって、蓄音機のたてる雑音まじりの音に合わせて身体をくねらせていた。

「昼は生の音楽がなくてね」ヴェバーが説明した。「でも、夜はいい楽団がはいるんだ。管のね……管はいいよ。おれも蓄音機のレコード盤を持っててよくかける。英国の偉大な楽団指揮者のジョン・フィリップ・スーザ」

「申しわけないが、スーザはアメリカ人だ」

「ちがうね！」

「本当だ」

「なんて国なんだ、アメリカは。いい映画はあるし、ものすごい数の自動車が走ってるっていうし。そのうえジョン・フィリップ・スーザまでいるとは知らなかったね」

ポールは女給が細い腰を振りながらやってくるのを見た。リースルはビールを置いた。いなくなった三、四分のあいだに香水をつけなおしたらしい。笑いかけられたポールは笑顔を返して伝票を見た。ドイツの通貨にはなじみがなく、硬貨の支払いにもたついて変に注目を浴びるのも厭なので、おおよそ二ドル五十セントと見当をつけて五マルク紙幣を出した。

リースルはそれを心づけと勘違いして、ポールの手を両手でつつんで派手に感謝を表した。キスでも浴びせてきそうな勢いだった。ポールはどうやって釣りをもらえばいいのかもわからず、この損失はドイツのしきたりを学ぶ教訓とあきらめることにした。リースルは尊敬のまなざしを向けて卓を離れていったのだが、ほかで足止めを食いそうになると、とたんに不機嫌そうな顔になった。ヴェバーがジョッキをポールのジョッキに重ね、ふたりはビールを一気にあおった。

ヴェバーはポールを見つめて言った。「さてと。あんたはどんな種類のペテンを仕掛けてるんだい？」

「ペテン？」

「路地であの銃を持ったあんたを見かけて、おれは思ったね。ほう、こいつはゾチでもないしコジでもない――」

「はあ？」

「ゾチは――社会民主主義者。非合法にされるまでは大きな政党があった。コジは共産主義者。こっちは非合法ってだけじゃなく、みんな死んだ。いや、あんたが活動家じゃないことはわかってるよ。おれたちの同類で、いかさまをやる闇取引きの詐欺師だね」ヴェバーはまわりに視線をめぐらせた。「心配するなって。ふたりでおとなしくしてるうちは、しゃべっても安全だ。ここには盗聴器はない。この壁の内側じゃあ、党への忠誠なんてものもないけどな。とどのつまり、男の良心なんてマラほどもあてにならないし、そもそも国家社会主義者には良心のかけらもないのさ」そこでしつこく、「で、ペテンの種類は？」

「詐欺はやらない。おれはオリンピックに来た」

「ほんとかね？」ヴェバーは目をつぶってみせる。「すると今年は、おれも知らないような新しい話があるのか」

「おれはスポーツ記者なんだ」

「ほう、記者さんね……褐色のシャツと闘って名前は名乗らず、ルガーの豆鉄砲を持ち歩いて、追っ手をまくのに服を着換えるなんて芸当をする人がね。そのうえ髪を撫でつけて白粉まではたいて」ヴェバーは自分の頰を叩くと、訳知り顔で笑った。

「たまたま突撃隊員が夫婦者を襲う場に行き当たったんだ。それで連中を止めた。ルガーはやつらの持ち物だ。そいつを失敬した」

「そうかそうか、なるほど……。あんた、アル・カポネとは知り合いかい？」

「知るわけがない」ポールはむっとして言った。

ヴェバーは本気で失望したらしく、大きな溜息をついた。「おれはアメリカの犯罪に興味をもってる。ドイツにはそういうやつがわりと多くてね。よく犯罪物を読んでて――小説とかね。舞台がアメリカってのが多い。えらく気になってたのがジョン・デリンジャーの運命でさ。赤いドレスの女に裏切られ、ふたりで行った映画の帰りに路地で撃たれた。おれが思うに、やつが殺られるまえに映画を観られてよかったよ。小さな喜びに浸ったまま死ねたんだから。でもどうせなら映画を観て酒を飲んで、女を抱いてから撃たれりゃよかったんだ。それこそ立派な往生ってもんだろうよ。まあ、なにをどう言おうが、あんたは本物のギャングだな、ミスター・ジョン・デリンジャー。リースル！　美しいリースル！　もっとビールだ！　わが友がまた二杯おごってくれる」

ヴェバーのジョッキが空いていた。ポールのほうはまだ四分の三も残っている。彼はリースルに叫んだ。「いや、おれはいい。こっちだけだ」

またも崇拝の視線をポールに浴びせながら止まり木へ歩いていくリースルは、その目の輝きといい細い肢体といい、マリオンを彷彿とさせた。ポールはいまこの瞬間、時差が六、七時間あるアメリカで、マリオンは何をしているだろうと思った。最後に話したとき、彼女はポールが仕事でデトロイトに出張するものと信じて、電話をくれと言った。ポールは大西洋をまたいで電話が通じることは知っていたが、一分間につき五十ドル近い料金がかかる。それに、有能な殺し屋は自分の足跡を残すような真似はしないのだ。

観客にはナチがいる。黒や灰色の制服をぱりっと着こなすSSや兵士、実業家の姿もある。ほろ酔い加減の人間がほとんどだが、なかには昼から正体をなくしている者もいる。誰もが笑顔でとりつくろっているものの、色気のないストリップ・ショウにはうんざりしているようだった。

例の女給がなぜかビール二杯を手にしてもどってきた。そのひとつをヴェバーの前に置くと、男のことはあえて無視してポールに話しかけた。「お友達のはあんたが払っても、あんたのぶんはあたしのおごりよ」彼女はポールの手を取り、ジョッキの把手を握らせた。「二十五ペニヒ」

「ありがとう」ポールは五マルク紙幣をあと一枚足せば樽ごと買えるのかと思いながら、今度は一マルクを出した。

リースルはダイアモンドの指環をわたされたといわんばかりに身をふるわせた。ポールの額にキスをすると、「どうぞ、たのしんでね」と言って席を離れていった。

「ほう、常連なみの割引きだ。おれなら五十取られるね。ま、外人なら七十五マルクはふんだくられる」

ヴェバーはジョッキの三分の一を飲んだ。ひげについた泡を手の甲で拭うと、葉巻の箱を取り出した。「こいつはとんでもない代物だが、案外いける」と差し出したが、ポールは首を振った。「キャベツの葉っぱをタバコとニコチンの水に漬けたものさ。いまじゃ本物の葉巻なんてめったに手にはいらない」

「あんたはなんの商売をしてるんだ？」とポールは訊いた。「葡萄酒の輸入はともかくとして」

ヴェバーは声を出して笑うと、媚びるような目をポールに向けた。刺激の強い煙を吸うと物思わしげに言った。「あれこれだな。手にはいりにくい物を融通するっていうのが多い。近ごろでいえば軍需品。もちろん武器じゃないよ。記章、水筒、ベルト、長靴、制服。こっちの人間はみんな制服が大好きでね。亭主の仕事中に、女房たちは肩書きや所属なんて関係なく制服を買いに出る。子供が着るのさ。赤ん坊が！　勲章、階級章、略綬、肩章、襟章と。そういったもんは政府にも売る、本物の兵隊のためにね。この国ではまた徴兵がはじまった。わが軍勢はふえる一方だ。制服の需要があるのに服地がはいってこない。そこでおれは知り合いから制服をまわしてもらって、それをちょっと直して軍に売る」

「ある政府筋から盗んだものを、また別の筋に売りもどすってわけだ」

「おっと、ミスター・ジョン・デリンジャー、さすが面白いことを言ってくれる」男は室内を見わたした。「ちょっと待った……ハンス、こっちだ。ハンス！」

タキシード姿の男が現われた。男は訝しそうにポールを見つめていたが、ヴェバーは友達だからととりなして言った。「バターがちょっと手にはいった。どうする？」

「いくらだ？」

「バターの量か、それとも値段かい？」

「両方に決まってる」

「十キロ。七十五マルク」

「このまえみたいに、バター六キロに四キロぶんの灯油、ラード、水に黄色の染料を混ぜたものってことだろう。バター六キロには払いすぎだ」

「だったら、フランスのシャンパンふた箱と交換ということで」

「ひと箱だ」

「十キロとひと箱を？」ヴェバーは憮然とした。

「六キロだろうが」

「十八本」

給仕長は拒否のしるしに肩をすくめて言った。「もっと染料を足したら手を打つ。先月は、おまえんとこの白いバターは食べられないとおっしゃるお客さんがけっこういらした。そう言われてもしょうがないだろう？」

男が去ってから、ポールはビールを飲み干すとチェスターフィールドを一本抜き、やはりアメリカの商標を見られないよう卓の下に隠し持った。火をつけようとして四度、クラブの粗悪なマッチはすぐに折れた。

ヴェバーが折れたマッチを顎で示した。「そいつはおれが納めたもんじゃないぞ。こっちを責めるなよ」

ポールはチェスターフィールドを深く吸いこむと訊ねた。「なぜおれを助けた、オットー？」

「そりゃ、あんたが困ってたからさ」

「善行をほどこしたってわけか？」ポールは眉をあげた。

ヴェバーはひげをさすった。「わかった、おたがい肚《はら》を割ろうか。このごろは昔にくらべて、チャンスを見つけるのに骨が折れてね」

「で、おれがチャンスなのか」

「どうだろうな、ミスター・ジョン・デリンジャー？　そうかもしれないし、そうじゃないかもしれないし。そうじゃなけりゃ一文の得にもならないって話だが、新しい友とビールをかこむのも無駄なことじゃない。で、チャンスだとしたら、ふたりで儲かることだってあるさ」彼は立って窓辺に行き、厚いカーテンの外に目を凝らした。「もう行って大丈夫だろう……。この活気ある都会で何をするにしても、あんたにとって、おれは役立つ男になるかもしれないよ。知り合いは多いぞ、重要な場所にもあちこち――といってもお偉いさんじゃないが。要はこの稼業をやるには知ってて損のない連中ってことさ」

「たとえば？」

「信頼できる小市民。こんな笑い話を知ってるかい？　バイエルンの町で風見を役人と取り換えた。なぜか。役人は風向きをいちばんよく知ってるからってね。はっ！」男は大笑いすると、真顔になってビールを飲み干した。「正直なとこ、おれは死にそうなんだ。あんまり退屈で。昔が懐かしいよ。だから伝言をよこすなり、会いにくるなりしてくれ。おれならたいていここにいる。この部屋かバーにさ」彼は住所を書きなぐったナプキンを押し出した。

ポールはその四角いナプキンを眺めて住所を記憶すると、紙を押しもどした。

ヴェバーはその様子を見ていた。「へえ、あんた、なかなか抜け目のないスポーツ記者さんだな」

ふたりは入口に歩いた。ポールは男の手を取った。「ありがとう、オットー」

店を出たところでヴェバーが言った。「じゃあな、友よ、さらばだ。また会う日まで」そこで彼は顔をしかめた。「で、おれかい？　黄色の染料探しだ。そう、おれの人生、こんなになっちまって。ラードと黄色の染料で」

9

官邸にある広々した事務所で、ラインハルト・エルンストは、その短信に無頓着に記された文字をいま一度眺めてみた。

エルンスト大佐
　君が〈ヴァルタム研究〉について用意すると約した報告書を待っている。その検討にあてる時間を月曜日に取っておいた。
　　　　　　　　　　　アドルフ・ヒトラー

　彼は鉄縁眼鏡を拭いてかけなおした。気軽に綴られた文字は、はたして筆者の何を表しているのか。署名は独特なものだった。〈アドルフ〉はつぶれた稲妻のようで、〈ヒトラー〉のほうはいくぶん判読しやすいが、奇妙な具合に激しく右下がりになっている。

エルンストは椅子を回して窓の外を望んだ。まさに敵が接近していると知った司令官の心持ちがしたが、いずれ攻撃があるというだけでその時期も戦術も、兵力も布陣も、側面攻撃の有無もわからない。

これが一大決戦であり、軍の運命――ひいては国の運命が危機に瀕していることも承知している。

己れの窮地を誇張しているわけではない。というのも、エルンストはドイツについて誰も感じてはいない、もしくは誰もはっきり認めようとしない事実を悟っていたからである。すなわち、ヒトラーの権力は長続きしない。

国内外にある総統の敵はあまりに多い。総統はカエサルであり、マクベスであり、リチャードであった。その狂気のはてに放逐されるか誅《ちゅう》されるか、あるいは自身の手で死を選び（あの激発の仕方は常軌を逸している）、彼亡きあとの広大な真空には他人が踏みこんでくるだろう。といって、身も心も欲深いゲーリングは、総統追い落としの競争にくわわってはいない。エルンスト自身の感触では、ふたりの指導者が去った場合（ゲッベルスは喪ったヒトラーへの愛を嘆き悲しむことになる）、国家社会主義は衰退し、プロイセンの中道勢力にとってかわられる――第二のビスマルクと思しき、尊大であっても理性的で優秀な政治家が出現するのだ。

そしてそんな転換に際し、エルンストが一役買うという可能性もあった。弾薬不足となれば、アドルフ・ヒトラーと党にとって唯一確実な脅威はドイツ軍である。

三四年六月、ヒトラーとゲーリングはいわゆる〝長いナイフの夜〟で突撃隊幹部の多くを殺害または逮捕した。この粛清は、膨張する準軍事組織に反感をいだいていた正規軍におもねるためにも、おおむね必要な行動とされた。ヒトラーは悪党の集団に一目置きながらも、いざとなると逡巡することなく、十九世紀のホーヘンツォレルン家の軍団に系譜が連なるドイツ軍を選んだ。二カ月後にヒンデンブルク大統領が死去すると、ヒトラーはふたつの段階を経て地歩を固めた。まずは制限を受けない指導者であるとみずから宣言したこと。つぎに――こちらがはるかに重要だが――ドイツ国防軍に、指導者個人に対する忠誠の誓約をさせたことである。

かつてフランスの思想家ド・トクヴィルは、ドイツで革命は起こらない、警察がそれを許さないからだと述べた。そのとおりで、ヒトラーは人民の蜂起など歯牙にもかけない。彼がひたすら恐れるのは軍なのだ。

大戦終結からこのかた、エルンストは新しく啓蒙された軍というものに心血を注いできた。ドイツとその国民をあらゆる脅威から、極論すればヒトラー自身からも護る軍隊である。

しかしヒトラーはいまだ健在であり、エルンストとしては、この短信を記した当人のことを無視できずにいる。遠く夜中を進軍してくる甲冑《かっちゅう》の音のごとく心を乱される。

〝エルンスト大佐　君が……〟

ゲーリングの仕掛けてきた計略が沙汰やみになればと願っていたが、この半透明の薄紙がそうはならなかったことを示している。迅速に行動して態勢をつくり、攻撃をはねのけなくてはならない。

ひたすら熟考したすえに、大佐はひとつの結論に達した。彼は書状をポケットに入れて席を立つと、三十分でもどると秘書官に告げて事務所を出た。

　廊下を折れるたび、埃舞う古い建物にはありきたりの作業現場が現われる。週末となっても労働者たちは忙しく、そここに出没する。建物は新生ドイツの——ヒトラーがよく口にする、国家社会主義による全国民と国内制度の〝画一化〟という哲学によれば、ヴェルサイユの灰燼《かいじん》のなかから立ちあがり、再建されてきた国家の象徴であった。

　いま歩く廊下には、斜め前から描かれた総統の厳めしい肖像画が掲げられている。かすかに上を向いているところは、国民に対する視線を思わせる。

　エルンストは砂まじりの風が吹く外に出た。午後の陽射しに炙《あぶ》られて暑い。

「ハイル、大佐」

　エルンストは銃剣付きモーゼルで武装する衛兵二名に会釈を送った。彼はその挨拶が可笑しくて仕方ない。閣僚に近い人間は、正式な肩書きで呼ばれるのが常となっている。ところが〝全権委員殿〟では、なんとも恰好のつかないお笑い草になる。

　ヴィルヘルム通りを下ってフォス通りを越え、プリンツ・アルブレヒト通りを越えて右手の八番地に目をやる。古いホテルと工芸美術学校に置かれたゲシュタポの本部だ。さらに南へ歩き、気に入っているカフェーでコーヒーを注文した。座ったのもつかの間、彼は電話ボックスに行き、番号を回してペニヒ硬貨を入れた。

　女の声がした。「もしもし」

「カイテル夫人ですか？」

「いいえ。わたくしは家政婦でございます」

「カイテル教授はご在宅ですか？　こちらはラインハルト・エルンスト」

「お待ちください」

しばらくして、落ち着いた男性の声が回線を伝わってきた。「こんにちは、大佐。暑いね」

「ほんとうに、ルートヴィヒ……。会いたいんだが。きょう。例の研究について、喫緊の問題が生じた。都合がつくだろうか？」

「喫緊？」

「それも極めつけの。こちらの事務所にご足労願えるか？　私はイギリスからのある情報を待っている最中でね。席をはずすことができない。午後四時はいかがか？」

「むろん承知した」

電話を切り、エルンストはコーヒーの待つ席にもどった。

ゲーリングの手先に盗聴されていない電話を見つけるのに、ここまでしなくてはならないとは馬鹿げている。戦争を表と裏の両面から眺めた経験に照らして、エルンストは思った。戦場はおぞましい、そう、とてつもなくおぞましいものだ。しかるに対峙せず、かたわらに潜んだ敵との暗闘にくらべて、戦争とはなんと純粋で高潔でさえあることか。

ベルリンの繁華街から選手村までの十五マイルは、混雑など皆無の広い幹線道路で結ばれ、タクシーの運転手はたのしそうに口笛を吹きながら、オリンピック期間中は割りのいい商売ができそうだとポール・シューマンに話した。

運転手が唐突に口をつぐむと、ラジオから重々しいクラシック音楽が流れ出した。そのオペルには、運転手の通信用と放送用とで二台の無線機が備えつけられている。「ベートーヴェンだ」と運転手は解説した。「公けの番組の最初にかならず流れるんですよ。聞きましょうかね」

やがて音楽が絞られ、かわって荒く激しい声が語りはじめた。

「まず第一に、この感染の問題を軽々に扱うことは受け入れがたい。健康というものは疾病の症状ばかりか、病原に対処する方法を見つけることにかかっているのである。澱んだ池に溜まる腐った水を見るがいい、病原菌の温床ではないか。しかし流れの速い川では、そのような危険をもたらすことはない。われわれの運動とはそうした澱んだ池を探して干拓し、病原菌や蚊や蠅に繁殖させる土壌をあたえないようにしていくことなのである。そのうえで――」

ポールはしばらく聞いていたが、話のくどさにうんざりした。そこで意味のない音は耳から締め出し、陽光に灼かれた風景、家並み、宿屋などを眺めていると、市西部の郊外住宅地はしだいに閑散としてきた。運転手はハンブルク街道からそれ、オリンピック村の正面入口の前に車を停めた。ポールが料金を払うと、運転手は眉をあげて感謝してみせたが、無言のままラジオから流れる言葉に耳をかたむけている。その場で待たせておこうかとも考えたが、街までは別の人間に送ってもらうほうがいいだろうと思いなおした。

午後の陽射しに呑まれた選手村は暑かった。風は海辺のように塩の香りがしたが、まるで湿り気はなく細かい砂をはこんでくる。ポールは通行証を示すと、みごとに設置された歩道を進んだ。狭い並木の空間のとり方もみごとだった。円形に養生した緑の芝生から木がまっすぐ伸びているさまもみごとだった。赤、白、黒のドイツ国旗が熱風に翻っている。

〝だって、知ってるはずです……〟

アメリカの宿舎ではドイツ兵のいる受付を避け、自室には裏口から忍びこんだ。服を脱ぎ、緑のジャケットは手近に下水溝がないので汚れた洗濯物がいっぱいの籠に押しこむと、クリーム色のフランネルのズボン、テニスシャツ、軽いケーブルニットのセーターという装いに換えた。髪形は横分けにした。化粧が落ちていたが、いまは手を施すことはできない。スーツケースと鞄を手にドアを出たとき、「やあ、ポール」と呼びとめられた。

顔をあげると、そこに運動着姿のジェシー・オーエンスがいた。宿舎に帰ってきたばかりのオーエンスが訊ねた。「どうしたんです？」

「街へ行くんだ。仕事を片づけに」

「そんな、ポール。寂しいじゃないですか。きのうの、朝までつづいた式典にも出てこなかったし。連中の出す食事ときたら。それはすばらしいですよ」

「豪勢だって話は聞いたけど、こっちは遠慮するしかないな。街でいくつかインタビューをやるんでね」

近寄ってきたオーエンスは、ポールが頬につくった傷を顎で指した。陸上選手の鋭い視線は闘いで赤く腫れた相手の拳に落ちた。

「残りのインタビューが、けさよりうまくいくことを願ってます。ベルリンでスポーツ記者を手は？」

「あなたのほうはそうだろうが」オーエンスは可笑しそうに言った。「でも、ぶつかられた相

「人とぶつかってね。たいしたことじゃない」

やるのも楽じゃなさそうだから」

ポールは頬笑まずにはいられなかった。この陸上選手も結局はガキだった。だが浮世という
ものに通じている部分もある。おそらく南部、中西部で育ったことが、この黒人をより早く成
長させているのだろう。大恐慌の余波のなかで進学したことも関係があるかもしれない。
いまの稼業に落ちたことでポール自身が変わったように。それこそ一気の変化だった。

「ここにいる本当の目的はなんですか、ポール？」陸上選手が声を落とした。

「仕事さ」ポールはゆっくり答えた。「自分の仕事をやること。で、ストーラーとグリックマ
ンの情報は？　ふたりが競技から弾き出されないといいんだが」

「大丈夫、いまも走る予定になってます」オーエンスは顔を曇らせた。「でも、あまりいい噂
が聞こえてこなくて」

「ふたりの幸運を祈るよ。それからきみもだ、ジェシー。金を持ち帰ってくれ」

「われわれはベストを尽くします。また会えますね？」

「たぶん」

ポールは握手をして、タクシーの列ができている選手村の玄関に向かった。

「ねえ、ポール」

ポールが振り返ると、世界最速の男が笑顔で敬礼していた。

ローゼンターラー通りに出ていた屋台、腰かけていた人々への聞き込みは不調に終わった（それでもヤンセンは物を買わずに質問ばかりして、花売りから新しく罵倒の科白を教わったと言い張った）。コールはそう遠くない場所で銃撃があったことを知ったが、それはＳＳの管轄で――連中が用心深く隠し通そうとする〝些細な治安の問題〟と思われる――精鋭ぞろいの親衛隊がクリポに伝えてくるはずもないのである。

しかし本部へ帰ってみると奇跡が起きていた。ヴィリ・コールの机に、ドレスデン小路の被害者とその指紋を撮った写真が置かれていた。

「これを見ろ、ヤンセン」コールは書類綴じにきっちりおさめられた光沢写真を手で示した。

彼が腰を落ち着けた粗末な机は、その所在が賑わしいアレクサンダー広場の一角を占めることからアレックスと略称される、クリポの歳月を閲《けみ》した重厚な建物の一室にあった。その他官庁はどうやらみな修復されているらしいのに、刑事警察が長年本拠にしてきた建物は相変わらず煤けたままだった。だがコールは一向気にしない。ヴィルヘルム通りと距離をおくことこそ、制度上は存在しない自主性が多少なりとあたえられることになるからだ。

またコールにはさいわい自室があてがわれていた。広さは四×六メートルで、机と卓子に椅子三脚が設えてある。楢《なら》材を使った机の天板には書類が山と積まれ、灰皿にパイプ用の架台が置かれ、妻子や両親の額入り写真が十枚以上もならんでいた。

コールはぎしぎし音が鳴る木製の椅子を前に押し出すようにして、犯罪現場と指紋を撮影した写真を眺めた。「才能があるな、ヤンセン。なかなかよく撮れてる」

「ありがとうございます、警視」若者はうなずきながら写真に目を落としている。

コールはあらためて下僚のことを見つめた。警視自身は従来からの路線に乗って昇進をはたしてきた。プロシアの農家に生まれたヴィリ少年は、幼いころから読み親しんだ物語の本で、ベルリンと警察の仕事に魅せられていた。十八歳になると都会に出て、シューポの制服警官という職を得るとともに、名高いベルリン警察学校で基礎訓練を受けながら巡査長、巡査部長と階級をあげ、学士号も取った。やがて結婚して子供ふたりが生まれると、学校の上級課程に進んでクリポにはいり、時間をかけてようやく警部から警視にまでなったのだった。

ところが若き下僚はというと、今日ではずっと一般的になった別の進路を通ってきている。数年まえ、ヤンセンは優秀な大学を卒業すると法学の資格試験に合格し、それから警察学校を経て、この若さで警部補としてコールの下に配属されてきた。

警部補から話を引き出すのはなかなかに難しい。ヤンセンは無口な性質である。黒髪のがっちりした体格の女房は、現在ふたりめの子を身ごもっている。ヤンセンが生きいきするのは家族のこと、趣味の自転車とハイキングのことを話すときに限られた。オリンピックが近づき、すべての警察が残業を強いられるようになるまで水曜日は半日の出勤で、そのころは正午になると、クリポの洗面所でハイキングの服装に着換えたヤンセンが、弟や妻と出かけていく姿をちょくちょく見かけたりしたものだ。

しかし、あれこれ文句をつけたいことはあっても、頭が切れてやる気もある男がまわってきたのはコールにとって幸運だった。クリポはここ何年かのあいだに、報酬でも出世の機会でもはるかに恵まれているゲシュタポに才能ある人材を奪われてきた。ヒトラーが権力の座についたとき、クリポの刑事は全国で一万二千もいた。それがいまでは八千。しかも、その多くはクリポが供出した若い刑事たちと交換というかたちで送りこまれてきたゲシュタポの元捜査官なのである。で、実際、そんな連中は酔いどれか役立たずと相場が決まっていた。

電話が鳴り、コールは受話器を取った。「こちらコール」

「警視、シュライバーです、先ほどお話しした店員の。ハイル・ヒトラー」

「ああ、そうか、ハイル」コールとヤンセンは〈ゾマー・ガルテン〉からアレックスへもどる道すがら、クリポ本部に近いアレクサンダー広場の北側に店舗を構える、ティーツ百貨店の紳士用品部門に立ち寄った。コールは店員にゲーリングの帽子の写真を見せ、それがどんな種類かを訊ねたのである。店員の男も知らなかったが、調べてみるということになった。

「何かわかったか？」とコールは訊いた。

「ええ、はい、答えが見つかりました。ステットソンです。米国製のものでした。ご存じのように、ゲーリング大臣はそれはすばらしい趣味をされていますので」

コールはそこに意見を挟まなかった。「こっちでもよくあるのか？」

「いいえ。めったに見かけません。ですから高価なものということに」

「ベルリンではどこで買えるんだ？」

「正直言ってわかりません。大臣はロンドンに特別注文されたという話です」

コールは礼を述べて電話を切ると、話の内容をヤンセンに伝えた。

「すると相手はアメリカ人とも言えるし」ヤンセンは言った。「そうじゃないとも言える。ゲーリングが同じ帽子をかぶっているとなると」

「パズルの小さな一片だ、ヤンセン。だが小さな一片を多く集めたほうが、大きなものひとつよりはっきりと犯罪の絵が見えてきたりするもんだ」コールはポケットから証拠物件を入れた茶封筒を出し、そこから銃弾のはいったものを選り出した。

クリポは自前の法医学研究所をもっていた。その起源はプロイセンの警察隊が国の卓抜した法執行者であったころまでさかのぼる（〝世界の〟とは言わないにせよ、ヴァイマル時代、クリポはベルリンで起きた殺人事件の九十七パーセントを解決していた）。だがこの研究所もまた施設、人員の両方にゲシュタポの手が突っ込まれ、本部の技術者たちは息つく暇もなく、もはや研究所として往年の実力は望むべくもなかった。そこでヴィリ・コールは犯罪科学のある分野において、みずから専門家になろうと決意したのである。小火器に対する個人的興味はなくとも、コールは弾道学というものを、小火器研究では世界一の水準を誇る、ワシントンDCはJ・エドガー・フーヴァーのFBIが発展させてきた方法に従い掘りさげていた。

彼は銃弾を汚れのない紙の上に振り出した。

片眼鏡を目にはさむと、ピンセットでつまんだ銃弾をじっくり観察した。「目はおまえのほうがいい。見てみろ」

警部補が銃弾と片眼鏡を慎重な手つきで取りあげると、コールは書棚から紙挟みを引き抜いた。さまざまな銃弾の写真やスケッチがまとめられた紙挟みは大型で、紙幅も数百ページに及んでいるが、警視はこれを口径、旋条痕――銃身内の旋条によって銃弾に残される線――の本数とその右回り、左回りの別によって整理していた。わずか五分後には、ヤンセンが一致するものを見つけだしていた。

「ほう、これはいい知らせだな」とコールは言った。

「なぜです?」

「犯人が使ったのは珍しい武器だ。見ろ。こいつは九ミリのラルゴ弾だ。おそらくスペイン製のスター・モデロAから発射されたものだろう。ありがたいことに、これが珍品でね。おまえが指摘したように、新しい武器かほとんど撃ってないか。こっちとしては新しいってほうに期待しよう。ヤンセン、おまえは文章がうまい。管区内の全分署に電報を打ってくれないか。銃砲店にあたって、この数カ月以内に新品か新品同様のスター・モデロA、もしくはそいつに使用する弾薬が売れていないかの確認をとること。いや、去年もふくめてだ。購入者全員の名前と住所を知りたい」

「わかりました」

若き警部補はその情報を書き出すと電報室に向かった。

「それから、追伸で容疑者の人相も書きくわえておけ。武装しているということもな」警視は容疑者の指紋がいちばん鮮明に残る写真数葉と、被害者から採取した指紋カードを一緒にした。

そして溜息をひとつつくと、「さて、ここからは駆け引きだ。まったく、いまからうんざりする」

「申しわけありませんが、コール警視、現在は手のふさがった状態です」

「全体が？」

「はい」きつめの背広のボタンを胸の上のほうまで留めた、禿頭の男がしかつめらしく言った。

「数時間ほどまえに、ほかの捜査をすべて中断し、ロシアと関連ある者、明らかにその容姿をもつ者を洩れなく一覧にせよとの命令が出されました」

ふたりがいたのは指紋分析や人体測定法がおこなわれる、クリポ内でも大きな鑑識課の待合室だった。

「ベルリンにいる全員が？」

「ええ。警戒態勢が敷かれているのです」

ああ、またも治安、些細な話でクリポには伝えるまでもないとクラウスが決めつける問題である。

「連中は個人の書類に目を通すのに、指紋検査官を使ってるのか？　それも、われわれの指紋検査官を？」

「すべて放り出せというのは」ボタンをきっちり留めた小男が答えた。「私の命令です。ジポからの」

やはりヒムラーか、とコールは思った。「お願いだ、ゲルハルト、こいつは人命に関わる」

彼は男に指紋カードと写真を示した。

「よく撮れている」ゲルハルトは写真を見つめた。「非常に鮮明ですね」

「検査官を三人か四人貸してくれ。それだけでいい」

責任者の顔に引きつったような笑いがよぎる。「無理ですよ、警視。三人？　不可能だ」

コールは憤りをおぼえた。海外の犯罪科学を学ぶ者として、法医学的な身元確認がもっぱら指紋分析によっておこなわれるアメリカやイギリスが羨ましくなる。それはこの地でも身元確認に指紋を用いるけれども、アメリカとはちがって、ドイツには指紋分析の統一された方法がない。地域によってまちまちというのが現状なのだ。たとえばヴェストファーレンの警察でおこなう分析が一方向のものであるとしても、ベルリンのクリポはやり方が異なる。標本をあれこれやりとりすることで身元の確認ができていくのだが、その過程には何週間もの時間がかかってしまう。かねてからコールは指紋分析における全国基準の制定を訴えてきたが、かなりの抵抗と無気力に直面するはめになった。また上司に対しては、電話線を使って指紋などの写真を鮮やかに、それも数分で送信できるアメリカ製の装置導入を掛けあった。だがあまりの高価ゆえ、上司は話を長官にあげるまでもなく却下した。

しかしコールにとって余計に問題なのは、国家社会主義者が実権を握って以降、指紋が軽視されて、身体、顔、頭を測定して犯罪者の身元確認をおこなうという、旧弊なベルティヨン式人体識別法が幅を利かせるようになってきたことだった。現代の刑事であるコールは、ベルティヨン式を無用の長物として否定してきた。たしかに人体の構造は個人で大きく異なるが、ある人を分類するにはそれこそ何十という測定値が必要になる。しかも指紋とはちがい、犯人がベルティヨン式のデータで個人と犯罪現場が結びつくほどの肉体的特徴を残していくことはまずありえない。

だが人体測定法に向けられる国家社会主義者たちの興味は、単なる身元確認という範疇を超えていた。そこが彼らが〝科学〟と称する、人をその行動とはまったく無関係の肉体的特徴で犯罪者と分類する犯罪生物学の鍵なのだ。何百という数のゲシュタポとSSの人員が一日をついやしているのが、たとえば鼻の大きさや皮膚の色と犯罪癖を関連づける作業である。ヒムラーの目標とは犯罪者を裁くのではなく、犯罪が起きるまえにその芽を摘んでしまうことにあった。

コールにしてみれば、これは愚かなことでもあるし、空恐ろしい。

大きな室内で書類に向かう男女が埋める長い卓子の列を見やりながら、コールはここに携えてきた策には効果がないと判断した。いま求められるのは別の戦術、すなわち欺瞞である。

「よろしい。では分析をはじめられる日時を教えてくれ。クラウスと話をしなくてはならないのだ。あれこれしつこい男だからな」

間があって、「うちのペーター・クラウス？」

「ゲシュタポのクラウス。そう、やつには……なんと伝えておこうか、ゲルハルト？ 一週間か、十日か？」

「ゲシュタポも嚙んでいるのですか？」

「クラウスと私で現場を捜索した」少なくともこの部分は真実だった。大なり小なり。

「その事件が治安状況と関わっているのかもしれません」男はすでに不安を表に出している。

「それは間違いない」とコールは言った。「その指紋は件《くだん》のロシア人のものかもしれないな」

男は無言で写真に目を落とした。細身のくせに、男が背広を窮屈に着ているのはなぜなのか。

「私から検査官一名に提出しておきます。結果が出たらお知らせしましょう」

「まずはきみの骨折りに感謝する」コールはそう言いながら考えていた。検査官一名だって？これではよほどの偶然でもないかぎり見込みはない。

コールは技官に礼を言い、階段で自室のある階にもどると上司のフリードリヒ・ホルヒャーの部屋を訪《おとな》った。ホルヒャーはベルリン、ポツダムを統轄する警視正である。

痩せて髪は灰色、ワックスで固めた古風な口ひげをたくわえた男は、若いころには腕の立つ捜査官として鳴らし、ドイツ政治の荒波を乗り切って現在にいたっている。ホルヒャーは党に対しては微妙な立場にいた。過酷なインフレ時代には秘密党員だったが、ヒトラーの極端な政見を嫌って党籍を離れた。最近になって復党したのは、国家のとった針路に流され、否応なくという側面があったのだろうか。あるいは心から転向したのかもしれない。コールにはそのどちらとも判断がつかなかった。

「事件はどうなってる、ヴィリ？　ドレスデン小路の事件は？」

「停滞してます」そこで険しい顔をして、「人が出払っているようで。われわれの人手が」とつけたした。

「うむ、何かあるらしいな。警戒態勢が敷かれている」

「そうなんです」

「その件について、きみは何か耳にしているか？」とホルヒャーは訊いた。

「いいえ、まったく」

「しかし、こちらにはいまもって圧力がかかっている。連中は世界に注目されていて、ティーアガルテン付近で死者が出たら、わが街の印象が永久に損なわれると考えているのだ」ホルヒャーの地位ともなると皮肉は危険な贅沢である。コールは上司の声音にそうした含みを感じることはなかった。「容疑者は？」

「人相の一部と若干の証拠と。それだけです」

ホルヒャーは机上の書類を平らに伸ばした。「願わくは犯人が――」

「――外人なら？」とコールは補ってみた。

「そのとおり」

「なるほど……。ひとつやってみたいことがあります。被害者の身元が判明していません。これが足枷《あしかせ》になってます。そこで写真を〈フェルキッシャー・ベオバハター〉と〈ジュルナール〉に掲載して、読者からの情報を募《つの》りたい」

ホルヒャーは笑った。「新聞に死体写真を載せるのかね？」

「被害者のことが知れないままでは、捜査に大きな支障をきたします」

「ならば、その件は啓蒙宣伝省に送ってゲッベルス大臣の決裁を仰ぐとしよう。話を通さないわけにはいかないからな」

「ありがとうございます」コールは部屋を出ようとして足を止めた。「もうひとつ、警視正。ガトウからの例の報告を待ってるんですが。一週間になります。そちらで受け取られてないかと思いましてね」

「ガトウのなんだね？　ああ、あの銃撃事件か」

「二件です」コールは言いなおした。「二件の銃撃事件」

一件めは、ベルリン南西のハーフェル川へピクニックに出かけた二家族が撃たれ、子供三名をふくむ七名が死亡したというもの。その翌日に二件めの惨劇が起きた。ベルリン西部の排他的な郊外地区であるガトウとシャルロッテンブルクの間で、移動住宅に暮らす労働者八名が殺された。

ガトウを管轄する警察の長はそうした事件を扱った経験がなく、クリポに応援を要請してきた。ラウルという名の若く熱心な警官がコールに事情説明をするとともに、犯罪現場の写真をアレックスに送ってきた。殺人事件の捜査には免疫ができているはずのヴィリ・コールだったが、銃弾に斃《たお》れた母子の姿にはさすがに衝撃を受けた。クリポは非政治的な犯罪に関して、ドイツ全域に権限を有しており、コールはこの殺人事件を最優先にしたいと願い出た。

だが法的権限と人員の割り当てとはまったく別の話である。ラウルからの情報にあったように、被害者がそれぞれユダヤ人とポーランド人といった犯罪ではなおさらだった。

「ガトウの警察に任せよう」と先週、ホルヒャーは言ったのだ。

「こんなに大きな事件を？」コールは戸惑いと不審に駆られて訊いた。郊外や田舎の警察署は自動車事故や牛の盗難を捜査するものだ。しかも、ガトウ警察管区の長ヴィルヘルム・マイヤーホフときたら怠慢このうえない公僕で、人の手を借りないと朝食のビスケットさえ見つけられない人間なのである。

そこでコールはホルヒャーにしつこく迫り、とりあえず犯罪現場報告書の閲覧許可をとると、ラウルを呼んで基本的な捜査術を伝授し、目撃者への事情聴取をやらせることにした。警官は上司の許可が下りしだい、コール宛てに報告書を送ると約束した。で、写真は受け取ったものの、それ以後、現場のほうからは音沙汰がない。

ホルヒャーが言った。「私は何も聞いてないぞ、ヴィリ。それにしても――ユダヤ人にポーランド人だ。ほかに優先事項があるだろう」

コールは考えこむように言った。「もちろんです。わかってますよ。ただ、コジが何も持ち去らなかったのが気になる」

「共産主義者が？　この件に連中がどこで関わってくるのだ？」

「写真を見るまでは思いもしなかったんですがね。しかし見たところ、あの殺しには組織絡みといった感じがある――それに、隠蔽しようとした形跡がまったくない。私に言わせれば、あまりに見え透いた殺人なんですよ。ほとんど演出どおりの」

ホルヒャーはその言葉をかみしめた。「ＳＳかゲシュタポが殺人の糸を引いているように見せかける、コジの陰謀だというのか？　ほう、なるほどな、ヴィリ。アカどもならそこまでやりかねないか」

「しかもオリンピックのせいで、街には外国の報道陣が集まっている。コジとすれば、世界が見守るなかでわれわれの印象をおとしめたいと思うのは道理でしょうから」

「こちらでも報告書を調べてみよう、ヴィリ。連絡もとってみる。大変参考になった」

「ありがとうございます」

「とにかくいまはドレスデン小路の事件を解決することだ。汚点のない街をという警察長官の意思は固い」

コールは自室にもどると、椅子に腰を落として足を揉みながら、殺害された二家族の写真を眺めた。ホルヒャーに語ったことは口からでまかせだった。ガトウの事件は共産主義者のしわざではない。だが国家社会主義者たちは、陰謀となると残飯を出された豚さながらに飛びついてくる。これも経なければならない駆け引きである。三三年一月以降に身につけた、ろくでもない教訓だった。

写真を〈ガトウ／シャルロッテンブルク〉とレッテルが貼られた書類挟みにもどし、脇へ押しやった。そしてその日に採取した証拠の茶封筒を、〈ドレスデン小路事件〉と記した箱にまとめて入れた。さらに指紋、現場、被害者の写真をくわえ、箱を机上にめだつように置いた。

検屍医に電話をすると医師は休憩に出ていた。助手によれば、身元不明死体Ａ25－7－36－Qはドレスデン小路から搬送されてきてはいるが、検屍がいつおこなわれるかはわからないとのことだった。おそらく夜までにはと聞いて、コールは顔を曇らせた。剖検は終了していないにせよ、はじまってはいるものと考えていたのだ。彼は電話を切った。

ヤンセンが帰ってきた。「各分署に電報を打っておきました。至急ということで」

「ご苦労」

コールの電話が鳴った。ホルヒャーからだった。

「ヴィリ、ゲッベルス大臣から、死んだ男の写真の新聞掲載はまかりならぬと言ってきた。説得はしてみた。言葉をつくしてね。どうにかなりそうな感触はあったのだが、やはりだめだった」

「そうですか、警視正、感謝します」コールは電話を切りながら、さめた気分で考えていた。言葉をつくすとはしらじらしい。実際に電話で話したかどうかも怪しいものだ。

コールは警部補に上司の発言を伝えた。「まあ、われわれの見つけた指紋を検査官が絞りこむのに、あと何日かかるか何週間になるのかってことだ。ヤンセン、被害者のあの写真を……。いやいや、それじゃない――あまり死んでるようには見えないやつだ。そっちを印刷部へ持っていけ。で、五百枚印刷させろ。大至急だと念を押してな。クリポ、ゲシュタポの合同案件だと言うんだ。せいぜいクラウス捜査官の名を利用させてもらおうじゃないか、われわれのヘゾマー・ガルテン〉行きを引きとめたのはやつなんだから。あれに関しては、いまもって腹の虫がおさまらない」

「わかりました」

十分後にヤンセンがもどってきたとたん、またも電話が鳴り、コールは受話器を取った。

「はい、コールですが」

「ゲオルク・イェーガーです。お元気ですか？」

「ゲオルク！　こっちは達者でいる。きょうは土曜日で、家族とルストガルテンへ行こうと思ってたら仕事になった。まあ、そんな調子だが。そっちは？」

「同じく仕事です。いつものように」

イェーガーは数年まえにコールの部下だった男である。敏腕な刑事で、現在の党が権力を掌握するとともにゲシュタポに移るよう求められた。イェーガーはそれを断わり、そのにべもない拒絶ぶりが一部高官の心証を害したらしい。制服の秩序警察官に逆戻りさせられた——つまり、クリポの刑事としては降格人事である。ところがイェーガーはそんな境遇にあっても優れた力を発揮して、ついにはオルポのベルリン北西管区の責任者にまで昇進した。皮肉なことに、策謀うずまくアレックスから追放された先の縄張りで、もっと大きな幸福にありついているようなのだ。

「微力ながら、お役に立てればと思い連絡しました、教授」

コールは笑った。ふたりで組んでいたころ、コールはイェーガーからそう呼ばれていたのを思いだした。「どんなことだろうか？」

「そちらで担当されている事件の容疑者について、たったいま電報を受け取りました」

「ああ、そうだった、ゲオルク。スペイン製のスター・モデロAを販売した銃砲店を見つけたのか？　さっそく？」

「いや、ですが先ほどローゼンターラー通りの書店で、SA隊員が男に襲われたという報告を受けましてね。その犯人の人相が電文でいただいたものと一致するんです」

「おい、ゲオルク、こいつはすごい。その事件が起きた場所で連中と会う算段をつけてくれるか？」

「連中は協力したがらないでしょうが、私の管区内にいれば抑えておくことはできます。そのように手配しておきましょう。いつにします？」

「ただちに。いますぐ」

「ではそのように、教授」イェーガーはローゼンターラー通りの住所を告げると、質問を口にした。「ところで、アレックスのほうの様子はいかがです？」

「その話は今度、火酒《シュナップス》とビールを飲るときまでとっておくとしようか」

「わかりました」オルポの管区長は心得たように言った。男はコールがいくつかの問題について、回線上で話すのをためらっていると考えたようである。

それは事実だった。けれどもコールが電話を切ろうとしていた動機とは、陰謀云々ということより、ゲーリングの帽子をかぶった男を発見したいという切なる思いにあったのだ。

「ほう」その突撃隊員は厭味たらしく声にした。「クリポの刑事がおれたちを助けにきたって？　おい、おまえら、こいつは見物だぞ」

男は身の丈二メートルを超え、突撃隊員らしく頑健な体軀をしていた。ＳＡ入隊まえの日雇い労働と、行進につぐ行進の毎日によってつくられた肉体なのだ。縁石に座りこんだ男の指から、罐の形をした明るい茶の帽子がぶらさがっていた。

もうひとり、背は低めだが同じように筋骨たくましい隊員が、小さな食料品店の店先に寄りかかっている。その店のウィンドウには〈本日バター、牛肉の入荷なし〉とあった。隣りの書店のウィンドウは粉々に割れている。ガラスと引き裂かれた書籍が歩道に散乱していた。男は繃帯を巻いた手首を押さえて顔をゆがめた。三人めはまた不機嫌そうに腰をおろしている。シャツの胸が血に染まっていた。

「よくぞお出ましになったな、警視？」最初の突撃隊員がつづけた。「おれたちのためなんかじゃないくせに。おれたちが共産党員の手で、ホルスト・ヴェッセルみたいに撃ち殺されたって、アレクサンダー広場で菓子とコーヒーは欠かさないあんたらのことだ」

その攻撃的な発言にヤンセンが身をこわばらせたが、コールはそれを目で制止すると男たちに同情の視線を向けた。警察や政府でコールの地位ともなれば、下級の突撃隊員を面と向かって辱《はずかし》めたところでなんの差し支えもない。だが、いまは彼らの協力が必要だった。「これはみなさん、そんな滅相もない。クリポはあなたがたの無事を誰よりも心配している。どうかその襲撃の話を聞かせてもらいたい」

「いや、あんたの言うとおりだ、警視」と大柄の男がコールの慎重に選んだ言葉にうなずきながら言った。「あれはまさに襲撃だ。われわれが不適切な書籍に対して法を執行している最中に、背後から襲ってきやがったんだ」

「あんたは……？」

「フーゴ・フェルステット。ベルリン城の兵舎を管理してる」

そこが人気《ひとけ》のないビール倉庫だったことをコールは知っていた。二ダースほどの突撃隊員がその場を占領している。〝城〟は〝木賃宿〟と読み換えることができるのだ。

「彼らは？」コールは書店を顎で指して訊いた。

「ふたり。夫婦者だろう」

コールは心配そうな表情をかろうじて保った。あたりに目をやって、「その彼らも逃げたのか？」

「そうだ」

三人めの隊員がようやく口を開いた。失くした歯の隙間から言った。「もちろん計画していたことだ。あのふたりが屁理屈をこねてるところに、三人めが後ろから現われた。棍棒で殴りかかってきた」

「なるほど。男はステットソン帽をかぶっていただろうか？　ゲーリング大臣がかぶっているような代物を？　緑色のネクタイは？」

「そうだ」大柄の隊員が認めた。「派手なユダヤのネクタイだった」

「男の顔は見たのか？」

「鼻が大きくて、顎に肉がついてた」

「濃い眉毛。唇が厚い」

「かなり肥ってたよ」フェルステットはさらに言った。「先週の〈突撃者《デア・シュテルマー》〉に載ったのを見たか？　表紙のあの男に似てた」

〈デア・シュテルマー〉はユリウス・シュトライヒャーが発行するポルノと反ユダヤ主義にいろどられた週刊誌で、ユダヤ人犯罪を捏造した記事や人種の劣等性に関する戯言《たわごと》を掲載している。その表紙を飾るのが異様に戯画化されたユダヤ人だった。国家社会主義者にしても、ヒトラーが俗悪なゴシップをたのしむという、ただそれだけの理由でこの雑誌が発行されていることに当惑があった。

「残念ながら見逃した」とコールはそっけなく言った。「ところで、男はドイツ語をしゃべったのかね？」

「ああ」

「訛りは？」

「ユダヤ訛りだ」

「それはわかるが、別の訛りはあっただろうか。バイエルンとか？　ヴェストファーレンとか？　ザクセンとか？」

「たぶん」大男の顔がうなずく。「あったと思う。けど、むこうが男らしくかかってきたなら、こっちだってやられやしなかった。あんな卑怯な――」

コールはみなまで言わせなかった。「男の訛りが外国のものだという可能性は？」

三人は顔を見合わせた。「どうなんだろうな。おれたちはついぞベルリンを出たことがないんでね」

「パレスチナかな」ひとりが言った。「そんな気もする」

「わかった。で、男は棍棒を手に後ろから襲いかかってきたわけだ」

「それからこれも」三人めが真鍮の環を掲げてみせた。

「男の所持品かね？」

「いや、おれのだ。やつに奪われた」

「なるほど。男は背後から襲ってきた。しかし、あんたは鼻血を出してる」

「襲われて前のめりに倒れたのさ」

「その攻撃を受けた正確な場所は？」

「そこだよ」男は歩道にせり出した小さな庭を指さした。「仲間のひとりが掩護を呼びにいってね。帰ってきたころには、ユダヤの臆病者は兎みたいに逃げたあとだった」

「どっちへ？」

「あっちだ。東に何本か横丁を越えて。案内してやろう」

「あとでね」とコールは言った。「男は鞄を持っていたのか？」

「ああ」

「それを持って逃げたのか？」

「そうだ。そこに棍棒を隠してた」

コールは庭に顎をしゃくった。彼とヤンセンでそっちへ歩いた。「無駄足でしたね」と下僚がコールにささやいた。「図体のでかいユダヤ人に、真鍮の環と棍棒で襲われたなんて。きっと、やつの背後には神の選民が五十人いますよ」

「いいか、ヤンセン、およそ目撃者や容疑者の話なんていうのは煙のようなもんでね。その言葉自体は無意味なことが多いんだが、当人たちが火元に連れていってくれることもあるんだよ」

ふたりは目を凝らして庭を歩いた。

「これは」ヤンセンが昂ぶった声をあげた。彼が見つけたのは、オリンピックの男子選手村を英語で案内した小さな手引書だった。

コールは力を得た。外国人旅行者がこんな面白味のない界隈にいて、しかも争いが起きたその場所で偶然小冊子を落とすというのは解せない話である。冊子の紙はぱりっとして汚れもなく、草のなかに放置されて間もないことを示していた。コールはそれをハンカチでつつんで手にした（ときに紙上にも指紋が残ることがあるのだ）。そして注意深くページを繰っていったが、手書きされた箇所や所有者の身元につながるような部分はなかった。彼はそれを布で覆ったままポケットにおさめると、突撃隊員たちに声をかけた。「こっちに来てくれないか」

三人の男が庭のほうに足をはこんできた。

「そこに一列にならんで」警視は土がむきだしになった場所を指示した。

三人はいかにも突撃隊らしい抜群の才を発揮して整列した。コールは彼らの軍靴と土に残された足跡をくらべた。すると加害者の足のほうが三人のものより大きく、靴の踵がすり減っていることがわかった。

「よろしい」彼はフェルステットに向かって言った。「では、あんたが男を追っていた場所を教えていただこう。残る諸君は帰ってくださって結構だ」

顔に血をこびりつかせた男が叫んだ。「もし男を見つけたらな、警視、われわれに連絡をくれ。わが兵舎には房がある。そこでやつの取調べをおこなう」

「わかった、そのように手配もできるだろう。それまで時間はたっぷりあるから、相手に出し抜かれないように三人以上を集めておくことだ」

突撃隊員は一瞬、自分は侮辱されたのではないかと考えた。深紅に染まったシャツに目を落とした。「これを見ろ。いいか、やつを捕まえたらその血を一滴残らす搾りとってやるからな。おい、行くぞ」

ふたりは歩道を歩いていった。

「こっちだ。やつはこっちへ逃げた」フェルステットはコールとヤンセンを連れ、路地二本を経て人出の多いゴルマン通りまで来た。

「やつが路地のどれかにはいっていったのは間違いない。通りのはずれまで部下をやって調べたんだが、姿は消えていた」

コールは丹念に見ていった。通りからつづく路地は何本かあり、うち一本は行き止まりで、ほかは別の道に通じている。「では、ここからはわれわれのほうでお引き受けしよう」

仲間がいなくなってから、フェルステットは率直になっていた。彼は低声で言った。「やつは危険な男だぞ、警視」

「それで、話してくれた人相には自信があるんだね？」

わずかな逡巡ののち、「ユダヤ人。見るからにユダヤ人だった。エチオピア人みたいな縮れ毛で、鼻も目もユダヤのものだった」突撃隊員はシャツの染みを手でこすりながら、肩をそびやかして歩き去った。

「間抜けめ」とヤンセンがつぶやいてこわごわ視線を向けると、コールは「心は広く」と言いながら路地を調べていった。「たとえ世間に暗い男でも、おれはフェルステット〝指揮官〟の発言を信じる。われらが容疑者は追いつめられたが逃げ切ったんだ——それも何十というＳＡの追っ手から。路地のゴミ箱を調べてみるか、ヤンセン」

「そうですね。逃げる際に服や鞄を始末したとお考えですか？」

「理にかなった行動だ」

ふたりは路地ごとにゴミ箱を漁っていったが、出てくるものといえば古い箱、紙、罐、壜、腐りかけた食べ物ばかりだった。

コールは腰に手をあてて立ちつくし、周囲に目をさまよわせた。「おまえのシャツは誰が洗濯するんだ、ヤンセン？」

「私のシャツですか？」

「いつだって清潔で皺ひとつない」

「もちろん女房ですよ」

「だったら細君には、おまえがいま着てるシャツの洗濯と修繕の手間を詫びないとな」

「ぼくのシャツはどうして洗濯と修繕が必要になるんです？」

「おまえがこれから腹這いになって、あの下水溝の格子に手を突っ込むからだ」

「しかし――」

「ああ、わかってる。だがおれも何回となくやってきたことでね。それにこの齢《とし》になるとな、ヤンセン、多少の特権というものも出てくる。さあ上着を脱げ。上等な絹じゃないか。そいつまで直しに出すことはない」

　若者は深緑の背広の上をコールに手わたしてきた。かなりの上物である。ヤンセンの家庭は裕福で、警部補としての月給とは別に財産がある。クリポの刑事が手にする給与が雀の涙ほどであるのを考えると、それは幸運なことだった。若者は玉石の上に膝をつくと、片手で身体を支えながら暗い空間に手を挿し入れた。

　しかし、シャツは結局あまり汚れずにすんだ。若い刑事はすかさず「何かありました！」と声をあげると立ちあがり、丸めてあった茶色の物体をひろげてみせた。ゲーリングの帽子。おまけも付いている。帽子の内側にネクタイ、けばけばしい緑色のものだった。

ヤンセンはそれが格子から手を入れて五十センチあたりで、突き出した縁にのっていたと説明した。彼はもう一度探ったが、もはや収穫はなかった。

「また答えが見つかったぞ、ヤンセン」コールは帽子の内側を確かめて言った。製造者のラベルに〈ステットソン　極軽量《マイティーライト》〉とある。もう一枚のラベルが販売店によって縫いつけられていた。〈マニー紳士服店　ニューヨーク市〉

「容疑者の人物像に新たな情報がくわわった」コールはチョッキのポケットから片眼鏡を出して目にはさむと、帽子の汗よけに残っていた頭髪を調べた。「髪の長さは中ぐらいで焦げ茶色、一部赤も混じってる。黒ではないし〝縮れ毛〟でもない。直毛だ。それに乳剤や整髪料による染みもない」

コールは帽子とネクタイをヤンセンにわたすと、鉛筆の先を舐めながら観察の結果を書きとめ、手帳を閉じた。

「で、つぎの行く先は、警視？　アレックスに帰りますか？」

「帰ってどうする？　われらが突撃隊同志のおっしゃるとおり、ひねもすお菓子とコーヒーをかこんですごすのか？　それともわれわれの人員を吸いあげて、街じゅうのロシア人を引っぱろうとしてるゲシュタポのお手並みでも拝見するか？　いいや、おれたちはいまから車で遠乗りに出かける。今度はＤＫＷのエンジンが煙を噴かないことを祈ってな。このまえハイディと子連れで田舎へ行ったときには、ファルケンハーゲンのはずれでひたすら牛を見ながら二時間もすごしたんだ」

## 11

選手村から乗ったタクシーは、ティーアガルテンの南を流れる茶色く淀んだ運河近く、人通りの多いリュッツォー広場で彼を降ろした。

ポールは水の悪臭を感じながらその場にたたずみ、進む先を見定めようと付近にゆっくり目を配った。新聞ごしに絡みついてくる視線はなく、褐色の背広や制服姿で怪しい挙動を見せる男もいない。彼は東に向かった。あたりは美しい家、質素な家が混在する閑静な住宅街だった。モーガンに説明された道順を頭のなかに再現すると、しばらく沿って歩いた運河を渡り、プリンツ・ハインリヒ通りに曲がった。やがて行き当たったのがマクデブルガー小路で、四、五階建ての共同住宅が建ちならぶその風情がマンハッタンの古びたウェストサイドを思い起こさせる。ほとんどの家が旗を出しているが、それがほぼ国家社会主義者の赤、白、黒の旗で、オリンピックの五輪旗を掲げているのは数世帯である。ポールが探していた二六番地には、その後者の旗がなびいていた。彼は玄関のベルを押した。すぐに足音が聞こえた。横窓のカーテンがそよ風にあおられたようにめくれる。すこし間があって、金属のこすれる音とともに扉が開かれた。

ポールが軽くお辞儀をした相手の女は、油断のない目を向けてくる。「こんにちは」とポールはドイツ語で言った。

「あなたがポール・シューマン？」

「そう」

女は三十代後半、四十代前半とポールは見当をつけた。痩せた身体をつつむ花柄のドレスは、裾が膝よりかなり下にあって、マリオンなら二年も流行に遅れて「相当古くさい」と決めつけるところだろう。暗めのブロンドは短く波打ち、ポールがベルリンで出会った女性の例に洩れず化粧っ気がなかった。肌には艶《つや》がなく、茶色の瞳には疲れが見えたけれども、そうした外見の特徴は正しい食事を何回かつづけ、二日ほどしっかり睡眠をとれば回復できる類のものだった。ふしぎなことに、そんな欠点ともいえるような部分が、そこに隠れた女性をいっそう魅力的に引き立てている。着飾るがゆえに、ときに本当の容姿がわからなくなってしまうマリオンの友人たちとは——マリオン自身もふくめて——ちがっていた。

「わたしはケーテ・リヒター。ベルリンへようこそ」彼女は赤く骨ばった手を突き出し、ポールの手を固く握った。「あなたがいつ着くのか知らなかったの。モーガンさんから、今週末だとは聞いていたけど。とにかくあなたの部屋は用意してあるわ。どうぞなかへ」

玄関にはいると防虫剤のナフサとシナモンの匂い、それに香水と思われるライラックのかすかな香りが鼻をついた。彼女は扉をしめて錠をおろし、またカーテンごしに横窓を覗いて通りの気配を確かめた。そしてポールの手からスーツケースと革の鞄を取った。

「いや、自分で――」

「わたしがはこぶわ」彼女はきっぱりと言った。「こっちよ」

女は薄暗い廊下を半分ほど行った扉にポールを導いた。廊下にはわりと新しい電気器具の隣りに、もともとのガス灯がそのままに残してある。壁に田園風景を描いた色褪せた油彩が数枚かけられていた。ケーテが扉をあけてポールを請じ入れた。部屋は広く整頓され、調度はまばらにしかない。正面扉が居間に向かって開き、寝室は奥の左手、壁沿いに日本式の汚れた屏風で仕切られて小型の台所があった。食卓には動物の置物や人形、塗りのところどころ剝げた箱、安っぽい扇子。安定の悪そうな電気スタンドが二器。一隅に蓄音機があり、ケーテはその脇にある床置きの大型ラジオに歩み寄って電源を入れた。

「喫煙室は建物の表側にあるわ。あなたは男性専用の喫煙室に慣れてるだろうけど、こっちでは誰が使ってもいいことになってるの。念のために言っておくと」

ポールは喫煙室にはまったく慣れていない。黙ってうなずいた。

「で、部屋は気に入ってくれたのかしら。厭なら別に用意してもいいのよ」

彼はその場をざっと見まわして言った。「いいんじゃないかな」

「ほかに見ておきたいものは？　収納、水回り、景色？」

すでにポールは部屋が一階にあって窓に格子がなく、寝室や居間の窓、あるいは玄関扉からすぐに脱け出してほかの部屋にも移れるし、逃亡手段が複数あることを確認していた。彼は女に言った。「さっき渡ってきたあの運河の水があふれなければ、こっちはそれで充分だ。景色のことは、仕事で忙しいからたのしむ余裕もない」

ラジオの真空管が温まってくると、男の声が部屋を満たした。なんと！ いまだ健康の講義の最中で、湿地を干拓して殺虫剤を噴霧するという話がつづいている。少なくともFDR（フランクリン・デラノ・ルーズヴェルト）の炉辺談話は短くて気楽なものだったが。ポールはラジオに近づき、ダイアルを回して音楽を探したが見つからない。電源を切った。

「かまわないかな？」

「あなたの部屋よ。お好きなように」女は沈黙したラジオを自信なさそうに見やって言った。「モーガンさんからアメリカ人だって聞いてたけど。あなたはドイツ語がとても上手だわ」

「両親と祖父母のおかげだ」ポールは女からスーツケースを取りあげると、それを寝室にはこんでベッドに置いた。その重みでマットレスがずいぶん沈むので、もしかすると羽毛入りなのだろうかと思った。祖母からはニューヨークへ移住する以前、ニュルンベルクでは羽毛の寝床を使っていたと聞かされて、よく鳥の羽根のなかで眠る自分の姿を思い描いたものである。

彼が居間にもどるとケーテが言った。「午前七時から八時まで、廊下のむこうで軽い朝食を出すわ。必要なら前日の夜までに言いつけてちょうだい。それから、午後にはもちろんコーヒーね。洗面台は寝室に。浴室は廊下の先にあって共同だけど、いまはあなたがたったひとりのお客さんだから。オリンピックが近くなったら、もっと混むでしょう。きょうのあなたはマクデブルガー小路二六番地の王様よ。お城はあなたのもの」ケーテは扉に向かった。「午後のコーヒーをさしあげるわ」

「いいんだ。どうせ――」

「いいのよ。これも料金のうちなんだから」

女が廊下に出ていくと、ポールは十四ぐらいのゴキブリが床を這う寝室へ行った。ブリーフケースを開き、ヒトラーの『わが闘争』を偽造旅券とルーブル紙幣をはさんだままで書棚に挿した。セーターを脱いでテニスシャツの袖をまくりあげると、洗った手を擦り切れたタオルで拭いた。

やがてケーテが盆にへこんだ銀のコーヒーポット、茶碗、レースを敷いた小皿をのせて帰ってきた。彼女は盆を古びた長椅子の前にある卓に置いた。

「どうぞ座って」

ポールは腰をおろし、袖のボタンをはめながら訊いた。「あんたはレジー・モーガンをよく知ってるのか？」

「いいえ、部屋の広告を見て連絡してきて、前払いしてくれただけ」

これはポールの望んでいた答えだった。女がモーガンと接触していないことを知ってほっとした。が、それで不審に思われることもあるだろう。彼は目の隅から、頬に注がれる女の視線を感じた。「怪我してるの？」

「背が高いから。よく頭をぶつける」ポールは言葉を補おうとするように、自分の顔を軽くさわってみせた。その身ぶりが愚かしく思えて手をおろした。

ケーテが立った。「待ってて」そして取ってきた絆創膏を彼に差し出した。

「どうも」

「ヨードチンキはないみたい。探したけど」

ポールは寝室へ行き、洗面台の鏡の前で絆創膏を貼った。

女が声をかけてきた。「うちは天井が低くないから。安全よ」

「ここはきみの家なのか？」ポールは居間に行きながら訊ねた。

「いいえ。持ち主の男はいまオランダにいるわ」とケーテは答えた。「部屋代、食事代と交換で家のことをやってるの」

「その家主はオリンピックと関係してるのか？」

「オリンピック？　いいえ、なぜ？」

「道に出てる旗はほとんどナチ——いや、国家社会主義党のものばかりだが。ここはオリンピックの旗を出してる」

「ええ、そうね」女は頰笑んだ。「大会の精神に則ってるでしょう？」

女のドイツ語文法は非の打ちどころがなく、発音も明瞭だった。過去には別の、もっとまともな職についていたことは想像がついたが、荒れた手と割れた爪、それに疲れて憔悴した目が現在の苦境を物語っている。だがその一方で、彼女の内には気力というか、人生を乗り切っていこうとする決意が見てとれる。そこが彼女から感じる魅力の一端なのだろうとポールは思った。


女がコーヒーを注いだ。「いまは砂糖がなくて。店でも品切れなのよ」

「砂糖は使わないんだ」

「でもシュトルーデルがあるわ。蓄えがなくなるまえに作ったの」彼女がレースを取った小皿には、ペイストリーが小さく四つに切られてならんでいた。「シュトルーデルって知ってる？」

「母が作ってくれたよ。土曜日ごとにね。兄貴と姉貴が手伝って。たしか生地が透けるまで引っぱるんだったな」

「そうそう」女の声が熱を帯びる。「わたしもそうやって作るわ。あなたは生地を伸ばすのを手伝わなかった？」

「いや、一度もやらなかった。台所の才能には恵まれずでね」ポールは菓子をひと口かじって言った。「でも食うのはさんざん食った……。こいつは上出来だ」彼はポットに顎をしゃくった。「コーヒーは？　注ごうか」

「わたし？」女は目をしばたたいた。「ああ、いいのよ」

ポールが口にしたコーヒーは薄かった。使いまわした粉でまた淹れなおしたものだった。

「わたしたち、あなたがたの言葉をしゃべるのよ」とケーテは宣言すると、いきなり「わたしはあなたの国へ行ったことがありませんが、とても行ってみたい」と切り出した。

〝みたい（I want）〟のwに、かすかにvの音がかぶっていた。ドイツ人が発音にいちばん苦労する英語の音声である。

「きみは英語がうまい《グッド》な」とポールは言った。

「〝上手《ウエル》〟でしょ」彼女は相手の誤りをついて笑った。

「いや。きみの英語はうまい《グッド》。きみは英語を上手《ウェル》にしゃべる。good は形容詞。well は副詞だ――たいていの場合」

彼女は眉をしかめた。「待って……。そう、そうだった、あなたの言うとおり。恥ずかしいわ。あなたは記者だってモーガンさんが言ってたのよ。もちろん大学だって行ってるんでしょうし」

ブルックリンの小さな大学を二年で飛び出し、志願入隊してフランスへ。研究を修める時間はついぞなかった。復員してからは人生がこんがらがり、大学行きは中途で挫折。思えば、彼が言葉や本について多くを学んだのは、大学よりも祖父や父の下で働いた印刷工場だった。しかしその話をするつもりはない。

「わたしは教師なの。正しくは、教師だった。子供たちに文学を教えていたわ。will と shall と may と can の違いなんかと一緒に。そう、それに good と well も。なんだか覚束ないけど」

「英文学の？」

「いえ、ドイツの。でも英語の本も好き」

そこに沈黙が流れた。ポールはポケットに手を入れ、彼女の前に旅券を示した。

彼女は訝しげな表情をして、ポールの手のなかで旅券をめくった。

「ぼくは自分で名乗ったとおりの人間だ」

「よくわからないけど」

「言葉だ……きみは英語をしゃべるように仕向けて、ぼくが本当にアメリカ人かどうかを確かめた。国家社会主義者の密告者じゃないと。ちがうかい？」

「それは……」女はその茶色の瞳をさっと床に向けた。動揺しているのだ。

「かまわない」ポールはうなずいた。「見てくれ。写真を」

女は旅券に目をもどした。が、今度はそのページを開いたまま、写真とポールの顔を見くらべている。ポールは冊子を自分の手に取りもどした。

「ええ、あなたの言ったとおりよ。赦してくれるかしら、シューマンさん」

「ポールだ」

ようやく笑顔が浮かんだ。「あなたはきっと優秀な記者さんなのね……〝洞察力があって〟で言葉は合ってるかしら？」

「ああ、合ってる」

「わたしみたいな人間にアメリカ人スパイをつけるほど、党は勤勉でもないしお金もないと思うから言うんだけど、わたしは支持者じゃない」そこで溜息をついて、「自分のせいなのよ。ろくに考えもせずに。生徒たちに詩人のゲーテのことを教えてて、独立戦争で息子に戦うことを許さなかったその勇気を尊敬するって話してしまったの。いまのドイツで反戦主義は罪なのよ。わたしはこの発言がもとで解雇されて、持ってた本は全部没収されたわ」彼女はさっと手を振った。「ごめんなさい。愚痴をこぼしてしまって。読んだことある？　ゲーテは？」

「ないな」

「きっと気に入るわ。それはすばらしいから。言葉で色彩を紡ぎ出すの。没収されたなかで、いちばん惜しいって思うのが彼の作品よ」ケーテはシュトルーデルの皿にうらめしそうな視線を向けた。まだ食べていないのだ。ポールは皿ごと勧めた。「いえ、いいの、ありがとう」

「きみが食べないとなると、こっちはきみが毒を盛ろうとする国家社会主義者の工作員だと疑うことになる」

ケーテはペイストリーをひと切れつまむと、すばやく口に入れた。コーヒー茶碗に手を伸ばそうとしていたポールは目の端で、彼女が卓上にこぼれたペイストリーのかけらを指先で拭って口もとにはこび、それを見られていないかと気にする様子をとらえた。

彼が姿勢をもどすとケーテが言った。「ああ、でもわたしたち、初対面のときにはありがちだけれど軽率だったわ。もっと注意しないと。これを見て思いだした」彼女は電話を指した。「線はかならず抜いておくことね。盗聴装置にも気をつけて。電話をかけたら、国家社会主義者の取り巻きと会話しているんだと思うこと。郵便局から遠距離通話をするときにはとくにね、でも、道にある公衆電話ならわりと安心らしいけど」

「ありがとう」とポールは言った。「でも誰に聞かれたところで、ぼくの会話は退屈なものさ。ベルリンの人口は何人か、選手たちは何枚のステーキを平らげるか、スタジアム建設についやされた年月は？　なんてことでね」

「そう」ケーテは静かに言って立ちあがった。「きょう、あなたとわたしで話したこと、普通ならくだらない話で片づくと思うけど、ゲシュタポにはたちまち捜査の口実をあたえることになるの。それ以上ひどいことにはならなくても」

ヴィリ・コールの使い古されたアウト・ウニオンDKWはエンジンから煙を噴くこともなく、街の西部にあるオリンピック選手村に向けてどうにか二十キロを走破した。ただし容赦のない陽射しにさらされ、根負けした刑事たちのほうが、クリポの規則に反して上着を脱ぐはめになった。

⑫

彼らがたどったシャルロッテンブルク経由の道は、そのまま南西にすすめばガトウへいたる。このふたつの町の近くでポーランド人労働者とユダヤ人家族が死んだ。むごたらしい殺人現場の写真が、いまも腐った魚のようにコールの記憶に悪心《おしん》を残している。

到着した選手村の正面玄関は活気にあふれていた。自家用車、タクシー、バスが選手をはじめとする人員を吐き出している。トラックが梱包された箱や荷物、道具類を搬入する。ふたりは上着を着て門まで歩き、正規軍がおこなっている警備に対して身分証明書を提示したうえで、整備のすんだ広大な敷地に通された。大きく取られた歩道には大型、小型の旅行鞄をはこんでいく男たち。袖のないシャツに半ズボン姿で運動したり、走ったりしている者もいる。

「見てください」ヤンセンが興奮したように言って、日本人だか中国人だかの群れに顎を振った。コールが驚いたのは、彼らが白のシャツにフラノのズボンという出立ちで……名前はよく知らないが腰巻とか、刺繍入りの絹服を着ていないことだった。かたわらを色の黒い中東の男たちが歩いていて、そのふたりが仲間の言うことに笑った。ヴィリ・コールはその光景に小学生のように見とれた。来週の大会開幕はもちろん待ち遠しいが、主要国の不参加がスペイン、ロシアの二国にとどまるなか、地球上のほぼすべての国から集まってくる人々と出会えるというのがまたたのしみなのだ。

刑事たちはアメリカの宿舎を見つけた。受付は本館にあった。彼らはドイツ軍の連絡将校に近づいた。「中尉」コールは相手の制服に階級を認めて呼びかけた。将校はすかさず立ちあがり、コールが自分と下僚の身分を明かすとさらに注意を向けてきた。「ハイル・ヒトラー。これは任務ですか?」

「そうだ」コールは容疑者の風体を説明し、そんな男を見かけなかったかと将校に訊いた。

「いいえ、アメリカの宿舎だけでも何百という人の出入りがあります。ご覧のように、相当大きな施設なので」

コールはうなずいた。「アメリカの選手団に同行している人物と話したい。役員と」

「わかりました。手配します」

五分後、将校は英語でみずからヘッドコーチを名乗る四十代の痩せこけた男を連れてもどってきた。男は白いズボンをはき、酷暑の日であるのにシャツの上から目の粗い白のセーターを着ていた。コールはすこしまえまで無人のようだった受付に、選手その他の人々が、用事のふりをして続々集まってきていることに気づいた。彼の軍隊時代の経験に照らしても、ひとつ屋根の下に暮らす男たちの間ほど噂のひろまる場所はないのである。

ドイツ人将校は通訳をする気でいたが、事情を聞く相手に直接話しかけたいコールは訥々とした英語で「私は、ドイツの刑事警察で、警視をやっています」と言って身分証明書を見せた。

「何かあったんですか？」

「はっきりはしていません。でも、ある男性を捜して話したいのです。たぶん、あなたたちも知ってる人です」

「かなり重要な問題です」ヤンセンが完璧な英語の発音で言った。コールは下僚がこれほど流暢に外国語をあやつるとは知らなかった。

「そうです」と警視はつづけた。「男性は、この本をなくしたみたいです」彼はハンカチをひろげて手引書を掲げてみせた。「これは、オリンピックに関係する人たちにわたされるのですか？」

「はい。ただし、選手にかぎらず全員にですが。おそらく一千部は出してますよ。それにほかの国々でも英語版のものを作っていますしね」

「ええ、でも、私たちは男性の帽子も見つけて、それが、ニューヨーク州ニューヨークで買ったものだとわかりました。だから、男性はアメリカ人らしいのです」

「本当に？」コーチが構えたように問い返した。「帽子が？」

「男性は大きな男で、私たちは、赤、黒茶の髪をしていると思っています」

「黒茶？」

コールが己れの語彙の少なさにいらいらしながら目をやると、ヤンセンが言った。「頭髪は焦げ茶で直毛。多少赤みがかってます」

「明るい灰色の背広に、この帽子とネクタイです」コールがうなずいてみせると、ヤンセンが箱から証拠物件を出した。

コーチは気のない様子でそれらを眺めて肩をすくめた。「事情を話していただければ、お力にもなれるかもしれないが」

コールはあらためてアメリカの日常との差異を意識した。ドイツでは、警官が何かを知りたがる理由を問う者などいない。

「国家の治安の問題です」

「国家の治安。なるほど。ならば力になってさしあげたい。なおのこと。しかし、もうすこし具体的な部分がないと……」

コールは周囲を見まわした。「誰か、この男性を知ってる方がいれば」

コーチが呼びかけた。「この所持品に心あたりのある者は？」

集まっていた男たちは首を振ったり、「いいえ」とか「知らない」と口にした。

「では、もしかして、あなたがた……そう、そう、こっちに来た人たちのリストを持っているのでは。住所と。ニューヨークに住んでる人がわかると」

「もちろんありますが、選手とコーチ陣のものだけですよ。もしやあなたは――」

「いえいえ」コールは選手団に殺人犯がいると考えているわけではなかった。脚光を浴びる存在である選手に、ベルリン滞在の初日からこっそり選手村を脱出して人を殺し、なんらかの任務で市内を転々としたのち、疑惑をもたれず帰ってくるなどという芸当ができるとは思えないのだ。「この男性は選手じゃない、と私は思っています」

「だったら、こちらは役には立ちかねる」コーチは腕をこまねいた。「もしかすると刑事さん、渡航者の住所であれば、おたくの入国管理のほうで情報をもっているはずですよ。彼らは出入国する全員の記録を取ってるわけでしょう？　ドイツでは、あなたのお仲間がそういったことに長じていると聞いてます」

「ええ、私はそれを考えました。でも不幸なことに、情報にはその人の家の住所はありません。国籍だけで」

「ああ、それは残念」

コールはなおも言った。「私がずっと期待していたのは、船の名簿、〈マンハッタン〉号の乗客名簿ですか？　それによく住所が載っています」

「ああ、たしかに。それならあるでしょう。ただご存じかもしれないが、船には千人近く乗っていましたからね」

「それはもう、わかっています。でも、それをどうにか見せてもらいたい」

「いいでしょう。ただし……面倒は困るんですよ、刑事さん、でもこの宿舎は……そう、われわれには外交上の地位があるはずだ。主権国家の領土として。そうなると捜索令状が必要になりますね」

容疑者の住居を家宅捜索する、もしくは証拠物件の引渡しを要求する際に判事の許可が必要になることはコールも承知している。戦後のドイツ共和国を造ったヴァイマル憲法には、多くをアメリカから借用した保護条項が盛りこまれていた(が、そこにはただひとつ、しかもかなり大きな瑕疵《かし》があった。すべての公民権を無期限で停止できるという大統領権限に、ヒトラーは抜け目なくつけこんだのだ)。

「ああ、いまは問題をふたつ、三つ調べているだけです。令状は持っていません」

「令状をお持ちなら、こちらも気は楽になるんだが」

「これは緊急の問題なのです」

「わかってますよ。でもね、これはあなたにとっても得策かもしれないんだ。おたがい、相手の羽を逆立てたくはないもんですよ、外交上は。〝羽を逆立てる〟って意味はわかりますか?」

「その言葉はわかっています」

「ならば、あなたの上司から、大使館またはオリンピック委員会に連絡をするということでいかがかな。それで了解が出たら、あとはお好きなものを、こちらから銀の皿にのせて差し出しましょう」

「オーケイ。わかりました」こちらがふさわしい形で要求を出せば、アメリカ大使館は認めるだろうとコールは踏んでいた。オリンピック選手団にまぎれて殺し屋がドイツに潜入したという報道が流されることは、アメリカとしても願ってはいないはずだ。

「大変けっこうです」コールはていねいに言った。「あなたがすすめるように、大使館と委員会と連絡してみますから」

「よかった。では頑張って。それと、大会での幸運を祈ってますよ。あなたがたとわれわれで、しのぎを削ることになるでしょうからね」

「私は参加するでしょう」とコールは言った。「切符をもう一年以上持っています」

その場を辞して、コールと警部補は宿舎の外に出た。「車の無線でホルヒャーに連絡するぞ、ヤンセン。彼ならアメリカ大使館と接触できる。そうすれば――」コールは口をつぐんだ。強い臭気に気づいたのだ。嗅ぎなれた匂いだが、この場にはそぐわない。「おかしいぞ」

「何が――？」

「こっちだ。急げ！」コールは早足でアメリカの宿舎本棟の裏にまわった。煙は夏に鉄板で料理をするあれではなく、七月には稀なストーブで薪を燃やしたような匂いがした。

「あそこはなんて書いてある、ヤンセン？　看板は？　英語が読めない」

「〈シャワー／スチーム室〉です」

「まずい！」

「どうしたんですか？」

コールが扉を抜けて駆けこんだのはタイル張りの空間だった。左側に洗面所、右側にシャワーがならび、スチーム室に通じる扉がある。コールは走り寄ったこの扉を大きくあけ放った。室内には一台のストーブ、その上に石を積んだ大きな盆がのっていた。そばに水のはいった手桶があって、そこから熱した石に水をかけることで蒸気が発生する。濃紺の綿の運動着を着た黒人がふたり、火が燃えさかるストーブの前にいた。扉にもたれていたのは髪の生え際が高い丸顔の美男子で、もうひとりは痩せて、濃い髪が額に垂れている。丸顔のほうが立ちあがり、鋳物のストーブの扉を閉じた。振り返ると陽気な笑顔で、警視に向かって眉をあげてみせる。

「こんにちは、みなさん」とコールはろくでもない英語でふたたび話しかけた。「私はですね――」

「聞いてますよ。調子はどうです、警視さん？　あなたのお仲間が、ここに立派な場所をつくってくれました。村のことです」

「煙の匂いがして、私は心配になりました」

「火を燃やしてるだけです」

「痛む筋肉には蒸気がなによりで」と仲間が口を添える。

コールはストーブのガラスの扉を透かし見た。炉が大きく開いて炎が猛っている。白い紙が灰になりかかっていた。

「警視」ヤンセンがドイツ語で呼びかけた。「あれは――？」だがコールは首を振ってさえぎると、最初にしゃべった男に視線をやった。「あなたは……？」じっと見つめたコールは、やがて目を丸くした。「ああ、そうだ、あなたは陸上の大選手、ジェシー・オーエンス」コールのドイツ語訛りの英語では、その名は〝イェサ・オーヴェンス〟となった。

驚いた男が汗まみれの手を差し出してきた。男の手をきつく握りしめると、コールはもうひとりの黒人に目を向けた。

「ラルフ・メトカーフ」その陸上選手はみずから名乗りをあげた。また握手が交わされた。

「彼もチームの一員です」とオーエンスは言った。

「ええ、ええ、あなたのことも聞いています。あなたはこのまえの大会で、カリフォルニア州のロサンジェルスで勝った。ようこそ」コールの目が炎に注がれた。「あなたがたは、練習のまえに蒸し風呂にはいりますか？」

「練習まえにはいることもあるし、練習後にはいることも」とオーエンス。

「蒸し風呂が好きなのかい、警視？」とメトカーフが訊いた。

「ええ、ときどきは。いまはだいたい、足をお湯につけます」

「足が痛むとね」とオーエンスは顔を曇らせた。「よくわかりますよ。さあ、ここを出ませんか、警視？　外はずいぶん涼しいですよ」

オーエンスはコールとヤンセンのために扉を押さえた。クリポの刑事たちはためらいながらメトカーフにつづき、宿舎裏の芝に出た。

「ここは美しい国だね、警視」とメトカーフが言った。

「ええ、そのとおりです」コールはスチーム室上部に配された金属の導管からのぼる煙を見あげた。

「あなたが捜してるその男が見つかるといいですね」オーエンスは言った。

「ええ、ええ。あなたに、ステットソンの帽子と緑のネクタイの男を知ってますかと訊いても、だめでしょうか。身体の大きな男です」

「残念だけど、そんな男は知りませんね」オーエンスが見やったメトカーフも首を振った。

ヤンセンが質問をした。「ここまで選手団に同行してきて、すぐに離れていったというような人物をご存じありませんか？　ベルリンかどこかへ行ってしまったとか」

男たちはたがいの目を見交わした。「いや、知らないな」とオーエンスが答えた。

「こっちも同じく」とメトカーフが言い添える。

「いいや、しかし、あなたたちに会えて光栄でした」

「ありがとうございます」

「私は、あなたたちのレースのことを聞きました。ミシガン州でしたか？　去年——選考会？」

「アンアーバーです。知ってるんですか？」オーエンスはまたも驚いて笑った。

「ええ。世界記録。残念ですが、このごろアメリカから、ニュースはあまりはいってきません。でも、大会はたのしみです。しかし切符は四枚で、私には子供が五人と妻と未来の義理の息子がひとりいます。みんなで行ったら、見るのは……代わり番こでしょうか？　暑いのは、厭ではないですか？」

「私は中西部育ちです。天候はこっちとよく似ている」

ヤンセンが不意に深刻な調子で切り出した。「そうだ、ドイツには、あなたがたの勝利を望まない人間が大勢いるんですよ」

メトカーフが顔をしかめて言った。「あの嘘っぱちのせいで――有色人種に対するヒトラーの？」

「いいえ」と若い刑事は答えて破顔一笑した。「外国人に対する賭けを受け付けた賭け屋は逮捕されるからです。われわれが金を賭ける対象はドイツ人選手に限られている」

オーエンスは面白がっていた。「すると、あなたがたは私たちをはずして賭けるわけですか？」

「ああ、賭けるなら、あなたたちのために」とコールは言った。「でも、賭けられない」

「法律に触れるから？」

「いいえ、私たちは貧乏な警官で、お金がないからです。だから、風《ルフト》のように走れと、あなたがたアメリカ人は言いますね？　風のように走ってください、オーエンスさんとメトカーフさん。私はスタンドにいるでしょう。それで、あなたがたを応援します、そこが静かでも……。さあ、ヤンセン」コールはすこし歩いて立ちどまると、後ろを振り返った。「もう一度、訊きます。ほんとうに、茶色のステットソン帽をかぶった人を知りませんか？……いや、いや、そうだ、知っているなら話していますね。よい一日を」

刑事たちは宿舎の正面に出て、選手村の出口をめざした。

「あれは犯人の名前が載った船の乗客名簿だったんでしょうか？　黒人たちはストーブで何を

燃やしていたんですかね?」

「可能性はあるな。だが〝容疑者〟と呼ぶように。〝犯人〟じゃない」

紙の燃える匂いが熱気のなかを流れてきて、嘲るようにコールの鼻を刺し、わだかまった不満を刺激する。

「これからどうします?」

「どうもこうも」とコールは言い捨て、腹立たしげに息をついた。「打つ手がない。それもおれのせいだ」

「警視の、ですか?」

「ああ、この仕事の難しいところだよ、ヤンセン……こっちとしては目的を一切悟られたくないから、近ごろ大安売りされてる〝国家の治安〟の問題でこの男に会いたいと言ったわけだ。そのおれの言葉が、犯罪は罪もない被害者を殺した事件じゃなく、政府に対する違法行為があったとほのめかすことになった――なにしろ、戦争して二十年もたってない国だからな。むこうの選手たちにも、皇帝の軍隊を相手に親類や、ことによったら父親を亡くしてるのも大勢いるだろうし、そうなると男を護ろうという愛国心だって芽生えてくるだろう。おれが不注意で口にした話を、いまさら引っこめるわけにもいかない」

選手村前の道に出て、ヤンセンがDKWを駐めた場所へ行こうとすると、コールは言った。

「どこへ行くつもりだ?」

「ベルリンにもどらないんですか?」

「まだだ。われわれは乗客名簿にはたどりつけなかった。だが証拠の湮滅《いんめつ》には湮滅するに足る理由があるわけで、その理由が湮滅された場所付近で見つかるというのもあっておかしくない話だろう。だから、聞き込みする。おれたちはこの頼りない足を棒にして追跡をつづけるんだ……。それにしても、いい匂いがするじゃないか。選手に出す料理だな。毎日泳いでたころが懐かしいね。大昔の話だが。あのころは、好きなものを好きなだけ食べて一グラムも肥らなかった。思い出は遠くなりにけりだ。右だぞ、ヤンセン、右へ行く」

ラインハルト・エルンストは受話器を架台に落として目を閉じた。そして官邸にある事務所の重厚な椅子にもたれた。この数日で初めて満足を——いや、歓びを感じていた。全身をつらぬく勝利の感覚は手勢六十七名で連合軍三百を相手に、ヴェルダン近傍の北西の要塞を守り抜いたときの昂揚感と似ている。彼はその功により第一級鉄十字章を受け、ヴィルヘルム二世から称賛の表情を頂戴したわけだが（皇帝は片腕が麻痺していたために、エルンストの胸に手ずから勲章を授けることはなかった）、きょうの成功はむろん公けの栄誉に浴することはないにせよ、ずっと甘美なものだった。

ドイツ海軍再編にあたって最大の問題ともなっていたのが、潜水艦の保有を禁じ、軍艦の数を戦艦六隻、軽巡洋艦六隻、駆逐艦十二隻、魚雷艇十二隻に制限するというヴェルサイユ条約の内容である。

防衛の基本としても、まったく馬鹿げている。

だが昨年、エルンストはある手に打って出た。彼と押しの強いヨアヒム・フォン・リッペントロップ特使とで交渉した英独海軍協定では、ドイツの潜水艦建造が認められ、水上艦船の保有は対英三十五パーセントにまで引きあげられた。しかし協定のもっとも重要な部分は、現在にいたるまで検証されていない。リッペントロップにヴェルサイユ条約での基準だった艦船の数ではなく、トン数での割合を交渉させるというのはまさにエルンストの妙案だった。

いまやドイツは、総トン数で三十五パーセントという魔法の数字を超えないかぎり、英国以上に船を建造できるという法にかなった権利を手にした。そのうえ、エルンストと海軍総司令官エーリヒ・レーダーでかねがね目標としてきたのが、英国艦隊の主力をなす巨大な軍艦とはちがって、より軽量で機動力があり、破壊力も具えた艦船の建造であった。船船というのは、航空機や潜水艦による攻撃に対して脆弱なのだ。

疑問が残るとすればひとつ――造船所の建造報告書を精査して、ドイツ海軍が予想をはるかに超える規模であると知った場合、はたしてイギリスは異議を唱えてくるのか。けれども、電話で話したロンドン駐在の外交補佐官によれば、英国政府は数字を調べてすんなり納得したという。

これは大成功ではないか！

彼は総統宛てに朗報を短くしたためると、それを使いの者にとどけさせた。

壁の時計が四時を告げているそのとき、茶色い綾織りの上着、畝《うね》のあるズボンをはいた頭の薄い中年男がエルンストの事務所にはいってきた。「大佐、いま――」

エルンストは首を振って唇に指をやり、ルートヴィヒ・カイテル教授を黙らせた。大佐は椅子を回して窓外を見た。「気持ちのいい午後だ」

カイテルは眉をひそめた。気温は三十四度近く、一年でも一、二を争うような猛暑の一日で、風が吹けば砂ぼこりもそれはひどい。だが、カイテルは釈然としない面持ちのまま沈黙していた。

エルンストが扉を指さした。カイテルはうなずき、ふたりは廊下に出て官邸を後にした。ヴィルヘルム通りを北上してウンター・デン・リンデンを西へ向かいながら、ふたりが話題にするのは天候のこと、オリンピックのこと、まもなく封切られるアメリカ映画のことだった。総統と同じく、ふたりの男もアメリカの女優グレタ・ガルボを崇拝している。彼女の出演した映画『アンナ・カレーニナ』が、ロシアが舞台であったり倫理性に問題ありとされながらも公開が許可されたのである。男たちはガルボの最近の出演作について語りながら、ブランデンブルク門を過ぎてティーアガルテンにはいった。

そこで尾行や監視の目がないことを確かめ、ようやくカイテルが切り出した。「これはどういうことなんだ、ラインハルト？」

「われわれの間には狂気があるんだよ、博士」エルンストはふっと息を吐いた。

「そんな、冗談でも言うつもりかね？」教授は皮肉をこめて訊いた。

「きのう、総統から〈ヴァルタム研究〉に関する報告を求められた」

カイテルはすぐには事情を呑みこめなかった。「総統？　本人から？」

「失念してくれるものと願っていたんだが。オリンピックのことで頭がいっぱいだったから。だがそうはならなかった」大佐はカイテルにヒトラーからの短信を見せ、総統が研究について知った経緯を話した。「多くの肩書きとキロ数を誇る男のおかげだ」

「デブのヘルマンめ」カイテルは声高に言って乱暴な溜息をついた。

「シーッ。花束ごしに話したまえ」これは最近よく使われる言いまわしで、公けの場で党のお偉方の名を出すときには良いことだけを言えという意味がある。

カイテルは肩をすくめた。声を落としてつづけた。「彼が私たちのことを気にする理由は?」

エルンストには、優秀な学究に対する国家社会主義政府の謀略を論じる時間も気力もなかった。

「で、わが友」カイテルは言った。「どうするつもりだ?」

「攻めつづけることに決めた。こちらから反撃する。報告書を提出することになっていてね――月曜までに。詳細な報告書を」

「二日間で?」カイテルは冷笑した。「手もとにあるのは生の資料で、それも非常に限定されたものだ。まともな分析をおこなうには数カ月かかると、彼に言ってやれないのか? だいたい――」

「だめだ、博士」とエルンストは言って笑いだした。花束ごしに話せないときには、ささやきが重宝される。「総統に数カ月待てと言う者はいない。数日でも、数分でもだ。いや、われわれにとって、いまこれをやることが最善の策なのだ。電撃的に。そうするしかない。おそらくゲーリングはこれからも姑息に動いて、引き入れた総統自身に気に入らない研究を中止させるよう仕向けていくつもりだろう。やつが盗んだ報告書はフロイトが書いたものだ。きのうの会議でそう話していた。たしか〝ユダヤ人の頭の医者〟という言い方でね。総統の表情を見せたかったよ。こっちはオラニエンブルク行きを覚悟したほどだ」

「フロイトはすばらしい」とカイテルが低い声で言った。「あの発想は大切だ」

「彼の発想は使える。ほかの心理学者のものも。しかし――」

「フロイトは精神分析学者だ」

やはり学究は、とエルンストは思った。政治家より始末が悪い。「しかし、われわれの研究を彼らの手柄にすることはない」

「それは客観的に言って誠実さに欠ける」カイテルは不機嫌そうに応じた。「重要なのは倫理的に潔癖であることだ」

「この状況下では、それはちがう」とエルンストは言下に否定した。「この研究は大学の論文として発表するものではない。そういう種類のものではないのだ」

「それはいい」カイテルは辛抱強く言った。「私が懸念しているのはそこじゃない。資料が揃っていないことだ」

「わかっている。だから有志を募ることにした。一ダース。これまでで最大の人数になるが――総統の心を動かしてゲーリングから引き離すためだ」

教授は冷たく言った。「時間がない。月曜の朝だって？　いや、無理だ」

「いや、やれる。やらなくてはならない。われわれの研究をこんないざこざで失うことはできない。あすの午後、大学でまた会合を開こう。私は総統に宛てて、新ドイツ陸軍に関する一大構想を書きあげる。私に書ける最高の文章でね。ふさわしい表現は心得ている」エルンストはまわりを見た。そしてつぶやくように、「航空大臣の肥った脚を、胴体から切り離すんだ」

「やってみるか」カイテルは心もとなさそうに言った。

「いや、やるんだ。〝やってみる〟などということはありえない。成功するか否か」気がつけば、将校が部下を諭すような口調になっている。エルンストは物憂げに微笑してつづけた。「私とて不満であることに変わりはないんだ、ルートヴィヒ。この週末はのんびりすごすつもりだった。孫と一緒に。舟を彫ることにしていたんだが。娯楽の時間は後まわしということらしい」と言って、大佐はさらにつけたした。「おたがい死んでからの」

カイテルは無言だったが、エルンストは教授の頭がそれとなく動いたのを感じた。

「冗談だ、友よ」大佐は言った。「冗談だ。では、新しいわが海軍についての吉報を披露するとしようか」

13

一九二三年十一月広場に、玉砕した軍隊を睥睨《へいげい》するように立つヒトラーの緑がかった銅像は印象深いものだったが、その周辺というのは、これまでポール・シューマンがベルリンで見てきた場所とは大きく異なっていた。砂塵とともに紙切れが風に巻かれ、ゴミの饐《す》えた臭いがただよっている。安物の品や果物を売る行商人がいれば、数ペニヒで似顔絵を描くという画家がおんぼろの屋台を出している。家の戸口あたりで暇をもてあましているのは、無許可で営業する年増の娼婦と若いポン引きたちだ。手足を失い、革と金属でできた異様な義肢を装着した男たちが、おぼつかない足どりで歩道を歩いたり、車椅子で行き来しながら物乞いをやっている。なかにこんな言葉を記して胸に留めている者がいた。〈私は祖国に足を捧げた。あなたは私に何をあたえてくれるのか?〉

ヒトラーがベルリンの屑と望ましくないものとを掃きこんだ、そのカーテン裏に足を踏み入れてしまったような心持ちがする。

ポールは錆《さび》の浮いた鉄門を通り、ヒトラーの像と向きあう恰好でベンチに腰をおろした。すでに半ダースほどのベンチは先客で埋まっている。

目に留まった青銅の銘板を読んでみると、この記念碑は一九二三年秋に起きた〈ビアホール一揆〉を顕彰するために築かれたもので、そこに刻まれた大げさな文章によると、国家社会主義の気高い予言者たちは堕落したヴァイマル国家に対して果敢に戦いを挑み、売国奴の手から国を取りもどそうとしたのだという（ポールも知っていることだが、ドイツ語というのは、多くの言葉をやたらひとつにまとめようとするところがある）。

やがてヒトラーとゲーリングに向けられた、長たらしく息も継げないほどの称賛にうんざりして、ポールはベンチに寄りかかって顔を拭いた。陽は傾いていたがまだ明るく、暑さが退く気配はない。それから一分、二分しかたたないうちに、レジー・モーガンが道を渡り、門をくぐってポールのところまでやってきた。

「ちゃんと場所がわかったのか」またも間然するところのないドイツ語を口にすると、彼は笑って銅像に顎をしゃくり、声を落とした。「ご立派なもんだろう？　本当のところは、酔っ払いの一党がミュンヘンを乗っ取ろうとして、蠅みたいに叩かれただけなのさ。ヒトラーは最初の銃声を聞いて地面に伏せて、〝同志〟の死体をかぶって生きのびた」モーガンはポールを眺めまわした。「ずいぶん変わったな。髪も。服も」そして絆創膏に目を据えた。「どうした？」

ポールは突撃隊と悶着があったことを話した。

モーガンは顔をしかめた。「ドレスデン小路の件で？　連中があんたを捜してたのか？」

「いや。本屋の経営者たちを殴ってた。関わりにはなりたくなかったんだが、見殺しにするわけにもいかなくてね。服は換えた。髪形も。だが〝褐色のシャツ〟には近づかないほうがいいだろうな」

モーガンはうなずいた。「これで絶体絶命というわけじゃないが。連中はこの手の問題をSSやゲシュタポには持ち込まない──自分たちの手で復讐をしたいのさ。しかしあんたが揉めた連中は、いまもローゼンターラー通りのあたりにいるはずだ。そう遠くには行かないからな。ほかに怪我はないのか？　利き腕は大丈夫か？」

「ああ、なんともない」

「よかった。でも気をつけてくれ、ポール。これで撃たれてもおかしくなかった。質問もなし、逮捕も無用でね。その場で処刑ってこともある」

ポールは声をひそめた。「エルンストの件で、情報省の子飼いは何かを突きとめたのか？」

モーガンは浮かない顔をした。「なんだか妙なことになってる。ヴィルヘルム通り一帯で秘密の会合がもたれてるらしい。普通なら土曜は人も減るんだが、SSやSDがそこらじゅうにいる。もっと時間が必要とのことだ。一時間ほどしたら連絡をとるとして」彼は時計をあらためた。「いまはともかく、この先で仲間がライフルを用意してる。私たちが行くのでわざわざ店を閉めてね。住んでるのは近くなんだが。待ってるだろうから連絡を入れる」モーガンは立って四方を見た。いかがわしいバーやレストランが軒を連ねるなか、〈エーデルヴァイス・カフェー〉がただ一軒、公衆電話があると看板を出していた。

「すぐにもどる」

通りを渡るモーガンを目で追っていると、傷痍軍人が施しを乞おうとレストランのテラスへ近づいていった。が、たくましい身体つきの給仕が手すりに寄り、すぐに追い払ってしまう。

何台か離れたベンチに座っていた中年男が、ポールのほうにやってきて隣りに腰をおろした。しかめ面をして黒ずんだ歯を見せると、いきなりこぼした。「あれを見たかね？　あれが英雄に対する扱いか」

「たしかに」ポールはどうすべきかと悩んだ。その場を立ち去れば、余計に怪しまれるかもしれない。彼は男が口を閉じてくれることを願った。

だがドイツ人はポールをじろじろ見ながら言った。「同じぐらいの齢だ。あんたも戦ったな」

それは質問とはいえなかった。大戦中はよほどの事情がないかぎり、二十代のドイツ人はみな戦争に行ったのだろうとポールは考えた。

「ええ、もちろん」気が焦っていた。

「どこの戦いでそいつをもらった？」男はポールの顎にある傷痕を指した。

その戦いは、軍事行動とはまるで関係がなかった。敵はモリス・スターブルという残忍な殺し屋で、ヘルズ・キッチンの酒場でナイフをふるってポールの顎に傷を残し、その五分後、酒場の裏手で死んだ。

男が期待のまなざしを向けてくる。とにかく答えざるを得なくなり、ポールは個人的になじみのあった「サン・ミエル」の名を出した。一九一八年九月の四日間、ポールは第四軍団第一歩兵師団の僚友とともに豪雨をつき、ぬかるむ泥のなかを進んで深さ八フィート、鉄条網と機関銃で護られたドイツ軍の塹壕を襲撃したのである。

「おお、そうか！　私もいたぞ！」男は顔をほころばせてポールの手を握った。「これはまた奇遇じゃないか！　戦友よ！」

うまく当てた、とポールは苦々しく思った。こんなことが起きる確率はどれほどあるのか。だが彼はこの偶然に喜ぶふりをしてみせた。ドイツ人は戦友に向かって言葉を継いだ。「するとC班か！　あの雨！　あんなに降られたのは、あとにも先にもあれっきりだ。あんたはどこにいた？」

「最前線の西壁のあたりに」

「おれのほうは第二フランス植民地軍団と向きあってた」

「こっちはアメリカ軍を引き受けて」とポールは二十年まえの記憶をたぐりながら言った。

「ああ、ジョージ・パットン大佐！　狂気と天才が紙一重の男。やつは戦場じゅうに部隊を展開させる。それに戦車だ！　魔法のようにふっと現われるのさ。つぎにやつがどこを狙うのか、こっちにはさっぱり見当もつかない。歩兵はなんてこともないが、戦車は……」男はむっつりして頭を振った。

「そう、大変な戦闘だった」

「傷がそれだけなら運がいいほうだぞ」

「神様が見ててくれたおかげでね、いや本当に。あなたのほうの負傷は？」

「ふくらはぎに弾の破片が刺さって、きょうまでそのままになってる。傷は甥に見せてやるのさ。砂時計みたいな形をしてるんだが、そのてかてかした傷にさわると甥が喜んでね。それにしても、あれはひどかった」男はフラスクをあおった。「サン・ミエルで友を亡くしたって人間は多いが、おれはちがう。おれの友はそのまえにみな死んじまった」男は押し黙ってフラスクを出してきたが、ポールは首を振ってそれを断わった。

カフェーを出てきたモーガンが合図をよこす。

「行かないと」とポールは男に言った。「復員した仲間と会えて、話もできてよかった」

「ああ」

「いい一日を。ハイル・ヒトラー」

「そうだな。ハイル・ヒトラー」

ポールが追いつくとモーガンは言った。「いまから会うことになった」

「まさか、おれが銃を欲しがってる理由を話してないだろうな?」

「いや、少なくとも真実は話してない。むこうはあんたがドイツ人で、ペテンにかけてきたフランクフルトの顔役を殺るもんだと思ってる」

ふたりはしだいに卑しさを増す通りを六、七ブロック歩き、目的の質屋にたどり着いた。鉄の格子がはまる煤けた陳列窓には楽器、スーツケース、剃刀、宝石、人形などがぎっしり詰めこまれている。扉には〈閉店〉の表示が出ていた。玄関でしばらく待っていると、短軀で禿頭の男が現われた。男はモーガンにうなずき、ポールのことは知らぬげにあたりの様子をうかがうと、ふたりを店内に入れた。もう一度後ろを振り返り、戸締まりをしてカーテンを引いた。

彼らは埃がたまって黴《かび》臭い店内を奥へ進んだ。「こっちだ」店主は通り抜けた分厚い二枚の扉を閉めて閂《かんぬき》をかけると、先に立って長い階段を降り、裸電球が二個吊るされた湿っぽい地下室にふたりを案内した。その薄闇に目が馴れたところで、ポールは壁の銃架におさまる二十挺を超えるライフルに気づいた。

男は照準器をつけたライフルをポールに手わたした。「モーゼル・カラビナー。七・九二ミリ口径だ。こいつは分解も簡単で、旅行鞄で持ち運びができる。照準器を見てくれ。世界一の光学器械だぞ」

男がスイッチを入れると、百フィートはあろうかというトンネルが明かりに照らし出された。その離れた端に砂嚢が積まれ、紙の標的がピンで留められている。

「ここは完全防音になってる。補給路としてずいぶんむかしに掘られたもんだ」

ポールはライフルを両手に持ってみた。鑢《やすり》をかけて磨いた木製の銃床はなめらかな感触がある。油とクレオソート、負い革の匂い。ライフルは仕事ではめったに使ったことがなく、その甘い香り、硬質の木材、金属という組み合わせに、ポールは過去へと引きもどされていた。塹壕の泥濘、糞、灯油の臭い。そして濡れて腐った厚紙のような死臭。

「こいつは弾も特別で、見ればわかるが先がくぼんでる。普通の弾薬よりも致命傷をあたえやすくなってるわけだ」

ポールは何度か空撃ちして引き金の感覚を試した。それから弾倉に弾をこめるとベンチに腰をかけ、布で覆った角材にライフルを支《か》った。彼は射撃を開始した。耳をつんざくような銃声がひびいたが、ほとんど気にもならない。照準器を覗き、ひたすら標的の黒い点に集中していた。照準器を若干調整しながら、弾薬箱に残る二十発をゆっくり撃った。

「よし」ポールが叫んだのは、さすがに聴力が鈍っていたからである。「いい武器だ」とうなずいてライフルを返すと、質屋はそれを分解掃除したうえで、古びたスーツケースにしまった。モーガンがその鞄を受け取って封筒を差し出すと、質屋は射撃場の明かりを消し、ふたりを階上に導いた。扉の外の安全確認がすむと、ふたりはまた表に出て歩きだした。ポールは通りを圧する金属的な声を耳にした。彼は笑った。「どこへ行ってもあれだ」道をへだてた路面電車の停留所にある拡声器から、男の単調な声が流れてくる――話題はやはり公衆衛生について。

「どうにかならないのか？」

「いや、ならないね」とモーガンは言った。「振り返れば、そこにあるのは国家社会主義者の肩入れする文化でね、醜い建物に出来の悪い銅像、とめどない演説……」彼はモーゼルのはいった鞄を顎で示した。「広場にもどって、例の伝手《つて》を頼ってみるか。むこうがそれなりの情報を得ていたら、あんたがこのドイツの名品を利用する機会も出てくる」

一九二三年十一月広場にやってきた埃まみれのＤＫＷは、混雑する通り沿いには駐車する場所を見つけられず、いかがわしい果実を売る屋台をきわどく避けるように、なかば縁石に乗りあげて停まった。

「さて、着いたぞ、ヤンセン」ヴィリ・コールは顔を拭った。「拳銃はいいな」

「はい」

「じゃあ狩りに出かける」

刑事たちは車を降りた。

アメリカの選手宿舎を出たあと、警視が矛先を転じたのは、オリンピック選手村の外で客待ちするタクシー運転手から話を聞くためだった。例のごとく深謀をめぐらせた国家社会主義者たちにより、選手村に車をつけられるのは複数の言語をあやつる者と決められていた。そうなると運転手の数はおのずと限られるわけで、彼らは客を降ろしては選手村にとんぼ返りというかたちとなる。つまり、そんなタクシーの一台が容疑者をどこかへ運んだ可能性があるとコールは踏んだのである。

ふたりで手分けして二十人あまりの運転手と話すと、ヤンセンのほうでコールの興味を惹く情報を聞きこんできた。ちょっとまえに、スーツケースと茶色の鞄を持った客を選手村から乗せたというのだ。たくましい体格の男で、かすかに訛っていた。髪は長めでもなく赤みがかってもおらず、暗色で後ろに撫でつけられていたが、コールはこれを油か整髪料のせいだろうと推測した。背広ではなく、明るい色の普段着姿だったようだが、運転手は服装の細かい部分までは憶えていなかった。

男はリュツォー広場で降りて人ごみに消えた。ここは市内でも有数の混雑が激しい交差点で、容疑者の足どりを追うにもまず望みはない。だがタクシーの運転手は、男が一九二三年十一月広場の行き方を訊ねてきて、リュツォー広場から歩いていけるのかを気にしていたことを思いだした。

「男はほかに広場のことを訊かなかったかね？　具体的に？　仕事のことだとか？　同僚と落ち合うとか？　何か？」

「いいえ、警視さん。なにも。広場まではほんとに、かなり歩きますよって私は言ったんです。するとお客さんは礼を言って降りていきました。それだけです。顔は見ませんでしたから。見るのは道だけで」

目がついてるのか、とコールは腹立たしく思った。

ふたりは本部にもどり、ドレスデン小路の被害者の印刷ビラを受け取った。そしてここ、一九二三年に失敗裡に終わった一揆の顕彰碑へと（国家社会主義者だけは、そんな手ひどい敗北を稀にみる大勝利へとすり替えたのであるが）急行したのだった。リュツォー広場では広すぎて捜索の範囲を絞ることはできないが、こちらはずっと小さな広場で網はかけやすい。

いまコールが眺めているのは乞食、行商人、娼婦、買物客、狭いカフェーに座る失業中の男女といった人々である。彼はゴミの悪臭まじりの饐えた空気を吸いこむと訊いた。「おまえは近くに獲物の気配を感じるか、ヤンセン？」

「それは……」下僚はその発言に気詰まりを感じたようだった。

「勘だよ」コールは勇猛果敢な青銅のヒトラーの陰から通りをうかがっていた。「おれ自身はオカルトを信じちゃいないが。おまえはどうだ？」

「私もあまり。信心深くないので、そういうことをお訊ねなら」

「べつに、宗教に愛想尽かしをしたわけじゃない。それじゃあハイディも厭がるだろうしな。おれがいま話そうとしてるのは、霊魂が見えたりするのは人間の知覚や経験に基づいてるってことでね。いまは気配を感じる。やつはそばにいるぞ」

「はい」警部補は言った。「で、そうお考えになる根拠は？」

なるほど適切な質問だとコールは思った。若い刑事はいつでも上司に疑問をぶつけるべきなのだ。コールは説明した。ここがベルリン北部であること。この辺には傷痍軍人、貧乏人、失業者、秘密活動をする共産主義者にゾチ、反党のエーデルヴァイス海賊団、こそ泥、組合が非合法化されたのちに潜伏した労働運動家などが吹き溜まっている。かつての日々に――それはむろんヴァイマルではなく（あの共和国を好きな者は皆無だ）、プロイセンの、ビスマルクの、ヴィルヘルムの、第二帝国の栄光にひたすら想いを馳せる人々が暮らしている。この事実が意味するのは、党員とそのシンパは付近に存在しないこと。ゲシュタポや突撃隊の駐屯地に駆けこんで、密告するような人間はいないということだった。

「どんな用事があるにせよ、やつがこの場所で探してるのは援助と仲間だろう。すこし離れろ、ヤンセン。容疑者本人を見つけるより、われわれみたいに張り込んでる人間を見つけるほうが楽だと世間の相場は決まってる」

若者が魚屋のある暗がりに移動すると、悪臭を放つ大箱はほとんど空だった。腐りかかった鰻に鯉、色の悪い運河鱒が安売りされている。刑事たちは獲物を捜して通りに目をやった。

「頭を働かせるぞ、ヤンセン。男はスーツケース、それと問題の鞄を持ってリュツォー広場でタクシーを降りた。選手村から車で直接来なかったのは、おそらく滞在先に荷物を置いて、別の用件でここまで来たからだ。なぜ？　人と会うのか？　何かをはこぶのか、たとえばあの鞄を？　それとも何かを受け取るのか、誰かを迎えるのか？　男が立ち回ったのは選手村、ドレスデン小路、〈ゾマー・ガルテン〉、ローゼンターラー通り、リュツォー広場、そしてここだ。それらの場所を結ぶものとは？」

「店一軒一軒にガサを入れますか？」

「当然だろう。しかし言っておくが、ヤンセン、もはや食料の欠乏は深刻だぞ。おれはもうめまいがしてきた。最初にカフェーを訪ねて、聞き込みついでに食い物を腹に入れよう」

コールは靴のなかで爪先を折り曲げた。子羊の毛で、また足がちくちくと痛みだしている。彼は車を駐めた目の前の料理店〈エーデルヴァイス・カフェー〉に顎を振り、ふたりは店にはいっていった。

そこは陰気な場所だった。コールは官憲が現われると決まってそらされる視線に気づいた。もしやニューヨークのマニー紳士服店の容疑者がこの場にいないかと客の顔を眺めてから、コールは給仕のひとりに身分証明書を示した。すると給仕はさっと姿勢を正した。「ハイル・ヒトラー。なにかお困りですか？」

煙のこもる場末の店で、給仕長では通じまいと思ったコールは店長を呼んでくれと言った。

「ヘル・グローレですね。ただいま呼んでまいります。どうぞこの卓に。コーヒーやお召し上がりのものがありましたら、遠慮なく申しつけてください」

「コーヒーとアプフェル・シュトルーデルをもらおう。大きさは倍にするかな。で、きみは？」コールはヤンセンに向かって眉をあげた。

「コカコーラを」

「シュトルーデルにはホイップクリームを？」と店長が訊いた。

「そりゃもちろん」ヴィリ・コールは、そうでなければ冒瀆といわんばかりに素っ頓狂な声をあげた。

武器商人の店から、モーガンが情報省の人間と連絡をとるつもりでいる〈エーデルヴァイス・カフェー〉に引き返す途中で、ポールが疑問を口にした。「むこうは何かつかんでるのか？　エルンストの居所について」

「話によるとゲッベルスは、公けの席に出る高官の予定をすべて把握しているらしい。そこで、撮影クルーや写真家を派遣して記録に残すかどうかを彼が判断する」モーガンはひねくれたような笑いを洩らした。「たとえば『南海征服（戦艦バウンティ号の叛乱）』を観にいっても、ミッキーマウスの漫画映画でも、まずは二十分、ヒトラーが赤ん坊をあやしたり、馬鹿げた服装のゲーリングが勤労奉仕に集まった労働者千人の前でパレードしたりする映像に延々つきあわされるのさ」

「で、エルンストもそのリストに載ってるのか？」

「こっちはそれを期待してる。どうやら大佐はプロパガンダに対して鷹揚ではないらしくてね、ゲーリングばかりかゲッベルスのことも毛嫌いしているんだが、いまや試合の運び方も身につけてるらしい。きょう日、政府で成功するには老獪さもないとな」

〈エーデルヴァイス・カフェー〉の近くまで来て、ポールはヒトラーの銅像脇にあるレストラン正面の縁石に、安手の黒い車輌が乗りあげているのを認めた。どうやらデトロイトは、いまだドイツの自動車産業に一歩先んじているようだ。これまで美しいメルツェデスやBMWも見たが、ベルリンを走っているのはこんな箱型でくたびれた車がほとんどだった。アメリカに帰って一万ドルを手にしていたら、きっとポールは夢の車、ぴかぴかに輝く黒のリンカーンを買う。マリオンはその車にさぞや映えることだろう。

不意にポールは喉の渇きをおぼえた。モーガンが電話をするあいだに席を取ろうと決めた。が、そのカフェーはペイストリーとコーヒーが専門らしく、こんな暑い日には食指が動かない。そこでやはり、ドイツのビール造りという職人芸について教養を深めようと考えなおしたのである。

⑭

〈エーデルヴァイス・カフェー〉のがたつく卓でシュトルーデルとコーヒーを腹におさめ、ヴィリ・コールはようやく人心地がついた。空腹で手がふるえるほどだったのだ。食事抜きで長時間すごすのは健康にもよろしくない。

店長以下、容疑者の人相と一致する男を見た者はいなかった。だがコールはこの不幸な地域に、ドレスデン小路で銃弾に斃れた被害者の顔見知りがいるのではと内心期待していた。「ヤンセン、哀れな死人の写真はどうした？」

「DKWのなかです」

「よし、取ってこい」

「はい」

下僚はコカコーラを飲み干し、車のほうに歩いていった。

コールもポケットに入れた銃をなんの気なしに叩きながら、下僚を追って店を出た。額を拭き、聞こえてきた別のサイレンに通りの右手を見た。ＤＫＷのドアがしまる音がして、ヤンセンのほうを振り返ったそのとき、下僚のすぐむこうを左のほうへ急ぐ人影が目にはいった。暗色の背広を着たその男は、ファイバー製の楽器ケースだか旅行鞄だかを抱えて、〈エーデルヴァイス・カフェー〉の隣りに建つ老朽化した大型アパートの前庭にはいっていった。歩道から唐突にそれていく感じが不自然だった。また背広姿の男が、そんな荒れた建物に用事があるというのもいささか奇異に思えた。

「ヤンセン」コールは叫んだ。「いまのを見たか？」

「なんですか？」

「前庭にはいっていった男だ」

若い刑事は肩をすくめた。「はっきりとは。歩道を行く男たちは見かけましたが。ちらりと」

「男たち？」

「たしか、ふたりです」

コールの直感が力を得た。「ここを探すんだ！」

アパートはその右側の建物と棟続きになっていて、路地を見わたすかぎり横の出入口はなかった。「裏に〈ゾマー・ガルテン〉と同じで通用口があるはずだ。今度もそっちを押さえろ。おれは正面からはいる。男たちはおそらく武装して、しかも必死だ。銃を手から放すな。さあ行け！　急げば追いつくかもしれない」

警部補は路地を駆けていった。コールも銃を手にした。そしてゆっくり前庭に近づいていった。

罠。

マローンのアパートメントとまったく同じ。

ポールとレジー・モーガンはすこし走ったせいで息をはずませながら、ゴミと茶色くなりかけた杜松《ねず》の藪で埋まる暗い前庭に立っていた。埃まみれの服を着た十代の少年がふたり、鳩めがけて石を投げている。

「同じ警察だって？」とモーガンがあえぐように言った。「〈ヘゾマー・ガルテン〉から？　不可能だ」

「同じだ」覚られたかどうかはべつにして、青い背広の若い刑事が目を向けてきたとき、ポールはモーガンを前庭に引っぱりこんだのだ。見られたものと考えるしかなかった。

「どうして見つかったんだ？」

ポールはその質問を無視して周囲に目を走らせた。U字形の建物の中心にある木製の玄関扉まで走ってみたが、そこは錠がおりていた。一階の窓は地上から八フィートの高さがあり、よじ登るのは難しい。ほとんどの窓が閉まっているなかで、ポールは一カ所開いた窓から通じる部屋が無人であるのを見てとった。

ポールの視線に気づいたモーガンが言った。「あそこなら隠れられる。ブラインドをおろせばいい。だがどうやって登るんだ？」

「すまないが」ポールは石を投げていた少年のひとりに声をかけた。「ここに住んでるのか？」

「いいえ、遊びにきただけですけど」

「一マルクを稼ぎたくないか？」

「ほんとですか」少年は目を丸くして駆け寄ってきた。「ええ、稼ぎたい」

「よし。でも急いでやってもらうことがある」


ヴィリ・コールは前庭の手前で足を止めた。

彼はヤンセンが裏手の位置についたと確信できるまで待ち、それから角を折れた。ドレスデン小路の容疑者、もしくは鞄を手にした男の姿はない。前庭には牛乳をはこぶ木製の箱が積まれ、それをかこんで十代の少年たちが突っ立っていた。少年たちはおどおどした様子で刑事を見ると、前庭から出ていこうとした。

「おい、おまえら！」とコールは叫んだ。

少年たちは立ちどまり、不安そうにおたがいの目を見交わした。「はい？」

「男ふたりを見なかったか？」

またもぎこちなく交わされる視線。「いいえ」

「こっちへ来い」

短い間があった。と、ふたりは同時に走りだし、足もとから土埃を舞いあげて前庭から消えた。コールはそのあとを追おうともしなかった。銃を握ったまま、前庭に気をくばった。一階にある部屋の窓にはカーテンが引かれるか、敷居に元気のない鉢植えがならべられるかして、いずれも住人のいることがわかる。ただ一カ所だけ、カーテンのない暗い窓があった。

慎重な足どりで近づいたコールは、窓下の地面で泥が削れているのを見て、牛乳箱の跡だと気づいた。容疑者とその仲間は少年たちを買収して木箱を窓まで移動させ、それを踏み台に部屋にはいってから元にもどさせたのだ。

警視は銃をきつく握りしめると、管理人を呼ぶボタンを押した。

ややあって、慌しく男が出てきた。痩せた初老の管理人は扉をあけると、コールの手にある拳銃を見て目をしばたたかせた。

コールは建物にはいって、管理人の肩ごしに暗い廊下を覗きこんだ。遠い隅のほうで何かが動いた。コールはヤンセンが警戒を怠っていないように祈った。警視は少なくとも戦場で試練をうけている。敵に撃たれ、自分もひとりふたりの敵を撃ったと思っている。だがヤンセンは？　射撃の名手とはいっても、若造は紙の標的を撃った経験しかない。実際の撃ち合いになったらどうなるか。

警視は管理人にささやいた。「この階の、右にふたつめの部屋」と指をさす。「空いてるのか？」

「ええ」

コールは前庭に目がとどくように後ろへ退いた。容疑者たちが窓から逃げ出す可能性を考えたのである。彼は管理人に言った。「裏の入口にもうひとり刑事がいる。連れてきてくれ」

「はい」

しかし管理人が行こうとしたところに、ずんぐりした身体に紫のドレス、青いスカーフを頭に巻いた老女がよたよたと歩いてきた。「グライテルさん、グライテルさん！　早く、警察を呼んで！」

コールは女のほうを向いた。

管理人が言った。「警察はここにいます、ヘイガーさん」

「えっ、どうしてなの？」老女はびっくりしている。

警視は訊ねた。「警察にはなんの用事です？」

「泥棒よ！」

これは目下の追跡と関係があると本能が告げる。「話してください、奥さん。手短に」

「あたしの部屋は表にあるの。窓から見てたら、牛乳箱を積んだ陰に男がふたり隠れてるじゃない。あれは何週間もまえから片づける約束だったわよね、グライテルさん」

「つづけてください。大変重要なことかもしれない」

「そのふたりは隠れてたのよ。間違いないわ。それでちょっとまえだけど、ふたりは立ちあがってね、玄関の横から自転車を二台盗んだの。一台はよくわからないけど、もう一台はぜったいにバウアーさんのよ。彼女、この二年はおつきあいしてる男性がいないから、自転車を貸すわけがないと思ったの」

「やられた！」とコールはつぶやいて表に走り出た。つまり容疑者は少年たちに金を払い、箱を窓の下から移動させて土に痕跡を残しただけではなく、元どおりに箱を積ませて、その陰にふたりして隠れていたのである。少年たちの怯えたような胡乱な態度にしても、容疑者が建物に逃げこんだ方法をコールに印象づけようという振り付けだったのだろう。

前庭を飛び出し、通りの左右に視線を走らせたコールは、まともな警官なら知っている統計の真実というものをまざまざ見せつけられた。ベルリンでもっともよく利用される交通手段は自転車なのだ。ここでも何百という数が道をふさぎ、逃亡した容疑者たちの姿を濃い煙にも等しくかき消してしまっていた。

ふたりは自転車を乗り捨て、一九二三年十一月広場から半マイル行った交通の激しい通りを歩いていた。

ポールとモーガンは電話のあるカフェー、酒場を探した。

「どうして連中が〈エーデルヴァイス・カフェー〉にいるとわかった？」自転車漕ぎで息を切らしたモーガンが訊いた。

「車だ、縁石に乗りあげて駐まってた」

「黒の？」

「ああ。最初はなにも思わなかったんだが。はっと閃いてね。二年ほどまえの、仕事に行くときのことを思いだした。実は、ボー・ジレットを訪ねるのはおれひとりじゃなかった。ブルックリンの警官たちが先回りしていた。だが連中はぐうたらで、車を外の縁石に乗っかけて駐めてね、覆面の車輌だから誰も気づくまいと思ったんだろう。でも、ボーは気づいた。姿を現わしたやつは、自分が捜されてるのを知って身を隠した。おかげで、また見つけるのにひと月かかったからな。おれは頭の奥で、警察の車のことを考えてた。そこにあの若造が出てきて、〈ゾマー・ガルテン〉の中庭にいた野郎だってぴんときた」

「やつらはドレスデン小路、〈ゾマー・ガルテン〉からここまでわれわれを追跡してきた……いったいどうなってる？」

ポールは思い返してみた。ここに来ることはケーテ・リヒターに話していないし、下宿からタクシー乗り場までは尾行がないことを何度も確かめた。選手村では誰にもしゃべっていない。質屋に出し抜かれたとも考えられるが、あの男が〈ゾマー・ガルテン〉の件を知るはずがない。いや、勤勉な刑事たちは自力でもって追跡してきたのだ。

「タクシーだ」ようやくポールは口を開いた。

「えっ？」

「接点はそれしかない。〈ゾマー・ガルテン〉からここまで。これからは歩けない場合、運転手には目的地から二、三ブロック離れた場所で降ろしてもらうことにする」

ふたりは一九二三年十一月広場から遠ざかっている。何ブロックか行ったあたりで、公衆電話のあるビアホールを見つけた。モーガンが情報筋との接触を試みるあいだ、ポールは店内でエールを注文する一方で、表通りの監視を油断怠りなくつづけた。例の刑事ふたりがまた追ってきたとしても驚きはしない。

いったいやつらは何者なのか。

席に帰ってきたモーガンは狼狽していた。「問題が起きた」彼はビールをひと口飲むとひげを拭いた。そして身を乗り出した。「情報が出てこない。ヒムラーとか、まだ正体をつかんでいないハイドリヒの発言はあっても、党や政府の高官がどこに姿を見せるかに関しては、追って通知するというだけでね。記者会見はなし。一切。数時間まえにその発表があったばかりだ」

ポールはビールを半分まであおった。「じゃあどうする？　エルンストの予定について、あんたのほうに情報はないのか？」

「こっちは住んでる場所も知らない、シャルロッテンブルクのどこかっていうだけで。官邸に張り込んで、尾行するという手はある。相当にきびしいが。党幹部の五百フィート以内に近づいたら書類を見せろと命令され、気に入らなければ拘束されることもある」

ポールはしばらく思案して言った。「おれに考えがある。すこしは情報がとれるかもしれない」

「なんの情報を？」

「エルンストの」

「あんたが？」モーガンは意表をつかれて訊いた。

「二、三百マルクは必要になりそうだが」

「それなら融通できる」モーガンは紙幣をかぞえてポールのほうにすべらせた。

「で、あんたの情報省の伝手のほうだが。役人以外の人間に関する情報は手にはいるのか？」

モーガンは肩をすくめた。「はっきりしたことはわからない。ただひとつ言えるのは——国家社会主義者たちになにかしらの才能があるとすれば、それは市民の情報を集めてるってことだ」

ヤンセンとコールは前庭のある建物を離れた。

ヘイガー夫人は容疑者たちの特徴をなにひとつ指摘できなかったが、これは皮肉にも政治とは無関係で、夫人が現実に目を患っていたからである。おせっかい好きの血が騒ぎ、男たちが隠れて自転車で逃げたことまでは見通せても、白内障のせいで細かい部分までは観察できなかったのだ。

肩を落とし、一九二三年十一月広場までもどった刑事たちは捜索を再開した。通りを歩いては行商人や給仕を呼びとめ、被害者のビラを見せて容疑者のことを訊ねた。

まるで収穫のないまま、公園の向かいでヒトラーの銅像の陰に隠れたパン屋までやってきた。するとと汚れた白の前掛けをした肥った男が、一時間ほどまえ、通りのむこうでタクシーが停まるのを見たと言いだした。このあたりの住人は手元不如意でタクシーなどめったに見かけないし、外の人間が、それもわざわざタクシーで乗りつけてくる理由などあるはずもない。

タクシーから降りてきたのは髪をきっちり撫でつけた大男で、まわりを気にしながら銅像のほうへ歩いていった。しばらく椅子に腰をおろしてから立ち去ったという。

「その男はどんな服を着ていた？」

「軽装でしたよ。はっきり見てませんけど」

「ほかにめだつ特徴はなかったかね？」

「さあ。こっちは客がいたから」

「旅行鞄や肩掛けなどは持っていなかっただろうか？」

「持ってなかったと思いますよ」

では推測は的を射ているとコールは思った。男はリュッォー広場付近のどこかに居を定め、ここへはなんらかの用事をすませるためにやってきたのだろう。

「どっちに行ったかね？」

「わからないな。すみません」

やはり目が見えていない。だが、少なくとも容疑者がこの場所に来ていたことは裏づけられた。

そのとき黒のメルツェデスが角を曲がってきて、急制動で停まった。

「ふん」とコールは口に出すと、車を降りて周囲に目をやるペーター・クラウスを見つめた。どうやって追ってきたのかはわかっている。クリポの内規では勤務時間中、アレックスを出る際にはそのつど部の内勤警官に行き先を告げなくてはならない。きょうはこの情報を伝えずにおくことも考えたのだが、掟破りはヴィリ・コールにとって耐えがたく、出しなに〈一九二三年十一月広場〉と書きなぐり、予定の帰署時刻も添えておいたのだった。

クラウスが挨拶がわりにうなずいた。「いまは巡回中だ、ヴィリ。事件のほうはどうなったかと思ってね」

「どの事件だ?」とコールはひとり苛立って問い返した。

「ドレスデン小路の死体に決まってる」

「ああ、うちのほうは人員削減が進んでるらしい」コールは当てこすりを言った。「どうにも測りがたい理由でな。しかし、こっちは容疑者がここに寄ったんじゃないかと考えてる」

「情報提供者と接触するという話はしたたな。そのひとりから、殺人犯は外国人だという有益な情報がもたらされたことを報告しておこうか」

コールは手帳と鉛筆を取り出した。「で、容疑者の名前は?」

「わからないそうだ」

「すると国籍は?」

「言えないとのことだ」

「いったい、その提供者とは誰なんだ?」コールは憤った。

「いや、それは公表できない」

「事情聴取をしないとな、ペーター。目撃者なら」

「その男は目撃者ではない。独自の情報源をもっていて――」

「――それも極秘にか」

「そうだ。こちらからこの話をするのも、きみの抱いていた疑惑がめでたく確認されたからだ」

「おれの疑惑か」

「犯人はドイツ人じゃないと」

「そんなことは言ってない」

「おまえは誰だ？」クラウスがパン屋に向かって訊いた。

「ここにいる警視さんから、目撃した男の話を訊かれてまして」

「例の容疑者か？」クラウスはコールに質した。

「たぶん」

「そうか、さすがだな、ヴィリ。われわれがドレスデン小路から目を離しても、そっちは容疑者をこの魔窟まで追ってきた」クラウスは目撃者を横目に見た。「こいつは協力してるのか？」

パン屋はふるえ声で言った。「私はなにも見てませんです。ええ。タクシーから男が降りたってだけで」

「その男はどこにいた？」

「私は――」

「どこにいた？」クラウスは吼えた。

「道のむこうに。ほんと、なにも見てませんから。こっちに背中を向けて。その――」

「嘘つきめ」

「誓って……総統閣下に誓って」

「いい加減な誓いをたてるやつは嘘つきに変わりない」クラウスは配下のひとりである丸顔の刑事を手招きした。「こいつをプリンツ・アルブレヒト通りへ連れていけ。一日置いておけば、人相もすっかり思いだしてくれるだろう」

「勘弁してください。お力になりたいんです。約束しますから」

ヴィリ・コールは肩をすくめた。「でも、あんたの知ってる情報じゃ力にならないな」

「ですから——」

コールは男に身分証明書の提示を求めた。

男がわなわなとふるえる手で差し出してきた身分証を、コールは開いて眺めた。

クラウスがまた部下に目くばせをした。「手錠だ。本部へ連行しろ」

若いゲシュタポの捜査官が男を後ろ手にして枷《かせ》を掛けた。男は目に涙を溜めている。「思いだしますから。本気で——」

「ああ、きっと思いだす。それはこっちで保証しよう」

コールが言った。「われわれが扱ってるのは大変重要な事件でね。できればあんたには、いまここで協力してもらいたい。しかし、わが同僚はあんたをプリンツ・アルブレヒト通りへ連れていきたがってる」——警視は怯える男に向かって眉をあげてみせた——「ひどいことになりそうだな、ハイドリヒさん。本当に」

男は涙を拭った。「いえ——」

「まあいい、どうしようもない……」コールの声がとぎれた。彼はふたたび身分証明書を見つめた。「あんた……生まれは？」

「ゲットブルクです、ミュンヘン郊外の」

「ほう」コールの表情は変わらず穏やかである。彼はゆっくりうなずいた。クラウスが視線を投げてくる。

「でも、それが――」

「小さな町だな？」

「ええ。その――」

「静かに」コールはそのまま証明書を凝視した。

とうとうクラウスが口をはさんだ。「どうした、ヴィリ？」

コールはゲシュタポの捜査官を脇へ呼ぶと、低声で言った。「クリポのほうでは、もうこの男への興味は失せた。煮るなり焼くなりご自由に」

クラウスは黙りこみ、コールが突然に心変わりした真意を見きわめようとした。「なぜ？」

「それと、これはお願いなんだが、ヤンセンとおれが拘束したとは言わないでくれ」

「もう一度訊ねる、なぜだ、ヴィリ？」

コールはおもむろに言った。「ハイドリヒSD長官の出身地がゲットブルクだ」

SS諜報部門の長で、ヒムラーの右腕でもあるラインハルト・ハイドリヒは、第三帝国においてもっとも残酷な男と目されている。ハイドリヒは心をもたない機械だった（自分が孕ませた娘を、身持ちが悪い女は我慢がならないと棄てたことがある）。ヒトラーは苦痛をあたえることが嫌いだが、必要に見合うならば認める姿勢だといわれる。ハインリヒ・ヒムラーは苦痛をあたえることに喜びを見出していたが、それを目的達成のために利用するという能力には欠けていた。ハイドリヒはというと、苦痛をあたえることをたのしみ、その用い方についても職人芸を発揮する。

クラウスはパン屋に目をやりながら、不安そうに訊ねた。「何か……関係があるとでも言うのか？」

「やぶ蛇はごめんこうむりたい。ゲシュタポなら、クリポにくらべてSDとの関係ははるかに良好だ。あれこれ気にすることなく取り調べもできるだろう。捜査のなかでおれと男の名前が結びついてるとわかれば、おれの出世も終わる」

「それにしても……ハイドリヒの縁者を尋問することになるのか？」クラウスは歩道に視線を落とした。彼はコールに訊いた。「そもそもやつは大事な情報を握ってるのか？」

コールは哀れなパン屋を眺めた。「まだ知ってることはありそうだが、そんなに役立つことでもあるまい。ごまかしてるといったって、小麦粉におが屑を混ぜたとか闇のバターを使ったとか、その程度のことじゃないのかね」警視は周囲を眺めた。「ヤンセンとおれとでここを地道にさらっていけば、ドレスデン小路の事件の情報が多少なりと出てくるかもしれないし、それと同時に」――彼は声を低くした――「われわれの仕事も安泰だ」

クラウスは歩きまわりながら、自分が名を名乗ったかどうかを思いだそうとしているようだった。ひょっとしてこの男が、従兄弟のハイドリヒに告げ口することになるかもしれないのだ。

彼はだしぬけに「手錠をはずせ」と言った。若い刑事がそれに従うと、「ドレスデン小路の件は、われわれも報告を待ってるからな、ヴィリ」

「もちろんだ」

「ハイル・ヒトラー」

「ハイル」

ゲシュタポのメルツェデスは、総統の銅像をまわりこむようにして車の流れに乗った。

メルツェデスが見えなくなったところで、コールはパン屋に身分証明書を返した。「これはどうも、ローゼンバウムさん。仕事にもどって結構だ。もう煩わせることはない」

「ありがとう、おお、助かった」とパン屋は大げさに言った。両手はふるえたまま、涙が口もとの皺を伝った。「あなたに神の祝福がありますように」

「シーッ」あからさまに感謝を示されては、コールも閉口するばかりだった。「早く店にはいりなさい」

「はい。パンでもいかがですか？　シュトルーデルは？」

「いいから。早く店へ」

男は小走りに店内へもどった。

車に向かう途中、ヤンセンが疑問を向けてきた。「男の名はハイドリヒじゃなかったんですか？　ローゼンバウム？」

「この件に関してはな、ヤンセン、言わぬが花だぞ。いい警視になろうというおまえのためにはならない」

「わかりました」若者は心得顔でうなずいた。

「で、われわれは容疑者がそこでタクシーを降り、広場でひと休みしてから用事に出向いたということまでつかんだ。椅子を温めてる連中に、何かを見てないか訊いてみよう」

ツキはなかった。すでにコールもヤンセンに説明していたが、このあたりに集うなかで、党や警察に好意的な人間はまずいないのだ。ただしこのツキのなさは、青銅の総統がつくる日陰に座っていたひとりの男によって流れが変わった。コールはその男を見て、兵隊の匂いを嗅ぎとった――正規軍か、または大戦後に結成された非公式の民兵組織、自由部隊か。

コールに容疑者のことを訊ねられて、男は力強くうなずいた。「ああ、そうだ、そうだった。誰のことを言ってるかわかった」

「あなたのお名前は？」

「ヘルムート・ガーシュナー、ヴィルヘルム皇帝の陸軍で伍長だった」

「何をご存じですか、伍長？」

「四十五分足らずまえに、私はその男と話をしていた。あんたの言う人相にぴったりだった」

コールは胸が高鳴るのを感じた。「まだこのへんにいますかね？」

「あれから見てないが」

「では、その男の話を聞かせてください」

「いいだろう。ふたりで大戦の話をした。初めは戦友じゃないかと思ったんだが、おかしなことに気づいてね」

「どんなことです？」

「むこうはサン・ミエルの戦いのことを話した。そのわりに淡々としていた」

「淡々と？」

男は頭を振った。「わが国はあの戦いで一万五千が虜囚の身となり、本当に大勢の人間が死んだ。わが部隊にとっては厄日だった。C班。なんという悲劇か！　アメリカとフランスに、われわれはヒンデンブルク線まで押し返されたんだ。あの男は戦闘のことは知っていたようだ。あの場にいたとは思う。だが、やつにとって戦闘は恐怖じゃなかった。あの恐怖の日々が、目に浮かんでくることはなかったよ。それに」――男の瞳が怒りに燃えた――「おれが死者に手向けた酒を分かちあおうとしなかった。なぜあんたらがあの男を捜してるのかは知らないが、あの態度ばかりは解せない。もしかして脱走兵じゃないだろうか。さもなくば臆病者か。裏切り者ってこともあるだろう」

あるいは敵か、とコールは皮肉まじりに思った。警視は訊ねた。「男はここでの用件について話をしましたか？　ここととは限らないんだが」

「いや、言わなかった。ほんのちょっと言葉を交わしただけだ」

「ひとりでしたか？」

「そうじゃないな。すまない。別の男と合流したようだった、本人よりいくらか小さいやつと。でもはっきりしない。あまり気にしてなかったもんだから」

「とても助かりましたよ、兵隊さん」ヤンセンはそう言うと、コールに向かって意見を述べた。「われわれが前庭で見た男は仲間ですね。黒っぽい背広で柄は小さい」

コールはうなずいた。「たぶんな。〈ゾマー・ガルテン〉にいた一味だろう」彼は復員兵に訊いた。「年齢はいくつぐらいでしたか、大柄の男は？」

「四十をひとつ、ふたつ越えたあたりか。おれと同年輩だ」

「すると、その男のことはよくよく見たんですね？」

「ええ、そうだ。いまのあんたと同じような距離で話をしたので。人相は完璧に憶えてる」

すばらしいとコールは思った。目の見えない不幸がようやく終わったのだ。彼は通りを見やり、三十分ほどまえ、この場所を捜索していた際に目を留めていた男の姿を探した。そして復員兵の腕を取ると片手をあげて車を止め、足をひきずる兵士を横断させた。

「失礼」コールは絵を飾る手押し車のかたわらで、絵の具だらけのスモックを着て座る男に声をかけた。似顔絵画家は描いていた花の静物画から顔をあげた。コールの身分証明書を見ると、絵筆を置いて心配そうに立ちあがった。

「すみません、刑事さん。許可は何度も取ろうとしてるんですが――」

コールは鋭く言った。「あなたは鉛筆を使うのか、それとも絵の具だけで？」

「その――」

「鉛筆！　使うのか？」

「はい。たいていは鉛筆で下絵を描いてから――」

「よし、わかった。だったらあんたに仕事をまわそう」コールは足の悪い伍長を古びた布張りの椅子に座らせると、画家に紙の束を突き出した。

「この男性を描けとおっしゃるので？」画家は半信半疑といった様子で訊いた。

「いや、この男性がいまから話す人相の男を描いてもらいたい」

⑮

タクシーは黒、白、赤のナチの旗がひるがえる大きなホテルを過ぎた。

「で、あれが〈メトロポール〉です」と運転手が言った。「あそこに誰がいると思います？大女優で歌手のリリアン・ハーヴェイですよ！　私も実物を見ました。彼女のミュージカルをぜひたのしまないと」

「彼女はいいね」ポールはその女性のことはまったく知らなかった。

「いまはバベルスベルクでＵＦＡスタジオの映画を撮ってます。いつか客で乗せたいって思うけど、本人はリムジンを持ってるからね」

ポールは豪華ホテルをぼんやり眺めた。いかにも売出し中の女優が泊まっていそうな場所だった。やがてオペルが北に折れると、とたんに風景が変わり、一ブロックごとにうらぶれた雰囲気が頭をもたげてくる。五分後、ポールは運転手に告げた。「ここで停めてくれ」

運転手が縁石に寄せ、すでにタクシーの危険性を充分意識していたポールは、降りた車が往来にまぎれて消えるのを見送ってから二ブロック歩き、ドラゴナー通りをさらに〈アーリア・カフェー〉まで行った。

その店内でオットー・ヴェバーを見つけるのは造作もなかった。ドイツ人は表のバーに置かれたテーブルで、薄汚れた明るい青の上下にかんかん帽をかぶった男と議論していた。顔をあげたヴェバーはポールを見てにっこり笑うと、仲間をさっさと追い立てた。

「これはこれは、ミスター・ジョン・デリンジャー！　元気でやってるかい、友よ」ヴェバーは席を立ってポールのことを抱きしめた。

ふたりは座った。ポールが上着のボタンをはずす間もなく、このまえも給仕してくれた若い美人女給のリースルが一直線にやってきた。「あら、いらっしゃい」と彼女は言いながら、ポールの肩においた手をぎゅっと握りしめた。「あたしを忘れられなかったのね！　わかってるわよ！　何になさる？」

「こっちはプショール」ポールは言った。「彼にはベルリンを」

リースルはポールのうなじを撫でるようにして離れていった。

ヴェバーの目がリースルを追う。「あんたにも特別な友人ができたようだね。それで、ここにもどってきた理由はなんだい？　リースルに誘惑された？　それともまた糞シャツを殴って、おれの助けが必要になったのかい？」

「なんと言うか、ふたりでちょっとした仕事ができるんじゃないかと思ってね」

「ほう、あんたのその言葉、おれの耳にはモーツァルトの音楽にも聞こえるよ。睨んだとおり、あんたは切れ者だ」

リースルがさっそくビールをはこんできた。ポールは先に注文したのに給仕をうけていない客が最低ふたりはいることに気がついた。リースルはバーを見まわすと顔に皺を寄せた。「働かないとね。ほんとならここに居座って、あなたにシュナップスをおごらせてるとこなんだけど」彼女はいまいましそうに去っていった。

ヴェバーはグラスをポールのグラスに打ちあわせた。「ありがたく頂戴するよ」そして止まり木のほうに移っていった、淡い青の背広を着た男に顎をしゃくった。「もう大変なんだから。信じられない話さ。去年やったベルリンの自動車ショウで、ヒトラーが新車を造るって発表したわけだよ。アウディより優秀で、ＤＫＷより安い車をって。フォルクスヴァーゲンって名前になるらしい。みんなの車ってね。月賦で払えて、全額払いこんだら受け取れる仕組みだ。悪い思いつきじゃない。会社としてはその金を利用できるし、払いが終わるまでは車を手もとに置いておける。すばらしいとは言えないけどな」

ポールはうなずいた。

「でまあ、こっちは運よくタイヤを何千本と見つけたわけだよ」

「見つけた？」

ヴェバーは肩をすくめた。「そんなときにだ、技術者の野郎どもめ、その蟻んこみたいな車のタイヤの寸法を変えやがった。こっちの在庫は無駄もいいとこさ」

「いくら損した？」

ヴェバーはビールの泡を見つめた。「実際に金を失くしちゃいない。けど、金にはならない。最悪だね。自動車はこの国の売り物のひとつさ。あの〝小男〟は道路って道路を全部造りなおしたよ。で、おれたちはこんな冗談を言ってる。国内のどこでも、速く楽に行けるようになったな。でも、そいつはなんのためだ？　どこへ行こうと、道の行き着く先には国家社会主義者がもっと大勢待ってるぞってね」彼は大声で笑った。

リースルが離れた位置から、ポールに媚びるようなまなざしを向けてくる。いったい彼女は何を期待しているのか。ビールのおかわり、合歓、それとも求婚？　ポールはヴェバーに向きなおった。「あんたの見立ては正しかったと認めようか、オットー。おれはただのスポーツ記者じゃない」

「あんたがスポーツ記者だとしたらね」

「相談がある」

「よしよし。でも、話は目が四つのところでしようや。意味はわかるかい？　さしでってことさ。もっと話すのに向いた場所があるし、こっちもちょっと配達の用事がある」

ふたりはビールを干し、ポールはマルク紙幣を卓に置いた。ヴェバーが〈カーデーヴェー――世界最高の百貨店〉と印刷された布製の買物袋を手に持った。リースルには別れを告げずに店を出た。

「こっちだ」ふたりは北へ向かって繁華街から、店舗や洒落たホテル・メトロポールから遠ざかり、徐々に猥雑な感じの増していく地区にはいっていった。

建ちならぶナイトクラブとキャバレーは、しかしどこも板でふさがれていた。「ああ、これを見てくれ。わが懐かしの界隈をさ。みんないなくなっちまった。あのな、ミスター・ジョン・デリンジャー、おれはね、ベルリンではちょっとは知られた男だったのさ。あんたの国の犯罪物に出てくる暴力団そっくりの、リングフェアアイネっていうのがこっちにはある」

ポールには聞きおぼえがない言葉で、そのまま訳せば〝リング会〟となるのだが、ヴェバーの説明で〝ギャングの一党〟という意味であることがわかった。

ヴェバーはつづけた。「ま、それがたくさんいてね。力もある。おれのとこは、あんたの国の大西部にちなんだ名前だったよ。〈カウボーイズ〉ってね」と彼は英語の単語を使った。「一時、おれはそこの頭だったのさ。そう、頭。あんた、びっくりした顔をしてるね。首領はちゃんと選挙で選んでたんだ」

「民主主義か」

ヴェバーはますます真顔で言った。「いいかね、昔は共和制だったんだよ、ドイツの政府だって。ヒンデンブルク大統領ってさ。おれたち〝ギャングの一党〟も大活躍でね。たいしたもんだよ。建物は持つは、料理店は持つはで優雅なパーティも開いて。仮装舞踏会までやって、政治家や警察のお偉方まで招待したもんだ。そりゃあこっちは犯罪人だが、礼儀もわきまえてる。誇りもあれば腕もあるってやつだ。いつか、おれの騙《かた》りの自慢でもしてやろうか。

あんたの国のギャングのことは——アル・カポネも、ダッチ・シュルツも——よく知らないけどね、ミスター・ジョン・デリンジャー、おれたちのとこは拳闘のクラブからはじまったんだ。仕事帰りの労働者が拳闘をやろうってことで、後押しをはじめたわけだ。大戦からこっち、コジとの争いがあって反乱やら社会不安やらがおさまらず、異常でね。そこへもってきて無茶苦茶なインフレだ……暖をとるのに、木より札束燃やしたほうが安上がりってなもんさ。あんたの手持ちのドルが、何十億マルクにもなるんだから。ひどい時代だったね。この国にはこんな言い方がある、〝空のポケットで悪魔が踊る〟って。で、誰のポケットも空っぽでね。だからあの〝小男〟が力を握ったのよ。ついでにおれもうまくやったわけ。世の中、物々交換と闇市場。そんな気分のなかで、おれは花開いたってわけさ」

「想像はつく」とポールは言うと、板が打ちつけられたキャバレーを顎で指した。「で、国家社会主義者が何もかも掃除したのか」

「まあ、それもある。あんたの言う〝掃除〟の意味にもよるけどな。あの〝小男〟の頭はまともじゃない。酒は飲まない、煙草は喫わない、女は嫌いだ。男もね。集会のときの、やつが帽子で股ぐらを隠す恰好を見てみなよ。ありゃドイツ最後の失業者を護ってるんだってさ！」ヴェバーは高笑いした。やがてその笑いは消えた。「だが冗談じゃない。やつのおかげで、仲間はこぞって監獄行きだ」

ふたりはつかの間、押し黙った。と、ヴェバーが足を止め、古ぼけた建物を得意そうに指さした。

「着いたぞ、友よ。名前を見てみな」

色の薄れた看板は英語で書かれていた。〈テキサス・クラブ〉。

「ここがおれたちの根城だった。さっき話した、ギャング仲間の〈カウボーイズ〉の。あのころはもっともっと素敵な場所だったね。足もとに気をつけな、ミスター・ジョン・デリンジャー。ときたま通路に二日酔いの男が転がってるから。ところでおれ、時代は変わったってもう嘆いてみせたっけ？」

ヴェバーは謎の買物袋をバーテンダーにわたし、かわりに一通の封筒を受け取った。

室内は煙がこもり、ゴミとニンニクの臭いが充満していた。床には紙巻と葉巻のちびた吸い殻が散らかっている。

「ここではビールにしときな」とヴェバーが注意した。「樽には混ぜ物はできないから。工場で封印したままはこばれてくる。ほかはどうかって？　まあ、シュナップスにはエチルやら食い物の絞り汁を混ぜるね。葡萄酒は……そう、訊くまでもない。で、料理は……」彼は各テーブル脇の壁に鎖で留められたナイフ、フォーク、スプーンのセットに顎をしゃくった。不潔な服を着た若い男が、使用済みのものを油の浮いた手桶の水ですすいで回っている。「腹ぺこのまま帰るほうがはるかにましだ。ずっと居残るって手もあるがね」

ふたりは注文をして席に着いた。陰気な顔でずっとポールを睨んでいたバーテンダーがビールを出してきた。ふたりとも口をつけるまえにグラスの縁を拭った。ヴェバーがふと下を見て顔をしかめた。がっちりした脚を組み、ズボンに目を這わせる。裾がほつれて糸が出ていた。

彼はそのほつれの程度を見積もった。「まったく。このズボンは英国製だよ！　ボンド・ストリートの！ ま、娘のどれかに直させるとするか」

「娘？ 子供がいるのか？」

「かもね。息子かもわからないぞ。なんて、いま言ったのはおれの女のことよ」

「女？ 一緒に暮らしてるのか？」

「まさか」とヴェバー。「女の部屋を渡り歩くのよ。今週はこっち、来週はあっちって具合にさ。料理の腕がエスコフィエばりのがいるし、ミケランジェロの彫刻みたいに裁縫をやるのもいれば、かなりの床上手って女もいる。いやいや、どれもそれぞれにすばらしいね」

「で、彼女たちは……」

「おたがいの存在を知ってるかって？」ヴェバーは肩をすぼめた。「知ってるような、知らないような。訊かれないし、こっちも言わない」と膝を乗り出し、「ところで、ミスター・ジョン・デリンジャー。何をしてやろうか？」

「おれがいまから話をするからな、オットー。そこで席を立っても結構。それでもかまわない。残っておれの話をじっくり聞くのもいい。その場合は手を貸してもらって、あんたの懐にはそれ相当の金がはいることになるだろう」

「面白い。話をつづけなよ」

「ベルリンに仲間がいる。そいつの関係で、あんたのことを調べさせてもらった」

「おれのことを？ そりゃ光栄だね」ヴェバーは本気でそう思っているようだった。

「一八八六年、ベルリン生まれ、十二歳のときケルンに移り、その三年後に放校されてこっちに舞いもどった」

ヴェバーはむっつりと言った。「自主的に退学したのさ。事実っていうのは、やたらねじ曲げられるもんだな」

「理由は厨房の備品の窃盗、小間使いとの密通」

「そいつがまた男たらしでね――」

「七度の逮捕歴、合わせて十三カ月のモアビト監獄行き」

ヴェバーはにんまりした。「逮捕の数は多く、しかして刑期は短い。いかに大物のコネがあるかの証明ってわけだ」

「そして去年、大使館の料理人に腐った油を売りつけたせいで、あんたは英国人から疎《うと》ましく思われている。子羊と偽って馬肉をつかませたフランス人からも。あんたは取引き停止を言いわたされた」

「なに、フランス人め」とヴェバーはせせら笑った。「つまりだ、あんたはおれのことを信用したいからと、おれが本人の申すとおりの賢い罪人で、国家社会主義者のスパイのごとき間抜けな罪人とはちがうとおっしゃる。なんとも念のいったことだ。ここでおれが侮辱されるいわれはあるのかい？」

「いや、もし侮辱をしたとすれば、仲間がベルリンの人間に、それもこっちの政府の人間にあんたを調べさせたってことだ。しかし、これ以上おれと関わるかどうかは自由に決めればいい。残念だが理解はできる。でも手伝うと決めたなら、たとえ裏切ってもこっちの人間があんたを捜し出すぞ。しかも結末は愉快なものじゃない。そこの話はわかるか？」

買収と脅迫、ベルリンではこれが信頼の拠りどころだとレジー・モーガンは話していた。

ヴェバーは顔を拭くと、目を落としてつぶやいた。「それが命を助けてやった人間に対する仕打ちかい？」

ポールは息を吐いた。彼としては、この一風変わった男が好きになったこともあるが、エルンストの所在について情報を得る手立てはほかになかったのだ。とはいえ、モーガンの筋にヴェバーの素性を探らせ、裏切りをさせないよう手を打っておくことも不可欠だった。この危険な街では、用心を重ねるかどうかが生死に絡んでくる。「じゃあ、黙ってビールを飲み干したら、それぞれ別の道を行くことにするか」

そこでヴェバーが唐突に笑顔を見せた。「でも、本気で傷ついてないってことは認めるとしようか、ミスター・シューマン」

ポールは不意を喰らった。ヴェバーに自分の本名を告げたことはない。

「まあね、こっちだってあんたのことを疑ってたのさ。〈アーリア・カフェー〉で初めて会ったとき、女の言い方を借りると、あんたが化粧をなおしにいった隙に、こっちはあんたの旅券をこっそり拝見させてもらった。べつに国家社会主義者の匂いはしなかったが、ご自分でおっしゃったとおり、この狂った街では用心するにこしたことはないからね。で、あんたのことを調べてみたよ。おれの知り合いが探ったところによると、あんたはヴィルヘルム通りとは無関係だった。なんて、どうだい、おれのほうの腕前は？　旅券を抜かれてもなにも感じなかったろう？」

「ああ」ポールは微苦笑した。

「なら、おたがいそれなりに敬意を払いあったところで」――彼は皮肉っぽく笑った――「仕事の交渉もできるってもんさ。つづけてくれよ、ミスター・ジョン・デリンジャー。思ってることを話してみな」

ポールはモーガンにわたされた百マルクをかぞえて差し出した。ヴェバーは驚いた顔をした。

「何を買おうっていうんだい？」

「すこし情報が欲しい」

「ほう、情報ね。なるほど。それなら百マルクはかかる。下手すりゃもっとだ。それで情報はなんの、誰の？」

ポールは向かいに座る男の暗い瞳を覗いた。「ラインハルト・エルンスト」

ヴェバーはふんぞり返るようにして下唇を突き出した。「これでようやく腑に落ちた。あんたは今度の五輪で、実に興味深い催しに参加するわけだ。大物狩りってさ。いい選択をしたもんだな、友よ」

「いい選択？」

「そうとも。大佐はあれこれ変えようとしてる。それも国の利益のためじゃない。災いに対する備えを固めてるんだな。〝小男〟は阿呆だが、周りに賢い人間を集めてね、そのなかでもエルンストは図抜けてる」ヴェバーは例のにせ葉巻を喫った。ポールのほうはチェスターフィールドに、今度は安マッチを二本折るだけで火をつけた。

ヴェバーは遠くを見るような目をした。「おれは皇帝に三年間仕えたんだ。降伏するまで。そりゃもちろん、勇敢な働きもしたよ。うちの中隊はイギリス相手に百メートル以上も前進したからね、たったの二カ月で。それで勲章をもらった。生き残った連中は。村にはさ、〈戦没者に捧ぐ〉とだけ書かれた飾り板を出してるとこがあるんだよ。死んだ人間の名前を全部載せるだけの青銅が買えなくってな」彼は頭を振った。「あんたらヤンキーにはマキシム式の機関銃。こっちにはこっちの機関銃があった。マキシムと同じもんでね。設計を盗んだのはこっちかそっちか、よくは憶えてないが。けど英国人は、そう、ヴィッカーズを持ってた。水冷式の。いまじゃ、あれも煙草の挽き道具さ。金属細工としちゃなかなかのもんだが……。いやいや、もう戦争はごめんだ、あの〝小男〟がなんと言おうと、やりたいなんてやつはいない。そうなったら一巻の終わりだよ。要は、大佐はそこんとこをどうにかしようと考えてる」ヴェバーは百マルクをポケットに入れ、ひどい臭いの代用葉巻をふかした。「何が知りたいんだい？」

「ヴィルヘルム通りでの彼の予定だ。何時に仕事にやってきて、何時に帰り、どんな車に乗ってどこに駐めるか、あした、月曜、火曜は勤務に出るのか、どんな経路を通るのか、近くに気に入ってるカフェーはあるのか」

「なんだってわかるさ、時間さえもらえれば。あと卵と」

「卵？」

彼はポケットを叩いた。「金だ。正直に言わせてもらうよ、ミスター・ジョン・デリンジャー。おれたちはいまラントヴェーア運河で揚がった三日まえの運河鱒を、ハーフェル川の獲れたてだと騙ってつかませる相談をしてるわけじゃない。こいつはおれのほうも、しばらく身を隠さなきゃならなくなるような話さ。事はでかくなるし、おれは地下に潜らざるを得なくなる。てことは――」

「オットー、数字を言ってくれ」

「とっても危険だ……しかし、あんたらアメリカ人にとって、金はなんなんだい？　そっちにはＦＤＲがついてるとはいえ」ヴェバーは英語で言った。「金がうねってるね」

「うなってる、だ」とポールは正した。「数字は？」

「一千米ドル」

「なに？」

「マルクじゃないよ。インフレは終わったって言われてるが、あれを経験したやつは誰も信じちゃいない。そもそも一九二八年に、石油一リットルが五百マルクだった。それがだ――」

ポールは首を振った。「そいつは大金だ」

「そうでもない――あんたの欲しい情報が手にはいれば。おれが責任もって手に入れてやるよ。半分の前払いでいい」

ポールはマルク紙幣のおさまるヴェバーのポケットを指さした。「そいつが手付けだ」

「いや――」

「残りは情報がちゃんと出てきたときに払う。おれが納得したら」

「経費ってのがかかる」

ポールは手もとにあった百マルクを押しやった。「ほら」

「きびしいけど、なんとかするか」そこでヴェバーはポールをじっと見つめた。「しかし気になるね」

「何が？」

「あんたのことがさ、ミスター・ジョン・デリンジャー。あんたの身の上話は？」

「ないね」

「そんな、話はいつだってあるさ。ほら、オットーに身の上を語ってみな。一緒に仕事をやるんだから。ねんごろの仲より深いつきあいだ。それとおぼえておきなよ、オットーは嘘もまこともみんなお見通しだから。だいたい、あんたはこの仕事を喜んで引き受けたようには見えないね。だから、麗しきわが街を訪れるはめになったんだろうけどな。まるでそぐわないからさ。いったいどんな成り行きで、こんな高尚な商売についたんだい？」

ポールはしばし無言でいたが、やがて口を切った。「その昔、祖父がアメリカへ渡った。普仏戦争へ行って、戦うのが厭になってね。それで印刷会社をはじめた」

「名前は？」

「ヴォルフガング。よく話してたよ、自分の血管には印刷用のインキが流れてる、先祖はマインツでグーテンベルクと働いてたんだって」

「よくある祖父さんの自慢話だ」ヴェバーがうなずきながら言った。「おれのとこなんて、ビスマルクの従兄弟だからな」

「会社はニューヨークのロワー・イーストサイド、ドイツ系アメリカ人地区にあった。で、一九〇四年に惨事が起きた——イースト・リバーに出た遊覧船〈ジェネラル・スローカム〉が火事になって、千人以上が死んだ」

「ああ、そいつはひどい」

「祖父はその船に乗ってた。祖母ともども命は助かったんだが、祖父は人を救助する際にひどい火傷を負って働けなくなってね。ドイツ人の共同体も、それからマンハッタンのもっと北のヨークヴィルに移った。もう辛くて、みんなリトル・ジャーマニーには残っていられなくなったのさ。祖父さんは病気、印刷の注文も減って商売が傾いてきたときに、親父が工場の跡を継いだ。親父は印刷工じゃなく、ほんとは野球をやりたかったんだ。野球はわかるかい？」

「ああ、もちろん」

「でも、どうにもしようがなかった。女房に姉貴、兄貴、おれと養って、そこに今度は親夫婦もくわわったわけでね。だが親父はなんというか、難局を乗り切った。やることをやった。工場をブルックリンに移転して、英語の印刷も引きうけて会社をひろげた。それで大成功した。兄貴は大戦で軍隊にはいれず、おれがフランスへ行ってるころには店を経営してた。そこへおれが復員して、立派なものを建てたわけさ」彼は笑った。「こんな話を聞いたかどうかは知らないが、わが国には禁酒法というのがあってね。つまり——」

「はいはい、知ってますよ。犯罪物で読んだ。酒を飲むのが法律違反なんて！　狂ってる！」

「親父の工場はブルックリンの川べりに建ってたんだ。埠頭があって、紙と刷りあがった印刷物を保管する大型倉庫があった。あるギャングが、埠頭から揚げた密輸品の酒を隠そうって魂胆で、倉庫の乗っ取りをもくろんだ。親父はきっぱり拒否した。するとある日、チンピラが二、三人でやってきて、兄貴をぶちのめし、それでもまだ抵抗する親父の両腕を輪転機にかけたのさ」

「なんてことを」

ポールはつづけた。「親父はずたずたにされて、数日後に死んだ。兄貴とおふくろはその翌日、工場を百ドルで売り払った」

「それであんたは仕事にあぶれ、性質の悪い連中とつきあうようになったのか」ヴェバーはうなずいた。

「いや、そうじゃない」ポールは穏やかに言った。「おれは警察へ行ったんだ。警察はそういう特殊な殺人犯を見つけることに興味を示さなかった。わかるかい？」

「あんたはおれに、堕落した警察のことを訊いてるのかい？」ヴェバーは哄笑した。

「で、おれは陸軍で使ってたコルトを、拳銃を持ち出した。犯人の正体はわかってた。一週間ぶっ通しで尾行して、連中の何から何までを調べあげて。それで片づけた」

「えっ――？」

ポールは自分がその言いまわしを直訳したことに気づいた。ドイツ語でそれは意味をなさない。「おれたちは〝片づける〟って言う。連中の頭に弾をぶち込んだ」

「なるほど」とささやいたヴェバーはもう笑っていなかった。「こっちでは、〝手にかける〟なんて言うけどな」

「ああ。それに、連中を雇った人間も突きとめた。親父を痛めつけろと命令した酒の密輸商だ。おれはそいつも片づけた」

ヴェバーは黙りこんだ。思えばポールは、これまでこの話を誰にもしたことがなかった。

「会社は取りもどせたのかい？」

「いいや、そこは警察、役人たちに踏みこまれて、もどってくるまえに没収されちまった。おれはマンハッタンのヘルズ・キッチンに身を沈めた。死ぬ覚悟もした」

「死ぬ覚悟？」

「おれが殺したのは重要人物でね。ギャングの首領だった。いずれそいつの仲間か誰かが、おれを殺しにくるとわかってた。うまく足跡は隠して警察にはバレなかったが、ギャング連中はおれがやったことを知ってる。家族に累がおよぶことは避けたかった——そのころ、兄貴は自分の印刷会社をはじめてた——だから、おれは兄貴と家業をやらずにジムで仕事を見つけて、家賃と引き換えにスパーリングや掃除をやった」

「そうやってあんたは死ぬのを待った。ところがどう見たって、いまのあんたは生きてぴんぴんしてるよ、ミスター・ジョン・デリンジャー。何があったんだい？」

「また別の男たちが——」

「ギャングの親分か」

「――おれのしでかしたことを聞きつけた。そいつらは昔から、おれが殺った男のことを快く思ってなかった。おれの親父を拷問にかけたり、警官を殺したりするようなやり口をね。罪人は玄人で、紳士たるべしというわけでね」

「おれみたいにか」ヴェバーが胸を叩いてみせる。

「連中はおれがギャングとその手下を殺した顚末を耳にした。後腐れのないように、証拠は残さなかった。しかも無実の人間はひとりも傷つけなかった。その手際をもう一度別の人間に、ひとりの悪人に対して披露してくれとおれは頼まれたのさ。気はすすまなかったが、その男の手口を知ってね。目撃者とその家族と、ふたりの子供まで殺したんだ。だから引き受けた。で、そいつも片づけたら、連中は金をいっぱい払ってくれた。それならとほかにも殺った。もらった金は貯金して、小さなジムを買ったよ。足を洗うつもりでね。ところが、あんたは型にはまるって意味がわかるか？」

「わかるよ」

「つまり、この型が長いこと、おれの人生になっちまった……」ポールは口をつぐんだ。「これがおれの身の上話だ。全部真実で、嘘はない」

ややあってヴェバーが訊ねた。「厭なのかい？　そうやって生きるのが？」

ポールはしばらく黙っていた。「もっと厭になってもいい。戦争中、そっち側の青年たちを殺ったときにはもっとひどい気分がした。ニューヨークでは、ほかの殺し屋だけを片づけた。悪い連中を。親父にやったような真似をする連中をね」彼は笑った。「神のあやまちを正してるとか言いながら」

「そりゃいいね、ミスター・ジョン・デリンジャー」ヴェバーがうなずいた。「神のあやまち。ここらあたりにもいくつかあるぞ、そいつは」彼はビールを飲み干した。「で、きょうは土曜だ。情報は集めづらい。あすの朝、ティーアガルテンで会おう。シュテルン小路を行った先に小さな湖があるから。南側だ。何時にするかね？」

「早めに。八時で」

「まあ、いいだろう」ヴェバーは渋い顔をした。「早いがなんとかしよう」

「もうひとつ必要なものがある」

「なんだい？　ウィスキー？　煙草？　コカインでも手にはいるぞ。もう街にはあんまり残ってないが。しかし――」

「おれじゃない。女のためだ。プレゼントを」

ヴェバーは満面の笑みを浮かべて言った。「なんとミスター・ジョン・デリンジャー、たいしたもんだ！　ベルリンに来たばかりで、もう心を開いてくれた。それとも、いまの声は身体の別のとこから出たのか。まあ、あんたの友達には、おしゃれなガーターベルトにストッキングなんてどうかね？　当然フランス製だ。赤と黒なら胸はより豊かに。それとも控えめな彼女かい？　カシミアのセーター。ベルギーのチョコレートなんてのもある。レースとか。香水なら間違いない。もちろんあんたにはね、友よ、大特価で奉仕するから」

忙しい。

⑯

やたら汗をかく大男の心は、山積する問題で占められているようでもある。この土曜日の夕刻、男が腰をおろすさすがに広い執務室は、ヴィルヘルム通り八一－八五番地にまたがる三百六十平方キロメートルの土地に最近完成した、首相官邸とヒトラーの住居を併せたよりなお大きな航空省の建物内にあった。

たしかにヘルマン・ゲーリングは、巨大産業帝国の創造という目下構想中の（むろん、自分の名が冠せられることになる）計画にふたたび着手することができた。猟犬を連れて狐狩りをした人間を罰するという、己れが定めた動物保護法を徹底させるため、全国津々浦々の警察に通達を出させてもよかった。

また重大事としては、オリンピックに向けた祝賀会があった。ゲーリングは航空省内に自身の村を建設していた（ゲッベルスの催事計画を目にした彼はあの虫けらを凌ごうと、みずからの祭典に数万マルクを上乗せしたのだ)。そして当然のことながら、祝賀会に何を着用するかというきわめて重要な問題がある。あるいは第三帝国における当面の任務、すなわち世界最高の空軍整備に向け、幕僚たちと会合をもっていてもふしぎはなかった。

だがいま四十三歳になるヘルマン・ゲーリングの心を奪っていたのは、ハンブルク郊外に小屋住まいをしている、彼とは倍も年齢が離れた年金受給者のことである。

まさか無任所相、航空担当全権委員、空軍最高司令官、プロイセン州首相、航空相、帝国狩猟地総監などの肩書きをもつ男が、ルビー・クラインフェルト夫人について自分の足を使って調べるわけがない。配下の人間やゲシュタポの捜査官がヴィルヘルム通りとハンブルクを徘徊して、記録の掘り出しや聞き込みをおこなっていた。

ゲーリング本人は贅《ぜい》をこらした執務室の窓外を眺めやりながら、巨大な皿に盛られたスパゲティを口にはこんでいる。それはヒトラー好みの一品で、ゲーリングは前日に総統が皿をつつきまわすところを目にした。そうして総統の食べ残しを見ておぼえた疼きが、いつしかすさまじい渇望にまで変化して、きょうのゲーリングは早くも三杯を平らげていたのだ。

われわれで何を発見できるか、と彼が無言で問いかける老女は、自分が調べられていることなど知る由もない。すでに予定に上っている数多の重要案件を慮《おもんぱか》ると、この捜査というのは取るに足らない些事にも思える。しかし本件がやはり重要であるのは、ラインハルト・エルンストの失墜につながる可能性があるからだった。

その根本が軍人であるヘルマン・ゲーリングは、大戦の幸福な時代をよく思いだしていた。

彼はフランスやベルギーを相手に白一色のフォッカーD－7複葉機を操り、愚かにも接近してくる連合軍の飛行士たちと交戦した（二十二機という公認戦果は、相手があやまちの代償をその命で払った数だが、ゲーリングにはもっと多く殺したという確信がある）。いまやかつての愛機の操縦座にはおさまりきらない巨体で、鎮痛剤、料理、金、芸術、権力に生きる男となったにせよ、もし本当は何者なのだと問われれば、私は兵士だとゲーリングは答えるだろう。

しかも、兵士は自国をふたたび戦士の国にする最良の方法を熟知している――それは自分の力を誇示することだ。交渉など、納屋の裏手の茂みに隠れ、父親のパイプでこっそり煙草をふかそうとする少年のごとき真似などしない――これはラインハルト・エルンスト大佐のやり方だった。

大佐はこの世界に女の方法を用いた。ゲーリングとヒトラーに粛清された突撃隊隊長、弱腰のレームですらエルンストにくらべればブルドッグである。クルップとの密約、しきりとおこなわれる造船所間の資源移動、現在あるところの〝軍隊〟が耳目を集めないようにと小集団に分け、木製の銃砲でもって実施される練兵。そうした女々しい策略は挙げればきりがない。

なぜためらうのか。それは国家社会主義に対するあの男の忠誠心があやふやなものだからだとゲーリングは思っている。総統もゲーリングもそう無邪気ではない。集まる支持が全体からではないこともわかっている。拳と銃で票は手にはいっても、人の心まで取りこむことはできない。そしてこの国の軍上層部においては、多くの心が国家社会主義に向いていない現実がある。エルンストはなんとも巧妙に時間をかせぎ、ヒトラーとゲーリングが常から切望してやまない組織、強力な軍隊というものの保持を妨げてきた。万が一、ふたりの支配者が退陣することあらば、エルンスト自身が王位をうかがってもおかしくはないのだ。

その静かな声と理性的な口調、優雅な物腰、二個の鉄十字章をはじめ数々の勲章のおかげをもって、エルンストは狼《ヴォルフ》に気に入られた（ゲーリングは、ときに女性たちがヒトラーを指して呼ぶこの渾名を使うのが好きだった。総統に近づいた感じがするからなのだが、もちろん大臣としては、物思いのなかで親しみをこめて口にしてみるだけである）。

それにしても昨日、オリンピックでMe－109戦闘機を飛ばすという件に関し、ゲーリングに対する大佐のあの攻撃ぶりはいかがなものか。航空大臣は床に就いてから寝もやらず、ヴォルフがあの青い目をエルンストに注ぎ、賛同する場面を思いかえしては怒りに打ちふるえていた。

またも憤怒が身体を突き抜ける。「なんたることだ！」ゲーリングはスパゲティの皿を床に払い落とした。皿はこなごなに割れた。

大戦帰りの当番兵が、不自由な脚をひきずるように駆けこんできた。

「なにか？」

「これを片づけろ！」

「ただいま桶を――」

「雑巾をかけろとは言ってない。破片を拾っておけ。雑巾がけは夜にやらせる」そこで大男はシャツにトマトの染みができていることに気づいた。彼の怒りは倍加した。「きれいなシャツを持ってこさせろ。この皿は料理を分けるには小さすぎるんだ。もっと大きいのを出せと料理人に伝えておけ。総統が緑と白のマイセンの食器を持っている。私もああいう皿が欲しい」

「はい」男は割れた皿のほうにしゃがもうとした。

「ちがう、私のシャツが先だ」

「はい、大臣」男は走り去った。もどってきたときには、衣紋掛けにつるした深緑のシャツを手にしていた。

「それじゃない。先月おまえが持ってきたときに、ムッソリーニに見えると言っただろう」

「それは黒のものでした。すでに処分してあります。こちらは緑で」

「ふむ、私は白がいいんだ。白いシャツを持ってこい！　絹だぞ！」

男は部屋を出ていき、今度は正しい色のシャツを取ってきた。

その後まもなく、ゲーリングの上級補佐官が入室してきた。

大臣は手にしたシャツを脇へやった。体重のことを気にしているとあって、部下の前で着換えようなどとは思わないのだ。彼は新たな怒りにとらわれたが、今度はその矛先はエルンストの細身の体軀に向けられた。当番兵が磁器のかけらを拾うなかで、上級補佐官が言った。「航空大臣、良いご報告があります」

「なんだ？」

「ハンブルクのわが工作員たちが、クラインフェルト夫人にまつわる複数の書簡を発見しました。それによると夫人はユダヤ人と思われます」

「〝思われる〟だと？」

「いえ、大臣。そのように判明しました」

「純粋か？」

「いいえ。半分です。しかし母方ですから。議論の余地はありません」

昨年成立したニュルンベルク人種諸法により、ユダヤ人は市民権を剝奪されて〝被統治者〟となり、ユダヤ人とアーリア人の間の婚姻や性交渉は犯罪とされた。しかもこの法は祖先に通婚があった場合に、どこまでがユダヤ人かを明確に規定していた。祖父母のうちふたりがユダヤ、ふたりが非ユダヤのクラインフェルト夫人は半ユダヤ人となる。

これで即、有罪宣告につながるわけではないが、この発見がゲーリングを喜ばせたのは、クラインフェルト夫人の孫というのがほかでもない、〈ヴァルタム研究〉をラインハルト・エルンストと共同でおこなっていたルートヴィヒ・カイテル教授だったからである。そのいわくありげな研究の正体を、ゲーリングはいまだ詳らかにしない。だがその罪を指摘する事実は充分にある。エルンストはユダヤの血を引く男と、ユダヤ人の頭の医者フロイトの文章を使って仕事をしている。そしてなによりエルンストは、この研究を政府内の最高実力者であるふたり、ゲーリング自身とヴォルフの目にふれないよう画策してきた。

ゲーリングはエルンストに見くびられたことに驚いていた。大佐は航空相がヴィルヘルム通り周辺にあるカフェーの電話を盗聴しているとは思っていなかった。猜疑心に凝りかたまるこの地区で、ああした電話こそ金を産むものであることを全権委員は知らないのだろうか。航空相はけさ、エルンストがカイテル教授に対して至急会いたいと告げた電話の内容を原稿の形で入手した。

その会合の中身は問題ではない。重要なのはゲーリングが教授の名前を知り、いまやその男にユダヤの血が流れているのを突きとめたことだった。すると結末は？　この結末はおおむねゲーリングの望むとおりになるはずである。半ユダヤの知識人カイテルはオラニエンブルクの強制収容所へ送られる。それはまず間違いない。だがエルンストは？　もうすこし目につくところに置いたほうがいいとゲーリングは考えた。政府上層部からは放逐しても、取り巻きのような地位に残しておく。そう、来週になれば男はフォン・ブロムベルク国防相に拾われ、あの禿頭の鞄持ちとして走りまわることになる。

意気軒昂としたゲーリングは鎮痛剤をさらに数錠服《の》み、スパゲティのおかわりを大声で求めると、事を上首尾にはこんだ自分への褒美ということでオリンピックの祝賀会に関心を移した。着ていく衣裳はドイツの狩人にするかアラブの族長にするか、それとも箙《えびら》と弓まで肩にかついだロビン・フッドにするか。

たまには決心がつきかねるということもある。

レジー・モーガンは困っていた。「私に千ドルなんて額を請けあう権限はない。冗談だろう。千ドルだって？」

彼らは徒歩でティーアガルテンを抜ける途中、小さな集団を前に即席の演台に立ち、汗をだらだら流しながら演説する突撃隊員のかたわらを通り過ぎた。集まるなかには明らかに退屈している者もいれば、蔑みの目で後ろを振り返る者もいる。だがうっとりしている者もいた。ポールは船上のハインスラーを思いだした。

〝私は総統を愛し、彼と党のためならいかなることでも……〟

「脅しは効いたか？」とモーガンが訊ねた。

「ああ、そうだな。あれで余計に好かれたらしい」

「で、有益な情報は本当に取ってくるのか？」

「取ってくるとしたら、やつしかいない。やつの人間性はわかってる。目の前で金をちらつかせると、とたんに才覚を見せる連中がいるだろう」

「だったら、お手並み拝見といくか」

ふたりは公園を出て、ブランデンブルク門で南に転じた。数ブロック歩くと火事後の修復も終わり、いずれアメリカ大使館となる華美な大邸宅の前を過ぎた。

「見ろよ」とモーガンが言った。「立派なもんだろう？　ま、これからのことだが」

建物は公式にアメリカ大使館となったわけではないのだが、正面にはアメリカ国旗が掲げられていた。その光景がポールを揺さぶった。胸に熱いものがこみあげてくる。

オリンピック選手村のヒトラー・ユーゲントのことが頭に浮かんだ。

〝それから黒は……鉤十字。逆卍《スワスティカ》って言うんですけど……だって、知ってるはずです……知ってるはずです……〟

　モーガンは路地を曲がり、さらに一本折れると、背後を気にしながら鍵を使った。ふたりは静まりかえった暗い建物に足を踏み入れ、いくつか廊下をわたって厨房脇の小さな扉のところまで来た。そこをはいった薄暗い室内には、物がまばらにしか置かれていない。机一台に何脚かの椅子、ポールがこれまで見たなかでいちばん大型の無線機。モーガンがそのスイッチを弾くと、真空管が温まるとともに雑音が鳴りだした。

「連中は海外の短波放送に聞き耳を立ててる」モーガンは言った。「だから無線でアムステルダムからロンドンと経由して、それを電話回線で合衆国へとつなぐ。周波数をつかむには、ナチスでも時間がかかるだろう」そしてイアフォンをはめながら、「だが、ツキがむこうに行くってこともあるから、こっちはあくまで聞かれてることを前提にしておかないとな。何をしゃべるにも、そのことを頭に入れておいてくれ」

「わかった」

「急がないと。いいか？」

　ポールはモーガンに手わたされたヘッドフォンをつけ、太いジャックを指示されたソケットに挿した。装置の前面で緑のランプが点灯した。窓辺に寄ったモーガンが路地に目をやり、カーテンをもどした。それからマイクロフォンを口もとに引き寄せ、軸の部分にあるボタンを押した。「われらが南の友人に向け、大西洋間の通信をおこないたし」モーガンはそうくりかえすと、送信ボタンを放してポールに言った。「ブル・ゴードンが〝われらが南の友人〟。つまりワシントン。〝われらが北の友人〟が上院議員だ」

「了解」と若い声がした。エイヴァリーだった。「そのまま待機せよ。いま通話を申し込んでいる」

「やあ」ポールは言った。

すこし間があって、「これはこれは」とエイヴァリーが答えた。「その後、いかがかな?」

「いや、好調だね。あんたの声が聞けてよかった」相手に別れを告げたのが、きのうのこととは思えなかった。ひと月もまえだった気がする。「あんたの片割れはどうしてる?」

「面倒には巻きこまれていない」

「信じられないね」マニエリはオランダの兵士相手に、アメリカにいる調子で変わらず減らず口をたたいているのだろうか。

「話はスピーカーで流れてるぞ」マニエリの焦れた声が聞こえた。「老婆心から言っておく」

ポールは笑った。

空電で声がとぎれた。

「ワシントンのいまの時刻は?」ポールはモーガンに訊ねた。

「昼時だ」

「土曜か。ゴードンはどこにいる?」

「心配にはおよばない。むこうで見つける」

ヘッドフォンから女性の声がとどいた。「少々お待ちください。通話をおつなぎします」

やがてポールは呼出し音を耳にした。また別の女性が電話に出た。「はい?」

モーガンが言った。「ご主人をおねがいします。お手数だが」

「お待ちください」女性は相手の名を訊いてはいけないと心得ているようだった。

しばらくしてゴードンが出た。「もしもし？」

「私たちです」とモーガン。

「つづけたまえ」

「手順に齟齬《そご》をきたしまして。情報の入手に地元の人間と接する必要が生じました」

ゴードンはつかの間無言だった。「誰なんだ？　大ざっぱに言って」

モーガンから合図をされ、ポールは言った。「われわれのことを、顧客のそばまで案内してくれる人物の知り合いだ」

モーガンはその言葉の選択にうなずきながら言い添えた。「あてにしていた供給元で品切れが起きまして」

中佐が訊いた。「その男、別の会社で働いているのか？」

「いや。自営だ」

「選択の余地はないのか？」

モーガンが言った。「ほかに選択肢があるとすれば、運を天にまかせ、座して待つのみ」

「信用できるのか？」

やおらポールが答えた。「ああ。彼はわれわれの仲間だ」

「われわれの？」

「おれの。やつはおれの同類だ。おたがい、まあ、ある程度の信頼関係はできてる」

「金が絡んでくるのか？」

モーガンが言った。「連絡をさしあげたのはほかでもありません。大金を要求されました。それもすぐにと」

「額は？」

「一千。そちらの通貨で」

間があいた。「それは問題だ」

「こっちにはもう選択肢がない」ポールは言った。「方法はそれしかない」

「きみを早々に旅から引き揚げることもできる」

「いや、あんたはそれを望んじゃいない」ポールはきっぱり言った。

無線機から聞こえたのは空電の雑音かもしれないし、ブル・ゴードンの吐息だったのかもしれない。

「座っていたまえ。なるべく早くもどってくる」

「それで、私の金で何が手にはいるのかね？」

「詳しいことは申しかねます」とブル・ゴードンは、ニューヨークにいる通話相手のサイラス・アダム・クレイボーンに告げた。「そこまで立ち入った話はできませんでした。盗み聞きされるおそれがありますから。しかし、シューマンがエルンストを見つけるのに必要な情報収集を、はっきりナチスのほうから妨害してきた。それが私の見解です」

　クレイボーンはうなった。

　ゴードンは国内で四番め、あるいは五番めに裕福な男と話しているわりに、自分でも驚くほど落ち着いていた（クレイボーンはかつて第二位とされていたが、株式の大暴落によってその地位を落とした）。ふたりはおよそ異なる男どうしだったが、肝心な資質をふたつ共有している。ともに軍人としての経歴を有すること、そして国を愛すること。それらがふたりの収入と身分における大きな格差を補っていた。

「一千？　現金で？」

「はい、そうです」

「私はあのシューマンという男が好きだ。あれはなかなか鋭かった、再選の話を持ち出したのは。ＦＤＲは兎みたいに竦《すく》みあがってる」クレイボーンはくすりと笑った。「あそこで上院議員はお漏らしをするんじゃないかと思ったよ」

「たしかにそうでした」

「わかった。資金の手配をしよう」

「ありがとうございます」

　クレイボーンはゴードンのつぎの質問を先取りした。「それで、ドイツ村はいま土曜の遅い時間か。金はいますぐ必要だというんだな？」

「そうです」

「待ちたまえ」

優に三分が過ぎたあと、実業界の大物は電話口にもどってきた。

「ベルリンの、いつもの受け取り場所の事務員を訪ねるように。モーガンが知っている。アメリカ海事銀行。ウッダー・デン・リンデン八八番地、だったか。どうもうまく言えないが」

「ウンター・デン・リンデン。〝菩提樹の木の下〟という意味です」

「なるほど。包みは警備員に持たせる」

「おそれいります」

「ブル?」

「はい?」

「この国にはまだ英雄が足りない。あの男には五体満足で帰ってきてもらいたい。われわれの資源をふくめて……」クレイボーンのような男ともなると、けっして〝私の金〟とは口にしないものである。実業家はつづけた。「われわれの資源をふくめて、すこしでも見込みを立てるにはどうしたらいいのかね?」

ゴードンはその質問をよくよく考えた。ひとつだけ答えが浮かんだ。

「祈ることです」ゴードンはそう言って電話の架台を押しさげたが、そのままもう一度受話器を取りあげた。

## ⑰

ヴィリ・コール警視は、陰気なアレックスの自室で謎解きに躍起になっていた。警察署ならば、いたるところで見受けられそうな光景である。

彼は本来、好奇心の旺盛な男で、たとえば火薬を造るには炭粉と硫黄と硝酸をどのように配合すればいいか、潜水艇の仕組みはどうなっているのか、鳥が電線の決まった場所に群れるのはなぜか、集会で狡猾な国家社会主義者に煽《あお》られ、もともと合理的な市民が熱狂するその心の動きとはいかなるものか、とそんなことに興味を惹かれたりしている。

目下、そんなコールの頭を悩ませていたのが、他人の命を奪うのはどんな男なのか、またその理由は、という疑問だった。

そして「誰だ？」と声に出してみたのは、一九二三年十一月広場の似顔絵描きに描かせた絵のことを考えたからである。ヤンセンはいま階下で、被害者の写真のときと同じように絵を印刷させている。絵はひどい出来ではない。最初にあった不正確な箇所を消し、手直しもさせた徴が出ている。

「おまえは誰だ？」とコールはつぶやいた。

ヴィリ・コールは複数の事実をつかんでいた。男の背丈、年齢、髪の色、それにほぼ確実な国籍と居住していそうな都市までも。だが捜査員としての過去の経験から、ある種の犯罪者を発見するには、さらなる細部まで詰めなくてはならないと身に染みてわかっている。犯人たちを真に理解するのに、求められるのが直観的な洞察力だ。これはコールに具わったいちばんの才覚である。彼の心は、ときに自分でも驚くほどの連想と飛躍を遂げる。ところが、いまはそれが起きる気配もない。この事件では何かが釣り合いを欠いていた。

椅子にもたれたコールは、取ったメモを睨みながら火のついたパイプを口にくわえた（疎外されたクリポに利点があるとしたら、ヒトラーの煙草嫌いがこの不浄なる場所まで徹底されずにいることだ）。彼は天井に向けて煙を吐き、嘆息した。

早くから依頼していた調査の結果はまだ出てきそうにない。研究所の技師は、突撃隊との乱闘現場で見つかったオリンピックの手引書から指紋の採取ができずじまいで、指紋検査官（そうだ、検査官はいまだに一名のみなのだ、と思うと腹が立ってくる）はドレスデン小路に残されていた指紋との照合を果たせずにいる。検屍医からも梨のつぶてだった。いったい人体を切り開き、その血を分析するのに何時間かかるのか。

きょうになってクリポに回ってきた失踪届のなかには、男の人相と一致するような息子か父親、あるいは夫、恋人などはいなかった……。

ベルリン周辺の分署からは、過去一年にスペイン製の拳銃スター・モデロＡもしくはラルゴ弾を購入した人物の名前が電報で報告されてきた。が、その一覧というのが悲しいほど不充分で、コールは自分の誤りを痛感させられた。凶器は思っていたほど珍しいものではなかったのである。おそらくドイツとフランコ率いるスペインの国家主義勢力の間に、緊密な関係がきずかれていたことから、この強力で効率的な銃が多量に出回ったらしい。現在は一覧表に掲載された人数がベルリン一帯で五十六名、いまだ調べのついていない銃砲店も多い。現場によれば記録を残していない店もあれば、週末には営業を休むところもあるという。

それに推測どおりに、男がきのう街へやってきたばかりだとすると、自分で銃を買ったとは考えにくいのだ（とはいえ、一覧はまだ役立つ余地もあるだろう。犯人が銃を盗んだり被害者から奪ったりした可能性とともに、すでにベルリンに滞在している仲間から手に入れたということもある）。

〝謎解きに……〟

〈マンハッタン〉号の乗客名簿に関しても望みを棄てずに、コールはハンブルクの港湾当局と船舶の所有者兼運行者である〈ユナイテッド・ステイツ・ライン〉に電報を打ち、書類の提出を求めた。だが楽観視はしていなかった。港務部長が書類を保管しているかどうかは定かではない。汽船会社のほうでは書類を探して写しを取り、郵便かテレタイプでクリポ本部宛てに送るということになったが、それには日数を要する。いずれにしてもこちらの要望に対し、ここまでは反応がなかった。

ニューヨークのマニー紳士服店にも電報を打ち、最近〈ステットソン　マイティーライト〉を購入した客について訊ねてみた。これについてもいまだ回答はない。

コールは机上にある真鍮の時計をじれったそうに見た。もう時間も遅いし、腹が猛烈に減っていた。ここは休憩を入れるなり、帰宅して家族と夕食の席をかこみたいものだと思った。

コンラート・ヤンセンが戸口に現われた。「印刷が終わりました」

ヤンセンが刷りあがった似顔絵描きの作品を手に持ってみせると、ほんのりインキの香りがした。

「よし……で、悪いんだがヤンセン、今夜もうひとつやってもらいたい仕事がある」

「ええ、私にできることなら」

激務に厭な顔ひとつしないという、これまた真面目なヤンセンがもつ素質である。

「DKWで選手村までもどってくれ。絵描きの絵をあたるを幸い、アメリカ人でも誰にでも見せて、心あたりはないか確かめるんだ。絵はうちの電話番号を入れたものを何部か残してこい。成果が出ないようなら、ビラをリュツォー広場の分署へ持っていけ。容疑者を見たなんてやつがいたら、目撃者だからと引き止めてすぐにおれを呼べ。自宅にいてもだぞ」

「わかりました」

「ありがとう、ヤンセン……。待てよ、こいつはおまえにとって初めての殺人捜査だったな？」

「そうですが」

「なら、初めてだってことを肝に銘じておけ。これまではよくやってる」

「ありがとうございます、警視」

コールはDKWの鍵をわたした。「チョークはやさしくな。彼女はガソリンと半々の混合気が好きなんだ。もっと濃くてもいい」

「わかりました」

「おれは家に帰る。進捗《しんちょく》あらば電話を入れろ」

下僚が出かけていくと、コールは結《ゆ》わえていた紐をほどいて靴を脱いだ。机の引出しから箱を出すと、中身の子羊の毛をつまんで丸め、爪先の敏感な部分にあてた。靴のなかにもいくつか詰め物をしてから、痛む両足をもどした。

彼は容疑者の絵から、ガトウとシャルロッテンブルクで起きた殺人のむごたらしい写真に目を転じた。現場からの報告も、聞き込み捜査の首尾についても耳にはしていない。コジの陰謀というホルヒャー警視正に向けた作り話は、どうやら功を奏さなかったようである。

写真を凝視する。事切れた少年、男の脚に必死で手を伸ばす女、ぼろぼろになった自前のスコップをつかんだ作業員……なんとも痛ましい。コールはさらに見つめた。この事件を追うのが危険であることはわかっている。命に関わらなくても、経歴が危機にさらされる。それでも思いは変わらない。

なぜだ？　と彼は自問した。殺人事件に幕を引きたいという、常に変わらないこの衝動を感じるのはなぜなのか。

皮肉にも、ヴィリ・コールはそれを、死のなかにこそ正気を見出せるからだと思っている。より正確に言うと、死をもたらした者に裁きをあたえるその過程にこそ、となる。これが地上における己れの使命だと感じているし、どんな殺しであれ——路地の肥った男でもユダヤ人家族でも——それを無視するのは自分の本質をないがしろにすることであり、ゆえに罪悪なのだ。

警視は写真を放り出した。帽子を手にして古い建物の廊下に出た。そこに配されたプロイセンのタイルに石、木材は年を経て古びているのに染みひとつなく、磨きあげられ輝いている。コールが浴びる低い薄紅色の陽射しが、一年のこの時期、本部をいろどる主な光源だった。国家社会主義者たちの号令下（「バターより大砲を」とゲーリングはそれはしつこく唱えた）、ベルリンという貴婦人は浪費家となりはて、建物の技師たちが資源保護のため手を尽くしたというわけである。

車はヤンセンにあずけたので、コールは路面電車に乗るつもりで階段を二階分降り、停留所に近い本部の裏口をめざした。

階段を降りきったところに、クリポの拘置房は左、記録保管所は直進と表示が出ている。コールは警部補時代を思いだしながら後者の道順をたどった。保管所で時間をつぶして記録を読んだのは、プロイセンの偉大な刑事たちから教えを乞う意味もあったけれど、法執行官の口から語られるベルリン史を概観するのが、とにかくたのしかったのだ。

娘の許婚《いいなずけ》のハインリヒは役人だが、警察の職務に愛着がある。コールはいつか若者をここに連れてきて、ふたりして資料を繙《ひもと》こうという気になっていた。かつて自身が担当した事件について、義理の息子に語って聞かせるときがくるかもしれない。

だが扉を抜けて、警視はあわてて足を止めた。保管所がなくなっている。彼はなぜか明るく照らされた廊下にいて、武装した六名にかこまれていた。それもシューポの緑色の制服姿ではなく、ＳＳの黒を着用した男たちに。彼らはほぼいっせいに振り向いた。

「こんばんは」いちばん近くにいた男が言った。驚くほど顔の長い痩身である。男はコールを睨《ね》めつけた。「あなたは……？」

「コール警視だ。で、あんたがたは？」

「記録保管所をお探しなら、二階に移動しました」

「いや。私は裏の扉を利用するだけだ」コールは歩きだした。するとＳＳ隊員がさりげなく近づいてきた。「申しわけないが、いまはもう使用できないことになっているので」

「そんな話は聞いてないぞ」

「聞いてない？　でも、もう何日にもなります。上にもどっていただきましょうか」

コールは奇妙な物音を聞きつけた。なんだ、あれは？　金属を打ちつけるようなガン、ガンという音が……

陽光がいきなり廊下に満ちたと思った瞬間、奥の扉が開き、ＳＳ隊員二名が紙箱を積んだ台車を押してきた。彼らは廊下の端にある一室に消えた。

コールは相手のひとりに言った。「あの扉が私の話した扉だ。使えるみたいじゃないか」

「一般は通行禁止です」

音が……

ガン、ガン、ガン、と、その下でモーターだかエンジンの唸り……

警視が右手のなかば開いた扉の先に目をやると、金属製の大きな装置が何台か見えた。その一台に、白衣の女性が紙の束を嚙ませている。これはクリポの印刷部門にちがいない。そう思いながらあらためて観察すると、女性が挿入しているのは紙の束ではなく穴のあいたカードで、装置がそれを分類していた。

なるほど合点がいった。古い謎はすでに解かれている。すこしまえのことだが、コールは政府が大型の計算分類装置を貸し出しているという噂を耳にした。そのＤｅＨｏＭａｇとは、製作したアメリカのインターナショナル・ビジネス・マシーンズ（ＩＢＭ）のドイツ子会社（ドイッチュ・ホレリス・マシーネンＧｍｂＨ）にちなんで名づけられた。装置は穿孔《せんこう》カードを使って情報を分析し、相互参照を可能にする。コールはその貸し出しの話を聞いて喜んだ。機械は犯罪捜査に測り知れない恩恵をもたらすはずである。指紋の分類や弾道の情報については、専門家の手仕事を百倍も上回る速さで絞りこめると思われた。また相互参照機能によって犯罪者と犯罪を関連づけることも、仮釈放者や累犯者を追跡することもできる。

だが警視の興奮はたちまち幻滅へと変わった。クリポにはその機械が供されないとわかったからだった。ならば、いったいどこで誰が使うのかと訝しく思ったものだが、驚いたことにそれがいま、自分の部屋から百メートルと離れていない場所に少なくとも二、三台置かれ、ＳＳ

に護衛までされている。

それはなんのために？

彼は護衛に訊ねた。

「申しあげられません」男は冷淡な声で言った。「私も知らされていないので」

部屋のなかから、白衣の女性が視線を向けてきた。手の動きが止まり、彼女は何者かに話しかけた。コールには話の内容は聞こえず、女性が話しかけた相手も見えなかった。扉が魔法をかけられたようにゆっくり閉じた。

切り立った顔の護衛がコールの脇を抜け、階段にもどる扉を開いた。「くりかえしますが警視、こちらに出口はありません。階段を昇ったところに別の扉が――」

「この建物のことは知ってる」コールはそう言い捨てて階段に向かった。

「きみにと思ってね」とポールは言った。

マクデブルガー小路にある下宿屋の部屋で、小さな包みを手にケーテ・リヒターはふしぎな顔をした。贈り物など長いことされていないとでも言わんばかりの、とまどった表情である。

彼女はオットー・ヴェバーがよこした品をくるんだ茶色の紙に親指を這わせた。

「まあ」革装の本の表紙に『ヨハン・ヴォルフガング・フォン・ゲーテ詩集』とあるのを見て、彼女は小さく声を洩らした。

「友人が違法じゃないが合法でもないと言ってね。つまり、いずれは違法になるってことか」

「その中間ね」彼女はうなずいた。「一時のアメリカのジャズと同じだわ。いまは禁止だけど」

ケーテは笑顔のまま本をめくった。

「彼の名前が、ぼくの家系に連なってるとは知らなかった」

ケーテは訳がわからないというふうに顔をあげた。

「ぼくの祖父はヴォルフガング。父はヨハンだった」

ケーテはその偶然に笑いながら本を繰っていった。

「ちょっと思いついたんだが」ポールは言った。「もし暇なら、夕食を」

とたんに彼女の顔が凍りついた。「言ったでしょう、ここは朝食しか用意できないって――」

彼は笑った。「いやいや。きみを夕食に誘いたいんだ。どこかでベルリンの景色でも見ながら」

「あなたが……」

「きみを夕食に誘い出したいと思った」

「わたしは……だめ、行けないわ」

「そうか、友達やご主人がいるなら……」ポールは彼女の手に指環がないのを確かめていたが、そもそもドイツで指環がどれほどの重みをもつものかもわからない。「ご一緒にいかがかと頼んでほしい」

ケーテは言葉に詰まっていた。ようやく口を開くと、「いいえ、そんな相手はいないの。でも――」

　ポールはきっぱりと言った。「〝でも〟はいらない。ぼくはベルリンにはそう長く滞在しない。街を案内してくれる人を求めてる」彼は笑みをつくると英語で、「いいかい、お嬢さん、ノーなんて答えは願い下げだね」

「〝願い下げ〟の意味がわからない。でもわたし、レストランにはもうずっと行ってないの。きっとたのしい夜になれると思うけど」

　ポールは眉を寄せた。「きみの英語は間違ってる」

「まあ、どこが？」

「正しくは、たのしい夜になるで、なれるじゃない」

　ケーテは弱々しく笑って、じゃあ三十分後にと言った。彼女が部屋にもどると、その間にポールはシャワーを浴びて着換えをした。

　三十分後にノックがあった。扉をあけてみると、まるで別人の彼女がそこにいた。

　ケーテが着ていたのは、マンハッタンの流行の女神マリオンでも満足しそうな黒のドレスだった。光沢のある素材を用いた身体にぴったりの仕上げで、サイドに大胆な切れ込みがはいり、小さな袖はあらわになった肩を隠す役目も果たさない。かすかに防虫剤の匂いがした。本人はやや落ち着かない様子で、最近は普段着ばかり、おしゃれな服は着馴れていないとでも言いたげにしている。ただし瞳はきらめいていて、ポールは初対面のときと同じ印象をもった。彼女の内面からにじみ出る美と情熱が、くすんだ肌も骨ばった手も、顔色の悪さも額にきざまれた皺もすべて帳消しにしていた。

ポールはというと、相変わらず暗色の髪にローションをつけているが、櫛の入れ方が変わっていた（しかも外に出れば、茶色のステットソンとはまったくちがう帽子で隠れてしまう。今度のはモーガンと別れたあとに買った、色も濃い鍔広の中折れ帽だった）。服は麻の濃紺で両前の背広、アローのシャツに銀のネクタイ。帽子を手に入れた百貨店では、ほかに傷をめだたなくする化粧品も購入した。絆創膏ははがした。

ケーテは着換えにいくときに置いていった詩集を取りあげ、ページをめくった。「わたしの好きな詩よ。〈恋人を身近に〉」彼女は声に出して読みはじめた。

日のひかり海の面《おもて》より照り返る時、
　われ、おん身を思う。
月のひかり泉にゆらめき映ゆる時、
　われ、おん身を思う。

遠き道の上にちりの舞いあがる時、
　おん身の姿、わが眼に浮かぶ。
ふくる夜、細き小みちに旅びとのわななく時、
　おん身の姿、わが眼に浮かぶ。

かしこにうつろなる音立てて波高まる時、
われ、おん身の声を耳にす。
静かなる森をしげく行きて耳傾く、
なべてのもの黙《もだ》す時。

その低い声を聞きながら、ポールは教室の前に立つ彼女と、彼女の言葉に対するあふれんばかりの愛情に魅了された生徒たちの姿を思いうかべた。

笑って顔をあげたケーテは目を輝かせていた。「ご親切にどうもありがとう」そして本を両手できつくつかむと革の表装をひきはがし、それをゴミ箱に放った。

ポールは呆気にとられて見つめていた。

ケーテは寂しそうに頬笑んだ。「詩集はいただくけど、本の題名と詩人の名前がわかるところは捨てないと。お客さんが著者の名を偶然目にして、わたしを警察に突き出そうなんて気を起こさないように。厭な世の中になったものね。しばらくはあなたの部屋に置かせておいてもらうわ。物は外に持ち出さないのがいちばんなの、それが表紙のない本でも。さあ、出かけましょう！」彼女は少女のようにはしゃいでいた。そこで英語に切り換えて言った。「街に繰り出したい。この言い方でいいんでしたっけ？」

「ああ。街に繰り出そう。どこへ行きたい？……でも条件がふたつある」

「言ってみて」

「ひとつ、腹が減ってるからたくさん食いたい。ふたつ、有名なヴィルヘルム通りを見てみたい」

　ケーテの顔がまた曇った。「まあ、政府の所在地を」

　誰かが国家社会主義者に虐《しいた》げられるなどして、その場所を見たくないということなのだろうとポールは推した。しかし、エルンストを片づけるのに最適な場所を探さなくてはならなかったし、女性同伴にくらべると、男ひとりで歩くのは怪しまれる可能性がはるかに高い。これはレジー・モーガンのきょう第二の任務と言えるのだが、彼はオットー・ヴェバーの過去を探ったうえに、ケーテ・リヒターについても調べていた。彼女が教職から追放されたのは事実で、知識人、反戦論者として当局から目をつけられている。国家社会主義者に情報提供をおこなったという証拠は出ていなかった。

　詩集を眺めるケーテを見ていると、こんなふうに利用することに後ろめたさもおぼえたけれど、ナチスの支持者ではない彼女が自分でも知らないうちに、ヒトラーの計画する戦争の阻止に一役買うことになると思えば気も楽になる。

　ケーテは言った。「ええ、わかったわ。案内してさしあげる。初めの条件にぴったりのレストランに心あたりがあるの。きっと気に入ってもらえる」彼女は謎めいた微笑とともにつけした。「そこは、あなたやわたしのような人間のためにある場所なのよ」

〝あなたやわたし……〟

　ポールはその真意を測りかねていた。

彼らは温かい夜のなかに歩きだした。歩道に向けて第一歩を踏み出すとき、ふたりして頭を左右に振り、監視の目の有無を確かめたのにはポールも苦笑を禁じ得なかった。

ふたりは歩きながら近所のこと、天気のこと、物不足のこと、インフレのことを語りあった。そして彼女の家族のこと。両親はすでにこの世になく、シュパンダウの近くに姉がひとり、夫と四人の子供と暮らしているという。逆に家族のことを訊かれても用心深い殺し屋は答えをはぐらかし、すぐに話題を彼女のことにもどしてしまうのだった。

ヴィルヘルム通りは徒歩で行くには遠すぎるとケーテは言った。ポールは頭に地図を思い描き、すんなりと納得した。タクシーについてはまだ警戒を解いていなかったが、結局つかまらなかった。オリンピックの開幕を控えた週末で、街に人が流れこんでいたからだ。ケーテの提案で二階建てバスを使うことにした。ふたりは乗った車輛の上階に昇り、きれいな革の座席に腰をおろした。ポールは周囲に油断なく目配りしたが、とくに注意を向けてくる者はいなかった（実はまる一日、こちらを追跡してきた二人組の刑事がいるのではと多少の期待をしていたのだ。ひとりは白まがいの上下を着た巨漢、ひとりは青い背広の瘦せぎすだった）。

バスが揺れながら、ブランデンブルク門の石の側壁をかすめるように抜けると、コニー・アイランドのローラーコースターさながら、多くの乗客が滑稽な調子で息を吞む。ポールはそんな反応がベルリンのしきたりなのだろうかと思ったりした。

ケーテがロープを引き、ウンター・デン・リンデンとヴィルヘルム通りの角でバスを降りると、ふたりはナチ政府の中枢である大通りを南に向かって歩いた。とりたてて特徴のない、画一的な灰色の建物が両側にならぶ。殺菌消毒したように清潔な通りが、得体の知れない力を発散している。ポールはかつてホワイトハウスと議事堂の写真を見て、絵になる建築で好もしく感じたものだ。それがここの石とコンクリートで出来た建物となると、小さな窓が列をなすばかりの外観がなんとも不気味だった。

そのうえ、今夜はまた警備陣がやたらに多い。これほどの保安態勢に出くわしたことはなかった。

「首相官邸は？」とポールは訊いた。

「あれよ」ケーテが指さしたのは古めかしく壮麗な建物で、前面のかなりの部分が組まれた足場で隠れている。

ポールは失望していた。彼はその場所をすばやく目に焼きつけた。正面に武装した衛兵が何人もいる。何十という数のＳＳに正規兵と思われる兵隊が通りを警邏し、人々を誰何《すいか》する。建物の屋上には、銃を持った別の兵隊が立つ。近くには制服姿の百名もの男がいるにちがいない。建物を狙撃する位置を見つけるというのは実質不可能だった。たとえそれができたにしても、逃亡時には疑いなく捕まるか殺される。

彼は力を抜いた。「もういいだろう」歩道を行く男ふたりが、黒い制服の大男たちに身分証明書の提示を求められていた。

「期待したほどじゃなかった？」ケーテは笑って何かを言いかけた――おそらく「言ったはずよ」となるところを思いなおしたのだろう。「もし時間があるなら、心配いらないわ。わたしが街のもっと美しい場所を案内するから。じゃあ食事に行きましょうか」

「ああ、そうしよう」

ふたりはウンター・デン・リンデンの停留所に引きかえした。わずかな区間を路面電車に乗り、彼女の指示するままに下車した。

ケーテがここまでのベルリンの印象を訊いてきた。ポールはまたも差しさわりのない答えを返すと、話を彼女のことにもどした。「誰かと出かけるのかい？」

「出かける？」

ポールは文字どおりに訳していたのだ。「ロマンチックな意味をふくんでる」

ケーテはあけすけに答えた。「最近まで恋人がいたわ。いまはもうつきあってないの。まだ心残りはあるけれど」

「その人の仕事は？」

「記者よ。あなたと一緒」

「ぼくは本当の記者じゃない。記事を書いて売ろうとしてる。いわば人間的興味の部分でね」

「あなたは政治のことも書く？」

「政治？　いや。スポーツだ」

「スポーツね」その声音に軽蔑がこもった。

「スポーツは嫌いかい？」

「残念だけど、スポーツは好きじゃないわ」

「なぜ?」

「なぜって、いまわたしたちの目の前には大切な問題がいくらでもあるから。ここだけじゃなく、世界中に。スポーツは……そう、くだらないわ」

ポールは答えた。「だったら気持ちのいい夏の夜に、ベルリンの街をうろつくことだってくだらない。でも、現にぼくらはそうしてる」

「ええ」ケーテは憤っていた。「いまのドイツの教育はね、もっぱら強い身体をつくることに注がれて、心は後まわしにされてる。男の子たちは遊びは戦争ごっこ、どこへ行くにも行進よ。徴兵制がはじまったことは知っていて?」

ポールはドイツの新しい徴兵制度について語るブル・ゴードンの言葉を思いだしていた。だが彼は「知らない」と答えた。

「少年が三人いたら、そのうちひとりは学校の行進で扁平足になったからって、検査で不合格になるの。ひどい話だわ」

「つまり、きみたちは何事もやりすぎるんだ」彼は指摘した。「ぼくはスポーツをたのしむ」

「ええ、あなたは運動選手に見えるわね。身体を鍛えているの?」

「ちょっとだけ。ボクシングをやる」

「ボクシング? 他人を殴ったりするあれのこと?」

ポールは笑った。「ボクシングといったらそれしかない」

「野蛮よ」

「かもしれない――防御をしなければね」

「冗談でしょう。だいたい、殴り合いをけしかけるなんてどういうつもり？」

「うまく言えないな。でも好きなんだ。たのしい」

「たのしい」彼女は冷笑した。

「ああ、たのしいね」と言いながら、ポールのほうも気分が波立ってきた。「人生はつらいんだ。世界がきみに冷たくしているときには、たのしいことを追求するのも無駄じゃない……。いつかボクシングの試合を観にいかないか？　マックス・シュメリングを。ビールを飲んで、声が嗄《か》れるまで叫ぶ。きっとたのしいぞ」

「カクフィフ」ケーテがぼそりと言った。

「えっ？」

「カクフィフ」ケーテはくりかえした。「〝てんでお話にならない〟を縮めたものよ」

「だったら好きにするさ」

彼女はしばらく黙りこんでいたが、やがて言った。「もう話したけど、わたしは反戦主義者よ。ベルリンに住む友人たちもみんな反戦主義者なの。わたしたちは人を傷つけてたのしむという考えには与《くみ》しないわ」

「ぼくは突撃隊員のように街を闊歩して、罪のない人間を殴りつけたりはしない。打ちあう相手とは、おたがいやりたいからやる」

「あなたは苦痛をもたらすことを助長してるのよ」

「いや、打とうとする相手を思いとどまらせる。ぼくはリングでそれをやってる」

「子供みたいね」彼女はつぶやいた。「あなたって子供みたい」

「きみにはわからない」

「どうしてそんなことを言うの？　わたしが女だから？」と彼女は声を荒らげた。

「たぶん。ああ、たぶんそうだ」

「わたしは馬鹿じゃないわ」

「知性の話をしてるんじゃない。女は闘いたがらないと言ってるだけだ」

「わたしたちは侵略者になりたくないの。家を守るためなら闘うでしょう」

「狼は家のなかにいるとはかぎらない。きみのほうから表に出て、狼を殺さないのか？」

「殺さない」

「見ないふりをして、いなくなりますようにと祈るのか？」

「ええ。そのとおりよ。そして狼に、乱暴はしなくていいって教えるのよ」

「そいつは笑える。狼に羊になれと言い聞かせることはできないな」

「でもそう願っていればできるって、わたしは思うの。一所懸命に努力すればね。だけど、それを望まない男の人が多すぎる。彼らは闘いを望むわ。彼らが破壊を求めるのは、それで快楽が得られるからよ」重い沈黙がふたりの間に横たわった。ずいぶんして聞こえてきた彼女の声は、柔和なものになっていた。「ああ、ポール、ごめんなさいね。せっかくわたしを街に連れ出してくれたのに。こんなことって何カ月もなかった。それを悪態でお返しするなんてね。アメリカの女性たちって、わたしみたいなじゃじゃ馬なのかしら？」

「人によりけりさ。きみがそうだとは言ってない」

「わたしは他人とのつきあいが下手な人間なの。わかってちょうだい、ポール——ベルリンの女にはこんなのがたくさんいる。そうなるしかないのよ。大戦が終わったら、この国に男はいなくなっていた。わたしたちは仕方なく男になって、強がって生きてる。あやまるわ」

「やめてくれ。ぼくは議論をたのしんでる。これもひとつの打ち合いじゃないか」

「そう、打ち合いね！　反戦主義者のわたしが！」彼女は少女のように笑った。

「きみの友人たちはなんて言うかな？」

「さあ？」ケーテが彼の腕を取り、ふたりは通りを渡っていった。

〃生半可《なまはんか》〃な男でありながら——政治的には中立で、党員ではない——ヴィリ・コールは、熱烈な国家社会主義者の特権を一部享受していた。

18

そのひとつがクリポの高官がミュンヘンに異動したためにあてがわれた、寝室が四つある広い共同住宅だ。建つのはシャルロッテンブルクに近いベルリナー通りから一本はいった、菩提樹の並木があって素朴な風情を残す土地である。大戦以降、ベルリンは深刻な住宅不足に襲われていて、クリポの警視とてコールあたりの地位では、なんの特徴もない箱型の市民住宅に十把ひとからげで放りこまれてしまうのが普通だった。

コールには、自分がそんなふうに優遇される理由がよくわからない。いつでも仲間の警官に手を差しのべ、現場からの情報を分析したり、挙がった証拠や地取り捜査から推理を働かせることができるようにと抜かりなく準備しているからだろうか。コールにわかるのは、どんな仕事においてもかけがえのない男とは、仲間を——とくに上司を——同じように重要な存在と思わせる人間であるということだった。

この住居は彼の聖域である。仕事場が公であるなら、私であるここには彼のもっとも身近な人間が暮らしている。妻に子供たち、たまに（寝るのはいつも応接間だが）シャルロッテの許婚のハインリヒ。

部屋がある二階まで、重い足どりで階段を昇っているとタマネギと肉の匂いがしてきた。ハイディは食事の献立をあらかじめ決めることはしない。コールの同僚のなかには、たとえば土曜、月曜、水曜は〈肉を食べない国家忠誠の日〉とおごそかに宣言するような輩がいる。総員少なくとも七名というコール家では、物資の不足や価格の問題から肉抜きがつづくことはあっても、ハイディは習慣に縛られるようなことを嫌った。この土曜の夜はナスとベーコンのクリームソース煮、キドニー・プディング、ザウアーブラーテン、またはイタリア風トマトのパスタのいずれかとなりそうである。食後にはかならず菓子が出てくる。ヴィリ・コールは自家製のリンツァートルテとシュトルーデルが好物だった。

階段で息を切らしたまま玄関をあけると、十一歳のハンナが走ってきた。両親の髪は茶色なのに、みごとな金髪となった北欧系の少女は大男の身体に両手を巻きつけた。「パパ！　あたしにパイプを持たせてくれる？」

コールは海泡石のパイプを差し出した。少女はそれをほかのパイプがならぶ私室の棚に持っていった。

「ただいま」彼は声をあげた。

ハイディが出てきて夫の両頬にキスをした。コールより二、三年下の彼女は結婚生活のなかでふくよかになり、顎は丸みを帯びて胸も大きく、しかもお産のたびに目方をふやしていった。でもこれは当然のことなのだ。コールは伴侶とともに、心身両面で成長すべきであると考えていた。五人の子供をもうけたことで、妻は党からの感状を受け取った（女性は子供を多く産むほどに称賛される。九人を産めば金星がもらえた。実際、子供が四人未満の夫婦は〝家族〟と見なされなかった）。ところがハイディは腹立たしげに、その羊皮紙を簞笥の底に突っ込んでしまった。子供が好きだから、子供の面倒を見るのが――産んで育てて、それぞれの進む道を見守ってやるのが――好きだから家族をつくったのであって、べつに第三帝国の人口増加を願う〝小男〟におもねったわけではなかった。

妻は姿を消すと、火酒《シユナツプス》のグラスを手にもどってきた。夫には食事のまえに一杯だけ飲ませることにしていた。夫のほうはその配給量に不平をこぼすことも間々あったけれど、内心その心づかいに感謝していた。二杯めをやめられないという警官はいくらでもいる。二本めが、という者さえいた。

コールは十七歳になる本の虫、ヒルデに声をかけた。ヒルデは立ってコールを抱きしめると、また長椅子に座った。ほっそりしたこの娘は家庭内の知性派なのだが、いまは難しい時期にさしかかっている。ゲッベルス本人が女性の唯一の目的は美しくあること、そして第三帝国の人口を形成することと述べたように、大学はおおむね女性に対して門戸を閉ざしている。わずかに入学が認められる進学課程は家政学（これは〝プディング科〟と蔑《さげす》まれていた）と教育学なのだが、ヒルデは数学と科学を専攻して、最終的には大学教授になりたいという望みをもっている。しかし将来、彼女が教鞭をとるとすれば下級の学校に限られてしまうのだ。コールは上のふたりの娘はどちらも頭がいいと思っていたけれど、四歳年上の明るく活発なシャルロッテにくらべたら、ヒルデには学ぶことのほうがしっくりくるのだろう。自分とハイディの間に、よく似ていながらまるでちがう種類の人間が誕生したことに驚くコールである。

警視は小さなバルコニーへ出た。そこは深夜に腰をおろし、パイプの煙をくゆらせる場所でもあった。向かった西の空に、落陽に照らされて赤く燃える雲が見える。彼はざらつくようなシュナップスを口にふくんだ。ふた口めになると舌ざわりも柔らかくなり、彼は椅子にくつろいで座ると、つとめて雑念を振り払おうとした。死んだデブのこと、ガトウとシャルロッテンブルクで起きた惨劇のこと、ピエトル——もとい、ペーター・クラウスのこと、なぜかクリポの地下で稼動していたＤｅＨｏＭａｇのこと。それからニューヨークのマニー紳士服店の顧客だった賢い容疑者のこと。

おまえは何者だ？

玄関のほうが騒がしい。息子たちが帰ってきたのだ。階段を元気よく上がってくる。弟のヘルマンが先にはいって扉をしめようとして、それを防いだギュンターが弟を組み伏せにかかる。ふたりが父親の存在に気づくと揉み合いはお開きになった。

「パパ！」とヘルマンが叫んで父親に抱きついた。ギュンターは挨拶がわりに顔をあげた。十六歳の長男はちょうど十八カ月まえ、両親と抱きあうのをやめた。息子というのはオットー一世の治世からこのかた、永遠とは言わないまでも、判で押したようにそんな態度に出るものとコールは思っている。

「食事のまえに身体を流すのよ」とハイディの声。

「でも泳いだよ。ヴィルヘルム・マル通りのプールに行ったんだ」

「だったらな」と息子の父親は言い添えた。「プールの水を洗い流すんだ」

「きょうのごちそうはなに、ママ？」ヘルマンが訊ねた。

「お風呂から出たらわかるわよ」

息子たちは廊下を駆けていった。十代は苦難の真っ盛りである。

それからまもなく、シャルロッテがハインリヒと一緒に帰ってきた。コールはその若者が好きだった（娘を気に入らない相手と結婚させるつもりは毛頭なかった）。しかし姿のいい金髪青年の警察びいきは、最近の事件に関してコールを質問攻めすることになった。普段ならそれもたのしいものだが、今夜にかぎってこの件は避けたい。そこでコールは確実に話をそらすことができる、オリンピックの話題を持ち出した。すでに巷《ちまた》にはチームや好きな選手、各国選手団にまつわる噂話がはびこっていたのだ。

みんなが食堂の席についた。コールはザール‐ルヴァーの葡萄酒を二本あけると、子供たちには少なめにして全員の分を注いだ。会話の内容はいつものコール家らしく、あれこれと多岐にわたった。警視は一日のなかでも、この時間を大事にしている。愛する者たちとともにいて……自由にしゃべることができる。話したり笑ったり、ときに議論をしながら、コールは全員の顔を眺めていく。隙のない目つきで声に耳をすませ、物腰や表情を観察する。長く勤める警官の地がつい出てしまっていると思われるかもしれないが、それはちがう。観察をして結論を引き出すというのは親としての態度なのだ。今夜はひとつ気がかりなことがあったが、彼はそれを犯罪現場で挙がった大事な証拠物件のように、そっと心のなかにおさめた。

夕食は比較的早く、一時間ほどですんだ。暑さで食欲も失せたからだとしても、コールと息子たちはその例外だった。食後にハインリヒがトランプをやろうと言いだした。だがコールは首を振った。「私はけっこう。一服する」と宣言した。「それから足を洗う。すまんが、ギュンター、薬罐のお湯を持ってきてくれるか」

「はい、お父さん」

コールは足湯に使う盥《たらい》と塩を出した。彼が私室で座を占めた革椅子は、一日の長い畑仕事を終えた彼の父が腰をおろし、パイプに葉を詰め火をつけていたまさにその椅子である。そのうちに長男が、十キロはありそうな湯気の立つ薬罐を片手で楽々と部屋まではこんできた。コールはズボンの裾を巻きあげ靴下を脱ぐと、親指の付け根の腫れや黄色くなった胼胝《たこ》を見ないようにしながら、足をお湯にひたして塩をくわえた。

「おお、いいぞ」

背を向けた長男にコールは呼びかけた。「ギュンター、ちょっと待て」

「はい、お父さん」

「座れ」

少年は父の言葉に従うと、用心しながら薬罐を床に置いた。その目に青臭い罪の火が瞬く。コールは、いったいどんな逸脱が息子の心を揺すっているのかと興味をおぼえた。煙草かシュナップスか、若いリサ・ワーグナーの下着でも手探りしたのか。

「ギュンター、どうした？　おまえは食事のときから変だった。見ればわかる」

「べつに、お父さん」

「べつに？」

「はい」

静かでも力のこもった声でヴィリ・コールは言った。「おれに話してみろ」

少年は床を見つめていた。やがて言った。「もうすぐ学校がはじまるから」

「まだ一カ月あるぞ」

「でも……おねがい、お父さん。ほかの学校に転校できないかな？」

「なぜ？　ヒンデンブルク校は名門だ。ムンツ校長はとても立派な人物だぞ」

「おねがい」

「何かあったのか？」

「わからない。とにかく厭なんだ」

「おまえは成績もいい。担任の先生のお墨付きもある」

少年は無言だった。

「授業以外のことなのか？」

「わからない」

「いったいどうした？」

ギュンターは肩をすぼめた。「おねがい、十二月までにちがう学校に行かせてくれない？」

「なぜだ？」

少年はそれに答えず、父の視線を避けた。

「言ってみろ」コールはやさしく言った。

「だって……」

「さあ」

「だって十二月になると、みんなヒトラー・ユーゲントにはいるんだ。でも……うちは許してもらえない」

ああ、またか。何度も蒸し返される。でも今度の新しい情報は本当なのか。ヒトラー・ユーゲントが強制加入になるというのは？　思っただけでぞっとする。権力を掌中にした国家社会主義者は、多くの青少年諸団体をヒトラー・ユーゲントに編入し、その他を非合法とした。コールは子供たちの組織というものを信じていた――彼も十代のころ、水泳や徒歩旅行のクラブにはいっていたのだ――しかし、ヒトラー・ユーゲントとは兵役に先立つ軍事教練組織にほかならない。まさしく若者自身の手で運営され、国家社会主義者として熱狂的であればあるほど優秀な青年指導者ということになる。

「それで、おまえははいりたいのか？」

「わからない。団員じゃないからって、みんながぼくのことをからかうんだ。きょうのサッカーの試合には、ヘルムート・グルーバーがいたよ。そいつがヒトラー・ユーゲントの指導者なんだけど。すぐ入団したほうがいいって言われた」

「でも、団員じゃないのはおまえひとりじゃないだろう」

「はいるやつが毎日ふえてるよ」とギュンターは答えた。「団員じゃないぼくらはひどい扱いをうけるんだ。校庭でアーリア人とユダヤ人をやるときは、ぼくは決まってユダヤ人さ」

「何をやるだって？」コールは眉をひそめた。聞いたことがない話だった。

「だからね、父さん、アーリア人とユダヤ人ていう遊びなんだよ。むこうがぼくたちを追っかけてくる。暴力はふるわないってことになってるんだけど——クリンスト先生もそう言ってる。追っかけるだけだって。でも先生はぼくらが突き倒されるところを見てない」

「おまえは強い子だし、身の護り方はおれから教えたじゃないか。相手を押しかえさないのか？」

「たまにはするけど。でもアーリア人をやる人数のほうがぜんぜん多いんだ」

「だからって、ほかの学校に行かせるわけにはいかないな」

ギュンターは天井に立ちのぼっていくパイプの煙を見つめた。その目が輝いた。「じゃあ誰かを告発しようかな。そしたら、ぼくもアーリア人のほうに入れてもらえるかもしれない」

コールは顔をしかめた。糾弾。これまた国家社会主義がもたらす災厄だ。彼は息子にはっきりと告げた。「人を告発なんかするものじゃない。告発されたら刑務所行きになる。拷問をうける。殺されるかもしれない」

ギュンターは父の反応を訝しんでいた。「でも、ユダヤ人を告発するだけなんだよ、お父さん」

手がふるえ、心臓が高鳴る。コールは言葉を失っていた。彼は強いて心を落ち着けると、ようやく疑問を口にした。「おまえは理由もなくユダヤ人を告発するのか?」

息子は困っているようだった。「ちがうよ。そいつがユダヤ人だから告発するんだよ。前から思ってたんだけど……ヘレン・モレルのお父さんって、カルシュタット百貨店に勤めてるんだ。そこの上司がユダヤ人なのに、誰にも言ってないんだ。それって告発されるべきでしょ」

コールは大きく息をつくと、肉屋の配給さながら慎重に言葉を選んで言った。「いいか、われわれがいま生きてるのは大変難しい時代だ。本当にわかりにくい。おれにもわからないくらいだから、おまえにはなおさらわからんだろう。だがひとつ忘れちゃいけないことがある――ただし大声では口にするな――人はな、善悪をひとりで判断するものなんだ。人生について、人々がどんなふうに生きて行動するかを見て、自分なりに感じることでわかってくる。人は心のなかで善と悪の区別をつけている」

「でもユダヤは悪いんだ。それが本当じゃなかったら、学校でそういうふうに教えないはずでしょ」

それを聞いて、コールの魂が怒りと痛みに打ちふるえた。「人を告発なんかするもんじゃない、ギュンター」彼は断固として言った。「それが私の願いだ」

「わかったよ、お父さん」少年は部屋を出ていこうとした。

「ギュンター」とコールは言った。

少年は戸口で立ちどまった。

「おまえの学校で、ユーゲントに入団してない生徒は何人いるんだ？」

「わからないよ、お父さん。でも毎日はいってる。そのうち、ユダヤ人をやるのはぼく以外にいなくなる」


ケーテの頭にあった料理店は〈ルター・ウント・ヴェグナー〉で、彼女の話では優に創業百年を超える老舗《しにせ》ということだった。店内は暗く煙が立ちこめ、こじんまりした雰囲気がある。そのうえ〝褐色のシャツ〟もSSも、赤地に鉤十字とわかる腕章をした背広姿の者もそこにはいなかった。

「あなたをここに案内したのは、さっきも話したけれど、昔はあなたやわたしみたいな人間の溜まり場だったからよ」

「きみやぼく？」

「ええ。ボヘミアンの。反戦主義者、思想家、それにあなたのような作家の」

「ああ、作家ね」

「E・T・A・ホフマンはここで着想を得たそうよ。シャンパンを浴びるように、それこそ何本も飲んで！　それで夜を徹して書くの。もちろん、あなたも読んでるでしょうけど」

ポールは読んでいなかった。彼は首を縦に振った。

「ドイツのロマン派に、もっと優れた作家はいるかしら？　わたしはいないと思うの。『くるみ割り人形とねずみの王様』は――チャイコフスキーが形にしたものよりずっと暗くて現実的よ。あのバレエは褒められすぎじゃない？」

「そのとおりだ」とポールは賛同した。たしか少年時代のクリスマスに一度観ているはずだった。本を読んでおけば知的な論争ができたのにと思うと残念だが、彼女とただ話しているだけでもよかった。ふたりでカクテルを啜りながら、ポールはここへの道すがら、ケーテとやった〝打ち合い〟に思いを馳《は》せた。彼女と議論することを自分なりにそう表現したわけだが、あれが愉快だった。このところマリオンと出かけて、意見がまとまらなかったことなどなかった。マリオンが怒ったという記憶がないのである。たまに靴下が伝線したときには、彼女も思わず〝ちぇっ〟とか〝ちくしょう〟と口走る。が、そのあとは投げキスでもせんばかりに唇に指を押しあて――悪態をついたことを詫びるのだ。

給仕が献立を持ってきて、ふたりは豚足にシュペッツレ、キャベツ、パンを注文した（「まあ、本物のバター！」ケーテは黄色の小さな立方体を見て、驚きの声を洩らした）。飲み物は甘い白葡萄酒にした。ゆったりと食事をするなかで、ふたりの談笑はつづいた。食後に一服つけたポールは、ケーテがまだ話したそうにしていることに気づいた。彼女はまるで生徒に向かうようにして言った。「きょうはすこし真面目すぎたわね。ではわたしがジョークを言います」彼女はささやくほどに声を落とした。「ヘルマン・ゲーリングは知ってる？」

「政府の高官だろう？」

「ええ、そう。ヒトラーのいちばん親しい仲間。変わった男よ。すごく肥ってる。有名人や美人が集まったなかを奇抜な恰好をして歩きまわるわけ。で、去年とうとう結婚したんだけど」

「それがジョークなのかい？」

「ちがう。結婚は本当にしたの。ここからがジョークよ」ケーテは大げさに口を尖らせてみせた。「ゲーリングの奥さんの話は知ってた？　可哀そうに彼女は宗教を捨てたの。その理由を訊いて」

「教えてくれ。なぜゲーリングの女房は宗教を捨てたんだい？」

「それはね、結婚初夜に、肉体の復活が信じられなくなったから」

ふたりは吹き出した。ケーテは頰を赤く染めていた。「いやだわ、ポール。わたしったら、知らない男性に下品なジョークを言ったりして。下手したら、ふたりとも刑務所行きよ」

「ふたりじゃないな」とポールは真面目な顔で言った。「きみひとりだ。ぼくはなにも言ってない」

「まあ、こんなジョークに大笑いするだけで逮捕されるんだから」

ポールが勘定を払って店を出ると、ふたりは電車に乗らず、ティーアガルテンの南側に沿った歩道を歩いて下宿に向かった。

ポールはほとんど飲んでいない葡萄酒でほろ酔い加減になっていた。味わう気分はコーンウィスキーのときより上等だった。暖かい微風が心地よい。押しつけられてくるケーテの腕の感触も悪くない。

本や政治の話でときに議論したり笑ったりするふたりは、穢《けが》れのない市街を行くには似つかわしくないカップルだった。

ポールは男たちが近づいてくる気配を感じた。約百フィート先に突撃隊員三名の姿が見えた。馬鹿話に興じている。褐色の制服を着込んだその童顔は、うれしそうな生徒たちといったところだ。先刻出会った喧嘩っ早い連中とはちがって、三人組は素敵な夜をすごすことに没頭している様子だった。道行く人々には目もくれない。

ポールはケーテの歩みが遅くなるのを感じた。見おろした彼女の顔は仮面のようで、腕がふるえだした。

「どうしたんだい？」

「すれ違うのが厭なの」

「心配することなんてないさ」

彼女はうろたえて左を向いた。通りは車の往き来が激しく、横断歩道は数ブロック離れている。〝褐色のシャツ〟を避ける方法はひとつしかなかった。ティーアガルテン。

ポールは言った。「本当に、きみは安全だ。心配はいらない」

「あなたの腕を感じるのよ、ポール。闘う覚悟をしてるのがわかるの」

「だからきみは安全なんだ」

「ちがう」ケーテは公園につづく門を見た。「こっちよ」

ふたりは公園にはいった。濃く繁った葉のおかげで車の音もさえぎられ、やがて虫の音と池に棲む蛙のバリトンが夜を圧するようになった。突撃隊は相変わらず歩道沿いを歩きながら、野放図な会話と放歌に余念がない。彼らは公園に目をやることなく通り過ぎていった。それでもまだケーテは顔を伏せていた。彼女のぎくしゃくした歩き方に、ポールはスパーリングで肋骨を折られたときのことを思いだした。

「大丈夫かい？」

無言。

ケーテはふるえながら周囲を見まわした。

「ここが怖いのか？　出ようか？」

やはり何も言わない。歩道の交わる場所まで来た。そこを南方向の左手に折れ、公園を出れば下宿に帰れる。ケーテが立ちどまると、しばらくして言った。「来て。こっちよ」ケーテは彼を公園の奥へといざなうように、北に向かう曲がりくねった小道をすすんだ。たどり着いたのは池畔の小さなボート小屋だった。何十艘という貸しボートが上下を返され、舷を接してならんでいる。この暑い夜に人はいなかった。

「ティーアガルテンには三年来なかった」と彼女はささやいた。

ポールは黙っていた。

すると彼女は言葉を継いだ。「わたしの心を虜《とりこ》にした男」

「ああ。ジャーナリストの友達か」

「ミヒャエル・クライン。彼は〈ミュンヘナー・ポスト〉紙の記者だった。ヒトラーの振り出しはミュンヘンなの。ミヒャエルはその出現を取材してずいぶん書いたわ。本人のこと、その策略——威嚇、暴行、殺人について。ミヒャエルは党に反対して殺された人たちの未解決事件を記録しつづけた。三二年にヒトラーが、自分が恋心を抱いた姪に好きな相手がいると知って、その姪を殺させたという情報もつかんでいたのよ。

党と突撃隊は、彼をふくめた〈ポスト〉の全員を脅迫していたわ。新聞を〝毒の台所〟と呼んでね。でも、国家社会主義者が台頭するまでは彼も無事だった。で、議事堂が燃えて……。ほら、見えるでしょう。あそこ」彼女は北西を指さした。ポールは背の高いドーム形の建物を目にした。「国会よ。ヒトラーが首相に指名されてわずか数週間後に放火されたの。ヒトラーとゲーリングはそれを共産党員のせいにして、社会民主党もあわせて何千という人々を一斉検挙したわ。緊急令によって逮捕したわけ。ミヒャエルもそのひとりだった。市内につくられた仮刑務所に連行されて。何週間も拘束された。わたしは気が気じゃなかった。何があったのか、彼はどこにいるのか、誰も教えてくれないんだもの。ひどい話よ。あとで彼から聞いたけど、殴られて、食事はあって一日一回、コンクリートの床に裸で眠らされたって。結局、罪は犯していないということで判事から釈放の決定が出された。

わたしは出所した彼と、ここから遠くない彼の部屋で会ったわ。五月の春の日、美しい一日だった。午後の二時。わたしたちはここでボートを借りることにしたの。この池で。乾燥したパンを持ってきて、鳥たちにあげたわ。ふたりで立ってるところに、突撃隊が四人でやってきて、わたしを地面に押し倒した。尾行してきてたのよ。彼が釈放されてから監視していたらしいの。彼に向かって、判事が不当におまえを釈放したので、われわれが刑を実行に移すって言った」彼女は言葉を詰まらせた。「あいつらは、わたしの目の前で彼を殴り殺したわ。この場所で。彼の骨が折れる音を聞いたの。あの――」

「なあ、ケーテ。もういい……」

「――あのコンクリートの升が見える？　彼はあそこに倒れた。あそこよ。芝生から四つめの升。あそこに死んだミヒャエルの頭が乗っていたんだわ」

ポールはケーテに腕をまわした。彼女は抵抗しなかった。だが、そのふれあいに慰めを見出したわけでもなく、身体は硬くしたままだった。

「いまでは五月は最悪の月」と彼女はつぶやいた。夏木立がつくり出す自然の天蓋に目を走らせた。「この公園はティーアガルテンと呼ばれてる」

「知ってる」

彼女は英語で言った。「〝ティーア〟は〝動物〟とか〝獣〟の意味。〝ガルテン〟は当然〝庭《ガー》園《デン》〟ね。つまりここは獣どもの庭、帝政ドイツ時代の王族が狩りをした場所なの。でも、わたしたちの間の俗語で〝ティーア〟は暴漢、罪人という意味もあるわ。つまり、わたしの恋人を殺したのが罪人たち」彼女の声音が冷たくなった。「ここ、獣どもの庭のこの場所で」

ポールは彼女を抱く手に力をこめた。

ケーテはもう一度池と、芝生から四つめの升に視線を投げた。「家に連れて帰って、ポール」

廊下の彼の部屋の外で、ふたりは足を止めた。ポールはポケットの鍵を探った。ケーテを見ると、床をじっと見つめていた。

「おやすみ」彼は低い声で言った。

「忘れてたことがいっぱい」ケーテはそう言って顔をあげた。「街を歩いて、カフェーで恋人たちを眺めて、下品な冗談を飛ばして、有名な作家や思想家が腰かけた席に座って……そんなことをする歓び。そういうのを忘れてた。いろんなことをいっぱい……」

ポールの手が彼女の肩を覆っていた小さな布のひらひらに伸び、首にふれると骨に沿って肌が動いた。華奢だ、と彼は思った。なんて華奢なんだ。

彼は反対の手で、彼女の顔から髪を撫でた。そして口づけをした。

不意に彼女が身をこわばらせ、ポールは自分があやまちを犯したことに気づいた。恋人の死の現場を目のあたりにして、獣どもの庭を歩いて、彼女の心はすっかり荒れていたのだ。しかし身を退こうとすると、彼女のほうからむしゃぶりついてきて、彼の口を貪るように吸った。その歯が唇にあたって血の味がする。「あっ」彼女が怯んだ。「ごめんなさい」だがポールが静かに笑うと、彼女も同じように笑った。「忘れてたことがいっぱいって言ったけど」彼女はささやいた。「記憶から失くしてたものがもうひとつあったみたい」

ポールは相手を引き寄せ、ふたりは薄暗い廊下で唇と手を激しく絡めあった。切れぎれに見えたのは、背後の電光が彼女の金髪につくり出した光輪、クリーム色のレースのスリップ、その下の白っぽいブラジャー。隠し持ったデリンジャー二二口径でアルバート・ライリーに撃たれた傷痕を、彼女の手が探りあてる。銃弾は骨に当たって上腕二頭筋を横ざまに跳び出したのだった。彼女の喘ぎ声、熱い吐息、絹と綿の感触、滑らせていった手が待ちかねていた彼女の指にみちびかれ、複雑に重なる服と紐の層をくぐって、擦り切れて縫いあわされたガーターベルトまで行き着く。

「部屋へ」とポールはかすれた声で言った。すぐに扉が開いて、ふたりがもつれるように室内にはいると、暑かった廊下よりもさらに空気が熱い感じがした。

寝台は遠かったが、真下に腕木の張り出した薔薇色の長椅子があった。彼がクッションに倒れこむと、木が裂けるような音がした。その上に乗ったケーテが彼の両腕を力いっぱいつかむ。もし手を放してしまったら、彼はラントヴェーア運河の茶色い水の底に沈んでしまうとでもいうように。

荒々しい接吻のあと、彼女が顔をポールの首にうずめた。やがて聞こえてきたのは彼に、彼女自身に、誰にともなく向けられた言葉だった。「どれくらいになるかしら?」彼女はシャツのボタンをじれったそうにはずしだした。「もうずっと」

自分の場合はそんなに長くないとポールは思った。だがドレスとスリップを一緒にするりと脱がせ、汗ばんだ小さな背中に手を走らせながら、似たようなことなら最近あったけれど、こんな気分になることは久しくなかったという気がしていた。

それから彼女の顔を両手につつんですこしずつ近づけ、あとはもう溺れていくなかで、彼はみずからの思いをあらためた。
生まれて初めてかもしれない。

19

コール家の夜の儀式はすべて終了した。皿は乾いてリネンも片づけられ、洗濯もすんだ。警視は具合もよくなった足を拭くと、盥を片づけた。塩は封をして流しの下にしまった。彼はパイプの待つ私室へもどった。そのうちにハイディがやってきて、自分用の椅子に腰を据えると編み物をはじめた。コールはギュンターとのやりとりを妻に話した。

妻は頭を振った。「そうなのよ。きのうもサッカーから帰ってきたら機嫌が悪くてね。でも、わたしには何も言わないの。母親じゃだめなのね、こういうことって」

「子供たちにはよく言って聞かせる必要がある。おれたちが習ったことを、誰かが教えてやらないと。善と悪のことを」

〝倫理が流砂のごとく……〟

ハイディは太い木の編み針を馴れた手つきであやつっている。来年の五月にシャルロッテとハインリヒが結婚して、その九カ月半後に第一子が生まれると予定を立てて毛布を編んでいるのだ。彼女は低声で早口に言った。「それでどうなるのよ。学校の校庭でギュンターが友達に向かって、本を燃やすのは間違ってる、アメリカの新聞は国内でも許可すべきだなんて言ったりしたら？ もう、それこそあなたは連行されて行方不明だわ。でなきゃ、鉤十字のついた箱にはいって遺灰が返されてくる」

「人にはしゃべるなと言いふくめたらいい。競技と一緒だ。秘密を規則にする」

妻が微笑する。「相手は子供よ。秘密を守れるわけがないわ」

もっともだとコールは思った。まったくそのとおり。総統とその取り巻きとは、なんと賢い罪人であることか。子供たちを人質に国民を取りこんでいく。ヒトラーは千年帝国と称したが、これぞ彼の方法論なのだ。

「おれのほうから――」

玄関でけたたましい音がひびいた――熊をかたどった青銅のノッカーが鳴らされている。

「どうしましょう」ハイディが編み物を取り落として立ちあがり、子供部屋のほうに目を流した。

ヴィリ・コールは突然のように、ＳＤかゲシュタポが家に盗聴器を仕掛け、夫婦間の不審な会話を聞いていたのだと悟った。こっそり証拠を集めておき、早朝もしくは食事中や食後の不意をついて自宅で逮捕するというのがゲシュタポ流なのである。「すぐにラジオをつけろ、放送をやってるかもしれない」ゲッベルスの熱弁を流しておけば、政治警察は二の足を踏むとでも言わんばかりだった。

妻は指示にならった。目盛り板が黄色く光ったが、音はまだ出てこない。真空管が温まるまで時間がかかるのだ。

ふたたび扉が叩かれる。

コールはとっさに拳銃をと考えたが、自分の銃は署で保管してある。子供の近くに武器を置きたくなかったからだ。かりに持っていたとしても、ゲシュタポやSS相手にどうなるものでもないだろう。居間に行ってみると、シャルロッテとハインリヒがならんで立ち、不安そうにおたがいを見つめていた。ヒルデが片手に開きかけの本をつかんだまま戸口に現われた。

ラジオから、汚染と健康と疾病について熱っぽく語るゲッベルスの低音が流れ出した。

コールは玄関に向かいながら、ギュンターはすでに親への思いを、別段気にもとめることなく友人に話していたのだろうかと訝った。つまり少年はわれ知らず他人を——実の父親を告発していたということか。コールがつと振り返ると、末娘に腕をまわしたハイディがいる。彼は閂《かんぬき》をはずし、重厚な樒材の扉をあけた。

眼前に立っていたのはコンラート・ヤンセン、聖餐式に出る子供のように潑剌としている。ヤンセンは警視の奥にいるハイディを見て言った。「失礼します、コール夫人。こんな夜分に恐縮です」

なんと人騒がせなと思いながら、コールの手と心臓はわなないていた。胸の鼓動が警部補にも聞こえるのではないかと思った。「ああ、そうか、ヤンセン、時間は気にするな。ただし次回は、もっとやさしく扉を叩いてもらいたいもんだ」

「もちろんです」普段は妙に落ち着いている若者の顔が上気していた。「警視、選手村一帯と街のおよそ半分に、写真を見せてまわりました」

「それで？」

「英国の新聞記者がいましてね。ニューヨークから〈マンハッタン〉号に乗ってきた男です。世界中の競技場をめぐって記事を書いていて――」

「その英国人が、画家の絵に描かれたわれわれの容疑者なのか？」

「いえ、でも――」

「なら、おまえの話のこの部分には興味が湧かないな、ヤンセン」

「そうですね。すみません。その記者が、われわれの捜している男の顔を見憶えていると言うだけで充分でした」

「そうか、よくやった、ヤンセン。で、その記者は何を話した？」

「あまりたいしたことは。男はアメリカ人だというだけで」

わずかこれっぽっちの裏づけ証言に、心臓を破裂させるだけの価値はあるのか。コールは嘆息を洩らした。

だが警部補は、どうやらそこで息を継いだだけのようである。彼はつづけた。「それと、男の名前はポール・シューマンです」

闇のなかで語られる言葉。

夢のように語られる言葉。

ふたりはおたがいがしっくりくるように膝と膝の裏、腹と背中、顎と肩をふれあわせて寄り添っている。ベッドのせいもあった。ポールの寝室に用意された羽毛のマットレスは、ふたりの重みでVの字にたわんだまま揺るぎもしない。ふたりは離れようにも離れられなかった。つかの間のことではあれ、新たな恋愛、過ぎた熱情というゆきずりのなかで語られる言葉。彼女がつけていた香水は、やはり初対面のときに感じたライラックの香りの源だった。ポールはケーテのうなじに口づけた。

恋人どうしで語られる言葉、何もかも話して何も話さない。思いつき、冗談、事実、意見、希望……ほとばしる言葉。

ケーテは女将としての人生を語っていた。ふと彼女が口をつぐむ。開いた窓から聞こえてくるベートーヴェンが、近所に住む人間が音量をあげたらしく、しだいに大きくなってきた。と、湿った夜に濁りのない声が鳴りわたった。

「ああ」ケーテが頭を振った。「総統が話してる。あれがヒトラー本人よ」

またしても病原菌、淀んだ水、感染についての講話だった。

ポールは笑った。「彼は健康問題にご執心なのかい?」

「健康?」

「日がな一日、みんなが病原菌と清潔について話してる。厭でも耳にはいるだろう」

ケーテは笑っていた。「病原菌?」

「なにがそんなに可笑しい？」

「彼がなんの話をしているのか、あなたにはわからないの？」

「いや……わからない」

「彼は病原菌の話をしてるんじゃないわ。ユダヤ人のことよ。オリンピックの期間中、彼は演説を変えてるの。〝ユダヤ〟とは口にしないけど、本人はそのつもりで使ってるわ。外国人の気分は害さないようにしても、わたしたちには国家社会主義の教義を忘れさせないというわけ。ポール、あなたはこの国で起きていることを知らないの？　ベルリンにあるホテルと下宿屋の半分ではね、オリンピックの期間中は取りはずされて、外国人が帰るその日には元にもどされる看板が地下に眠ってる。そこに書いてあるのは〈ユダヤ人お断り〉か〈ユダヤ人はご遠慮ください〉よ。シュパンダウの姉の家に行く途中には急なカーブがあるの。そこの標識はね、〈カーブ危険　時速三〇キロに落とせ。ユダヤ人は七〇キロで〉。道路標識よ！　どこかの恥知らずが書いたんじゃない、政府が立てたのよ！」

「真面目な話なのか？」

「真面目よ、ポール。大真面目よ！　ここマクデブルガー小路の家並みに旗が見えたでしょう。あなたは着いたときに、この家の話をしたわ」

「五輪の旗だって」

「そうよ。ほかの世帯みたいに国家社会主義者の旗じゃない。なぜだかわかる？　それはこの家の持ち主がユダヤ人だからよ。ユダヤ人がドイツの旗を掲げるのは違法なの。彼だってみんなど同じで、父祖の地を誇りに思いたいのよ。でもできない。それに第一、彼に国家社会主義者の旗が振れると思う？　逆卍？　鉤十字？　ユダヤ人差別の象徴じゃない」

ああ、それが答えなのか。

〝知ってるはずです……〟

「非アーリア人の追放のことは聞いてる？」

「いいや」

「政府はユダヤ人から家や仕事を取りあげているわ。盗人たけだけしいとはこのことよ。その首魁《しゅかい》はゲーリングだから」

ポールはモーガンと落ち合うのにドレスデン小路へと赴いたあの朝、空き家を何軒も見たことを思いだした。資産は競売にかけられると看板にあった。

ケーテがさらにきつく身を寄せてきた。長い沈黙のあとで、彼女は言った。「ある人がね……。その人、レストランで芸を披露してるの。たしか〝上等《ファンシー》〟だったわ。つまりね、そのお店の名前が〈ファンシー〉なの。でもお店自体も上等よ。とっても素敵な場所。そのレストランに行ったときにね、食堂の真ん中にガラスの箱が置かれていて、そこにその彼がいたわけ。何をしていたんだかわかる？　断食芸人なの」

「えっ？」

「断食芸人。カフカの小説に出てくるような。彼はその何週間かまえに箱にはいって、水だけで生きのびていた。みんなに見られて。なんにも食べずによ」

「洗面所に行くのは許されてるの。でも人が付き添って、何も食べないように見張るわけ。くる日もくる日も……」

闇のなかで語られる言葉、恋人どうしで語られる言葉。

そんな言葉はとりたてて意味のないことも多い。だがそうではないときもある。

ポールはささやいた。「つづけて」

「わたしが会ったのは、彼がガラスの箱で四十八日間をすごしたあとだった」

「なにも食わずに？　もう骸骨じゃないのか？」

「たしかにすごく痩せてた。顔色も悪かった。でも箱から出て何週間かたってたから。わたしは友達を介して彼と会って訊ねたわ、暮らしを立てるのになぜこんな道を選んだのって。公務員として何年か働いていたそうよ、交通関係で。でもヒトラーが出てきて職を失ったって」

「国家社会主義者じゃないから馘《くび》になったのか？」

「いいえ、彼らの価値観は受け入れられないし、そんな政府のために働けないから辞めたそうよ。でも子供がいてお金が必要だった」

「子供が？」

「それで物入りだったの。でもどこを見ても、党の色に染まってない場所はなかった。それで唯一、彼が見つけた仕事のなかで清廉――なんていう言葉だったかしら」

「清廉潔白」

「しかし――」

「そう、それ。清廉潔白でいられるのが断食芸人だった。純粋で、穢れようがなくて。いったい何人が彼を見にきたか知ってる？　何千よ！　何千という人々が、彼が正直だからという理由で見にきたのよ。この世の中で、正直なことってもうほとんどないんだわ」そのかすかなふるえで、彼女が涙にくれていることが伝わってきた。

恋人どうしで語られる言葉……

「ケーテ？」

「彼らは何を？」彼女の息が乱れた。「何をしたの？……わたしには何があったのかわからない。わたしたちは音楽とおしゃべりが好きで、男の人のシャツをきれいにかがったり、路地を磨きあげたり、ヴァンゼーの浜で日光浴をしたり、子供たちに服やお菓子を買ってやったりすることが喜びで、〈月光〉ソナタとかゲーテやシラーの詩に感動して泣いたりして――それはいまだって変わらないのに。なぜ？」声がとぎれた。「なぜなの？」ややあって、彼女はつぶやくように言った。「でも、これって、答えが手遅れになりそうな疑問ね」

「国を出るんだ」

ケーテは彼のほうに向きなおった。風呂磨きや床掃除でたくましくなった腕を這わせ、持ちあげた足で彼の腰をもっと引き寄せようとする。

「出ろ」

ふるえが止まった。彼女の息遣いが正常にもどっていく。「それはできないわ」

「どうして？」

「わたしの国よ」彼女はあっさり答えた。「見棄てられないもの」

「でも、いまはもうきみの国じゃない。やつらの国だ。きみはなんて言った？　ティーアだ。獣、暴漢だ。ここは獣どもに乗っ取られたんだ……。出ろ。もっとひどくなるまえに逃げだせ」

「もっとひどくなると思う？　ねえ、ポール、教えて。あなたは記者でしょ。世界のことはわたしにはわからない。子供に教えることや、ゲーテや詩とはちがうから。あなたは頭がいい人よ。どう思う？」

「もっとひどくなると思ってる。ここから出るべきだ。できるだけ早く」

ケーテは彼にしがみついていた手足の力を抜いた。「たとえそれを望んでも無理よ。免職になったわたしは目をつけられてる。旅券は取りあげられたわ。出国の書類なんて集まりっこない。わたしたちはイギリスやパリで敵側につくんじゃないかと疑われているの。だから、そばから離そうとしない」

「ぼくと一緒に来ればいい。ぼくがきみを連れ出す」

恋人どうしで語られる言葉……

「アメリカへ」彼女は聞いていないのか。それとも行かないと端から決めているのか。「いい学校がたくさんある。そっちで教えればいい。きみの英語は誰にもひけをとらないから」

ケーテは大きく息を吸った。「あなたは何をしようというの？」

「ぼくと一緒に国を出るんだ」

とげとげしい笑い。「女が泣くと、男は涙をとめようとなんでも言うから。だって、わたし、あなたのことを知らないのよ」

ポールは言った。「ぼくもきみのことを知らない。べつにプロポーズをしてるわけじゃないし、一緒に暮らそうと言ってるわけでもない。ただ、きみはここから出るべきだと言ってるだけなんだ。その手配はこっちでできる」

つづく沈黙のなかでポールは、ちがう、これはプロポーズじゃないと考えていた。そんなことではないのだと。だが本音を言えば、彼女を困難な場所から脱出させるという以外に下心はないのか、とポール・シューマンは自問をくりかえしていたのだ。まあ、女とはいろいろつきあってきた——いい娘に悪い娘、悪いふりをするいい娘。愛してると思う相手もいれば、愛してると確信できる相手もいた。だがこんなに短いあいだに、こうして思いを寄せた女性はひとりもいない。むろん、マリオンのことも愛している。彼女とはマンハッタンで夜をすごすこともあれば、ブルックリンということもあった。寝物語にする話題といえば——映画のこと、来年のスカートの裾の長さ、ルイージのレストランのこと、彼女の母親のこと、彼の姉のこと。ドジャースの話もした。けれど、恋人どうしの言葉はなかったとポール・シューマンは気づいたのだ。今夜、この複雑で情熱的な女性と話したようには。

やがて彼女がはねつけるように言った。「そんな、行けるわけがないわ。どうやって行くの？　旅券と書類の話はしたでしょう」

「いま話したとおりだ。きみは心配する必要はない。ぼくのほうに伝手がある」

「あなたに？」

「アメリカの人間に貸しがあってね」これは本当だった。ポールの頭にあったのは、アムステルダムのエイヴァリーとマニエリのことである。ふたりはいつでも飛行機で迎えにこられるようにと待機している。彼は訊いた。「こっちに血縁はあるのか？　お姉さんは？」

「ああ、姉は……党の支持者と結婚したから。会うこともないのよ。むこうにしたら、わたしは厄介の種だから」すこし間をおいて、ケーテは言った。「いいえ、わたしには幽霊しかいない。幽霊じゃ残る理由にもならないわね。出ていく理由にこそなれ」

表に笑い声と酔いまじりの叫びがあがった。呂律《ろれつ》のまわらない男の声が、「オリンピックが終わったら、ユダヤはわがナイフと銃を知る……」とうたった。そしてガラスの割れる音。つぎの歌は何人かの合唱になった。「旗を掲げよ、団結せよ。ＳＡは軍靴の音も高らかに……そこをのけ、茶色の軍団が往く、突撃隊が土地をひらく……」

ポールはその歌がきのう、オリンピック選手村でヒトラー・ユーゲントが旗を降ろす際にうたわれていたことに気づいた。赤、白の地に黒の鉤十字の旗を。

〝だって、知ってるはずです……〟

「ねえ、ポール、あなた、書類のないわたしを本当に連れ出せるの？」

「ああ。だがすぐに出発することになる。できれば、あすの夜。それかあさって」

「どうやって？」

「細かいことはこっちに任せてくれ。すぐに出る気はあるのか？」

しばし無言のあと、「大丈夫。ええ」

彼女はポールの手を取ると、手のひらをさすり、指と指を絡めた。これがその夜、ふたりの間のもっとも親密な瞬間だった。

ポールは彼女をきつく抱きしめ、片腕を伸ばすと枕の下に硬い感触があった。その大きさと手ざわりで、彼女に贈ったゲーテの詩集とわかった。

「まさか――」

「シーッ」彼はそっと口にした。そして彼女の髪を撫でた。

ポール・シューマンは、恋人どうしの言葉はとぎれるものと知っていた。

Ⅳ

# 六対五の不利

——一九三六年七月二十六日　日曜日—七月二十七日　月曜日

## 20

彼はアレックスの自室に午前五時からもう一時間も詰めて、英語の電報文を苦心しながら書き起こしている。その内容は就寝まえに芳香のする粉をはたき、すっかりご満悦のハイディのかたわらでまんじりともせずに考えたものだった。

ヴィリ・コールは自分の作品に目を通した。

ワタシハ　ベルリンノ　クリミナルポリツァイ（ケイジケイサツ）ショゾク　ヴィリ・コールケイシデアル／ワレワレハ　サツジンジケンニツイテ　ザイベルリンデ　ニューヨークシュッシントオモワレルアメリカジンデ　サツジンジケンニカンケイシテル　ポール・シューマンノジョウホウヲモトメルモノナリ／アメリカノオリンピック・チームトトモニトウチャクシマシタ／ドウカ　コノオトコノジョウホウヲ　ベルリン　アレクサンダー・プラッツ　クリミナルポリツァイホンブノ　ヴィリ・コールマデオクラレタシ／ダイシキ

ユウ／カンシャシテマス

言葉遣いにはずいぶん骨を折った。署には翻訳係がいるのだが日曜日は出勤してこない。コールとしては急ぎの電報を打ちたかったのである。アメリカはもっと早い時刻であるはずだった。時差のことなどろくに知らなくても、海のむこうが深更だろうとは見当がついている。だがコールは法執行官ならいずこの国も同じで、勤務時間は長引くものと期待していたのだ。コールはもう一度電文を読み、欠点はあっても上出来と断をくだした。別紙に国際オリンピック委員会、ニューヨーク市警察および連邦捜査局宛てに打電するよう指示をしたためると電信室へ行った。ところがまだ勤務についている者がいない。彼は憤慨しながら机にもどった。

わずか数時間の睡眠をとったヤンセンは、証拠の採り残しがないかと選手村に急行している。ほかにできることはと頭をひねっても、検屍医の解剖と指紋検査官の指紋照合をせっつくくらいしか思いうかばない。しかしその当事者たちが出勤しているはずもなく、もしかすると日曜はまる一日出てこない可能性すらあった。

とにかく欲求不満が募るのだ。

コールは苦労して書きあげた電文に目を落とした。

「ああ、ばかばかしい」もう待てない。電信機はそんなに扱いが難しいものなのか。コールは席を立って電信室に向かった。米国宛ての電報を自力で打ってやるつもりだった。万が一、彼の不器用な指のせいで、アメリカの異なる百カ所の宛先に電報が送られたとしても、それはかえって好都合ではないか。

彼女はそれからまもなく、朝の六時ごろになって自室へ行き、もどってきたときには濃紺の家庭着を着て、髪はぴっちりとピンで留め、頰には薄く紅もさしていた。ポールは戸口に立ち、ひげ剃りの泡を顔から拭き取った。カバーをはめた安全剃刀を、染みのついた布袋に入れた。

ケーテはコーヒーとトーストに白っぽい色のマーガリン、チーズ、乾燥腸詰めに水っぽいマーマレードを添えてはこんできた。彼女は居間の正面の窓から射しこんでくる、埃の舞う光のなかを歩き、台所のそばの食卓にお盆を置いた。

「どうぞ」ケーテはお盆に顎を振ってみせた。「これで食堂に来る手間は省けてよ」とポールを見て、すぐに目をそらした。「わたしは雑用があるから」

「で、まだその気《ゲーム》なのかい？」とポールは英語で訊いた。

「〝ゲーム〟って？」

ポールは彼女にキスをした。「きのうの夜、きみに訊いたことさ。いまでもぼくと一緒に来る気はあるんだね？」

ケーテはすっかりととのって見えるお盆の磁器をいじった。「その気よ。あなたは？」

彼は肩をすくめた。「きみの決心をくつがえすようなことはしない。カクフィフ。問題外だ」

ケーテは笑った。それからしかめ面をした。「ひとつ言っておきたいことがあるの」

「なんだい？」

「わたしは口やかましいの」彼女は目を伏せた。「それに気も強いし。ミヒャエルには竜巻だなんて呼ばれたもの。それとスポーツのことだけど、だんだん好きになるようにしていくわ」

ポールは首を振った。「そんなことはしなくていい」

「だめ？」

「だったら、こっちも詩を好きにならないと」

彼女はポールの胸に頭を押しつけた。笑っているのだとポールは思った。

「きっとアメリカが好きになる。好きになれなければ、この風がやんだら帰ればいい。なにも永遠に国を離れる必要はないんだから」

「ねえ、頭のいい記者さん。あなたは本当にその――風がやむと思うの？」

「ああ、やむさ。彼らの力はそう長くはつづかないとぼくは思ってる」ポールは時計を見た。もうすぐ七時半になる。「仲間と会う約束がある」

「日曜の朝に？　なるほど、やっとあなたの秘密がわかった」

彼は微笑を浮かべてケーテを見た。

「あなたはスポーツをする司祭の記事を書いているのね！」ケーテは声を出して笑った。「特ダネじゃない！」彼女の笑みはしだいに消えた。「でもスポーツのこととか、競技場に使われたコンクリートの量のことを書いてるあなたが、そんなにあわてて国を出ようとする理由はなんなの？」

「べつにあわてて出るわけじゃない。アメリカで大事な会議があるんだ」ポールはコーヒーをすばやく飲み、トーストと腸詰めをひと口かじった。「残りはきみが片づけてくれ。いまは腹が空いてないんだ」

「じゃあ早く帰ってきて。わたしは荷造りをする。といっても鞄ひとつだと思うけど。あれこれ持っていくと、そこに幽霊が隠れようとするから」と彼女は笑った。「なんて、わが不吉な友人E・T・A・ホフマンの話みたいね」

ポールが彼女にキスをして下宿屋を出ると、すでに暑い朝で、肌はうっすらと汗ばんでいた。人のいない通りに目を走らせると、彼は北に運河を越えてティーアガルテン、獣どもの庭へとはいっていった。


レジー・モーガンは三年まえ、ケーテ・リヒターの恋人が撲殺された現場である池に面したベンチに座っていた。

この早い時刻にも結構な人出があった。散歩する者、自転車を漕ぐ者も大勢いる。モーガンは上着を脱ぎ、シャツの袖を半ばまくりあげていた。

ポールはその隣りに腰をおろした。モーガンが上着の内ポケットにおさまる封筒をちらつかせた。「緑色の札が無事手にはいった」と彼は英語で言った。

そこからふたりはドイツ語にもどした。「土曜の夜に小切手を現金にしたのか？」ポールは笑いながら言った。「世の中も変わったもんだ」

「ヴェバーは現われるのか？」モーガンは疑わしそうだった。

「ああ、大丈夫。金が絡めばやつは来る。だが、どこまであてになるかはわからないが。きのうの夜、ヴィルヘルム通りを見てまわったんだ。警備が数十、ひょっとすると数百も出ていた。あそこで仕事をやるには危険が多すぎる。だからオットーの話を聞いてみないとな。ほかの場所を探してるかもしれない」

ふたりは黙りこんだ。

モーガンは公園を眺めまわしていた。どこか物欲しそうな様子である。「この国のことがやけに懐かしくなりそうだ」男の顔からふと鋭さが影をひそめ、その暗い瞳に寂しさが宿った。「こっちは人がいい。パリの人間より親切で、ロンドンの人間より心を開いてくれる。それにニューヨーカーとくらべたら、はるかに人生を謳歌してる。時間があったら、あんたをルストガルテンやルーナ・パルクに連れていきたいね。ここのティーアガルテンを歩くのも好きなんだ。鳥を観察するのがたのしいのさ」瘦せた男はそう口にして、ばつが悪くなったらしい。「くだらない気散《きさん》じだ」

ポールはブルックリンの本棚に飾った模型の飛行機を思いだして、ひとり笑った。くだらないかどうか、好みは人それぞれである。

「じゃあ出るのか？」とポールは訊いた。

「もう限界だ。長くいすぎたんだ。毎日が綱渡りで、いずれ不注意でこっちの面も割れるだろう。しかも今度のことが実行されたら、ここで商売をやってる外国人にはきびしい詮議の目が向けられることになる。でも、日常がもどって国家社会主義者たちがいなくなれば、また来ることもできる」

「むこうに帰って何をやる？」

モーガンは顔を輝かせた。「外交官になりたいね。こんな仕事をしてるのもそのためさ。あの塹壕のありさまを見て……」彼は腕に残る傷痕を顎で指した。「それからは、戦争を止めるためならなんでもやってやると思った。外交部隊というのがひらめいてね。上院議員に手紙を書き送ったら、ベルリンはどうかとなって。不安定な国だからと。そんなわけでここにいるんだ。いずれは連絡将校になりたいと思ってる。そこから大使か領事に。こっちに駐在してるわがドッド大使のようにね。あの人こそ真の政治家だ。そりゃ初めからここってことはありえない。あまりに重要な国だから。振り出しはオランダ。あるいはスペイン、もちろん内戦が終わってから。スペインがすこしでも残ってたらの話だが。フランコもヒトラーに劣らない悪人だからな。ひどいことになるだろう。でもそう、正気にもどったら、またここに帰ってきたいね」

やがてオットー・ヴェバーが歩道をやってきた。どことなくおぼつかない感じで、強力な陽射しに目を細めながらのろのろと歩いてくる。

「ほら来た」

「あの男か？　市長《ビュルガーマイスター》に似てるな。それに相当きこしめしたんだろう。われわれはあいつに頼るのか？」

近寄ってきたヴェバーは、息をはずませながらベンチに座りこんだ。「それにしても暑い日だね。朝がこんなに暑くなるとは知らなかった。なにせこんな時間に起きることはないからさ。でも糞シャツの連中も似たようなもんだから、こうやって案ずることなく会えるってわけだ。あんたはミスター・ジョン・デリンジャーの仲間だね？」

「デリンジャー？」とモーガンが訊いた。

「おれはオットー・ヴェバー」オットーはモーガンの手を力強く握った。「あんたは？」

「それでよければ、こっちは名前を伏せたままにしておこう」

「ほう、おれのほうはそれでけっこう」ヴェバーはモーガンをじろじろ見つめた。「ところで、いまいいズボンが何本か手もとにあるんだけどね。あんたに安く譲ろうか。いや、ほんとにお値打ち品なんだから。仕立ては最高。英国製。うちの娘に直しをさせてぴったり合わせるよ。イングリッドがいいな。天才的な腕前でね。しかも可愛い。真珠みたいに」

モーガンははいていた灰色のフランネルのズボンを見た。「いや。服は必要ない」

「シャンパンは？　靴下は？」

「オットー」ポールは言った「われわれが興味を示すのは、きのうの話に関係したことだけだ」

「ああ、そうかい、ミスター・ジョン・デリンジャー。そうはいっても、あんたのお気に召すような知らせはなくてね。おれの知り合いからの報告によると、ヴィルヘルム通りには沈黙の帳《とばり》が降りたそうだ。連中は何かを警戒してる。警備がいつになくきびしくなった。それもきのうから。あんたが話題にした人物の情報はまるでないね」

ポールの顔が失望にゆがんだ。

モーガンがつぶやいた。「こっちは金の工面に駆けずりまわったっていうのに」

「すばらしい」ヴェバーは明るく声をあげた。「ドルかい？」

「いいかね」細身のアメリカ人は辛辣に言った。「結果が出なければ報酬もないぞ」

「しかし望みは皆無ってわけじゃない。まだ力にはなれそうだ」

「つづけろ」モーガンは忍耐強くうながした。彼はまたズボンを見て、汚れを手で払った。

ドイツ人は言葉を継いだ。「鶏がいる場所はわからないが、こっちで鶏小屋まで連れてって、あとは自分で探してもらうってのはどうだい？」

「それは――」

ヴェバーは声を低くした。「官邸にはおれが入れてやるよ。エルンストは大臣たちの羨望の的だ。みんなが〝小男〟にすり寄って、あの建物に執務室をもらおうとするんだが、よくてせいぜい近所に場所が見つかる程度でね。エルンストがあそこにいることが癪の種って連中も多いよ」

ポールは冷たく笑った。「きのうの夜、おれも見た。そこらじゅうに衛兵がいた。あれでなかにはいろうなんて無理だな」

「ああ、でもおれの意見はちがうね、友よ」

「いったいどうやるつもりだ？」ポールは思わず英語を口にしていた。ドイツ語で質問をくりかえした。

「〝小男〟に感謝しようや。やつは建築のことがやたら気になるらしくてね。権力を握ってからは官邸の改修をずっとつづけてる。週に七日、休みなしの労働だ。そこでおれが作業着に偽の身分証明と通行証二通を用意して、あんたを建物に入れてやる。おれの知り合いがあそこで左官をやってるから、どこなりと書類のとこまで連れていくよ」

モーガンはその話を値踏みしてうなずいた。不信感は薄れていた。

「友達の話だと、ヒトラーは重要な階の床には絨毯を敷きつめるつもりらしい。エルンストの部屋もその内にはいってる。いまは絨毯屋が寸法をとってる最中でね、もう測った部屋もあれば、まだってとこもある。エルンストの部屋がこれからだと好都合だね。もうすんでたって、適当に理由をつけて測りなおせばいいや。あんたに許可証を出すのは、とにかく高級絨毯で名の知れた会社だから。あとはメートル尺に帳面もわたそうか」

「その男を信用できるという根拠は？」とポールは訊いた。

「そいつは安漆喰《しっくい》を使って、その元値と国から出る代金との差額を懐に入れてる。ヒトラーの玉座を作ってるのに、そんな真似したら死刑だからね。で、おれも多少は口を利けるってわけさ。やつはおれには嘘をつかない。だいたい絨毯の値を落とすからくり程度にしか思っちゃいないよ。もちろん卵のほうの約束もしてあるし」

「卵だって？」モーガンが訊いた。

それをポールが翻訳した。「金だ」

〝私はパンをくれた人の歌をうたう……〟

「千ドルのなかから出すんだな」

「その千ドルはこっちの手もとにないって、ここにお知らせしときたいね」

モーガンは頭を振ると、ポケットから百ドルをかぞえて出した。

「けっこう。ほら、おれは欲をかかないから」

モーガンはポールに向かって目をむいた。「欲をかかないだと？　まるでゲーリングだ」

「ま、そいつはお褒めの言葉と受け取っておきますか。われらが航空大臣は大変優秀な実業家ですからな」ヴェバーはポールに向きなおった。「さて、官邸には日曜でも役人たちが詰めてるそうだ。でも仲間の話だと、お偉方は総統のいる建物の左手に集められて、てんで近づけないらしい。右手にいるのは位の低い役人たちで――エルンストの部屋もこっちにある。連中は、秘書も補佐官もめったにいないから。やつの部屋に忍びこんで、うまくすりゃ暦なり書き付けなりで、この数日の予定がわかるかもしれないね」

「悪くないな」とモーガンが言った。

「支度をするのに一時間かそこらはかかる。つなぎの服と書類、トラックはおれが拾ってくる。あの胸がでかい女の銅像のとこで、午前十時に待ち合わせだ。あと、あんたにはズボンを持ってくよ」とヴェバーはモーガンに言い添えた。「二十マルク。かなり勉強したから」彼は笑顔になって、今度はポールに、「ここにいるあんたの友達は、ふしぎな顔しておれを見るね、ミスター・ジョン・デリンジャー。おれを信用してないんじゃないかい」

レジー・モーガンは肩をすくめた。「いいかな、オットー・ヴィルヘルム・フリードリヒ・

ゲオルク・ヴェバー」そこでポールに目をやる。「私の同僚から、きみが裏切らないようにこちらが手を打ってるとは聞いてるはずだ。そう、信用なんて問題じゃない。私がこうやってきみを見つめているのは、私のこのズボンのいったいどこがだめなのかを知りたいからでね」

彼は目の前にいる少年にマルクの面影を見た。

息子にその父親の姿が重なるというのは、もちろんあってしかるべきことである。だが心穏やかではいられない。

「おいで、ルディ」ラインハルト・エルンストは孫に言った。

「うん、おじいちゃん」

日曜日の朝は早く、花粉のような黄色の陽光が降りそそぐ食卓から、家政婦が朝食の皿を片づけていた。ゲルトルートは台所で、その日の晩餐に出す羽むしられた鵞鳥を吟味している。義理の娘は教会で、大佐が孫にそのままの姿を見出していた若者、マルク・アルブレヒト・エルンストの思い出に爛燭をともしている。

大佐はルディの靴紐を結んでやった。ふたたび少年にマルクの面影を認めながらも、いまはすこし表情が変わったことに気づいた。物問いたげで、何かを見通したようでもある。

それが不気味だった。

ああ、息子がいてくれれば……

レールルター駅でマルクが両親、妻とルディに別れを告げて十八カ月になる。エルンストは二十七歳になる士官に敬礼を――ファシストのものではない本当の敬礼をして、息子は乗り組む艦船の指揮を執るべくハンブルク行きの車上の人となった。

老朽化した船舶につきまとう危険というものを、若い士官はすべて承知したうえで引き受けた。

なぜなら、それが兵士で水兵の本分であるからだ。

エルンストは日々マルクのことを想った。だがいまほど息子の霊魂がそばにいて、その懐かしい表情がここまではっきりとわかりやすく、孫の顔に二重写しになるという経験はしたことがない。これは少年に父親の性質が受け継がれた証左なのか。あと十年もすれば、ルディは徴兵にかかるだろう。そのときドイツはどこにいるのか。戦時か？　平時か？　ヴェルサイユ条約によって奪われた領土を回復しているか。ヒトラーが去り、強力な発動機はたちまち焼けついてしまうのか。あるいは総統はなお権力の座にあり、新しいドイツというその未来像を研ぎ澄ましているだろうか。エルンストの心は、こうした疑問にこそ真剣に取り組むべきだと語りかけてくる。しかし、そこに気をまわすことはできない。彼にできるのは、任務に集中することのみである。

ある者はその任務を完遂しなくてはならなかった。

たとえそれが弾薬運搬の用途がないのに、厨房や機関室や発火線に近接して（真偽のほどはわからない）、間に合わせの弾薬庫を設けた古い練習船を指揮することであり、その結果というのが冷たいバルト海で演習をおこなっていたと思いきや、つぎの瞬間に船が洋上で煙につつまれ、粉砕された舷側が溟《くら》い海中に没していったとしても。

任務……

たとえそれが一日の半分をヴィルヘルム通りという塹壕のなかで、ドイツによかれかしと思えばこそ、総統との闘いについやすことになったとしても。

エルンストはルディが転んだりしないようにと、靴紐をしっかりと結んだ。そして立ちあがると、小型になった己れの息子を見おろした。ふと、めったにない衝動に駆られて、エルンストは訊ねた。「ルディ、けさは人と会う用事があるんだが、そのあとで一緒にオリンピック競技場へ行かないか？　どうだね？」

「ああ、いいよ、おじいちゃん」少年の顔がほころんだ。「ぼく、コースを何周も走れたよ」

「おまえは足が速いからな」

「このまえ子供学級のグニと、楢の木から玄関まで競走したんだけど、あいつはふたつも年上なのに、ぼくが勝ったんだ」

「よくやったな。じゃあ、きょうの午後はたのしくなるぞ。一緒に行って、オリンピック選手も走るトラックを走るんだ。面白そうだろう？」

「うん、そうだね」

「いまから出かける。でも昼には迎えに帰ってくるからな」

「走る練習をしとくよ」

「そうだ、それがいい」

エルンストは私室で〈ヴァルタム研究〉に関する書類をまとめると、妻の姿を食器部屋に見つけた。あとでルディを迎えにもどってくると妻に話した。いまは？　日曜の朝でも、処理しなくてはならない重要な案件がある。とても待ってはもらえない。

他人が何を言おうと、ヘルマン・ゲーリングは疲れを知らない。

たとえばきょう、彼が航空省の自室に着いたのが午前八時である。日曜も関係ない。しかも寄り道をしてのことだった。

滝のような汗をかきながら、ゲーリングは首相官邸をヒトラーの執務室へと向かったのだ。ヴォルフは起きているかもしれないと思いながら――起きているとはつまり、ずっと起きているということである。不眠症のあの男が夜明かしするのは珍しいことではなかった。だが、行ってみると総統は床に就いていた。衛兵によれば五時ごろ、総統は起こすなという指示を残して休んだという。

ゲーリングはしばし考えてから、書きつけた伝言を衛兵に託した。

総統閣下

上層部において由々しき問題が出来《しゅったい》。背信の可能性もあり。将来にわたる重要な計画が危機に瀕しているかと。ご都合よろしければ個人的に情報を伝達さしあげたく。

ゲーリング

言葉の選び方は秀逸だ。〝背信〟が何かにつけ引き金となる。ユダヤ人、共産党、社会民主党、共和主義者――要約して裏切り者たちは、大戦末期に祖国を連合国側に売り渡し、いまもってヒトラーのイエスに対するピラトの役をになうおそれがあった。

その言葉を聞くとヴォルフは怒り狂うのだ。

〝将来にわたる計画〟というのもいい。第三帝国という構想の妨げとなりそうなものは、真っ先にヒトラーの注意を喚起することだろう。

官邸は目と鼻の先にあるとはいえ、暑い朝、大男にとっては難儀な訪問である。しかしゲーリングに選択の余地はなかった。電話はできないし、使いも出せない。ラインハルト・エルンストには自身の諜報網で同僚を探るほどの力はなくとも、ルートヴィヒ・カイテルのユダヤの素姓についてゲーリングが発見した事実を横からさらい、さも自分の手柄のように総統に差し出す輩はいくらでもいる。ヴォルフの歓心を買おうという第一の競争相手ゲッベルスなら、それをあっという間にやってのけるだろう。

午前九時近くになり、大臣は大規模な化学薬品会社の非ユダヤ化をすすめ、ヘルマン・ゲーリング工場に編入するという件について、うんざりするほど厖大な書類に目を向けた。そこに電話が鳴った。

待合室の補佐官が電話に出た。「ゲーリング大臣の執務室」

航空相は身体を前に傾けて外を覗いた。姿勢を正して話す男の姿が見える。補佐官は電話を切ると扉のところまでやってきた。「総統閣下が三十分後にお会いになるとのことです」

ゲーリングはうなずき、向かいに設えた卓まで歩いた。彼は腰を落ち着け、山と盛られた盆から自分で食事の用意をした。補佐官がコーヒーを注いだ。航空相は薬品会社の財務状況に目を通していたが、そこに集中できなかった。数字のならぶ諸表から立ち現われてくるのは、ゲシュタポの捜査官二名に連行されて官邸を出るラインハルト・エルンストの姿だった。普段は苛つくほど平静を装う大佐の顔に、狼狽と敗北の色が見える。

勝手気ままな想像にはちがいないが、大皿で腸詰めと卵をむさぼる本人には、じつに愉快な気晴らしではあったのだ。

ビスマルクやヴィルヘルムの時代から存在する、官公庁の建物から南東に半キロの場所にあるクラウゼン通りの共同住宅。その広いけれども薄汚れ、手入れもされていない部屋で、ふたりの若者が凝った造りの食卓を挟んで座っていた。彼らはもう何時間も議論に没頭している。やりとりが長く白熱していたのは、話題がみずからの生き残りに関することだったからにほかならない。

最近は問題ばかり多いのだが、ふたりが格闘していたのは、わけても信頼という究極の疑問である。

男は救助の手を差しのべてくるのか、それとも彼らは裏切られ、騙されたことを命で贖《あがな》うことになるのか。

## 21

チン、チン、チン……

金髪の兄弟の兄、クルト・フィッシャーが言った。「その音をたてるのはやめろ」

ハンスがナイフで叩いていたのは、粗末な朝食の残骸であるリンゴの芯とチーズの皮がのった皿だった。ハンスはまたしばらく音をたててからナイフを置いた。

五歳離れた兄弟の間には、年齢差よりもっと大きな溝が横たわっている。

ハンスが言った。「やつは金のためにおれたちを責める。国家社会主義に酔って責める。きょうが日曜日で、ただ他人を責めるのが好きだから責める」

これが正鵠《せいこく》を射ている。

「それに何度も言うけど、なぜ急ぐんだ？　なぜきょうなんだ？　おれはもう一度イルサに会いたいんだ。憶えてるか、彼女のこと？　ああ、マレーネ・ディートリッヒに負けない美人なんだ」

「冗談じゃない」とクルトは憤然と答えた。「命に関わるってときに、おまえは知り合ってひと月もたたない胸のでかい女に胸を焦がしていられるのか」

「出るのはあしたでもいい。オリンピックが終わってからでいいじゃないか。みんな早めに帰って、当日の切符は捨てていく。午後なら入場できるんだぞ」

どうやらそこがいちばんの問題らしい。オリンピックである。ハンスのような若い美男子にとって、イルサは人生に何人も現われる。彼女はとりたてて可愛いわけでもないし、聡明なわけでもない（国家社会主義者の基準に照らして、身持ちが悪いわけでもない）。では何がハンスの気を揉ませていたかというと、大会を見ないままドイツを脱出することだった。

クルトは失望の吐息をついた。弟は十九歳、多くの若者が軍隊や仕事で責任ある地位に就く年齢である。ところが弟ときたら、やたら感情に走りがちな夢想家で、怠け者の気味もあった。どうすべきかとクルトは思いめぐらしながら、自分自身との対話をつづけた。彼は乾パンをかじった。バターは一週間口にしていない。実のところ、食料はほとんど底をついている。それでもクルトは外出を厭がった。皮肉にも、外は危ないと感じていた――現実にはゲシュタポかSDに確実に監視されているから、部屋にいるほうがずっと危険だったはずなのだ。あらためて考えても、すべては信頼の問題に行き着く。はたしてどうすべきなのか。

「あれはなんだった？」とハンスは訊いて眉をあげた。

クルトは首を振った。本人も気づかず大声になっている。その疑問は誠実に、しかも正しく答えてくれるはずの世界でたったふたりの人間、すなわち両親に向けられたものだった。しかしアルブレヒトとロッテのフィッシャー夫妻はこの場にいない。社会民主党員で反戦主義者だった夫妻は二カ月まえ、ロンドンで開催された世界規模の平和集会に参加した。それが帰国直前になってある友人から、自分たちがゲシュタポから要注意人物とされていることを聞かされた。秘密警察はテンペルホーフ空港に着いたふたりを逮捕する計画であるというのだ。アルブレヒトは息子たちを連れ出すため、フランスとチェコのズデーテンから、二度にわたって国内潜入をこころみた。そのいずれにおいても目的は果たせず、二度めはあやうく逮捕される寸前だった。気が動顚しながらも志を同じくする教授たちに迎え入れられ、ロンドンに居を定めた両親は非常勤の翻訳者や教師として働きながら、息子たちに出国をうながす伝言を幾度も書き送った。しかし兄弟の旅券は取りあげられ、身分証明書には極印《ごくいん》を押されていた。兄弟は反戦主義者で熱心な社会民主党員《ゾチ》の子供というだけでなく、本人たちもゲシュタポに目をつけられていたのである。ふたりは両親の政治思想を受け継いでいたし、警察は兄弟が禁じられたアメリカ黒人の音楽を流し、娘たちが喫煙したり、ロシアのウォッカを混ぜたパンチが出るようなスウィングとジャズのクラブに出入りしている事実を突きとめていた。ふたりには活動家の友人もいたのだ。

危険分子ではない。だが兄弟が逮捕されるのは時間の問題なのだ。あるいは飢死するか。クルトは失業中だった。ハンスは強制である六カ月の労働奉仕を終えて帰ってきた。大学からは追放され――やはりゲシュタポの差し金である――兄同様に職がなかった。ふたりの将来は、いきおいアレクサンダー広場かオラニエンブルガー通りの物乞いとなりそうだった。

そこへ持ちあがってきたのが信頼の問題である。アルブレヒト・フィッシャーがベルリン大学の元同僚、ゲルハルト・ウンガーと連絡をとった。自身も反戦主義者でゾチのウンガーは、国家社会主義者が力を得るとまもなく教職を辞し、家族が経営していた菓子工場にもどっていた。国境を越えることも多く、反ヒトラーで一貫していたウンガーは、会社のトラックを使った息子たちのドイツ脱出に喜んで力添えをするということになった。毎週日曜の朝、ウンガーは砂糖菓子をオランダにはこび、かわりに原料を積んでくる。オリンピックめあてに観光客が流入しているこの時期ならば、国境警備兵もそちらに心を奪われ、定期的に越境する商用トラックには頓着しないのではという見立てもあった。

だが、彼に命を託すことができるか。

信頼をおけない明確な理由があるわけではない。ウンガーとアルブレヒトは古くからの友人だった。同志でもある。国家社会主義者を嫌っていた。

しかし、近ごろは裏切りの口実が多すぎる。

〝きょうが日曜日だから責める……〟

そしてクルト・フィッシャーが出国をためらう陰にはもうひとつの理由がある。若者が反戦主義者で社会民主党員であるのは、両親や友人たちによるところが大きい。みずから積極的に政治活動をすることは一度としてなかった。彼にとって人生とはハイキングであり女の子たちであり、旅でありスキーであった。ところが国家社会主義者の世になってみると、自分でも驚いたことに、彼らと戦いたい、その不寛容と邪悪を人々に知らしめたいという強い欲望が身内にたぎっていたのである。おそらくクルトには国に残り、国家社会主義打倒のために働くという思いもあったにちがいない。

ただし相手は強大な力の持ち主で、しかも狡猾だった。平気で死をもたらす。

クルトが炉棚の時計に目をやると、時計は止まっていた。彼もハンスもねじを巻くのを忘れてしまうのだ。ねじ巻きは父の仕事で、動かない針を見るとクルトの胸は痛んだ。彼は懐中時計で時刻を確かめた。「そろそろ行くなり、行かないと連絡するなりしないとな」

チン、チン、チン……ナイフが皿を叩くシンバルがまた鳴りだした。

それから長い沈黙。

「残ろう」とハンスが言った。だが彼は期待のまなざしを兄に向けた。ふたりはいつでも張りあっていたが、最後には兄のくだす決断に弟が甘んじることになっている。でも自分は正しい決断をくだせるのか。

〝生き残り……〟

クルト・フィッシャーはようやく言った。「行くぞ。荷物を持てよ」

チン、チン……

クルトはリュックサックを担ぐと弟をぐっと睨みつけた。が、ハンスの気分は春の気候のごとく変化した。突然笑いだし、自分たちの服装を身ぶりで示した。ふたりは半ズボンに半袖のシャツ、ハイキング用の長靴という出立ちだった。「見ろよ。茶色に塗ったらヒトラー・ユーゲントだぜ！」

クルトは思わず苦笑いをした。「行こうか、同志」と皮肉っぽく、突撃隊やユーゲントが仲間をさすときの呼称を使った。

泣きそうになるのがこわくて、最後に部屋を眺めることはせずに、クルト・フィッシャーは扉を開き、兄弟は廊下に出た。

廊下のむこうで、肉付きがよく頰をリンゴのように染めた戦争未亡人のルッツ夫人が玄関の靴拭いをこすっていた。人づきあいの少ない女性だが、たまに決まった住人の部屋を訪ねて——相手は彼女なりに設けた、隣人としてあるべき厳しい基準を満たした者にかぎられる——奇蹟のような料理を置いていくことがあった。フィッシャー兄弟は友人と認められ、長年にわたって肺のプディング、スモモの焼き菓子、冷製肉の煮こごり、キュウリの漬物、ニンニク風味の腸詰め、モツ入りの麵などを頂戴してきた。夫人を見ただけでクルトは涎《よだれ》が出てくる。

「あら、フィッシャー兄弟じゃないの！」

「おはようございます、ルッツ夫人。朝から精が出ますね」

「また暑くなるって言うから。それに、雨になりそうだし」

「べつに、オリンピックのことをあれこれ言う気はありませんけど」とハンスが厭味たらしく言った。「ぼくたち、たのしみにしてるんですよ」

夫人は笑った。「馬鹿な人たちが、下着姿で飛んだり跳ねたりするやつでしょう！　可哀そうに植木が干からびそうになってるときに、誰があんなことをやりたいのかしら。外の婆羅門《ばらもん》菊《ぎく》を見てちょうだい。ベゴニアも！　それはそうと、あなたがたのご両親は？　まだ旅行に出てらっしゃるの？」

「はい、ロンドンに」両親の政治に関わる問題が知られていないこともあり、兄弟はつい億劫になって言葉を濁してしまうのだ。

「もう何カ月にもなるでしょ。早く帰ってこないと、息子たちの顔がわからなくなってしまうじゃない。ところできょうは？」

「ハイキングです。グリューネヴァルトで」

「まあ、あそこはいいところよ。街よりずっと涼しいし」夫人は熱心に靴拭いをこすりだした。

階段を降りるときにクルトが横目で見ると、ハンスはまたふさぎこんでいた。

「どうした？」

「兄貴はこの街が悪魔の遊び場だと思ってるかもしれないけど、そうじゃない。彼女みたいな人たちがいっぱいいる」弟は階段に顎をしゃくった。「いい人、親切な人。そういうみんなを、おれたちは見棄てていくんだ。で、どこへ行く？　知り合いもいない、言葉も話せない、仕事もない、たった二十年まえには戦争をしてた国へ？　おれたちが受け入れられると思うのか？」

クルトには返す言葉がなかった。弟の言い分は百パーセント正しかった。しかも出国に反対する議論もまだずいぶんあったはずなのだ。

表に出て、兄弟は灼けつく通りを見わたした。この時間、ふたりに関心を払う人間はいなかった。「行くぞ」クルトは歩道を歩きながら、ある面、自分はルッツ夫人に対して正直だったと考えていた。兄弟は放浪をつづけていく——行くあてに待つのはベルリンの西、かぐわしい森に建つ質素なホステルだけではない。縁もゆかりもない土地で、見通しもないままにはじまる新生活だった。

彼は電話の音に飛びあがった。

相手がドレスデン小路の事件を担当する検屍医であることを期待して、受話器をひっつかんだ。「コールだ」

「来てくれ、ヴィリ」

カチッ。

一拍おいて心臓が確かな鼓動を刻みだすと、彼は廊下をフリードリヒ・ホルヒャーの部屋に向かった。

なんだ？ 日曜朝の本部に警視正がいるとは？ もしかしてペーター・クラウスが、目撃者のローゼンバウムというパン屋を助けるためにコールがでっちあげた、ラインハルト・ハイドリヒ（ハレ出身の男）とゲットブルクの作り話を看破したのだろうか。ヤンセンに向けた不用意な発言を誰かに聞かれてしまったのか。ガトウのユダヤ人殺しを捜査しようという警視を譴責に処すべしと、高所からの伝達があったのか。

コールはホルヒャーの部屋にはいった。「失礼します」

「どうぞ、ヴィリ」ホルヒャーは立って扉をしめると、コールに座るよう合図した。

警視は腰をおろした。息子たちに、なにか問題が起きそうな相手と向きあうときにはこうしろと言って聞かせたとおり、相手の視線をはずさなかった。

たがいに無言のまま、ホルヒャーは席にもどると、革張りの高価な椅子を前後に揺らしながら、左腕に巻いたあざやかな赤の腕章をいじった。彼はアレックスで腕章を身につけている数少ないクリポの幹部だった。

「ドレスデン小路の事件だが……忙しいのかね？」

「興味深い事件です」

「現場に出ていたころが懐かしいな、ヴィリ」

「ええ」

ホルヒャーは机上の書類を几帳面にまとめた。「きみは五輪に行くのか？」

「一年まえに切符を手に入れましたから」

「そうか。ご子息たちもたのしみにしているだろう？」

「もちろん。女房もです」

「ほう、それはよかった」ホルヒャーはコールの発言をひと言も聞いていなかった。ふたたび言葉がとぎれる。彼は蠟で固めた口ひげを撫でた。これは深紅の腕章をいじっていないときの癖である。やがて、「ときには、ヴィリ、厄介なことにあたらなくてはならないことがある。われわれの職業ではとくにそうだろう？」とホルヒャーは言いながら目を伏せた。コールは懸念のなかで思っていた。これだからこの男は党で出世しないのだ。悪い知らせを伝えるのに四苦八苦している。

「ええ」

「われらが尊敬すべき組織の人間が、ここ最近のきみに注目していた」

ヤンセンと同じで、ホルヒャーは嘲るということができない。〝尊敬すべき〟とは額面どおりなのだろうが、警察という理解しがたいヒエラルヒーに照らして、いったいどこの組織のことを言っているのかは謎だった。この疑問に対し、ホルヒャー本人が口にした答えがコールを慄然とさせた。「ＳＤがきみのことを調べている。ゲシュタポとはまったく別にだ」

背筋の凍る思いだった。政府の人間であれば、みながゲシュタポの調査を重んじるものである。そうしないのは侮辱にあたる。それをＳＤ、ＳＳ内でもエリートの保安課報部が？　しかもその長とは、誰あろうラインハルト・ハイドリヒその人だった。つまりクラウスに語ったハイドリヒの故郷に関するでたらめが、報いとなってはね返ってきたのだ。

呼吸を乱し、両手で握りしめたズボンに汗染みをつくりながら、ヴィリ・コールは無言でうなずいていた。経歴の終わりが――そしておそらく生涯の終わりが――目の前に出現するところだった。

「上層部できみについての話し合いがもたれた模様だ」

「はい」コールは声がふるえないように祈った。彼が捉えていたホルヒャーの視線は、電気が走るような数瞬を経て、扉近くの卓上にあるベークライト製のヒトラーの半身像にそそがれた。

「ある問題が起きてね。残念だが、その件では私は力になれない」

むろんフリードリヒ・ホルヒャーからの助力はないだろう。ホルヒャーはジポの最底辺に位置するクリポであるのみならず、臆病者なのだ。

「ええ、で、その問題とは？」

「要求が出された……現実には命令なんだが、きみにはきたる二月、ロンドンのＩＣＰＣに代表として参加してもらう」

コールはゆっくりうなずきながら、その先を待った。だが悪い知らせの一斉射撃はそこでやんだようだった。

二〇年代のウィーンで創設された国際刑事警察委員会（ＩＣＰＣ）は、世界各国の警察による協力機構である。委員会は犯罪、犯罪人および法執行技術についての情報を出版物、電報、無線を介して共有していた。ドイツもその一員であり、コールとしてはいまだ委員会に属していないアメリカが参加を視野に入れ、ＦＢＩの代表を会議に派遣すると聞きおよび、かねてから喜んではいたのだ。

ホルヒャーが目を走らせた机上には、壁に掲げられた額縁のなかからヒトラー、ゲーリング、ヒムラーの視線も向けられている。

コールは何度か息を吸い、気を鎮めてから言った。「光栄です」

「光栄だって？」ホルヒャーはしかめ面をした。身を乗り出すと声をひそめた。「ものわかりがいいな」

コールは上司の侮蔑を理解した。会議への出席は時間の無駄である。なぜなら国家社会主義とは独立独歩のドイツを標榜するものであり、国際協調による法執行組織の情報共有などはヒトラーがもっとも嫌うところなのだ。〝ゲシュタポ〟が〝秘密国家警察〟の略称である理由はそこにある。

コールはお飾りとして、体面を保つためだけに委員会へ派遣される。地位が上の人間は誰も行こうとはしない——公職にある国家社会主義者が国を二週間離れるのは、帰国したときには職がなくても致しかたないということなのだ。だが、単なる働き蜂のコールは党で出世する気はなく、二週間不在だろうと失うものもない。せいぜい事件の解決が延びて、強姦魔や殺人犯が野放しになるという程度である。

そんなことは彼らの眼中にはないのだ。

ホルヒャーは警視の見せた反応に安堵していた。彼は快活に訊ねた。「最後に休暇をとったのはいつだ、ヴィリ？」

「ハイディとは、よくヴァンゼーや黒い森《シュヴァルツヴァルト》に行きますが」

「海外にはという意味だが」

「そうですね……何年にもなりますか。フランス。イギリスのブライトンにも旅行したな」

「ロンドンには細君も連れていきたまえ」

ホルヒャーのその提案には、いかにも罪滅ぼしといった感じがあった。彼はやおらコールに言った。「その時季は、フェリーも汽車も値段が手ごろだそうだ」そこでまたひと呼吸あって、「もちろん運賃も宿泊費も支給される」

「それは気前がいい」

「あらためて、損な役回りを押しつけてすまないな、ヴィリ。しかし飲み食いはたのしめる。イギリスのビールは評判よりずっとうまい。ロンドン塔も見てくればいい！」

「ええ、そうしますよ」

「いいぞ、ロンドン塔は」警視正は興奮気味にくりかえした。「では、いい一日を、ヴィリ」

「いい一日を」

楢材や大理石に明るい光が射しても、薄気味の悪い暗さは相変わらずの廊下を歩いてもどるうち、コールは恐怖からしだいに立ち直っていった。

彼は自室の椅子に身を沈めると、ドレスデン小路の事件にまつわる証拠や覚え書きをおさめた箱に目をくれた。

視線がその隣りに置かれた書類挟みに移る。と、彼は受話器を取りあげ、ガトウの交換手を呼び出すと個人宅に回線をつなぐよう依頼した。

「もしもし？」若者の声が用心深くひびいたのは、日曜の朝からの電話に慣れていないからだろう。

「ラウル巡査かね？」

一瞬遅れて、「はい」

「こちら、ヴィリ・コール警視だ」

「ああ、はい、警視。ハイル・ヒトラー。わざわざ自宅に電話を。それも日曜日に」

コールはくすりと笑った。「そうだ。邪魔をしてすまない。電話をしたのはガトウともう一件、ポーランド人労働者銃撃に関する現場報告書のことなんだ」

「申しわけありません。こちらの力不足で。報告書は、警視が普段ご覧になるものとくらべて出来が悪いと思います。警視が作られるものの足もとにもおよびません。全力は尽くしたつもりですが」

「ということは、報告書はもう完成したんだな？」

今度のためらいは最初のものよりも長かった。「はい。マイヤーホフ署長に提出してあります」

「そうか。いつのことだ？」

「先週の水曜日でしたか。ええ。間違いありません」

「署長は目を通したのか？」

「金曜の夜には、署長の机の上にありました。警視にも一部お送りするようお願いしておいたのですが。受け取られていないとは意外です」

「じゃあ、この件はきみの上司とかけあうことにする……。答えてくれ、ラウル。きみは自分の現場処理に満足しているか？」

「自分では徹底してやったつもりです」

「結論らしきものは出たのか？」

「それは……」

「捜査のこの段階では、推理を働かせて大いにけっこう」

若者が言った。「強盗が動機ではなさそうですが？」

「私に訊いてるのか？」

「いえ。私の結論をお話しししているわけで。その、推理ですが」

「よろしい。被害者の所持品がそのままだったのか？」

「金はなくなっていました。でも宝石等の手回り品は残っていて。かなり高価な品もあったと思います。しかし……」

「つづけろ」

「遺体を安置所に搬送したときには、まだ身につけていたんです。その後に紛失してしまって」

「その点については興味がないし、驚きもしない。被害者に敵がいたことを示すものは？　何かないのか？」

「いいえ。少なくともガトウの家族に関してはありません。おとなしくて勤勉な、しごく善良な人々ですよ。ユダヤ人でしたが、彼らの宗教を実践していたわけでもありません。党にはもちろん参加していませんでしたが、反体制でもなかった。ポーランド人労働者のほうはオリンピックの植樹をするため、三日まえにワルシャワから来たばかりでした。共産主義者や名の知れた活動家だったということもありません」

「ほかに心あたりは？」

「犯行には最低二、三人が関わっています。警視に教えていただいたおかげで、足跡を発見しました。両事件ともに」

「凶器の種類は？」

「わかりません。私が到着したときには薬莢もなくなっていて」

「なくなった？」このところ、念の入った殺人が蔓延しているようだ。「なら、鉛弾でわかることもある。形のいいものは回収できたか？」

「地面を慎重に調べてみたのですが。見つかりませんでした」

「検屍医が取り出しているはずだぞ」

「私から訊ねてみたんですが、見つからないということで」

「一個も？」

「残念ながら」

「おれはきみに腹を立ててるんじゃないぞ、ラウル巡査。きみはみごとに仕事をやってのけた。それから、休みでくつろいでいるところをすまなかった。子供がいるのかね？　後ろに声が聞こえるようだが。起こしてしまったかな？」

「娘です。でも物心がついたら、警視のような有名な捜査官に起こされるのは光栄なことなんだと言い聞かせますから」

「ごきげんよう」

「ハイル・ヒトラー」

コールは受話器を架台に落とした。彼は混乱していた。殺害の模様からすると、事件はＳＳ、ゲシュタポないし突撃隊のしわざであることを示唆している。だがそれが事実なら、コールと巡査はただちに捜査の中止を命じられているはずだった。たとえば先日も、食糧品が闇市場に流出した件に関し、捜査の矛先が海軍のレーダー提督と陸軍の上級将校ヴァルター・フォン・ブラウヒッチュに向くや、クリポの捜査陣には首を突っ込むなとのお達しが出ている。

捜査妨害をされているわけではないが、足を引っぱられている。そんな不明瞭な状況から導かれることは？

動機はともかくも、この殺しはさながらコールの忠誠心を試すかのように突きつけられている気がした。マイヤーホフ署長はＳＤの命を受けてクリポに連絡をとり、刑事がユダヤ人とポーランド人の殺害事件の担当を拒むかどうかを確かめたのか。そういうことなのか。

いや、それでは被害妄想がすぎる。そんなふうに思うのは、自分がSDに調べられていると知ったからだ。

結局、これらの疑問に答えを見出せないまま、コールは席を立ち、音のしない廊下を電信室に向かった。また新たな奇蹟が起きて、彼の慌しい照会にアメリカ側が応じているかもしれないと思ったからである。


車内がオーヴンと化したおんぼろのヴァンは、ヴィルヘルム広場に来ると路地にはいって駐まった。

「なんて呼びかけたらいい？」とポールは訊いた。

「〝失礼します〟」ヴェバーが言った。「いつでも〝失礼します〟」

「女はいないのか？」

「おお、これはいい質問だ、ミスター・ジョン・デリンジャー。ああ、すこしはいるかもな。でも公職についてる女はいないね。立場はあんたと同じさ。秘書、清掃員、文書係、書記。みんな独身だ――結婚した女は働けないから――〝お嬢さん〟と呼べばいい。よければちょっかいでも出してみな。それならいかにも職工らしいし、あっさり無視したところで、さっさと仕事をしまいにして、おうちで日曜のごちそうにありつきたいんだってわかってくれるから」

「扉は叩くのか、いきなりはいるのか？」

「かならず叩く」とモーガンが言った。ヴェバーがうなずいた。

「で、〝ハイル・ヒトラー〟を言うのか？」

ヴェバーは冷たく笑った。「好きなだけどうぞ。それを言って監獄送りにされたやつはいないよ」

「あの敬礼もか。片手を宙に伸ばす」

「それは必要ないだろう」モーガンが言った。「職工だからな」そこで思いだしたように、「あとはGの発音に気をつけろ。柔らかく。ベルリンの人間らしくしゃべるんだ。寝た子を起こさないように」

蒸し風呂のようなヴァンの後部で、ポールは着ていた服を脱ぎ、ヴェバーの用意したつなぎに袖を通した。「ぴったりだね」とドイツ人は言った。「記念に欲しけりゃ売ってやってもいいよ」

「オットー」ポールは溜息をついた。ぼろぼろの身分証明書を見ると、自分によく似た男の写真が貼ってある。「こいつは誰だ？」

「あまり使われてない倉庫があって、そこにヴァイマルが保管した出征兵士の書類が眠ってる。そりゃもう何百万という数でね。許可証やら書類の偽造にときどき使わせてもらってるよ。書類を買ってくれる相手と似た写真を見つけるのさ。写真はどれも古くてよれよれだけど、おれたちの証明書だって、携帯を義務づけられてるから同じようなもんだ」彼は写真からポールへ視線を移した。「こいつはムーズ‐アルゴンヌで戦死した男さ。書類によると、死ぬまえに何個も勲章をもらってる。鉄十字章という話もあったらしい。あんた、死人にしては元気がよさそうだ」

ヴェバーは首相官邸への出入りを可能にする、二通の労働許可証をポールに差し出した。ポールは自身の旅券と偽のロシア旅券は下宿屋に置いてきたし、わざわざ買ったドイツ煙草と〈アーリア・カフェー〉で手に入れた無印の安マッチを持っていた。ヴェバーによれば、かならず建物前で念入りに身体検査をされるとのことだった。「ほら」と手わたされたのは帳面に鉛筆、それに使いこんだメートル尺である。ヴェバーはまた鋼製の物差しも出してきた。これはエルンストの執務室に錠がおろされていた場合に梃子《てこ》として使える。

ポールは道具一式に目をやった。「本当にこれで騙せるのか?」

「これはミスター・ジョン・デリンジャー、手堅くいきたいって言うなら、あんた、稼業を間違ったんじゃないのかい?」ヴェバーは例のキャベツ葉巻を抜き出した。

「ここでそいつを吹かさないでもらえるだろうか」とモーガン。

「だったらどこで吸わせてくれるんだい? 総統の住まいの玄関先で、護衛のSSのケツでマッチを擦ってやろうか?」ヴェバーは安葉巻に火をつけ、ポールに向かってうなずいた。「ここであんたを待ってるからさ」

ヘルマン・ゲーリングは首相官邸をわが家のごとく闊歩した。いつかはわが家になると信じている。

大臣はキリストに対するペテロのように、アドルフ・ヒトラーを愛していた。しかしイエスは磔刑《たっけい》に処され、ペテロがその活動を引き継ぐ。

そうしたことがドイツでも起こりうるとゲーリングは知っていた。ヒトラーは世界史にお いて唯一無二の存在である。その魅力、放たれる光彩というのは筆舌に尽くしがたい。だからこそ、彼が生き長らえることはない。世界は夢想家と救世主を受け入れはしないのだ。ヴォルフは五年を待たずに死んで、ゲーリングは悲しみに貫かれ、公然と嘆いてみせることだろう。長い服喪の期間に彼は職務を遂行し、やがては国を率いて世界一の国家という地位をめざす。ヒトラーはこれが千年帝国になると言った。しかしヘルマン・ゲーリングは、己れの体制を永遠のものにしようと舵を切る。

とはいえ、当面の目標はずっと小さい。総統の役割に踏みこめるのは自分なのだとはっきりさせることである。

航空大臣は卵と腸詰めを平らげると服を換えた（彼の場合、日に四度、五度と着換えをするのは普通のことだった）。いま身をつつんでいるのはあざやかな緑の軍服で、そこを飾るモールや略綬は受けたものもあるが、多くは買い求めたものだ。この恰好を選んだのは任務におもむくという気分がしたからである。で、目的は？　ラインハルト・エルンストの首を壁に打ちつけること（なにしろゲーリングは帝国でも名だたる狩りの達人なのだ）。

カイテルのユダヤの血筋をあばいた書類を乗馬用の鞭のごとく小脇にはさみ、彼は暗い廊下を進んだ。角を曲がるときに古傷が悲鳴をあげた――二三年十一月の〈ビアホール一揆〉で、股間に銃弾を受けたのだ。一時間まえに薬をのんだばかりなのに――いまや薬は手放せない――もう効き目が薄れてきている。そうだ、薬剤師が処方を誤ったにちがいない。あとで叱りつけてやると思いつつ、彼はSSの護衛にうなずき、控え室にはいって総統の秘書官に頬笑みかけた。

「すぐにお通しするよう申しつけられておりますが、大臣」

ゲーリングは絨毯を踏んで総統の執務室にはいった。ヒトラーはよくやるように、机の縁に身をもたせかけていた。ヴォルフは落ち着いて座っているということがない。歩きまわっては腰をかけ、上体を前後に揺すりながら窓外を眺める。彼はココアを啜ると茶碗と受け皿を机上に置き、背の高い肘掛け椅子に座る人物にしかつめらしくうなずいた。「これは航空大臣、はいれ、はいれ」

ヒトラーはゲーリング自筆の伝言を手にした。「この件について話を聞かなければな。陰謀とは気にかかる……。ここにいるわれらが同志も、同じような報告をもってきたようだ」

広い室内のなかばまで来たゲーリングは不意に足を止め、しきりに瞬きをしながら、肘掛け椅子から立ちあがったもうひとりの訪問客を見た。ラインハルト・エルンストだった。大佐は会釈すると微笑を見せた。「おはようございます、大臣」

ゲーリングはそれを無視してヒトラーに訊ねた。「陰謀ですと?」

「そのとおり」ヒトラーは言った。「われわれはいま、大佐の計画である〈ヴァルタム研究〉について議論していた。どうやら大佐の仲間のことで、敵が情報を操作して流しているらしい。

ルートヴィヒ・カイテル教授のことだが。信じられるかね？　敵は教授にユダヤの血が流れているとまで言いだしているのだ。さあ座ってくれ、ヘルマン、その陰謀についてきみが発見した事実を話してもらおう」

ラインハルト・エルンストは生あるかぎり、その瞬間、むくんだヘルマン・ゲーリングの顔に浮かんだ表情を忘れることはないと思った。

血色のいい、にやけた月のなかで、その目が激しく動揺した。大の男も形なしである。

しかし、エルンストはその一撃に特別喜びを見出したわけではない。動揺が消えると、男の面貌には憎悪だけが残ったのだ。

総統は男たちの間でかわされた無言のやりとりには気づかなかったらしい。机上に置かれた何通もの書類を叩いた。「エルンスト大佐には私から、いま彼が取り組んでいる軍事研究についての情報を求めた。それは明日提出される……」鋭い視線を受け、エルンストは首肯して請けあった。「そのとおりです、総統閣下」

「で、その準備をする過程で、大佐はカイテル教授ほか、政府の仕事をする者たちの親族の記録が改竄《かいざん》されていることを知るにいたった。クルップ、ファルベン、ジーメンス各社の者たちだ」

「そして」とエルンストはぼそりと口にした。「問題はそこにとどまらないと知り、私は言葉を失いました。党の要職にある多くの人々の親族、尊属の記録までがいじられていたのです。

情報が仕掛けられたのはおおかたハンブルク周辺でした。見つけたものの大半は破棄するにふさわしいもので」エルンストはゲーリングを無遠慮に見つめた。「一部は高位の人間に関する虚偽です。ユダヤ商人、私生児などとの関連を示唆するものでした」

ゲーリングは顔をしかめた。「ひどい」彼が歯を食いしばっていたのは敗北を喫したばかりか、航空大臣の過去にもユダヤの祖先がいるのではと、エルンストがほのめかしたからである。

「誰がそんな真似を？」彼は手にした書類挟みをいじっていた。

「誰だ？」ヒトラーがつぶやいた。「共産党、ユダヤ、社会民主党。私自身は最近、カトリックに悩まされている。彼らが反対勢力であることを忘れてはならない。われわれが日ごろ抱くユダヤへの憎しみを思えば懐柔するのは簡単だが、わからないぞ。われわれには敵が多いからな」

「おっしゃるとおり」ゲーリングが視線を投げると、エルンストはコーヒーかココアはいかがかとすすめた。

「いや、結構だ、ラインハルト」と冷ややかな返事だった。

エルンストは兵士として、軍の弾薬庫にあってもっとも効果的な武器とは精確な情報であると知っている。敵の意図を確実に把握するというのが、彼の常からの主張なのである。首相官邸より数街区と離れていない公衆電話が、ゲーリングのスパイに盗聴されていると考えなかったのは失策だった。その軽率な行動によって、航空相は〈ヴァルタム研究〉の共著者の名を知った。だが幸運にもエルンストは――奸計にはまるで無知であると周囲に対して思わせる一方で――重要な場所にはしかるべき人間を伏せていた。航空省の動向について定期的に情報を流してくる人物が昨晩、大臣の割れたスパゲティの皿を片づけ、清潔なシャツを取りにいったあとで、ゲーリングがカイテルの祖母に関する情報を掘り出したと報告をよこしてきた。

そんな駆け引きをすることに嫌悪しながら、それでも置かれた状況の危険性を理解して、エルンストはカイテルに会いに走った。教授は祖母がユダヤの血を引いていると知りつつ、長年家系のことは放置してきたのだった。エルンストとカイテルは昨夜何時間もかけ、純粋アーリア人の実業家や政府高官がユダヤの出自であることを示す書類を捏造した。

エルンストの描いた戦略でただひとつ難しい部分が、ゲーリングに先んじてヒトラーと会うことだった。だが軍事戦略において、エルンストが旨としてきた作戦がいわゆる〝急襲〟である。自分たちがすばやく動くことにより、強大な敵にも防御の隙をあたえないという意図をもっておこなう。大佐はけさ早く総統の執務室へ駆けこみ、みずからの陰謀を展開して偽造書類を提出した。

「われわれは事の真相を究明する」ヒトラーはそう言って机を離れるとココアを注ぎ、皿からビスケットを数枚取った。「さて、ヘルマン、きみの伝言だが？　何を発見した？」

巨軀の男は笑顔で敗北を認めるようなことはしなかった。かわりに頭を振り、渋面をつくって言った。「オラニエンブルクに不穏な動きありと耳にしました。それも看守に対する非礼なふるまいがあったとのこと。反乱が起きないか心配です。私からは対抗措置をとられるようお勧めします。厳しい手段で」

これは道理に合わない。奴隷労働を使って大規模改修をほどこし、ザクセンハウゼンと名を改めた強制収容所の保安は万全であった。反乱など起きようがないのである。囚人は檻に閉じこめられ、爪を抜かれた獣同然だった。つまりゲーリングの発言の目的はただひとつ、報復のため、エルンストの足もとに無実の人々の死体をならべようというのだ。

思案するヒトラーに向けて、エルンストはさりげなく言った。「収容所のことは一向に知らないのですが、さすが航空大臣はすばらしい指摘をされます。やはり不満などは出ないようにしませんと」

「しかし……少々気後れを感じるのだが、大佐」ヒトラーは言った。

エルンストは肩をすくめた。「ただし、そうした対抗措置をとるならばオリンピック終了後がよろしいかと。収容所と選手村とはあまり距離がはなれていません。外国人記者が街にいるときに噂が伝わるようなことがあれば、ぎくしゃくすることも考えられます。収容所の件は、できるだけ隠しておくのが得策ではないでしょうか」

この意見にヒトラーが乗り気でないことは、エルンストにもすぐ察しがついた。だがゲーリングに抗う暇をあたえず総統は言った。「それが上策かもしれない。この件は一、二カ月たって処理しよう」

そのころには総統もゲーリングも忘れているといいが、とエルンストは思った。

「それとヘルマン、大佐がもっといい知らせをもってきた。英国が昨年結んだ協定の下で、わが軍艦と潜水艦の建造数を認めた。ラインハルトの計画が実を結んだのだ」

「すばらしい」ゲーリングはつぶやいた。

「航空大臣、その書類は私宛てのものか？」なにも見逃さない総統の目が、大臣の腋の下にあった書類挟みを捉えた。

「いいえ。これはべつに」

総統はココアをさらに注ぎたすと、オリンピック競技場の模型のほうに歩いた。「さあ諸君、新しく拡張した部分を見たまえ。なかなかいいと思わないか？　優雅だろう。私は現代風の様式を気に入っている。ムッソリーニは自分の発明だと思っているが、知ってのとおり、やつは泥棒だ」

「ごもっとも、総統閣下」とゲーリング。

エルンストも賛同の言葉を口にした。ヒトラーの舞うような目つきは去年の夏の浜辺で、祖父に立派な砂の城を見せたときのルディを思わせた。

「きょうは暑さがやわらぐという話だ。写真撮影もあるし、そうなってくれることを願おうじゃないか。大佐、きみは制服を着てくるのかね？」

「どうでしょうか。私は一介の公僕にすぎません。優秀な仲間たちの間で、めだつようなことはしたくないのですが」エルンストはそこでゲーリングの派手な制服を見ないようにと、競技場の模型に目を凝らした。

国内安定担当全権委員――堅苦しいゴシック・ジャーマンの書体で表示がなされたその部屋

は、官邸の三階にあった。同じ階の改装はだいたい終わっているようだが、まだペンキや漆喰、ワニスの匂いがあたりに重く立ちこめていた。

黒い制服に銃剣を持った二名の護衛から執拗な身体検査は受けたものの、建物にはとくに問題なくはいることができた。ヴェバーの書類は通用したが三階で止められ、ふたたび身体検査をされた。

ポールは巡回の兵士が廊下を歩き去るのを待ち、エルンストの執務室の扉にはまる型板ガラスを丁重にノックした。

応答はない。

ノブを回してみると施錠はされていなかった。ポールは暗い控えの間を、エルンストの個室に通じる扉へと向かった。と、そこで不意に立ちどまったのは、扉の下から漏れてくる光がやけに明るく、人がいるのではと警戒心が募ったからである。だが、またノックをしても返事はない。扉を開くと、明るさは陽射しのせいだとわかった。東向きの部屋には朝日が容赦なく流れこんでくる。考えたすえに扉はあけ放しておいた。しめておくのはおそらく規則違反で、回ってきた警備に不審をいだかれることになる。

ひと目見て散らかっているという印象だった。書類、冊子、諸表、綴じられた報告書、地図、手紙などが机上と一隅にある大型の卓上を占めていた。書棚にずらりとならぶのは大半が軍事史に関連した書籍で、カエサルの『ガリア戦記』から年代順に整理されている。ケーテからドイツの検閲について聞かされていただけに、パーシング、テディ・ルーズヴェルト、コーンウォリス提督、ユリシーズ・S・グラント、エイブラハム・リンカーン、ネルソン提督といった英米の人物にまつわる本があるとは驚きだった。

暖炉はもちろん空で、きれいに磨かれていた。黒白の大理石でできた炉棚には戦争の記念品があった。銃剣、戦闘旗、制服姿の若きエルンストが、みごとなひげ面に角付きの鉄帽をかぶる肥大漢と写った数葉の写真。

ポールはあらかじめ部屋の見取り図を描いておいたノートを開き、部屋の周囲を歩測してその寸法などを書き入れた。メートル尺は使わなかった。正確でなくても信頼がおければいいのだ。歩み寄って机を見ると、額入りの写真がいくつか目にはいった。大佐と家族が一緒に撮ったもののほか、黒髪の凛々しい感じの女性はおそらく大佐の妻で、制服を着た若者と妻子が三人で写っている写真もある。その同じ女性と子供を何年かおいて被写体にした、比較的最近に撮影したものが二枚。

ポールは写真から目を離し、机上にあった書き付けをすばやく読んでいった。そして書類の束にとりかかろうとして、その手を止めた。物音に――あるいは物音がしないことに意識がいったのだ。まわりには音ともいえない音が、ひたすらゆるやかにただよっている。ポールはつと膝を落として巻尺を床に置くと、部屋の端から端まで歩きだした。顔をあげると、ゆっくりと部屋にはいってきた男が好奇の表情を浮かべて彼を見ていた。

炉棚に飾られているのも、モーガンの手先だったマックスに見せられたのも古い写真だったが、いま目の前に立っている男は疑いなくラインハルト・エルンスト本人だった。

## 22

「ハイル・ヒトラー」とポールは言った。「お邪魔してすみません」

「ハイル」男は気だるく答えた。「きみは?」

「フライシュマンです。絨毯の寸法をとってまして」

「ああ、絨毯か」

もうひとり、黒い制服の大男が部屋を覗いた。男はポールに要求した書類をじっくり読むと控えの間にもどり、ドアのすぐ外に椅子を引き寄せた。

エルンストがポールに訊ねた。「ここはずいぶん大きな部屋だろう?」

「八×九・五メートルです」ポールの心臓が早鐘を打った。あやうく〝ヤード〟と口にするところだった。

「もっと大きいかと思っていたが」

「いや、大きいですよ。私が言ったのは敷物の大きさですから。だいたいこんな立派な床だと、お客さんのほうで、木の縁のとこは見せたいとおっしゃるんで」

エルンストはまるで初めてといわんばかりに床を見た。脱いだ上着を机の脇の人台に掛けた。椅子に深く座り、閉じた目をさすっていたが、そのうちに身を起こし、鉄縁の眼鏡をかけて書類に目を通しはじめた。

「日曜日もお仕事ですか？」とポールは訊いた。

「きみと一緒だ」エルンストは笑って答えたが、顔はあげなかった。

「総統のご意向で、早く改修を終わらせたいということで」

「ああ、それはそうだろう」

狭い凹所を測りながら、ポールは側面からエルンストを見た。手の傷痕、口もとの皺、充血した目、想いが千々に乱れ、胸にさまざま重荷を抱えた人間の物腰だった。

椅子がかすかな音をたてて回り、窓と向きあったエルンストは眼鏡をはずした。そうして太陽の光と熱を貪欲に吸収しながらも、戸外を愛する男が内勤を強いられたかのような、どこか未練がましいものを感じさせた。

「この仕事をはじめてどれくらいになる、フライシュマン？」エルンストは振り返らずに訊ねた。

ポールは帳面を小脇にはさんで立ちあがった。「ずっとです。大戦からこっち」

エルンストはわずかに背をそらして目を閉じ、日光浴をつづけている。ポールは音もなく炉棚に歩み寄った。銃剣は刃の長いものだった。黒ずんでいて最近は研がれた形跡がないが、死をもたらすのは充分可能だ。

「で、たのしいかね？」

「性に合ってます」

そこで武器をつかんで背後から忍び寄り、エルンストを一気に始末してもよかった。剣で人を殺した経験はある。ナイフを使うのは、ダグラス・フェアバンクスの映画に出てくるフェンシングとはわけがちがう。刃は拳という凶器の延長にすぎない。うまいボクサーは短剣の扱いにも秀でている。

〝氷をさわってるうちに……〟

だが外の護衛はどうする？　あの男も殺さなくてはならない。ポールは標的のボディガードを殺したことは一度もなかった。そうせざるを得ない状況におちいったことがないのだ。エルンストを剣で殺し、護衛は殴り倒すのか。しかしほかにも兵士がいるなかで、騒ぎになれば聞きとがめられ、捕らえられてしまうだろう。それに彼の受けた命令とは、その死を公けに知らしめるというものだった。

「性に合うか」とエルンストが答えた。「葛藤もなく、面倒な選択もいらない素朴な生活だな」

電話が鳴った。エルンストは受話器を取った。「もしもし？……ああ、ルートヴィヒ、会合は有利にはこんだ……ああ、ああ……で、有志は見つけたのか？　ほう、よかった……。だがもう二、三……ああ、ではそちらで。のちほど」

電話を切ったエルンストは、ポールから炉棚へと目を移した。「思い出の品だよ。私はこれまでいろんな兵隊を見てきたがね、こんなふうに、どいつもこいつも記念品の蒐集にうつつを抜かすようになるらしい。私も家にはもっと置いているからね。しかし、おぞましい出来事を偲ぶよすがとは妙な話じゃないかね？　ときどき頭が狂ってると思うことがある」彼は机上の時計を見つめた。「終わったかね、フライシュマン？」

「ええ、終わりました」

「では、私はちょっと内々の仕事があるのでね」

「ご協力ありがとうございました。ハイル・ヒトラー」

「フライシュマン？」

ポールは戸口で振り向いた。

「きみは自分の務めと、身の上や性分が一致する幸運な男だ。そんなことはめったにない」

「そうですね。いい一日をおすごしください」

「ああ、ハイル」

外の廊下に出た。

エルンストの顔と声を脳裡に焼きつけると、ポールは前だけを見て、黒や灰色の制服、背広、つなぎを着た男たちの間を目につかぬよう、ゆっくりした足どりで階段に向かった。どこにいても、壁の絵から容赦のない二次元の視線にさらされた。その三人組の名が真鍮の銘板に〈A・ヒトラー、H・ゲーリング、P・J・ゲッベルス〉と刻まれていた。

一階に降りると、ヴィルヘルム通りに面して開かれたまぶしい廊下を、足音をひびかせて歩いた。ヴェバーが用意した使い古しの長靴はいまの服装にふさわしいものだったが、靴底の革がすり減っているせいで、どう足の運びを変えようが一歩ごとに鋲釘《びょうくぎ》がやかましく音をたてるのだ。

あと五十フィートで、ぎらぎらした陽光につつまれた扉にいたる。

四十フィート。

カン、カン、カン。

二十フィート。

通りを流れる車が見えてきた。

十フィート……

カン……カン……

「貴様！　止まれ」

ポールは立ちすくんだ。振り返ると、灰色の制服を着る中年男が急ぎ足で近づいてくる。

「階段を降りてきたな。どこから来た？」

「私は――」

「書類を見せろ」

「絨毯の寸法をとってました」ポールはヴェバーからわたされた書類をポケットから出した。

ＳＳの男は書類にさっと目を通し、写真と作業命令書とを見較べた。ポールの手から、武器であるかのようにメートル尺を取りあげた。

男は命令書をもどすと顔をあげた。「特別許可証は？」

「特別許可証？　聞いていません」

「上階へ行くには、許可証が必要だ」

「そんな話は上からなかったです」

「それはこっちの知ったことじゃない。一階より上に昇るには全員、特別許可を受けることになってる。党員証は？」

「あの……持っていません」

「貴様は党員じゃないのか？」

「もちろん、私は忠実な国家社会主義者です。信じてください」

「党員証を持ってなければ、忠実な国家社会主義者じゃない」親衛隊員はポールの身体を調べ、持っていた帳面を開くと、描きこんでいた見取り図と寸法に目をやりながら首を振った。

ポールは言った。「また平日に来ることになっていますんで。特別許可証と党員証を持ってきます」そして、「そのときに、そちらの事務所も測ります」とつけたした。

「私の事務所は一階の奥だ――改修予定にははいってない」と親衛隊員は不機嫌そうに言った。

「だったら、なおのこと高級ペルシャ絨毯がお入り用でしょう。偶然ですけど、割り当てより余分に品があるんです。倉庫で腐らせておく以外に使いみちがなくて」

しばらく考えこんでいた男は、思い立ったように腕時計を確かめた。「いまはこの件を追及している暇はない。私は保安担当下級指揮官のシェクター。部屋は階段下の右手だ。扉に名前が書いてある。いまは行ってよろしい。だが今度は特別許可証を持ってこい、さもないとプリンツ・アルブレヒト通りへ行ってもらうことになるぞ」

ヴィルヘルム広場を後にした三人の耳に、サイレンの音が聞こえてきた。ポールとレジー・モーガンは、燃えるキャベツと汗の臭いが鼻を刺すヴァンの窓から、外の様子を気づかわしそうに眺めた。

ヴェバーが笑った。「救急車だよ。安心しな」すぐに緊急車輛は角を曲がっていった。「官の車の音は聞き分けられるのさ。きょう日のベルリンでは役立つ知識でね」

やがてポールは静かに言った。「やつに会った」

「会ったって、誰に？」とモーガン。

「エルンストに」

モーガンが目を丸くした。「いたのか？」

「おれが事務所に行ってすぐ、本人がはいってきた」

「さて、どうする？」とヴェバーが言った。「もう官邸にはもどれない。相手の居場所をどうやって見つけるんだい？」

「ああ、それはもうわかった」ポールは言った。

「わかった？」とモーガン。

「やつが来るまで机を調べる時間があった。きょうは競技場に行く」

「どの競技場だ？」モーガンが訊ねた。「街に競技場はやたらとあるんだぞ」

「オリンピック競技場。きょうの午後、ヒトラーがそこに党の幹部を集めて写真を撮らせることになってる」ポールは近くの時計台を一瞥した。「だが猶予は二、三時間しかない。またあんたの力を借りることになりそうだな、オットー」

「ま、どこなりと、お望みの場所へお連れするよ、ミスター・ジョン・デリンジャー。おれは奇蹟を起こして……あんたはそれを金で買う。これぞ相棒どうしってことじゃないか。それでさっそく、おれのいただくアメリカの現金だけど、よろしければ」ヴェバーはヴァンのギアをセコンドに突っ込んだ右手を、手のひらを上にして掲げて待った。モーガンがそこに封筒を置いた。

そのうちに、ポールはモーガンの視線を感じた。モーガンが訊ねてきた。「エルンストはどんなだった？　欧州でいちばん危険な男という雰囲気をただよわせていたのか？」

「礼儀正しくて、何かに気をとられていて、弱々しい感じがした。それに悲しそうだった」

「悲しそう？」とヴェバーが訊いた。

ポールはうなずくと、敏捷でありながら苦悩をたたえるその目を思いだしていた。それは仮借ない試練を待ちうける人間の目だった。

〝いずれ陽が沈む……〟

モーガンがウンター・デン・リンデンの大通りを埋める店舗、建物、それに旗を見やった。

「それが問題なのか？」

「問題？」

「彼と会うとなにか……こっちに来た目的を実行しようという気持ちがそがれるのか？　影響があるのか？」

ポール・シューマンは声を大にして、そのとおりだと言ってみたかった。人と近づきになって話したりすると、気心が知れたばかりに、その相手の命を奪うのに遠慮が生じることがある。だが彼は正直に答えた。「いや。影響はない」

彼らは暑さのせいで汗をかいていたし、少なくともクルト・フィッシャーは恐怖の冷汗もかいていた。

兄弟はウンガーと待ち合わせた広場から二街区離れたところにいる。ウンガーは兄弟を祖国から連れ出し、両親と再会させようとする男だった。

兄弟が命を託した男である。

ハンスが拾った石ころをラントヴェーア運河の川面に飛ばした。

「やめろ！」クルトが押し殺した声で言った。「他人の注意を惹く真似はするな」

「落ち着けよ、兄貴。石を飛ばしたって誰も気にしやしない。みんなやることなんだから。それにしても暑いよな。ジンジャー・ビールでも飲まないか？」

「ちぇっ、おまえは休日と勘違いしてるのか？」クルトは周囲に目をくばった。人出は多くない。時刻は早いのに、暑さはすでに牙をむいている。

「尾行でもついてるのかい？」と弟が皮肉っぽく訊いた。

「おまえはベルリンに残りたいのか？　ここまで来て」

「おれにわかるのは、わが家をいったん捨てたらもう二度と見ることはないって、それだけさ」

「家を捨てなけりゃ、おれたちは母親にも父親にも二度と会うことはできないぞ。おれたちだって、おたがいにもう会えなくなる」

ハンスは顔をしかめると、また石を拾った。今度は三回跳ねた。「ほら！　見ただろ？」

「急げ」

兄弟は屋台の立つ市場通りに折れた。通りや歩道のあちこちに駐まるトラックには、カブ、テンサイ、リンゴ、ジャガイモ、運河鱒、鯉、鱈《たら》の肝油などが山積みされている。肉、オリーブ油、バター、砂糖といった人気の商品はさすがにないが、それでも人々は最高のものを——あるいは、すこしでも食欲のそそるものを手に入れようと早くから行列をつくっていた。

「ほら、あそこだ」クルトは広場の端に駐まった古いトラックをめざして道を横切った。茶色い巻き毛の男が車体に寄りかかり、新聞を読みながら煙草をふかしていた。男は顔をあげて兄弟を認めると、かすかにうなずき、新聞をトラックの運転席に放りこんだ。

〝すべては信頼の問題に行き着く……〟

ときには失望しないこともある。クルトは男が現われないのではないかと疑っていたのだ。

「ウンガーさん！」クルトは顔を合わせるなり言った。ふたりは親しく握手を交わした。「これが弟のハンスです」

「ほう、お父さんそっくりだ」

「チョコレートを売ってるんですか？」青年はトラックを見て訊ねた。

「お菓子の製造と販売だ。教授をやっていたんだが、いまや実入りのいい商売ではなくなった。学ぶのはたまでも、甘いものはいつだって食べたいわけだし、もちろん政治的には安全だからね。話はあとにして、まずはベルリンを出ることだ。国境に近づくまでは運転席で、それから後ろの荷台に移ってもらう。こんな日はチョコレートが溶けないように氷を使うんだが、きみたちはその氷を敷いた板の下に隠れる。心配ない、凍ったりはしないから。トラックの脇に穴をあけて、温かい風が吹きこむようにしてある。ぼくは国境越えを毎週やっているんだ。警備兵とも顔見知りだよ。チョコレートも分けてやってる。調べられることはない」

ウンガーはトラックの後ろにまわって扉を閉じた。

ハンスは車に乗りこみ、さっそく新聞をひろげて読みはじめた。クルトは振り返って目もとを拭うと、これまでの人生をすごしてきた街を最後にもう一度眺めた。その熱にかすんだ感じがイタリアのようで、彼はふと両親と旅をしたボローニャのことを思いうかべていた。父がむこうの古い大学に招聘《しようへい》され、二週間の講義を担当したのである。

若者が街に背を向け、弟の横に座ろうとしたそのとき、人ごみのなかにどよめきが起きた。

クルトは目をむいたまま、その場に凍りついた。

疾走してきた黒い車輌三台が、ウンガーのトラックをかこむようにして停まった。飛び降りてきた六名はＳＳの黒い制服を身にまとっていた。

だめだ！

「ハンス！　逃げろ」クルトは叫んだ。

ＳＳの兵士二名がトラックの助手席側に駆け寄る。彼らはドアをあけ放ち、弟を通りにひきずりおろした。抵抗しかけたところで、腹に警棒が突き入れられる。ハンスは悲鳴をあげると、腹を押さえて地面をころげまわった。そこを兵士たちが引っ立てた。

「やめろ！」ウンガーは声をあげた。彼とクルトはトラックの側面に押しつけられた。

「書類だ！　ポケットの中身を出せ」

三人の虜囚は命令に従った。

「フィッシャー兄弟か」ＳＳの指揮官がふたりの身分証明書を見て、訳知り顔にうなずいた。頬に涙をつたわせて、ウンガーはクルトに言った。「ぼくは裏切ってない。本当だ！」

「ああ、こいつじゃない」ＳＳ隊員がホルスターからルガーを抜き、トグルをつまんで引きあげるとウンガーの頭部を撃った。男は地面にくずれ落ちた。クルトは恐怖に息を呑んだ。「彼女だ」と将校が言い添えて顎をしゃくった車の窓から、中年の大女が身を乗り出している。

女の怒りに満ちた声が兄弟を悪罵した。「裏切り者！　豚め！」

声の主は共同住宅で兄弟と同じ階に住む戦争未亡人、ふたりが先ほど挨拶したばかりのルッツ夫人だった！

おびただしく流血したウンガーのぐにゃりと力の抜けた身体を、言葉もなく見つめるクルトに女の絶叫が浴びせられた。「罰当たりの豚ども。あたしはね、あんたたちのことをずっと見張っていたからね、部屋に誰が来たかも知ってるんだよ。見たことを全部書いてやった。あんたたちは総統閣下を裏切ったのさ！」

ＳＳの指揮官は女を見て顔をゆがめた。彼がうなずいてみせると、若い隊員が未亡人を車に押しもどした。

「おまえたちふたりのことはある時期、われわれも目をつけていた」

「ぼくらはなにもしてない！」クルトは膨張する深紅の血溜まりに見入ったまままつぶやいた。「誓ってなにも。ぼくらはただ両親と一緒にすごそうと思っただけだ」

「不法出国、反戦主義、反党活動……すべてが死刑に相当する」指揮官はハンスを引き寄せ、銃で頭を狙った。弟は泣きべそをかいていた。「いやだ、おねがいだ！……」

クルトはすばやく前に出た。兵士に腹を殴られ、身体を二つ折りにした。指揮官が銃を弟の後頭部に押しあてるのが見えた。

「やめろ！」

指揮官は目を細め、飛び散る血と肉を避けるために背を反らせた。

「おねがいです！」

が、そこでまた別の隊員が低声で言った。「命令が出ています。オリンピック期間中は慎むようにと」彼は人だかりのできている市場のほうを顎で指した。「外人がいるかもしれません、記者ということもあります」

指揮官はずいぶんと躊躇したあと、苛立ったように声をしぼり出した。「わかった。こいつらは〈コロンビア・ハウス〉に連れていけ」

残虐性という意味では効果が上で、しかもめだたないというオラニエンブルク収容所の出現によって縮小の方向にはあったけれども、〈コロンビア・ハウス〉はベルリン市内ではいまなお悪名高き監獄だった。

指揮官はウンガーの死体に顎をしゃくった。「あとそれを始末しろ。既婚かどうかを調べて、もしそうなら女房に血染めのシャツを送ってやれ」

「わかりました。伝言はどうしますか？」

「シャツが伝言になる」指揮官は拳銃をしまうと車にもどっていった。途中、フィッシャー兄弟に目をくれたが、実際にふたりの姿を見ていたわけではない。なぜなら、兄弟はもう死んだも同然だったからである。

「おまえはどこだ、ポール・シューマン？」

きのう、名も知れない容疑者に向かって「おまえは誰だ？」と呼びかけたように、ヴィリ・コールは今度の疑問を、答えが出るあてのない怒りをこめて大声で口にした。男の名前がわかれば、事件は一気に解決すると警視は考えていた。だが現実はちがった。

連邦捜査局もしくは国際オリンピック委員会に宛てた電報の返事はなかった。ニューヨーク市警察からは短い返信があったが、それは〝実施可能《プラクティカブル》〟なときに調査するというものだった。

聞きおぼえのないその単語を署の英独辞典で調べるうち、コールは気色ばんでいた。この一年ほど、アメリカの法執行機関はクリポへの協力に乗り気ではないという感じがしていた。それは合衆国内部で、反国家社会主義の気運が盛りあがっているせいもある。またこれとは別にコールは、根はリンドバーグの嬰児誘拐事件にあるのではないかと睨んでいる。ドイツ国内で拘束されていたブルーノ・ハウプトマンはアメリカへ逃亡し、そこで飛行家の子供を殺した。コールは拙《つたな》い英語でニューヨーク市警に感謝をし、調査への着手をうながす二通めの電報を簡潔に打った。国境警備隊には、シューマンが越境をくわだてた際には拘束するようにと警告を発しておいたが、主な国境地帯に噂が流れた程度であるらしい。

ヤンセンの二度めの選手村行きも実りがなかった。ポール・シューマンはアメリカ選手団と公式のつながりはなかったのである。シューマンは記者として提携先も不明のまま、ベルリンにやってきた。選手村を前日に出たきり、以来顔を合わせた者もその行き先を知る者もいなかった。シューマンの名前は、最近になってラルゴ弾やモデロAを購入した人間の名簿にも載っていないが、これは彼が選手団とともに金曜日に到着したばかりであることを考えれば驚くにあたらない。

椅子に寄りかかって証拠の箱を探り、鉛筆の覚え書きを読みながら……コールが顔をあげると、ヤンセンが戸口のところで私服の若い警部や警部補とおしゃべりに興じている。

コールは騒がしい茶飲み話に眉をひそめた。

若い刑事たちがそれぞれに敬意を表した。

「ハイル・ヒトラー」

「ハイル、コール警視」

「ああ」

「いまから講義を受けにいくところです。警視もいらっしゃいますか？」

「いや」コールはぼそりと言った。「仕事中だ」三三年の党の躍進以降、アレックスの大集会場では週に一度、国家社会主義に関する講話がおこなわれていた。クリポ職員は全員参加が義務づけられている。生半可なヴィリ・コールはめったに出席しない。最後に出たのは二年まえ、題して〈ヒトラー、汎ドイツ主義と抜本的社会変革の本質〉。舟を漕いだ。

「ＳＤのハイドリヒ長官がいらっしゃるかもしれませんよ」

「どうかな」もうひとりが興奮ぎみにつけくわえる。「でもいらっしゃったら、大変なことですよ。長官と握手できるんですから！」

「いま言ったとおり、こっちは仕事中だ」コールは若者たちの上気した顔から目を移した。

「何が手にはいった、ヤンセン？」

「失礼します、警視」ひとりが元気よく声を出した。刑事たちは騒々しく廊下を歩いていった。

コールが顔をしかめてみせると、ヤンセンも表情を曇らせた。「すみません。連中がつきまとってくるんです、私が警視の……」

「部下だからか？」

「ええ、そうです」

コールは刑事たちが消えた方向を顎で示した。「一味なのか？」

「党員という意味ですか？　ええ、なかの数人は」

ヒトラーが権力を取るまえは、警察官が政党の党員となることは法律で禁じられていたのである。コールは言った。「籠絡されるなよ、ヤンセン。経歴のたしになると思うかしれないが、そんなことはないぞ。蜘蛛の巣に絡むのがせいぜいだ」

「倫理が流砂のごとく、ですね」ヤンセンは上司の科白を引用した。

「そのとおり」

「どのみち、参加なんてできますか？」ヤンセンはしかつめらしく言ってから、めったに見せない笑顔になった。「警視と仕事をしてたら、集会に出る暇なんてありませんよ」

コールは頬笑みを返して訊ねた。「で、何が手にはいった？」

「ドレスデン小路の検屍です」

「ちょうどよかった」解剖をやるのに二十四時間。言い訳も立たない。

警部補は中身がたった二枚の薄っぺらな書類挟みを差し出した。

「これはなんだ？　検屍医は眠りながら解剖したのか？」

「その――」

「いいから」コールは口のなかでそう言うと、書類をざっと読んだ。解剖所見というものはまず生理学、形態学の難解な言語で述べられることになっている。死因は銃弾貫通による脳内の深刻な外傷性傷害。性病なし、痛風、関節炎の兆候、戦傷なし。被害者はコールと同じで拇指《おやゆび》の内側に炎症があり、胼胝《たこ》もできていることから、非常によく歩いていたと推測される。

ヤンセンがコールの肩ごしに覗いた。「そこの、骨折した指が曲がってくっついてますが」

「それには興味がないね、ヤンセン。小指というのは、さまざまな状況で折れやすいから、被害者を知る助けとなるような独特の傷とは言えない。折れて時間がたってないなら、役立つこともある——北西ベルリンの医者に患者の情報を問い合わせるという手もあるが、この骨折は古い」コールは所見を裏返した。

血液中のアルコール濃度が、被害者が死ぬまえに酒を飲んだことを物語っている。胃の内容物は鶏肉、ニンニク、香草、タマネギ、ニンジン、ジャガイモ、赤っぽい色をしたソースにコーヒー、これらの消化された度合いからすると、被害者は死の半時間まえに食事を満喫したことになる。

「そうか」コールは明るい顔になり、小型の手帳に鉛筆で事実を書き写していった。

「どうしたんですか？」

「ここでわれわれの興味を惹く部分が出てきたぞ、ヤンセン。決めつけることはできないが、被害者は最後の食事にずいぶん立派な料理を食ったようだな。おそらくコッコー・ヴァンといって、鶏肉を赤葡萄酒というおよそ意外な相手と組みあわせたフランスのご馳走だ。それもたいていはシャンベルタンなどのブルゴーニュを使う。あまりお目にかかることはないがね、ヤンセン。なぜだかわかるか？　それはな、ドイツでできる赤の葡萄酒といったら小便なみのもんだし、オーストリアはいい赤を造るがこっちにはあまり売ろうとしない。ああ、そうだ、こいつは上等だ」コールは思案したすえに席を立ち、ベルリンの地図が貼られた壁に近寄った。そして見つけた画鋲をドレスデン小路に刺した。「男が死んだのは正午で、その三十分まえに料理店で昼食をとった。男がよく歩くという話は憶えてるな、ヤンセン。脚の筋肉はこっちが恥ずかしくなるほどで、指には胼胝《たこ》もできていた。つまり男が運命の邂逅《かいこう》にいたるまで、タクシーや路面電車を利用した可能性も捨てきれないが、われわれとしては男は徒歩だったと推理をする。食後の一服まですれば……被害者の指先が黄色くなっていたのは憶えているか？」

「いや、はっきりとは」

「だったら、もっと注意深く観察しろ。煙草を喫って勘定を払い、コーヒーもたのしんでから、われわれが推理したとおり、健脚にまかせて二十分でドレスデン小路までたどり着いた。その時間で、足の速い人間ならどこまで歩く？」

「一キロ半というところでしょうか」

コールは眉根を寄せた。「そのぐらいだな」彼はベルリン市街図の凡例を確かめると、殺人現場を中心に円を描いた。

ヤンセンが頭を振った。「こう見ると大きいな。この円内にある料理屋に一軒一軒、被害者の写真を見せてまわることになるんでしょうか」

「いや、コッコー・ヴァンを出すところで、しかも土曜日の昼食にとなると限られてくる。営業時間と表の品書きを見れば、それ以上探るべきかどうかの判断はつく。だが、それにしても手間はかかるから、すぐにでも取りかからないと」

若い刑事は地図を睨んでいた。「警視と私でですか？　私たちで全部まわるんですか？　どうやって？」彼は弱気になって頭を振った。

「そりゃ無理だ」

「すると？」

ヴィリ・コールは椅子にもたれると室内に視線を這わせた。それが机上で一瞬止まった。

「おまえは事件に関する電報や伝言がとどくのをここで待ってくれ、ヤンセン」コールは事務所の帽子掛けからパナマ帽を取った。「おれにちょっと考えがある」

「どちらへ、警視？」

「フランスの鶏を追跡する」

## 23

下宿屋にいる三人の間には、重苦しい雰囲気が冷煙のようにまとわりついていた。

ポール・シューマンはそれを肌で知っている——ボクシングのリングに上がるのを待ちながら、敵についてのあらゆる知識を総動員して相手の防御を思い描くと、そこをかいくぐり、爪先に体重をのせて大振り、小振りのパンチを繰り出すタイミングを測ったり、敵の弱点を引き出し、自分の弱点を埋めあわせる方法を探ったりと——そのころからなじんでいた感覚だった。

またほかの経験からも知っていた。人を片づける殺し屋として。ていねいに手描きした地図を見て、コルトと予備の拳銃を再点検し、自分で集めてきた相手の予定、嗜好、日課、知人のことを頭に入れる。

これはあくまで〝以前〟のこと。

やたらに手間どる〝以前〟のことだ。殺しにつづくのは静寂。怒りと焦燥のなかで事実をかみしめる瞬間だ。恐怖も当然ある。そこからは逃れられない。出来のいい殺し屋であれば疑いなく。

そしてかならず無感覚がひろがっていく。心が結晶化する。

彼は氷をさわりはじめていた。

窓を閉め、日除けをおろした暗い部屋で――むろん電話線は抜いてある――ポールとモーガンは、オリンピック競技場の地図と二十数枚におよぶ宣伝用の写真に目を凝らしていた。ヴェバーはこれらの資料のほか、モーガン用に折り目のきっちりついた灰色のフランネルのズボンを持ってきた（初めは胡散臭そうにこねくり回していたアメリカ人だが、結局は手もとに置くことにした）。

モーガンは一枚の写真を叩いた。「どこで――？」

「ちょっと待った」とヴェバーが口をはさんだ。彼は立って口笛を吹きながら、部屋を横切っていく。陽気にしているのはポケットに千ドルをたくわえ、当分はラードと黄色の染料の心配をしなくてすむからだろう。

モーガンとポールは訝しげな顔でおたがいを見た。ドイツ人はひざまずき、古びた蓄音機をのせた戸棚からレコードを抜き出しにかかると額に皺を寄せた。「ああ、ジョン・フィリップ・スーザがない。ずっと探してるんだが見つからない」そしてモーガンを見あげて、「ここにいるミスター・ジョン・デリンジャーが、スーザはアメリカ人だって言うんだけどね。でもそれは冗談じゃないかとおれは思ってる。正直、あの楽団の指揮者はイギリス人じゃないかい？」

「いや、アメリカ人だ」と細身の男が言った。

「ちがうって聞いたけどね」

モーガンは眉をあげた。「あんたの言うとおりかもしれない。それなら賭けが成立するか。百マルク？」

ヴェバーは考えていたが、「もうちょっと調べてみるか」

「こっちは音楽に気をとられてる暇はないんだ」レコードの山に見入るヴェバーをよそに、モーガンはこぼした。

ポールは言った。「しかし、この会話を消すのは悪くないんじゃないか？」

「そういうこと。では……」とヴェバーが受けるとレーベルを眺めた。「われらがなまくらなドイツ狩猟歌選集を」彼は電源を入れ、レコードの溝に針を置いた。雑音まじりの鼓舞するような曲が部屋にひびいた。「これは〈鹿狩人〉」と笑いながら、「われわれの任務を思えばぴったりだ」

ルチアーノやランスキーといったギャングたちも、アメリカでまったく同じことをしていた――たいていはラジオだったが、デューイやフーヴァーの子飼いが会合場所にマイクを仕掛けた場合にそなえ、音を流して会話を消した。

「さっき、何を言おうとした？」

モーガンが訊ねた。「写真撮影の場所はどこだ？」

「エルンストのメモでは記者室だ」

「ここだ」とヴェバー。

ポールは地図を見つめながらも納得しかねていた。競技場は巨大であり、記者室にしても二百フィートの長さはあるにちがいない。建物南側の高層に位置している。北側のスタンドで銃を構えたとすると、施設の全幅という長距離の狙撃を迫られることになる。

「遠すぎる。そよ風が吹いたり、窓ガラスがゆがんでいただけでも……だめだ、仕留める自信はない。他人を撃っちまうこともある」

「だから？」ヴェバーが拍子抜けしたように言った。「ヒトラーを撃つかい。それともゲーリングか……だったら、やつは飛行船なみのでかい標的だ。目をつぶって撃っても当たるさ」彼はふたたび地図を見た。「エルンストをやるなら車から降りたとこだ。どう思う、ミスター・モーガン？」ポールを首相官邸に送りこみ、無事連れ戻したことでギャングの首領は信頼を勝ちとり、モーガンの名を明かされることになったのだ。

「しかし、彼の到着する時刻と場所が正確にはつかめていない」とモーガンは指摘した。相手の通る可能性がある経路はいくつも考えられた。「正面玄関を使わないこともある。そこがあてにならなければ、むこうに先んじて潜伏することになるわけだが。国家社会主義の神々が一堂に集まるとなると、警備ものすごいだろう」

ポールはなお地図を調べていた。モーガンの言うとおりだった。地図には競技場の周囲をめぐる地下道らしきものがある。おそらく指導者たちが利用する保安の行きとどいた出入口なのだろう。エルンストが表に出ることはないのかもしれない。

三人は無言で地図を見つめていた。やがて、ひとつ案を思いついたポールが写真を示しながら説明をはじめた——競技場の裏手の通路は屋外になっている。記者室を出た人間はこの廊下を左右どちらかへ進んで階段を降り、地上の階層に出るとそこが駐車場で、広い道路と歩道が鉄道の駅までつづく。競技場から約百フィート離れたあたりに、駐車場と車寄せを見わたす小さな建物群があり、地図には〈貯蔵施設〉と記されている。

「かりにエルンストが通路に出て階段を降りてきたら、あの倉庫から撃てる。ここだ」

「命中させられるか?」

ポールはうなずいた。「ああ、楽にね」

「しかし、さっきから話してるように、エルンストが行き帰りにそこを通るかどうかはわからないぞ」

「だったら、彼を外に出させる手があるだろう。鳥が飛び立つみたいに」

「どうやって?」モーガンが訊いた。

ポールは言った。「本人に頼んで」

「本人に頼む?」モーガンは狐につままれたような顔をした。

「記者室にいる本人に、緊急の要件を知らせる伝言をはこばせる。重要な事柄で、個人的に会いたいという人間が出てくるわけだ。彼は廊下から玄関に出てきて、おれの視界にはいる」

ヴェバーがキャベツ葉巻に火をつけた。「でもな、総統やゲーリングやゲッベルスとの会合を中座するほど急ぎの用事ってのはあるのかね?」

「おれの見たところ、彼は自分の仕事にかなりの執着がある。陸軍か海軍になんらかの問題が起きたと伝える。そうすれば注意を惹けるんじゃないか。クルップはどうかな、マックスが話してた武器工場だ。クルップから緊急の伝言というのはあるだろうか」

モーガンはうなずいた。「クルップ。ああ、あるだろうな。だが写真撮影の最中に、いったいどうやってエルンストに伝言をわたす？」

「そいつは簡単」ヴェバーが言った。「やつに電話すればいい」

「どうやって？」

ヴェバーは代用葉巻をふかした。「記者室の電話番号を調べてかけるのさ。おれがやってやるよ。エルンストを呼び出して、下に伝言を持たせた運転手がいるって言ってやる。やつだって見にいくしかないだろう。グスタフ・クルップ・フォン・ボーレン本人からの伝言だもの。郵便局から電話すれば、あとでゲシュタポが七番にかけて発信元を調べようったって、こっちの足はつかない」

「番号を調べる方法は？」とモーガン。

「仲間さ」

ポールは皮肉っぽく訊いた。「誰かを買収する必要がほんとにあるのか、オットー？　ベルリンのスポーツ記者の半分は知ってるはずだろう」

「ほう」ヴェバーはうれしそうに笑った。彼は英語で「まさに釘の頭を打ってるね」と言うと母国語にもどし、「図星だよ。でも冒険に出るときに何が大事かっていえば、どの人間に近づいて、そいつの値段はいくらかってのを知ることにある」

「わかった」モーガンがむっとして言った。「いくらだ？　それから、こっちが底なしじゃないってことを忘れるな」

「もう二百。マルクがいいね。それから言っとくと、競技場に出入りする方法は追加料金なしでいいよ、ミスター・ジョン・デリンジャー。SSの制服をそろいで決めたら、肩に小銃を掛けて、ヒムラー本人みたいに颯爽と歩いていけば誰にも止められやしないって。例の〝ハイル〟とヒトラー式敬礼を練習するんだね、腕をぐにゃりと伸ばしてさ、われらが山羊の小便みたいな総統閣下よろしく」

モーガンが眉根を寄せた。「だが兵士に変装した姿で捕まれば、スパイとして銃殺される」

ポールがヴェバーに流し目をくれて、ふたりは同時に吹き出した。口を切ったのはギャングの首領のほうだった。「いいかい、ミスター・モーガン、わが友人はこれから国軍の親玉を殺そうとしてるわけだ。もし捕まったときにジョージ・ワシントンの恰好をして〈星条旗よ永遠なれ〉を口笛で吹いてたって、そりゃ殺されるって思わないかい？」

「こっちはなるべくめだたない方法を考えていただけだ」とモーガンはこぼした。

「いいや、いい案だ、レジー」ポールは言った。「銃撃のあと、警備のほうでは高官たちを一刻も早くベルリンに帰そうとするはずだ。おれもそんな護衛に混じって車に乗る。街に着いたら人ごみにまぎれる」その後はブランデンブルク門に近い大使館の建物にはいり、アムステルダムにいるアンドルー・エイヴァリーとヴィンス・マニエリと無線で連絡をとり、迎えの飛行機を飛ばしてもらうことになる。

　各自の目がふたたび競技場の地図に据えられたところで、ポールは頃合いと知って切り出した。「ふたりに話しておきたい。一緒に連れていこうと思う人間がいる」

　モーガンが視線を向けると、ヴェバーは笑いだした。「これは、何をおっしゃるかと思えば。おれなんぞ、プロイセンのエデンの園以外ならどこでも生きていけるだろうって？　いやいや、おれがドイツを離れるのは天国に行くときだけだって」

　ポールは言った。「女性だ」

　モーガンが口を引き結んだ。「ここの女か」と下宿屋の廊下に顎をしゃくる。

「そう。ケーテだ。あんたは彼女を調べてる。問題がないことはわかってるはずだ」

「彼女に何を話した？」アメリカ人が困った様子で訊ねた。

「ゲシュタポに旅券を没収されて、彼女が逮捕されるのはもはや時間の問題だ」

「いずれ逮捕されるのは、この国に住む大勢の人たちも同じだ。彼女に何を話した、ポール？」モーガンはくりかえした。

「スポーツ記者の作り話。それだけだ」

「しかし――」

「彼女は一緒に連れていく」

「ワシントンに、あるいは上院議員に連絡しないと」

「好きにすればいい。彼女は連れていく」

モーガンはヴェバーを見た。

「ま、おれは人生で結婚を三回、ことによると四回か」とドイツ人は言った。「それでいまや……すっかり面倒なことになっちまって。心の問題について、おれからの助言は期待しないでくれ」

モーガンは頭を振った。「まったく、われわれは航空会社をやってるわけか」

ポールは仲間のアメリカ人をぐっと睨みつけた。「それともうひとつ。競技場で、おれは身分証明書としてロシアの旅券しか携帯しない。もしおれがしくじったら、彼女には話が伝わらない。あんたから話してやってくれないか――おれがいなくなった理由を。逃げたとは思われたくない。それから、彼女が出られるように力を尽くしてくれ」

「もちろんだ」

「いや、あんたならやれるよ、ミスター・ジョン・デリンジャー。あんたは肝っ玉の太いアメリカのカウボーイなんだろう?」ヴェバーは額に浮いた汗を拭った。立ちあがった彼は食器棚にグラス三個を見つけた。そこにフラスクから透明な液体を注いで仲間にまわした。「オーストリアの果実酒《オブストラー》さ。知ってるかい? 最高の酒でね、これが血と心に効くんだな。さあ、干しなよ、殿方、しかして哀れなわが国の運命を変えにいこうじゃないか」

「多く見つけてくださるのにこしたことはありません」とヴィリ・コールは言った。

男は慎み深くうなずいた。「見つけるという問題ではないのです。いつでも見つけられるのですから。問題はこれがどんなに常識を逸脱しているかということでね。前例はいまだかつてありません」

「たしかに常識からは逸脱してます」とコールは同意した。「大部分は真実です。しかしヒムラー警察長官が、本件を稀にみる重要事件と断じましてね。街じゅうの警官が同じように差し迫った問題で手がふさがっていて、長官から私にとお鉢がまわってきました。それであなたを訪ねてきたわけです」

「ヒムラー？」とヨハン・ムンツは訊ねた。この中年男は、シャルロッテンブルクのグリュン通りにある小体《こてい》な家の玄関口に立っている。ひげをととのえ、背広を着こんだ姿はこの日曜の朝、教会からもどってきたばかりのように見えるが、ベルリンでも有数の学校の長という職を手放したくなければ、それは実に危険な遠出なのである。

「ですから、あなたもご存じだろうが、彼らは独立しています。完全なる自己統治です。私から何かを指図することはできません。彼らのほうから拒否するかもしれない。ですから、私はお手上げです」

「いや、ムンツ先生、私は正義を主張するという手助けに、みんなが自発的に参加できる機会があると提案しているだけなんです」

「しかし、きょうは日曜日だ。連絡がとれるかどうか」

「ひとりの指導者の子に連絡するだけで、あとは彼が集めてくれるんじゃないんですかね」

「よろしい。やってみましょう、警視」

その四十五分後、ヴィリ・コールはムンツの家の裏庭にいて、二ダースに近い少年たちの顔を眺めていた。多くの子が褐色のシャツにズボンを着て、白い靴下、喉もとの編み革にある尾錠から黒いネクタイをさげている。少年たちのほとんどがヒンデンブルク学校ヒトラー・ユーゲント旅団の所属だった。学校長からもひと言あったように、組織は大人たちの干渉からはまったく独立している。団員たちは自分たちで指導者を選び、ハイキングに行くにしてもサッカーをやるにしても、はたまた裏切り者を告発するにしても、みずから活動の内容を決めるのだ。

「ハイル・ヒトラー」と言ったコールは、突き出された右手と驚くほど大声の挨拶に迎えられた。「私はクリポのコール警視です」

すると尊敬のまなざしを浮かべる子供たちがいる。若くてもドレスデン小路で死んだ肥満男のように無表情な子もいる。

「私は国家社会主義を促進するため、みなさんの力を必要としている。最優先の問題でね」コールが目を合わせたのは、すでにヘルムート・グルーバーと自己紹介していた金髪の少年で、その彼がヒンデンブルク旅団の指導者だった。ほかの子とくらべて身長は低かったけれど、すでに大人の自信のようなものをただよわせている。三十歳も年齢が離れた相手を見つめ返すその瞳に冷酷さが満ちた。「私たちは総統閣下と祖国のため、必要ならどんなことでもやります」

「よし、ヘルムート。では、みんな聞いてくれ。これはおかしな依頼だと思うかもしれない。いま私の手もとに書類の包みがふたつある。ひとつはティーアガルテン付近の地図。もうひとつは、いま私たちが身元を明らかにしようと努力している男の写真だ。写真の下のところには、この男が料理店で注文した特別な料理の名前が書いてある。コッコー・ヴァンという料理だ。フランス語だよ。発音まで知らなくていい。きみたちには、地図に記された円内の料理店を隈《くま》なくあたって、きのうお店は営業していたか、この料理がお昼の品書きに載っているかの二点を確かめてもらいたい。もしも質問した店の店長が写真の男を知っていたり、最近店で食事をしたのを憶えてるということになったら、そうしたらクリポ本部の私宛てに至急連絡をしてほしい。できるかな？」

「はい、コール警視、やります」と指導者のグルーバーが、仲間に諮るまでもなく宣言した。

「いいだろう。総統もきみたちのことを誇りに思うだろう。では、いまからこの紙をくばる」

そこでコールは後ろのほうに立っていたある生徒の目を見据えた。制服姿ではない数少ないひとりである。「もうひとつ。物事には慎重に対処していくことが必要だ」

「慎重ですか？」少年が怪訝な顔をした。

「そうだ。要するに、いまから私がする話をみだりに口外しないということ。私がこうしてきみたちのところに来たのは、後ろのそこに、息子のギュンターがいるからでね」振り返った目がいっせいに注がれた当の少年を、コールは家に電話を入れ、校長の家まですぐ来いと呼び出したのだった。ギュンターは顔を真っ赤にして目を伏せた。父は話をつづけた。「きみたちは私の息子が将来、国家機密の重要な問題で私の手助けをすることになっているとは知らないと思う。それがまあ、彼をきみたちのすばらしい組織に入れない理由だ。つまり、彼にはいわゆる舞台裏に残っていてもらいたい。そうすることでこの先、祖国の栄光のために力を貸しつづけてもらえることになるはずだ。どうかこの話はきみたちの胸にしまっておいてくれたまえ。いいかな？」

ギュンターのほうを顧みるヘルムートの目は冷静だったが、きっとアーリア人とユダヤ人の遊びはまずかったと思いなおしたのだろう。「もちろんです、コール警視」と彼は言った。

コールは息子の顔に押し殺された笑みを認めて言った。「では一列にならんで、書類を配布する。私の息子と指導者のグルーバーで仕事の分担を決めるように」

「わかりました。ハイル・ヒトラー」

「ハイル・ヒトラー」コールは腕を伸ばす敬礼をみずからに強いた。ふたりの少年に印刷物をわたして言い足した。「ああ、それから諸君？」

「なんでしょうか？」ヘルムートが姿勢を正して答えた。

「車には気をつけろ。道を渡るときにはよく注意して」

24

扉をノックした彼を、彼女は部屋に招き入れた。

ケーテは下宿屋の自分の居住空間にとまどっているようだった。壁はむきだしで鉢植えはなく、家具はがたがきている。ましなものはすべて、彼女か大家が貸間のほうに出してしまっていたのだ。ここには私物といったものもなさそうで、たぶん彼女の持ち物は質入れされているのだろう。退色した絨毯には陽光が小さな台形をひとつ作り出していたが、その光線が弱々しいのは、路地をはさんだ向かいの窓の照り返しだったからなのだ。

ケーテは娘のように笑うと、彼に両腕を巻きつけ、激しくキスをした。「ちがう匂いがする。好きだけど」彼女はポールの顔に鼻を近づけた。

「ひげ剃り用の石鹼ね」

「たぶん、そうだ」

ポールがバーマ・シェーヴではなく洗面所で見つけたドイツ製品を使ったのは、アメリカの石鹼の嗅ぎ馴れない匂いで、競技場の警備兵に怪しまれないための用心だった。

「いい香り」

寝台にはスーツケース一個が置いてあった。ぼろぼろに傷んだ食卓にゲーテの本、その横に薄いコーヒーのはいった茶碗。表面に白い塊が浮いているので、もしやヒトラー牛から搾ったヒトラー牛乳でもあるのかとポールは訊ねた。

ケーテは笑いながら、国家社会主義者はロバを多く飼っているけれど、代用牛を造ったという話は聞いていないと答えた。「本物の牛乳だって、古くなると固まるものよ」

彼はおもむろに言った。「今夜出る」

彼女は釈然としない表情でうなずいた。「今夜？　あなたの言う〝すぐ〟って、そういう意味なのね」

「ここで五時に」

「いまから出かけるの？」ケーテは訊いた。

「最後のインタビューだ」

「じゃあ頑張って、ポール。あなたの記事をたのしみにしてるから、それがそう、スポーツじゃなくて闇市場の話でも」とケーテは心得顔を見せた。やはり賢い女だった。彼が物書き以外の商売でここに来たと察しをつけている——たとえば、街にあふれる違法な投機話に手を出しているとか。だとすると、ケーテはすでに彼の影の部分を受け入れていることになる。もし彼がここに来た目的について真実を語ったとしても、さほど驚きはしないのではないか。しょせん、こちらの敵はむこうの敵でもある。

ポールはもう一度キスをして彼女を味わい、ライラックの香りを嗅ぎ、押しつけられてくる肌を感じた。けれども夕べとちがって、すこしも興奮をおぼえなかった。だからといって悩むわけではない。それはそれで仕方のないこと。氷にすっかりやられてしまったのだ。


「どうして彼女が裏切るんだ?」

クルト・フィッシャーは弟の質問に対し、必死に首を振ることで答えた。

兄もまた隣人から受けた仕打ちに心を痛めている。なぜルッツ夫人が! 毎年クリスマスには母の手製の温かいシュトレン——いびつな形で、砂糖漬けの果物を詰めこみすぎた焼き菓子を兄弟で持っていったし、ドイツ降伏の日になれば泣きくずれる夫人を両親が慰めたものだった。夫が戦死した日付が定かでないために、夫人は戦争に負けた日を代理の命日としていたのである。

「どうしてだよ?」ハンスがまたささやいた。

しかしクルト・フィッシャーには説明ができない。

かりに夫人の告発が、ふたりが反体制の看板を立てようとしたとか、ヒトラー・ユーゲントを襲ったなどという理由でおこなわれたのなら、まだ理解はできたかもしれない。だが兄弟たちは、指導者が「反戦主義は国家社会主義の敵」と語った国から出ていこうとしただけだった。すると多くの人々同様、ルッツ夫人もヒトラーに酔わされた口なのだろうか。

〈コロンビア・ハウス〉の監房は約三×三メートルの広さで、荒く伐り出された石が使われて窓はなく、鉄格子のはまる扉は廊下に向かって開く。水が滴り、兄弟は近くで鼠の走りまわる音を耳にした。房の頭上にはまぶしい裸電球が吊るされているが、廊下は暗く、たまに通りすぎていく黒い影を見きわめることはできない。看守は看守だけのこともあれば、囚人を連れていることもある。囚人たちは裸足で、ときおり聞こえてくる喘ぎや嘆声、すすり泣き以外には音もたてない。一方で恐怖の沈黙というのは、彼らの発する声よりぞっとするものがあった。

暑さは耐えがたく、肌が痒くなる。クルトには原因が理解できなかった――地下なら涼しいはずではないか。やがて彼は隅っこの配管に気づいた。そこから熱風が噴き出している。看守たちは、囚人が不快な気分から一時でも猶予されないようにと暖房炉から熱を送りこんでいたのだ。

「行くんじゃなかった」とハンスがつぶやく。「だから言ったのに」

「ああ、部屋に残るべきだった――そしたらおれたちは助かったろうさ」兄は言葉にきつい皮肉をこめていた。「でもいつまで？　来週か？　あしたか？　彼女に見張られてるのがわからないのか？　パーティは見られてるし、話も聞かれてる」

「おれたち、いつまでここにいる？」

そんな質問にはどう答えればいいのか。クルトは考えた。おれたちは一瞬一瞬が永遠の場所にいる。彼は床に座りこみ――ほかに腰を落ち着けるところがなかった――廊下をへだてたむこうの、空っぽの暗い房をぼんやり眺めた。

扉が開き、長靴の音がコンクリートに谺《こだま》する。

クルトはその足音をかぞえだした――一、二、三……

二十八歩で、看守は兄弟の房まで来る。足音をかぞえるというのは、すでに囚人であることを学んだともいえる。囚われの身となった者はあらゆる情報を、確かなものを求めようとする。

二十、二十一、二十二……

兄弟は顔を見合わせた。ハンスが拳を握りしめる。「痛めつけようとする。血を味わいにくる」と弟はつぶやいた。

「いいか」クルトは言った。「馬鹿な真似はするなよ」

二十五、二十六……

足どりが鈍った。

頭上の明かりに眩惑されながら、クルトは褐色の制服を着た大男二人組が現われるのを目にした。男たちは兄弟を見つめた。

そして背を向けた。

ひとりが反対側にある房の扉を開き、耳ざわりな声で呼ばわった。「グロスマン、出ろ」

房の内部の闇が動いた。クルトは自分が別の人間を見つめていたことを知って驚いた。男は格子につかまりながら、よろめくように立ちあがった。いかにも不潔だった。ひげを剃った状態で房に入れられたとすると、無精ひげの伸び方から推して最低でも一週間は監禁されている。

囚人はしきりと瞬きをしながら、ふたりの大男を見て、廊下の反対側にいたクルトに視線を向けてくる。

看守のひとりが一枚の紙片に目をやり、「アリ・グロスマン、おまえは国家反逆罪により、オラニエンブルク収容所で懲役五年の判決が下された。外に出ろ」

「しかし――」

「静かにしていろ。収容所行きの仕度をするんだ」

「シラミの駆除は受けた。これはいったい？」

「静かに！」

看守のひとりは仲間に何事かをささやきかけ、仲間のほうが答えた。「おまえ、持ってこなかったのか？」

「ああ」

「じゃあほら、おれのを使え」

最初の看守が明るい色の革手袋を受け取ってはめた。と、テニス選手が強烈なサーブを打つときさながら、気合いの掛け声とともに痩せた囚人の腹に拳を振り入れた。グロスマンは悲鳴をあげ、えずきはじめた。

看守の拳が静かに男の顎をとらえる。

「や、やめて」

攻撃は股間、顔、腹部を標的にしてやむことがなかった。鼻と口からは血が、目からは涙が流れる。むせび、喘ぎ。「おねがいです！」

兄弟は人間が壊れた人形と化すさまを、戦慄しながら見つめていた。殴打をくりかえしていた看守が相棒に言った。「手袋のことは謝る。女房に洗わせて繕わせるから」

「都合でな」

看守たちは男を引きずっていった。扉の音がひびきわたった。

クルトとハンスは空になった監房をじっと眺めていた。クルトは言葉が出なかった。生涯でここまで恐ろしい体験をしたことはなかった。ハンスがようやく口を開いた。「あいつはきっと、とんでもないことをしたんだろ？　あんなことされるんだから」

「破壊工作だ、きっと」クルトはふるえ声で言った。

「政府の建物で火事が出たって。運輸省で。聞いたかい？　きっとそれに関わったんだ」

「ああ。火事か。あいつが放火したんだろう」

兄弟が身をすくませているあいだにも、配管から吐き出された蒸気が狭い房をひたすら熱している。

それから一分とたたないうちに、ふたたび扉が開け閉《た》てされる音がした。兄弟は目を合わせた。

革とコンクリートがつくり出す足音がはじまった。

……六、七、八……

「おれが右側のやつを殺る」ハンスがささやいた。「でかいほうを。できるさ。鍵さえ手にはいれば――」

クルトは身を寄せると、両手で弟の顔をわしづかみにした。「だめだ！」と彼が声もなく吐き棄てたひと言の激しさに、弟は息を呑んだ。「なにもするな。闘うことも、言い返すこともしない。やつらの言われるままに従って、殴られたら、ただ黙って痛みをこらえる」それまで胸に秘めていた、国家社会主義者と闘い、何かを変えようという思いは消失していた。

「でも――」

クルトの指がハンスをぐっと引き寄せる。「おれの言うとおりにしろ！」

……十三、十四……

足音はオリンピックの鐘を打つ槌のように、その一歩ごと、クルト・フィッシャーの心のなかで恐怖を振動させていった。

……十七、十八……

二十六で歩調がゆるむ。

二十八で足は止まる。

そして血が流れる。

「痛いって！」しかしハンスのたくましい筋肉でも、兄の手を振り払うことはできなかった。

「歯を折られてもなにも言わない。指を折られたら泣き叫んでもいい。でもなにも言わない。おれたちはここを生きのびる。わかるか？　生き残るには反抗したらだめなんだ」

……二十二、二十三、二十四……

鉄格子のむこうに影が射した。

「わかったな？」

「ああ」ハンスはつぶやいた。

クルトが弟の肩に腕をまわし、ふたりは扉と向きあった。

男たちが房の前で立ちどまる。

だが彼らは看守ではなかった。ひとりは背広を着た痩身で白髪頭の男。もうひとりは肉付きもいい禿頭で、茶色のツイードの上着に胴着も重ねている。ふたりは兄弟に目をくれた。

「きみたちがフィッシャー兄弟か？」と白髪頭の男が訊ねた。

ハンスに見つめられ、クルトはうなずいた。

男はポケットから取り出した紙切れを読んだ。「クルト」彼は顔をあげた。「きみがクルト。で、きみがハンス」

「ええ」

どういうことだ？

男は通路を見通した。「房をあけろ」

また足音。現われた看守がなかを覗き、それから開錠した。看守はベルトにさげた警棒に手を置いたまま後ろに退いた。

ふたりの男は房にはいった。

白髪頭が言った。「私はラインハルト・エルンスト大佐だ」

クルトには聞き憶えのある名前だった。ヒトラーの政府でなんらかの地位に就いているはずだが、はっきりとは知らなかった。ふたりめは、ベルリン郊外のさる軍事大学に籍をおくカイテル教授と名乗った。

大佐が訊いた。「きみらの逮捕記録には〝国家反逆罪〟とある。しかし、これはみんな一緒だ。実際に犯した罪はなんだね?」

クルトは両親のこと、不法に出国をくわだてたことを説明した。

エルンストは小首をかしげ、青年たちをじっと見つめながら、「反戦主義」とつぶやいてカイテルのほうを向いた。するとカイテルが訊ねた。「きみらは反党活動をしたのか?」

「いいえ」

「エーデルヴァイス海賊団?」

これは若者たちが非公式に組織する反国家社会主義の会、一部には群れと呼ぶ者もあったが、ヒトラー・ユーゲントの心ない組織化に対抗するように登場してきた集団だった。彼らは秘密裡に会合をもち、政治や芸術について語りあったり、党が少なくとも公けには非難していた人生の快楽——飲酒、喫煙、婚前交渉などを試したりする。フィッシャー兄弟は団員の若者を何人か知っていたが、自分たちはそこに属してはいなかった。クルトは男たちに事実を話した。

「罪は小さいようだが、しかし」——エルンストは紙片を掲げてみせた——「オラニエンブルク収容所で懲役三年という判決が下っている」

ハンスが息を詰めた。クルトは、グロスマンという男が惨めに屈服させられた打擲《ちょうちゃく》の現場を思って暗然とした。短い刑期でオラニエンブルクやダッハウへ行き、そのままもどらなかった人々がいることも知っている。彼はまくしたてた。「裁判なんかしてない！　ぼくらが逮捕されたのは一時間まえだ！　それにきょうは日曜じゃないか。どうやって判決が出るんだ？」

大佐は肩をすくめた。「見てのとおり、裁判はおこなわれた」エルンストがクルトに差し出した書類には、大勢の囚人に混じってクルトとハンスの名前もあった。横に刑期が記されている。書類の見出しは簡単に〈人民法廷〉となっていた。これは本物の判事二名に党、ＳＳおよびゲシュタポからの五名をくわえて構成される悪名高き裁判機関である。判決に対する不服は一切認められない。

クルトはそこに目を注いでいた。

教授が口を開いた。「きみたちはふたりとも、健康かな？」

兄弟は目を合わせてうなずいた。

「ユダヤの血筋は？」

「ない」

「労働奉仕には行ったのかね？」

クルトは答えた。「弟は行った。ぼくは年齢が上だから」

「まずは当面の問題に関してだが」カイテル教授は言った。「私たちからきみたちに選択肢をあたえよう」教授はもどかしそうにしている。

「選択肢？」

エルンストが声を落としてつづけた。「わが政府の一部には、ある特定の個人はわが軍に参画すべきでないという考え方がある。それはたぶん民族や国籍のことであったり、知識人であるとか、政府の決定に異議をはさむという理由からだ。しかし私は国民は唯一、軍とならんで偉大であると信じているし、軍を偉大ならしめるには、全市民を代表するものにしなければならないと考える。カイテル教授と私は、政府のドイツ国軍に対する視点を変化させる一助となるような研究をおこなっている」大佐は通路を振り返り、ＳＡの看守に告げた。「はずしてくれ」

「しかし――」

「はずしてくれ」とくりかえすエルンストの声は穏やかなものだったが、クルトにはそれがクルップの鉄鋼のごとく強固に思えた。

看守はクルトとハンスにいま一度視線を投げると、通路をさがっていった。

エルンストは言葉を継いだ。「しかもこの研究は最終的に、一般市民に対する政府の評価を決めることになるかもしれない。われわれは研究を手伝ってもらうのに、きみらのような状況にある男たちを探していたのだ」

教授が言った。「私たちが求めているのは、政治的な理由などで兵役からはじかれてしまう健全な若者だ」

「で、何をするんですか？」

エルンストは短く笑った。「それはもちろん、兵士になってもらうんだよ。きみらはドイツ陸軍、海軍ないし空軍で一年間、通常任務に就くことになる」

大佐から目くばせをされ、教授があとを引き取った。「きみたちの兵役はいずれの兵士とも変わらない。ひとつ違いがあるとするなら、行動が監視されるということだ。きみたちの上官が記録をとる。情報がまとまった段階で私たちが分析をするわけだ」

エルンストが言った。「もし一年兵役を全うできれば、きみらの前科は消えることになる」と刑期の一覧表に顎を振るようにして、「望めば国外へ移住するのも自由だ。ただし通貨制限が実施されていると思われる。マルクは限度内でしか持ち出せないし、再入国は許可されないだろう」

クルトはほんのすこしまえに聞いた言葉を、頭のなかで反芻していた。〝それはたぶん民族や国籍のことであったり……〟エルンストはいつの日かドイツ軍にユダヤ人、非アーリア人がくわわることを予見しているのだろうか。

もしそうなら、それが国全体に対して意味することとは？　男たちはどんな変化を心に描いているのだろうか。

「きみらは反戦主義者だ」エルンストは言った。「ほかに協力を申し出てくれた諸君は、それほど選ぶのに手間はなかった。はたして反戦主義者は軍事組織になじむことができるか。難しい判断になる。しかし、われわれとしては参加してもらいたいんだ。北欧系の容姿をもつきみらは健康面で優秀で、兵士の身ごなしも具わっている。きみらのような人間に関しては政府内でも、われわれの理論に同調する向きが出てくるような気がしている」

「きみたちのもつ信条については」とカイテルがつけたした。「軍事大学の教授で軍事史家である私からはひと言、青臭いと言っておこう。ただきみたちの感情も考慮に入れて、その立場との兼ね合いで任務に就いてもらうよ。高所恐怖の人間から飛行士は生み出せないし、閉所恐怖の人間を潜水艦に乗り組ませるわけにはいかないからね。軍には反戦主義者でも務まる部署は数々ある。医務はどうかな」

エルンストが言った。「で、話したように、しばらくすると、平和と戦争について、ますますもって身につまされるようになる。男になるのに、軍に優る試練はないと私は思っている」

そんなわけがないと思いながら、クルトは黙っていた。

「だが、もしきみらの信条が兵役をつづけられないと命ずるようなら」エルンストは言った。「別の選択も可能だ」と刑期の一覧表を身ぶりで示す。

クルトは弟に目をやった。「ふたりで話し合ってもいいですか?」

エルンストが答えた。「もちろん。だが猶予は数時間だ。きょうの夕方に一団は入隊し、あすから基本教練が開始される」彼は時計を確かめた。「いまから会議がある。二時か三時には返事を聞きにもどってくる」

クルトは刑期の一覧をエルンストに手わたそうとした。

が、大佐は首を振った。「持っていってくれ。心を決めるのに役立つかもしれないぞ」

㉕

ベルリンの繁華街から二十分、シャルロッテンブルクを過ぎ、アドルフ・ヒトラー広場を北へ折れた白いヴァンはレジー・モーガンが運転していた。隣りに座るポール・シューマンは左手の競技場を食い入るように見つめた。正面には巨大な矩形の柱が二本立ち、そこにはさまれてオリンピックの五輪が浮かんでいる。

車が左折してオリンピック通りにはいると、ポールはあらためて施設の壮大さに目を奪われた。案内標識によると、競技場本体にくわえて水泳施設、ホッケーリンク、劇場、グラウンドに数多くの付属施設と駐車場がある。白亜の競技場はそのそびえるような高さといい奥行きといい、建物というよりは不沈を誇る艨艟《もうどう》に見えてくる。

敷地には人が集まっていた。大半は労働者と運搬業者だが、少なからず灰色、黒の制服を着た兵士や護衛がいて、国家社会主義の指導者たちを迎える写真撮影に先立つ警備にあたっている。ブル・ゴードンと上院議員がエルンストに公けの場での死を望むならば、これはまたとない状況である。

どうやら競技場正面の広場に、車で乗りつけることもできそうだった。だがＳＳ少尉（この仕事はオットー・ヴェバーの好意による無料奉仕）が個人所有のヴァンから降りてきたら、それは当然猜疑のまなざしが向けられる。そこで彼らは競技場周辺をめぐることにした。モーガンが駐車場付近の木陰で車を停め、そこからポールがトラックや労働者に目を光らせながら、記者室のある競技場南側の倉庫までゆっくり〝警邏〟していくという段取りだった。

ヴァンが競技場から死角になった、草の生い茂る一画に停車した。ポールは車を降りるとモーゼルを組み立てた。照準器は護衛が持つような付属品ではないので、はずしてポケットに入れると銃を肩に掛け、黒の鉄兜をかぶった。

「どうだ？」とポールは訊いた。

「怖いほど本物に見える。幸運を祈る」

いま必要とされるのは幸運なのかと暗い気持ちになり、ポールは木々を透かして敷地のほうを眺めやった。侵入者の正体をいつでも暴いてやろうという労働者たち、喜んで銃を撃ってくるだろう護衛たち。

〝六対五で不利……〟

兄弟。モーガンを見て、復員兵から復員兵に、アメリカ式の敬礼をしたいという衝動に駆られた。だがむろんのこと、ポール・シューマンは自分の役割を十全に心得ている。「ハイル」と口にして腕を掲げる。モーガンは笑顔を殺して返礼した。

行こうとしたポールに、モーガンが小さく声をかけた。「ああ、待て、ポール。けさ、ブル・ゴードンと上院議員に話をしたんだが、成功を祈るとのことだった。それと中佐から、お嬢さんの結婚式の招待状を印刷するのがきみの初仕事だと伝えてくれと。その心がわかるか？」

ポールはこくりとうなずくと、モーゼルの負い革をつかみ、競技場に向けて歩みだした。木立から出た広大な駐車場は二万台を収容するにちがいない。彼は決意みなぎる歩調をとり、指の先まで勤勉な護衛を演じて駐車車輛に鋭い視線を注いでいった。

十分後、ポールは駐車場を抜け、競技場に通じる背の高い門のところまでたどり着いた。ここには歩哨が立って書類を調べたり、入場しようとする人間の身体検査をおこなっていたが、周辺の敷地ではポールも一兵士にすぎず、誰にも見咎められなかった。ときおり「ハイル・ヒトラー」やうなずきを交わしたりしながら、建物に沿って倉庫をめざした。かたわらを通り過ぎた大きな鉄鐘には、側面に〈世界の若人を招く〉と刻まれていた。

近づいてみると、倉庫には窓がないということがわかった。裏口もないので、狙撃後の逃走は困難に思われた。競技場全体が視野にはいる正面から出なくてはならないからだ。しかし音響効果によっては、銃弾の出所が非常につかみづらくなるとも考えられた。また建設中にともなう杭打ち機、のこぎり、リベット打ち機などの騒音もひどく、ライフルの銃声がかき消されることもあるだろう。発砲してからゆっくり倉庫を離れ、立ちどまって周囲を見て、疑いをかけられずに助けを呼ぶ余裕するあるかもしれない。

時刻は一時三十分。オットー・ヴェバーはポツダム広場の郵便局で、二時二十分前後に電話をかける手はずになっている。時間はたっぷりあった。

歩調をゆるめ、敷地を検分しつつ駐車車輌に注意を払っていく。

「ハイル・ヒトラー」ポールは上半身裸で塀のペンキ塗りをする労働者たちに声をかけた。

「その仕事には暑すぎる一日だな」

「まあ大丈夫さ」ひとりが答えた。「だめだからって、それでどうなる？　われわれは祖国の利益のために働いてるんだ」

ポールは言った。「総統がお喜びだぞ」それから身を潜める場所への移動をつづけた。

彼は保安上の問題が気にかかるとばかりに、例の倉庫にわざとらしく視線を向けた。制服の一部である黒の革手袋をはめ、扉をあけてなかにはいった。そこには紐で結んだ段ボール箱が所狭しと置かれていた。たちまち印刷工のころに親しんだ匂いを思いだす。紙の酸っぱい香り、インキの甘い香り。この倉庫は大会のプログラムと記念の小冊子を保管するのに使われているのだ。彼は箱をいくつか移動させて、倉庫の正面で銃を構える場所をつくった。そして伏せることになる位置の右側に上着をひろげた。槓桿《ボルト》を作動させたとき、排出される薬莢を失くしたくなかったのだ。たぶん薬莢を回収したり、指紋を気にしたりという細かな気遣いは無駄になるだろう。この地に自分の記録があるわけではないし、日没時には出国するつもりでいる。それでもなおこだわりが出るのは、自分の流儀だからとしか言いようがない。

尋常ではない兆候がないか確かめろ。

pとqとを確認しろ。

小さな建物の内部に立ち、ポールは照準器で競技場を覗いた。記者室裏の素通しの通路が見える。エルンストはそこから階段まで行き、ヴェバーがでっちあげる伝令だか運転手だかのもとへ降りていく。大佐が扉を出てすぐを狙い撃つ。そこにも大きな窓があり、相手がその前で足を止めればガラスごしに撃ってもいい。

時刻は一時五十分。

ポールは腰をおろして脚を組み、ライフルを膝にのせた。汗が細い筋になって額を滴り落ちる。シャツの袖で顔を拭うと、彼は照準器をライフルに取り付けにかかった。


「どうだ、ルディ？」

だがラインハルト・エルンストは孫の返事を期待していない。少年は畏怖の混じった笑顔で、オリンピック競技場の広さに見とれている。彼らがいたのは建物の南側、総統の観閲席の上にあたる細長い報道用施設である。エルンストは窓から全体が見わたせるようにと孫をそこまで連れてあがったのだ。ルディはまさしく小躍りせんばかりに興奮していた。

「ああ、誰だ？」と声がした。

エルンストが振り返ると、アドルフ・ヒトラーがＳＳの護衛二名を引き連れて部屋にはいってきた。

「総統閣下」

ヒトラーはまっすぐ歩いて少年に頬笑みかけた。

エルンストは言った。「こちらはルディ、せがれの息子です」

総統の顔にかすかな同情の色が見えたのは、軍事演習中の事故で死んだマルクのことが頭をよぎったからだろう。エルンストは一瞬、男の記憶力に感心しかけたが、そんなはずはないと思いなおした。ヒトラーの心はそれこそあっという間にオリンピック競技場で占められ、これがまた本人の望むままいつまでも消えずに残っていたりする。

「総統閣下にご挨拶をなさい、ルディ。教えたとおりに敬礼をして」

少年が国家社会主義者の敬礼を形よく決めると、ヒトラーは上機嫌でルディの髪をくしゃくしゃにした。総統は窓辺に寄って競技場の外観をあれこれ指さしながら、熱っぽく語りつづけた。やがて勉強の話になり、ヒトラーは少年にどの科目が得意か、運動は何が好きかと訊ねた。

廊下にまた複数の声があがった。ゲッベルスとゲーリングの好敵手どうしが一緒に到着したのだ。さぞや大変な道中だったにちがいない、とエルンストは思いながらひとり笑った。

その朝官邸で敗北してから、ゲーリングは支離滅裂な態度に終始していた。笑顔を浮かべてはいても、エルンストにはそれがはっきりわかる。そもドイツの権力者ふたりの間にはなんと違いのあることか……。ヒトラーの癇癪はたしかに極端なものだが、個人的な問題に向けられることはまずない。好物のココアが切れていたり、卓に脛《すね》を打ちあてたりということがあったとしても、彼は怒ることなくそれを受け流す。逆に国家の問題であれば、親しい友人たちもふるえあがるほどに激昂するが、問題が解決をみれば関心はよそに移ってしまう。翻って、ゲーリングは言ってみれば欲張りな子供だった。思いどおりにならないと怒り狂い、それなりの報復を見出すまで悶々とする。

ヒトラーは少年に、どのスポーツが競技場のどの場所でおこなわれるかを説明している。その鷹揚な笑顔の下で、競争相手の孫が総統の歓心を得ていることにゲーリングが怒りを募らせているとわかるだけに、エルンストはついつい笑いたくなってしまう。

それから十分のあいだに、高官たちが続々到着した。国防大臣のフォン・ブロムベルク、国立銀行総裁のヒャルマー・シャハトとはエルンストも共同して、〈メフォ手形〉の名で知られる追跡不可能な基金を使い、再武装の資金調達をはかるという複雑な財政構造を練りあげた。シャハトの中間名はホラス・グリーリーといって、ひとりのアメリカ人にちなんでいることもあり、エルンストはよくこの優秀な経済家はカウボーイの血を引いていると冗談を飛ばしたものである。さらにヒムラー、いかつい顔のルドルフ・ヘス、狡猾な目をしたラインハルト・ハイドリヒはエルンストにおざなりの挨拶をよこしたが、それが誰に対しても変わらないハイドリヒなりのやり方だった。

写真家が被写体を前面に置いた場合、競技場を背景に入れた場合の両方を撮影できるよう考えて、ライカをはじめとする機材を綿密に組みあげたが、それでもまだ照明は瞬かない。エルンストは日ごろから撮影に興味をいだいていた。自身でライカを何台か持ち、ルディにはドイツの精密な写真機より扱いが簡単なアメリカ製コダックを買ってやろうかと考えている。記録に残した家族旅行のなかでは、パリとブダペストは特別よく撮れていたし、シュヴァルツヴァルトのハイキングやドナウの川下りの出来も悪くなかった。

「いいでしょう」写真家がやっと声をあげた。「はじめましょうか」

ヒトラーがまずルディとの写真をと言いだして少年を膝に乗せると、少年のほうも仲のいい叔父さんと一緒といった様子ではしゃいでいた。その後、予定の写真撮影が開始された。

ルディが喜んでくれたことには満足しながらも、エルンストはしだいに苛立ちを抑えがたくなっていた。宣伝など馬鹿げている。そのうえ拙い戦術の誤り——ドイツでオリンピックを開催すること自体がその最たるもの。再軍備にあたっては、伏せておかねばならない要素があまりに多くある。外国からの訪問者たちがこの国が軍事国家で、それも日々その度合いを強めていると気づかないわけがあるだろうか。

閃光が焚かれ、第三帝国の名士たちがレンズに向かって、陽気であったり、物思わしげであったり、不吉であったりと各自表情をつくってみせる。撮影にくわわっていないときのエルンストはルディと話したり、ひとり離れて立ち、心のなかで〈ヴァルタム研究〉に関して総統に宛てる手紙の内容をあれこれ吟味していた。

〝伝えられないことは間々ある……〟

SSの護衛が戸口に現われた。彼はエルンストを見つけて言った。「大臣閣下」

振り向く顔また顔。

「エルンスト大臣閣下」

大佐はゲーリングの怒りをたのしんでいた。エルンストは公式には国務大臣ではない。

「なんだね？」

「グスタフ・クルップ・フォン・ボーレンの秘書からお電話です。至急お伝えしなくてはならない用件があるとのことです。大変重要であると。先日の会合の件で」

そこまで緊急を要する議論をしただろうか。軍艦の装甲についてが話題のひとつ。これはさほど急いでいない。だがイギリスが新ドイツの軍艦建造の数字を呑んだことから、かえってクルップのほうで割り当ての問題に直面したのかもしれない。いや、でも男爵は条約においての勝利をまだ知らされていないはずだ。クルップは才長《た》けた資本家であると同時に技術者でもある。しかし、臆病者でもあった彼は党から距離をおこうとしていたくせに、ヒトラーが天下を取ったとたん熱狂的信者に転向したのだ。エルンストは、問題は最悪でも些細なことだろうと踏んだ。とはいえクルップとその息子は、再軍備計画にとって重要な存在でないがしろにもできない。

「あちらの電話でお出になることもできます。おつなぎしますので」

「ちょっと失礼します、総統閣下」

ヒトラーはうなずくと、カメラの角度についての議論を写真家とつづけた。

しばらくして、壁際にならんだ電話の一台が鳴りだした。点灯した明かりにしたがい、エルンストはその受話器を取りあげた。

「もしもし、こちらエルンスト大佐」

「大佐。私はフォン・ボーレン男爵の補佐を務めるシュトラウドです。お呼び立てして申しわけございません。男爵から大佐にお目通しねがいたいということで、書類を持たせました。すでに運転手がそちらの競技場にうかがっております」

「その内容は？」

間があって、「この電話ではお伝えしないよう男爵から指示されておりまして」

「そうか、それなら結構。運転手はどちらに？」

「競技場南側の車寄せです。そちらで大佐をお待ちしています。どうか慎重に。おひとりでどうぞ。これも指示されております」

「よくわかった」

「ハイル・ヒトラー」

「ハイル」

エルンストは受話器を架台に掛けた。ゲーリングが肥りすぎの隼《はやぶさ》よろしく睨みつけてくる。

「どうした、大臣？」

大佐は見せかけの同情も、肩書きにこめられた皮肉も無視することにした。嘘をつかず、本当のことを言った。「クルップのほうで何か問題があったようで。伝言がとどきました」

元来が装甲、銃砲、弾薬の製造者であるクルップは、空が故郷のゲーリングより、エルンストや陸海軍の司令官たちとの関わりのほうが深い。

「ほう」巨大な男は写真家が差し出す鏡に向きなおった。顔に指を這わせて化粧をいじった。

エルンストは扉に歩いた。

「おじいちゃん、一緒に行っていい？」

「いいぞ、ルディ、こっちだ」

少年は小走りに祖父を追いかけると、ふたりはすべての記者室をつなぐ屋内の廊下に出た。エルンストは少年の肩に腕をまわした。方角を見定めて、南の階段につづく戸口を認めると、ふたりはそちらをめざした。最初は高をくくっていたエルンストだが、しだいに懸念が増していた。クルップの鋼鉄は世界一と認められている。ニューヨーク市に建つ壮麗なクライスラー・ビルの尖塔には、社の有名な製品〈エンデューロKA－2〉が使用されていた。だがこれは裏を返せば、海外の軍事計画立案者たちもまたクルップの製品と生産を注視しているということなのだ。もしや英仏が線路や洗濯機や自動車ではなく、装甲用とされる鉄鋼の量を把握している可能性はあるだろうか。

祖父と孫が歩く報道関係者用の階では、現場監督に労働者が大勢で、扉の大きさを調節して切ったり、機材を設置したり、壁にやすりをかけて塗装したりと作業の仕上げに精力的に取り組んでいる。大工仕事がつづくあたりを避けて通りながら、エルンストはふと背広の腕を見て顔をしかめた。

「どうしたの、おじいちゃん？」ルディがのこぎりを挽《ひ》く音に負けじと叫んだ。

「ああ、これを見てくれ。何かくっついてる」漆喰がはねていた。

手で払ってみたが、完全には取れずに残っている。指を濡らしてとも考えたが、それでは漆喰が生地に染みこんで抜けなくなるかもしれない。もしそうなったらゲルトルートもがっかりするだろう。とりあえずはそのままにして、エルンストは扉の把手に手を置き、階段へいたる屋外の通路に出ようとした。

「大佐！」と呼ぶ声が耳にはいった。

エルンストは振り返った。

ＳＳの護衛が走って追ってくる。彼ものこぎりの音に負けない声を張りあげた。「大佐、総統閣下の犬が参りまして。閣下はお孫さまが犬と写真を撮りたいのじゃないかと気にしておられます」

「犬？」ルディが色めきたった。

ヒトラーはシェパードが好きで何頭も飼っていた。愛玩動物であり、家のペットなのだ。

「そうするか？」エルンストは訊いた。

「うん、そうしたい、おじいちゃん」

「乱暴にしちゃだめだぞ」

「うん、しない」

エルンストはルディを連れて廊下を引き返し、孫が部屋のなかを嗅ぎまわる犬どものほうに走っていくのを眺めた。ヒトラーが、大きいほうの犬に少年が抱きつき、頭にキスを浴びせるところを見て笑った。犬のほうもその大きな舌でルディを舐めまわす。ゲーリングも苦労して腰をかがめると、その丸顔に子供のような笑みを浮かべて犬を撫でた。大臣は多くの面で無慈悲な男だったけれども、動物のことは心から愛した。

大佐は廊下にもどり、ふたたび外に出る扉をめざした。袖に付いた漆喰を吹いて飛ばそうとして、南向きの大型窓の前で足を止めると外を望んだ。太陽が容赦なく照りつけてくる。帽子は記者室に置いてきた。取りにいくか。

いや、だったら――

不快な一撃を感じると肺から突然息が抜け、彼は自分の身体が大理石を覆った掛け布の上に落ちていくのを意識しながら、苦痛に喘いだ……混乱、恐怖……。だが床にどうと倒れるとき、彼は何をさておき、ペンキが付くぞ！　ゲルトルートに申しわけが立たないと考えていたのだった。

## 26

〈ミュンヘン・ハウス〉はティーアガルテンから北西に十街区、ドレスデン小路から五街区行った先の小さな料理店だった。

ヴィリ・コールは何度か足をはこんでいて、ハンガリーのグーラーシュに、わざわざキュンメルの実と干し葡萄を足してたのしんだという記憶がある。食事とともに、オーストリアはブラウフランキッシュの上等な赤葡萄酒をいただいた。

コールとヤンセンは店のまん前にＤＫＷを駐めると、コールが計器盤の上にクリポの証を放り出した。交通違反小冊子を武器にした勤勉なシューポを撃退するためである。

海泡石のパイプを叩いて煙草の灰を捨てると、コールはコンラート・ヤンセンをしたがえて料理店に向かった。店内はバイエルンを意識した茶色の板と黄色の漆喰が用いられ、梔子《くちなし》の下手な彫刻や絵がむやみやたらと置かれている。酸味のある香料と焼いた肉の香りに、コールはたちまち空腹をおぼえた。その朝は朝食が一度きり、しかもパン菓子にコーヒーだけだった。

昼食の時間も終わろうというころで煙が濛々《もうもう》と立ちこめ、客は空にした皿からつぎのコーヒーや煙草にありついていた。

コールは息子のギュンターがヒトラー・ユーゲントの若い指導者ヘルムート・グルーバー、そのほか組織の制服に身をつつんだ少年二名とならんで立つのを見た。ユーゲントたちは屋内であるにもかかわらず、不遜なのか無知なのか、陸軍将校式の帽子をかぶったままでいる。

「諸君、伝言は受け取った」

腕を伸ばす敬礼をして、ヒトラー・ユーゲントの指導者が言った。「コール警視、ハイル・ヒトラー。われわれは警視が捜している男の身元を突きとめました」彼はドレスデン小路で発見された死体の写真を持ちあげた。

「きみたちが？」

「はい」

ギュンターに視線をやったコールは、息子の顔に矛盾した感情が表れているのを見てとった。ユーゲントと同じ地位に昇ったことを得意に思う反面、料理店の捜索でヘルムートに先を越されて悔しがっている。警視はこの件には二重の恩恵があるかもしれないと思った。自分にとっては死体の身元が判明する、息子にとっては国家社会主義者のなかで人生の現実を学ぶことになる。

給仕頭だか経営者だか、ずんぐりした体形に薄汚れた黒の背広、金の縞柄のみすぼらしい胴着を合わせた禿頭がコールに敬礼した。口を開くと妙に堅苦しい。ヒトラー・ユーゲントというのは、どこよりも熱心な告発者たちなのである。「警視、あなたの息子さんとこちらのお友達が、この方のことをお調べになっていて」

「ああ、そうだ。で、失礼だがあなたは……？」

「ゲルハルト・クレンプです。支配人を十六年やっております」

「この男性はきのう、こちらで昼食を食べたかね？」

「それは、はい。召しあがりました。それにほとんど週に三回。初めていらっしゃったのは何カ月かまえのことでした。ただのドイツ料理じゃないところが気に入ったとおっしゃって」

殺人のことは少年たちになるべく知らせたくないと思い、コールは息子とユーゲントの団員たちに言った。「ああ、ありがとう、息子よ。ありがとう、ヘルムート」彼はほかのふたりにもうなずいた。「ここからはわれわれが引き継ぐ。きみたちは国民の誉れだ」

「私たちは総統閣下のためならどんなことでもします、警視」ヘルムートは宣言するにふさわしい調子で言った。「失礼します」と、そこでまたしても腕を掲げる。コールは息子が同じように腕を伸ばすのを見て、国家社会主義者の敬礼を鋭く返した。「ハイル」その動作を見てどことなく面白がっているようなヤンセンの表情を、コールは無視することにした。

少年たちは笑い、おしゃべりしながらその場を離れた。ちょっとした変化で、彼らはごく普通の男の子らしく幸せそうに見える。フリッツ・ラングのSF映画『メトロポリス』に登場する心のないロボットのような、いつもかぶっている仮面を脱ぎ捨てれば。コールは息子のために、自分の判断が間違いとならないよう祈った。ギュンターは簡単に口説き落とされてふしぎはない。

彼はクレンプに向きなおると写真を指で叩いた。「男がきのう、昼食を食べた時刻は？」

「早かったですね、店をあけたばかりの十一時ごろでしたか。三、四十分でお帰りになりました」

コールにはクレンプが人の死に動揺しながら、男が国家の敵であった場合を考え、哀れむ気持ちを表に出すまいとしているのがわかった。クレンプもまた好奇心が旺盛でありながら、近ごろよくある話で、捜査について質問したり、言われた以上のことをやったりといった真似はできないのである。少なくとも、目が見えなくて苦しむことはない。

「ひとりか？」

「ええ」

ヤンセンが訊ねた。「しかし、あんたはたまたま外を眺めたりして、男が誰と来たとか、店を出て誰と落ち合ったかを確かめたりしてるんだろう？」彼はカーテンがない料理店の大窓に顎をしゃくった。

「私はなにも見てませんです、はい」

「いつも一緒に飯を食う相手はいたのか？」

「いえ。たいていおひとりでした」

「じゃあ、飯を食い終わった男はきのう、どっちへ行った？」コールは鉛筆の先を舌につけると、手帳にさっと書きなぐった。

「南だと思います。左のほうへ」

ドレスデン小路の方角だ。

「男について知っていることはあるか？」コールは訊いた。

「まあ、すこしは。というか、住所を知ってますけど、それでお役に立ちますか」

「立つに決まってる」コールは興奮していた。

「こちらにお見えになるようになって、私からお勘定はつけにされたらと申しあげたんです」

男はていねいにペン書きされた厚紙をおさめる書類箱のほうを向き、ある住所を紙片に書き出した。ヤンセンがそれを見た。「ここから二街区です」

「ほかに男について知ってることは？」

「あまりないですね。打ち解けない方だったので。私はほとんどしゃべりませんでした。言葉のせいじゃなく。いえ、心ここにあらずでしてね。たいていは新聞とか本とか、仕事の書類を読んで、話しかけられないようにしてました」

「どういう意味だ、その〝言葉のせいじゃなく〟っていうのは？」

「それは、この方がアメリカ人だったからです」

コールはヤンセンに向かって眉をあげた。「この男が？」

「ええ」男は答えると、もう一度死んだ男の写真に目をくれた。

「で、彼の名前は？」

「レジナルド・モーガンさん」

「で、きみは何者だ？」

ロバート・タガートは、ラインハルト・エルンストの質問を戒めるように指を一本出してみせると、注意深く窓外を見つめた。この窓辺に立っていたエルンストにタガートが組みつき、ポール・シューマンが待機している倉庫からの射線外にきわどく大佐を連れ出したのである。

タガートは倉庫の黒い戸口に、ぼんやりとだがモーゼルの銃口が見え隠れしていることに気づいた。

「誰も外に出るな！」タガートは職人たちに叫んだ。「窓と扉から離れていろ！」振り返ると、エルンストはペンキ缶を入れた箱に腰かけていた。まわりの人間に助け起こされたのだ。

タガートは遅れて競技場に到着した。白いヴァンで遠く北西のほうまで迂回したのは、シューマンに見られないための配慮だった。歩哨に身分証明書を示して報道関係の階層まで駆けあがってみると、エルンストが窓辺にたたずんでいた。付近は工事中で騒然として、タガートの叫びは電動のこぎりの音にかき消されて大佐の耳にとどかない。そこでアメリカ人はやむなく、驚く労働者たちを突き飛ばすように廊下を走り、強引にエルンストを窓から引き離したのである。

大佐は床を覆う防水布にぶつけた頭を抱えていた。頭蓋からの出血はなく重傷ではなさそうだったが、タガートのいきなりのタックルで息を詰まらせた。

タガートはエルンストの質問に答えた。「私はワシントンDCでアメリカ外交職員の仕事をしていますが差し出した書類は本名で発行された政府の身分証明書と真正のアメリカ旅券で、きのうドレスデン小路のポール・シューマンの眼前で彼が殺害し、以来なりすましてきた海軍情報部の工作員――レジナルド・モーガン名義の偽造ではなかった。

タガートが言った。「私がここに来たのは、あなたの生命を脅かす計画があることを警告するためです。暗殺者が外にいる」

「しかしクルップが……フォン・ボーレン男爵が関わっているのでは？」

「クルップ？」タガートは当惑するふりをして、電話があったと説明するエルンストの声に耳をかたむけた。

「いや、それも陰謀をくわだてる連中の一味で、あなたを誘《おび》き出そうとしたんだ」タガートは扉のほうに手をやった。「競技場南の備品倉庫に潜んでいます。ロシア人らしいがＳＳの制服を着ている」

「ロシア人？　ああ、たしかにそんな男がいるという警報が出ていたな」

実はエルンストがあのまま窓辺に立っていようが、あるいはポーチに出ていようが、危険はまったくなかったのである。いまシューマンの手もとにあるライフルは、きのう一九二三年十一月広場で試射したのと同じものだが、昨夜タガートはその銃口に鉛を詰めておいた。だからシューマンが引き金をひいても弾は出ない。しかし、それがわかった段階でアメリカ人ギャングは自分が欺かれたと知り、銃の暴発で怪我をしようが脱出をはかるだろう。

「総統が危ない！」

「いや」タガートは言った。「追われているのはあなただけだ」

「私？……」と、エルンストが顔をまわした。「私の孫！」彼はさっと立ちあがった。「孫が一緒にいるんだ。彼の身も危ない」

「全員に窓から離れるように言わないと」タガートは言った。「それから、この周辺の人払いをすることです」ふたりの男は廊下を急いだ。「ヒトラーは記者室に？」タガートは訊ねた。

「ついさっきは」

なんと、タガートの望みをはるかに超えた現実がある。下宿屋でシューマンから、ヒトラー以下の指導者たちが勢ぞろいすると聞かされたときには、顔にこそ出さなくとも夢見心地でいたのだ。彼は大佐に言った。「彼には、こちらのつかんだ事実を伝えておかないと。暗殺者が逃走しないうちに、迅速に行動する必要がある」

ふたりは記者室にはいっていった。するとドイツの最高権力者たちの視線を一身に受けるはめになり、アメリカ人はたじろいだ。そのタガートに見向きもしなかったのは、はしゃぐシェパード二頭と年のころは六、七歳の可愛らしい少年だけだった。

アドルフ・ヒトラーが服をペンキと漆喰だらけにして、後頭部を押さえるエルンストに気づいた。ヒトラーは気づかわしそうに言った。「ラインハルト、怪我をしたのか？」

「おじいちゃん！」少年が駆けだした。

エルンストはみずから少年に腕をまわし、扉と窓から離れた部屋の中央へとみちびいた。

「大丈夫だ、ルディ。ちょっと転んだだけだ……。みなさん、窓から離れて！」彼はSSの護衛に手を振った。「私の孫を連れて廊下にいてくれ」

「かしこまりました」男は命令にしたがった。

「どうした？」ヒトラーが声をあげた。

エルンストは答えた。「この男はアメリカの外交官です。外にライフルを持ったロシア人がいると知らせてきました。競技場南の備品倉庫に潜んでいると」

ヒムラーが護衛に向かって顎を振った。「すぐに人をやれ！　下で班を編成しろ」

「はい、長官」

エルンストからタガートの話を聞かされると、ヒトラーは総統の存在を前に感極まっているアメリカ人に近寄った。総統は短軀で、身長はタガートとほぼ同じでも、身体には幅があってごつい。その青白く厳しい顔でアメリカ人の書類を注意深くあらためた。ドイツの独裁者の目はまぶたが垂れさがり、隈もできていたが、覗く瞳が全体に淡く、しかしながら刺すような青色をしているのは噂に聞くとおりだった。この男はどんな人間でも虜《とりこ》にできる、とタガートはその力をわが身にひしひしと感じた。

「総統閣下、拝見してよろしいですか？」とヒムラーが言った。ヒトラーにわたされた書類を見ながら、警察長官は訊ねた。「あなたはドイツ語をしゃべるのか？」

「ええ」

「大変失礼だが、武装は？」

「しています」タガートは言った。

「こちらには総統以下、各位が集まっておられる。事の次第が判明するまで、あなたの武器をおあずかりしましょう」

「もちろん」タガートは上着を持ちあげ、ＳＳの隊員に拳銃を取らせた。これは想定していた事態だった。ヒムラーはつまりＳＳの長であり、ヒトラーと政府高官の護衛を第一としている。

ヒムラーは別のＳＳ隊員に、倉庫群の探索と暗殺者と思われる人物の発見を命じた。「急げ」

「はい、長官」

その男と入れ代わりに、武装したＳＳ隊員が十名ほど記者室にはいってきて、要人の警護に散った。タガートはヒトラーに向きなおり、敬意をこめて会釈した。「総統兼首相、私たちは数日まえ、ロシア人による陰謀を知るにいたりました」

ヒムラーがうなずきながら言った。「その情報は金曜日に、ハンブルクから受けました――ロシア人が〝損害〟を引き起こすと」

ヒトラーは手を振って長官を制すると、タガートに先をうながした。

「私たちはこの情報を深刻には受けとめませんでした。ロシアからは年じゅう、そんな話が聞こえてきますから。ですが数時間まえになって、具体的な話を入手しました。その標的がエルンスト大佐であり、しかも大佐は本日午後、競技場へいらっしゃる予定だという。私は犯人が競技場の下見をして、五輪期間中に大佐を銃撃する腹づもりなのだと考えていたのですが、ここに足をはこんで、ひとりの男が競技場南側の倉庫に忍びこむところを目撃したのです。そして、さらに驚いたことには大佐をはじめ、みなさんがこちらに集合されていた」

「どうやって敷地にはいりこんだ？」ヒトラーが怒鳴った。

「ＳＳの制服を着て、偽造書類を携帯していたのでしょう」とタガートは説明した。

「私が外に出ようとしていたところを」エルンストが言った。「この男が命を救ってくれました」

「クルップは？　電話はどうなった？」とゲーリングが疑問を口にする。

「クルップはこの件とは無関係でしょう」とタガート。「電話は大佐を外へ誘き出すために、共犯者がかけたにちがいありません」

ヒムラーから合図を受けたハイドリヒが電話に向かい、番号を回してしばらく話した。ハイドリヒは顔をあげた。「いや、クルップではありません。本人がいまポツダム広場の郵便局からかけているのでなければ」

ヒトラーはヒムラーに向かい、不気味につぶやいた。「われわれはなぜ、このことを知らないのか？」

タガートは、ヒトラーの頭のなかで陰謀に対する妄想が渦巻いていることを知っている。彼はヒムラーの弁護にまわった。「ロシア人はとにかく狡賢《ずるがしこ》いのです。私たちがモスクワの情報源からそれを知ったのも偶然でした……。とはいえ、すぐに動くべきかと。こちらが気づいたと知れば、むこうは逃亡して再度くわだてようとするでしょう」

「なぜエルンストが？」とゲーリングが訊いた。

なぜ私ではなく？　という意味にタガートは解釈した。

タガートはヒトラーに向けて答えた。「総統、私たちはエルンスト大佐が再軍備計画に関わってていると理解しています。そこを懸念しているわけではありません――アメリカにおいて、私たちはドイツを欧州一の盟友と考えておりますし、貴国が軍事的に強化されるのは望むところです」

「きみの国ではそんなふうに思っているのか？」とヒトラーは訊いた。ヒトラーがアメリカ国内で盛りあがる反ナチの気運に頭を悩ませていることは、外交官の間では周知の事実だった。いまやレジー・モーガンの温厚な人柄を脱ぎ捨て、タガートはその声に険をふくませて言った。「いつだって記事の詳細が手にはいるとはかぎらない。ユダヤ人は――そちらの国でもこちらでも――大きな声をあげているし、左翼分子は泣きやむことがない。報道も、共産主義も、社会主義もしかり。ですが連中は人口のごく一部。いや、わが政府とアメリカ人の大多数は、盟友である貴国がヴェルサイユの軛《くびき》から解き放たれることを強く支持しています。貴国の再軍備を心配しているのはロシアのほうだ。しかしながら、いまはあまり時間がありません。暗殺者のことです」

そこへSSの隊員がもどってきた。「こちらの言われたとおりです。駐車場脇に倉庫が何棟かあります。うちひとつの扉が開いておりまして、ライフルの銃身がこちらの競技場の標的を狙って突き出されています」

室内に、喘ぎやら憤りの声が洩れた。ヨーゼフ・ゲッベルスが神経質そうに耳をつかんだ。ゲーリングは抜いたルガーを子供の玩具さながら滑稽な調子で振り回した。

ヒトラーの声が怒りに揺れ、両手がわなわなとふるえた。「共産主義のユダヤの獣め！　わが国へ来てこんな真似を！　卑怯者が……それもオリンピックがはじまろうというときに！　やつらは……」激怒するあまり、先がつづけられなかった。

タガートはヒムラーに言った。「私はロシア語を使えます。倉庫を包囲したら、降伏するよう私に説得をさせてください。ゲシュタポやSSなら、残る一味の正体と居場所を聞き出すことができるでしょう」

ヒムラーはうなずき、ヒトラーのほうを向いた。「閣下、まずは閣下をはじめとする方々にこの場を離れていただくのが肝要かと。地下の通路を利用いただいて。おそらく暗殺者は一名でしょうが、このアメリカ人も知らない者たちが伏せられているかもしれませんので」

ヒムラーに関する調査報告を読んだ人間の例にたがわず、タガートは、かつて肥料のセールスマンであったこの男は、半ば気のふれた救いがたき追従者であると思った。だがここでのアメリカ人の役割ははっきりしていて、彼はそれを素直に演じた。「ヒムラー長官のおっしゃるとおりです。こちらの情報が完全である確証はありません。避難してください。私は男を捕捉するお手伝いをしましょう」

エルンストがタガートの手を握った。「きみに感謝する」

タガートはうなずいた。彼はエルンストが廊下で孫を引き取り、一同とともに内階段から、護衛部隊が包囲する地下の車寄せへと降りていくのを見とどけた。

ヒトラーたちが去ったところで、ヒムラーはようやくタガートに拳銃を返してきた。警察長官は階下で班の編成にあたったSS将校を呼びつけた。「人員はどこだ?」

将校は倉庫からの死角にあたる東側に、二ダースの兵を展開したと答えた。

ヒムラーは言った。「ハイドリヒSD長官と私はここに残り、地域に一斉警戒態勢を発令する。ロシア人を引っぱってこい」

「ハイル・ヒトラー」回れ右をして階段に急ぐ将校の後にタガートはつづいた。ふたりが競技場の東へ走って部隊に合流すると、南に向け広く弧を描くように展開した隊員たちが倉庫に接近した。

感情のないSSの部隊にかこまれ、銃弾を装塡するボルトやトグルの音がひびくなかを男たちは駆けた。だがその見るからに緊迫した状況において、ロバート・タガートはひとり、この数日で初めてくつろいでいる。ドレスデン小路で殺した男——レジー・モーガン——と同様、タガートは政府と外交と事業の陰に存在する人間として、親方の意を受けてはときに合法、しばしば違法なやり方で競《せ》りに参加してきた。彼がシューマンに語ったうち、いずれドイツかどこかで(スペインなら文句はない)外交の地位を得たいという想いは数少ない真実だった。しかし、そうそううまい話があるわけもなく、金稼ぎのために仕方なく危ない橋を渡ることが多い。不幸なポール・シューマンを巻きこんだこの計画がまさにそれだ。

合衆国から来た指示は、レジー・モーガンを犠牲にするという単純なものだった。タガートはモーガンを殺してその身分を詐称する。ポール・シューマンのラインハルト・エルンスト殺害計画に手を貸しておき、最後の最後にタガートがドイツ軍大佐を劇的に〝救助〟し、米国の国家社会主義者に対する支持の揺るぎないことを証明してみせる。救助という言葉と支持について述べるタガートの発言は、いずれヒトラーの耳にもとどくだろう。と、そう思いきや、首尾は予想をはるかにしのぎ、タガートは決めの科白をヒトラー、ゲーリング両人の面前で披露したというわけである。

この際、シューマンの運命は関係ない。死ねばよりすっきりと都合のいい結末となるが、捕まって拷問ということもある。その場合にシューマンが口を割っても……米海軍情報部にエルンスト殺しを依頼されたというにわかに信じがたい話は、彼を売ったのがタガートとアメリカ人であるだけにドイツ側も一蹴するだろう。もしもシューマンがロシア人ではなく、ドイツ系アメリカ人のギャングであると露見したら？　まあ、そのときはロシア人に雇われたことにするしかない。

単純な計画。

だが当初より齟齬があった。モーガンを数日まえには消しておき、きのうのシューマンとの顔合わせには、いきなり本人になりすまして行くつもりでいた。ところがモーガンは大変用心深い男で、身をやつして暮らす術に長けていた。タガートには、ドレスデン小路まで殺害の機会はめぐってこなかったのだ。その間の緊張といったら……。

レジー・モーガンが知っていたのは古い合言葉で——例のアレクサンダー広場行きの路面電車というやつではない——だから路地でシューマンと出会ったとき、おたがいに敵だと思ってしまったのである。タガートはきわどくモーガンを殺し、自分こそがアメリカの工作員であるとシューマンに納得させることができた――それは正しい合言葉と偽造旅券に、上院議員が正確に人相を説明してくれたおかげだった。またタガートは死んだ男のポケットをうまく先に探ることができた。モーガンが突撃隊員であるという証拠を発見したふりをして、実際彼がシューマンに見せた書類とは、持ち主が復員兵救済基金に寄付したことを示す証書にすぎなかった。ベルリンに住む半数の人々がこの証書を持っているのは、〝褐色のシャツ〟たちが街頭募金に熟達しているからである。

やがてシューマン本人が懸念材料であることもわかってきた。タガートの想像していた殺し屋よりもずっと賢い男だったのだ。疑り深い性質で、本音は洩らさない。そこでタガートはシューマンの発言と行動に気をくばりながら、自分が頑固で地味な公僕のレジナルド・モーガンであることを片時も忘れまいとした。たとえばシューマンがモーガンの死体に刺青を探すと言い張ったとき、タガートはぞっとした。見つかりそうな刺青といえば〈米国海軍〉。または戦争中に乗り組んでいた船の名前。だが運命の女神は頰笑んでくれた。男はどこにも墨を入れてはいなかった。

タガートと黒い制服の部隊は倉庫までたどり着いた。突き出したモーゼルの銃身が見えるのは、ポール・シューマンが標的を探しているからだ。男たちは静かに散開し、SSの上級将校が手信号で指示を送る。ドイツの戦術行動のみごとさには、タガートは毎度のことながら感心する。

近づけ、もっと。

シューマンは記者室裏のバルコニーを狙うことに没頭していた。何があったのかと不審に思っているることだろう。エルンストが遅れて外に出てこないのはなぜか。ヴェバーの電話がうまく通じなかったのかと。

ＳＳ隊員が包囲を狭め、シューマンの脱出するチャンスを切り取っていくなかで、タガートはやつがここで死んだあとはベルリンにもどり、オットー・ヴェバーを捜して殺さなくてはと思っていた。ケーテ・リヒターもだ。

若い兵士たちが小屋の周囲で位置についた。タガートはささやいた。「私がロシア語で降伏を呼びかけてみよう」ＳＳの指揮官がうなずいた。アメリカ人はポケットから銃を出した。もちろん危険はない、モーゼルの銃身はふさがれている。だが彼はすこしずつ、用心と気後れとを身にまとわせ前進した。

「さがっていろ」彼はささやいた。「私が先にはいる」

指揮官は目を丸くしてうなずきながら、アメリカ人の勇気に感じ入っている。

タガートは銃を掲げて戸口に近寄った。ライフルの銃口は相変わらず前後に動いている。標的を見出せないシューマンの欲求不満が手に取るようにわかった。

すばやい動作で扉をあけると、タガートは銃を構えて引き金に力をくわえた。

室内に足を踏み入れる。

ロバート・タガートは息を呑んだ。悪寒が走った。

モーゼルはゆっくり前後に動きながら、いまも競技場を狙っている。だが死のライフルは、暗殺者となるはずの男の手に握られていたのではなく、段ボールの梱包に使う紐で屋根の梁から吊るされていたのだった。

ポール・シューマンは消えていた。

## 27

走っていた。

得意の流れるような走法とはかけ離れている。脚力を鍛え、煙草とビールとコーンウィスキーを体内から排出するため、よくトラックを走ったり決まった場所を流したりするポールだったが、いまの彼はジェシー・オーエンスよろしく疾走していた。

生きるために。

ＳＳから逃げ出そうとして往来のなか、銃弾に斃れたマックスとちがって、ポールはまったく人目につかない。オリンピック競技場の水泳施設から盗んだ運動着に靴という出立ちで、彼は大会にそなえシャルロッテンブルクあたりで訓練に励む選手そのものに見えた。いまは競技場の東三マイルあたりをベルリンに向け、自分自身とまだ理解できないでいる裏切りとの距離を開こうと必死になっていた。

ポールが驚いたのは、レジー・モーガンが——モーガンだとすればだが——こちらを罠にはめようとあそこまで周到な努力を重ねたすえに、他愛もないあやまちを犯したことだった。仕事のたびに道具の点検はしないという殺し屋はたしかにいる。だがそれは間抜けというものだ。仮借ない相手がかならず武装しているなら、己れの武器が完璧な状態にあること、尋常でないところが無であることを確認する。

灼けつくほどに暑い倉庫内で、彼は装着した照準器の数値を質屋で試した射程と同じに設定した。それから最終確認で、モーゼルのボルトを引いて内腔を覗いてみたら、詰め物がされていたのだった。最初は泥か、ファイバー製のケースから出たクレオソートかと思った。だがポールは見つけた針金を内腔にくぐらせ、掻き出したものをよくよく調べた。何者かが銃口から鉛を流しこんだのだ。このまま発砲したら銃身が破裂するか、ボルトが後ろに撥ねてポールの頬を突き破っていた。

銃は一晩モーガンの手もとにあって、しかも物は変わっていなかった。きのう見たときに気づいた、木目の独特な形状が記憶に残っていたのである。つまり銃に細工をしたのは明らかにモーガン、またはその名を騙る何某のしわざだった。

あとは急いで、箱からはがした紐でライフルを天井から吊るし、自分がまだそこにいるように見せかけておいて倉庫を脱け出し、ほかの兵士に混じって北へ歩いた。水泳場で隊列から離れ、服と靴を見つけるとSSの制服は捨て、ロシアの旅券はびりびりに破いてトイレに流した。

こうして競技場から三十分、ただひたすら走りつづけ……

厚手の生地を汗でぐっしょりにして、ポールは本道を折れると小さな村の中心に駆けこんだ。

古い飼葉桶でこしらえた水飲み場を見つけ、栓のほうに腰をかがめて錆の味がする生ぬるい水を一クォートも飲んだ。そして顔を洗った。

街までの距離は？　およそ四マイルと見当をつけた。緑の制服に緑と黒の長い帽子をかぶった巡査二名が、大柄の男を誰何して書類を見せろと要求していた。

ポールはさりげなくその場から遠ざかり、脇道を歩きながら、このまま徒歩でベルリンへ向かうのは危険と判断した。駐車場があった——鉄道駅周辺で車が集まっている。ポールはそこに屋根のないDKWを見つけると、人に見られていないのを確かめ、石と折れた枝を使ってキーロックをダッシュボードに叩きこんだ。その下から配線を探り出し、歯で絶縁被覆をはがして銅線を縒《よ》りあわせた。スターター・ボタンを押すと、エンジンは一瞬うなっただけでかからない。チョークのことを忘れていたのだ。今度はかなり引いてから試すと煽りたてるように始動したので、回転が滑らかになるまでノブを調節した。ギアの位置をつかむのにやや手間どったものの、すぐに狭い道を東へと駆りながら、誰が自分を売ったのかと考えた。

それになぜ？　金か？　政治？　その他の理由？

しかしいまはこれらの疑問に対して、その答えのヒントすら見つからない。脱出することで精一杯だった。

アクセルを踏みこみ、広く清潔な本道を走るうち、ベルリン市中心まで六キロという表示が出て彼は安堵した。

市の北西、ブレマー通りをはいった静かな一帯。レジナルド・モーガンの棲処《すみか》があるのは、このあたりによく見られる暗い石造りの四室を収めた住宅で、その起源は第二帝国時代にあたる。とはいえ、この特殊な構造をした建築がプロイセンの栄光を呼び起こすかとなると、そんなところは皆無である。

ヴィリ・コールと下僚の警部補はＤＫＷを降りた。またもサイレンの音を聞いて顔をあげると、親衛隊のトラックが猛然と走っていった――新たに秘密警戒警報が出され、それも以前のものより広範囲におよんだらしく、市内のいたるところで道路封鎖がおこなわれていた。コールとヤンセンも止められた。ＳＳ隊員はクリポの身分証に軽侮の眼を向けると、手を振ってふたりを通した。何があったのかと訊ねる警視には、「さっさと行け」とにべもなかった。

コールは分厚い玄関扉のベルを鳴らした。警視はいらいらと足を揺すりながら待った。さらに二回、長たらしく鳴らすと、暗色のドレスにエプロンをした肉置《ししお》き豊かな女家主が扉をあけ、背広姿の険しい面相の男ふたりに目を瞠《みは》った。

「ハイル・ヒトラー。失礼しました。すぐに出たかったんですけれど、脚がね――」

「コール警視です、クリポの」コールは身分証明書を示した。ゲシュタポでないとわかれば、女性もいくぶん安心するはずなのだ。

「この男をご存じですか？」ヤンセンがドレスデン小路で撮った写真を見せた。

「あら、モーガンさんですわ、ここに住んでらっしゃる！　なんだか……死んでるの？」

「ええ、そうです」

「そんな神さ――」政治的に問題のある文句が呑みこまれる。

「彼の部屋を見せていただきたい」

「ええ、もちろんです。どうぞ」案内されて通った中庭はとにかく荒れ放題で、モーツァルトが世に送った浮かれ者パパゲーノでも悲しくなるだろう、とコールは思った。女家主はひょこひょこ歩きながら、すぐに息を切らした。「正直言って、すこし変わってるとは思ってましたのよ」と用心するような目遣いで言われ、コールは国家社会主義者たちに消された場合でも女は共犯ではない、しかし被害者の行動に不審な点が少ないことから、女が告発者という線はあるなと意を強くした。

「もうまる一日、顔を合わせていませんわ。きのう、お昼まえに出たまま帰っていらっしゃらないから」

中庭の端でまた錠のおりていた扉を抜け、階段をふたつ昇ると、タマネギと漬け物の匂いがしてきた。

「彼はいつからここに？」コールは訊ねた。

「三カ月になります。半年ぶんを前払いしてくださって。心づけも……」女の声はとぎれた。

「多くはないですけど」

「部屋は家具付きですか？」

「ええ」

「人が訪ねてきたことは？」

「知りませんねえ。わたしがお通ししたことはありません」

「絵を見せてさしあげろ、ヤンセン」

警部補がポール・シューマンの絵を出した。「この男を見たことがありますか？」

「いいえ。この人も亡くなったの？」と言ってすぐ、「もちろん知りませんわ。お目にかかったことはありません」

コールは女家主の目を覗いた。怯えがあるのは恐怖のせいで、嘘は見えない。コールは女を信じることにした。事情を聞いてみると、女はモーガンが実業家で、電話がかかってきたことはなく、郵便物は郵便局で受け取っていたと話した。ほかに事務所を構えていたかは知らない。仕事の具体的な話は聞いたことがなかった。

「はずしてもらえますか」

「ハイル・ヒトラー」女はそう答えると鼠のように姿を消した。

コールは室内を見まわした。「おれがどんなにいい加減な推理をしたと思う、ヤンセン？」

「さあ、どうでしょうか」

「おれはモーガン氏がヒトラー服を着ていたせいで、ドイツ人だと思い込んだ。しかしこっちの印象がどうあれ、外人のみんながみんなウンター・デン・リンデンに住んで、〈カーデーヴェー〉で最高級品を買うわけじゃない」

ヤンセンはしばし考えて、「そうですね。でも、ほかに代用服を着る理由があるかもしれません」

「つまり、ドイツ人になりすまそうとした？」

「そうです」

「いいぞ、ヤンセン。われわれになりきろうとしたというより、人目につきたくないとの思いがあったんだろう。しかしいずれにしても怪しい。では、われわれの謎をすこしでも解明していくとしよう。まずは戸棚からだ」

警部補は戸を開き、その中身を調べはじめた。

コールのほうは多少でも楽な作業を選び、ぎしぎし音のする椅子に腰をおろすとモーガンの机にあった書類に目を通していった。このアメリカ人はどうやら中間商人のようなことをしていたらしく、ドイツ国内で多くの米系企業に対して便宜をはかっていた。アメリカの買い手とドイツの売り手を引き合わせ、あるいはその逆をして手数料を取るのである。アメリカの商人がベルリンに来ると、モーガンが雇われてその接待をしたり、ボルジヒ、バタ製靴、ジーメンス、IGファルベン、オペルなどドイツ企業の代表者との会見を取り持った。

モーガンの身元を確認する写真や書類が複数見つかった。だが奇妙なことに、本当の私物というものがないような気がした。家族の写真も、記念品の類もない。

〝……たぶん誰かの兄弟だ。誰かの夫か恋人かもしれない。あと、やつが幸運な男なら、息子か娘の父親だな。おれの希望としては、たまにやつのことを思いだしたりする過去の恋人もいてほしい……〟

コールはこうした個人情報の欠如が示す意味を考えた。男は一匹狼だったのか。それとも私生活を秘匿《ひとく》するほかの理由があったのか。

ヤンセンが戸棚を掘り返している。「なにか見つかるはずのものはありますかね、警視」

着服した金、既婚女性のハンカチ、脅迫状、妊娠した少女からの伝言……ドレスデン小路の汚れなき玉石の上でモーガン氏が惨殺された、その理由へと通じる証し。

「とにかく、事件に関して頭に閃くような、そんなものを探してくれ。それ以上はうまく言えん。ここが刑事のいちばん難しいところだな。本能を使い、想像力を使え」

「わかりました」

コールは机上の調査をつづけた。

やがてヤンセンが叫んだ。「見てください。モーガン氏が裸の女の写真を取ってます。この箱にしまって」

「そいつは売り物か？　自分で撮影したものか？」

「いや、絵葉書です。どこかで買ったものですね」

「そうか、だったら興味はないな、ヤンセン。男の悪の部分との関連があるかないか、それを自分で判断するんだぞ。で、言っとくが、官能的な絵葉書は目下のところ重要ではない。さあ、調べをつづけてくれ」

絶望的な状況になるほど、そこに比例するように落ち着きはらう男たちがいる。めったにいるものではない、そうした男たちがことさら危険であるのは残酷さに手加減がなく、それでいて注意を怠ることがないからである。

ロバート・タガートはそんな男のひとりだった。ブルックリンから来た三下の殺し屋が自分を出し抜き、将来を危険に陥れたことに憤激していたが、彼が一時の感情で判断を曇らせることはない。

タガートはシューマンがいかに真相を見抜いたかを悟った。倉庫の床には短い針金と、その脇に鉛の屑が落ちていた。そう、シューマンは内腔を覗き、そこがふさがれていることに気づいたのだ。タガートは怒りのなかで、薬包から火薬を抜き、弾丸だけを薬莢にもどしておけばよかったではないかとほぞをかんだ。そうすればエルンストに危険はなく、シューマンはSSの部隊が小屋をかこむまで、裏切りには気づかなかったはずなのだ。

が、望みがないわけではない。

オリンピック競技場の記者室でヒムラー、ハイドリヒと短い会合をもち、暗殺計画についてはすでに説明した以上には不明とくりかえし述べたあと、彼はいまからワシントンに詳細の有無を確認すると告げて場を辞した。ふたりにはユダヤとロシアの陰謀をほのめかしておいた。そして意外にも、拘束を受けずに競技場を出ることができた——逮捕される道理はないとはいえ、猜疑心と妄想に凝り固まる国では危険がつきまとう。

タガートはいま獲物のことを考えている。ポール・シューマンはやはり愚か者ではない。ドイツ人たちが、ロシア人に仕立てあげられた自分を捜していることに気がついているはずだ。もはや偽の正体は棄て、ふたたびアメリカ人になっていることだろう。けれども、タガートはそれをドイツ側に伝えなかった。死んだ〝ロシア人〟を作り出しておくほうが都合がいい。共犯者にはギャング一味の罪人がいて、反体制派の女性がいる――ケーテ・リヒターの友人にコジのシンパがいることは疑いなく、それがロシアの暗殺者というシナリオに信憑性を付加する。

たしかに絶望的だ。

しかし白のヴァンで突撃隊の褐色をした運河を南に渡り、そこから東へ向かいながら、タガートは石のごとく冷静でいた。彼は交通の激しい通りで駐めた車を降りた。シューマンが下宿屋のケーテ・リヒターのもとへ帰るのは自明のことだった。女をアメリカに連れ帰ると言って譲らなかったのだから、この期《ご》におよんでもシューマンは女を置き去りにはしないだろう。それに電話ではなく、直接足をはこんでくることもわかっている。シューマンはドイツで電話が盗聴される危険を熟知していた。

腰にあたる拳銃を心地よく感じながら通りを急ぐと、タガートはマクデブルガー小路に曲がった。足を止め、短い通りに目を凝らすと午後の炎暑に埃だけが舞い、人の姿はない。彼はケーテ・リヒターの下宿屋をさりげなく通り過ぎ、なにも異変がないのを感じとると、足早にもどって地下の入口に駆けおりた。肩でその扉を押しあけ、湿っぽい倉庫にはいりこんだ。

木の階段の縁を選び、板がなるべく軋まないようにして上まで昇った。そこで戸を開き、ポケットから銃を抜いて一階の廊下に出た。人気はない。二枚の窓ガラスの間に囚われた蠅が激しく飛びまわるだけで、ほかには音も動きもなかった。

各室の戸に耳を澄ましながら廊下の端まで歩いたが、物音は聞こえない。そこで彼はペンキで乱暴に書かれた〈女将〉の表示がある扉の前にもどった。

タガートはノックした。「リヒターさん？」どんな女なのだろうか。シューマンのためにこの部屋を手配したのは本物のレジナルド・モーガンで、ふたりは顔を合わせていない。女とモーガンは電話で話をして、契約書と現金はベルリンを縦横に走る気送管システムでやりとりした。

もう一度扉を叩いた。「部屋のことで来ました。玄関があいてたので」

返事がない。

彼は把手を試した。施錠はされていなかった。室内にはいると寝台に置かれたスーツケース、そのまわりの服と本が目についた。これが彼を安心させた。シューマンはまだ到着していないのだ。だが女はどこに？ 貸していた金を回収しようとしているのか、またはこっちのほうが可能性はありそうだが、友人や家族から金を借りてまわっているのか。正式な経路でドイツを離れるつもりなら服に小銭程度しか持ち出せないが、シューマンと手を携えて不法に出国する気なら金はいくらあってもいい。ラジオも電灯もつけたままになっているのは、すぐに帰ってくるつもりなのだろう。

扉の脇に全室の鍵が掛けてある。タガートはシューマンの部屋の鍵を取って廊下に出た。足音を忍ばせて歩いていくと、すばやい動作で鍵をあけ、部屋に踏みこんで銃を構えた。

居間は空っぽだった。扉の錠をおろし、音もなく寝室へ移動する。スーツケースがあるだけでシューマンはいない。タガートは部屋の中央に立ちつくして考えをめぐらせた。女に対する気遣いから感情的に先走っていても、シューマンは骨の髄までプロである。家にはいるまえに、前後の窓から内部の様子をうかがうぐらいは当然やるはずだ。

タガートは隠れて待つことにした。すると現実的な選択肢はただひとつ、クローゼットしかない。彼はシューマンの気配を聞きとれるように、戸を一インチ、二インチほどあけておいた。殺し屋が荷造りするところを、クローゼットを出て殺す腹づもりだった。運よくケーテ・リヒターも一緒なら、まとめて始末できるかもしれない。そうならなければ女の部屋で待つ。女が先に帰ってくることもあるだろうが、その場合は女だけを殺してしまうか、シューマンの帰りを待つか。そこは思案のしどころだ。あとは部屋を片づけ、シューマンの正体につながる痕跡を消したら、ロシア人を阻止したとＳＳ、ゲシュタポに知らせる。

タガートは大きなクローゼットに潜み、戸を手前に引き寄せると、せめてもの暑さしのぎにシャツのボタンを何個かはずした。深呼吸すると肺が痛くなる。汗が額に浮き、腋の下がひりひりした。が、そんなことはつゆほども問題ではない。ロバート・タガートを駆り立てていた――いや、もっぱら支えていたのは湿った酸素を優に上回る要素、すなわち権力という昂揚感だった。暗く卑しいハートフォード出身の少年、暗く卑しい近所づきあいのなかで、頭の回転は速いが脚は遅いといじめられた少年は、いまをときめく政治家アドルフ・ヒトラーその人との会見を果たした。男の炎が出そうな青い瞳には、称賛と敬意とがこめられていた。敬意はいずれ自分が帰国し、任務の成功を報告するころには全米に伝わることだろう。

駐英大使からスペインへ。それからここ、わが愛する国へ。望む場所に行ける。

また顔を拭いながら、いつまでシューマンを待つことになるのかと思った。

その疑問への答えはすぐに出た。下宿屋の玄関扉が開き、廊下に重い足音がひびいた。足音はタガートのいる部屋を過ぎた。扉を叩く。

「ケーテ？」遠く声がした。

その声の主はポール・シューマン。

女の部屋で待つつもりなのか。

ちがう……足音がこちらにもどってくる。

タガートは鍵のじゃらつく音、古い蝶番《ちようつがい》の軋み、そして扉が閉じる音を耳にした。ポール・シューマンが自分の死に場所へとはいってきた。

さながら獲物に近づいた狩人のごとく胸を高鳴らせ、ロバート・タガートは聞き耳を立てた。

「ケーテ?」と呼ぶシューマンの声。

モーガンは床板の軋む音、流しで水を出す音を聞いた。男が水をがぶ飲みしている。

タガートは銃を握った。できれば襲われたかのように正対して、相手の胸を撃つほうが望ましい。SSとしては身柄を拘束して尋問をしたいわけだから、タガートが背後から撃てば連中の不興を買うことになる。しかし、やむを得ない。シューマンは図体が大きく、まともに戦うには危険が大きすぎる。ヒムラーには仕方がなかったと話すつもりだった。暗殺者が逃げようとした、あるいは短剣を手にしたのでやむなく撃ったのだと。

男が寝室のほうに歩いていく。そのうち、引き出しをさらって荷造りする物音が聞こえてきた。

28

いまだ。

タガートはクローゼットの戸の一枚を押した。これで寝室方向の視界がひらけた。彼は銃を掲げた。

だがシューマンの姿はなかった。タガートの目にはいるのは、寝台の上に置かれたスーツケースだけである。まわりに本などが散乱している。寝室の戸口に一足の靴を見つけ、彼は眉をひそめた。さっきはなかった。

まさか……

タガートは悟った。寝室へ向かったシューマンはそこで靴を脱ぎ、靴下はだしでこっそり居間にもどってきた。そしてタガートにはまだむこうにいると思わせるため、戸口ごしに本を投げていた! これは——

巨大な拳がクローゼットの戸を綿菓子のように突き破った。喉と顎に何発も食らい、視界が朱を注いだようになったタガートは居間によろめき出た。彼は拳銃を取り落とし、激痛の走る喉を押さえた。

シューマンはタガートの襟をつかんで放り投げた。食卓に激突したタガートはそのままくずおれ、床に大の字に伸びた。そのかたわらで同じように、下に落ちたドイツのビスクドールが無傷のまま、薄気味悪い菫《すみれ》色の瞳を天井に向けていた。

「偽者だな? あんたはレジー・モーガンじゃない」

利口な殺し屋なら誰しもがやることを、ポールも踏襲したにすぎない——出かけるときの部屋の様子を目に焼きつけておき、もどったときにその記憶と実際とをつき合わせてみる。すると、閉じて出たはずのクローゼットの戸が、わずかに数インチ開いていた。タガートがポールを追跡して殺そうとしているのなら、そこに当人が隠れているということになる。

「私は――」

「誰だ？」とポールは吼《ほ》えた。

男が無言でいると、ポールは片手で男の襟首をつかみ、反対の手で上着のポケットを探った。財布、複数のアメリカ旅券、ロバート・タガート名義で作られた合衆国外交官の身分証明書、初めて会った路地でポールが見せられた突撃隊のカード。

「動くなよ」ポールは低い声で言うと、戦利品を調べにかかった。財布はレジナルド・モーガンのものだった。中身は身分証明書、モーガンの名前にベルリンのブレマー通りとワシントンDCの住所が刷られた名刺が数枚。写真も数葉――いずれもドレスデン小路で殺された男が写っている。なかに社交の場で撮られたものがあった。本人が年輩の男女に腕をまわし、三人でコダックに笑顔を向けている。

旅券のうちよく使われ、出入国のスタンプで埋まっていたのがモーガン名義だった。そこに貼られた写真も路地で死んだ男のものである。

もう一通、きのうポールが見せられた旅券もまたレジナルド・モーガン名義になっているが、その写真に写っているのは目の前の男だ。灯りの下でじっくり検分してみると、どうやら偽造らしい。さらに一通、本物らしくスタンプや査証がちりばめられているのが、外交官身分証と同じロバート・タガート名義のものだった。残る二通はロバート・ガードナー名義の米国旅券、アルトゥル・シュミット名義のドイツ旅券で、いずれもここにいる男の写真が貼られていた。つまり床に倒れるこの男が、ベルリンでポールが接触するはずだった工作員を殺し、その身分を襲ったのだ。

「オーケイ、なんのつもりだ？」

「まあ落ち着けって。早まった真似はするなよ」男は堅物レジー・モーガンの仮面を剝ぎ取った。現われたのは如才ない、まるでシャークスキンの上下を着たラッキー・ルチアーノの片腕といった人間だった。

ポールは本物と思われる旅券を手に取った。「これがあんたか。タガート？」

男はポールに殴打された顎と首を押さえ、赤くなった部分をさすった。「やるじゃないか、パウリョ」

「それで？」ポールは顔をしかめた。「路面電車の暗号を、あんたが横取りしたのか？　だからモーガンはあの路地で聞きとがめた。むこうは電車の合言葉を言えなかったおれをスパイだと思い、こっちもむこうのことを同じように決めつけた。それから、あんたは死体を探ったときに書類をすり換えたな」ポールは突撃隊のカードを読みあげた。「〝復員兵救済〟。ふざけるな」彼はタガートがそれをちらつかせたとき、よく見なかった自分に腹を立てていた。「あんたは何者なんだ、ご同輩？」

「商売人さ。手間仕事をやるだけの」

「じゃあ、本物のレジー・モーガンにちょっと似てるからって抜擢されたわけか？」

その言葉に男はむきになった。「優秀だから抜擢された」

「マックスは？」

「やつは本物だよ。モーガンが百マルク払って、エルンストの電話を盗聴させていた。こっちは二百を払って、おれがモーガンってことにさせたわけだ」

ポールはうなずいた。「それでやつはびくついてたのか。やつが怖がってたのはＳＳじゃなく、おれだった」

だが騙りの来歴にはもううんざりといった様子で、タガートは性急につづけた。「おたがい歩み寄って取引きしようじゃないか。そろそろ――」

「こいつの目的はなんだ？」

「パウリョ、おしゃべりしてる暇はないんじゃないか？　ゲシュタポの半分があんたを捜してる」

「いいや、タガート。おかげさまで事情が呑みこめてきたが、やつらが追ってるのはロシア人だ。連中はおれの風体も知らない。しかもあんたは連中をここには連れてこられない――おれを殺さないかぎりはな。だから時間はたっぷりある。さあ、吐け」

「こいつはな、あんたとおれだけじゃ終わらない話なんだよ」タガートはゆっくりと顎を回した。「あんたのせいで歯がぐらぐらだ」

「話せ」

「だから――」

ポールは足を踏み出し、拳を握った。

「わかったわかった、落ち着け、大男。真実を知りたいって？　だったら、これが内幕だ――いま本国には、こちらでふたたび争いが起きることを望まない人々が大勢いる」

「だからこそ、おれがこんなことをしてるんだろう。再武装を止めるために」

「ところが現実は、ドイツ連中の再武装など、われわれはこれっぽっちも気にかけちゃいない。われわれが心を砕いてるのはヒトラーを幸せにしておくこと。わかるか？　合衆国は味方だとやつに示すことだ」

ポールはようやく理解した。「つまり、おれはイースターの羊か。ロシア人の殺し屋に仕立てあげられて売られる――ヒトラーにしてみたら、合衆国はまるで親友みたいじゃないか」

タガートはうなずいた。「かなりのところで正解だな、パウリョ」

「冗談じゃない。ここで何が起きてるのか、あんたの目には見えないのか？　連中の側につけるはずがないだろう」

「なんだ、シューマン、どうした？　おそらくヒトラーはポーランドの一部、オーストリア、ズデーテンを乗っ取るぞ」タガートは笑った。「ああ、フランスだって危ない。が、それはこっちの知ったことじゃない」

「やつは人殺しだ。どうしてそれがわからない？」

「たかだかユダヤ人が――」

「なんだと？　そんなことを本気で言うつもりか？」

タガートは両手を差しあげた。「わかった、そんなつもりじゃない。いまの情勢は一時的なものにすぎない。ナチスは国という新しい玩具を手にしたガキみたいなものさ。今年が終わるころには、アーリア人の戯言にも飽きるだろう。ヒトラーは口先だけの人間だ。いったん矛をおさめれば、いずれユダヤ人の必要性もわかってくる」

「いや」ポールは強い調子で言った。「それは間違ってる。ヒトラーは狂ってるぞ。バグジー・シーゲルの一千倍も」

「ああ、わかったよ、パウリョ、そんなことはあんたやおれの決めることじゃない。尻尾をつかまれたってことは認めよう。こっちは騙そうとして、あんたは優秀なだけにそれを見破った。でも、おれは必要だぞ、相棒。おれの後押しがなけりゃ、あんたはこの国から出られない。そこで相談だ。あんたとおれでロシア人に見えるカモを探して殺し、ゲシュタポに連絡するんだ。あんたは誰にも見られてない。おれが英雄に祭りあげてやるよ。ヒトラーやゲーリングにも会えるぞ。勲章だってもらえる。あんたは女と一緒にご帰国あそばす。そのうえこっちでは色もつけて、お友達のヴェバーに仕事を投げてやろう。闇のドルを。きっと喜ぶぞ。どうだ？　おれならやれる。これでみんなが勝者だ。さもなくば……あんたはここで死ぬ」

ポールは訊ねた。「ひとつ質問がある。ブル・ゴードンか？　裏で糸を引いてるのは？」

「やつが？　ちがうね。あれはそんなんじゃない。もっと……別の顔だよ」

「誰だ、その〝顔〟っていうのは？　おれは答えが欲しい」

「すまないな、パウリョ。いくら口の軽いおれでも、そこまでは言えない。商売の基本でね」

「ナチに負けず劣らずの悪人だな」

「そうか？」タガートはぼそりと言った。「下っ端の殺し屋に、そんなことが言えるか？」彼は立ちあがると、上着についた埃を払った。「さあ、行こうじゃないか。スラブの根なし草の喉を掻っ切って、ドイツ連中にボリシェヴィキですって差し出すんだよ。それがいい」

〝みんなが勝者……〟

重心を移すことなく、目を細めるでもなく、なにかをするという気配は微塵も感じさせず、ポールは拳をいきなり男の胸に放った。タガートは呼吸を止められ、白目を剝いた。自分の喉をつぶしたポールの左は見る間もなかった。床に倒れたときには死の苦しみで四肢が痙攣し、大きく開いた口からゴボゴボという音が洩れた。心臓破裂か、それとも首の骨が折れたか、いずれにせよ三十秒とたたないうちに男は息絶えていた。

ポールは長いこと死体を見おろしていた。両手をふるわせていたのは強烈なパンチを繰り出したせいではなく、裏切りに対して怒りがおさまらなかったからだ。男の言葉に対して。

〝フランスだって危ない……たかだかユダヤ人が……〟

ポールは寝室へ行き、競技場で盗んだ汗まみれの服を脱ぐと、洗面所の水で身体を洗って服を着た。すると、扉にノックの音がした。ケーテがもどってきたのだ。彼はタガートが居間にそのまま倒れていることを思いだし、死体を急いで寝室に運び入れた。

だが死体をクローゼットのなかへ引きずりこもうとしていたそのとき、部屋の扉があいた。

ノックの主はケーテではなかった。ポールが目にしていたのは二人組の男である。ひとりは丸々と肥ったひげ面、皺の寄ったクリーム色の背広に胴着という服装。頭にはパナマ帽。横にならんだ細身の若者は色の濃い上下を着て、手に黒い自動拳銃を握っていた。

なんてことだ！　きのうから追っかけてきていた刑事たちだった。ポールは溜息をつき、そろそろと立ちあがった。

「これは、なんと、ミスター・ポール・シューマンか」年上のほうが驚きに目を瞬きながら、訛りのきつい英語で言った。「私はコール警視です。きのう、ドレスデン小路で起きたレジナルド・モーガンの殺人で、あなたを逮捕しますよ」警視はタガートの死体に目を落として言い添えた。「それと、どうやらもうひとりの殺人で」

## 29

「手はそのまま。そう、そうです、ミスター・シューマン。上にあげたまま」

コールの見たところ、そのアメリカ人は相当柄が大きかった。警視自身より上背は楽に十センチは高く、肩幅も広い。似顔絵描きの表現は正確だったけれど、男の顔は絵よりも傷が多かったし、目は……そう、淡い青で、慎重さを見せながらも穏やかだった。

「ヤンセン、その男が死亡しているかどうかを確かめろ」コールはドイツ語にもどして言った。シューマンには自分で銃を向けた。

若い刑事は腰を折り、動かない人間のことを調べていたが、コールは心中、下僚が見ているのは死体であると確信していた。

警部補がうなずいて立ちあがった。

ヴィリ・コールはここでシューマンを発見して、喜びと同時に動揺を感じている。予想だにしない事態だった。ブレマー通りにあったレジナルド・モーガンの部屋で、ポール・シューマンの代行としてこの下宿を借りる旨の契約書を見つけたのが、わずか二十分まえのことである。だがコールはモーガンを殺したあとのシューマンに、被害者の手配した場所にそのまま居座るような手抜かりがあるはずはないと考えていた。彼とヤンセンがここに急行してきたのは、シューマンにつながる目撃者、証拠があると期待したがためで、まさかアメリカ人自身がそこにいようとは思っていなかった。

「じゃあ、あなたたちは秘密警察の一味か」とシューマンがドイツ語で訊いた。目撃者が話していたとおり、訛りはあるかないかといった程度である。Gの発音はベルリン育ちの人間のものだった。

「いいや、われわれは刑事警察の者でね」コールは身分証を見せた。「ヤンセン、所持品を調べろ」

若い刑事は馴れた手つきでポケットの部分、ポケットのありそうな部分を探っていった。警部補は合衆国の旅券、金、櫛、マッチと煙草の箱を見つけた。

ヤンセンからそれらを受け取ったコールは、手錠を掛けろと下僚に命じた。そして旅券を開いてじっくり調べた。どうやら本物のようだ。ポール・ジョン・シューマン。

「ぼくはレジー・モーガンを殺してない。犯人はあいつだ」と死体に顎をしゃくる。「名前はタガート。ロバート・タガート。ぼくのことも殺そうとした。それで争いになった」

太い腕、拳に赤く胼胝《たこ》をつくった長身のアメリカ人と、ヨーゼフ・ゲッベルスと似たり寄ったりの体格をした被害者の対立をただ〝争い〟と言われても、コールとしてはすんなり納得できない。

「争い？」

「彼はこっちに銃を向けた」シューマンは床にころがる拳銃を顎で指した。「だからこっちは身を護るしかない」

「例のスペイン製スター・モデロAです」ヤンセンが昂ぶった声で言った。「凶器ですよ！」

凶器と同じ型の銃だ、とコールは心で唱えた。同じ銃かどうかは弾道検査をして初めてわかる。が、彼は部下であっても、身内を容疑者の前で叱正するような真似はしない。ヤンセンがハンカチでつつんで武器を取りあげ、製造番号を読みあげた。

コールは舐めた鉛筆でその番号を手帳に書き取ると、分署からの報告でまとめた同型銃の購入者一覧を見せてくれと言った。ヤンセンはそれを自分の書類鞄から出してきた。「では車から指紋採取用具を持ってきて、銃とわが友人たちの指紋を採れ。生きてるほうも、死んでるほうもな」

「わかりました」警部補は外に出ていった。

警視は一覧表に目を走らせたが、シューマンの名前はない。

「タガートで探せばいい」とアメリカ人が言った。「それかここにある名前で」彼は食卓に積まれた旅券の束にうなずいてみせた。「やつが持っていたものだ」

「いいから、座って」警視は手錠をされたシューマンを長椅子にみちびいた。容疑者に捜査の助言をされることなどついぞなかったコールだが、手がかりになるかもしれないと示された旅券をとにかく手に取った。

するど、まさしく手がかりだった。一通はドレスデン小路で殺された男、レジナルド・モーガンのもの。間違いなく本物だ。そのほかはいま足もとに横たわっている男の写真が使われているが、名義は別となっている。今日の国家社会主義ドイツにおいて、偽造書類に疎《うと》いようでは犯罪捜査官として立ち行かない。これら別名義の旅券のうち、ロバート・タガートの一通だけが本物らしく、正規の印や査証で埋まっていた。旅券の名義と銃の購入者一覧とを照合していくなか、コールはある欄に注目した。

そこへヤンセンが指紋採取用具一式とライカを手に現われた。コールは一覧表を掲げてみせた。「どうやら先月、死んだ人間がモデロAを買ったらしいぞ、ヤンセン。アルトゥル・シュミットの名前でな」

この事実をもって、シューマンをモーガン殺害犯から除外するわけにはいかない。タガートは銃をシューマンに融通したり、売ったりしただけかもしれないのだ。「指紋採取にかかれ」とコールは指示を出した。若い刑事は鞄を開いて作業を開始した。

「だから、レジー・モーガンを殺ったのはぼくじゃない。あいつだ」

「お願いだから黙っててくれ、ミスター・シューマン」

レジナルド・モーガンの財布もあった。コールはその中身を調べた。一枚の写真に目が留まる。社交の場で、年輩のふたりにかこまれて立つ男。

〝それに男の事情にも通じている……やつが誰かの息子だってことだ……それに、たぶん誰か

の兄弟だ。誰かの夫か恋人かもしれない……〃

警部補が銃に粉を振ってタガートの指紋を採取した。つぎにシューマンに向かって、「失礼ですが、前に出てもらえますか」コールは下僚の礼儀正しい口調を好もしく思った。

シューマンは協力的で、若い刑事は指紋を採ると、用具一式にふくまれる化粧水で容疑者の指に付いたインキを落とした。ヤンセンは上司が見やすいように、銃とふたつの指紋を採った紙を卓上にならべた。「警視？」

コールは片眼鏡を出した。武器と男たちの指紋を念入りに観察した。専門家ではない私見として、銃に付着した指紋はタガートのものだけである。

ヤンセンが目を細め、顎で床を指した。

コールはその視線を追った。くたびれた革の鞄。ああ、紛れもない例の鞄だ！　コールは歩み寄ってその尾錠をはずすと、なかの書類をすばやくめくりながら、できうるかぎり英語を判読していった。ベルリン、スポーツ、オリンピックに関する記述が多く、ポール・シューマン名義の報道許可証が一枚、アメリカの新聞から切り抜かれた無害な記事の数々。

つまり、男は嘘をついているのだと警視は思った。この鞄こそ男が殺人の現場にいた証拠ではないか。

だがよくよく調べるうちに、鞄はたしかに古びたものだが革は柔らかく、表面が剝離していないことがわかってきた。

コールは目の前の死体を見た。鞄を置くとその足もとにしゃがんだ。男の靴は履き古した茶色で、革のはげているところが散見される。その色合いと光沢はドレスデン小路の玉石の上、そして〈ゾマー・ガルテン〉料理店の床で見つかったものとよく似ていた。シューマンの靴には、そんなふうに革のはがれたところはない。警視の顔が自身に対する苛立ちにゆがんだ。またも推理をしくじったか。シューマンは真実を語っている。たぶん。

「彼の身体検査だ、ヤンセン」コールはそう言いながら立った。死体に顎を振った。

警部補はひざまずき、死体をじっくり調べていった。

コールが眉をつりあげるかたわらで、ヤンセンは作業をつづけた。出てきたのは金、小型ナイフ、煙草ひと箱。重い金の鎖がついた懐中時計。と、若い刑事は眉根を寄せた。「見てください」彼が警視に手わたしたのは絹製の商標で、これはドレスデン小路でレジナルド・モーガンが身につけていた服から切り取ったものである。そのいずれにも、ドイツの製造業者または洋品店の名前があった。

「こっちから事情を説明する」とシューマンが言った。

「わかった、いま話してもらいますよ。ヤンセン、本部に連絡して、アメリカ大使館に連絡をとらせろ。このロバート・タガートのことを訊ねるんだ。外交官身分証を所持してると伝えてな。いまは死んだことは伏せておけ」

「わかりました」ヤンセンが目につけた電話機は、いまや日常の光景となりつつあるのだが壁から線を抜かれていた。しかも建物に国家社会主義者の旗ではなく、五輪旗が掲げられているということは、ここが冷遇されたユダヤ人あたりの所有であることを示している。電話は盗聴されている可能性があるとコールは判断した。「DKWの無線からだ、ヤンセン」

警部補はうなずいて部屋を出ていった。

「では、お教えを乞うとしましょうか。ただし、詳細は省かないようにしてどうぞ」

シューマンはドイツ語で切り出した。「ぼくはオリンピック選手団に帯同してこっちへやってきた。スポーツ記者なんだ。フリーランスのジャーナリスト。その――？」

「ああ、その言葉はよく耳にする」

「ぼくがレジー・モーガンと会うことになったのは、記事のことで人を何人か紹介してもらうためだった。仲間内でよく〝色〟と呼ぶ、そういったものが欲しくてね。街の活気ある地区とか、賭博師、勝負師、拳闘クラブなんかの情報だ」

「それで、このレジー・モーガンは何を？　商売として、という意味ですが」

「聞いたところ、彼はいわゆるアメリカの商売人だった。こっちに長くいるから、街のことには通じていると」

コールは指摘した。「あなたはオリンピック選手団と一緒に来たのに、選手たちはあなたの話となるとどうも口が重かった。これはふしぎだと思いませんか？」

シューマンは苦笑した。「この国に住んでるあなたが、警官の質問に答えるのに、みんなが気乗りしない理由を訊ねるわけか」

〝国家の治安の問題です……〟

ヴィリ・コールは何食わぬ顔を通したが、いまのひと言にはどきりとさせられた。彼はあらためてシューマンに見入った。アメリカ人は悠然と構えている。そのあたりに才を発揮するコールをもってしても、男の顔には嘘のかけらも見出せない。

「つづけて」

「モーガンとはきのう会うことになった」

「それは何時ごろに？　どこで？」

「正午に。シュペナー通りにあるビアホールの表で」

ドレスデン小路のすぐそばである。それも銃撃があったのとほぼ同時刻に。隠しごとがあるとすれば、あえて事件現場近くに自分の身を置くようなことはしないはずなのだが。国家社会主義者の犯罪人は概して愚かであり、露骨な行動をとる。コールは相手が罪人かどうかは別として、自分がいま非常に賢い男と対しているのだと感じていた。「しかし、さっきからおっしゃるように、そこに本物のレジナルド・モーガンは現われなかった。現われたのはこのタガートだった」

「そう。そのときはなにも知らずに。男がモーガンと名乗って」

「それで、その会合で何がありました？」

「会ったのはほんの短い時間だったので。むこうは興奮してて、その路地に連れこまれると、ちょっとごたごたがあったので時間をずらして会おうと言われて。料理店で――」

「店の名前は？」

「〈ゾマー・ガルテン〉」

「小麦のビールがあなたの口に合わなかった場所だ」

シューマンはびっくりしたように答えた。「みんなの口には合うのかな」

コールは笑顔が出そうになるのをこらえた。「それであなたは〈ゾマー・ガルテン〉で、予定どおりタガートに会ったわけだ」

「そうだ。そこにむこうの友人がやってきた。名前は思いだせないが」

あの労働者だ。

「その彼がなにかを耳打ちすると、タガートが急に心配顔になって、ずらかろうと言った」そこで英語の言いまわしを忠実に独訳するのに頭を悩ませて、「まあ、急いで逃げるってことだが。この友人はゲシュタポに追われてると思ったらしく、タガートもそれに同意して、われわれは横の入口から外に出たんだ。そのときに、どうもおかしいと気づくべきだったとは思う。でも、なんだか冒険するような気分でね。ちょうど自分の記事に探してるような話だったから」

「地方色ね」とコールはゆっくり言葉にしながら、大きな嘘は小さな真実をいくつも織りこむことで、ずっと容易に信じられやすくなるのだと考えていた。「そのほか、このタガートと顔を合わせたのは？」と死体を顎で指し、「きょうはいいとして？」はたして男は一九二三年十一月広場へ行ったことを認めるだろうか。

「ああ。同じ日に、ある広場で。柄の悪い地区だった。オラニエンブルガー駅のそばだ。ヒトラーの大きな銅像がある。そこへまた別の人間に会いにいったんだ。でもその男は現われなかった」

「で、あなたがたは同じように〝ずらかった〟わけだ」

「そうだ。タガートがまた怯えだしてね。どう考えても話が怪しいほうに行っている。そこでこの男とのつきあいを切ることにしたんだ」

「それであなた」コールは早口に言った。「ステットソンはどうしました？」

不安そうな表情が浮かぶ。「それが、正直に言うと、コール刑事。通りを歩いてると、ある若い……」彼は言葉を探してためらった。「獣というか……乱暴者？」

「ああ、ごろつきども」

「褐色の制服の」

「突撃隊だ」

「ごろつきどもめ」シューマンは嫌悪をこめて口にした。「連中は本屋の夫婦を暴行していた。そのままふたりを殺すんじゃないかという勢いでね。だから割ってはいった。で、気づくと、今度は十人以上がこっちを追ってくる。途中で脱いだ服を下水溝に捨てて、連中の目を逃れたというわけだ」

一筋縄ではいかない男。しかも利口だ。

「きみたちは、ナチのごろつきを殴ったせいでぼくを逮捕するのか？」

「その件には興味がなくてね、ミスター・シューマン。でも、ミスター・タガート指揮するところの、この仮面舞踏会の意図については大変気になる」

「彼はオリンピックでの調整をくわだてていた」

「調整？」

アメリカ人はしばらく考えて言った。「選手を故意に負けさせる。すなわち彼は過去数カ月、ベルリンに賭博資金を集める一方、こちらで事をはこぼうとしていた。タガートの一味が、アメリカ人の本命選手が敗れるほうに金を賭けることになっていたんだ。ぼくは報道許可証を持ってるから、選手たちに近づくことができる。それで故意に負けるよう買収する役を、ぼくにやらせようとした。たぶんこの数日、彼はそのことで相当気が揉めていたんじゃないかな。こっちで言う〝ギャングの一党〟に多額の借金があったようだ」

「するとモーガンは、このタガートが隠れ蓑にするため殺されたと？」

「そのとおり」

「かなり手のこんだ筋書きだ」とコールは洩らした。

「かなりの額になる金が絡んでいる。十万ドル単位で」

また床の死体に視線が行く。「たしかあなた、ミスター・タガートとの関係を断とうと決めたのはきのうのこととおっしゃった。しかし、彼はこうしてここにいる。あなたが〝争い〟と言った悲劇はまたどうして起きたのか？」

「彼は拒否の答えを受け入れようとしなかった。どうしても金が必要だったのさ――借りてかき集めた金を賭けにまわして。それできょうもぼくを脅しにきた。ぼくがモーガンを殺したように見せかけるからと」

「あなたを無理やり引き入れるために」

「そういうことだ。でも、ぼくは気にしないと言った。彼のことはいずれ警察に突き出すつもりだったのでね。するとむこうが銃を向けてきた。で、ふたりで揉みあううちに彼が倒れた。首の骨を折ったらしい」

コールは本能的にシューマンの語った情報を事実と、みずから感じる人間の本性というものに照らしていた。詳細までしっくりくるところもあれば、すっきりとは嚙みあわない部分もある。ヴィリ・コールは犯罪現場に虚心で臨み、拙速に結論は出さないように心している。それが今回は自然とその流れになった。思考が膠着《こうちゃく》状態におちいったのである。穿孔カードが詰ったＤｅＨｏＭａｇ選別機もかくやの状態だった。

「あなたは自分の身を護るために闘い、彼のほうが倒れて死んだと」

女の声が言った。「そう、まったくそのとおりです」

コールは戸口を振り返った。四十がらみで痩せて魅力的だが、顔にやつれが見える女だった。

「失礼、あなたのお名前は？」

「ケーテ・リヒター」女は機械的に名刺を差し出した。「家主に代わってこの家を管理しています」

身元が確認できると、コールは女に身分証を返した。「で、あなたはこの事件の目撃者なんですか？」

「わたしはここにいました。廊下に。室内から騒がしい音が聞こえてきたので、扉をすこし開き、すべてを見ました」

「しかしわれわれがここに来たとき、あなたはいなかった」

「怖くなったのです。あなたがたの車を見て。関わりあいになりたくないと思った」

それはゲシュタポかSDに目をつけられているからだ。「だが、あなたはもどってきた」

「葛藤はありました。街にはまだ真実に興味を示す警察官がいるという、その望みに懸けたのです」と彼女は挑むように言い放った。

ヤンセンが部屋にはいってきた。彼は女に目を向けたが、コールは説明もしなかった。「それで？」と警視は訊ねた。

「アメリカ大使館は、ロバート・タガートのことは知らぬ存ぜぬの一点張りです」

コールはうなずきながらその情報を吟味した。彼はタガートの死体に近寄った。「思いもしない転落だ。まさかってところだろう。いいかな、リヒターさん、もう一度訊くが――あなたはその目で争いを見たんだね？　正直に言ってくれないと困りますよ」

「ええ。男は銃を持っていたわ。シューマンさんを殺そうとしていた」

「被害者はご存じか？」

「いいえ。会ったことはありません」

コールはまた死体に目をくれると、胴着の時計隠しに親指を突っ込んだ。「刑事というのは因果な稼業ですな、ミスター・シューマン。われわれは証拠を読みとって、そいつが示す方向についていく。で、この事件では、いろんな手がかりからあなたを追跡することになり――こうして直接、あなたのところまでたどり着いた――そうするとだ、今度はその同じ手がかりが、私が捜していたのはこの別の男だと告げている」

「たまに人生はおかしいからね」

その表現はドイツ語では意味をなさなかった。コールはアメリカでよく使われる熟語を翻訳したのだろうと思ったが、意味を自分で推してみた。

たしかに否定はできない。

彼はポケットからパイプを出し、火をつけないままくわえて吸い口を嚙んだ。「では、ミスター・シューマン、あなたの身柄は当面拘束しないことにしよう。手錠をはずしますが、こちらでこの件を掘りさげるあいだは旅券をお預かりします。ベルリンを出ないように。ご承知かとは思うが、当局の人間はいずれも国内での人捜しに熟練してますよ。それと恐縮だが、この下宿からは立ち退いてもらうことになる。犯罪現場なのでね。こちらで連絡をとれる滞在先がほかにありますか？」

シューマンはしばらく考えた。「ホテル・メトロポールに部屋をとります」

コールは手帳にそれを書きとめ、男の旅券をポケットに入れた。「大変結構。ならばほかに、おっしゃっておきたいことは？」

「ありませんね、警視。こちらは協力を惜しまない」

「ではご自由に。必要なものだけ持って。はずしてやれ、ヤンセン」

警部補はしたがった。シューマンはスーツケースのほうへ行った。コールが見守るなかを、彼は剃刀にひげ剃り用石鹸、歯ブラシに歯磨き粉を鞄に詰めた。警視が煙草とマッチ、金と櫛をもどしてきた。

シューマンは女を見やった。「電車の停留所まで送ってもらえますか？」

「ええ、もちろん」

コールが訊いた。「リヒターさん、あなたはこの家にお住まいで？」

「この階の奥の部屋に、ええ」

「よろしい。あなたにも連絡をとることがあると思うので」

男女はともに扉へ向かった。

ふたりが出ていくと、ヤンセンが訝しげな顔で言った。「行かせていいんですか？　男の話を信じたんですか？」

「一部はな。とりあえず、放してもいいと思う程度にはだ」コールは自分の抱く懸念について警部補に説明した。この殺人は正当防衛だとコールは思っていた。またタガートがレジナルド・モーガン殺しの犯人であるという感触も得ていた。しかし答えの出ていない疑問が残っている。これが他国でのことなら、コールはシューマンがすべて立証してみせるまで勾留措置をとっただろう。けれども捜査をすすめる段階でアメリカ人の身柄拘束を命じた場合、ゲシュタポがしゃしゃり出てきて、ヒムラーの求める有罪〝外国人〟と一方的に宣言したうえ、日没までにモアビト監獄かオラニエンブルク収容所送りにしてしまうにちがいない。

「ひとりの男が、おそらく犯してもいない罪のために死ぬだけじゃなく、事件は終結とされ、すべての真実は解明されないままになる——真実こそ、われらが仕事の本質であるというのに」

「しかし、せめて尾行ぐらいつけてもいいのでは？」

コールは溜息をついた。「ヤンセン、いったいわれわれは尾行で何人を逮捕した？　アメリカの犯罪物で、あれはなんと言った？　〝影を踏む〟か？」

「さて、どうでしょうか——」

「じゃあ、そんなのは架空の探偵にまかせておけばいい。やつの居場所はわかってるんだから」

「しかし、メトロポールは大きなホテルで出口もたくさんあります。あそこからなら簡単に脱出できるんです」

「そんなことには興味がないね、ヤンセン。われわれはこれから、この芝居におけるミスター・シューマンの役割について調べあげる。だが、そのまえにこの部屋をじっくり検分して……。ああ、おめでとう、警部補」

「なにがです？」

「きみはドレスデン小路の殺人事件を解決した」警視は死体にうなずいた。「そのうえ容疑者は死亡。裁判の無駄も省ける」

## 30

ＳＳの護衛に伴われたラインハルト・エルンスト大佐は、ルディを連れてシャルロッテンブルクの自宅にもどった。大佐は孫が若年であることに感謝した。競技場での危機を、少年は本当には理解していない。男たちの険しい表情、記者室の緊迫した空気、施設からの慌しい脱出行に困惑していたが、事の重大性を見抜くにはいたらなかった。孫にしてみれば、おじいちゃんが転んでかすり傷を追いながら、たいした〝冒険〟じゃなかったと強がってみせたというだけのことだった。

事実、少年にとって午後いちばんの呼び物は壮大な競技場でも、世界有数の権力者にまみえたことでも、ましてや暗殺未遂でもない。犬である。ルディは一頭、できれば二頭飼いたいと言って、いまはその話ばかりしている。

「どこもかしこも工事中でね」エルンストはゲルトルートにささやきかけた。「背広が台なしになってしまった」

妻はやはり不満げだったが、それより夫が転倒したことを気遣っていた。彼の頭部を調べて、「こぶができているわ。気をつけないとね、ライニー。いま氷を取ってくるから」

妻に嘘はつきたくない。しかし暗殺の標的とされたことを話すつもりもなかった。妻がそれを知ったら、家から出るなと請われるどころか、はっきりそう申しわたされるだろう。となると、めったにやることではないが、妻の要求を斥《しりぞ》けなくてはならなくなる。十一月二十三日の反乱で、ヒトラーは難を逃れようと死体のなかに潜んだかもしれないが、エルンストはそれが任務でなければ敵を避けるつもりはない。

また状況が異なれば、一日、二日は家にこもることにしただろう。なにせゲシュタポ、SDにSSという巨大な仕組みが動きだしているのだから、その間に暗殺者は間違いなく発見されるはずなのだ。しかしこの日、きわめて重要な問題がエルンストを待ちうけていた。カイテル教授とともに大学で試験を実施して、総統への〈ヴァルタム研究〉報告に向けた覚え書きをまとめなくてはならない。

彼は家政婦にコーヒーとパン、腸詰めを私室に運んでくれと頼んだ。

「でもライニー」ゲルトルートが咎めるように言った。「日曜日よ。鵞鳥が……」

安息日の午餐《ごさん》はエルンスト家の長い伝統で、余程のことがないかぎり破られることはない。

「すまないが、どうしようもないんだ。来週の週末はかならず、おまえや家族とすごすから」

彼は私室にはいって机につくと、さっそく書き物をはじめた。

十分後、ゲルトルートが大きな盆を運んできた。

「あなたに粗末な食事はさせたくないのよ」妻は言って盆にかぶせた布を取った。

エルンストが笑顔で目にしたのは焼いた鵞鳥のマーマレード添え、キャベツ、茹でたジャガイモとサヤインゲンのカルダモン風味であった。彼は立ちあがって妻の頬に口づけた。妻が部屋を出ていくと、あまり食欲もないまま料理を口にしながら、タイプライターで覚え書きを打ち出していった。

**最高機密**

アドルフ・ヒトラー

ドイツ国総統、首相兼大統領および軍最高司令官

ヴェルナー・フォン・ブロムベルク陸軍元帥

国防大臣

総統閣下ならびに大臣閣下

詳細をとのお訊ねがあった〈ヴァルタム研究〉は、私とヴァルタム軍事大学のルートヴィヒ・カイテル教授が共同でおこなっているものであります。この研究の本質およびこれまでの経過について、ここに喜んでご報告申し上げる次第です。

この研究は前に閣下が述べられたとおり、ドイツ国軍を準備せしめ、わが偉大なる国家目標の迅速なる達成を支援すべしとのご指示により生じたものであります。

そこで手を止めて思考を整理した。何を伝え、何を伝えざるべきか。

半時間後、彼は一枚半の書類を書き終え、鉛筆で数カ所の訂正を入れた。下書きはこれでい い。あとはカイテルにも見せて修正をくわえたら、今夜エルンストのほうでタイプしなおし、総統には明日、直接とどけることになる。彼はカイテルに感想を求むと一筆書いたものを草稿に添えた。

エルンストは盆を下にはこび、ゲルトルートに声をかけて家を出た。ヒトラーからは、せめて暗殺者が捕まるまでは自宅に護衛をつけろと言われていた。エルンストとしては異議もなかったが、護衛たちに、家族が警戒するので目につかないようにしてくれと頼んだ。また彼は総統の要求により、好きだった屋根のないメルツェデスの運転を控え、武装したＳＳが運転する箱型の車に甘んじて乗った。

彼らはまずテンペルホーフの〈コロンビア・ハウス〉へ行った。運転手が先に車を降り、入口付近の安全を確認した。それから正面に立つ二名の衛兵のほうに歩き、言葉を交わしながらもまた全員で周囲に目をくばる。エルンストには、ＳＳ拘置所前で暗殺を実行しようなどという愚か者がいるとは思えないのだが、やがて衛兵の合図があって彼は車を降りた。正面玄関を通って階段をくだり、施錠された扉をいくつか抜けて房のある区画にはいった。

ふたたび暑く湿り、糞尿の臭いが鼻をつく長い廊下を歩いていく。人を遇するのになんと不快な方法かと思う。エルンストが大戦中に捕らえた英国、アメリカ、フランスの兵士たちは敬意をもって扱われた。将校にはエルンストのほうから敬礼し、下士官兵とは気軽におしゃべりをして、房内は温かく乾燥しているか、食事は出されているかと気遣ったものである。彼はいま褐色の制服を着て同行する看守に嫌悪を催していた。男は〈ホルスト・ヴェッセルの歌〉を小さく口笛で吹きながら、ときおり囚人を驚かせるためだけに警棒で鉄格子を叩いた。

エルンストは廊下を四分の三ほど行ったところで足を止め、暑さにむず痒さをおぼえながら房を覗いた。

そこには汗だくのフィッシャー兄弟がいた。ふたりが怯えるのは当然だが――こんな場所に入れられたら、誰だって怯える――兄弟の目にはそれとは別のものも見えていた。若さゆえの反抗である。

エルンストは失望した。その表情を見れば、提案を拒否するつもりでいることがわかる。ふたりはオラニエンブルク行きを選んだのか。大佐はクルトとハンスが〈ヴァルタム研究〉への参加を承諾するものとばかり思っていた。申し分ない対象となるはずだったのだが。

「元気かね」

兄のほうがうなずいた。エルンストは奇妙な寒けを感じた。その青年は息子に似ていた。なぜいままで気づかなかったのか。たぶん、けさにはなかった自信と落ち着きを取りもどしたからだろう。たぶん、幼いルディの目に映じた表情が去りがたく印象に残っていたからだろう。

いずれにせよ、似ていることが彼の心を乱すのだ。

「われわれの研究に参加するしないに関して、きみらの返事を聞かせてもらおう」

兄弟は顔を見合わせた。クルトが口を開きかけたが、答えたのは弟のほうだった。「おれたちはやる」

では、自分のほうが間違っていたのだ。エルンストは笑顔でうなずいた。心から喜んでいた。

そこへ兄が言い足した。「イギリスに手紙を出させてもらうことを条件に」

「手紙？」

「両親と連絡をとりたいんだ」

「それは許可されない。残念だが」

「でも、あなたは大佐でしょう？　許可されるされないを決めるのはあなたじゃないのか？」

とハンスが質した。

エルンストは顎を突き出すようにして、その青年のことを眺めた。だが関心は兄のほうにもどった。気味が悪いほどマルクと似ている。大佐は逡巡したのち言った。「一通だ。それもこの二日以内、私の監視下にあるあいだに出すこと。きみらを訓練する軍曹たちは、ロンドンへの手紙などは認めない。彼らは許可されるされないを決める立場にはないのだから」

青年たちの間でもう一度視線が交わされた。クルトはうなずいた。大佐もうなずき、そして敬礼した——まさしく息子に別れを告げたときのように、ファシスト流に腕を伸ばすのではなく、従来の額に手を添えるというやり方で。ＳＡの看守はそれに気づかないふりをしていた。

言った。

「新ドイツへようこそ」エルンストは軽快なその敬礼とは裏腹に、ささやきに近いような声で言った。

ふたりは角を曲がってリュッツォー広場をめざした。下宿からできるだけ遠くでタクシーを拾うつもりだったが、その間もポールは尾行を警戒して、しきりに背後を振り返った。

「メトロポールには泊まらない」彼は通りを見わたして言った。「ほかに安全な場所を探す。わが友オットーならそれもできるだろう。すまない。でも、すべてを置いて出るしかなかった。もうあそこにはもどれないんだ」

ふたりは賑やかな街角で立ちどまった。ポールは車の流れを見つめながら、さりげなくケーテの腰に腕をまわした。だが彼女は身をこわばらせ、ポールから離れた。

ポールは驚いてケーテを見た。

「わたしはもどるわ、ポール」ケーテは感情の欠落した声で言った。

「ケーテ、どうした?」

「わたしはクリポの捜査官に真実を話した」

「きみは……」

「わたしは扉の外から部屋を覗いていたの。嘘をついたのはあなた。あなたは部屋であの男を殺した。争いなんてなかった。相手は銃を手にしてなかった。どうしようもなく突っ立っていた男を、あなたは殴って殺したわ。ひどい。あんなおぞましいものを見たのは……あれから……」

〝芝生から四つめの升……〟

ポールは黙っていた。

無蓋のトラックが通り過ぎる。荷台には半ダースの突撃隊員が乗っていた。彼らが道行く人の群れに声をかけて笑った。手を振り返す歩行者がいる。トラックはあっという間に角を曲がっていった。

ポールは小さな公園のベンチにケーテを誘ったが、彼女は腰をおろそうとしなかった。「いやよ」と低声で言った。腕組みをして、ポールに冷淡なまなざしを向けた。

「きみが思ってるほど単純なことじゃない」ポールはささやいた。

「単純？」

「ぼくのこと、ぼくがここにいる理由はそう、込み入ってる。それを話さなかったのは、きみを巻きこみたくなかったからだ」

ここで、むきだしの怒りがほとばしった。「そんな、嘘をついた言い訳よ！　巻きこみたくなかったなんて。あなたはアメリカに来いって言ったわ、ポール。それでもわたしは巻きこまれてないの？」

「ぼくの古い人生に巻きこみたくなかった。この旅でそれも終わる」

「古い人生？　あなたは兵士なの？」

「ある面」彼はそこでためらった。「いや。それは正しくない。ぼくはアメリカで犯罪者だった。ここに来たのは彼らを止めるためだ」

「彼ら？」

「きみの敵だ」彼は微風に揺れる何百という赤、白、黒の旗のひとつに顎をしゃくった。「ぼくは政府のある人物を、つぎの戦争をはじめないように殺さなくてはならない。でもそれが片づけば、ぼくのそんな人生もおしまいになる。前科も消える。そうしたら——」

「あなたはそのささやかな秘密を、いつわたしに話すつもりだったの、ポール？　ロンドンに着いてから？　ニューヨーク？」

「信じてくれ。もう終わるんだ」

「あなたはわたしを利用した」

「そんな——」

「ゆうべは——すてきな夜だったけれど——あなたはわたしにヴィルヘルム通りを案内させた。わたしを隠れ蓑に使ったのね？　その男を殺す場所を探そうとしたんだわ」

彼は冷たくひるがえる旗を無言で見あげた。

「それで、アメリカに行って、わたしがあなたを怒らせたりしたらどうなるの？　あなたはわたしを殴る？　殺す？」

「ケーテ！　そんなことをするわけがない」

「ええ、そうね。でも、あなたはまえにも嘘をついた」ケーテはハンドバッグからハンカチを取り出した。不意にただようライラックの香りに、彼の心はむせんだ。それが愛する者の残り香《が》であるかのように。彼女は目もとを拭うとハンカチをしまった。「教えて、ポール。あなたは彼らとどこがちがうの？　ねえ。どこが？……そうね、あなたはちがうわ。あなたはもっと残酷よ。なぜだかわかる？」彼女は涙で喉をつまらせた。「わたしに希望をあたえておいて、それを取りあげたから。彼らには、庭園の獣たちには、希望なんてどこにもない。それでも、あなたみたいに嘘はないから。そうよ、ポール。あなたはご自分の満点の国へお帰りなさい。わたしはここに残るわ。扉が叩かれるまで残って。それでいなくなるの。わたしのミヒャエルみたいに」

「ケーテ、たしかにぼくはきみに対して正直じゃなかった。でも一緒に来るんだ……たのむ」

「哲学者のニーチェがなんて書いてるか知っていて？　彼はこう言ったのよ、『怪物と闘う者は、みずからが怪物とならぬよう心しなくてはならない』って。まさに至言ね、ポール。真実よ」

「おねがいだ、一緒に来てくれ」ポールは女の両肩をきつく握りしめた。

だがケーテ・リヒターも強かった。彼の両手を引きはがして後ろに退くと、相手の目を見据えたまま無情な言葉をささやいた。「わたしはひとりの殺し屋と床をともにするくらいなら、一万人の殺し屋と国を分かちあう」

そして踵《きびす》をめぐらせた彼女は、つかの間ためらいを見せると足早に去っていった。通りがかりの人間が、恋人たちの喧嘩の原因はと気にしたくなるような、そんな光景だった。

31

「はい？」

アレックスに帰ったコールが自室に向かうところを、上司があとを追ってきたのだ。

フリードリヒ・ホルヒャー警視正が、やけに間延びした調子でその名を口にした。

「ヴィリ、ヴィリ、ヴィリ……」

「さんざん捜したよ」

「はい？　なにか？」

「例のガトウの件なんだが。銃撃事件だ。憶えているかね？」

忘れるはずがないではないか。あの一連の写真が脳裡に焼きついて離れない。女たち……子供たち……が、コールはまた怖気をふるった。やはり不安を感じていたとおり、この事件は試練なのか。こちらの様子をうかがっていたハイドリヒの手先が、コールが身を引くどころか余計な手出しをしたことに気づいたのだろうか。若い巡査の家にこっそり電話を入れたことに？

ホルヒャーは血のように赤い腕章を引っぱった。「いい知らせが来たよ。事件が解決した。シャルロッテンブルクのポーランド人労働者の件ともども。同一犯のしわざだった」

自分が逮捕されるのではないと知ってほっとしたのも一瞬で、コールの頭はたちまち混乱に襲われた。「事件を解決したのは誰です？　クリポの人間ですか？」

「いや、地元の警察署長だ。マイヤーホフ。おそらく」

なるほど……ひとつの動きが具体化しはじめたのだ――それもヴィリ・コールの忌み嫌う流れで。「犯人はチェコ系のユダヤ人。精神を病んでいた。串刺し公ウラドのようにだ。ウラドはチェコ人だったかね。ルーマニアだったかハンガリーだったか、思いだせないが。どうも歴史はいちばんの苦手科目でね。それはともかく、逮捕され、自供した容疑者は身柄をSSに引き渡された」ホルヒャーは声を出して笑った。「連中は例の重要な、それでいて不可解な警戒態勢の合間を縫って、本来の取締り活動に精を出したというわけだよ」

「共犯者はひとりですか、複数ですか？」とコールは訊いた。

「共犯？　いいや、チェコ人の単独犯行だ」

「単独犯？　しかしガトウの巡査は最低でも二、三人、おそらくそれ以上いるのではないかと結論を出したんですよ。写真もその理屈を裏づけているし、被害者の数を考えれば、それで筋が通るんです」

「まあ、しかしだ、ヴィリ、熟練した警官でも目を欺《あざむ》かれることがある。いわんや地方の駆け出し巡査においてをやだ。彼らは犯罪現場の捜査には不馴れなのだ。それにユダヤ人が自白している。単独でやったと。事件は解決だよ。男は収容所に送られる」

「容疑者を尋問してみたいのですが」

迷いが見えた。そして笑顔のまま、ホルヒャーはまた腕章をいじった。「善処しよう。しかし、男はすでにダッハウにいるかもしらん」

「ダッハウに？　なぜミュンヘンに送られるんです？　オラニエンブルクでしょう？」

「きっと混んでいるんだろう。とにもかくにも事件は解決したわけだから、あえて話す理由もないな」

むろんのこと、男はもうこの世にいないのだ。

「それに、きみにはドレスデン小路の事件に集中してもらわないと。どんな具合かね？」

「進展がありました」コールは自分の声から怒りと苛立ちを排して上司に告げた。「一両日中にすべての答えが出るでしょう」

「すばらしい」ホルヒャーは眉間に皺を寄せた。「プリンツ・アルブレヒト通りのほうがますます騒がしい。聞いてるかね？　警戒態勢も、保安措置も並ではない。SS内部でも動員があった。それなのに話が伝わってこないのだ。きみの耳に、なにか噂でもはいってこないかね？」

「いいえ」可哀そうなホルヒャー。ここまで情報に疎い男はほかにいない。「いずれ殺人事件の報告書をお目にかけます」とコールは言った。

「よろしい。例の外人のほうに傾いているわけだな。たしか、きみはそう言っていた」

いや、そう言ったのはそっちだろう、とコールは思った。「事件は急展開を見せてます」
「すばらしい。しかし、それにしてもだ、ヴィリ。われわれはこうして日曜も働いている。想像できるかね？　土曜の午後と日曜が休みだったころを」警視正は静まりかえった廊下をもどっていった。

私室の戸口まで来たコールは、ガトウの殺人事件に関する書き付け、写真をまとめていた場所がすっかり片づいていることに気づいた。おそらくホルヒャーが〝整理をした〟――ということは、哀れなチェコ系ユダヤ人同様の運命をたどったのである。きっと〈マンハッタン〉の乗客名簿のように燃やされ、ベルリンのアルカリ性の風のなかを灰と舞っているのだろう。コールは扉の側柱に身をもたせかけ、机上にできた空白を眺めながら、これが人殺しということなのだと思った。未然はありえない。盗まれた金は取りもどせるし、傷は癒える、焼け落ちた家は建てなおせばいい。誘拐事件の人質なら生きて発見することもある。だが死んだ子、親、ポーランド人労働者……彼らの死は二度と永遠に覆らない。

一方でヴィリ・コールは、そんなことじゃないという声をいまも耳にしている。宇宙の法則はこの地ではなぜか異なっているのだと。家族や労働者の死はただ消し去られた。なぜなら、彼らが実在していたならば、その死が理解され嘆かれ、これがコールの役目だが――立証されて初めて、正直な人々は休息につけるからである。

警視は帽子を掛け、軋む椅子に腰を落とした。とどいた郵便と電報に目を通していった。シューマンに関する情報はない。コールは片眼鏡を使い、ヤンセンが採取したタガートの指紋と、ドレスデン小路の玉石で見つかった指紋を照合した。同一のものだった。これでいくぶんほっとできたのは、タガートがレジナルド・モーガン殺しの真犯人であり、自分が人殺しを野放しにしたのではないとわかったからである。

照合をみずからの手でおこなえたことも幸運だった。鑑識課からの伝言で、検査や分析に当たる人間はクリポの捜査をすべて中断させられ、〝警戒態勢における新たな展開〟に応じてゲシュタポ、SSの指示で動いているというのだ。

ヤンセンの机に行ったコールは、検屍の人間がタガートの死体をいまだ下宿屋から引き取っていないことを知った。コールは頭を振って嘆息を洩らした。「こっちはやれることをやるのみだ。弾道検査の技師に、スペイン製の銃が凶器かどうかを調べさせろ」

「わかりました」

「ああ、それから、ヤンセン？　もし銃器の検査官まで例のロシア人の捜索に駆り出されてるようなら、検査は自分でやるんだぞ。できるな？」

「できます」

下僚が出ていくと、コールは椅子に座って疑問を書き出していった。これはモーガンと謎のタガートに関わるもので、英訳してアメリカの当局へ送るつもりでいた。

戸口に人影が現われた。「警視、電報です」灰色の上着を着た、若い使い走りがそう言って封書を差し出してきた。

「ああ、ごくろう」たぶん〈ユナイテッド・ステイツ・ライン〉から乗客名簿について、あるいはマニー紳士服店から、お役に立てないという素気ない返事が来たのだと思いつつ、コールは封筒を破った。

その予想ははずれていた。差出人はニューヨーク市警察本部だった。英語で書かれていたが、コールにもその意味は充分理解できた。

**W・コール　ケイシ**
**ベルリン　アレクサンダー・プラッツ　クリミナルポリツァイ**
**ドウジツヅケノ　ゴシツモンニカンシ　オシラセスルト**
**P・シューマンノキロクハ　ハキサレテオリ　トウガイジンブツニカンシテ**
**ソウサハムキゲンニチュウダンサレテイル**
**／コレイジョウノ　ジョウホウナシ／ケイグ**
**NYPDケイブ　G・オマリー**

コールは小首をかしげた。本部備えつけの英独辞書で、〝破棄《エクスパンジ》〟の意味が〝削除〟であることを確かめた。彼は電文を何度か読み返し、そのたび肌が熱く火照るのを感じていた。

つまり市警察はシューマンのことを捜査していた。なぜか。そのうえ書類が処分され、捜査が中断したのはなぜか。

これが暗示するものは？　まず真っ先に浮かんだのが、男はレジナルド・モーガン殺しでは無罪かもしれないが、この街で犯罪を惹き起こす可能性があるということ。

そしてもうひとつ、自分がみすみす危険人物を街に解き放ってしまったこと。

シューマンを見つけなくては。少なくとも情報は入手しておかないと。ヴィリ・コールはヤンセンがもどるのを待たずに帽子を取り、暗い廊下を歩いて階段を降りたのだが、知らずに立入禁止の一階まで来ていた。ままよと扉を抜けると、たちまちSSの兵士と面と向きあうはめになった。DeHoMag選別機の稼動する音を背に、兵士が言った。「失礼ですが、こちらは――」

「いいから通してもらう」コールは若い衛卒がたじろぐほどの怒声を浴びせた。

もうひとり、エルマ機関銃を持った兵士が目を向けてきた。

「私はあの廊下の端にある扉から、私の勤める建物の外に出るんだ。回り道をしてる暇はない」

若いSS隊員が困ったように周囲を見た。廊下にいる誰もが無言だった。とうとう男はうなずいた。

コールは肩をそびやかし、足の痛みを無視して廊下を歩くと、ぎらつくような午後の陽射しの下に出た。まずは方向を見定めてからベンチに右足をのせ、羊毛の当て物の位置をなおすと、警視はホテル・メトロポールがある北へ歩きだした。

「こいつは、ミスター・ジョン・デリンジャー！」オットー・ヴェバーは釈然としない面持ちで、〈アーリア・カフェー〉の暗い一隅の席に手招きした。ポールの腕を取ると抑えた声で言った。「心配してたんだ。連絡がないからさ！　競技場にかけたおれの電話、成功したのかい？　ラジオでもなにも言わないし。われらが鼠のゲッベルスが、暗殺なんて言葉を国のラジオで使うわけがないんだけどね」

やがてギャングの首領の笑みは消えた。「どうしたんだい、わが友。うれしそうな顔じゃないな」

だがポールが口を開くまえに、女給のリースルが彼に気づいてやってきた。「あら、いらっしゃい」と彼女は言って口を尖らせた。「ひどいわ。このまえはお別れのキスもしないで帰っちゃって。何になさる？」

「プショール」

「はい、ただいま。会えなくて寂しかった」

女給に相手にされないヴェバーが拗《す》ねたように言う。「失礼、ちょっと、おねがいしますよ。こっちにはラガー」

リースルが腰をかがめ、ポールの頬にキスをした。香水の強烈な匂いがする。彼女が去ったあとも、あたりにその香りが溜まっていた。ポールはライラックを思いだし、ケーテを思った。が、それはすぐに払いのけ、競技場でのこと、その後の経緯を説明した。

「まさか！　友のモーガンが？」ヴェバーはぞっとしたように言う。

「モーガンになりすました男だ。おれはクリポに名を知られ、旅券も取りあげられたが、連中はおれが犯人だとは思っていない。それに、おれと競技場のエルンストのことは結びついてない」

リースルがビールをはこんできた。ポールの肩をぎゅっとつかみ、身体をこすりつけてきて、またも強烈な香りをテーブルに振りまいた。ポールが避けるようにすると、リースルは淫らな笑みを浮かべ、これ見よがしの気取った歩き方で離れていった。

「おれが興味ないってことを、彼女はわからないのか？」とポールはこぼした。ケーテのことが頭を離れないだけに、なおさら怒りが募るのだ。

「誰が？」とヴェバーは訊いて、たてつづけに杯をあおった。

「彼女だ。リースルだ」とポールは顎を振った。

ヴェバーは眉根を寄せた。「いやいやいや、ミスター・ジョン・デリンジャー。あれは彼女じゃない。彼だ」

「えっ？」

ヴェバーは顔をしかめたまま、「あんた、リースルが女だと思ってたのかい？」

ポールは目をしばたたいた。「まさか……」

「そのまさかだよ」ヴェバーはビールを飲み、手の甲でひげを拭った。「知ってると思ってたのに。一目でわかる」

「信じられない」ポールはキスされた頰を必死にこすりながら、後ろに目をやった。「そっちにはわかるかもしれないが」

「こんな稼業の男にしちゃ、あんた、まるっきりガキだね」

「ここのことをあんたに訊かれたとき、おれは女は好きだと言った」

「ああ、ここのショウに出てるのは女さ。けど女給の半分は男だね。両性に気に入られたからって、おれのせいにしないでくれ。だいたい、あんたがいけないよ——アディスアベバの王子みたいに心づけをはずむんだから」

ポールは煙草に火をつけ、いまや不快な香水の匂いを消そうとした。

「さて、ミスター・ジョン・デリンジャー、あんたがいま抱えてる問題がよくわかった。この裏切りの陰にいるのは、あんたをベルリンから連れ出すことになってた連中なのかい？」

「わからない」クラブ内にはほとんど人がいなかったが、それでもポールは身を乗り出してささやいた。「また手を貸してもらいたいんだ、オットー」

「それなら、ほら、いつでもどうぞ。なにせこっちは糞シャツからの人助けにバター製造、シャンパン取引き、クルップの声帯模写までやるから」

「でも、こっちにはもう金がない」

ヴェバーは鼻を鳴らした。「金か……あれは悪の根源だな。何が必要なんだい、友よ」

「車一台。制服をもう一着。それと銃をもう一挺。ライフルを」

ヴェバーは言葉少なに言った。「狩りをつづけるのか」

「そうだ」

「ま、わがギャングの一党にも、あんたみたいな男はいくらでもいたけどね……。しかし、エルンストの警備はきびしくなってるだろう。当分は街を離れてるかもしれないし」

「たしかにな。だが、すぐってことはないと思ってる。おれはやつの部屋で、きょうは二件の約束があるのを確かめた。一件は競技場。もう一件がヴァルタム大学という場所だ。知ってるか？」

「ヴァルタム？」ヴェバーは言った。「それは——」

「ねえ、ビールのおかわりはいかが？　それともわたしにする？」

耳に熱い息を吹きかけられ、身体に腕をまわされたポールは飛びあがった。リースルに背後から襲われたのだ。

「最初はただよ」と女給は吐息まじりに言った。「たぶん二度めも」

「やめてくれ」とポールは叫んだ。女給の顔から表情が消えた。

真実を知ってみると、リースルの可愛らしい顔にも男っぽい骨格が見てとれた。

「そんな乱暴な言い方しないで」

「すまないが」ポールは身をそらした。「男には興味がないんだ」

リースルがよそよそしい声を出した。「わたし、男じゃないわ」

「こっちの気持ちを察してくれ」

「だったら、最初からちょっかいなんて出さなきゃいいのよ」リースルはぴしゃりと言った。

「ビールの代金は四マルク。いえ、五マルク。計算を間違えたわ」

ポールが金を払うと女給は身を翻《ひるがえ》し、愚痴をこぼしながら、食器の音もはばからず隣りの卓を片づけていった。

「おれの娘たちもね」とヴェバーが尊大に言い放った。「みんな似たようなもんさ。厄介の種だよ」

会話が再開したところで、ポールは同じ質問を投げた。「ヴァルタム大学？　何か知ってるか？」

「ここからそう遠くない場所にある軍事学校。その先を行くとオラニエンブルクで、ちなみに言うと——わが麗しき強制収容所の故郷だね。あっちへ行ったついでに、自分から扉を叩いて自首してみたらどうだい？　追跡するSSの手間を省いてやればいい」

「車と制服を」とポールはくりかえした。「公職に就く人間だが兵士はまずい。競技場でやっただけに、むこうも当たりをつけてくるだろう。きっと——」

「おお、そうだ！　RADの指導者になればいい」

「なんだって？」

「帝国勤労奉仕団。鋤《すき》の兵士。この国の若者は全員、労働者としての年季をつとめあげなきゃいけないって、これはたぶん兵隊の教練がわりにエルンスト本人が思いついた賢い方法じゃないかね。銃のつもりでシャベルを持って、掘るのと一緒に行進の練習もするわけだ。あんたは奉仕に行くには薹が立ちすぎてるが、指揮官にならなれる。連中は労働者を作業場や練兵場へはこぶトラックを持ってるから、田舎にいるのも普通でね。誰も気づきやしないって。いいトラックが手にはいるとこは、おれが知ってる。制服も。青と灰色の上品なやつ。あんたにぴったりの色だよ」

ポールは声を落とした。「で、ライフルは？」

「そっちは面倒だな。けど、ちょっと考えがある」ヴェバーはビールを飲み干した。「いつやろうと思ってるんだね？」

「五時半にはヴァルタム大学に行かないと。それまでに」

ヴェバーはうなずいた。「じゃあ、大急ぎであんたを国家社会主義者の役人に仕立てあげないとな」彼は朗笑した。「けど教練は無用だよ。本物はそんなことしてやしないんだから」

初めは空電の雑音しか聞こえなかった。そのうちにざらついた音がひとつの意味を結んだ。

32

「ゴードン？」

「われわれは名前を使わない」と中佐は念を押すと、ベークライト樹脂の受話器をきつく耳に押しあて、ベルリンから伝わる言葉を聞きとろうとした。声の主はポール・シューマン、無線を経てロンドンを中継した通話だった。時刻は日曜日の朝、午前十時まえであるにもかかわらず、ゴードンはワシントンDCにある海軍情報部の自室に詰めていた。実はエルンスト暗殺の成否を気にして、そこで夜を明かしていたのである。「無事か？　どうなってる？　こちらは新聞をすべてチェックし、ラジオ放送も傍受しているが、なにひとつ――」

「黙れ」シューマンは一喝した。「こっちは〝北の友人〟と〝南の友人〟に話をさせてる暇はない。いいから聞け」

ゴードンは椅子のなかで背筋を伸ばした。「どうぞ」

「モーガンが死んだ」

「ああ、なんと」ゴードンはしばらく目を閉じ、その死に思いを致した。個人的な交わりはなかったが、男の送ってくる情報は内容充実したものであったし、なにより国のために命を懸けるところがゴードンの評価を高くする。

シューマンがおもむろに爆弾を炸裂させた。「彼はロバート・タガートという名のアメリカ人に殺された。その男を知っているか?」

「なんだって? アメリカ人?」

「知っているのか?」

「いや、聞いたこともない」

「その男はおれも消そうとした。それもあんたたちの目的を、おれが果たそうとするまえにだ。この数日、あんたが連絡をとっていたのはタガートで、モーガンじゃない」

「男の名前をもう一度言ってくれないか?」

シューマンはその綴りとともに、男が合衆国の外交筋と気脈を通じていた様子もあるが定かではないと告げた。中佐はその名を紙片に書きとめると叫んだ。「ウィレッツ兵曹!」

すぐに女が戸口に現われた。ゴードンはその紙片を女の手に押しつけた。「この男について、集められるだけの情報を集めろ」女はたちまち姿を消した。ゴードンは受話器に向かって、「聞こえるかね?」

「あんたも嚙んでるのか?」回線の状態がひどいにもかかわらず、ゴードンには男の怒りが伝わってきた。

「何が？」

「すべて仕組まれていた。最初から。あんたも嚙んでるのか？」

ゴードンはあけた窓から、ワシントンDCの七月らしい、じめついた朝の空気が流れるのを感じた。「きみがなんの話をしているのか、こちらは見当もつかないが」

やや間があいて、シューマンはすべてを語った——モーガンが殺され、タガートがその名を騙ったうえで、シューマンをナチスに売ろうとした顚末を。

ゴードンは心底ショックを受けた。「まさか。誓って知らない。私は仲間をそんな目に遭わせたりはしない。きみのことも仲間だと思ってる。本気でそう思ってる」

ふたたび間があいた。「タガートは、あんたは絡んでないと言った。でもおれはあんたの口からそれを聞きたかった」

「誓う……」

「すると、あんたの側のどこかに裏切り者がいるんだよ、中佐。その正体を暴いてもらわないと」

ゴードンはその知らせに打ちひしがれ、椅子に身を沈めた。彼は目の前の壁を茫然と眺めた。そこには数々の感状とイェールの卒業証書のほか、二枚の写真が掲げられている。一枚がルーズヴェルト大統領、一枚が海軍情報部の創設者である、いかつい顎のセオドラス・B・M・メイスン海軍大尉だった。

裏切り者……

「そのタガートはどんな話をしているんだ？」

「それが〝利益〟になるというだけでね。具体的なことはなにも。こっちのボスを喜ばせておきたいそうだ。全体のボス、という意味だが」

「その男と話をして、さらに情報をつかめるかね？」

躊躇のち、「いいや」

ゴードンはその含意するところを理解した。タガートは死んだのだ。

シューマンはつづけた。「こっちが路面電車の合言葉を聞いたのは船の上だった。タガートはそれを知っていて、モーガンは知らなかった。どうしてそんなことになる？」

「私は洋上の部下に暗号を送った。それとは別に、いまきみがいる場所にも送った。モーガンはそれをそちらで受け取る手はずになっていた」

「するとタガートが正しい通信を受けて、モーガンにちがうものを送ったわけだ。船にまぎれこんだ親独協会のスパイは送信していない。やつじゃない。じゃあ、誰のしわざだ？　正しい合言葉を知っていたのは誰だ？」

ゴードンの頭には即座にふたつの名前が浮かんだ。何をおいてもまず兵士であるゴードンは、軍の指揮官であれば、あらゆる可能性を考慮しなければならないということを知っている。だが若いアンドルー・エイヴァリーは、ゴードンにとって息子のような存在である。ヴィンセント・マニエリのほうはそこまで親しくないが、若い士官の経歴にその忠誠を疑わせるような部分は皆無だった。

そこへシューマンが読心術でもしたように訊いた。「あんたの若い坊やたちとは、いつから仕事をしてる?」

「そんなことはありえない」

「〝ありえない〟なんて言葉は、近ごろまるで意味が変わったよ。ほかに暗号を知ってるのは? ダディ・ウォーバックスか?」

ゴードンは思案した。金蔓《かねづる》のサイラス・クレイボーンは計画の概要を知っているだけである。

「彼は暗号があったことは知らない」

「だったら、合言葉を思いついたのは誰だ?」

「私たちだ。上院議員と私」

空電がつづいた。シューマンは無言だった。

だがゴードンは言い募った。「いや、そんなはずがない」

「あんたが暗号を送ったときには一緒だったのか?」

「いや。彼はワシントンにいた」

ゴードンは考えていた。すると上院議員は電話を切ってすぐ、ベルリンのタガートに正しい暗号と伝言を送り、モーガンには間違った暗号を遅らせるよう手配したのか。「ありえない」

「その言葉はさっきから聞かされてるぞ、ゴードン。おれには通用しない」

「いいか、これはそもそも上院議員の計画でね。議員が政権内の人間に根回しして、こちらに

「持ち込んできた」

「ということは、彼は最初からおれを担ごうとしていたわけだ」シューマンは不吉な声でつけくわえた。「その〝人間〟たちと共謀して」

ゴードンの頭に、事実が一気に押し寄せた。そんなことがあるだろうか。この裏切りの結末はどこへ行く？

ようやくシューマンが言った。「まあ、その状況はあんたが望むように処理すればいい。いまでもあの飛行機を飛ばすつもりはあるのか？」

「もちろんだ。それについては私の言葉をはっきり信じてもらってかまわない。アムステルダムの部下には私から直接連絡する。いまから三時間半後には到着する」

「いや、時間を遅らせてもらいたい。今夜十時ごろに」

「夜間の着陸はできない。われわれが現在使用している滑走路は廃棄されたもので、照明がない。しかし八時半なら、降りるのにまだ充分な明るさが残っているだろう。どうだね？」

「だめだ。なら、あすの夜明けにしてもらおう」

「なぜ？」

間があって、「今度こそやつをやってやる」

「やつ……？」

「約束を果たす」シューマンは吼えた。

「いや……やめたまえ。いまは危険すぎる。帰ってこい。話していた例の仕事をやれ。それだけのことはしたんだ。もう――」

「中佐……聞いてるか？」

「どうぞ」

「いいか、おれがこっち、あんたはそっちにいて、どうしたっておれを止めることはできない。くどくどしゃべるだけ時間の無駄だ。飛行機はあすの夜明けに着くようにしてくれ」

ルース・ウィレッツ兵曹が戸口に現われた。「待ってくれ」ゴードンは受話器に向かって言った。

「タガートの情報はまだ出てきません。何か見つかりしだい、記録部からは連絡がはいることになっています」

「上院議員はどちらに？」

「ニューヨークです」

「いまからむこうへ飛ぶ飛行機を手配してくれ。軍でも民間でも、どれでもかまわない」

「かしこまりました」

ゴードンは受話器に話しかけた。「ポール、われわれはきみをそこから救い出す。だが、そっちも道理をわきまえてくれ。状況が一変したんだ――危険性についての認識はあるのかね？」

回線の雑音がひどくなってシューマンの言葉を呑みこんだが、ブル・ゴードンには、高笑いらしきものにつづいて殺し屋の声が聞こえた気がした。途中で「六対五で不利」とも言っていたようだった。

それから中佐が耳にしたのは、これまでの空電よりはるかに騒がしい静寂だった。

東ベルリンにある倉庫には（そこはオットー・ヴェバーが〝自分の〟と称した場所だったが、彼らは窓ガラスを割ってなかにはいったのだ）、勤労奉仕団の制服を吊った棚があった。ヴェバーは上等な一着を衣紋掛けからはずした。「ほら、言ったとおりだ、青と灰色があんたには似合う」

たしかに似合うかもしれないが、この色合いはめだつ。ヴァルタム大学付近の地形がヴェバーの話すように、身を隠す場所が野原や森となればなおさらだった。しかもこの制服は身体にぴったりで、生地がかさばるし暑い。そこで学校に近づく手段とは別に、彼はより実用的な仕事着としてダンガリーのズボン、黒っぽいシャツ、長靴も手に取った。

またヴェバーの仕事仲間には、政府が使用するトラックの車庫に出入りしている男がいて、一日以内に車をもどす（しかも返却の際、政府に売り戻したりしない）ことを条件に、ルーマニア製のキューバ葉巻数本と交換で鍵を受け取った。

あとはライフルだった。

ポールはモーゼルを購入した一九二三年十一月広場の質屋を思いうかべていた。しかしあの男もタガートのペテンの一部かもしれず、そうではなかったとしても、銃から店が割り出され、クリポかゲシュタポに逮捕されたということもあり得る。

ヴェバーの話では、軍需品の配送でたまに訪れるシュプレー川沿いの小さな倉庫に、ライフルが保管されていることがあったという。

ふたりは車で北へ向かい、ヴレンヴェーバー通りで川を渡ってすぐ西に折れ、製造業、商業用の低層建築がならぶ地区を走った。やがてヴェバーがポールの腕を叩き、左側に見える暗い建物を指さした。

「そこだよ」

きょうは日曜なので、予想したとおり人気がなかった(「罪深い糞シャツたちでも、安息日を主張してるのさ」とヴェバーは説明した)。とはいっても、倉庫自体が高く張りめぐらされた鉄条網にかこまれ、いまは閑散とした駐車場の奥に建っているので、交通の激しい通りからはどうしても目についてしまう。

「どうする――?」

「あわてるなって、ミスター・ジョン・デリンジャー」とヴェバーは言った。「ちゃんと考えてあるんだから。川っぺりの側に、舟や艀《はしけ》用の出入口がこしらえてあってさ。道からは見えないし、そっちに回れば国家社会主義者の倉庫だってこともわからない――船溜まりには鷲も鉤十字もないからね――よって、われわれがここを訪ねたとは誰も思わないって寸法だ」

ふたりは倉庫を半ブロック過ぎてから車を駐めた。ヴェバーの案内で路地を南へ抜け、水辺に向かうと、魚の腐臭を放つ茶色の川を眼下に見る石壁に出た。そこに切り開かれた階段を降りると、コンクリートの河岸には何艘かの手漕ぎ舟が繋留《けいりゅう》されていた。ヴェバーがその一艘に乗りこみ、ポールがつづいた。

岸を離れた舟は、軍需品倉庫の裏手にあたる同じような船溜まりまですすんだ。

ヴェバーが舟を舫《もや》うと、鳥の糞ですべりやすくなっている石の上に注意深く足をのせた。あとにしたがったポールが周囲に目をやっても、川に浮かぶボートは娯楽用が大半でヴェバーが指摘したように、誰が注意を向けてくるわけでもない。数段の階段を昇って裏口まで行くと、ポールは窓ごしに内部を覗いた。灯りはなく、曇りガラスの天窓からうっすら陽が射している程度で、その大きな空間に人影はなかった。ポケットから鍵環を出したヴェバーが万能鍵をいくつか試すうち、ようやく当たりがきた。錠前の開く音がして、ヴェバーがうなずいてみせる。ポールは扉を押しあけた。

足を踏み入れた倉庫は暑く黴臭く、充満したクレオソートの臭気で目が焼けそうなほどだった。ポールは何百とある木箱に目を留めた。壁際にライフルの棚があった。陸軍かＳＳがここを組立て作業場として使っている——銃は箱におさめられているのを取り出して油紙をはがし、腐食防止に塗られたクレオソートをきれいに拭き取らなくてはならないのだ。保管されていたモーゼルは、タガートが用意した銃とよく似ていたが、より長銃身のものである。これは銃身が長いぶん精度も増すわけで、ヴァルタムではエルンストとの距離が開きそうなだけに好都合だった。照準器はなかったけれども、ポール・シューマンの狙撃の腕前は、サン・ミエルやアルゴンヌの森で照準器のないスプリングフィールド銃を用いてなお、恐ろしいほどに正確をきわめていたのだ。

ポールは棚まで歩いて一挺を取りあげ、まず眺めてからボルトを試した。ボルトはなめらかに動き、精密に組み立てられた金属が心地よいひびきをたてた。それからモーゼルの口径に合う弾薬を探し、〈7・92ミリ〉とラベルの貼られた木箱を見つけた。中身は鉤十字と鷲が印刷された灰色の紙箱だった。ポールはその一個をあけて五発の銃弾を出すと、装塡から排莢までの手順を追って、それが正しい銃弾であることを確認した。

「よし、行こうか」ポールはそう言いながら、弾薬のはいった箱を二個ポケットに入れた。

「できれば――」

彼の言葉は開いた正面扉から射しこむ太陽光線にさえぎられた。振り向いたふたりは、眩しさに目を細めた。ポールがライフルを構える間もなく、SSの黒服に身をつつんだ若者がふたりに銃を向けていた。「おまえら！　それを下に置け。手をあげろ！」

ポールはしゃがんでモーゼルを床に置くと、のろのろ立ちあがった。

## 33

オットー・ヴェバーがぶっきらぼうに言った。「あんたこそなんだね？　こっちはクルップ軍需品製造の者だ。正しい弾薬がとどいているか、検品のために――」

「黙れ」

若い衛卒はほかに人はいないかと神経質に目をくばっている。

「輸送に不手際があった。こちらで連絡を受けてだな――」

「きょうは日曜だ。なぜ日曜なのに働くんだ？」

ヴェバーは笑った。「これは若いご友人、ＳＳに間違った品を出してしまったら、それが何曜日だろうと何時だろうと、私たちはそのあやまちを正すんだ。上司がね――」

「黙れ！」若い兵士は埃の溜まる作業場に電話を見つけ、ふたりに銃を向けながらそちらへ移動した。兵士が作業台に着こうかというとき、ヴェバーは手をおろして兵士のほうに歩きだした。

「おい、こんなのは馬鹿げてるぞ」彼は腹を立てていた。「こっちには身分証があるんだ」

「そこで止まれ！」兵士は銃を突き出した。

「いま上司から預かった書類を見せてやる」ヴェバーは歩きつづけた。

SSの衛卒が引き金をひいた。金属性の短い銃声が壁をふるわせた。

ヴェバーが撃たれたかどうかわからないまま、ポールはモーゼルを拾うと、高く積みあげられたライフルの木箱の陰に身を投げ、弾を薬室に送った。

若い兵士は電話に飛びつき、受話器をひったくるようにして取ると身をかがめた。「もしもし、聞こえますか」と話しかけている。ポールはすばやく立った。兵士の姿は見えなかったが、狙って撃った銃弾は電話を粉砕してベークライトの破片に変えた。兵士が悲鳴をあげた。

また遮蔽物に身を隠したとき、ポールはオットー・ヴェバーが床に倒れ、身をよじっているのを目にした。押さえた腹が血で赤く染まっていた。

いかん……

「ユダヤ人め！」若い兵士が怒鳴った。「ただちに銃を捨てろ。もうすぐここに百名からが到着するぞ」

ポールは建物の正面に向かい、表と裏の両方の扉を見わたせる位置をとった。窓外に視線をやると、表にはオートバイが一台駐まっているだけである。これは若い兵士が単に倉庫の巡回にきたというだけで、他の人員など来るはずはない。しかし誰かが銃声を聞きつけたかもしれない。それにSS隊員としてはポールをこの場に釘づけにしておき、部下からの連絡がとだえたことを気にした上官が、倉庫に部隊を派遣するのを気長に待つという手もあるのだ。

ポールは木箱の端から顔を覗かせた。兵士の居場所は見当もつかない。と——

ふたたび銃声が轟いた。ポールに近い正面の窓ガラスが粉々に割れた。

SSの衛卒は注意を惹くためにガラスを撃ったのだ。人に当たろうとかまわず、通りを直接狙って撃った。

「このユダヤ人のブタめ！」と兵士は声を張りあげた。「立ちあがって両手をあげろ、さもないと〈コロンビア・ハウス〉で泣き喚きながら死ぬことになるぞ！」今度は倉庫の正面に寄った場所から声が聞こえてきた。ポールは木箱の間の通路を這うようにして、自分と敵の距離を詰めていった。

またも窓が割られた。外で車が警笛を鳴らした。

ポールはつぎの通路に移りながらライフルを振り出し、引き金に指をかけた。モーゼルは長射程に適しているが、このような場所では扱いにくい。ざっと目を走らせても通路には誰もいない。ここでさらにガラスが割られ、彼は思わず飛びすさった。さすがにいまの銃声は聞きとがめられたにちがいない。通りごしに、銃弾は壁か建物に当たっているかもしれない。あるいは車か通行人に命中したか。

彼はつぎの通路に向かった。すばやく銃を振り出す。

男の黒い制服が見えたかと思うと消えた。ポールがたてた音を耳にしたのか、それとも気配を感じたのか、SSの兵士は木箱の山に身を隠した。

もはや待てないとポールは思った。相手を止めるしかないのだ。それには木箱の積まれた中央を、大戦中の突撃で塹壕をつぎつぎ乗り越えたがごとくに突破して、あとは敵の半自動式拳銃から放たれる銃弾で致命傷を受けないことを祈るのみ。

いいだろう、とポールは自分に言い聞かせ、大きく息を吸った。

もう一度……

行け！

彼は目の前の木箱に躍りあがり、銃を構えた。片足が二個めの箱にふれたとき、右後方で音がした。相手の兵士が側面をついてきたのだ！　だが振り返ると、汚れた窓がまたしても銃声に揺れた。ポールは身を硬くした。

ＳＳの兵士が二十フィート先からまっすぐ向かってくる。ポールが必死になってモーゼルを掲げ、撃とうとしたその瞬間、兵士が咳きこんだ。その口から血が噴き出し、ルガーが床に落ちた。兵士は首を振ると、その場に倒れて動かなくなった。流れ出した血が制服を赤く変えていった。

ポールは右手の床にオットー・ヴェバーの姿を認めた。片手で腹をつかみ、反対の手でモーゼルを握っていた。オットーは銃の置かれた棚まで這っていき、弾込めして撃ったのだ。ライフルが床にすべり落ちた。

「気でも狂ったのか？」ポールは低声で怒りをぶつけた。「なぜあいつに向かっていった？　撃たないと思ったのか？」

「ああ」青ざめた顔に汗を流しながら、男は笑った。「撃たないと思ったね」と苦しげに息を吐いた。「やつが呼んだ助けに応じた連中がいるか、確かめてみな」

ポールは正面のほうに走り、あたりにはまだ人気がないことを見てとった。通りをへだてた向かいには工場か倉庫と思われる、窓のない高い建物があるが、きょうは閉鎖されている。どうやら壁に当たった銃弾は気づかれずにすんだらしい。

「安全だ」と言いながらポールがもどると、ヴェバーは半身を起こし、おびただしく出血する己れの腹部を見おろしていた。「これは」

「医者を探そう」ポールはライフルを肩に掛けた。ヴェバーに手を貸して立たせ、裏口から連れ出して舟に乗せた。蒼白の顔色で汗を滴らせるドイツ人は舳先《へさき》に頭をもたせかけ、ポールはトラックに近い船溜まりまで一心不乱に漕いだ。

「どこへ連れていけばいい？　医者は？」

「医者？」ヴェバーは笑った。「もう手遅れだ、ミスター・ジョン・デリンジャー。おれのことならいいから。行きなよ。さあ。もういいって」

「いや、おれはあんたを助ける」ポールは断固としてくりかえした。「ＳＳやゲシュタポに駆けこまないところを教えてくれ」彼は舟を寄せて舫うと岸にあがった。モーゼルを近くの草むらに置き、ヴェバーを舟から降ろそうと振り返った。

「やめろ！」とポールはつぶやいた。

ヴェバーは索を解き、残った力を振りしぼって舟を溜まりから押し出していた。すでに流れに乗って十フィートも離れていた。

「オットー！　やめろ！」

「言ったろ、手遅れだって」ヴェバーは息も絶えだえに叫んだ。そして、ひねくれた笑い声をあげた。「ほら、ヴァイキングの葬送だ！　なあ、国に帰ったら、たまにはジョン・フィリップ・スーザをかけて、おれのことを思いだしてくれな……。おれはいまもってイギリス人だと思ってる。あんたらアメリカ人はなんでも自分の手柄にしたがるからな。さあ、行きなよ、ミスター・ジョン・デリンジャー。あんたがこっちに来た目的を果たすんだ」

ポール・シューマンが最後に見た友の姿は瞳を閉じ、舟底に沈みこんでいくところで、舟は速度を増しながらシュプレーの濁った流れに呑まれていった。


十名あまり、名誉をめぐっていずれも命と自由を選んだ若者たち。そんな気を起こさせたのは卑怯だからなのか、それとも知性があったからなのか。

こんな疑問に悩まされているのは自分ひとりだろうか、とクルト・フィッシャーは思った。

彼らはベルリン北西の郊外を、学生時代の遠足で使ったようなバスに乗って移動している。丸々と肥った運転手は九十九折《つづらお》りを苦もなく走らせる一方で、乗客に狩猟やハイキングの歌をうたわせようとして失敗していた。

弟とならんで座るクルトには、ほかの若者たちと情報を交換するうち、すこしずつ事情がわかってきたのだ。ほとんどがアーリア人の中産階級出身で、みな学位をもち、大学に通っていたり、勤労奉仕後の入学を計画していた。半分は社会主義者、平和主義者、反体制派など、クルトやハンスと同じく政治的および知的理由から、かろうじて反党の立場にある連中。半分はいわゆる〝スウィング族〟で、裕福で反抗的だが政治にはあまり関心がない。彼らの国家社会主義者に対する不満はもっぱら文化面、すなわち映画、ダンス、音楽の検閲に向けられていた。

この集団には当然のようにユダヤ、スラブ、ロマ族のジプシーはいない。共産主義者もいなかった。いくらエルンスト大佐が啓蒙活動をおこなおうと、そうした民族、政党が軍やドイツの官界に位置を占めるまでに、それは長い年月を要することはクルトにもわかる。クルト自身はヒトラー、ゲーリング、ゲッベルスの三頭政治が存在するかぎり実現は不可能と思っていた。

そこにこうして集められたのが、強制収容所でたぶん訪れるだろう死と、倫理的に悪と識《し》る組織との間で苦しい二者択一を迫られた若者たちなのだ。

この途《みち》を選んだおれは卑怯者なのか、とクルトはあらためて自問した。彼は三三年四月に、ユダヤ商店の排斥を全国に呼びかけたゲッベルスの通達を思いだしていた。国家社会主義者たちは、それが圧倒的支持を受けるものと考えていた。ところが事態は党の思惑をはずれ、多くのドイツ人たちが――党員の親たちもふくめて――この通達を公然と無視したのである。事実、ユダヤ系市民を支援するため、これまで利用したことがない店へ出かけるという人々もあとを絶たなかった。

それが勇気だ。自分の内にはそうした勇敢な部分がないのだろうか。

「クルト?」

顔をあげると、弟が話しかけてきていた。「聞いてないのか」

「なんて言った？」

「晩飯は何時かなって。腹が減ったよ」

「さあな。おれが知るわけないだろう」

「軍隊の飯は上等なのかな？　うまいって話は聞くけど。ま、時と場合によりけりだろうな。そりゃ戦場に出たときと、基地にいるときとじゃちがうし。どんなだろう」

「どんなって、飯がか？」

「いや。塹壕のなかがさ。あれって――」

「おれたちが塹壕にもぐることはない。もう戦争は起きないんだ。もし起きたとしても、エルンスト大佐の話にあったように、おれたちが戦うことはない。別の任務があたえられる」

弟は納得していない様子だった。それどころか、戦闘に臨むという見込みに対して動揺の色すらなかった。かえって面白がっているふうもある。これは弟が見せたまったく新たな、しかも厄介な一面だった。

〝どんなだろう……〟

車内で会話はつづいた――スポーツについて、景色について、オリンピックについて、アメリカ映画について。それにもちろん、女の子について。

バスが幹線道路をはずれ、楓の並木道を抜けてたどり着いたのがヴァルタム軍事大学である。こんな場所にいる息子たちを見て、反戦論者の両親がどう思うことか！

バスが赤煉瓦の校舎前に停まると、とたんにクルトは違和感に襲われた。ただひたすら戦争の哲学と実践に寄与するこの施設が、緑の絨毯を敷きつめた田園のなかにあり、月日を刻んだ建物には蔦《つた》が絡み、森と丘を背景に穏やかな風景をなしている。

青年たちは各自の背嚢を手にバスを降りた。年のころはあまり変わらない若い兵士が配属将校と名乗り、彼らを握手で迎えた。カイテル教授がまもなく合流すると説明したあと、将校は自分が仲間たちと蹴って遊んでいたサッカーボールを掲げ、それをハンスに向けて放った。ハンスも器用にボールを別の新兵に送った。

そして、草原に若者たちがボールを持って集まれば話は決まり、彼らはすぐに二手に分かれて試合をはじめた。

34

午後五時三十分、勤労奉仕団のトラックが松と栂《つが》の高い木立を縫って、整備のゆきとどいた街道を走っていた。空気中に細かい塵が浮かび、平面のフロントグラスには虫の死骸がこびりついている。

ポール・シューマンは、標的であるラインハルト・エルンストに思いを凝らそうと必死だった。氷を手探りしていた。

オットー・ヴィルヘルム・フリードリヒ・ゲオルク・ヴェバーのことは考えるな。

といっても、それは無理だ。ポールはたった一日の知り合いだった男の思い出にひたった。いまはオットーなら、ニューヨークのウェストサイドにしっくりおさまったろうと考えている。ラニアンやジェイコブズや拳闘仲間と酒を飲む。もしかするとスパーリングも嗜《たしな》むだろうか。だがヴェバーがいちばんに気に入るとしたら、アメリカにあるチャンスの数かもしれない。詐欺でもペテンでもやりたいだけやれる。

〝いつか、おれの騙りの自慢でもしてやろうか……〟

しかしそんな思いも、ゆっくりカーブを曲がって脇道に出るころには消えていた。一キロほど走ると、〈ヴァルタム軍事大学〉とていねいに描かれた看板が現われた。ハイキングの服装をした三、四人の若者が芝生に腰をおろし、リュックサックにバスケット、日曜日のご馳走の残りをひろげている。そんな彼らの脇に立つ案内板が、正面玄関につづく私道を示していた。二本めの道は競技場、体育館、第一ないし第四校舎へ、さらに奥の道が第五ないし第八校舎へ通じる。ポールが目にした予定表では、エルンストはいまから三十分後、第五校舎で会合をもつことになっていた。だがポールは角を曲がらずそのまま百ヤードをすすみ、未舗装で草が伸び放題の裏道に突っ込んだ。そうしてトラックを木陰に入れておけば、表の通りからは見えない。

深呼吸をひとつ。ポールは両目をこすり、顔から汗を拭った。

エルンストは本当に現われるのだろうか。あるいは、あのジャージー・シティのダッチ・シュルツのように、待ち伏せを肌で感じて——調べあげたという説もあったが——集まりをすっぽかすことがあるだろうか。

だからといって、ほかに打つ手はあるのか。ポールとしては大佐が会合を開くと信じるしかなかった。みずからの観測でも、男が実際に姿を現わすという答えが出ている。これまで得た情報からして、大佐は他人に義務を押しつけるような男ではない。アメリカ人はトラックを降りた。かさばる青と灰色の制服と帽子を脱ぎ、それらをきっちりたたんで運転席に置いた。その下には逃亡を迫られたときに姿を変えるため、もう一着の背広が隠してある。ポールは倉庫から盗んだ仕事着に着換えた。ライフルと弾薬を手にすると、物音をたてぬように注意を払いながら、鬱蒼と木の繁るあたりをめざしていった。

ひっそりと芳香のただよう森のなかを、初めは慎重に歩をはこんでいたが、その日の午後、エルンストの身にあのような事態が起きたというのに、増員された護衛や部隊の姿が見えないのは意外だった。木立をかき分けて建物に近づいていくと、〈5〉と表示された校舎の正面に人と車輛が集まっていた。そこからおよそ百フィート離れたところに、黒のメルツェデスのセダンが駐まっていて、脇で機関銃を肩に掛けたSSの制服姿の男が警戒の目を光らせている。それがエルンストの車だろうか。陽光が窓に反射して車内が見えなかった。

小型ヴァンとバスの近くでは、民間の服装をした若者たちと灰色の制服を着た兵士たちがサッカーに興じていた。ふたりめの衛卒がバスに寄りかかり、試合を観ながら声援を送っている。エルンストのような高官が、こんな学生の集まりに顔を出す理由とは何か。未来の士官候補として選抜された学生たちと言われれば、たしかに彼らは色白で金髪、立派な体格と、模範的な国家社会主義者の容姿を具えている。その正体はさておくとして、エルンストが彼らと教室で顔を合わせるとするなら、メルツェデスから第五校舎まで約五十フィートを徒歩で移動することになるだろう。始末する時間はたっぷりある。だがポールがいま伏せている付近では、いい射撃位置が得られない。熱風に揺られた枝や低木が獲物への視界をさまたげるばかりか、銃弾の方向を変えてしまうおそれもあった。

メルツェデスのドアが開き、茶の背広を着た禿頭の男が降りてきた。ポールは男の先の後部座席を見通した。いる！　エルンストが乗っている。ドアがしまり、また姿の見えなくなった大佐は車から降りてこなかった。茶色の男は大型の書類挟みをもう一台の車にはこんだ。そのオペルはポールに近く、緑多い丘の裾あたりに駐められていた。男は後部座席に書類挟みを置くと、広場の反対側にもどった。

ポールの目は無人のオペルに惹きつけられた。射撃位置としては恰好の場所で弾除けにもなり、事がすんで逃げる段になれば、森からトラックまでの進路をすんなり確保できる。

よし、身を潜めるのはこの車だ。ポールはそう決めて肘の内側でモーゼルを支うと、あとは虫の羽音や身体の下敷きにした七月の植物の悲鳴と、サッカーをたのしむ若者たちの歓声を耳にしながら、そろそろと匍匐《ほふく》していった。

信頼できるはずのアウト・ウニオンのタイヤは、たかが時速六十キロで騒がしくなり、鏡の表面のような道路上でも狂ったようにがたついた。エンジンが空気を求めて逆火を起こした。ヴィリ・コールはチョークをいじり、ふたたびアクセルを踏みこんだ。車は激しく揺れながらも若干速度をあげた。

ふてぶてしく、また愚かしく——禁じられた裏口からクリポ本部を出たあと、警視は徒歩でホテル・メトロポールに向かったのだった。ホテルに近づくと音楽が聞こえてくる。はるか昔にモーツァルトの手で綴られた音符が、豪華ロビーに陣取る室内四重奏団によって奏でられていた。

窓ごしに煌めくシャンデリア、ワーグナーの『ニーベルングの指環』の場面から採った壁画、黒のズボンに白の上着を一分の隙もなく着こなし、銀の盆を吸いつくようにはこぶ給仕たちが見えた。警視は立ちどまることもなく、そのままホテルを通り過ぎた。ここに宿をとるというポール・シューマンの嘘は最初から見通していたのである。この捜査を通じて、件《くだん》のアメリカ人がシャンパンにリムジンにモーツァルトではなく、プショール・エールと腸詰めに心を寄せる男であることはわかっていた。擦り切れた靴を履き、ボクシングのリングを愛する男。一九二三年十一月広場の界隈とつながりをもつような男。四人の突撃隊員に怯《ひる》むことなく素手で立ち向かうような男なら、メトロポールのごとき退廃した場所には投宿しないだろうし、そこまでの金銭的余裕もないはずなのだ。

とはいえ、ここは新住所を訊ねるコールの質問に対し、シューマンが真っ先に思いうかべた場所でもある——目にする機会があったのかもしれない。それにリヒター嬢の下宿屋は街はずれにあり、北ベルリンへ向かう途中にホテルを見ていたとしてもふしぎはない。ちょうどホテルを一街区過ぎたあたりからを指す北ベルリンは、ポール・シューマンの気質と嗜好に通じる荒っぽい地区だった。

通常なら地取りと被疑者の情報集めに、六名の捜査員を投入するほどの広さである。だがある証拠物件によって、コールは捜査の網をかなり絞ることができるのではと考えていた。下宿屋で、彼はシューマンのポケットにあったドイツ製の煙草の箱に、つぶれた安マッチが挿しこまれているのを発見した。これがコールには見慣れたものだった。容疑者の所持品を調べていると、たとえば北ベルリンのような、いかがわしい地区にある店のマッチが出てくるというのはよくあることなのだ。

たぶんアメリカ人にこっちの伝手はないだろうが、とりあえず当たってみるにはあつらえ向きの場所である。ポール・シューマンの旅券を武器に、コールは地区の南端をめぐった。まずは店で使っているマッチを確かめ、種類が同じものであれば女給やバーテンダーにアメリカ人の写真を見せた。

「いいえ、刑事さん……すみません。残念ですけど、刑事さん……こんな人は見たことないな。ハイル・ヒトラー。せいぜい気をつけておきますよ……。ハイル・ヒトラー、ハイル・ヒトラー、ハイル・ヒトラー……」

ドラゴナー通りの料理店では収穫がなく、二、三軒先のクラブへ足を伸ばした。コールは入口に立つ男に身分証をちらつかせ、バーにはいった。マッチはシューマンが持っていたのと同じものだった。彼はアメリカ人の旅券を示して心あたりを訊ねながら、部屋から部屋へと渡り歩いた。客の一般市民は例によって目が悪く、SSは例によって非協力的だった（ひとりには「おい、邪魔だ、クリポ。そのケツをどけろ！」と怒鳴られた）。

だがある女給に写真を見せると、彼女の目が怒りで燃えあがった。

「知ってるのか？」とコールは訊いた。

「知ってるかって？　ええ、もちろん」

「あんたは？」

「リースル。彼はヘルマンって名乗ってたけど、嘘だってわかったわ」女は旅券に顎をしゃくった。「べつに驚かない。一時間まえにはここにいたんだから。オットー・ヴェバーっていう太鼓持ちと一緒に」

「そのヴェバーというのは誰なんだ？」

「だから、太鼓持ちよ」

「ふたりはここで何をしてた？」

「なにって、飲んだりしゃべったり。そう、ちょっかい出したりね。男が娘にちょっかいを出しておいて、冷たく拒絶するわけ……。残酷でしょ」リースルの喉ぼとけがふるえて、コールにもその悲話におおよその見当がついた。「彼を逮捕するの？」

「いいから、その彼のことを教えてくれないか。どこに泊まってるとか、仕事は何をしてるとか？」

リースルは詳しいことを知らなかった。ただ一点、きわめつけの情報があった。シューマンとヴェバーはその午後、別の人物と会う予定だったというのだ。その秘密の会合について、振られた女給は暗い声でこう語った。「太鼓持ちの仕事よ。ヴァルタム大学とかいう場所で」

コールは〈アーリア・カフェー〉を出ると、ＤＫＷを取りにもどってヴァルタムへ急行した。

そしていま軍事大学を目の前にして、頭部に鷲の彫像をいただく煉瓦の二本柱に近い、砂利の路肩に車を寄せた。背嚢やピクニック用の籠を脇に置き、芝生でくつろぐ学生たちが埃まみれの黒い車に視線を投げてくる。

コールがその学生たちを手招きすると、当局の用向きと察した金髪の若者たちが小走りにやってきた。

「ハイル・ヒトラー」

「ハイル」とコールは応じた。「いまも学期中かね？　夏でも？」

「講座が開かれてるんです。でも、きょうは講義がないのでハイキングをしてます」

息子たちと同様、ここにいる学生も第三帝国の教育熱に浮かされているが、この大学の本質が兵士の生産にあるだけに、熱の程度は較べものにならない。

〝総統とその取り巻きとは、なんと賢い罪人であることか。子供たちを人質に国民を取りこんでいく……〟

警視はシューマンの旅券を開いて写真を示した。「この男を目撃した者はいるか？」

「いえ、警視」とひとりが言って仲間を見ると、全員が首を横に振った。

「きみたちはいつからここにいる？」

「一時間ほどでしょうか」

「その間に誰かが来たかね？」

「はい。ちょっとまえですが、学校の送迎バスがオペル、メルツェデスと一緒に。黒塗りで五リットル。新車でした」

「いや、あれは七・七だ」と仲間のひとりが訂正する。

「ばか言え！　もっと小さかったぞ」

三人めが口を開いた。「それと勤労奉仕団のトラックが一台。こっちにははいってきませんでしたが」

「そう、ここを通り過ぎて、あの道を曲がっていった」と青年が指をさした。「別の校舎の玄関のほうです」

「勤労奉仕団？」

「はい」

「トラックに労働者は乗っていたか？」

「荷台には乗ってませんでした」

「運転手の顔は見たかね？」

「いいえ」

「見てません」

勤労奉仕団……コールは考えた。奉仕団の労働者は主に農作業、公共工事に従事している。大学へ、しかも日曜日に派遣されるというのはきわめて稀といわねばならない。「奉仕団は以前からここで作業をしているのか？」

青年のひとりが肩をすくめた。「そんなことはないと思いますが」

「私も聞いたことがないです」

「私が質問したことは口外するな」とコールは言った。「一切」

「党の保安に関わる問題ですか？」青年のひとりが訳知り顔で訊いた。

コールは指を唇にあてた。

そしてその場を離れたそばから、残った学生たちは、謎の警察官の意図するところをかまびすしく穿鑿《せんさく》しはじめたのである。

## 35

灰色のオペルに徐々に近づく。

這っては止まる。

また這う。サン・ミエルやアルゴンヌの暗い深い森でそうしたように。

ポール・シューマンは草いきれと懐かしい堆肥の匂いを嗅いだ。武器の油とクレオソートの匂いを嗅いだ。汗の匂いを嗅いだ。

また数フィート。止まる。

ゆっくり動かなくては。いまはまったくの無防備なのだ。第五校舎付近にいる者がこちらに視線を送れば、草が不自然に寝ていること、ライフルの銃身が鈍く輝いていることに気づかれておかしくなかった。

止まる。

彼は草原を眺めやった。茶色の背広を着た男が、小型トラックから書類の束を持ち出している。メルツェデスの窓は相変わらずぎらついており、エルンストの姿は判然としない。ＳＳの護衛が警戒をつづけていた。

校舎に目をもどすと、禿頭の男が若者たちを集合させていた。青年たちはしぶしぶサッカーをやめ、教室にはいっていった。

そんな彼らの目がなくなり、ポールはオペルに急いだ。後部座席のドアをあけ、灼けつくような車内に乗りこむと、その暑さに肌を刺される感じがした。左後方の窓から望んで、そこが最高の狙撃地点であることがわかった。エルンストの車の周辺が完璧に視野にはいる——仆《たお》すべき男までの距離は四十ないし五十フィート、障害物はなし。しかも護衛や兵卒が場所を特定するまで、多少の時間は稼げるはずだ。

いまやポール・シューマンは氷をしっかりさわっていた。モーゼルの安全装置をはずし、エルンストの車を見つめた。

「こんにちは、未来の兵士諸君。ヴァルタム軍事大学へようこそ」

クルト・フィッシャー以下がカイテル教授に対し、口々に挨拶を返した。そのほとんどが「ハイル・ヒトラー」だった。

カイテル自身がその言葉を口にしないのが、クルトには興味深かった。

一緒にサッカーをした配属将校が教室の前で教授のかたわらに立ち、大型封筒をまとめて抱えている。男は自分が得点を決めたゴールを守っていたクルトに目くばせをよこした。

志願兵たちは楢材の机についた。まわりの壁にはクルトも知らない地図や旗が掲げられている。やはりきょろきょろしていた弟が、顔を寄せてきてささやいた。「第二帝国陸軍の戦闘旗だろ」

クルトは目顔で弟を制したのだが、それは横槍を入れられたうえ、弟が自分の知らないことを知っているという驚きが重なったからである。平和主義者の息子である弟が、戦闘旗の種類を区別してみせたことの意味を、クルトは困惑気味に考えていた

風采のあがらない教授がつづけた。「ではこれから数日間の予定を発表しよう。よく聞いてくれたまえ」

「わかりました」という声と、その亜種が教室に満ちた。

「まず、入隊に際して個人の情報と申請書に記入してもらう。それから各々の人格や性質を問う質問表に答える。回答はまとめて分析され、諸君の才能や任務に対する志向を判断するうえでの材料となる。たとえば、ある者は戦闘に向くかもしれないし、無線通信や主計課に向く者もいるだろう。したがって正直に答えることが肝要だ」

クルトが目をやっても、弟はそれと気づかない。兄弟はあらかじめ話をして、こんな質問が出たときには事務仕事でも単純労働でもいい――ほかの人間を殺さずにすむ任務に就くような返事をすると申し合わせていた。だがクルトは、いまのハンスに別の思惑があるような気がしてならなかった。弟は戦う兵士になるという考えにそそのかされているのではないか。

「記入が終わったところで、エルンスト大佐から諸君に話がある。その後は寮に案内されて夕

食だ。教練は明日から開始されるので、ひと月かけて行進を身につけ、学科の授業がはじまるまでに健康状態の増進をはかってもらう」

カイテルがうなずくと、配属将校が書類をくばっていった。将校はクルトの机の前でふと足を止めた。そこで陽が落ちていなければ、夕食のまえにもう一試合やろうという話になった。やがて将校はカイテルにしたがい、志願兵たちのために鉛筆を取りにいった。

クルトは上の空で書類を手でさわりながら、なんとも悲惨な状況に追いこまれた一日であったはずなのに、なぜか満足をおぼえる自分がいることを意識した。たしかにエルンスト大佐とカイテル教授には、この奇蹟のような救出劇を用意してくれたことに対して感謝の気持ちがある。しかしそれ以上に、自分がなにか重要なことを、いまの苦境を超越するような行動をしてのける絶好の機会をあたえられたという思いを抱きはじめていた。かりにオラニエンブルクへ行って監禁なり死なりを強いられたら、それはそれで勇敢な態度ではあっても無意味だった。軍に志願するという、みずからの主義にもとる行動をとることは、もしかするとこれまで探し求めてきた抵抗の意思表示であって、ささやかでも具体的に、国を褐色の疫病から守る手助けになるのではないかと思ったのである。

弟に笑みを向け、調査用の封筒に手を這わせながら、クルトはこの数カ月で初めて心よりの満足を得られたと思った。

## 36

ヴィリ・コールは勤労奉仕団のトラックとはあまり離れずDKWを置いた。トラックが道から五十メートルはいった場所に駐めてあるのは、運転手が人目につかないようにと配慮をしたからにほかならない。

パナマ帽を目深にかぶってまぶしい光を避け、トラックに忍び寄りながら、コールは拳銃を抜いて足音、声を聞きとろうとした。しかし耳にするのは変哲もない鳥、蟋蟀《こおろぎ》、蟬《せみ》の啼き声ばかりである。彼はトラックにゆっくり接近した。荷台を覗くと黄麻布の袋にシャベル、鍬と奉仕団の〝武器〟がそれらしく積まれている。が、より興味を惹くものは運転席にあった。座席の上に、勤労奉仕団の役員の制服がきちんとたたんで置かれていた。またすぐに着るといったふうで、皺がついたら怪しまれると持ち主が気にしているかのようでもある。そしてさらに重要なものが紙につつまれ、座席の下に隠されていた。青の両前の背広と白いシャツ、どちらもサイズはL。シャツは〈アロー〉、合衆国の製品だった。では背広は？　コールは動悸を感じ

ながら上着の内側をめくった。〈マニー紳士服店　ニューヨーク市〉

ポール・シューマンご贔屓の店。

コールは服を元にもどすと、あたりにアメリカ人なり、太鼓持ちヴェバーなりの姿を探した。誰もいない。

トラックのドアのところから泥に点々と残る足跡が、シューマンが大学構内に向けて森にはいったことを示している。そちらにつづく古い作業道は草がずいぶん伸びているが、わりと平坦な道筋だった。しかし遮蔽物がなく、両脇の生垣や藪はシューマンにとって絶好の隠れ場所となる。もうひとつ、転がる石や枝を踏みしめて木立の丘を越えていく経路があった。いやはや……見ただけで惨めな足が悲鳴をあげる。だが方法はほかにない。ヴィリ・コールはつらい障害物の待ちうける道中を開始した

たのむ。ポール・シューマンは祈った。車を降りてくれ、エルンスト大佐、そして姿をはっきり見せろ。神が非合法とされ、祈りの声も聞こえない国で、この願いは天にとどくのだろうか。

だが目下のところ、神の恩寵はない。エルンストはメルツェデスの車中に残ったまま、フロントグラスと窓に陽光が躍り、後部座席の人影をしかと見ることはできなかった。もしガラスごしに撃って事をしそんじたなら、もう二度とチャンスはめぐってこないのだ。

また広場を見わたしながら、ポールは思った。風よ吹くな。光は正面ではなく横から、殺し

の現場を照らすように。ただ一度、狙撃の好機があれば。
　ポールは額の汗を拭き、焦慮のなかで身体を起こした。太腿に何か不快な感触があって下を見ると、十分ほどまえ、頭の禿げた男が置いていった書類挟みが脚にふれている。思わず床に落としたが、そのときいちばん上の書類に目が行った。彼はそれを拾いあげ、エルンストのメルツェデスと見くらべるようにして手紙を読んでいった。

ルートヴィヒ
　われわれの研究について、総統に提出する書簡の下書きを添付する。本日、ヴァルタムにておこなわれる試験に関する言及がふくまれることを留意されたい。結果は今夜補足することになる。
　研究のこの初期段階においては、私は対象である兵士たちによって殺害された人々を国賊と称するのが最善と考えている。よって貴君はこの書中で、ガトウで殺されたユダヤ人の二家族はユダヤの破壊分子、シャルロッテンブルクで殺されたポーランド人労働者は外国人間諜、ロマは性的倒錯者、そして今日、ヴァルタムに集められた若きアーリア人は反体制派と評されるのを目にすることになる。いずれは時宜を捉え、わが対象により殲滅せられた人々の無実を主張しなくてはならないとは思うが、いまはその風向きにあらずと考える。
　また貴君が〝心理試験〟として兵士たちに実施した調査についてもふれなかった。これも好意的に受け取られないおそれがあるからだ。

ぜひとも一読のうえ、修正の意見等を賜わりたく。書簡は要請に応じて七月二十七日月曜日に提出する予定。

——ラインハルト

ポールは眉をひそめた。これはいったいどういうことなのか。彼は書類をめくり、その先を読みすすんだ。

最高機密

アドルフ・ヒトラー

ドイツ国総統、首相兼大統領および軍最高司令官

ヴェルナー・フォン・ブロムベルク陸軍元帥

国防大臣

総統閣下ならびに大臣閣下

詳細をとのお訊ねがあった〈ヴァルタム研究〉は、私とヴァルタム軍事大学のルートヴ

ィヒ・カイテル教授が共同でおこなっているものであります。この研究の本質およびこれまでの経過について、ここに喜んでご報告申し上げる次第です。

この研究は前に閣下が述べられたとおり、ドイツ国軍を準備せしめ、わが偉大なる国家目標の迅速なる達成を支援すべしとのご指示により生じたものであります。

大戦時、わが勇敢なる部隊を率いた歳月を通じ、私は戦闘中における人間の行動というものを少なからず学びました。優秀な兵士がみな命令に従順である一方、殺害ということに対しては各人異なる反応を示し、この差異とはそれぞれの性質に拠るのだということが明白となったのです。

詰まるところ、われわれの研究には、有罪を宣告された国家の敵を兵士たちに処刑させ、その前後に質問をして兵士の反応を分析するという部分が包含されます。ひとえに処刑といっても、その方法から囚人の部類、兵士と囚人の関係、兵士の家庭環境や履歴等、様々に異なる状況が絡んでくるのです。これまでの例を以下に挙げます。

本年七月十八日、ガトウの町で破壊活動をおこなって有罪とされた二組のユダヤ人組織を、兵士（対象A）が尋問した。そして自動火器により処刑命令を実行した。

同十九日、シャルロッテンブルクにて、兵士（対象B）がポーランド人の間諜集団に対して同様の処刑を実行した。対象Bはその死の直接の原因ではあったものの、ガトウの場合とは異なり、処刑に先立ち被告たちと接触することはなかった。

同二十一日、兵士（対象C）は性的倒錯行為に淫していたロマ族ジプシーの集団を、ヴァルタム大学に建設された特別施設において処刑した。死因は自動車の排気ガスに混じる一酸化炭素。対象Bと同じく、この兵士も犠牲者と会話を交わすことはなかったが、Bとはちがって死の場面を目撃しなかった。

ポール・シューマンは息を呑み、最初の手紙を読みかえした。この男たちはエルンスト自身の許可を得て、無実の民を殺したというのか。ユダヤ人の家族を、ポーランド人労働者を……彼は文章をくりかえし読んで事実を確認した。単語を誤って訳したのではないかと思ったがちがう、間違いなかった。目をあげると、埃の舞う広場にはエルンストを護る黒のメルツェデスがそのまま駐まっている。彼はヒトラーに宛てた手紙に目をもどした。

同二十六日、兵士（対象D）がヴァルタムの施設において反体制派十余名を処刑した。この場合の特徴は、被告たちがアーリア人の家系であることで、対象Dは彼らと一時間あまり交流し、ともに運動をして一部名前を知るまでになった直後に刑を執りおこなった。Dは彼らの死を観察せよという指示まで受けていた。

なんと……これはきょうのことじゃないか！

ポールは身を乗り出し、広場に目を凝らした。青年たちとサッカーをやっていた灰色の制服姿のドイツ兵士が、茶の上着を着た禿頭の男に腕を伸ばした敬礼をすると、バスの排気管から引いたホースを教室の外壁にある取り付け具に固定した。

現在、私たちはこれら対象兵士から得た反応を集めている最中であります。この先数十におよぶ処刑が計画されており、その各個における差異が、それは有用な資料をもたらすことでありましょう。最初の四件の試験結果を添付いたします。

ここはフロイト博士のごとき裏切り者が奉ずるユダヤの卑しい思考を毅然と拒否され、揺るぎない国家社会主義の哲学と科学によって、兵士の個性と死の方法、被害者の性質および両者の関係に一致を見出そうという私たちの試みに、わが偉大なる国家目標の達成に多大なる寄与をもたらすためにも、どうかご理解賜らんことを。

二カ月以内に、完全なる報告を差しあげる所存です。

恐懼

大佐　ラインハルト・エルンスト

国内安定担当全権委員

ポールが顔をあげると、兵士は教室内の若者たちを一瞥して扉をしめ、淡々とバスに乗りこんでエンジンをかけた。

37

教室の扉が閉じられると、学生たちは周囲を見まわした。クルト・フィッシャーが席を立ち、窓に向かってガラスを叩いた。

「鉛筆はどうなった」と彼は声をあげた。

「後ろにもあるぞ」と誰かが言った。

クルトは黒板の縁にちびた鉛筆を三本見つけた。「でも、これじゃ全員に行きわたらない」

「鉛筆もなくて試験が受けられるか?」

「窓をあけろ!」誰かが叫んだ。「なんだかやけに暑くなってきた」

ヒトラー・ユーゲントを嘲る詩を書いて投獄された、長身で金髪の青年が窓辺に寄った。掛け金をはずそうと悪戦苦闘をはじめた。

クルトは席にもどると、封筒を破って中身の書類を引き出した。個人情報はどんなものを求められるのか、両親の平和主義について何を訊ねられるのかが気になったのだ。が、彼は不意を喰らって笑いだした。

「見てくれ」とクルトは言った。「おれのは印刷が抜けてるよ」

「いや、おれのもだ」

「全部だ！ 全部が白紙だ！」

「そんなばかな」

窓辺にいた金髪青年が叫んだ。「窓があかない」彼は息苦しい室内を振り返った。「どれもこれも。窓が。あかない」

「おれがあけてやる」と大柄の青年が言った。だが窓はびくともしなかった。「隙間がふさがれてやがる。なぜだ？……」そして窓を観察して、「しかも普通のガラスじゃない。分厚いぞ」

クルトは扉の上の通気孔から、排気ガスの甘く強力な匂いが流れこんでいることに気づいた。

「なんだあれは？ おかしいぞ！」

「おれたちを殺そうとしてるんだ！」ひとりが喚いた。「外を見ろ！」

「ホースだ。ほら！」

「割れ。ガラスを割るんだ！」

窓をあけようとしていた大柄の青年があたりに目をやった。「椅子でも、机でも、なんでもいい！」

しかし机も椅子も床に固定されていた。またありきたりの教室に見えても、室内には指示棒も地球儀も、インキ壺さえも、ガラスを壊せそうなものはなにも置かれていなかった。何人かが肩から扉に体当たりを試みたが、厚い楢の扉には外側から鉄格子がわたされていた。排気ガスの薄青の煙が容赦なく部屋に溜まっていく。

クルトのほかふたりが窓を蹴破ろうとした。けれどもガラスはびくともしない——鈍器を使っても割れそうにないほど頑丈なのだ。扉はもう一カ所あったが、そちらも厳重に封じられている。

「通気孔になにか詰めろ」

ふたりの青年がシャツを脱ぎ、クルトともうひとりでそのふたりを押しあげた。だが殺人者のカイテルとエルンストはすべてを見越していた。〇・五×一メートルの通気孔には鋼製の網がはめられ、その平らな表面をふさぐ手立てはなかった。

青年たちはむせていた。通気孔から離れた部屋の隅にかたまるようにして、泣き叫ぶ者もいれば、祈りを捧げる者もいる。

クルト・フィッシャーは外に目をやった。さっき得点を決めたばかりのあの〝配属将校〟が腕をこまねき、ブダペスト通りにある動物園で熊の見物を決めこんだとばかりに、涼しい顔でこちらを眺めていた。

ポール・シューマンは正面に獲物を護る黒のメルツェデスを見た。

警戒怠りないSSの護衛を見た。

禿頭の男が教室にホースをつないだ兵士に歩み寄り、言葉をかけては何かを紙に書き留めるしぐさを見た。

いましがた、若者たちが地上における最後の時間をサッカーについやした無人の広場を見た。そんなとりとめのない光景を、ひとつに結びつけるものが見える。すなわち非情というおぞましい邪悪。ラインハルト・エルンストはヒトラーお抱えの戦争設計者にとどまらず、無垢の人々を害する男だった。しかもその動機は情報を手もとに集めるため。

ここは何から何まで尋常ならざる世界なのか。

ポールは右方にあたる禿頭の男と兵士にモーゼルを向けた。灰色の制服を着たふたりめの兵士は、ヴァンに寄りかかって紫煙をくゆらせている。二名の兵士の間に多少の距離はあったけれど、両方とも片づけることができるだろう。禿頭は――ヒトラー宛ての手紙に教授として登場する人物と思われるが――おそらく丸腰で、最初の銃声で逃げ出すのではないか。そこでポールは教室まで走って扉をあけ放ち、青年たちが安全な場所に逃れるまで掩護をする。

エルンストとその護衛は逃亡するか、援軍が到着するまで車を盾に隠れているはずだが、ポールとしては若者たちを黙って見殺しにはできない。

モーゼルの照星が兵士の胸を捉えた。ポールは引き金を絞っていく。

そこで彼は怒りの吐息とともに、ライフルの銃口をメルツェデスにもどした。

だめだ、自分はこのために来たのではない。ラインハルト・エルンストを殺すのだ。教室の若者たちはあくまで無関係だ。連中が犠牲となっても仕方がない。エルンストを撃てば、ほかの兵士たちは掩護にまわって応射してくる。青年たちが窒息しかけていても、ポールは森に後退せざるを得なくなる。

その室内の恐怖にも、若者たちの運命にも思いを致すことはやめ、ポールはもう一度氷をさわった。呼吸をととのえた。

と、ちょうどそのとき、彼の祈りは聞きとどけられた。エルンストの車の後部ドアが開いた。

38

昔は何時間も通しで泳いだし、何日もつづけて長距離を歩いたものだと、木にもたれて荒い息をつきながら、ヴィリ・コールは腹立ちまぎれにそう思った。旺盛な食欲と座業の才をともに身につけるというのがよろしくない。

そりゃ年のせいもあるに決まっている。

足のことは言わずもがなである。

プロイセン警察の訓練は世界一であったが、ゲーリングの熊狩りさながら、森のなかに容疑者を追跡するというのは履修課程になかった。コールはポール・シューマンどころか、誰の足どりもつかめずにいる。すでに自分の足どりが鈍っているのだ。深い茂みにさしかかれば歩を止め、武器を持った相手が潜んでいないか確かめる。追跡行はそこから慎重に再開されるという具合だった。

ようやく正面の藪ごしに、校舎周辺の草を刈られた広場が現われた。黒のメルツェデス一台と、そのそばにバスとヴァンが駐まっている。広場の反対側にはオペルも見える。人の姿もあり、うち二名が兵士で、メルツェデスの脇にいるのがSS隊員だった。

これはシューマンがヴェバーと組んでやっている闇取引きなのか。だとしたら、ふたりはどこにいる？

疑問、疑問だらけだ。

やがてコールは異常に気づいた。藪を押しのけるように近づき、しみる汗に目を細めながら見つめた。バスの排気管から伸びたホースが校舎につながれている。なんのために？　害虫駆除だろうか。

が、その奇妙な事実はたちまち忘れ去られた。コールは扉の開いたメルツェデスの後部座席に目を奪われていた。男がひとり降りてくる。コールは男が政府の要人と知って動揺した。ラインハルト・エルンスト、〝国内安定〟という名の政策責任者でありながら、国の再武装を陰であやつる、知らぬ者がない軍事の天才。

その彼がここで何を？　いったい――

「まさか」ヴィリ・コールは声をあげていた。「そんな……」

これまでの警備態勢の意味も、モーガンとタガートとシューマンの関係も、この国におけるそのアメリカ人の任務も、すべてがすとんと腑に落ちたのだ。

拳銃を握りしめた警視は、情報をまわしてこなかったゲシュタポとSSとペーター・クラウスに悪態をつきながら広場に走り出た。ついでに警官になってからの二十年と、その間に身体が蓄えた二十五キロにも悪態をついた。足はというと、エルンストの死を食いとめたい一心で完全に痛みを忘れていた。

全部が嘘だ！

彼らが話した全部が嘘だった。おれたちがすすんで処刑室へおもむくように！　クルトは応召したことが臆病者の選択であり、自分はそのせいで死ぬのだと悟った――ハンスとふたりで強制収容所に行っていたら、生きのびることもできたかもしれない。

気が遠くなりながら、クルト・フィッシャーは第五校舎の片隅に弟と座りこんでいる。恐怖と絶望とは際限がなく、だからといってほかの連中のように、鉄の机を床から引きはがそうとしたり、扉に体当たりするような真似はしなかった。エルンストとカイテルがあらかじめ考案して、空気の漏れない堅固な柩を築いたとわかりきっているからだ。国家社会主義者はその手際のよさでも悪魔のようだった。

そのかわり、彼は別の道具を使っていた。教室の後ろで見つけた鉛筆を握り、本の巻末から破り取った白紙に乱れた字を綴っている。平和主義のせいでこんな場所に連れてこられたことを思うと皮肉な話だけれど、その書名は『普仏戦争における騎兵戦術　一八七〇‐七一』。

哀訴の声、怒号やすすり泣き。

クルトの耳にはほとんど聞こえない。「恐れるな」と彼は弟に言った。

「ああ」怯える若者の声はひび割れていた。「平気だ」

エルンストから許可を得て、その夜、両親を安心させるために手紙をしたためるつもりだったが、いま書いているものは内容がまったく変わっていた。

アルブレヒト&ロッテ・フィッシャー様
プリンス・ジョージ・ストリート一四番地
スイス・コテージ
ロンドン、イングランド

もしなんらかの奇蹟によってこれが手もとにとどいたなら、この人生の最後の瞬間にあたって、ぼくらの思いが通じたのだと思ってください。ぼくらが死んでいく状況は、すでにこの国で死んだ一万人と同じように無意味です。この狂気が終わるように、ふたりが心のなかのぼくらと一緒に活動をつづけていくことを祈ります。いまやこの国の悪はとめどなく、誰かが勇気をもって制止しないかぎりなくならないということを、みんなに伝えてください。

ぼくらが愛してることを忘れないで。

——ふたりの息子たち

しだいに悲鳴も聞こえなくなって、膝をついたり伏臥《ふくが》した若者たちは、擦り減った楢の床や壁下の幅木にキスを浴びせはじめた。床の下から、すこしでも空気を吸おうとしたのである。ただ静かに祈りを唱える者もいた。

クルト・フィッシャーは書いた文字を見直した。そして穏やかな声で笑った。こうして両親に、果ては世界に通じることを念じて自分の言葉を送ることが、かねてからの念願だったといまさらに気づいたからだった。これが党と戦う彼なりの方法なのだ。みずからの死を武器にする。

しかもここにいたって、この書き置きが発見され、両親なり他人の手を介して伝えられることにより、それが祖国を幽閉する壁にひびを入れるきっかけになるという妙に前向きな予想をたのしんでもいた。

鉛筆が手から落ちた。

クルトは残った思考と力を駆使して、その紙を財布に入れた。地元の葬儀屋か医者が所持品として見つけ出し、神の思し召しあらば、彼らが勇を鼓《こ》してそれを世に送るという見込みに懸けた。

彼は弟の手を握ると目を閉じた。

ポール・シューマンはいまだ標的を捉えていない。

ラインハルト・エルンストはメルツェデスのかたわらを気まぐれに歩いては、車のダッシュボードに据えつけられた無線機のマイクに話しかけている。長身の護衛もポールの視野をさえぎった。

ポールは銃を構え、引き金に指を添えて、男が立ちどまるのを待った。

〝氷をさわる……〟

呼吸を鎮め、眼前を飛ぶ蠅も暑さのことも忘れる。心のなかで、ラインハルト・エルンストに向かって叫んだ――いい加減に足を止めろ！　さっさと終わりにして帰らせてくれ、おれの国へ、おれの印刷工場へ、兄貴のところへ……おれには家族がいる、これから築く家庭がある。

不意にケーテ・リヒターの姿が頭に浮かんだ。彼女の瞳を見て、涙を感じて、あの声を耳にした。

〝わたしはひとりの殺し屋と床をともにするくらいなら、一万人の殺し屋と国を分かちあう……〟

指がモーゼルの引き金を撫でると、彼女の顔も言葉も弾け飛ぶ氷に埋もれた。

するとその刹那、エルンストは歩みを止め、マイクをメルツェデスのダッシュボードにもどして車から離れた。腕組みをして護衛に親しげに話しかけると、護衛もゆっくりうなずきながら教室に目をやった。

ポールは大佐の胸に照準を合わせた。

## 39

広場に出ようとしたとき、ヴィリ・コールはすさまじい銃声を聞いた。音が建物に谺して、風景が丈の長い草と灌木に呑まれた。警視は反射的に身をかがめていた広場のむこうで、ラインハルト・エルンストの長軀がメルツェデスの脇に倒れこむのが見えた。

ああ……殺られた！　おれの責任だ！　おれの手落ちで、おれが愚かだったばかりに、祖国にとってかけがえのない人物が殺されてしまった。

SSの護衛がしゃがんだ姿勢で襲撃者を探している。

おれは何をした、と警視は思った。

そこへまた新たな銃声がひびきわたる。

広場の端にある太い楢の木に身を寄せたコールは、正規軍の兵士一名が地面に崩れ落ちていくのを目撃した。その先を見ると、もうひとりの兵士が胸を血に染めて芝生に横たわっている。

近くで茶色の上着を着た禿頭の男が、バスの下に必死で逃げこもうとしていた。

警視はメルツェデスのほうに目をもどした。どういうことだ？　こっちが間違っていた。大臣は無事だった！　エルンストは最初の銃声で地面に身を伏せ、いまや拳銃を手に用心深く立ちあがろうとしている。護衛も機関銃を肩から下ろし、やはり標的を探していた。

シューマンはエルンストを殺していなかった。

三発めが広場を過《よぎ》り、エルンストのメルツェデスに命中して窓ガラスを粉砕した。四発めも車のタイヤとその内管に当たった。そこでコールは草むらに動きを認めた。シューマンだ！

シューマンはオペルから飛び出すと、ときおり長銃身の小銃でメルツェデスを撃ち、エルンストと護衛を牽制しながら学校に向かって走っていた。教室の入口までたどり着いたところへ、SSの護衛が立って発砲した。ところが、ちょうどバスがアメリカ人の弾除けになっていた。

しかしヴィリ・コールに対しては無防備だった。

警視はズボンで手を拭うと、回転式拳銃でシューマンを狙った。距離はあるが不可能ではないし、せめて援軍が来るまで相手を釘づけにすることはできるだろう。

だがコールが引き金を絞ろうとしたとき、シューマンは建物の扉をあけ放った。そして室内に踏みこんだかと思うと、ひとりの若者を引きずり出した。それにつづいて、よろめくような足どりで数人が出てくる。胸を押さえる者、咳きこむ者、嘔吐する者もいる。またひとり、つぎに三人。

なんということ！　コールは呆気にとられていた。ガスを浴びたのは鼠じゃない、彼ら﹅だったのだ。

シューマンはコールが気をとりなおして銃を構える間もなく、男たちを森へと追い立てると、ふたたびメルツェデスを狙撃しながら、若者たちが深い森に逃れるのを掩護していった。

ポールがまた撃つと、モーゼルが肩に激しく撥ねた。エルンストか護衛の脚に命中することを願って、低い位置を狙ったのだ。けれども車は浅い溝にはまった恰好で、その下に標的を見出すことができない。教室を覗くと、若者たちの最後の数人が外に出るところだった。彼らは森をめざしてよろよろと走った。

「走れ！」ポールは叫んだ。「走るんだ！」

彼はエルンストと護衛に顔をあげさせないよう、さらに二発を放った。

額にかいた汗を指で振り払うと、ポールはメルツェデスに接近を試みたが、エルンストも護衛も応戦してくる腕は確かで、とくにSSのほうは機関銃を手にしていた。しきりに発砲してポールの前進を妨げようとする。ポールがボルトを引き、弾を薬室に送りこんだとき、護衛がバスとその付近を掃射した。エルンストがメルツェデスの運転席に飛び込み、マイクをつかむとまた車のむこう側に身を隠した。

援軍が到着するまでの時間は？　ヴァルタムは車でわずか二マイルを走っただけだが、どうやらかなり大きな都会で、警察の守備隊が駐屯していてもおかしくない。それに大学自体が保安部隊を擁している可能性もある。

生きのびるつもりなら、いましか逃げるときはない。

ポールは二発を撃ち、モーゼルの弾薬を使い果たした。そのライフルを放り出し、死んだ兵士のベルトから拳銃を奪った。レジナルド・モーガンが持っていたのと同じルガー。彼はトグルを引いて銃弾を薬室に挿入した。

そこでバスの下に半端に隠れていた、ひげ面に頭の禿げた男を見つけた。学生たちを建物に送りこんだ張本人だった。

「あんたの名前は？」ポールはドイツ語で訊いた。

「おねがいです」男の声はふるえていた。「どうか――」

「名前は？」

「博士兼教授のカイテルです」男は泣いていた。「おねがいします……」

ポールは〈ヴァルタム研究〉に関する手紙にその名があったことを思いだした。彼は拳銃を掲げると、男の額の中央を撃ち抜いた。

最後にエルンストの車にもう一度目をやったが標的は見えない。ポールはメルツェデスに発砲して、エルンストと護衛を牽制しながら広場を走り切った。森にはいったとたん、SS隊員の放った銃弾が繁茂する緑を切り裂いたが、きわどい弾は一発としてなかった。

40

ヴィリ・コールは広場に背を向け、暑さと肉体の酷使で吐き気をおぼえながら、汗みずくになって来た道を引き返していた。めざすはシューマンの逃走手段と思われる勤労奉仕団のトラックである。タイヤをパンクさせてやれば、やつも逃げるに逃げられない。百メートル、二百メートルと懸命に走りながら、彼は思っていた。あの若者たちは誰だ？　犯罪者か。罪なき人々か。

コールは立ちどまり、息遣いを落ち着かせることにした。近づいてもぜいぜいやっていては、あっさりシューマンに覚られてしまうだろう。

森に目を走らせると、なにも見えない。

トラックはどこだ？　方角がわからなくなっている。こっちか？　いや、そっちはちがう。

きっとシューマンはトラックに向かわなかったのだ。別の方法を用意しているのかもしれない。とにかく賢い男だ。どこかに隠れて――

音もなく、なんの前ぶれもなく、コールのうなじに熱い金属の塊がふれた。まさか！　彼は初めにこんなことを考えた――ハイディ、愛しい妻よ……おまえはひとりで子供たちを抱え、この狂った世界をわたっていくというのか？　ああ、やめてくれ！

「動くな」かすかに訛りのあるドイツ語。

「わかってる……。おまえか、シューマン？」コールは英語で訊いた。

「銃をよこせ」

コールは武器を出した。シューマンはそれを取った。

肩をつかんだ巨大な手が警視を振り返らせる。

なんと冷たい目なのか、とコールは思った。彼は母国語にもどして言った。「おれを殺す気なんだな？」

シューマンは無言のまま、警視のポケットを叩いて武器の有無を確かめた。後ろにさがり、広場と森に目を凝らした。そこでふたりだけと見て安心すると、アメリカ人は自分のポケットから汗で湿った数枚の紙を抜き出し、コールに差し出した。コールは訊ねた。「なんだ、これは？」

「読め」とシューマンは言った。

「眼鏡をいいかな」コールは胸ポケットに視線を落とした。

シューマンが眼鏡を取り出して警視にわたした。

眼鏡を鼻にのせ、書類を開いてすばやく目を通したコールは、その内容に衝撃を受けていた。

言葉もなく顔をあげ、シューマンの青い瞳を見据えてから、彼はふたたび一枚めを読んだ。

ルートヴィヒ

われわれの研究について、総統に提出する書簡の下書きを添付する。本日、ヴァルタムにておこなわれる試験に関する言及がふくまれることを留意されたい。結果は今夜補足することになる。

研究のこの初期段階においては、私は対象である兵士たちによって殺害された人々を国賊と称するのが最善と考えている。よって貴君はこの書中で、ガトウで殺されたユダヤ人の二家族はユダヤの破壊分子、シャルロッテンブルクで殺されたポーランド人労働者は外国人間諜、ロマは性的倒錯者、そして今日、ヴァルタムに集められた若きアーリア人は反体制派と評されるのを目にすることになる……

ああ、なんということ。ガトウの事件も、シャルロッテンブルクの事件も！　さらにジプシー殺しも。そしてきょうのこの若者たち！　計画はこれにとどまらない……彼らは政府の最上層部で認可された、この残忍な研究の材料として殺されたのだ。

「しかし……」

シューマンは書類を取りもどした。「ひざまずけ。目を閉じろ」

コールはあらためてアメリカ人を見やった。そう、やはり殺し屋の目をしている。下宿屋でこの表情を見逃してしまったのはどうしてなのか。たぶんこの国には人殺しが多すぎて、免疫ができてしまったのだろう。ヴィリ・コールは慈悲をかけ、自分の捜査中にSSやゲシュタポの獄に入れるくらいならとシューマンを放免した。つまり、命を救ってやった狼に逆襲されたのだ。シューマンには、こんな恐ろしい計画のことは知らないと話してみてもよかったのだが、はたして信じてもらえるものか。それにいくらこの醜怪な事態に無知であったとはいえ、自分は警視として、その首謀者たちと避けがたく結びついているという羞恥の思いがあった。

「早く！」シューマンは低声ながら語気鋭く言った。

コールは落ち葉のなかに膝をつき、妻を想った。新婚当初の若いふたりはグリューネヴァルトの森へピクニックに行ったことがある。思いだすのは妻が用意した籠の大きさ、肉の塩加減、樹脂の香りがする葡萄酒、酸っぱいピクルス。妻の手の感触。

警視は目を閉じると、少なくとも国家社会主義者は、魂の交流を罪とする方便を見出していないと思いながら祈りを口にした。やがて神がハイディや子供たちとともにあらんことを、ただひたすらに語りつづけていた。

ふと時が経過していることに気づいた。

彼は目を閉じたままで耳をすました。聞こえてくるのは木々を渡る風、虫の羽音、空高く往く飛行機が伝えてくる発動機の音。

そこから果てしのない一分、二分。ようやく目を開いた。思い悩んだすえに、ヴィリ・コールは銃声を覚悟しながら背後を振り向いた。

そこにシューマンの姿はなかった。大男は音もなく視界から消えていた。さほど遠くない場所から、内燃機関の始動する音がとどいた。そしてギアを入れる音。

コールは立ちあがり、立派な体格と問題を抱える足が許すかぎりの速度で音の聞こえた方角に駆けた。草の生えた側道に出ると、そこを本道のほうへ行った。勤労奉仕団のトラックは影も形もない。コールは自分のDKWに向かおうとしてすぐに足を止めた。ボンネットが跳ねあげられ、配線がだらりと垂れさがっている。シューマンのしわざだった。コールは道を校舎のほうに引き返した。

それとほぼ時を同じくして、SSの車輛が近くに停まった。制服を着た部隊が車輛を飛び出し、エルンストの座るメルツェデスをたちまち取り囲んだ。彼らは拳銃を抜き、脅威を探して森を凝視した。

コールは広場を横切り、彼らのほうに急いだ。SSの将校たちは近づくコールを不審の目で見ると銃を向けた。

「私はクリポだ！」コールは息も切れぎれに叫び、身分証明書を振りたくった。

SSの指揮官が手招きをする。「ハイル・ヒトラー」

「ハイル」コールは喘いだ。

「クリポの警視がベルリンから？　ここで何をしている？　エルンスト大佐への襲撃について、無線で聞いたのか？」

「いや、こっちは容疑者を追ってここまで来たんですよ、大尉。しかし大佐に対する陰謀のことは知らなかった。容疑者とは別件で関わっていたんで」

「大佐と護衛は襲撃をくわだてた人物の顔を見ていない」ＳＳの男は警視に言った。「どんなやつだか知っているか？」

コールは逡巡した。

警視の脳裡に、ひとつの言葉が焼きついている。それは八つ目鰻のように吸いついて離れない。

その言葉とは〝義務〟。

コールはようやく口を開いた。「ええ、知ってます」

ＳＳの指揮官が言った。「よろしい。すでに地区一帯の道路封鎖を命じてある。犯人の人相を伝達しよう。たしかロシア人だな？　そう聞いているが」

「いいや、犯人はアメリカ人です」とコールは答えた。「しかも人相だけじゃない。やつが運転する車輛もわかるし、写真もあります」

「本当か？」指揮官は眉根を寄せて訊ねた。「どうやって？」

「これはきょう本人から没収したもんです」ヴィリ・コールはほかに途がないことを知っていた。心では苦悶に叫喚しながら、彼はポケットに手を差し入れ、抜き出した旅券を指揮官にわたした。

41

おれは愚か者だ、とポール・シューマンは思った。

おちいった絶望は底が知れない。

勤労奉仕団のトラックを駆り、ベルリンをめざして悪路を西へ走りながら、尾行を気にしてミラーを覗く。

愚か者め……

エルンストを照準に入れたのだ！　やつを殺すことができた！　にもかかわらず……

その一方でほかの連中が、若者たちが、あの教室で無惨に死んでいく。忘れろと自分に言い聞かせた。氷をさわれと。この厄介な国に来た目的を遂げろと。

だが、それができなかった。

ポールは怒りに打ちふるえ、手のひらをハンドルに叩きつけた。自分の決断によって何人が死ぬことになるのか。国家社会主義者が軍を増強した、新しい武器が開発された、兵士が訓練に励んでいる、また失踪者が出た、〝獣どもの庭〟の芝生から四つめの升で血まみれの死体が見つかったと、そんな記事を読むたびに自己の責任を感じるのだろうか。

醜いカイテルを殺したところで、自分の選択から恐怖を拭い去ることはできない。人知を超えた悪の権化、ラインハルト・エルンストがまだ生きている。

目に涙があふれてくるのを感じた。愚か者め……

ポールに白羽の矢が立ったのは、ブル・ゴードンに腕を見込まれてのことである。彼はたしかに氷をさわった。しかしもっと優秀で、もっと強い男なら、冷たいものをいきなり握りしめたりはしなかったろう。それを己れの魂のなかへ放りこみ、あの若者たちにどんな代償がもたらされようと正しい決断をくだしたはずだ。ポール・シューマンは恥辱に顔を焼かれながら、ひたすら車を走らせた。ベルリンまでもどったら、救助の飛行機が着く明け方まで潜伏するつもりだった。

彼はカーブを曲がったところで急制動をかけた。陸軍のトラックが道路を塞いでいたのだ。その脇にSS隊員六名が立ち、うち二名が機関銃を手にしている。まさかこんなに早く、またこんな狭い道まで封鎖されているとは思いもしなかった。ポールは自分のと警視のものと、二挺の銃を座席の上に置いた。

ポールは締まりのない敬礼をした。「ハイル・ヒトラー」

「ハイル・ヒトラー、ご苦労」と機敏に応じたのはSSの指揮官だったが、勤労奉仕団の制服を着たポールに向けられるまなざしには、嘲りの色が見え隠れしていた。

「で、どうかしましたか？」とポールは訊いた。

指揮官はトラックに近づいた。「われわれはヴァルタム軍事大学で起きた事件に関わった人物を捜している」

「それで公用車があちこちに出ていたんですね」と訊きながら、ポールは胸の鼓動を意識した。

SS将校は何事かをつぶやきながら、ポールの顔をじっと見つめていた。ようやく質問を切り出そうかというとき、単車が走ってきた。運転していた男はエンジンを切ると、単車を飛び降りて指揮官のもとにやってきた。「失礼します、クリポの刑事が暗殺者の身元を突きとめました。これが人相書です」

ポールの手が慎重にルガーをつつんでいった。このふたりは殺れる。だが近くにも人数がいる。

指揮官に一枚の紙を手わたし、単車乗りがつづけた。「犯人はアメリカ人です。ですがドイツ語を流暢にあやつります」

指揮官は紙に目を通した。そしてポールを見てから視線を紙に落とした。「容疑者の身長は約五フィート六インチで痩せ型。黒髪に口ひげ。旅券によると名前はロバート・E・ガードナー」

ポールは黙って指揮官を見ながらうなずいていた。ガードナーだって？

「おい」SSの指揮官が訊いた。「なんだ、その目つきは？　その男を見たとでもいうのか？」

「いいえ。すみません。見ていません」

ガードナー？……誰だ？　待て、そうだ。ロバート・タガートの偽造旅券にあった名前だ。

コールはポールのものではなく、そちらの書類をSSにわたしたのだ。

指揮官がまた紙に目をもどした。「刑事によると、男が乗っているのは緑色のアウディの箱型。このあたりでそんな車を見かけなかったか？」

「いいえ」

ポールがミラーを覗くと、SSの別の二名がトラックの後部を調べていた。「こっちは異常なし」

「この本人かアウディを目撃したら、すみやかに通報するように」指揮官はそう言うと、道路を封鎖していたトラックの運転手に叫んだ。「通せ」

「ハイル・ヒトラー」ポールはドイツの地を踏んで以来、聞き憶えがないほど熱烈に言った。

「よしよし、ハイル・ヒトラー。さあ行った！」


ヴァルタム軍事大学第五校舎の表に、SS用のメルツェデスが停まった。ヴィリ・コールはちょうどその付近で、教室から逃げた若者たちを追い、数十もの兵士が森を徘徊する様子を見守っていた。

車の扉が開き、降りてきたのはハインリヒ・ヒムラーその人である。ヒムラーはハンカチで教師然とした眼鏡を拭くとSSの指揮官、コール、すでに車を出て複数の護衛に守られているラインハルト・エルンストのほうに歩をすすめた。

コールが腕を掲げると、ヒムラーは略式の敬礼をして、その厳しい目でコールのことをつくづく眺めた。「きみはクリポかね？」

「はい、ヒムラー警察長官。コール警視です」

「おお、そうか。するときみがヴィリ・ヘルマン・コールか」

警視はドイツ警察の大立者が自分の名を知っていることに面喰らった。SDの調査書類の件を思いだし、認識されたことになおさら不安を感じた。鼠のような男はエルンストに向きなおった。「怪我はないかね？」

「ああ。だが将校数名と同僚のカイテル教授が殺された」

「暗殺者はどこに？」

SSの指揮官が気まずそうに答えた。「逃亡しました」

「その正体は？」

「コール警視が身元をつかんだ」大佐の階級だからこそ許されるその直截さで――コールにはとても真似できない――エルンストは唐突に言い放った。「旅券の写真を見るがいい、ハインリヒ。オリンピック競技場に現われたあの男だ。総統からも、ほかの大臣からも一メートルと離れず立っていた。われわれのすぐそばにいた男だ」

「ガードナー？」ヒムラーはSS指揮官の示す旅券を睨みながら、落ち着きのない声を出した。「男は競技場で偽の名前を使っていたのか。それともこれが偽造なのか」小男は顔をしかめた。「しかし、競技場ではなぜ大佐の命を救ったのか？」

「男は私の命を救ってない」とエルンストは断言した。「あのとき、私は危険にさらされてなどいなかった。男が自分で倉庫に銃を吊って、われわれの味方につくふりをしたんだろう。むろん、こちらの防御をかいくぐるためだ。私を殺したあとの標的だってわかったものじゃない。総統本人かもしれない。

そちらの報告では、男はロシア人ということだった」と大佐は鋭く言い添えた。「だがこれは米国の旅券だ」

一瞬言葉につまったヒムラーは、足もとの枯れ葉に目を走らせた。「そのアメリカ人には、大佐に害をおよぼす動機というものがないな。おそらくロシア人が雇ったのだ」彼はコールを見つめた。「きみがこの暗殺者のことを知った経緯は？」

「まったくの偶然なんです、警察長官。私は別件の容疑者として男を追っていました。こちらには監視のために来て、そこで初めてエルンスト大佐が大学にいらして、容疑者が大佐の暗殺をたくらんでいると知った次第です」

「しかし、きみは先刻エルンスト大佐の身に起きた出来事について知っていたはずだが？」ヒムラーは早口にまくしたてた。

「いま大佐がお話しになっていた、オリンピック競技場の事件ですか？　いいえ。まったく知らされておりません」

「知らされていない？」

「ええ。クリポには情報がまわってきませんでした。私は二時間足らずまえにホルヒャー警視正と顔を合わせたばかりですが、警視正の耳にもはいっていませんでした」コールは頭を振った。「もしも情報がきていたらと思います。私の件でSSやゲシュタポと協力できていれば、今度の事件は起きなかったと思いますし、こちらの兵士も死なずにすんだかもしれません」

「つまりきみたちは、わが治安部隊が潜入者と思われる人物を追っていたことを、昨日の時点で知らなかったというのだな？」ヒムラーはキャバレーの三文役者さながら、重い口ぶりで疑問を投げかけた。

「そのとおりです、警察長官」コールは丸い黒縁眼鏡にかこまれた、男のちっぽけな目を見つめた。コールは知っていたが、警戒態勢をクリポに伏せておくよう命じたのはほかならぬヒムラー本人だった。要するにゲーリングを凌駕して信用を貯めこみ、栄光を奪取し、非難の矛先は巧みにかわすという芸術において、ヒムラーは第三帝国のミケランジェロなのである。コールはわが身が心配になってきた。場合によっては保安上の大失態となりかねない状況で、ヒムラーは過失を他人になすりつけるのではないか。コールの株は一見高値にも思えるが、ヒトラーが信を置く再軍備の権威を暗殺の危機にさらしたとあっては、身代わりが必要とされる場合も出てくるだろう。コールは即座に決断して言葉を継いだ。「しかも、なぜかゲシュタポの渉外担当からは情報がありませんでした。きのうの午後に会ったのですが。保安事項の詳細でも聞かせてもらっていれば」

「そのゲシュタポの担当は誰だ？」

「ペーター・クラウスですが」

「ああ」警察長官はうなずいてその情報を頭に入れると、もはやヴィリ・コールへの興味を失った。

「ここには政治犯もいたのでね」とラインハルト・エルンストが曖昧な言い方をした。「若者が十人ばかり。森へ逃げこんだ。こちらで追っ手を出したが」大佐の視線がふたたび死の教室のあたりをさまよう。コールも目を向けた建物は第二帝国のプロイセン時代のもので、質素ながら温かみを感じさせる高等教育施設といった趣きだが、実際はこのうえない悪の象徴なのである。コールはエルンストが排気管からホースをはずし、バスを移動させていたことに気づいた。紙挟みと書類が地面に散らばっているが、おそらく憎むべき〈ヴァルタム研究〉の一部も同様にして消えているだろう。

コールはヒムラーに言った。「長官の許可をいただけるなら、すみやかに報告書を作成し、殺人犯発見の力となりたいのですが」

「よろしい、すぐにかかりたまえ、警視」

「ハイル」

「ハイル」ヒムラーが応じた。

コールは踵を返し、ベルリンにもどるヴァンのかたわらに立つSS隊員たちのほうへ歩きだした。痛む足を引きずりながら、彼は自身に対する危機を減ずるため、それなりの術策を弄《ろう》する覚悟を決めた。旅券の写真はエルンストの命を狙う以前に、南西ベルリンの下宿屋で殺された男の顔と一致する。だがそれを知っているのはヤンセン、ポール・シューマン、ケーテ・リヒターだけである。シューマン、リヒターのふたりがすすんでゲシュタポに情報提供をするはずはなく、警部補については数日間、手つかずの殺人事件が待つポツダムへ遣っておき、その間にコールのほうで、タガートとドレスデン小路の殺人に関する書類をすべて押さえるつもりだった。今夜はというと、逃亡をくわだてた暗殺者の死体を作り出す。検屍医は当然のごとく――たとえ死体の回収をすませていたとしても――解剖はおこなっていないはずなので、拝み倒すにせよ鼻薬を利かせるにせよ、ともかく死亡時刻を大学での暗殺未遂事件より後のこととしてもらう。

コールには、捜査の手はこれ以上のびないという感触がある。もはや問題は危険なほどこじれていた――ヒムラーは国家の治安に緩みを生じせしめ、エルンストには〈ヴァルタム研究〉という火種があった。となると――

「ああ、コール、コール警視」ハインリヒ・ヒムラーが呼ばわった。

コールは振り返った。「なんでしょうか？」

「きみの弟子のほうは準備ができているかね？」

警視は考えたが要領を得なかった。「あの、ヒムラー警察長官、私の弟子、ですか？」

「コンラート・ヤンセンだ。ゲシュタポへの異動はいつになる？」

どういうことだ？　瞬間、コールの頭は真っ白になった。

ヒムラーは語をつづけた。「彼が警察大学を卒業するまえから、ゲシュタポに受け入れが決まっていたのを、きみは知らなかったのかね。ただしプリンツ・アルブレヒト通りで働くにあたって、まずはアレックス一の捜査官の下で修行を積んでもらうことにしたわけだが」

それを聞いたコールは、胸に一撃を食った気分になった。が、すぐに気をとりなおした。

「失礼しました、警察長官」警視は頭を振ると笑顔で言った。「もちろん承知しています。この事件のことが頭から離れなくて……。ヤンセンについては、まもなくでしょう。もって生まれた才能に、ますます磨きをかけています」

「かねてから気にかけてきたのでね、ハイドリヒと私とで。きみもあの青年のことは誇らしいだろう。すぐに上まで駆けあがると私は睨んでいるんだ。ハイル・ヒトラー」

「ハイル・ヒトラー」

コールは打ちのめされていた。ヤンセンが？　初めから秘密警察で働くことになっていたって？　警視の手はこの裏切りにふるえた。すると、あの若造の話していたことは一から十まで嘘だったのか——一人前の刑事になりたいという夢も、党員になるならないの話も（ゲシュタポやジポで出世するには入党しなくてはならない）。警部補との間にあった軽率なやりとりをあれこれ思うと、背筋に寒いものが走った。

〝ヤンセン、わかってるだろうが、おまえはいまの話でもっておれを逮捕して、一年間オラニエンブルク送りにできる……〟

しかし警部補はまだ上司の手助けを必要としているし、他人を追い落とすだけの力はないとコールは考えた。危険はそこまで大きくないだろう。

コールは地面から顔をあげ、ヴァンのそばに立つＳＳの隊員たちを見つめた。黒の鉄帽をかぶった大男が訊いてきた。「はい？　どうしました？」

彼はDKWのことを話した。

「犯人にやられたって？　なぜそんなことを？　足ならむこうが勝つだろうに！」兵士は笑った。「わかりました、乗せていきましょう、警視。もう出発しますから」

コールはうなずくと、ヤンセンのことで受けた動揺をそのままに、ひとり悄然とヴァンに乗りこんだ。円い橙色の陽が、草花を翳りに引き入れて丘のむこうに落ちていく。コールはうつむき、頭を座席の背に押しつけた。SSの隊員たちが乗った車は大学を出て、ベルリンに向け南東へと走りだした。

そのとき警視の肚は決まった。一時の激情に駆られたような、空にあざやかな光彩を放つが早いか、あとに青灰色の闇ばかりを残して地平線に没した夕陽を思わせる突然の決断であった。たしかにこれは考えあぐねたすえの結論ではないけれど、明けた日が暮れるのと同じく、不変の法則によって大昔に定められた避けがたい運命という思いがした。

ヴィリ・コールは家族とドイツを離れる。

コンラート・ヤンセンの背信と〈ヴァルタム研究〉――現在の政府のありようとその行き先を象徴するふたつがあれば、理由としては充分である。だが最後にコールの背中を押したのはアメリカ人、ポール・シューマンだった。

第五校舎の外でSSの将校たちとならんでいるとき、シューマンの真正の旅券とタガートの偽旅券の両方を持っていることに気づいて、コールは義務を果たすことに苦痛をおぼえた。だが最終的にはそのとおりにした。悲しいのは、己れの義務感が祖国に背くよう命じたことだった。

出国する方法についてはもう決まっている。ヤンセンの選択には知らぬふりを押しとおし（もちろん、あの若造の前で不用意な傍白《ぼうはく》はつつしむとして）、ホルヒャー警視正が望む科白をしゃべりまくり、ＤｅＨｏＭａｇ選別機の稼動するクリポ本部地下にはけっして足を向けず、ガトウで起きたような殺人事件は上の思し召しどおりに扱う――つまり手をつけない。国家社会主義における理想の警察官となるのだ。

で、二月になったら、国際刑事警察委員会の会議が開かれるロンドンに一家で赴く。そこから船でニューヨークへ。ニューヨークには、数年まえに移住した従兄弟ふたりが暮らしている。クリポの代表として出張となれば出国書類にしても、相当額の金の持ち出し許可にしても容易に手配できるはずだった。多少手の込んだ駆引きも必要になるが、今日のドイツに策士でない人間などいるだろうか。

子供たちに天国が見つかるのだから、ハイディはこの変化を歓迎するだろう。ギュンターはナチのユーゲントの級友から救われる。ヒルデはまた学校に通って、いずれ思いを遂げて教授になるだろう。

長女に関しては話が込み入ってくる。許婚のハインリヒ・サックスのことがある。だがコールは一緒に来るように説得するつもりでいた。サックスは熱烈な反国家社会主義者で近親の者もいない。愛するシャルロッテの後をどこまでも追ってくるだろう。若いサックスは有能な公僕で、英語を話し、関節炎の気はあっても疲れを知らない働き手だった。たぶんアメリカでも、コール本人よりずっと簡単に仕事が見つかるはずだ。

警視はというと——中年で心機一転！　一からやり直し！　ふと総統の愚にもつかない作品『わが闘争』のことが頭に浮かんでくる。そう、おれ自身の闘争だ——家族持ちのくたびれた男が、本当なら若い刑事に現場をまかせ、半日休んで子供をルーナ・パルクの波が立つプールに連れていくような年齢でもう一度はじめる。だが彼が静かに嗚咽《おえつ》し、あふれ出す涙を若いSSたちに見られまいと顔をそむけたのは、この先の労苦や寄る辺なさを思うからではなかった。ちがう。車がベルリンに向けて曲線を描いていくなかで眼前にある、プロイセンの平原に涙したのだ。この乾いた夏の宵に白茶けて見えても、深遠で雄大なるものを失わないのは、それがわがドイツの、真実と理想を強奪されてなお、本来は偉大な国家であるドイツの平原であるからだった。

コールはポケットから海泡石のパイプを取り出した。火皿に葉を詰め、上着を探るとマッチが見つからない。すると隣りのSS隊員がわざわざ擦ったマッチを差し出してきた。「ありがとう」コールは吸い口を吸って煙草に火をつけた。椅子に背をもたれ、車内にサクランボの香りを振りまくと、ベルリンの街灯りを正面に見据えた。

車は踊り子のごとく道を縫い、シャルロッテンブルクの自宅に向かっていた。その後部座席で、ラインハルト・エルンストがカーブにそなえて身体を支え、豪華な皮革に頭をもたせかけている。運転手兼護衛は新しく変わっていた。ヴァルタム大学で一緒だったSS将校のクラウスはメルツェデスの割れた窓ガラスで負傷し、外科医の診療をうけるはめになった。もう一台、黒の鉄帽をかぶった護衛たちでひしめくSSの車輛が後方を走行していた。

大佐は眼鏡をはずして両の目をこすった。ああ、カイテルは研究の一端を担っていた兵士ともども死んだ。エルンストが〝対象D〟とした兵士。彼は男の名前すら知らなかった……。災厄のやまぬ一日だった。

## 42

けれどもエルンストの心に突出して印象を残したのは、第五校舎の外で殺し屋がとった行動である。男は私を殺そうとしていた。明らかにそれが任務であり、簡単に成し遂げることができた。なのに、それをしなかった。かわりに彼は若者たちを救い出したのだ。この行為を考えたとき、エルンストのやろうとしていたことの恐ろしさが浮き彫りになる。そう、〈ヴァルタム研究〉とは忌まわしいものなのだ。彼は若者たちの顔を見ながらこう告げた——一年軍務に就いたら罪は帳消しになると——それがみな嘘だと知りながら。もっぱら虚構をふくらませて犠牲者たちの疑いを解きほぐし、手をくだす兵士と親しむように仕向けた。

たしかに彼はフィッシャー兄弟を騙した。同じようにポーランド人労働者には、オリンピックの関連でシャルロッテンブルク近辺の木を移植すれば、賃金が二倍取れると嘘をついた。またガトウのユダヤ人家族には、変節した突撃隊から全員で身を守るので、川辺に集まるようにと言って欺いた。

エルンストはユダヤ人を嫌っていなかった。大戦ではともに戦い、誰にも劣らず彼らが機敏で勇敢であることを知った。以来、ユダヤ人について得た知識において、彼らとアーリア人との差を意識したことは一度もない。ポーランド人のことはその歴史を繙くかぎり、隣人のプロイセン人とさして違わないどころか、国家社会主義者にはない気高さを具えている。

この研究で彼が扱ったのは嫌悪感。恐怖感。エルンストは自分の身内が恥という剃刀の刃に抉られるのを感じた。それは大戦で肩に熱い榴散弾が食いこんだとき、腕におぼえた灼けつくような痛みと似ていた。

いつしか道路は直線となり、家の近所に差しかかっていた。エルンストは身を乗り出し、運転手に道順を指図した。

そう、忌まわしい……

それでも……シャルロッテンブルクのこの近辺にある、なじみの建物やらカフェーやら公園を見るうちに、モーゼルとエンフィールドの銃声がとだえ、大砲の斉射がやみ、負傷者の叫びが消えた戦場がそうであるように、恐怖が和らいでいく。大佐は〝配属将校〟だった対象Dが、直前にサッカーをたのしんだばかりの犠牲者たちにまるで怯むところなく、教室にホースをつないだ場面を思い起こした。ほかの兵士なら尻込みしていただろう。もし彼が死んでいなければ、教授の質問表に対するその答えは、兵士と任務を組みあわせる基準づくりに大いに役立っていたはずだ。

ちょっとまえに感じていた弱気、みずからの任務をなげうった暗殺者の決断によって惹き起こされた改悛の情が不意に消えた。ふたたび正しいことをしているという確信が湧いてきた。ヒトラーには狂気と戯れさせておけ。それは嵐が去るまでは無辜の者たちの死もあるだろうが、いずれ総統が滅びたのちもエルンストが創りかけている軍隊は生き残り、新ドイツの栄光をその屋台骨となって支え――最終的には欧州の和平を築くのだ。

犠牲はやむなし。

明日になったら、新たにこの研究に力を貸してくれる心理学者あるいは教授を探すことにする。今度はカイテルよりも国家社会主義の精神に調和した人物を――とにかく祖父母がユダヤ人でない人物を見つける。より賢く立ちまわらなければならない。いまは歴史において、ことさら賢く立ちまわらなければいけない時だった。

車が家の前で停まった。エルンストは運転手に礼を言って車を降りた。後ろの車に乗っていたSS隊員たちが同じように飛び出し、すでに家の守備についていた兵士たちにくわわる。その指揮官が、暗殺者が拘束されるか死亡または国外脱出が確認されるまで、護衛はこのまま残すと言った。エルンストはやはり丁重に礼を述べて家にはいると、ゲルトルートと接吻で挨拶を交わした。妻は草と泥で汚れたズボンを見咎めた。

「もう、しょうがないわね、ライニー!」

彼は言い訳もせず弱々しく頬笑んだ。妻は酢とニンニクの香りただよう台所にもどっていった。エルンストは洗面と着換えをしに階上へ行った。彼の部屋で、孫が帳面に向かって絵を描いていた。

「おじいちゃん！」少年が叫んで駆け寄ってくる。

「おお、マルク。今夜は舟を造るのか？」

返事をしない孫の顔に、エルンストは当惑の表情を見てとった。

「どうした？」

「おじいちゃん、ぼくのことをマルクって呼んだよ。それ、パパの名前じゃないか」

気がつかなかった。「悪かったな、ルディ。なんだかぼんやりしてたよ。きょうは本当に疲れた。ひと休みしないとだめだな」

「うん、ぼくもよくひと休みするんだ」少年はそう言い募って祖父を喜ばせた。「午後になると疲れたりするからさ。おばあちゃんが熱い牛乳とか、ときどきココアを出してくれて、それからひと休みするんだよ」

「そうだな。おまえの馬鹿なおじいちゃんも、まるっきりそんな気分だ。長い一日でひと休みしたくなった。木と小刀を用意しておくんだぞ。晩ごはんのあとで舟を造る」

「うん、おじいちゃん、そうしておくよ」


午後三時近くになって、ブル・ゴードンはマンハッタンの〈ザ・ルーム〉への階段を昇った。街のほかの界隈は日曜日でも人が出て賑わっているが、この横町は閑散としている。鎧戸が閉められた邸宅は無人かと思いきや、平服姿のゴードンが近づき、ポケットから鍵を出すまえに玄関が開いた。「こんにちは」と制服姿の海軍士官が静かな声音で言った。

ゴードンはうなずいた。

「上院議員は応接間にいらっしゃいます」

「おひとりで？」

「そうです」

ゴードンは玄関をはいってトップコートを掛けた。ポケットに武器を確かめる。必要もないのだが、そこにあるというだけで安心なのだ。彼は大きく息をつくと小部屋にはいっていった。上院議員は脇にティファニーのフロアランプが置かれた肘掛け椅子に腰をおろしていた。フィルコのラジオに耳をかたむけていたが、ゴードンを見ると電源を切った。「空の旅は疲れたかね？」

「あれはいつでも疲れます。そういうものらしくて」

ゴードンはバーに行き、スコッチを注いだ。銃を携帯しているだけに、あまりいい考えではないのかもしれない。だが、かまうものか。彼はさらに指一本ぶんを注ぎ足した。そして上院議員に目でうかがいを立てた。

「ああ。同じで結構」上院議員はゴードンのグラスを顎で指した。

中佐は燻《くす》んだ色の液体をもうひとつのグラスに注ぎ、それを年長の男に手わたした。彼は腰を落とした。ＤＣ－２の海軍仕様であるＲ２Ｄ－１で飛んだせいで、まだ頭が疼いている。なにしろ速いとはいえ、ダグラスの商用機のように心地よい籐椅子もなければ防音設備もないのだ。

上院議員は三つ揃いで、襟元が窮屈そうなシャツに絹のネクタイを締めている。その日教会に行ったままの服装なのだろうかとゴードンは思った。以前に議員から、政治家は個人でどのような信心をもとうが、たとえ自分が無神論者であろうと、教会には行かなくてはならないと聞かされたことがある。印象。それが大切なのだと。

上院議員は嗄れた声を出した。「さて。きみの知ってることを話すがいい。さっさとすませよう」

中佐はウィスキーをぐっとあおると、老人の求めにしたがった。

ベルリンに夜の帳がおりた。

街は広大で、雲をつかむような高層建築が二、三と南のテンペルホーフ空港の標識塔を除けば平坦である。そんな景色は丘を越えるとともに消え、運転手の操る車は整然とした北西地区にはいり、週末をプロシアの湖や山ですごした車の列に呑まれた。

そんなことすべてが運転を困難にする。ポール・シューマンは交通警察に止められないことだけを念じていた。身分証はなく、盗んだトラック……いや、めだたずにいられるかどうかが生死を分ける。

彼はシュプレー川にかかる橋の方面に通りを折れ、南をめざした。そこでようやく探していたものに行き当たった。配送用の車輛やヴァンが何十台も駐まる空き地である。初めてこの街に着き、運河沿いをリュツォー広場からケーテ・リヒターの下宿屋まで歩くときに目をつけていた。

それがきのうのことなのか。

また彼女のことを想う。そしてオットー・ヴェバーのことも。

ふたりを想うのも辛いが、ヴァルタムで下した決断のことをくよくよ考えるよりはましだった。

〝最良の日も、最悪の日も、いずれ陽が沈む……〟

だがこの過ちの一日に、陽が沈むのはまだまだずっと先のことなのだ。もしかすると沈まないことだってあるだろう。

彼は二台の大型ヴァンの間に車を駐め、エンジンを切った。座席にもたれ、ここにもどってくるのは烏滸《おこ》の沙汰かと自問して、いや、賢明な一手だと思いさだめた。なにも長居する必要はない。抜け目のないエイヴァリーとやたら喧嘩を売りたがるマニエリが、飛行場での邂逅に向け、遅滞なく飛行士を飛び立たせることになっている。それに、ここのほうが街の外より安全だと本能で感じた。国家社会主義者のように傲岸な獣は、まさか獲物が怖《お》めず臆《おく》せず、已れの庭のまんなかに潜んでいようとは考えもしないだろう。

ドアが開き、当番兵がブル・ゴードンと上院議員の座る〈ザ・ルーム〉に別の男を案内した。トレードマークとなった白い上下を身にまとい、百年まえの大農園主がそのまま世に現われたようなサイラス・クレイボーンがはいってきて、その赭《あか》ら顔にさりげない微笑を貼りつけたままふたりに会釈した。そして目を細め、もう一度うなずいた。彼は酒壜の棚に視線をくれたが、そちらに向かおうとはしなかった。ブル・ゴードンは、彼が禁酒家であることを知っている。

「コーヒーを所望できるかね？」とクレイボーンは訊いた。

「いいえ」

「ほう」クレイボーンはドア近くの壁に杖を立てかけて言った。「きみたちは物入りのときばかり私をここに呼びつけるが、きょうは金の無心じゃないようだな」彼はどさりと腰をおろした。「別の話だろう？」

「別の話です」ゴードンがおうむ返しに言った。「あなたの部下はどちらに？」

「ボディガードかね？」クレイボーンは首をかしげた。

「そうです」

「車に待たせてある」

まずは拳銃の必要がないことにほっとして――クレイボーンの用心棒は名うての荒くれ者なのだ――ゴードンは事務室に詰めていた海軍兵三人のうちひとりを呼び出し、リムジンに乗っている男を車から降ろすな、邸内には入れないようにと命じた。「どんな方法を使ってもかまわない」

「はい、かしこまりました」

電話を切ったゴードンは、資本家が苦笑いするのを見た。「六連発で話をつけるなんて言わないでくれたまえよ、中佐」将校がなにも言わずにいると、クレイボーンは訊ねた。「で、そう思う根拠は？」

「アルバート・ハインスラーという男」とゴードンは答えた。

「誰だね？」

「知ってるはずだ」上院議員が不機嫌に言った。「あんたが〈マンハッタン〉に乗せたんだから」

ゴードンがつづけた。「ナチスは利口な連中だが、しかし――あの船にスパイを乗せる理由はあるだろうか。なんだかお粗末なやり口でしてね。ハインスラーが親独教会ジャージー支部と関係していたことをつかんで、われわれはフーヴァーから連中に圧力をかけさせたわけです」

「あの同性愛者が、ほかにろくな時間の使い途を知らんくせに」クレイボーンはうなるように言った。

「われわれは、あなたが協会に大いなる貢献をしていると知りました」

「金は役立てるために使うものだよ」男が饒舌にしゃべるほどに、ゴードンの怒りは増していく。財界の大物はさらに言った。「ハインスラーというのか、その男は？　なにも知らないはずだ。船上でシューマンを監視して、街にロシア人が潜入するとベルリンに連絡しただけでね。ドイツ連中を警戒させておくために。われわれの小芝居を信じやすくするためだ。あくまで見せかけだよ」

「タガートとの関係は？」

「大戦で私の部下だった。ここで手を貸してくれたら、外交官の地位に就けてやると約束した」

上院議員は頭を振った。「どうして暗号を手に入れたのかがわからなかった」彼は声を出して笑うとゴードンに顎をしゃくった。「最初この中佐は、私がシューマンを売った張本人だと考えた。ま、それはいい。腹も立たなかった。だがブルはあなたの会社のことを思いだしてね――東海岸の電信電話はみなあなたのところで管理されている。つまり私が中佐に電話をして暗号を決めたとき、あなたは人を使ってそれを盗聴させた」

「戯言を言わんでくれ。私は――」

ゴードンは言った。「私の部下に、社のファイルを調べさせたんですよ、サイラス。あなたは議員と私が話した内容の写しをお持ちだった。なにもかもご存じだ」

クレイボーンは困ったというより、面白がっている表情で肩をすくめた。それがまたゴードンの癇にさわった。中佐は語気を荒らげた。「すべてお見通しだ、クレイボーン」彼はラインハルト・エルンスト暗殺の話が、この財界の大物から上院議員に持ち込まれた経緯を説明した。それを愛国者としての義務と語った大物は、暗殺を財政的に支援するばかりか、計画全体の資金を出すと言ったのだ。そこで上院議員は政権上層にある人物と隠密裡に接触して、計画実行の許諾を得た。ところがクレイボーンはひそかにロバート・タガートに命じてモーガンを殺させ、エルンスト暗殺をもくろむシューマンの手助けをしながら、最後にドイツ人大佐を救う役どころを演じさせた。ゴードンが数千ドルの追加支出を依頼したときには、クレイボーンは、ゴードンが話しているのはタガートではなくモーガンであるというふりを通したのである。

「ヒトラーを喜ばせておくのが、なぜそれほど重要なのか？」とゴードンは質した。

クレイボーンは冷笑した。「ユダヤの脅威を無視するとは、きみもめでたい男だ。連中は世界で陰謀をたくらんでいる。共産主義者は言うまでもない。それに、有色人種はどうだ？　防御の手をおろしている暇などありやしない」

ゴードンは嫌悪もあらわに吐き棄てた。「だからこうなったというのか？　ユダヤ人と黒人が？」

老人が答える間もなく上院議員が言った。「いや、ほかにもまだあるぞ、ブル……。金だな、サイラス？」

「そのとおり！」白髪頭の男はささやいた。「ドイツはわれわれに十億単位の借金をしている──われわれの貸付けによって、連中はこの十五年を乗り切ってきたのだ。ヒトラーにシャハト、そのほかむこうの金融の連中には幸せでいてもらって、支払いをつづけてもらわないと」

「連中は再武装して、また戦争をはじめようとしているぞ」ゴードンは声を振り立てた。

クレイボーンは事もなげに言った。「だったら、なおのことむこう側についたほうがいいんじゃないかね？　武器の市場も大きくなる」彼は上院議員に指を向けた。「きみら議会の馬鹿者どもが、中立法をやめにして……」そこで老人は眉根を寄せた。「ところで、ドイツの連中はエルンストをめぐる状況をどう考えているのかね？」

「そりゃもう、上を下への大騒ぎだ」議員は激昂していた。「タガートは暗殺の件を連中に伝えたが、犯人は逃亡してつぎの機会を狙った。そこでタガートが消える。公式にはロシア人がアメリカ人の暗殺者を雇ったという話になっているが、内部ではわれわれの後押しを疑う声もある」

クレイボーンが顔を引きつらせた。「で、タガートは？」と言ってからうなずいた。「死んだか。そうだな。シューマンがやったのか。まあ、そうなって当然だが……。では、諸君、私たちの友好な協力関係にも終わりがきたということだな」

「レジー・モーガンはあんたのせいで死んだ……。この薄汚い犯罪ではあんたも有罪だな、サイラス」

老人は白い眉毛をこすった。「今度の遠出を個人の金で賄ってみたらどうだね？　議会の聴聞会で恰好の話題になると思うが？　われわれのほうがここで孤立しているようだから。ならばおたがい別の道を行き、口を閉じているのがいちばんだ。では、おやすみ。ああ、それからわが社の株を、きみら公僕にできる範囲で買っておきたまえ。上がりつづけるから」クレイボーンはゆっくり席を立った。杖を手にしてドアに向かった。

ゴードンはそこで結末がどうなろうと、自身の将来に何が起きようと、レジナルド・モーガンを殺し、シューマンを死に追いやろうとしたクレイボーンをこのまま逃がしはしないと心に決めた。だが大きな裁きには時間がかかる。当面の問題として、配慮すべきことは一点だけあった。「シューマンの金をいただきたい」と中佐は言った。

「なんの金だね？」

「あなたが彼に約束した一万」

「ああ。彼はなにも生み出さなかった。ドイツ連中はわれわれを疑い、私の部下が死んだ。シューマンの運は尽きたんだ。追い銭などやるか」

「もはや彼を騙す気はないというわけか」

「残念だが」実業家は後悔などおくびにも出さずに言った。

「まあ、そういうことなら、サイラス」上院議員が声をかけた。「幸運を祈る」

「あなたのために指を重ねて」ゴードンがつけたした。

と、実業家が足を止めて振り返った。

「ふと思ったんだが、あんたが殺そうとしただけでなく、物惜しみまでしたと聞いたら、シューマンはどう出るだろうな」

「彼の職種などを考えあわせると」ゴードンはまたも相づちを打った。

「できるものか」

「彼は一週間、十日でこっちにもどってくる」

実業家は溜息をついた。「わかった、わかった」彼はポケットから小切手帳を出した。その一枚を破って書きはじめた。

ゴードンは首を振った。「いや。あなたにはもっと古風でまともな現金をかき集めてもらう。いますぐに。週明けじゃなく」

「日曜の夜に？　一万を？」

「いますぐだ」上院議員もくりかえした。「ポール・シューマンが緑の札束を望むなら、われわれは緑の札束を彼にあたえる」

彼らは待ちくたびれていた。

週末のアムステルダムで、アンドルー・エイヴァリーとヴィンセント・マニエリは思いつくかぎりの色のチューリップを目にし、名画の数々も鑑賞して、血色のいい丸顔でブロンドをページボーイにした女たちと火遊びもした（少なくともマニエリは。エイヴァリーは満ち足りた結婚生活を送っていた）。ふたりはやはり任務を帯びてこの国に滞在していた英国空軍兵士の熱血漢、レン・アーロンズと意気投合した（任務の内容はというと、彼もアメリカ人と一緒で曖昧にぼかしていた）。彼らはアムステル・ビールをさんざん飲み、ジュネーヴァ・ジンを堪能した。

しかし海外基地での生活は退屈するのも早い。で、実のところ、ふたりは宙ぶらりんでポール・シューマンの身を案じる立場にうんざりしていたのである。

## 43

だが待機も終わった。月曜の朝午前十時、カモメのような流線形をした双発機が機首を上げたと思うと、アムステルダム郊外のマフテルト飛行場の草地に着陸した。機は尾輪が接地すると速度を落とし、格納庫に向けて滑走《タキシング》した。その進路をジグザグに取るのは着陸後に機首の位置が上になり、飛行士の視界がなくなるからである。

エイヴァリーは近づいてくる艶やかな銀の機体に手を振った。

「やつとは何回かつきあってやる」マニエリがエンジン音とプロペラ気流に負けじと叫んだ。

「誰と？」エイヴァリーは訊いた。

「シューマンだ。スパーリングをやる。動いてるのを見たけどな、あれは自分で思ってるほどじゃない」

大尉は同僚を見て吹き出した。

「なんだ？」

「あいつは、おまえなんかクラッカー・ジャックみたいにひと箱平らげて、賞品まで吐き出すぞ」

「おれは若いし速い」

「おまえは頭が悪い」

機が駐機場にいたり、操縦士がエンジンを切った。プロペラが咳きこみながら停止すると、地上整備員が車輪に楔《くさび》を支《か》うため、大型のプラット&ホイットニーの下に走っていく。

大尉二名は機の扉のほうに歩いた。ふたりはシューマンになにか贈り物でもと考えていたのだが、結局思いつかなかった。マニエリいわく、「やつを初めて飛行機に乗せたんだから。それが贈り物だな」

だがエイヴァリーは反論したのだ。「だめだ。もうやってしまったことを贈り物にするなんて法があるものか」

マニエリは相棒の大尉を信じることにした。既婚の男ならば贈り物の作法を心得ていると。そんなわけでふたりは〝歓びの箱〟――チェスターフィールド――を一カートン、オランダではそれなりの努力と金額をついやして手に入れた。マニエリがいまそれを小脇に抱えている。

整備員のひとりが機の扉を引きおろした。扉は階段に早変わりする。大尉たちは頬をゆるめて歩み寄ったが、そこに二十代前半、汚れた服を着た男が現われたので足を止めた。頭上にゆとりがないので、男は背をかがめている。

男は太陽の光に目をしばたたくと、手びさしをつくりながら階段を降りてきた。「おはよう《グーテン》ございます《・モルゲン》……。失礼《ビッテ》、ぼくは《イッヒ・ビン》ゲオルク・マッテンベルク」男はエイヴァリーに両手をまわして抱きしめた。そして起きたばかりと目をこすりながら歩いていった。

「誰だ、あいつは？」マニエリが声を落として言った。

エイヴァリーは肩をすぼめると、別の男たちが現われるのを見つめた。五人で一組だった。全員が二十代か十代後半、体格は立派だがすっかり消耗した様子で、目を赤く充血させて無精ひげも伸び、ぼろのような服には汗が染みこんでいる。

「飛行機を間違えたか」マニエリがささやいた。「じゃあ、どこに――」

「飛行機は合ってる」と同僚の士官は言ったものの、やはり困惑は隠せない。

「エイヴァリー大尉？」扉のほうから訛りのある声がした。仲間より若干年上の男が降りてきた。もうひとり、年下の青年がつづいた。

「私だが。あなたたちは？」

「私は英語をほかの者より話します。私から答えます。私はクルト・フィッシャーで、これが弟のハンスです」彼は大尉たちの表情を見て笑った。「私たちがいるとは思わなかったんですね。でも、ポール・シューマンが助けてくれました」

男は十数名の若者がナチスに毒ガスで殺されそうになっていたところを、シューマンに救われたという話をした。若者たちが森へ逃げこんだとき、アメリカ人はその一部を集めて国からの脱出を持ちかけた。残って機会をうかがうという者も数名いたが、フィッシャー兄弟をふくむ七名が同調した。シューマンは勤労奉仕団のトラックの荷台に若者たちを乗せ、各自がショベルや黄麻布の袋を持って労働者に扮した。道路封鎖も無事切り抜けてベルリンにたどり着き、そこで身を隠して夜を明かしたのだという。

「夜明けになって、彼は私たちを街はずれの古い飛行場に連れていきました。それで飛行機に乗って、ここに着きました」

エイヴァリーは男に矢継ぎ早の質問を浴びせるつもりでいたが、そのとき飛行機の出口にひとりの女性が姿を見せた。年齢は四十前後でかなり痩せていて、男たちと同じように疲れていた。茶色の瞳を捷く動かして周囲のすべてを見てとると、階段を降りた。片手に小さなスーツケース、反対の手には表紙を剝ぎ取った本が握られていた。

「奥さん」とエイヴァリーは声をかけながら、同僚にまたも当惑のまなざしを向けた。「あなたがエイヴァリー大尉？　それともマニエリ大尉かしら？」女の英語はわずかなアクセントしかない完璧なものだった。

「あの……ええ、私がエイヴァリーです」

すると女は言った。「わたしはケーテ・リヒターです。これをあなたに」

女は一通の封書を差し出した。エイヴァリーは封を破るとマニエリを小突いた。ふたりは手紙を読んでいった。

ゴードン、エイヴァリー、そしてマニエリ（綴りなんて知ったことじゃない）

この人たちをイギリスなりアメリカなり、本人たちの望む場所へやってくれ。家を見つけて暮らしが立つように。どんなやり方でもかまわないが、間違いなくそうなるように。

それから、もし彼らをドイツに送り返そうなどと思ったら、デイモン・ラニアンや〈サン〉〈ポスト〉にいる仲間たちが、おれがベルリンに送られた理由に興味をもってるってことを忘れるな。新聞記事になることうけあいだ。とくに、選挙の年ってこともある。

みんな、すばらしかった。

ポール

追伸　おれのジムの裏の部屋に、ソーリー・ウィリアムズっていう黒人が住んでる。あの場所の権利を、とにかくやつに渡してやってくれ。それと多少の現金も。多謝。

「それからこれも」女はそう言うと、ドイツ語でタイプされた数枚の紙片をエイヴァリーにわたした。「〈ヴァルタム研究〉と呼ばれるものの一部ですって。ポールは中佐に読ませるべきだと言っていました」

エイヴァリーは受け取った書類をポケットに入れた。「たしかにお預かりしました」

マニエリは飛行機のほうに歩いていった。その後を追ったエイヴァリーとふたりで、無人のキャビンを覗きこんだ。「やつはおれたちを信用してなかった。事がすんだらデューイに引き渡されるんじゃないかと思って、ここへ来るあいだに、操縦士に寄り道をさせたんだ」

「たとえば、フランス？」とマニエリ。「大戦で行って土地勘もあるだろうしな……。いや、わかった。たぶんスイスだ」

シューマンから、自分たちが約束を反故にしたと思われたことに傷つきながら、エイヴァリーは操縦室に声をかけた。「おい、どこでやつを降ろした？」

「えっ？」

「どこで降ろした？　シューマンを降ろしただろう？」

操縦士は怪訝な面持ちで副操縦士を見て、エイヴァリーに目をもどした。その声は狭い機体の内部にひびきわたった。「じゃあ聞いてないのか？」

# エピローグ

——一九三六年十一月二十一日　土曜日

黒い森にて、寒い夜。

薄く積もった雪を、ふたりの男が重い足どりで踏んでいく。男たちは凍えていても目的の地をさだめ、そこに着いたら大事な仕事をなすと心に決めている様子だった。

欲望にも似た決意のせいで、肉体は不快に痺れたままである。

それはひとつのフラスクからおたがい好きに飲んでいた、オーストリアの火酒オプストラーのせいでもあった。

「腹の具合はどうだ?」ポール・シューマンはドイツ語で仲間に訊ねた。相手のひげ面に対する気後れが、心ならずも声音に出てしまったようだ。

男は愚痴をこぼした。「そりゃ痛いに決まってる。これからもずっと痛むね、ミスター・ジョン・デリンジャー」

ベルリンにもどった後、ポールは〈アーリア・カフェー〉で探りを入れ、オットー・ヴェバーが暮らしていた場所を聞き出した。男の〝娘たち〟になにかをしてやれないかとの思いがあった。で、そのひとり——ベルテ——を訪ねてみて、ヴェバーが生きているという事実を、驚きと歓びとともに知ったのだった。

シュプレー川沿いの倉庫で男の内臓に穴をあけた銃弾は、そのふくよかな肉体を貫通する際に、深刻ではあっても致命的な傷は残さなかった。例のヴァイキング式の葬送で川を流されていく途中、彼は釣り人たちに助け出され、見た目ほど重篤でないとわかってひとまず止血をほどこされた。その後すぐに昔なじみの、値は張っても口は出さない〝ギャングの一党〟の医者にかかり、傷を縫合してもらった。苦しかったのは、傷そのものより感染症のほうだった（「ルガーだよ」ヴェバーはぼやいていた。「あれが世界一不潔な弾を撃つんだ。トグルには病原菌がうようよしてる」）。ベルテは家事がまったくだめな女だったが、そのあたりはポールの力も借りながら何カ月にもおよぶ献身的な看護をつづけ、ようやくドイツ人ギャングは健康を取りもどしたのである。

　ポールは街のどの辺かはよく知らないが、マクデブルガー小路やアレクサンダー広場から離れた下宿に移り、しばらくは鳴りをひそめていた。ジムでスパーリングをやったり、あちこちの印刷工場で働いてマルクを稼いだり、たまには地元の女とデートもした。相手は北ベルリンや一九二三年十一月広場あたりに潜伏する、転向した社会主義者《ゾチ》や芸術家、作家たちがほとんどだった。八月前半の週は郵便局やホールへ行き、切符が手にはいらなかった人々のために用意された、テレフンケンやフェルンゼーのテレビ受像機でオリンピックの生放送を観た。善良な国家社会主義者を演じて（髪をそれこそアーリア人のように脱色して）、ジェシー・オーエンスが四個の金メダルを獲るたびに顔をしかめてみせるつもりだったのだが、まわりに座っているドイツ人の大半は黒人の勝利に大声援を送っていた。金メダルの数はドイツが一位で、別段驚きはなかったが、アメリカが活躍して二位にはいった。大会に暗い影がさしたとすればアメリカのユダヤ人ランナー、ストーラーとグリックマンがリレーを欠場させられたことで、これはポールとしても見るに忍びなかった。

　大会が閉幕し、八月が九月になろうというころ、ポールの休日は終わりを告げた。ヴァルタム軍事大学での過失を贖うべく、ドイツの国内安定担当全権委員の追跡を再開したのである。

だが、ヴェバーの風見を務める役人たちが興味深い情報をもたらした。ラインハルト・エルンストが行方知れずとなっていたのだ。首相官邸の執務室から立ち退いたということしかわからない。どうやら家族を連れてベルリンを出、長い旅路についたらしい。大佐には新しい肩書きがあたえられていた（肩書きは勲章と同様、国家社会主義者の手で、鶏にやるトウモロコシのようにばらまかれるものとポールは知った）。現在のエルンストは〈特殊産学連携国家指導者〉である。

それ以上の詳細はつかめなかった。これは彼が閑職に追いやられたということなのだろうか。あるいは、単に〝再武装の皇帝〟を護る警備対策なのだろうか。

ポールにはまるで見当がつかなかった。

しかし、ひとつだけはっきりしていることがある。ドイツにおける軍事力の増強は恐ろしい速度ですすんでいる。その秋、ドイツの操縦士にあやつられた新型戦闘機Ｍｅ－１０９がスペインで戦闘に初参加し、フランコ以下の国家主義者たちを助けた。新型機は共和国軍側の陣地を破壊するなど、めざましい戦果を挙げた。ドイツ陸軍は徴兵を一気に拡大し、海軍工廠では生産力全開で軍艦、潜水艦の建造にあたっていた。

十月になると、ベルリンの裏の地域にまで危険がおよぶようになり、ポールはオットー・ヴェバーの恢復を待って旅に出ることにしたのだった。

「ノイシュタットまでの距離は？」とアメリカ人は訊いた。

「そんなに遠くない。十キロぐらいか」

「十？」ポールはうめいた。「なんてこった」

ポールは内心、つぎの目的地が近くなかったことを喜んでいた。まずは最後に立ち寄ったザンクト・マルゲンと距離をおくことが大切なのだ。彼の地ではいまごろ、シューポの警官たちが地元の党幹部の死体を発見していることだろう。その幹部というのが野蛮な男で、手下に商人たちを襲わせ、商売のアーリア人化をはかろうとしていた。男には手荒い意趣返しを望む敵が少なからずいたが、いずれクリポかゲシュタポの捜査で詳らかにされる男の死をめぐる状況には、不審な点などいささかも出てこない。男は道路脇に車を停め、川に向かって用を足している最中、凍った川岸で足をすべらせたのだ。そして二十フィート転落して岩で頭を割り、そのまま急流で溺れた。飲みかけだったシュナップスの壜も見つかるだろう。痛ましい事故。これ以上の捜査は必要なしとされる。

ポールはつぎの目的地のことを思った。ノイシュタットでは現在、ニュルンベルクの党大会の縮小版が開かれており、そこでヘルマン・ゲーリングの旗振りのひとりが演説をすることになっている。かつてポールも聞いたことがあるのだが、この男は近所にあるユダヤ人の家を打ち壊せと市民を煽りたてていた。みずから〝博士〟を名乗っていても、しょせんは心の偏った犯罪者、小人、危険人物であり――ポールとヴェバーで首尾よく事をはこべばもうひとり、ザンクト・マルゲンの党幹部と同じで運悪く事故に遭遇した人物が現われることになるだろう。

また転落になるか。浴槽に電灯を落としてしまうことになるか。そもそも国家社会主義の指導者たちにはありがちなことだが、狂気の淵で自分を撃ったり、首を吊るという可能性もある。ノイシュタットのあとはミュンヘンに高飛びする。ミュンヘンにも、なんとヴェバーの〝娘〟がいて、ふたりはそこで厄介になるつもりでいた。

「しかしね、ミスター・ジョン・デリンジャー、この道が何に使われてたか知ってるかい?」

「教えてくれ、オットー」

「ここは郭公時計の取引きが盛んだった。聞いたことはあるかい?」

「もちろん。祖母さんが持ってたよ。止まらないように、鎖の重りを引っぱるのが祖父さんの役目でね。厭だった。一時間ごとにカッコー、カッコーって……」

「でね、商人たちはこの道を使って、品物を市場にはこんでたわけだ。いまはもう時計職人も減ったけど、むかしはこの道をさ、夜も昼もなくひっきりなしに荷車が往き来してたもんだよ……。ほら、あそこを見な。川が見えるだろ? あれがドナウに注いで、道のむこうの川がラインに注ぐ。ここがおれの国の心臓だ。月の光に映えて美しいもんだろう?」

近くで梟《ふくろう》が啼き、風の溜息が流れた。木の梢までびっしり覆った氷が、ピーナッツの殻がバーの床に落ちたときのような音をたてる。

男の言うとおり、ここは美しいとポールは思った。そして自分のなかに、長靴で踏みしめる新雪のような心地よさを感じた。予期せぬ曲折を経て異国の住人となったいま、彼はここが兄の印刷工場が待つ国、もう二度ともどることのない世界とさほど変わらないと考えるようになった。

いや、そんな人生はずっとむかしに棄てた。地道な商売も、きちんとした一軒家も、愛しい妻も、たのしそうに遊ぶ子供も、そんなものをひっくるめてすべてを棄ててきた。だが彼にはいまが最上なのだ。ポール・シューマンにとって、この刹那以上に望むものはなかった。さりげなく照らす半月の下を気の合う仲間とふたり、神にあたえられた役割を全うする道中をつづける――それがたとえ神自身の誤りを正すという、困難でもあり僭越な仕事であったとしても。

# 著者あとがき

ポール・シューマンが使命を帯びてベルリンへ赴くという物語は、完全なフィクションである——実在の人物たちはむろんのこと、私が担わせたような役割は演じていない——けれども、一九三六年夏当時の合衆国およびドイツの歴史、地理、技術と文化、そして政治制度は正確なものだ。ヒトラーと国家社会主義者たちに対する連合国側の認識の甘さ、愛憎なかばするような態度は私が描いたとおりである。ドイツの再軍備は大部分、ここに表現したような形で現実となったが、それには架空の人物ラインハルト・エルンストといった個人ではなく、ヒトラーが見据えていた戦争にそなえ、その準備にあたる任を負った多くの人々が関わっている。マンハッタンには〈ザ・ルーム〉の名で知られる場所が現実に存在したし、海軍情報部はその当時CIAの役割を果たしていた。

作中のラジオ放送は、ヒトラーの『わが闘争』の一部から着想を得た。また〈ヴァルタム研究〉自体は存在しないが、それに類似した調査研究は私が本書に記した時期からすこし後、一時期クリポの長官を務めたアルトゥル・ネーベの指揮の下、大量殺戮《アインシュタッツグルッペン》を惹き起こしたSSの部隊によっておこなわれた。ナチス政府は一九三六年にはDeHoMagカード選別機を使用していたが、私の知識のおよぶかぎり、それがクリポに置かれたことはない。ヴィリ・コールを救うことになる国際刑事警察委員会は実際に、一九三七年初頭のロンドンで会議を開いた。この組織がやがてインターポールになる。ザクセンハウゼンの強制収容所が、オラニエンブルクの旧収容所に取って代わったのは一九三六年晩夏とされる。以後の九年間に二十万人を超える人々が政治思想、民族を問題にされて虜囚の身となり、うち何万という人々が処刑され、あるいは暴行、虐待、飢え、病気で命を落とした。のちに占領したロシアが今度はそこを刑務所にして、六千ものナチ関係者その他の政治犯を収容し、一九五〇年に閉鎖されるまで推定一万二千の死者を出している。

オットー・ヴェバーが贔屓にしていた酒場〈アーリア・カフェー〉は、オリンピック終了後、時を経ずして閉店した。

ここで作中に登場した人物のその後について、簡単にふれておく。一九四五年春、ドイツが廃墟と化すなか、ヘルマン・ゲーリングはヒトラーが国の支配権を放棄するものと思いこみ、その委譲を要求した。ゲーリングにとって恥辱であり恐怖であったのは、激怒したヒトラーが彼に裏切り者のレッテルを貼り、ナチ党から追放して逮捕を命じたことである。ニュルンベルク戦争裁判でゲーリングは死刑の判決を受けた。一九四六年、死刑執行の二時間まえに彼は自死した。

稀代の追従者であったにもかかわらず、ハインリヒ・ヒムラーは連合国側との講和を独断で模索する(SS全国指導者であり、ナチスの大量虐殺計画の考案者が、ユダヤ人とナチスは過去を忘れ、たがいに〝矛を収める〟べきだと提案したのである)。ゲーリングと同じく、彼もまたヒトラーから売国奴の烙印を押された。国が崩壊すると、ヒムラーは変装して逃亡し、裁きの手から逃れようとした――だがなぜか騙った身分がゲシュタポの捜査官で、当然のように逮捕され、たちまち正体が露見した。彼はニュルンベルクで公判に付されるまえにみずから命を絶った。

戦争の終わりが見えてくるにつれ、アドルフ・ヒトラーはますます不安定になり、肉体的には衰弱し(彼はパーキンソン病に罹っていたと言われる)、落胆も激しく、もはや存在しない師団による武力攻撃を計画したり、全国民に死ぬまで戦うように呼びかけたり、アルベルト・シュペーアには焦土作戦の実施を命じたりした(これはこの建築家が拒否した)。ヒトラーは最期の日々を官邸地下壕ですごした。一九四五年四月二十九日、彼は愛人エヴァ・ブラウンと結婚し、その後まもなくふたりは自殺を遂げた。

ヨーゼフ・パウル・ゲッベルスは最後までヒトラーに忠誠を誓い、後継者に指名された。総統の死を受け、ゲッベルスはロシアとの和平交渉をもくろんだ。その努力も実を結ぶことはなく、前宣伝相と妻のマグダは(六人の子供を殺して)心中した。

ヒトラーは以前、やがて第二次世界大戦へといたる軍事増強について述べていた。「損失を顧みずにこの戦争を遂行するのが私の義務となる……。普段から親しんでいる、いまやかけがえのないようなものを捨てなくてはならないこともあるだろう。街が瓦礫の山となり、高貴な記念建築が永遠に失われてしまうかもしれない。今回、われらが神聖なる国土も例外ではないだろう。しかし私はそれを恐れない」

ヒトラーが千年つづくと宣言した帝国が存在したのは十二年間だった。

# 謝辞

心からの感謝を常連たち、また若干の新人に。ルイーズ・バーク、ブリット・カールソン、ジェーン・デイヴィス、ジュリー・ディーヴァー、スー・フレッチャー、キャシー・グリースン、ジェイミー・ホダー＝ウィリアムズ、エマ・ロングハースト、キャロリン・メイズ、ダイアナ・マッケイ、マーク・オルシェイカー、タラ・パーソンズ、キャロリン・リディ、デイヴィッド・ローゼンタール、オルネラ・ロビアティ、メリースー・ルッチ、デボラ・シュナイダー、ヴィヴィアン・シュスター、そしてブリジット・スミス。

もちろん、マデリンにも。

ナチスドイツについて、もっと読んでみたいと興味をもたれたむきには、私がリサーチのなかで大変重宝した以下の文献を挙げておく。Louis Snyder, "Encyclopedia of the Third Reich"; Ron Rosenbaum, "Explaining Hitler"; ジョン・トーランド『アドルフ・ヒトラー』; Piers Brendon, "The Dark Valley"; Michael Burleigh, "The Third Reich: A New History";

エドウィン・ブラック『ＩＢＭとホロコースト——ナチスと手を結んだ大企業』；ウイリアム・シャイラー『第三帝国の興亡2 戦争への道』；Giles MacDonogh, “Berlin”; Christopher Isherwood, “The Berlin Stories”; ピーター・ゲイ『ワイマール文化』；フレデリック・ルイス・アレン『シンス・イエスタデイ——１９３０年代・アメリカ』；Edward Crankshaw, “Gestapo: Instrument of Tyranny”; David Clay Large, “Berlin”; リチャード・ベッセル『ナチ統治下の民衆』;Nola Waln, “The Approaching Storm”; George C. Browder, “Hitler's Enforcers”; ロジャー・マンベル『ゲシュタポ』；Richard Grunberger, “The 12-Year Reich”; Ian Kershaw, “Hitler 1889-1936: Hubris”; Joseph E. Persico, “Roosevelt's Secret War”; Adam LeBor and Roger Boyes, “Seduced by Hitler”; Mel Gordon, “Voluptuous Panic: The Erotic World of Weimar Berlin”; Richard Mandell, “The Nazi Olympics”; Suzan D. Bachrach, “The Nazi Olympics”; Mark R. McGee, “Berlin:A Visual and Historical Documentation from 1925 to the Present”; Richard Overy, “Historical Atlas of the Third Reich”; Neal Ascherson, “Berlin:A Century of Change”; Rupert Butler, “An Illustrated History of the Gestapo”; Alan Bullock, “ A Study in Tyranny”; Pierre Aycoberry, “The Social History of the Third Reich, 1833-1945”; オットー・フリードリク『洪水の前——ベルリンの１９２０年代』

# 『獣たちの庭園』関係年表

一九一四年　七月　第一次世界大戦勃発。
一八年十一月　皇帝ヴィルヘルム二世が退位して亡命。第一次世界大戦終結。
一九年　六月　ヴェルサイユ条約に調印。
　　　　八月　ヴァイマル憲法公布。大統領を元首とするヴァイマル共和政の開始。
　　　　十月　アメリカ、禁酒法を可決（〜三三年）。
二〇年　二月　アドルフ・ヒトラーが入党していたドイツ労働者党が、党名を「国家社会主義ドイツ労働者党（NSDAP＝ナチ党）」と改め、綱領を公開する。
二一年　七月　ヒトラー、ナチ党の党首となる。
二二年　三月　ヒトラー・ユーゲントの前身、ナチ党青年部が設立される。
　　　　八月　インフレがはじまり（〜二三年十一月）、マルクの貨幣価値が暴落。
二三年十一月　ミュンヘン一揆（ビアホール一揆）。この反政府暴動は鎮圧され、囚われたヒトラーは獄中で『わが闘争』を執筆。
二四年十二月　ヒトラー釈放。
二五年　二月　ナチ党再結成される。
二六年　七月　ヒトラー・ユーゲント誕生。
二七年　五月　チャールズ・リンドバーグ、大西洋単独無着陸飛行に成功。
二九年　十月　ウォール街の株価暴落を引き金にして、世界が経済恐慌に見舞われる。

三〇年　六月　ドイツ人ボクサー、マックス・シュメリングが世界ヘビー級王者となる（〜三二年六月）。
三三年　一月　ヒトラー、首相に就任。
　　　　三月　ヨーゼフ・ゲッベルス、国民啓蒙宣伝省の大臣となる。
　　　　　　　ダッハウに強制収容所を設置。
　　　　　　　全権委任法成立（これにより政府は、憲法を逸脱する内容であっても法を制定できるようになった）。ヴァイマル共和政の実質的崩壊。
　　　　四月　ユダヤ人商店のボイコットがおこなわれる。
　　　　　　　ヘルマン・ゲーリング、初代航空相に就任する。
三四年　五月　デイモン・ラニアン原作の映画『一日だけの淑女』公開（監督フランク・キャプラ）。
　　　　六月　「長いナイフの夜」事件。ヒトラー、政敵の突撃隊（ＳＡ）隊長エルンスト・レームを殺害。独裁体制を固める。
　　　　七月　親衛隊（ＳＳ）がＳＡから正式に独立する。
　　　　八月　ヒンデンブルク大統領死去。大統領職と首相職が統合され、ヒトラーは「総統兼首相」となる。
三五年　三月　再軍備宣言。
　　　　六月　英独海軍協定調印。
　　　　九月　ニュルンベルク人種諸法公布で、ユダヤ人差別が明文化される。ユダヤ人の公務員は全員解雇。

三六年　三月　国防軍がラインラントの非武装地帯を占領。
　　　　　　　ユダヤ人の議会選挙権が剝奪される。
　　　　六月　ハインリヒ・ヒムラー、親衛隊全国指導者兼ドイツ警察長官に。
　　　　　　　マックス・シュメリングがジョー・ルイスを12回KOで倒す。
　　　　　　　ラッキー・ルチアーノが組織売春容疑で逮捕され、禁固三十年ないし五十年を宣告される。
　　　　七月　スペイン内乱勃発（～三九年三月）。
　　　　八月　ザクセンハウゼンに強制収容所設置。
　　　　　　　ベルリン・オリンピック開催（一日～十六日）ジェシー・オーエンスは百メートル、二百メートル、走り幅跳び、四百メートルリレーの四種目で金メダルを獲得。
　　　十二月　ヒトラー・ユーゲント、国家組織となる。
三八年　三月　ドイツ軍、オーストリアに進駐。オーストリアはドイツに併合される。
　　　　十月　同、チェコスロヴァキアに進駐。
　　　十一月　「割れたガラスの夜（帝国水晶の夜《ライヒ・クリスタルナハト》）」事件。ゲッベルス主導によるユダヤ人迫害。
　　　　　　　ユダヤ人商店やシナゴーグが焼き討ちされ、多数のユダヤ人が虐殺される。
三九年　九月　独軍がポーランドへ侵入。英仏が対独宣戦。第二次世界大戦がはじまる。

# 訳者あとがき

『石の猿』『魔術師《イリュージョニスト》』と、リンカーン・ライムとアメリア・サックスが登場する作品をつづけて発表してきたディーヴァーが、三年ぶりにシリーズの枠をはずれた長篇を書き下ろした。本書『獣たちの庭園』である。

それを帯の惹句ふうに書くと、著者が初めて挑む歴史小説、ということになるだろうか。さすがは読者の目を欺く達人、『青い虚空』で近未来のサイバースペースを描いたかと思うと、今度の舞台は歴史をさかのぼること約七十年、一九三六年夏のベルリンに置かれる。一九三六年の夏、ベルリンといえば——オリンピア、アドルフ・ヒトラーがドイツ帝国の国威発揚に利用した、第十一回オリンピックが開催された時節にほかならない。

ファシズムの洪水に呑まれ、やがては第二次大戦の業火に焼かれていくことになるこの祝祭都市で、〝民族の祭典——美の祭典〟がまさに開かれようとしていたころ、ひとりのドイツ系アメリカ人が姿を現わす。男の名はポール・シューマン、ラッキー・ルチアーノをはじめ、ニューヨークの大物ギャングから仕事を請け負う殺し屋である。

罠にはめられ、ニューヨークで身柄を拘束されたシューマンは、なんと米国海軍情報部から二者択一の提案を持ちかけられたのだ。これまでの罪に服してシンシン刑務所の電気椅子に座るか、それともある国家的任務を果たし、その後は罪を帳消しにして安穏な人生を送るのか

――。シューマンが是非もなく引き受けた任務とは、時のドイツ政府高官で、ヒトラーの意を受け帝国の再軍備を主導するラインハルト・エルンスト大佐の暗殺だった。そして五輪に参加するアメリカ選手団とともに大西洋を渡り、父祖の地を踏んだ彼が目のあたりにした第三帝国の実相は……。

ここであまり饒舌に筋を語っては、未読の読者のたのしみを余計に奪うことになってしまうだろう。訳者が下手な口をはさむよりも、「読者に対して、手に汗握るスリラーを提供するのが、私の第一の責務」と言い切るディーヴァーが展《の》べた世界に、まずは浸っていただくにしくはない。

ディーヴァーはこの執筆にあたり、準備にいつもに倍する二年をかけたという。厖大な資料のなかを渉猟し、史実をふまえたうえに虚構をくわえていくという手法で著された本書には、全篇をいろどる懐旧的、感傷的な雰囲気をふくめて作家の新味が見える気がする。そもそも心身ともにタフな主人公《ヒーロー》を登場させること自体、ディーヴァーにしては珍しい。そのシューマンと作家デイモン・ラニアン、陸上選手のジェシー・オーエンスといった実在の人物を交流させる設定も面白く、またもう一方の主役、エルンスト大佐の目を通して描かれるヒトラー政権内の微妙なダイナミクスについては、ときに虚実の境界がわからなくなるほど緻密な書き込みがされている。

しかも、そのうえで〝第一の責務〟をあたりまえのようにクリアしているのは昨年、本書がCWA（英国推理作家協会）のイアン・フレミング・スティール・ダガーを受賞したことでも明らかだろう。この賞《ダガー》は、ジェイムズ・ボンドの系譜につらなるスパイ物、冒険物ないしスリラー作品に贈られる部門賞なのだが、これまでナチスドイツとその時代を題材に数々の名作が生み出されてきたなかで、本書がいずれどのような位置づけをなされるのか、訳者としては今後の評価を期待して待ちたいと思うのである。

ディーヴァーの近況だがペースは相変わらず、すでに今年、ライム・シリーズの新刊 "The Twelfth Card" を上梓している。日本ではおそらく来年に刊行されるはず。また初の短篇集として編まれた "Twisted" が、きたる十二月に文春文庫から発売予定となっている。どうぞこちらのほうもたのしみにされたい。

最後になったが、本文で使われているゲーテの詩、"Nähe des Geliebten" の訳は『ゲーテ詩集』（高橋健二訳　新潮文庫版）から引用させていただいたことを、ここにお断わり申しあげておく。

二〇〇五年七月

土屋　晃

文春文庫

獣《けもの》たちの庭《てい》園《えん》

定価はカバーに
表示してあります

2005年9月10日　第1刷
著　者　ジェフリー・ディーヴァー
訳　者　土《つち》屋《や》晃《あきら》
発行者　庄野音比古
発行所　株式会社 文藝春秋
東京都千代田区紀尾井町3-23　〒102-8008
TEL 03・3265・1211
文藝春秋ホームページ　http://www.bunshun.co.jp
文春ウェブ文庫　http://www.bunshunplaza.com

落丁、乱丁本は、お手数ですが小社製作部宛お送り下さい。送料小社負担でお取替致します。

印刷・凸版印刷　製本・加藤製本

Printed in Japan
ISBN4-16-770509-5